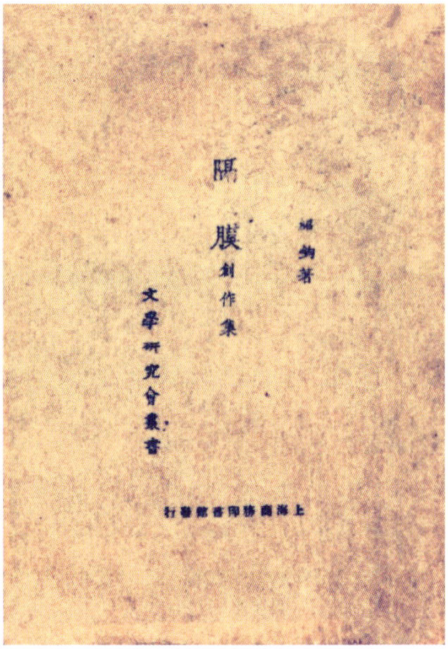

⊙《隔膜》,文学研究会丛书,叶绍钧著

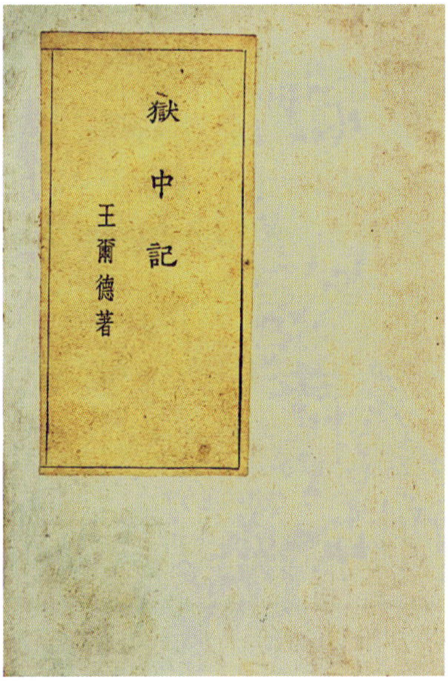

⊙《狱中记》,文学研究会丛书,王尔德著,汪馥泉、张闻天、沈泽民译

⊙《繁星》,文学研究会丛书,冰心女士著

⊙《人之一生》,文学研究会丛书,安特列夫著,耿济之译

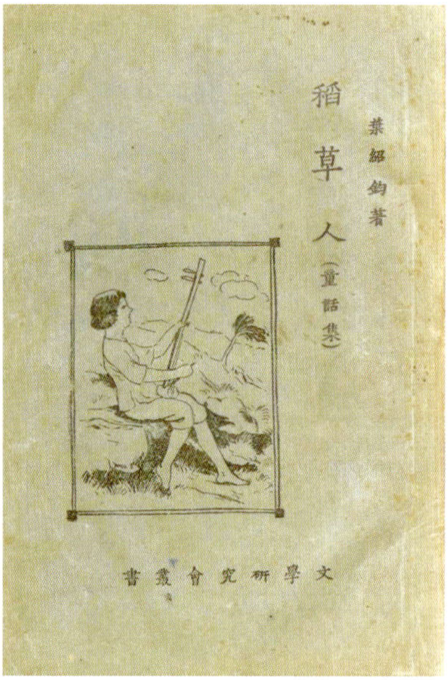

⊙《稻草人》，文学研究会丛书，叶绍钧著

⊙《为幸福而歌》，文学研究会丛书，李金发著

⊙《贵族之家》，文学研究会丛书，高滔译

⊙《天鹅歌剧》，文学研究会丛书，赵景深作词，邱文藻作曲

⊙《爱罗先珂童话集》，文学研究会丛书，鲁迅等译述

⊙《动摇》，文学研究会丛书，茅盾著

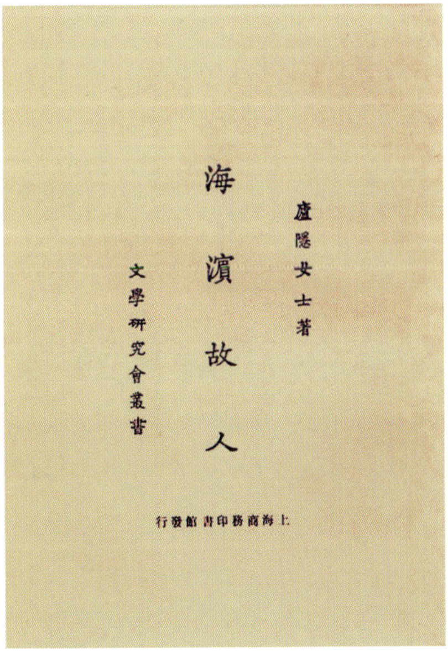

⊙《海滨故人》，文学研究会丛书，庐隐女士著

⊙《幻灭》，文学研究会丛书，茅盾著

⊙《科学与诗》，文学研究会丛书，瑞恰慈著，曹葆华译

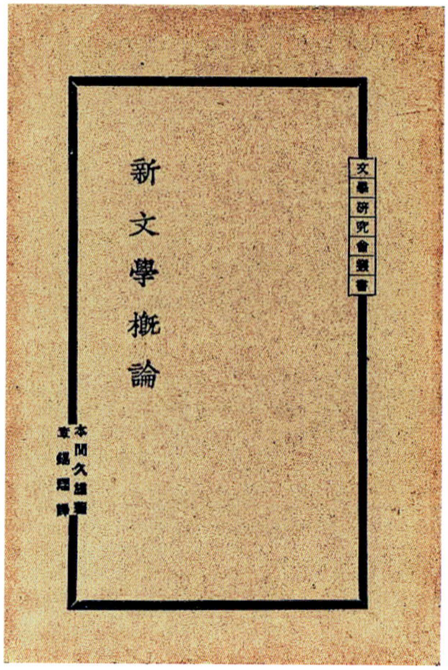

⊙《新文学概论》，文学研究会丛书，章锡琛译

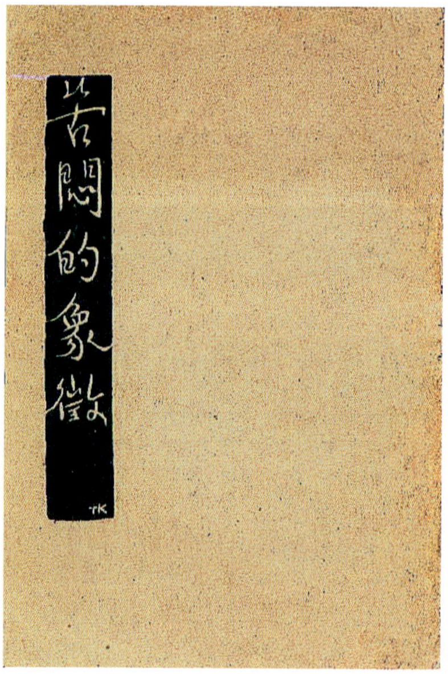

⊙《苦闷的象征》，文学研究会丛书，丰子恺译

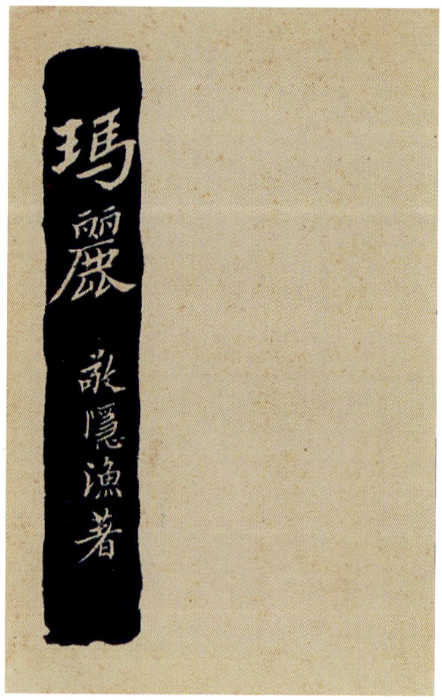

⊙《玛丽》，文学研究会丛书，敬隐渔著

⊙《绵被》,文学研究会丛书,田山花袋著,夏丏尊译

⊙《木马》,文学研究会丛书,雷里安端合著,李青崖译

⊙《太戈尔传》,文学研究会丛书,郑振铎编

⊙《文坛逸话》,文学研究会丛书,宏徒著

⊙《芝兰与茉莉》,文学研究会丛书,顾一樵著

⊙《追求》,文学研究会丛书,茅盾著

⊙《缀网劳蛛》,文学研究会丛书,落华生著

⊙《新月集》,文学研究会丛书,太戈尔著,郑振铎译

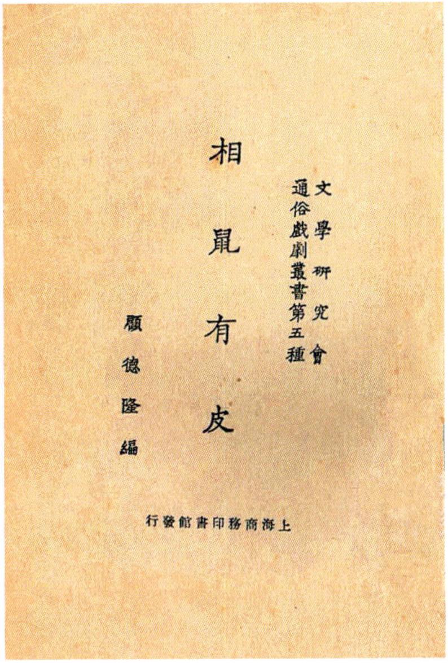

⊙《相鼠有皮》，文学研究会通俗戏剧丛书第五种，顾德隆编

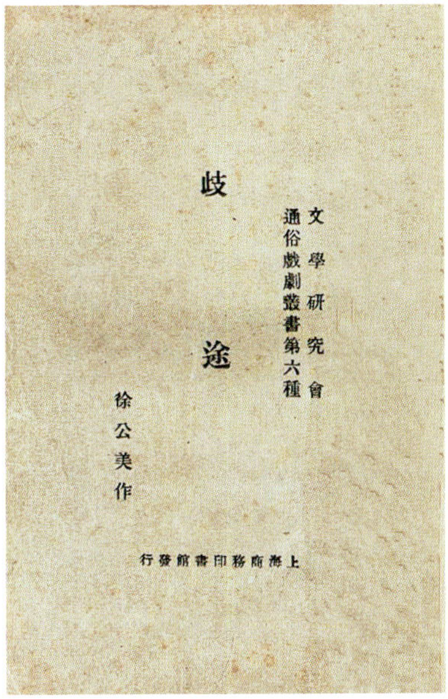

⊙《歧途》，文学研究会通俗戏剧丛书第六种，徐公美作

⊙《沉落》，文学研究会创作丛书，巴金著

⊙《湘行散记》，文学研究会创作丛书，沈从文作

⊙《番石榴集》,文学研究会世界名著丛书,朱湘选译

⊙《老屋》,文学研究会世界名著丛书,梭罗古勃著,陈炜谟译

⊙《沙宁》,文学研究会世界名著丛书,俄国阿志巴绥夫著,郑振铎译

⊙《在俄罗斯谁能快乐而自由》(五),文学研究会世界名著丛书,尼克拉索夫著,高寒译

文学研究会与现代文学丛书

张泽贤 著

上海遠東出版社

图书在版编目(CIP)数据

文学研究会与现代文学丛书/张泽贤著.—上海：上海远东出版社,2018
ISBN 978-7-5476-1354-2

Ⅰ.①文… Ⅱ.①张… Ⅲ.①文学研究会—研究②中国文学—现代文学—文学研究 Ⅳ.①I206.6

中国版本图书馆 CIP 数据核字(2018)第 076146 号

策　　划 黄政一
责任编辑 徐婧华　黄政一
封面设计 李　廉

文学研究会与现代文学丛书
张泽贤 著

出　　版 上海遠東出版社
(200235　中国上海市钦州南路 81 号)
发　　行 上海人民出版社发行中心
印　　刷 江苏凤凰数码印务有限公司
开　　本 710×1000　1/16
印　　张 48.75
插　　页 6
字　　数 795,000
印　　数 1—550
版　　次 2019 年 1 月第 1 版
印　　次 2019 年 1 月第 1 次印刷
ISBN 978-7-5476-1354-2/I·335
定　　价 398.00 元

自序

在复旦大学中文系读书的最初阶段，我知晓了新文学发端时的两大文学团体：文学研究会和创造社。两个“巨人”几乎同时出现在中国的大地上，相对而视，各自伸出自己粗壮的手，紧紧相握，开始用力地掰手腕，从而“掰”出了中国现代文学的一片光芒四射的新天地！

最初，我就是从这种“掰手腕”的力量中认识了这两个文学团体，尤其认识了文学研究会，因为当初我已经读过它属下会员的不少著作。记得最早读到的一本“文学研究会丛书”，是复旦中文系教授赵景深先生翻译的《罗亭》，之后又读到他作词的《天鹅歌剧》（邱文藻作曲），他在这套丛书中就占有两席。后来又找到了一本“文学研究会丛书”，也是复旦中文系教授所著，即郭绍虞先生早年的戏剧译作《阿那托儿》，他在此丛书中只占此一席。他的诗作还散见于丛书的其他合集版本中。从此时，文学研究会的“形象”开始有了相对应的人物，两个做学问的笃实之人，手无缚鸡之力，何以和“掰手腕”相联系？之后在不断了解文学研究会的会员及其著作的过程中知道了不少这类缺乏力量的“掰手腕者”，从而在心目中把文学研究会“定性”为温和而具后劲的文学团体。之后，便是“文化大革命”，两个曾经“掰手腕”的巨人的属下成员一个个落马，被打翻在地。赵景深和郭绍虞就在复旦大学中文系，就在我辈的身边一个个“低头认罪”，曾在“文学研究会丛书”中出版的图书从此成了铁证。在“文革”后期，我与赵景深先生有过一段“交往”，彼此的交谈是断断续续的，已经无法记起完整的内容，但肯定谈到文学研究会，谈到他在丛书中的著作，以及他在《文坛忆旧》中所描写的其他文学研究会成员。我也可以肯定，我们曾经围绕他的书而谈及他与文学研究会的关系，至于他说了些什么，已经完全记不起来。我只隐约记得曾到淮海中路四明里他的住所，他推荐过几本“文学研究会丛书”，其中就有王以仁的《孤雁》，他还谈到王以仁以及他的死……

我们这辈人就是在这种从闭口不谈到羞于谈及，再到直面而论的强烈时空变幻中，去逐渐认识曾经出现和发生过的一些人物和事，而且是伴随着现实长期的误导与主观无知的曲解。这段认识期很长，直到两个文学团体成员被解放（其中迫害致死的也不少），著作版本被解禁，我才从误导与曲解中突围而出，开始重新审视两个曾经掰过手腕，又同时被打倒的“巨人”。我对创造社虽也关注，但从内心讲并不喜欢它那疾风暴雨式的风格，而因着认识赵景深、郭绍虞之故，对文学研究会却情有独钟，从而导致了我把主要精力放在搜寻和梳理文学研究会的丛书版本，并深入研究文学研究会。

众所周知，研究中国现代文学史无论是文学团体还是作家个人，抑或是文学事件和人事纠葛，最终都离不开作家的著作，它们是所有人与事的“链”，也是认识与研究人和事的“基础”，中国现代文学文学史的“血肉”就是由它们所构成。比如研究文学研究会，从单个作家研究入手是一途径，以叶圣陶来说，最有效的途径就是去研究他的著作，研究他在“文学研究会丛书”中所占的“席位”，众所周知有四席：《稻草人》《火灾》《线下》和《未厌集》。从作者的作品中，可以看出他的学养、经历和追求，也可折射出他所依附的文学团体的主旨。就文学研究会而言，那就是以“研究介绍世界文学、整理中国旧文学、创造新文学为宗旨”，提出“表现人生指导人生”的文学主张。

而最能体现这些宗旨与主张的，便是冠名“文学研究会”的四套文学丛书：“文学研究会丛书”“文学研究会通俗戏剧丛书”“文学研究会创作丛书”和“文学研究会世界文学名著丛书”，著作版本超过150种，推出作者近百人（互有交叉）。从出版时间与文学体裁的分类来看，“文学研究会丛书”是其“主干”，其他三种丛书则是它“粗细”不同的分支，从而构筑起文学研究会的“巨人形象”。当然，除了这四种冠之以“文学研究会”的著名丛书外，还有“文学周报社丛书”和“小说月报丛刊”以及由其他一些出版机构出版的单行本，如开明书店出版的单行本等。如今在不少谈及文学研究会的丛书时，还添了一种冠名“文学研究会幽默丛书”（非文学研究会编辑，也非商务印书馆出版）的丛书，仅老舍《赵子曰》一种。我可以肯定地说，这种丛书绝对是冒名，与“表现人生指导人生”的文学研究会完全两码事，在介绍时虽可提及，但必须剔除，否则将直接影响文学研究会的声誉。

文学研究会的声誉是与这些丛书共存的，要了解文学研究会，就必须探究这些丛书；探究这些丛书，也便对文学研究会有了更深层次的了解，彼此相辅相成。当然，任何文学团体的声誉都与国家的时运和文学运动的发展有着千丝万缕的联系，时运昌盛，发展蓬勃，则声誉日隆；时运凋零，发展迟缓，则声誉日微。文学研究会亦然，而且更显出其起落……了解中国现代文学史者大多知晓文学研究会发展的关键“节点”：1930 年之后停止活动，文学丛书出版基本停止；“左联”成立后大部分成员被排斥在外，从而转向开明书店和《文学》杂志发展活动和进行创作，著作大多以单行本出版；1935 年“左联”解散，文艺界抗日民族统一战线逐渐形成，文学研究会才又恢复活动，出版文学丛书……

文学研究会的“命运节点”，几乎都与文学丛书相关联，时间跨度达 27 年。我每与 150 多种文学研究会的丛书亲密接触，都会感觉是在 27 年漫长而宽广的时空中“游荡”，稍一停步，眼前就会出现赵景深先生和郭绍虞先生纯朴戆厚的形象，且顽固而主观地认为，这就是文学研究会的形象，是一种定格，始终无法摆脱。而在我的心中非常清楚，赵景深并非文学研究会的发起人，而郭绍虞虽是十二发起人之一，但他决非主干，在文学研究会正式成立时，他已经到山东济南第一师范学校教书；可我却始终形成不了诸如“真正”的主干周作人、郑振铎、王统照、沈雁冰等的“形象”。那是一种相当奇怪的现象，我也说不清这是什么原因。

其实，到底应是什么形象也许并不重要，重要的是我能够尽最大的努力，在本书中“复原”文学研究会的丛书，以及与丛书相对应的所有作者的形象。这众多形象的糅合，也许才是文学研究会的真正形象，像座高山，耸入云霄……

是为自序。

2014 年 4 月 19 日初稿

2017 年 5 月 27 日修改于上海浦东犬圈斋

目录

文学研究会丛书

文学研究会通俗戏剧丛书

文学研究会创作丛书

文学研究会世界文学名著丛书

附录

文学研究会丛书

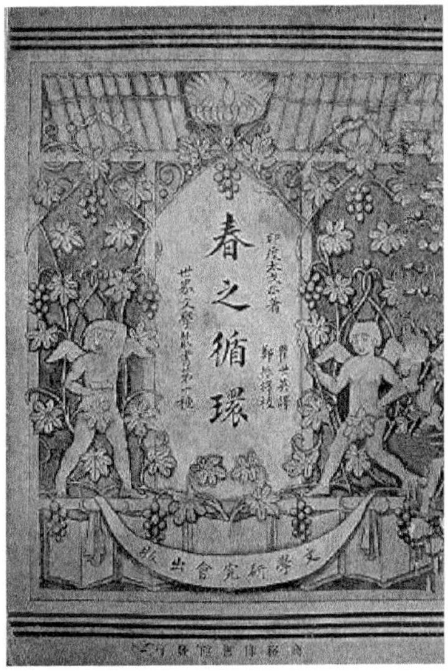

小引

“文学研究会丛书”，文学研究会主编，商务印书馆印刷出版，出版时间从1922年5月至1948年5月止，时间跨度达24年。

有关这套丛书的数量及记载，见诸于不同的资料，现汇总于此：

据上海图书馆编《中国近代现代丛书目录》以及《中国文学史资料全编·文学研究会资料(下)》所载，“文学研究会丛书”总计105种。《中国近代现代丛书目录》收“文学研究会丛书”101种，遗漏一些。《中国文学史资料全编·文学研究会资料(下)》收“文学研究会丛书”107种，其中《太戈尔戏曲集(二)》《莫泊桑短篇小说集(二)》《莫泊桑短篇小说集(三)》重复编号，实为104种，缺印《复活的玫瑰》一种，故总数仍为105种。

据1981年版商务印书馆《图书目录》(1897—1949)记载，“文学研究会丛书”从1922年初至1930年间出版图书95种，其中会员著作44种，译作51种。而据上海图书馆藏书目录记载，这套丛书列入图书120种，其中会员著作44种，其余为译作。如以120种计，尚缺15种，且至今不知书目。这两种书目数量的表述，有的只是根据当时的情况论定，有的则在“自说自话”，故只能作为一种参考。

“文学研究会丛书”的书目，曾刊登在当时的《小说月报》(第十二卷第八号，1921年8月10日)、《东方杂志》(第十八卷第十一号，1921年6月10日)和《时事新报》(1921年)等报刊，总计83种。事实上这只是当时拟定的初步计划，即便是83种，其中大部分也未实现，如按数量计，只完成了计划中的26种，且其中只有8种才是完全按计划出版的。其他的有改书名的，有易著译者名的，有的则作为“文学研究会”的其他丛书出版，情况比较繁复。书目具体情况可作如下罗列：

《诗歌论》，皮利士著，傅东华、金兆梓译，后改为《诗之研究》

《俄国文学史》，郑振铎编，后改为《俄国文学史略》

《人的一生及其他》，安得列夫著，郑振铎、沈泽民译，后改为《人之一生》，耿济之译

《灰色马》，原由瞿世英、郑振铎合译，后改由郑振铎译

《织工》，哈勃曼著，原由李之常译，后改由陈家驹译

《青鸟》，梅德林著，原由李之常、郑振铎合译，后改由傅东华译

《太戈尔戏曲集(一)》，原由白镛、瞿世英合译，后改由瞿世英、邓演存合译

《文艺思潮论》，厨川白村著，原由谢六逸译，后改由樊丛予译

《梅脱灵戏曲集》，梅脱灵著，原由高六伽译，后改由汤澄波译

《文学之社会的批评》，蒲克著，李石岑、沈雁冰、柯一岑、郑振铎译，后改为《社会的文学批评论》，傅东华译

《大时代中小人物的忏悔》，安得列夫著，耿济之译，后改为《小人物的忏悔》，耿式之译

《沙宁》，阿志跋绥夫著，宋介译，后改为“文学研究会世界文学名著丛书”，郑振铎译

《俄国短篇小说集》，契利加夫等著，耿济之译，后改为“文学研究会世界文学名著丛书”的《俄国短篇小说译丛》，郑振铎译

《法国短篇小说集》(著者不详，译者为会员)，后改为“文学研究会世界文学名著丛书”，梅礼美等著，黎烈文译

《新犹太短篇小说集》(著者不详，译者为会员)，后改为“小说月报丛刊”

的《新犹太小说集》，潘莱士等著，沈雁冰、沈泽民译

《梭罗古勃短篇小说集》，梭罗古勃著，会员译，后改为“小说月报丛刊”的《梭罗古勃》，梭罗古勃等著，周建人等译

《法朗士短篇小说集》，法朗士著，会员译，后改为“小说月报丛刊”的《法朗士集》，沈性仁等译

《宾斯奇独幕剧》，宾斯奇著，胡愈之译，后改为“小说月报丛刊”《宾斯奇集》，冬芬等译

《日本短篇小说集》（著者不详，周作人译），后改为“小说月报丛刊”的《日本小说集》，志贺直哉等著，周作人等译

以上所提及的“文学研究会丛书”，其中有些书目还记错了，把并非“文学研究会丛书”者错列了，比如叶绍钧著、1929年8月初版《倪焕之》，实为开明书店版；又比如托尔斯泰著、耿济之译、商务印书馆1921年3月初版的《艺术论》，实为“共学社丛书·文学丛书”，等等。这说明书目存在着一定“混乱”，要做一个清楚的甄别，也不是一件容易的事。

有些标明“文学研究会丛书”者，如耿式之译《一个不重要的妇人》（英国王尔

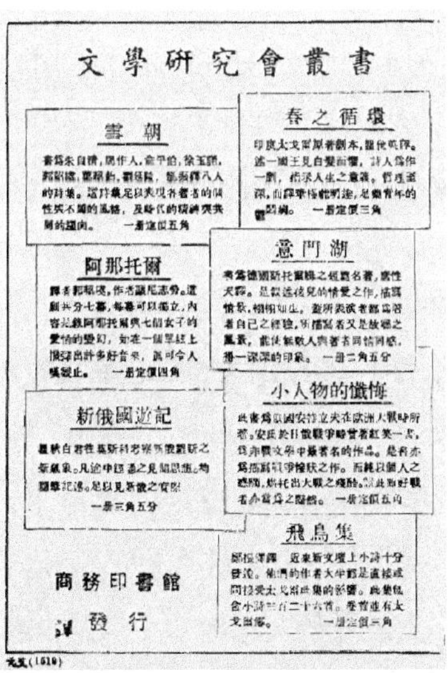

⊙ 商务印书馆版本的“文学研究会丛书”书目广告（以下简称“书目广告”）之一

⊙ 书目广告之二

德著)和《艺术家及思想家之托尔斯泰》等,都曾在1921年12月28日《时事新报》登载过“已付印”,但经查,均未见,实际并未出版。另外还有一种《巉岩集》(曹葆华著),不止一种书目资料有记载,似乎是已出版,但却始终未见版本实物。诸如此类,不再赘述。

如今,被列入“文学研究会丛书”的书目,虽版次不一,但基本都能见到版本实物,共计105种。现只记著译者和初版时间,罗列如下:

《春之循环》,印度太戈尔(R. Tagore)著,瞿世英译、郑振铎校,1921年10月初版

《长子》,三幕剧,英国高斯倭绥(J. Galsworthy)著,邓演存译,1922年1月初版

《意门湖》,短篇小说,德国斯托姆(T. Storm)著,唐性天译,1922年1月初版

《隔膜》,短篇小说创作集,叶绍钧著,1922年3月初版

《小说汇刊》,短篇小说集,叶绍钧等著,1922年5月初版

《工人绥惠略夫》,俄国阿志跋绥夫(M. Artsybashev)著,鲁迅译,1922年5月初版

《阿那托儿》,七幕剧,奥地利显克志劳(A. Schnitzler)著,郭绍虞译,1922年5月初版

《史特林堡戏剧集》,瑞典史特林堡(J. A. Strindberg)著,张毓桂译,1922年6月初版

《雪朝》,新诗集,朱自清、周作人等著,1922年6月初版

《一个青年的梦》,四幕剧,日本武者小路实笃著,鲁迅译,1922年7月初版

《爱罗先珂童话集》,俄国V.爱罗先珂著,鲁迅译,1922年7月初版

《将来之花园》,新诗集,徐玉诺著,1922年8月初版

《新俄国游记》,瞿秋白著,1922年9月初版

《一叶》,王统照著,1922年10月初版

《飞鸟集》,太戈尔选诗一,印度太戈尔(R. Tagore)著,郑振铎译,1922年10月初版

《小人物的忏悔》，俄国安特列夫(L. Andereev)著，耿式之译，1922年11月初版

《狱中记》，英国王尔德(O. Wilde)著，汪馥泉、张闻天、沈泽民译，1922年12月初版

《悭吝人》，趣剧集，法国莫里哀(Moliere)著，高真常译，1923年2月初版

《繁星》，诗集，冰心女士著，1923年4月初版

《西洋小说发达史》，谢六逸编，1923年5月初版

《超人》，创作集·短篇小说，冰心女士著，1923年5月初版

《新月集》，太戈尔诗选二，印度太戈尔(R. Tagore)著，郑振铎译，1923年9月初版

《太戈尔戏曲集》，二册，瞿世英、邓演存译，1923年9月初版

《青鸟》，六幕剧，比利时梅脱灵(Maeterlinck)著，傅东华译，1923年10月初版

《人之一生》，俄国安特列夫(L. Andereev)著，耿济之译，1923年11月初版

《稻草人》，童话集，叶绍钧著，1923年11月初版

《火灾》，短篇小说集，叶绍钧著，1923年11月初版

《诗之研究》，英国勃利司潘莱(B. Perry)著，傅东华、金兆梓译，1923年11月初版

《莫泊桑短篇小说集》，上中下册，莫泊桑著，李青崖译，1923年11月、1924年11月初版

《遗产》，长篇小说，法国莫泊桑(G. Maupassant)著，耿济之译，1923年11月初版

《狗的跳舞》，四幕剧，俄国L. 安特列夫著，张闻天译，1923年12月初版

《芝兰与茉莉》，顾一樵著，1923年12月初版

《梅脱灵戏曲集》，比利时梅脱灵著，汤澄波译，1923年12月初版

《灰色马》，俄国路卜洵(Ropshin)著，郑振铎译，1924年1月初版

《春雨之夜》，短篇小说集，王统照著，1924年1月初版

《路曼尼亚民歌一斑》，朱湘译，1924年3月初版

《旧梦》，诗集，刘大白著，1924年3月初版

《织工》，四幕剧，德国霍脱迈（Hauptmann）著，陈家驹译，1924年3月初版

《俄国文学史略》，郑振铎编纂，1924年3月初版

《赤都心史》，瞿秋白著，1924年6月初版

《星海》，上册，文学研究会会刊之一，文学研究会编辑，1924年8月初版，未标丛书

《忧愁夫人》，德国苏台尔曼（H. Sudermann）著，胡仲持译，1924年11月初版

《文艺思潮论》，日本厨川白村著，樊从予译，1924年12月初版

《玛加尔及其失去的天使》，五幕剧，英国H. A. 琼司著，张志澄译，1925年1月初版

《天鹅》，童话集，高君箴、郑振铎译述，1925年1月初版

《缀网劳蛛》，落华生著，1925年1月初版

《夏天》，诗集，朱湘著，1925年1月初版

《童心》，新诗集，王统照著，1925年2月初版

《苦闷的象征》，日本厨川白村著，丰子恺译，1925年3月初版

《太戈尔传》，郑振铎编纂，1925年4月初版

《木马》，法国雷里、安端著，李青崖译，1925年4月初版

《倍那文德戏曲集》，西班牙J. 倍那文德著，沈德鸿译，1925年5月初版

《空山灵雨》，散记集，落华生著，1925年6月初版

《海滨故人》，短篇小说集，庐隐女士著，1925年7月初版

《新文学概论》，日本本间久雄著，章锡琛译，1925年8月初版

《三姊妹》，四幕剧，俄国柴霍甫著，曹靖华译，1925年8月初版

《印度寓言》，郑振铎编，1925年8月初版

《莱森寓言》，德国G. E. 莱森著，郑振铎编，1925年8月初版

《线下》，叶绍钧著，1925年10月初版

《我的生涯：一个俄国农妇自述》，俄国L. 托尔斯泰编定，李藻译，1925年11月初版

《玛丽》，敬隐渔著，1925年12月初版

《旅途》，上中下部，张闻天著，1925 年 12 月初版

《社会的文学批评论》，美国 G. 蒲克女士著，傅东华译，1926 年 1 月初版

《一生》，中篇小说，上下册，法国莫泊桑著，徐蔚南译，1926 年 1 月初版

《盲乐师》，俄国克罗连科（W. G. Korolenko）著，张亚权译，耿济之校，1926 年 1 月初版

《诗学》，希腊亚里斯多德（Aristoteles）著，傅东华译，1926 年 1 月初版

《雕刻家米西盎则罗》，李金发著，1926 年 9 月初版

《孤雁》，王以仁著，1926 年 10 月初版

《惨雾》，短篇小说集，许杰著，1926 年 10 月初版

《嘉尔曼》，法国 P. 梅礼美著，樊仲云译，1926 年 11 月初版

《为幸福而歌》，诗集，李金发著，1926 年 11 月初版

《绵被》，长篇小说，日本田山花袋著，夏丏尊译，1927 年 1 月初版

《波华荔夫人传　法国外省风俗记》，法国 G. 弗罗贝尔著，李青崖译，1927 年 6 月初版

《老张的哲学》，老舍著，1928 年 1 月初版

《赵子曰》，老舍著，1928 年 4 月初版

《意大利及其艺术概要》，李金发著，1928 年 5 月初版

《醉里》，短篇小说集，罗黑芷著，1928 年 7 月初版

《他们的儿子》，西班牙柴玛萨斯著（E. Zamacois），沈馀译，1928 年 8 月初版

《动摇》，茅盾著，1928 年 8 月初版

《幻灭》，茅盾著，1928 年 8 月初版

《罗亭》，俄国屠格涅夫著，赵景深译，1928 年 9 月初版

《河童》，日本芥川龙之介著，黎烈文译述，1928 年 10 月初版

《一个人的死》，希腊帕拉玛兹（K. Palamas）著，沈馀译，1928 年 11 月初版

《追求》，茅盾著，1928 年 12 月初版

《菊子夫人》，翻译长篇小说，法国绿谛（P. Loti）著，徐霞村译，1929 年 3 月初版

《恋爱的故事》，希腊罗马的神话与传说之三，郑振铎著，1929 年 3 月初版

《贵族之家》，翻译长篇小说，俄国屠格涅夫著，高滔译，1929 年 4 月初版

《黄昏》，王统照著，1929 年 4 月初版

《未厌集》，叶绍钧著，1929 年 6 月初版

《烟》，翻译长篇小说，俄国屠格涅夫著，樊仲云译，1929 年 11 月初版

《天鹅歌剧》，六幕歌剧，赵景深作词、邱文藻作曲，1929 年初版

《艺林外史》，原名《瘦猫馆》，法国 A. 法朗士著，李青崖译，1930 年 3 月初版

《红的笑》，俄国安特列夫著，梅川译，1930 年 10 月初版

《英雄与美人》，三幕剧，英国萧伯纳(B. Shaw)著，中暇译，1930 年 11 月初版

《二马》，老舍著，1931 年 4 月初版

《文坛逸话》，宏徒编，1928 年 10 月初版

《波纳尔之罪》，法国法朗士(A. France)著，李青崖译，1928 年 12 月初版

《可敬的克莱登》，四幕剧，英国巴蕾(J. M. Bar rie)著，熊适逸译，1930 年 10 月初版

《象牙戒指》，长篇小说，庐隐著，1934 年 2 月初版

《石门集》，诗集，朱湘著，1934 年 6 月初版

《华伦夫人之职业》，四幕剧，英国萧伯纳著，潘家洵译，1923 年 4 月初版

《现代诗论》，法国梵希等著，曹葆华译，1937 年 4 月初版

《科学与诗》，英国瑞恰慈(I. A. richards)著，曹葆华译，1937 年 4 月初版

《晚祷》，梁宗岱著，1924 年 12 月初版

《复活的玫瑰》，侯曜著，1924 年 3 月初版，同时列入“文学研究会通俗戏剧丛书”

“文学研究会丛书”105种，作者63人，绝大多数为文学研究会会员，每人在丛书中所占席位不等，最多占9席者：郑振铎；占6席者：叶绍钧(叶圣陶)；占5席者：李青崖；占4席者3人：王统照、傅东华、茅盾；占3席者4人：张闻天、朱湘、李金发、老舍；占2席者12人：瞿世英、邓演存、瞿秋白、冰心、谢六逸、耿济之、落华生(许地山)、庐隐、樊仲云、沈馀、赵景深、曹葆华。其余者皆占1席。

这套丛书的主要编辑者是郑振铎，他一人在丛书中占有9席，可谓“近水楼台”。到1927年5月21日，因上海的“白色恐怖”，郑振铎被迫离沪赴欧洲游学。在离沪前，把“文学研究会丛书”委托给胡愈之和徐调孚负责编辑，同时请叶圣陶代为主编《小说月报》。1928年10月，郑振铎回国抵上海，仍在商务印书馆任编辑，次年1月起，继续《小说月报》的编辑工作，直至1930年底为止。也就是说，其中只有一年多时间，丛书的编辑不是郑振铎。

这套数量超过百种的文学丛书，它的封面并非统一一种，而是因着不同出版时间和版次有所变化，从笔者如今见到的版本看(可能还有未见到的)，起码有11种之多：

第一种，被称之为“素面朝天”，也是通常所见的。封面为同一颜色的底色(有个别的是另外一种底色)，无图案，从右至左竖印著、译者名(校阅者名)、书名(有的书名下标明何种体裁，如“新诗集”等；有的还印有副题，如《新俄游记——从中国到俄国的记程》和丛书名，有的还横印出版机构名；字体分为宋体和楷体两种。

⊙ 书目广告之三

⊙ 书目广告之四

第二种，基本属于“素面朝天”，封面左上竖印书名，字体为手写，楷书或隶书，红色或黑色。叶绍钧的四种版本：《隔膜》《火灾》《线下》和《未厌集》均属此种样式。如不见版权页印“文学研究会丛书”字样，根本不知是丛书之一种。

第三种，极其繁复的一种，与文学研究会编的“世界文学丛书”封面相同。封面布满图案与线条纹饰，图案对称，图中有烛台、书籍、葡萄和长有翅膀的小天使等，下有一飘带，上书“文学研究会出版”。图案正中处印书名和丛书名，如叶绍钧等著《小说汇刊》、郭绍虞译《阿那托尔》和鲁迅译《工人绥惠略夫》。

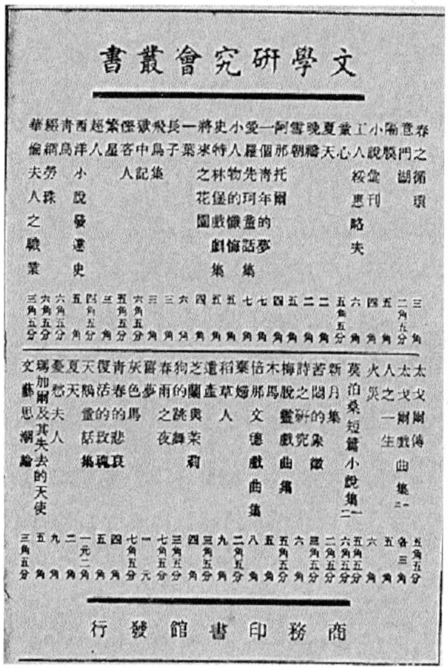
文學研究會叢書

商務印書館發行

⊙ 书目广告之五

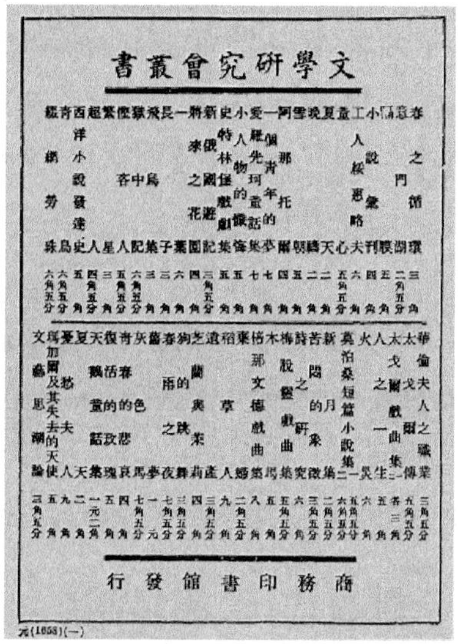
文學研究會叢書

商務印書館發行

⊙ 书目广告之六

第四种，所见丛书中“独此一家”，即徐玉诺编《将来的花园》，封面为一种颜色的底色，竖印手写体著译编者名和书名。如不见版权页印“文学研究会丛书”字样，根本不知是丛书之一种。

第五种，有图案，图案各异，细描，封面印作者、译者名和书名。如郑振铎的《飞鸟集》《新月集》《天鹅》《灰色马》《莱森寓言》和《印度寓言》，熊适逸的《可敬的克莱登》、叶绍钧的《稻草人》、落华生的《缀网劳蛛》、沈馀的《他的儿子》和《一个人的死》、樊仲云的《嘉尔曼》和李藻的《我的生涯》。如不见版权页印“文学研究会丛书”字样，根本不知是丛书之一种。

第六种，封面右上印书名、著译者名，左下印人物小图案。如郑振铎编《太戈尔传》、耿济之译《人之一生》、张闻天译《狗的跳舞》，后两者人物图案相同，同为安特列夫画像。李青崖译《莫泊桑短篇小说集》，人物图案为莫泊桑。如不见版权页印“文学研究会丛书”字样，根本不知是丛书之一种。

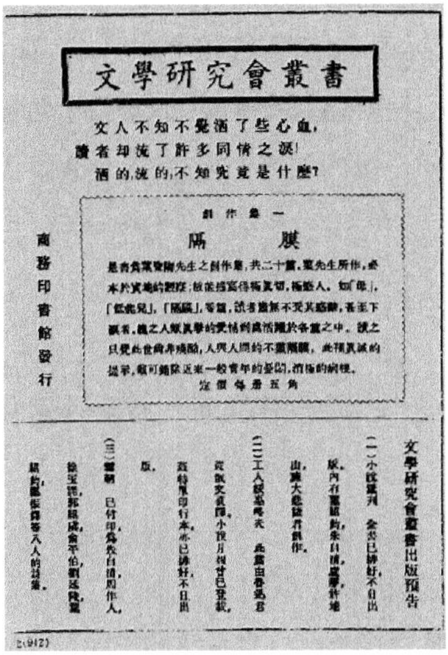

⊙ 书目广告之七

⊙ 书目广告之八

第七种，粗线框框起，框内左上印书名，框线上左右分别印丛书名和著译者名，如傅东华译《诗学》《社会的文学批评论》，傅东华与金兆梓译《诗之研究》，李金发著《意大利及其艺术概要》和章锡琛编《新文学概论》。

第八种，属“国难后”版本，封面黑底（或其他颜色），从左至右横排印书名、著译者名，其他皆无。如邓演存译《长子》、高真常译《悭吝人》、胡仲持译《忧愁夫人》、曹靖华译《三姊妹》、黎烈文译《河童》和李青崖译《木马》《波纳尔之罪》和《艺林外史》（后两者为隶书体）。如不见版权页印“文学研究会丛书”字样，根本不知是丛书之一种。

第九种，属“国难后”版本，封面为彩印，各书图案与底色不同，印书名和丛书名。如鲁迅译《爱罗先珂童话集》、冰心著《繁星》《超人》、落华生著《缀网劳蛛》、夏丏尊译《绵被》、李金发著《为幸福而歌》、宏徒著《文坛逸话》、罗黑芷著《醉里》、顾一樵著《芝兰与茉莉》、郑振铎编《俄国文学史略》、中暇译《英雄与美人》、梅川译《红的笑》、赵景深著《天鹅歌剧》、王统照著《黄昏》、徐霞村译《菊子夫人》、茅盾著《追求》《幻灭》《动摇》、樊仲云译《烟》、高滔译《贵族之家》和赵景深译《罗亭》。

这种封面的版本，可以说是“文学研究会丛书”中最为“抢眼”的，色彩艳丽，图案别致，完全打破了商务版的“老气横秋”，尤其是屠格涅夫的《烟》《罗亭》和《贵族之家》，图案设计划一，色块抽象布局，隐含深意；又如茅盾的“三部曲”，封面设计堪称新文学封面设计中之一绝。

第十种，属“国难后”版本，封面右侧印黑底白字书名和著译者名，如同线装书的签条。如王统照著《一叶》《春雨之夜》、丰子恺译《苦闷的象征》、老舍著《二马》《赵子曰》《老张的哲学》、敬隐渔著《玛丽》、张闻天著《旅途》、庐隐著《海滨故人》、许杰著《惨雾》和王以仁著《孤雁》。如不见版权页印“文学研究会丛书”字样，根本不知是丛书之一种。

第十一种，属“国难后”版本，独此一种，封面左贴细框签条，框内竖印书名和著译者名。如张闻天、汪馥泉译《狱中记》。如不见版权页印“文学研究会丛书”字样，根本不知是丛书之一种。

以上十一种封面，仅为笔者“眼见为实”的版本，至于眼不见者是否还有其他封面设计，就很难说了，只好留待以后的研究者加以补充。

“文学研究会丛书”的版本，分精装与平装两种，以平装为主，至于有的版本为何要出精装本，不得而知。精装本如李金发的《意大利及其艺术》、郑振铎译《恋爱的故事》，二者封面色彩不同，《恋爱的故事》以大红作面，烫金，感觉厚重而性感。

丛书的版式，以 32 开为主，也有部分 48 开的平装窄长本，如朱湘的《夏天》《路曼尼亚民歌一斑》、王统照的《童心》、梁宗岱的《晚祷》和刘大白的《旧梦》等。其中还有个别为 48 开的布面精装本，如曹葆华的《现代诗论》《科学与诗》，这是此套丛书中的“特例”。它们的版本样式，与 1936 年出版的“文学研究会创作丛书”和“文学研究会世界文学名著丛书”的封面相同，却又同属“文学研究会丛书”。在一种丛书中，出现与其他丛书版本式样不同的错乱现象，让收藏者感到惊奇。其实，这是一种版式交叉，说明文学研究会几乎在同期或前后期出版多种丛书时，出现的过渡期“不统一”，或者说有点“举棋不定”的混乱？

按照民国时期书籍的排印，一般都为竖排，即便书名横排，也是从右至左排列，这是当时的惯例。但是也有个别版本的书名，却是从左至右排印，如同现今书籍的横排法。比如刘大白的《旧梦》，这在当时便出现了从右往左误读的情况，被误读为《梦旧》，此书曾在商务印书馆遭遇“尴尬”，也许就是这种原因造成的。

在“文学研究会丛书”中，《旧梦》并非独例，另外还有一些封面的所有文字皆从左至右排印，如李金发的《为幸福而歌》，冰心的《繁星》和《超人》。总之，在当时这样排印，并不能说是正确的。

“文学研究会丛书”版本的扉页设计也并非划一，也有各种样式，在此不作一一介绍。较为多见的是简单朴素，以线条和文字布局，但也有较为复杂的，如叶绍钧著《线下》和朱湘著《石门集》的扉页，用三线框框起，右上方为小框，框内印书名、作者名、丛书名和出版时间，小框外皆为叶饰花纹，极具动感。

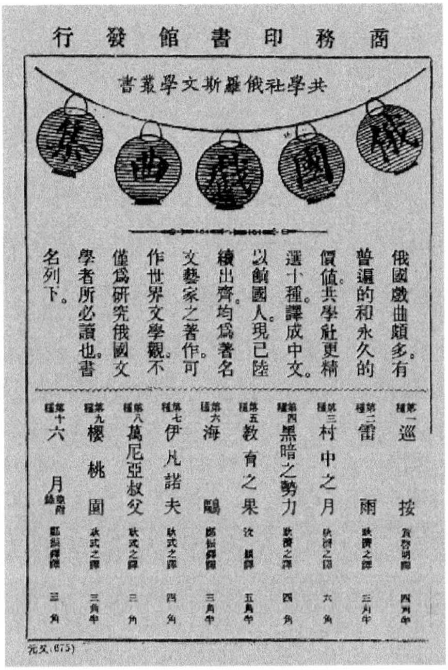

⊙ 商务印书馆“共学社俄罗斯文学丛书”书目广告

⊙ 商务印书馆一种出版标记

⊙ 文学研究会版权印花

“文学研究会丛书”的版权页，主要为两种，两种格式基本划一。一种是常见的，一粗一细框线框起，上方五分之一处有一细横线相隔，内印英文的版权事项。细线下方，从右至左竖印出版时间、版次、丛书名、书名、售价、著译者名、发行印刷机构以及总发行所、分售处地址。另在花纹框内印“文学研究会著作权不准翻印”字样。有的版权页上还贴有方形齿孔状版权印花，从所见的颜色看，似分为红、黑、蓝，内印方形空格，供著译者盖名章。在版权印花中还印有文字：“文学研究会版权所有”。版权印花并非贴在统一处，见到过没有印版权事项的印花，贴在何处,似乎并无定规。另一种是"国难后"版本的版权页,分上下两部分,上部为《上海商务印书馆谨启》,下部为版权事项。这段"谨启"文字,在"国难"后出版的几乎所有商务版版权页均印,成了一种带有历史记载的版本"印记":

> 民国二十一年(1932 年——编者)一月二十九日敝公司突遭国难总务处印刷所编译所书栈房均被炸毁附设之涵芬楼东方图书馆尚公小学亦遭殃及尽付焚如三十五载之经营隳于一旦迭蒙各界慰问督望速图恢复词意恳挚衔感何穷敝馆虽处境艰困不敢不勉为其难因将需用较切各书先行覆印其他各书亦将次第出版惟是图版装制不能尽如原式事势所限想荷鉴原谨布下忱统祈　垂詧

"文学研究会丛书"的版本,在书末大多印有文学研究会编辑的丛书书目,包括"文学研究会丛书""文学研究会创作丛书""文学研究会世界文学名著丛书"和"文学研究会通俗戏剧丛书"。同时还有文学研究会编辑的其他丛书,如"文学周报社丛书""小说月报丛刊"及商务版的丛书,如"共学社俄罗斯文学丛书"等。总之是充分利用已经出版的版本做足书目广告,其中有单纯的书目和书目加广告词,具有相当的吸引力。

"文学研究会丛书"的出版,也并非一帆风顺。20 世纪 20 年代后期,以创造社、太阳社一些成员为代表,开展了革命的文学运动,攻击鲁迅、周作人、刘半农等,同时也攻击文学研究会的茅盾、叶圣陶和郑振铎等。当 1930 年中国左翼作家联盟成立时,除茅盾参加了"左联",叶圣陶、郑振铎等文学研究会的成员大多被排斥在外,对他们的攻击也没有停止。1930 年后,文学研究会基本上是停止了活动,"文学研究会丛书"也基本上没有继续出版新书。茅盾、叶圣陶、郑振铎、冰心、朱自清、俞平伯等此时便团结在开明书店周围进行活动,之后还围绕《文学》杂志进行创作。收藏者耳熟能详的著作版本,如叶圣陶的《倪焕之》、茅盾的《子夜》、朱自清的《背影》、冰心的《寄小读者》、俞平伯的《杂拌儿》等,都不可能列入"文学研究会丛书",而是由开明书店另行出版。1935 年年底,中国左翼作家联盟自行解散,文艺界逐渐形成抗日民族统一战线,此时文学研究会又恢复了活动。从 1936 年起,主编了"文学研究会创作丛书"和"文学研究会世界文学名著丛书",同时由上海商务印书馆出版。这两套丛书,实际上是"文学研究会丛书"

在新形势下从“创作”与“译作”两方面的内容继续和发展。也就是一棵大树长出了两根枝干，由枝干长出了茂盛的枝叶。这一时期，“文学研究会创作丛书”出版了 23 种，“文学研究会世界文学名著丛书”出版了 14 种。

但是，事实上文学研究会停止活动后，“文学研究会丛书”仍然在出版个别版本，有初版也有“国难后”的版本，从 1930 年 3 月至 1935 年 5 月在“创作”与“译作”出版之前，仍有将近 10 种版本面世，这说明“文学研究会丛书”虽然表面上基本未出，但编书的人在，丛书版本仍然在“偷偷”地出。或者说这些已经编毕、已经排版、已经印刷的版本有个后续完成的过程，这是书籍出版的一个特殊现象。

“文学研究会丛书”在编纂之前，曾在 1921 年 6 月 10 日《东方杂志》第十八期第十一号上刊登过《文学研究会丛书缘起》和《文学研究会丛书编例》，这两篇文章都作为《附录》置于书末，在此不再赘述，请读者参阅。

《春之循环》

《春之循环》，“文学研究会丛书”，戏剧集，[印度]太戈尔（R. Tagore）著，瞿世英译，郑振铎校，商务印书馆印刷发行，笔者所见为民国十二年（1923）十月三版，不知印数，每册定价大洋三角。封面和版权页皆印“文学研究会丛书”，版权页贴文学研究会版权印花。1921 年 10 月初版，未见。1932 年 12 月国难后第一版，据说封面与三版同，也未见。

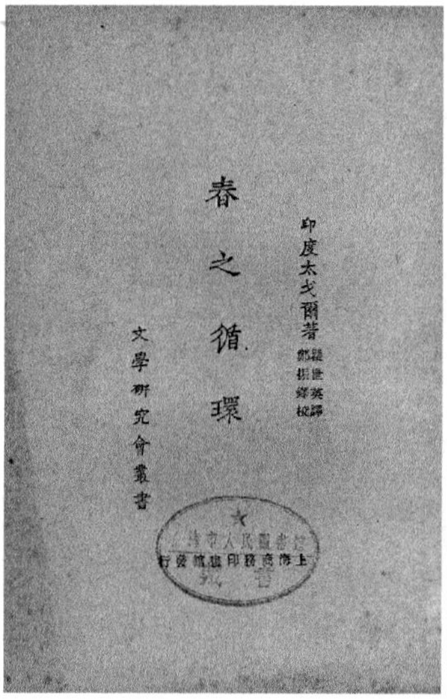

The Cycle of Spring
Commercial Press, Limited
All rights reserved

中華民國十年十月初版
中華民國十二年十月三版

※此書有著作權翻印必究※

(文學研究會叢書)春之循環(一册)
(每册定價大洋叁角)
(外埠酌加運費匯費)

著者　印度 R. Tagore
譯者　瞿世英
校者　鄭振鐸
發行者　商務印書館
印刷所　商務印書館
總發行所　商務印書館
分售處　商務印書分館

⊙《春之循环》1923 年三版封面及版权页

另见一种印度太戈尔著，瞿世英译，郑振铎校，商务印书馆民国十年(1921)十一月初版的《春之循环》，属“世界文学丛书”第一种，虽非“文学研究会丛书”，但却由文学研究会出版，且封面设计与同属“文学研究会丛书”的《阿那托尔》相同，故在此一并介绍，这也可从侧面推断：“文学研究会丛书”的封面选择并不统一，有点乱，缺乏整体构思与考虑。

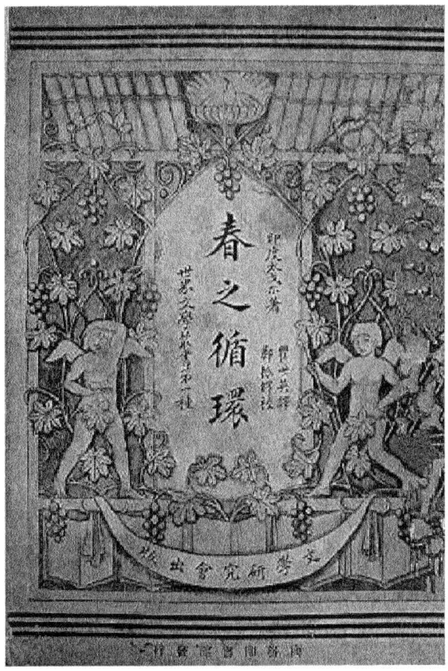

⊙《春之循环》“世界文学丛书”版封面

全书 85 页，书前有郑振铎的《序一》，其中讲道：“我读过太戈尔的《春之循环》三次了。我友瞿世英君把他译出来后，又叫我校对了一回。我每读过一次，所得的印象愈深，愈想要再读他。”

《序二》由瞿世英所写：

> 太戈尔无论如何是现在的一位大人物。他的思想像空气般自由，他的精神像日光般热烈。他心中充满了爱。他使我们深深的觉着此生是极有价值的。生命是不朽的。生命是广大无垠的。生命是创新的，是从爱生的。
>
> 这本书不但是一本文学书竟是一本哲学书。他是用东方人的话来说西方大哲学家欧根和柏格森的思想的。
>
> 我译述这本书，很费了些工夫，但恐怕仍旧不能好，敬求诸君的改正和批谬。
>
> 这里头有好些诗歌是郑振铎兄代译的。附。

之后是“太戈尔著作一览”，分诗歌、戏曲、论文、小说、自传、译文六种。诗歌是其重点，有六种：《偈檀迦利》《采果集》《园丁集》《新月集》《飞鸟集》和《情人之贻与歧路》。

此书的初版还刊有《文学研究会丛书缘起》和《文学研究会丛书编例》，三版无，这两文读者可参见书末的附录。

瞿世英，生于 1901 年，原名士英，江苏武进人。早年与郑振铎、瞿秋白、赵世炎等创办《新社会》旬刊和《人道》月刊。“五四”运动时是北京学生联合会代表。1920年与郑振铎等发起成立“文学研究会”。1926年获美国哈佛大学哲学博士学位，曾任清华大学、北京大学、北京师范大学等学校的教授。

《长子》

《长子》,“文学研究会丛书”,三幕剧,高尔斯华绥(John Galsworthy)著,邓演存译,商务印书馆印刷发行,笔者所见两种版本。

第一种,民国十三年(1924)十一月再版,不知印数,每册定价大洋三角。封面和版权页皆印“文学研究会丛书”。1922 年 1 月初版,未见。

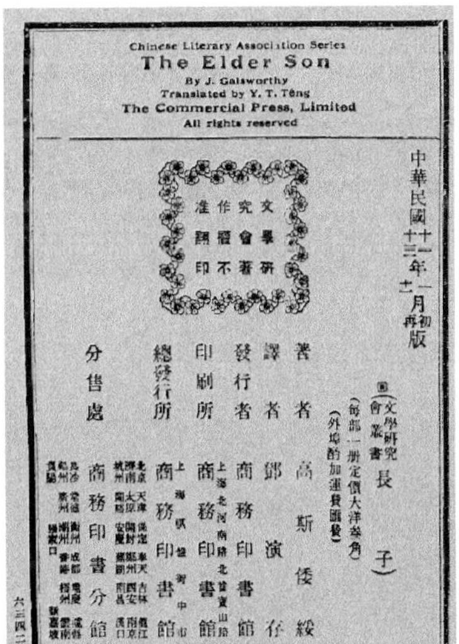

⊙《长子》1924 年再版封面及版权页

第二种,民国二十二年(1933)一月国难后第一版,不知印数,每册定价大洋三角。版权页印“文学研究会丛书”和“上海商务印书馆谨启”。

全书 115 页，无序跋。

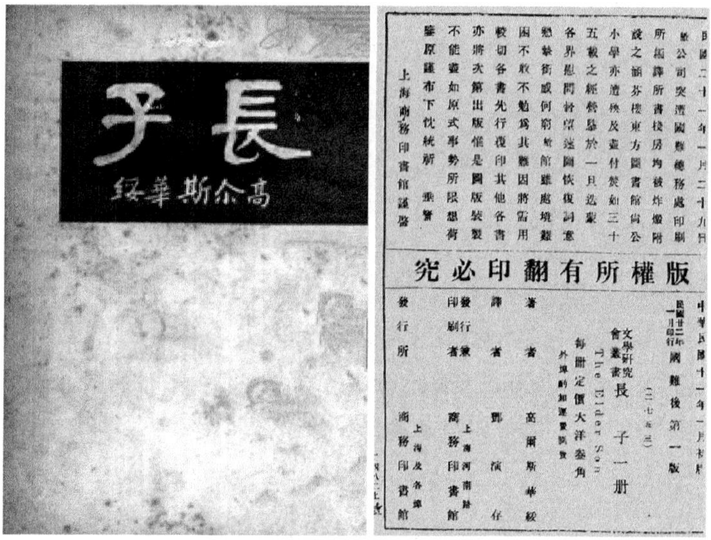

⊙《长子》1933 年国难后第一版封面及版权页

邓演存，生于 1888 年，字兢生，广东惠阳人，邓演达之兄。在笔者的心目中，邓是武官，曾为保定北洋军官学堂和保定陆军军官学校第一期炮科毕业，后任广东炮兵学校副校长、广东石井兵工厂少将副厂长等职。此译本出版时，邓已 36 岁。而他的哥哥邓演达，就是在 36 岁时被秘密处决于南京麟麟门外的沙子岗。

《意门湖》

《意门湖》,“文学研究会丛书”,[德国]斯托尔姆(Theodor Storm)著,唐性天译,商务印书馆印刷发行,民国十二年(1923)十二月三版,不知印数,每册定价大洋二角五分。封面和版权页皆印“文学研究会丛书”。另见1922年1月初版,文学研究会出版,属“世界文学丛书第二种”,也就是说此书初版还未列入“文学研究会丛书”之列。

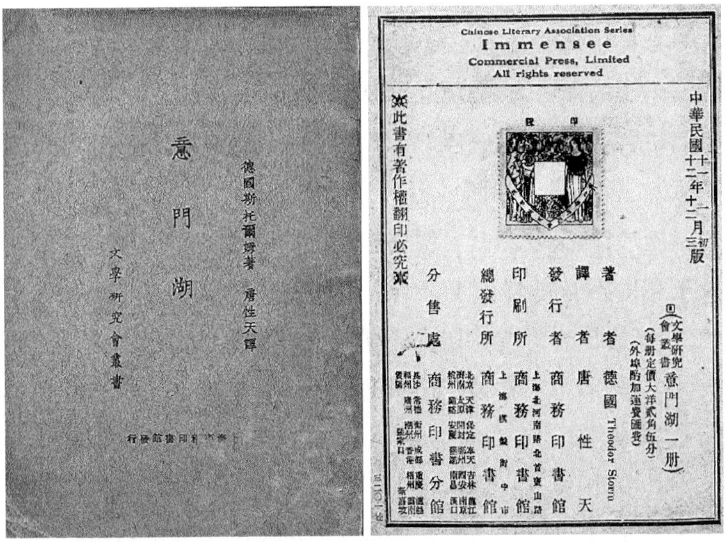

⊙《意门湖》1923年三版封面及版权页

书前有译者写于5月31日的《序》：

> 这一篇东西是斯托尔姆第一本短篇小说。他的原文，简练老当，并没有刻意求工的气味，却是描写情景，栩栩如生，真到了自然佳妙的境界，这就是斯氏“散文艺术”的美（Prosakunst）。他叙述这篇《孩儿的爱情》(Kinderliebe)，所表现的，多是自己的经验，所描写的，又是本乡的风景，却又能使多数人与著者同情同感，如身历其境，得一深深的印象。而且书中一举一言，一事一物，都有寓意，非比他小说浮泛无意，读者须要静静地会悟其思想，那就不辜负这篇小说了。现在我把他直译中文，所以多原文的语气，不过我的译笔不精，不免有些地方要损失了著者的价值。真是抱憾之至。

全书86页，无目次。除译者序外，还有唐性天作于1921年5月23日的《斯托尔姆(德国北部的小说家兼诗家传)》《略传》《斯托尔姆的抒情诗》和《斯托尔姆的短篇小说》。

版权页上贴有文学研究会版权印花，版权页后印商务版丛书书目，如“新智识丛书”“尚志学会丛书”“俄国戏曲集”“世界丛书”“共学会丛书”和“南京高等师范学校丛书”等。封底有商务印书馆五花瓣的出版标记。

斯托尔姆的这本短篇小说集，在中国有不少译本。唐性天所译译名《意门湖》，朱偰的译名为《漪溟湖》(开明书店1927年11月初版)，郭沫若和钱君胥的译名《茵梦湖》，除泰东版(1921年7月初版)外，还有创造社出版部(1927年9月初版)的版本。与之同译名的还有张友松译《茵梦湖》(北新书局1930年7月版)、施瑛译《茵梦湖》(启明书局1936年5月版)。还有孙锡鸿寒微社1932年版及王翔世界书局1933年版，后两种版本只闻不见。另外还有梁遇春译的，书名为《青春》，巴金译的，书名《蜂湖》，等等。而这本小说最早的译文应该是上海《留美学生季刊》第三卷第三期(1916年9月)上刊载的之盎译《隐媚湖》，原作者译名是“斯托蒙”。

其实，围绕这一译本在当年还引起过一阵“喧腾”，现在能够见到不少这方面的文章，读者可以从容参见。在此借助于他人的资料作一综述，以便使读者更进一步了解这一译本。

郭沫若与钱君胥合译的《茵梦湖》，泰东图书局从1921年出版此书后至

1931年共印了14次，销量之大，让人瞪目。1922年商务推出与郭译《茵梦湖》译名不同的唐性天的《意门湖》。《文学旬刊》于1922年5月1日第三十六期的新刊介绍中说："意门湖，这是唐性天君所译，研究会丛书之一，与郭沫若钱君胥二君的译本略有不同，而后附有斯托尔姆的传记一篇，极为详细。"紧接着，郭沫若在《创造季刊》第一卷第二期中发表《批评〈意门湖〉译本及其他》。陈西滢看后认为不公，在《太平洋》第四期第二号(1923年9月5日)发表《译本的比较》，评列十九条，对郭、唐译本比照德语原文进行校勘，结论是："草草校对的结果我们可以说唐译的文笔大不及郭译，唐本译者的德文知识不如郭本的译者，但郭本也有错误，有时反不及唐本。"是各打五十大板，对唐译本下板更重而已。

郭的文章，也引起了沈雁冰和郑振铎的激烈反应，他俩在《文学旬刊》第四十五期(1922年9月1日)撰文评说。郑说，唐译《意门湖》实际是完成于郭译《茵梦湖》出版之前，并非参考郭译而作，只是出版慢了一拍。真正重译的是朱偰译《漪溟湖》，开明书店1927年版。《文学周报》第四卷第二十四期(1928年1月5日)刊出广告，在书名下印"有意的重译"。正文是："施笃谟这本恋爱小说，坊间已有《茵梦湖》和《意门湖》两种翻译。但《意门湖》文句生涩，《茵梦湖》很多错误。……所以朱偰先生要做'有意的重译'。定价极廉，已买过的不妨买一本回去对照，看究竟谁译得忠实。"朱偰在译序中指责唐译："语句滞重，而错误之处复多"，说郭译"有几十处失了真"。研究者对这种现象有过一些中肯的结论：反映出当时评坛批评之风相当盛行，意见交换乃为常事之风气。

《隔膜》

《隔膜》，“文学研究会丛书”，短篇小说创作集，叶绍钧（叶圣陶）著，商务印书馆印刷发行，笔者所见两种不同封面和版次的版本。

第一种，民国十三年（1924）二月四版，不知印数，每册定价大洋五角。封面和版权页印“文学研究会丛书”。版权页贴文学研究会版权印花。1922 年 3 月初版，未见。

第二种，民国十九年（1930）八月九版，不知印数，每

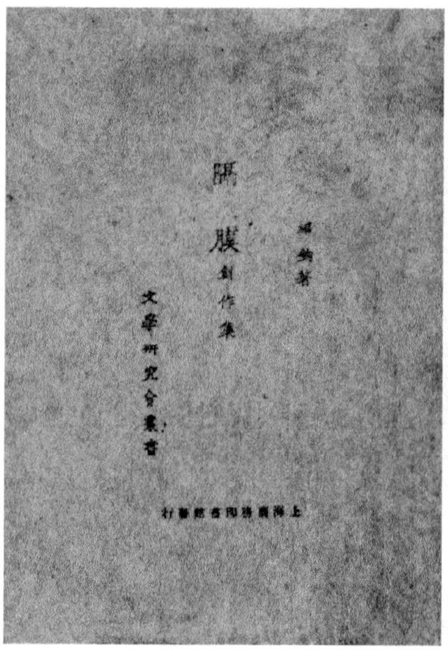

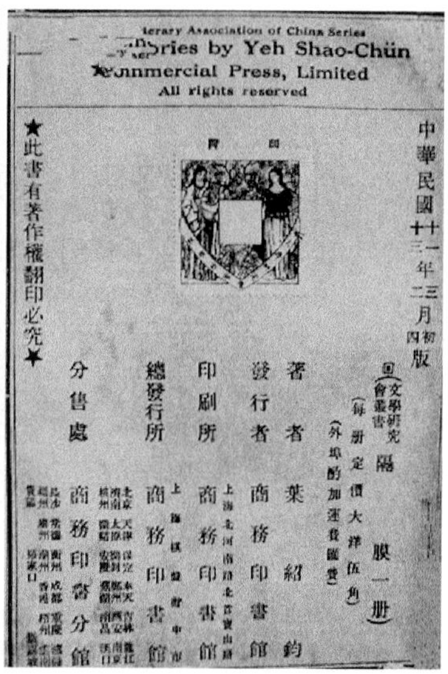
Stories by Yeh Shao-Chün
Commercial Press, Limited
All rights reserved

中華民國十一年三月初版
中華民國十三年二月四版

（文學研究會叢書）隔膜一册
（每册定價大洋伍角）
（外埠酌加運費匯費）

著者 葉紹鈞
發行者 商務印書館
印刷所 上海北河南路北首寶山路 商務印書館
總發行所 上海棋盤街中市 商務印書館
分售處 商務印書分館

★此書有著作權翻印必究★

⊙《隔膜》1924 年四版封面及版权页

册定价大洋五角。封面左侧只印红字书名。版权页印“文学研究会丛书”。

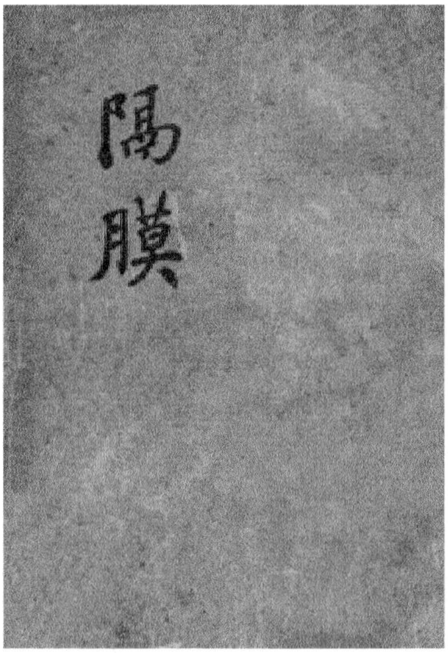

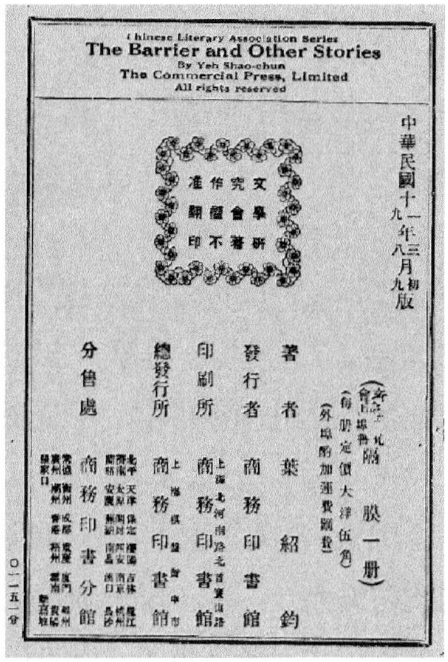
Chinese Literary Association Series
The Barrier and Other Stories
By Yeh Shao-chun
The Commercial Press, Limited
All rights reserved

中華民國十一年三月初版
九年八月九版

文學研究會著作權不准翻印

著者 葉紹鈞
發行者 商務印書館
印刷所 商務印書館
總發行所 商務印書館
分售處 商務印書分館

（每册定價大洋伍角）
（外埠酌加運費匯費）

⊙《隔膜》1930 年九版封面及版权页

版权页后印有丛书广告，内有《悭吝人》《青鸟》《华伦夫人之职业》《长子》《西洋小说发达史》《一叶》《狱中记》《雪朝》《春之循环》《阿那托尔》《意门湖》《新俄国游记》《小人物的忏悔》《飞鸟集》等。最初见到这套丛书中的这一小部分，还以为“文学研究会丛书”也就一二十种，岂料一本接着一本地发现，最终居然见到了较为完整的书目，让人大吃一惊。在民国时期一套文学丛书超过百种虽不少，但像“文学研究会丛书”出得这么早，出得那么规整，实属少见。在笔者心目中，这套文学丛书起码奠定了文学研究会在现代文学史中的地位。

封面设计极简单，无任何装饰，稍有破损，内页却完好。封面就像书籍的“盔甲”，面对磨损，还能“抵挡”一阵，使内页免遭损坏，这也可说是封面的“丰功伟绩”。

叶圣陶这部短篇小说集是他的第二部创作集，也可称之为中国现代文学史上第二本短篇小说集。此书封面书名《隔膜》，书页侧书名为《隔膜及其他》，而在第一篇小说之前的名字却为《隔膜及其他短篇小说》。看来，《隔膜》只是一种缩写，这一简略让人明了易懂。

此书《序言》，由学者顾颉刚撰写，其中说到了写序言的原因：

> 圣陶集了几年来做的小说二十篇，付文学会刊入丛书，教我做一篇序。我与圣陶是最早的同学，他的思想与艺术，十分之七八，我都看见晓得。我虽则没做过文艺的研究，不能说明他的小说在文艺界上的地位，可是要做一篇序来说明他的思想的本质，与他所以做小说的背景，自以为我是最适宜了。

此序极长，可看作叶圣陶的文艺创作简史。序言分段叙述，如“圣陶小时候，与我住在同巷。二十世纪的第一年，我九岁，他八岁，我们就在一处私塾读书……”“他比我早进一年中学。我进中学时，他正是刻图章，写篆字最有兴味的当儿……”“圣陶对于文艺，没有一种不喜欢……”“后来他到了甪直，提议在学校里造了一个戏台，自编了剧本，每逢星期三演作一次……”“他家境很清贫，使他不能专向文艺方面走。他中学毕业后，就在苏州城里充做初等小学的教师……”“那时候，圣陶精神上苦痛极了：他自己文艺上的才具既不能发展，教育上的意见又不能见诸实行；称他的心，实要丢掉了教师，投身做工匠去……”“圣陶想象的丰富，描写的精细，自中学时期以至民国三年（1914 年——编者），都可在他的诗里寻出……”“圣陶与小说最早的因缘，大约是中学校里把伊尔文《见闻杂记》做英文译本……”“圣陶因为自己所抱的宗旨与时流不合，所以对于当时的小说界很抱悲观……”“那时，他所做的小说有《博徒之儿》，《姑恶》，《飞絮》，《沾泥录》，《终南捷径》等篇，都是摹写黑暗社会的作品……”“到民国五年（1916 年——编者），旧同学吴宾若君在苏州东南甪直乡做高等小学校长，招圣陶担任教科……”“他在这几年里，胸中充满着希望，常常很快乐地告诉我他们学校的改革情况。他们学校里，立农场，开商店，造戏台，设备博览馆，有几课不用书本，用语体文教授……”“自五年到现在，六年之间，他没有离开过甪直。八年，又把全家搬了过去，从此他做了甪直人了，他每天所到的地方，只有家庭及学校，而这两处都充满了爱的精神，把他浸润在爱的空气里……”“民国七年（1918 年——编者）间，《新青年杂志》提倡国语文学极有力量。但那时新体小说只有译文，没有创作。圣陶禁不住了，当《新潮杂志》出版时，他就草了《一生》一篇寄去，随后又陆续做了好几篇……”“这几年来，他常有信给我，论小说界的现况，及他著作小说的感情和兴味……”“圣陶做的小说，决不是敷衍文字，必定自己有了事实的感情，著作的兴味方使动笔；既动笔则便直写，也不甚改窜。换句话说，他的小说完全出于情之所不容已，丝毫假借不得的……”

在序文中选择以上文字，足可勾勒出叶氏一生。序文最后一段文字很有意思：

> 这回文学会集刊丛书，便把圣陶三年来的小说刻了一集。这本集子，是汇刊个人的新体小说的第一部，是很可纪念的。圣陶往年极羡慕的鞋匠生涯，于今成就了：这二十篇文字，便是二十双鞋子。想他鞋子告成时的乐趣，已经经过了二十回了！我祝颂圣陶，从今以后，永永在工作的时候，即是永永在快乐的时候。到他老年时，看着这最先的二十双鞋子，就是毕生事业的起点，当更觉得发生珍重的心思了。
>
> 圣陶因为里边有一篇唤做《隔膜》，也就把他做了全集的名字。但我以为这个名目不大好。因为集里固然有几篇——如《一生》《一个朋友》《隔膜》——是从骨子里看出人与人之冥漠无情的，但《母》《伊和他》《小病》《低能儿》诸篇，把人类心情的相通相感之境写得美满极了；况且圣陶做小说的趋势，又向不隔膜方面进行；怎能把小部分去赅括全体呢！要是圣陶永远过在民国四年（1915 年——编者）前的生活，所做的小说只向社会的黑暗方面描写，那么，这一集唤做《隔膜》，是确之又确的。现在他的学校与家庭都成了爱的世界，别种无情的社会他也没有加入，他的生活是再不隔膜没有了。所以我劝他改名《微笑》来表达这交互萦感的心神。

从这段文字看，顾颉刚确也是个可爱的人物，情感的波澜也能支配自己，更有意思的是，甚至于要圣陶改掉书名……最后，顾先生还讲明了写这序的两个缘故：其一说明圣陶是个文艺天才；其二搜集他早年的思想行事，来备将来的文献。看来顾先生这两点都已做到了。

叶圣陶的这本早期集子，笔者以前没看过，如今翻阅了其中几篇，感到有意思。作品所描写的是旧中国的社会世态和人情风俗，逼真地描绘出了一幅幅生机荡然而又杂沓纷乱的生活图画，描绘出了自我烦恼、匆忙浮沉的灰色人物，特别是深刻描绘出了小市民和知识分子的思想面貌。

《小说汇刊》

《小说汇刊》,“文学研究会丛书”,短篇小说集,叶绍钧等著,商务印书馆印刷发行,笔者所见版本两种。

第一种,民国十二年(1923)七月三版,不知印数,每册定价大洋四角。封面设计得相当繁复与雅致,说其“繁复”,封面的每一处都画满了图案与线条,图案对称,内画烛台、书籍、葡萄和生有翅膀的天使等。中间印有书名和丛书名,下有一飘带,上书“文学研究会出版”。笔者所见“文学研究会丛书”,此书算是最能代表文学研究会内涵和水准的一种版本。1922 年 5 月初版,未见。

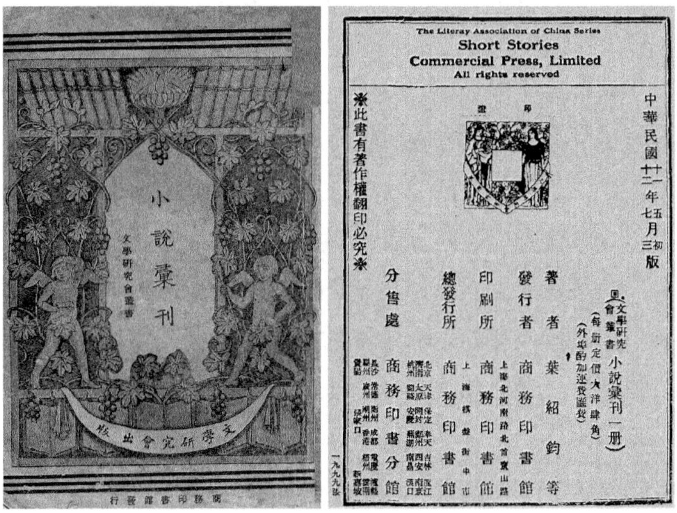

⊙《小说汇刊》1923 年三版封面及版权页

第二种，民国十五年(1926)十月五版，不知印数，每册定价大洋四角。封面设计恢复“初版模样”，素面朝天。1931 年 1 月六版和 1933 年 4 月国难后第一版，皆未见。

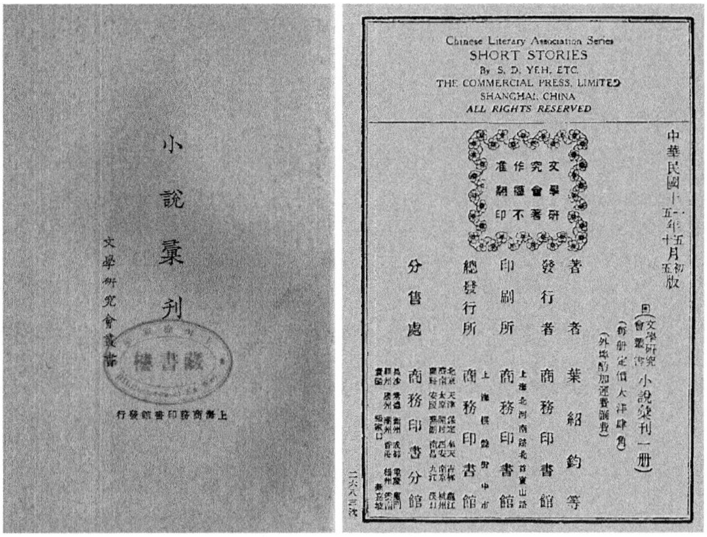

⊙《小说汇刊》1926 年五版封面及版权页

全书 149 页，无序跋，收 7 人 16 篇小说：《云翳》(叶绍钧)、《义儿》(叶绍钧)、《饭》(叶绍钧)、《别》(朱自清)、《一个月夜里的印象》(庐隐女士)、《邮差》(庐隐女士)、《傍晚的来客》(庐隐女士)、《一个快乐的村庄》(庐隐女士)、《金丹》(李之常)、《一对相爱的》(李之常)、《这么小一个洋车夫》(陈大悲)、《马路上底一幕戏》(陈大悲)、《哭中的笑声》(陈大悲)、《命命鸟》(许地山)、《爱之谜》(白序之)和《幻影》(白序之)。

沈雁冰在《文学旬刊》第四十三期的《评〈小说汇刊〉》中说：“并非说这十六篇是最好的小说，也不是说这十六篇是作者的最好的作品；他的本意不过是要将‘情调’和‘风格’不同的小说收集在一处罢了。”

版权页后有“文学研究会丛书”书目广告两页。

《工人绥惠略夫》

《工人绥惠略夫》，“文学研究会丛书”，[俄国]阿志跋绥夫(M. Artsybashev)著，鲁迅译，商务印书馆印行，笔者所见两种不同封面的版本。

第一种，民国十一年(1922)五月初版，不知印数，每册定价大洋六角。封面图案同《小说汇刊》，繁复而雅致。封面印“文学研究会丛书”，版权页贴有文学研究会的版权印花。版权页上方印《英语短剧读本》广告。

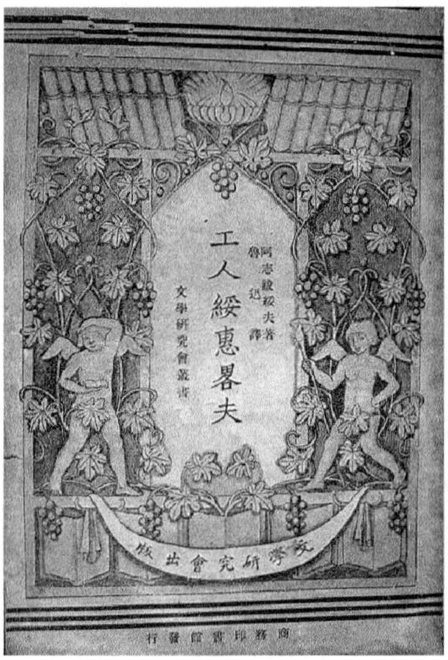

語短劇讀本

一冊定價三角

內容英文短劇十八折，一都是歐美名家原文——文字淺顯，却有文學的，戲劇的趣味，如學校採用作為教本，並可增進學生誦讀和會話的能力，排列由淺入深，高小及中學均可適用。

商務印書館

民國十一年五月初版

（工人綏惠略夫一冊）
（每冊定價大洋陸角）
（外埠酌加運費匯費）

著者 阿志跋綏夫
譯者 魯迅
發行者 商務印書館
印刷所 上海北河南路北首寶山路 商務印書館
總發行所 上海棋盤街中市 商務印書館
分售處 商務印書館分館

★此書有著作權翻印必究★

⊙《工人绥惠略夫》1922 年初版封面及版权页

第二种，民国十三年(1924)六月再版，不知印数，每册定价大洋六角，封面又恢复到“素面朝天”，封面和版权页皆印“文学研究会丛书”。

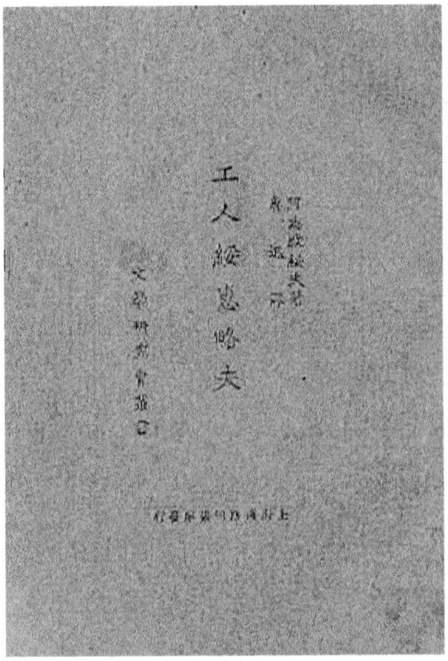

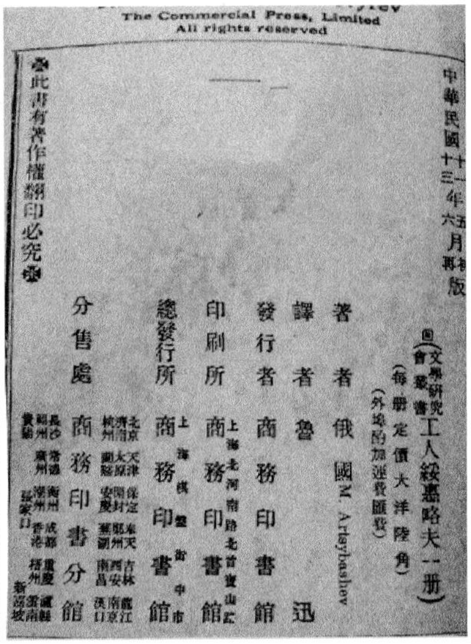
The Commercial Press, Limited
All rights reserved

中華民國十一年五月初版
中華民國十三年六月再版

（文學研究會叢書）工人綏惠略夫一册
（每册定價大洋陸角）
（外埠酌加運費匯費）

著者 俄國 M. Artsybashev
譯者 魯迅
發行者 商務印書館
印刷所 上海北河南路北首寶山路 商務印書館
總發行所 上海棋盤街中市 商務印書館
分售處 北京 天津 保定 奉天 吉林 龍江 濟南 太原 開封 鄭州 西安 南京 杭州 蘭谿 安慶 蕪湖 南昌 漢口 長沙 常德 衡州 成都 重慶 瀘縣 福州 廣州 潮州 香港 梧州 雲南 貴陽 張家口 新嘉坡 商務印書分館

此書有著作權翻印必究

⊙《工人绥惠略夫》1924 年再版封面及版权页

书前有译者写于 1921 年 4 月 15 日的《译了工人绥惠略夫之后》，8 页，最后说道：

> 这一篇，是从 S. Bugow und A. Billard 同译的《革命的故事》(Revolutionsgeschichten)里译出的，除了几处不得已的地方，几乎是逐字译。我本来还没有翻译这书的力量，幸而得了我的朋友齐宗颐君给我许多指点和修正，这才居然脱稿了，我很感谢。

⊙ 作者肖像

除收有上述文字外，还收有《路加福音》第十三章一至三节引文。

商务印书馆版《工人绥惠略夫》初版后五年的 1927 年，未名社又出版了此书，属“未名丛书”之一种，其内容与商务版同。

鲁迅提及的齐宗颐，即齐寿山，生于1881年，河北高阳人，著名戏剧家齐如山是其二哥。齐的国学与德语的修养都非常好，但他却几乎没有留下著作，如今能见到的只有两种，一种是与鲁迅合译的荷兰作家佛雷德里克·凡·伊登的《小约翰》，以及他单独翻译的苏联作家观纳德略夫的《在宁静的海岸边》(中国青年出版社1955年版)。

《阿那托尔》

《阿那托尔》，“文学研究会丛书”，七幕剧，[奥地利]显尼志劳（Arthur Schnitzler）著，郭绍虞译，商务印书馆出版，笔者所见两种版本。

第一种，民国十一年（1922）五月初版，不知印数，每册定价大洋四角。封面与一般“文学研究会丛书”不同，图案繁复，颇具西洋味，图中一飘带上印“文学研究会出版”。封面和版权页皆印“文学研究会丛书”。版权页贴有文学研究会版权印花，上方印《英语短剧读本》广告。

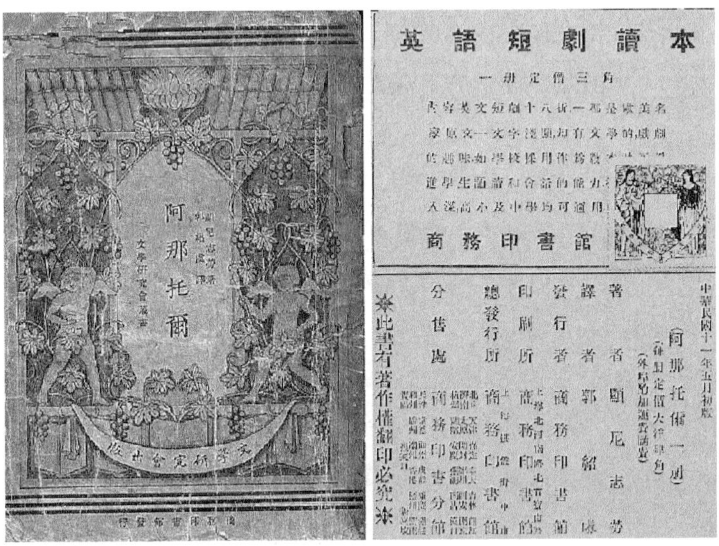

⊙《阿那托尔》1922 年初版封面及版权页

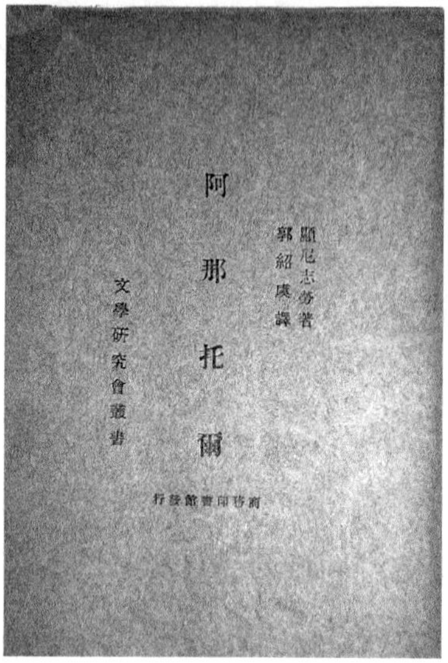

⊙《阿那托尔》内封

第二种，仅存封面，失版权页，不知其他版权事项。据悉此书为民国二十二年(1933)三月国难后第一版。封面印“文学研究会丛书”。内容与初版同，书末无书目广告。

全书137页，收文：《阿那托尔》(不少资料上是《阿那托儿》，实际是同一种书名的不同译音)。

书前有郑振铎写于1922年3月25日的《序》，五页，其中说道：

《阿那托尔》是七幕可以独立的剧本联结成一部“独幕的连环剧”(One-Act Cycle)的，以剧中主人翁阿那托尔为中心，为线索，而联结全篇为一片。第一幕叙阿那托尔与一个女子卡茑的事。第二幕是叙阿那托尔与一个已嫁女子葛勃丽的事。第三幕是叙阿那托尔与一个女子璧莹迦的事。其余四幕也都是如此，男主人翁总是阿那托尔。女主人翁则各各不同。

这部剧本的著者是现代奥大利戏剧作家亚述显尼志劳(Arthur Schnitzler)。

显尼志劳于一千八百六十二年生于奥京维也纳。现尚健在。他父亲是一个著名的喉科医生。他自己也是学医的。自从维也纳大学毕业后他就去做医生，继续做了十年之久。一方面又时时的做了许多长篇小说，短篇小说和剧本。而剧本尤为有名。……

据我们所知道的，《阿那托尔》共有两个英译本；一本是“近代丛书”(Modern Library)中的一本《阿那托尔及其剧本》——这是Colbron译的，出版于一九一七年；一本是伦敦Sidgwiek and Jnckson公司出版的单行本——这是G. Barker意译的，专为英国剧场上用的，也是出版于一九一七年。现在绍虞兄所译的，是完全根据近代丛书的译本专译的。

这本译文是我任校对的，中间略略有些更改。但因是在排好时才修改的原故，不免有些不精细；且也有些地方，不能够十分更动。这是应该声明的。

书末有“世界文学丛书”（文学研究会编辑），以及商务版的“文学研究会丛书”“共学社俄罗斯文学丛书”“世界丛书”的书目广告。商务版的丛书，“共学社丛书”是较为著名的丛书之一，包括政治、经济、社会科学各门类以及文学，总共约20种左右，文学类的除“共学社俄罗斯文学丛书”外，还有“共学社文学丛书”和“共学社俄国戏曲集”等。

选择留存“俄国戏曲集”的广告文字：

> 俄国戏曲颇多。有普遍的和永久的价值。共学社更精选十种。译成中文。以饷国人。现已陆续出齐。均为著名文艺家之著作。可作世界文学观。不仅为研究俄国文学者所必读也。书名列下。第一种《巡按》（贺启明译，四角半）、第二种《雷雨》（耿济之译，三角半）、第三种《村中之月》（耿济之译，六角）、第四种《黑暗之势力》（屡试济之译，四角）、第五种《教育之果》（沈颖译，五角半）、第六种《海鸥》（郑振铎译，三角半）、第七种《伊凡诺夫》（耿式之译，四角）、第八种《万尼亚叔父》（耿式之译，三角）、第九种《樱桃园》（耿式之译，三角半）和第十种《六月》（并附录，郑振铎译，三角）。

郭绍虞虽然是文学研究会的发起者之一，属“元老级”人物，但他在“文学研究会丛书”中却只占了一席，就是这本《阿那托尔》。笔者曾在拙著《民国版本收藏断想及其他》中收有一文《郭绍虞：文学研究会元老》。其中说道，笔者一直很好奇：只有一种文学著作存世的人，居然是著名文学社团“文学研究会”的发起人之一。据说沈雁冰和叶圣陶还是由他提名而加入文学研究会的。而且他谈到文学研究会的情况也很少，只见到1979年的一次访谈，他说道：我虽然是文学研究会的发起人之一，但文学研究会正式成立时，我已去山东济南第一师范学校教书。……1921年春，郑振铎由北京来上海后，文学研究会的会务也移到上海。那时沈雁冰先生主持《小说月报》，文学研究会会员的文章大都借《小说月报》发表。当时我也有好几篇文章，如《谚语研究》《中国文学批评史上的“神”“气”说》等都是在《小说月报》上发表的。……我虽然身在外地，但和文学研究会的联系未曾中断过，主要是靠通信与上海的主要成员协商会务，他们也按期寄来会刊

《文学旬刊》。由此可见，一个人在一个文学团体中位置的重要与否，并不一定取决于他与团体的密切程度，但必须有个先决条件，那就是他必须是这个团体的创始者，是元老，哪怕他之后与团体只保持一种松散的关系也无妨。郭绍虞便是这样一个被公认为文学研究会元老级的人物。

《史特林堡戏剧集》

《史特林堡戏剧集》，“文学研究会丛书”，[瑞典]史特林堡(Johan August Strindberg)著，张毓桂译，商务印书馆印刷发行，笔者所见为民国十一年(1922)六月初版，不知印数，每册定价大洋五角。封面和版权页皆印“文学研究会丛书”，并贴一枚“文学研究会版权所有”图案印花。版权页上方横排印《英语短剧读本》广告。

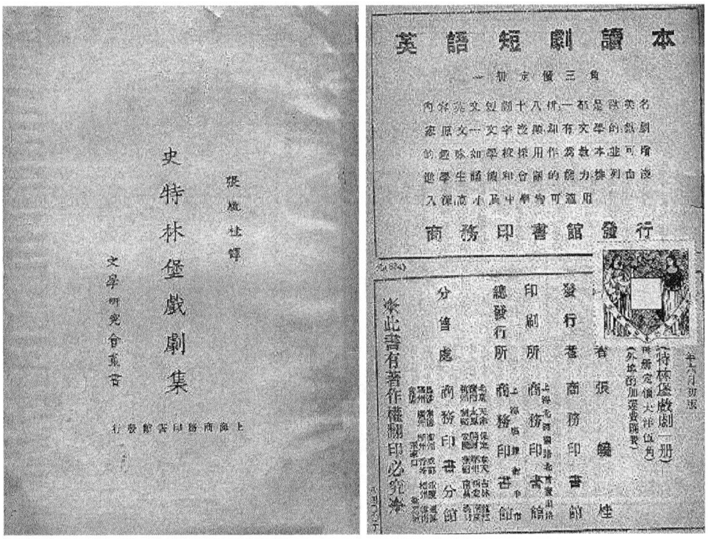

⊙《史特林堡戏剧集》1922 年初版封面及版权页

全书 163 页，书前有译者写于 1921 年 11 月 2 日的《弁言》：

"债主"剧中前二幕是吾友胡光廷君的初稿；"母亲的爱"一剧是吾友王品青君为我校阅的；"幽丽女士"一剧是吾友尹建猷君为我校阅的；我对于三君极端感谢。

书末有商务印书馆出版的图书书目广告，如文学研究会编辑的"世界文学丛书"第一第二两种：《春之循环》(太戈尔原著，瞿世英译)和《意门湖》(斯托尔姆原著，唐性天译)。

另有"文学研究会丛书"第一、二种：《隔膜》和《小说汇刊》。出版预告有：鲁迅译的《工人绥惠略夫》，朱自清等著的诗集《雪朝》。

还有"共学社俄罗斯文学丛书"俄国戏曲集10种：《巡按》《雷雨》《村中之月》《黑暗之势力》《教育之果》《海鸥》《伊凡诺夫》《万尼亚舅舅》《樱桃园》和《六月》。

商务印书馆另出过一套"新时代丛书"，广告语是：

这部丛书编辑的旨意，不外以下的三层意思：(一)想普及新文化运动。(二)为有志研究高深些学问的人们供给下手的途径。(三)想节省读书界的时间和经济。现在已出四种，以后陆续出版。四种图书是：《女性中心说》，《社会主义与进化论》，《马克斯主义和达尔文主义》，《马克斯学说概要》。编辑人：李大钊、李季、李达、李汉俊、邵力子、沈玄庐、沈雁冰、周作人、周建人、周佛海、夏丏尊、陈望道、陈独秀、郑太朴、戴季陶。

这类在已经出版的图书上印的书目广告或广告词，是版本不可分割的有机部分，既留有出版机构的"动向"，也留有书目资料(虽有些并未出版)，但仍然相当可贵，见到这类信息，千万不可忽略！

《雪朝》

《雪朝》，“文学研究会丛书”，封面标“新诗集”，朱自清、周作人、俞平伯、徐玉诺、郭绍虞、叶绍钧、刘延陵、郑振铎著。商务印书馆印刷发行，笔者所见有两种版本。

第一种，民国十二年(1923)一月再版，不知印数，每册定价大洋五角。封面和版权页皆印“文学研究会丛书”。版权页上方印印度名剧《春之循环》，“世界文学丛书”第一种。在图书广告与版权事项之间贴有版权印花，破损。1922年6月初版，未见。

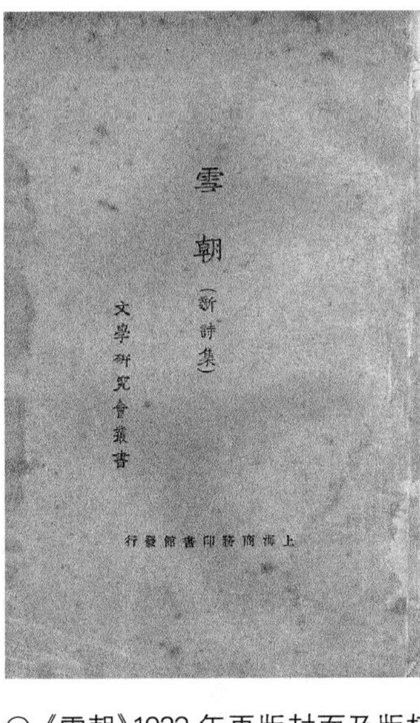

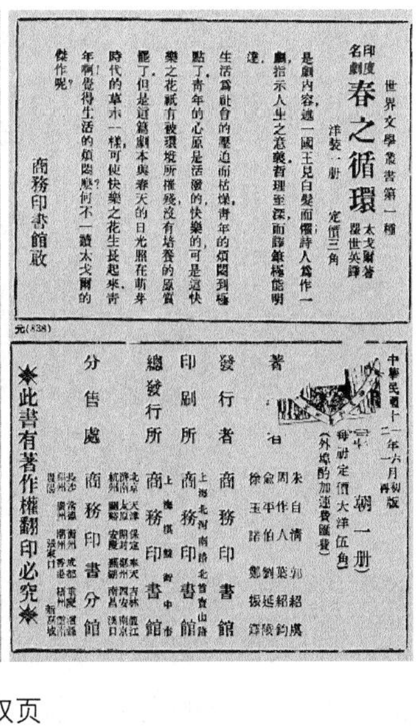
世界文學叢書第一種
印度名劇春之循環 太戈爾著 瞿世英譯
洋裝一册 定價三角
是劇內容，述一國王見白髮而懼，詩人為作一劇，指示人生之意義，哲理至深，而譯筆極能明達。
生活為社會的壓迫而枯燥，青年的煩悶到極點了。青年的心原是活潑的，快樂的，可是這快樂之花祇有被環境所摧殘，沒有培養的原質罷了。但是這篇劇本與春天的日光照在萌芽時代的草木一樣，可使快樂之花生長起來。青年啊！覺得生活的煩悶麼？何不一讀太戈爾的傑作呢？
商務印書館啟
元(838)

中華民國十一年六月初版
中華民國十二年一月再版
雪朝一册
每册定價大洋伍角
(外埠酌加運費匯費)
著者 朱自清 周作人 俞平伯 徐玉諾 郭紹虞 葉紹鈞 劉延陵 鄭振鐸
發行者 商務印書館
印刷所 上海北河南路北首寶山路 商務印書館
總發行所 上海棋盤街中市 商務印書館
分售處 商務印書分館
※此書有著作權翻印必究※

⊙《雪朝》1923年再版封面及版权页

此书既为“世界文学丛书”，同时也是“文学研究会丛书”。在此书版权页上印的广告词很有意思，不妨留存：

> 是剧内容，述一国王见白发而惧伙作一剧，指示人生之意义，哲理至深，而译笔极能明达。
>
> 生活为社会的压迫而枯燥，青年的烦闷到极点了。青年的心原是活泼的，快乐的，可是这快乐之花只有被环境所摧残，没有培养的原质罢了。但是这篇剧本与春天的日光照在萌芽时代的草木一样，可使快乐之花生长起来。青年啊！觉得生活的烦闷么？何不一读太戈尔的杰作呢？

第二种，民国二十二年（1933）三月国难后第一版，不知印数，每册定价大洋五角。封面和版权页皆印“文学研究会丛书”，版权页上方印“上海商务印书馆谨启”。

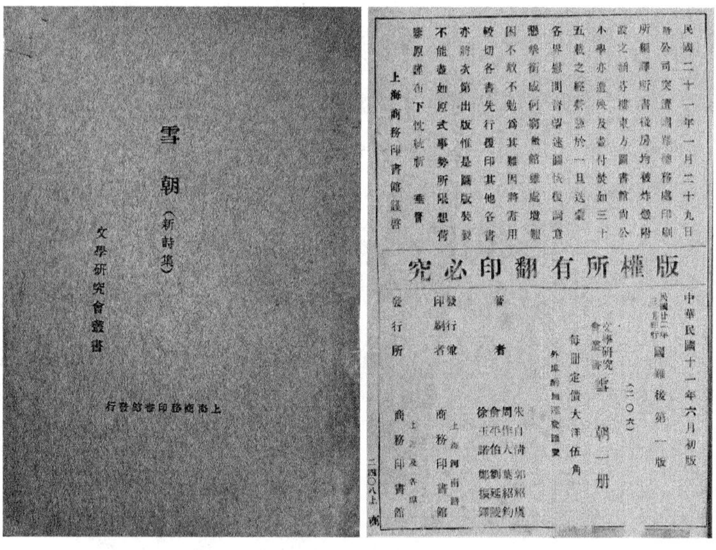

⊙《雪朝》1933 年国难后第一版封面及版权页

全书 157 页，收 8 位诗人，每位一集，第一集朱自清作 19 首：《“睡吧，小小的人”》《煤》《小草》《北河沿底夜》《不足之感》《黑暗》《静》《冷淡》《心悸》《旅路》《人间》《转眼》《自从》《杂诗三首》《依恋》《睁眼》《星火》等；第二集收周作人 27 首：《两个扫雪的人》《小河》《背枪的人》《画家》《爱与憎》《荆棘》《所见》《儿歌》

《慈姑的盆》《秋风》《梦想者的悲哀》《过去的生命》《中国人的悲哀》《歧路》《苍蝇》《小孩》《小孩二首》《山居杂诗七首》《对于小孩的祈祷》《小孩》等；第三集收俞平伯15首：《胜利者》《山居杂诗》《愚底海》《听了胡琴之后》《断鸢》《他》《暮》《萍》《我与诗》《冬夜付印题记》《偶成两首》《春底一回头时》《薄恋》《春寒》等；第四集收徐玉诺48首：《杂诗十五首》《没什么》《农村的歌》《跟随者》《泪膜》《在黑暗里》《能够到天堂的一件事》《小诗五首》《路上》《疯人的浓笑》《生命》《秋晚》《黑色斑点》《教师》《人生之秘密》《谜》《歌者》《杂诗十三首》等；第五集郭绍虞作16首：《期待》《坠落》《淘汰》《倦怠》《咒诅》《会后》《心意》《休息》《温存》《上帝》《送信者》《静默》《心的象征》《哭后》《希望》《健跃》；第六集收叶绍钧15首：《悲语》《夜》《儿和影子》《感觉》《拜菩萨》《锁闭的生活》《小虎刺》《扁豆》《小鱼》《江滨》《两个孩子》《损害》《路》《不眠》《黑夜》；第七集收刘延陵13首：《河边》《悲哀》《新月》《姊弟之歌》《秋风》《新年》《落叶》《夕阳与蔷薇》《梅雨之后》《等她回来》《水手》《竹》《姊妹底归思》；第八集收郑振铎34首：《祈祷》《在电车上》《柳》《雁荡山之顶》《死了的小弟弟》《夜游三潭印月》《成人之哭》《丁君的话》《社会》《小鱼》《赤子之心》《母亲》《荆棘》《一株梨树》《旅程》《回忆》《静》《忘了》《鼓声》《本性》《脆弱之心》《鸡》《有卫兵的车》《侮辱》《灰色的兵丁》《小孩子》《安慰》《燕子》《雪》《痛苦》《漂泊者》《无报酬的工作》《自由》《空虚之心》。

目录页后有郑振铎1922年1月13日写的《短序》：

诗歌是人类的情绪的产品。我们心中有了强烈的感触，不管是苦的，乐的，或是悲哀而愤懑的，总想把他发表出来：诗歌便是表示这种情绪的最好工具。

诗歌的声韵格律及其他种种形式上的束缚，我们要一概打破，因为情绪是不能受任何规律的束缚的；一受束缚，便要消沉或变性，至少也要减少他的原来的强度。

我们要求"真率"，有什么话便说什么话，不隐匿，也不虚冒。我们要求"质朴"，只是把我们心里所感到的坦白无饰地表现出来，雕斫与粉饰不过是"虚伪"的遁逃所，与"真率"的残害者。

虽然我们八个人在此所发表的诗，自己知道是很不成熟的，但总算是我们"真率"的情绪的表现；虽然不能表现时代的精神，但也可以说是各个人的人格或个性的反映。

如果我们这些弱小的呼声，能够稍稍在同情的读者心中留下一个印象，引起他们的更高亢的回响，我们的愿望便十分满足了。

另有郑写于10月17日的《再版序言》:

《雪朝》能于两月内再版，这是我们不得不感谢读者诸君的。现在趁这个再版的机会，我们把第一版里所能觉察到的错误都已改正过了。

我们很想再加几篇东西。但因时间关系，只好留到如有三版的机会再说。

此书版式较有意思，以“集”编排，且每位作者有一页目录，如“第一集朱自清作”，列出的诗目是:《“睡罢，小小的人”》《煤》《小草》《北河沿的夜》《黑暗》《静》《冷淡》《心悸》《旅路》《人间》《转眼》《自从》《杂诗三首》《依恋》《睁眼》和《星火》。

诗作读来也有意趣，如第五集郭绍虞的诗特短，其中一首《淘汰》有意思：秋风飒飒至了，/满林的黄叶辞别了故枝。/这是何等严密的淘汰呵！

《一个青年的梦》

《一个青年的梦》,"文学研究会丛书",四幕剧,[日本]武者小路实笃著,鲁迅译,商务印书馆印刷发行,笔者所见为民国十三年(1924)十月三版,不知印数,每册定价大洋七角。封面和版权页皆印"文学研究会丛书"。1922年7月初版,1923年10月再版和1926年3月四版,皆未见。

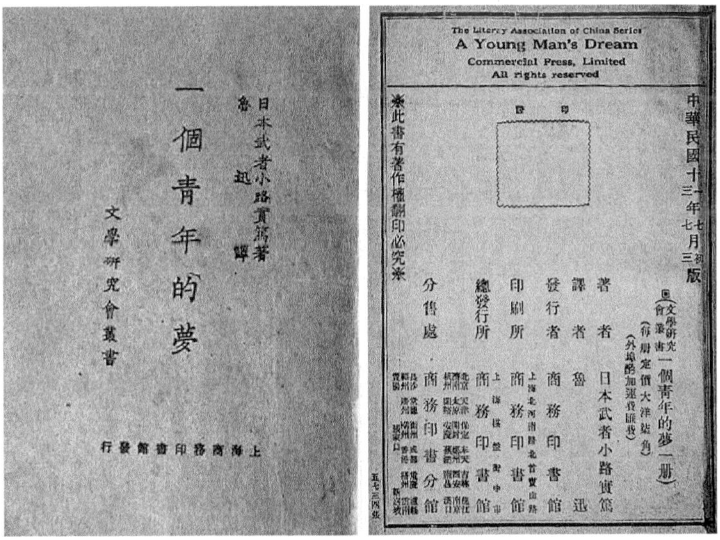

⊙《一个青年的梦》1924年三版封面及版权页

全书244页,书末有鲁迅1921年12月19日写于北京的《后记》。此《后记》文字与"未名丛刊"中《一个青年的梦》的《后记》是相同的,前两段是:

> 我看这剧本，是由于《新青年》上的介绍。我译这剧本的开始，是在一九一九年八月二日这一天，从此逐日登在北京《国民公报》上。到十月二十五日，《国民公报》忽被禁止出版了，我也便歇手不译，这正在第三幕第二场两个军使谈话的中途。
>
> 同年十一月间，因为《新青年》记者的希望，我又将旧译校订一过，并译完第四幕，按月登在《新青年》上。从七卷二号起，一共分四期。但那第四号是人口问题，多被不知谁何没收了，所以大约也有许多人没有见。……

此书单行本 1922 年 7 月由商务印书馆初版，列“文学研究会丛书”之一，书前有武者小路实笃专为中国译本写的《与支那未知的友人》一文，周作人译，其中说道：

> 我正访求着正直的人；有真心的人；忍耐力很强，意志很强，同情很深，肯为人类做事的人。在支那必要有这样的人存在。这人必然会觉醒过来。
>
> 这人就是人类等着的人，或是能为他做事的人罢。恐怕这人不但是一个人，或者还是几万个人合成一个人的罢。不将手去染血，却流额上的汗；不借金钱的力，却委身于真理的人！

后全书经译者根据作者寄来的勘误表重新修正，逐成完善。

在“文学研究会丛书”中，收有鲁迅的译作三种，除《一个青年的梦》外，还有《工人绥惠略夫》和《爱罗先珂童话集》（署“鲁迅等译”）。对于此书的认识，笔者一开始并不知道，知道的却是 1927 年 6 月北新书局版《一个青年的梦》。实际上，两种版本虽然各属不同出版机构，但有着内在的关联。

《爱罗先珂童话集》

《爱罗先珂童话集》,“文学研究会丛书”,[俄国]爱罗先珂著,鲁迅等译述,商务印书馆印刷发行,笔者所见两种不同封面不同版次的版本。

第一种,民国十八年(1929)十一月七版,不知印数,每册定价大洋七角。封面素面朝天,与版权页皆印“文学研究会丛书”。

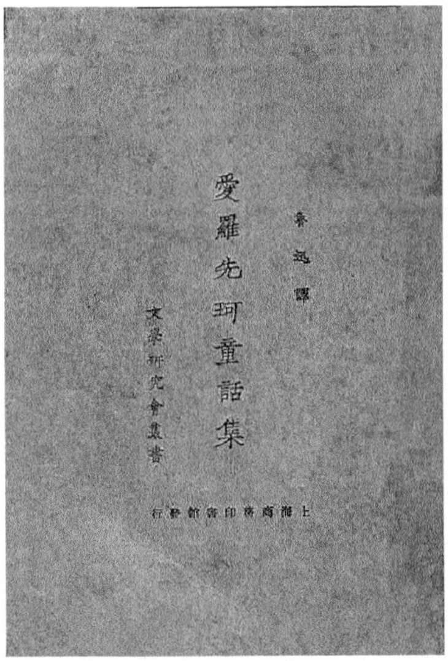

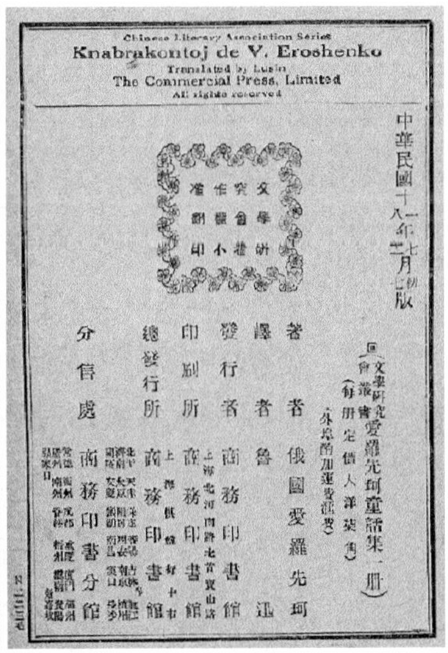

⊙《爱罗先珂童话集》1929年七版封面及版权页

第二种,民国二十二年(1933)十月国难后第一版,不知印数,每册定价大洋七角。封面与素面朝天截然不同,有老虎和城市图案，书名印在左侧，封面与版权页皆印“文学研究会丛书”。

七版版权页印“译者鲁迅”，国难后第一版版权页印“译述者鲁迅等”。前者不是误印，就是不顾事实夸大其词；后者表述正确，因除鲁迅参与翻译，还有他人，这在《序》中说得很明白。

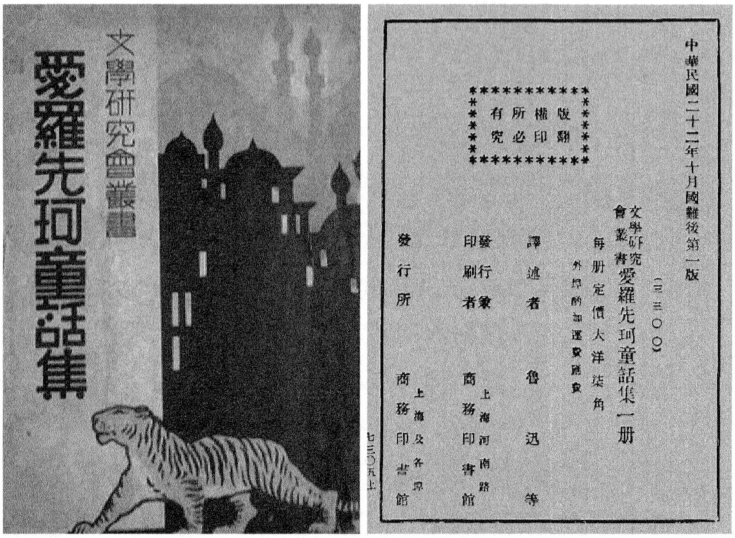

⊙《爱罗先珂童话集》1933年国难后第一版封面及版权页

书前有鲁迅写于1922年1月28日的《序》：

爱罗先珂先生的童话，现在辑成一集，显现于住在中国的读者的眼前了。这原是我的希望，所以很使我感谢而且喜欢。

本集的十二篇文章中，《自叙传》和《为跌下而造的塔》是胡愈之先生译的，《虹之国》是馥泉先生译的，其余是我译的。

就我所选译的而言，我最先得到他的第一本创作集《夜明前之歌》，所译的是前六篇，后来得到第二本创作集《最后之叹息》，所译的是《两个小小的死》，又从《现代》杂志里译了《为人类》，从原稿上译了《世界的火灾》。

依我的主见选译的是《狭的笼》，《池边》，《雕的心》，《春夜的梦》，此外便是照着作者的希望而译的了。因此，我觉得作者所要叫彻人间的是无所不爱，然而不得所爱的悲哀，而我所展开他来的是童心的，美的，然而有真实性的梦。这梦，或者是作者的悲哀的面纱罢？那么，我也过于梦梦了，但是我愿意作者不要出离了这童心的美的梦，而且还要招呼人们进向这梦中，看定了真实的虹，我们不至于是梦游者(Somnambulist)。

另有胡愈之译的《我的学校生活的一断片——自叙传》。

全书236页，收文：《狭的笼》《鱼的悲哀》《池边》《雕的心》《春夜的梦》《古怪的猫》《两个小小的死》《为人类》《世界火灾》(以上为鲁迅译)；《虹之国》(馥泉译)；《为跌下而造的塔》(愈之译)。

在版权页后有"文学研究会丛书"书目广告两页。

《将来之花园》

《将来之花园》，“文学研究会丛书”，新诗集，徐玉诺著，商务印书馆印刷发行，笔者所见三种版本。

第一种，民国十一年（1922）八月初版，不知印数，每册定价大洋四角。在版权页上方印《阿丽丝漫游奇境记》广告，右下方贴一枚版权印花。

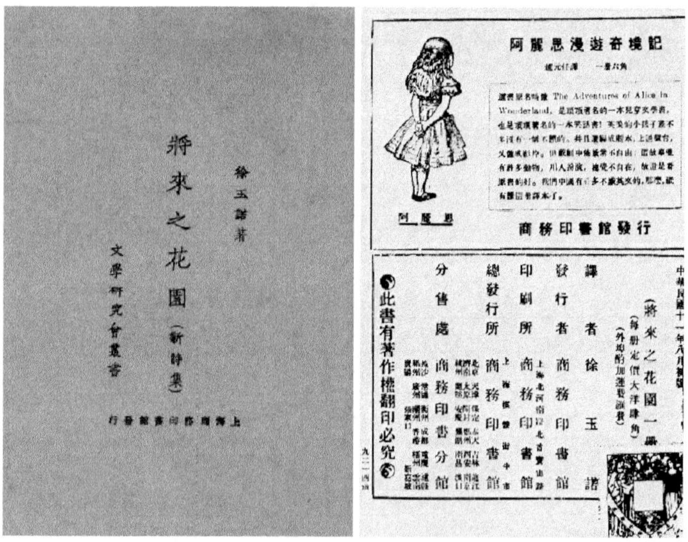

⊙《将来之花园》1922 年初版封面及版权页

其二，民国十五年（1926）十月四版，不知印数，每册定价大洋四角。封面样式与一般商务版“文学研究会丛书”不同，书名和作者名手写，竖排，如果不看扉页或版权页，根本无法推断出这是丛书之一种。

第三种，民国二十二年(1933)二月国难后第一版，不知印数，每册定价大洋四角。封面式样同初版本，唯一区别是封面字体为宋体，初版是楷体。版权页上半部分因破损，只得留存下半部分，版权事项基本齐全。

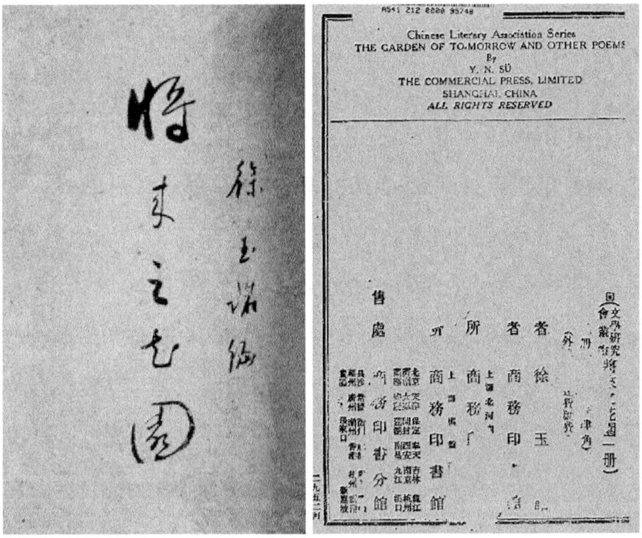

⊙《将来之花园》1926 年四版封面及版权页

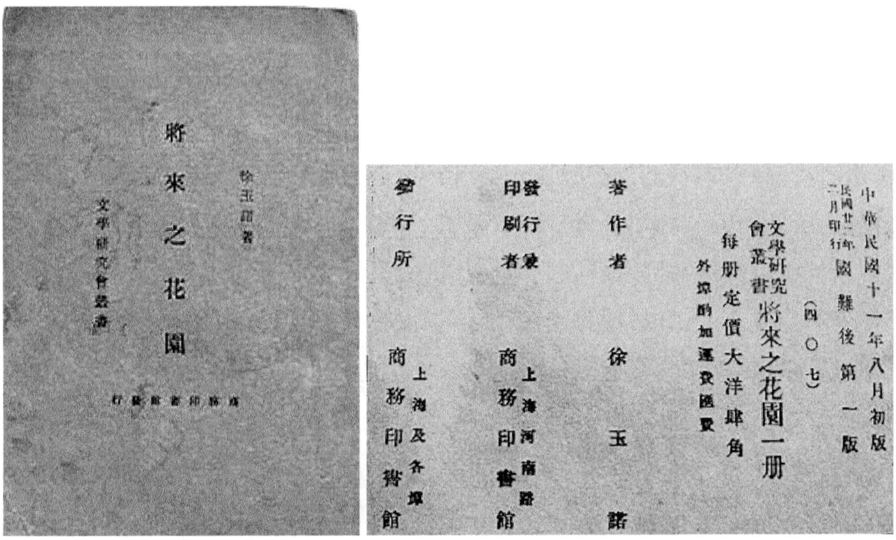

⊙《将来之花园》1933 年国难后第一版封面及版权页

书前有西谛(郑振铎)写的《卷头语》:

> Plestcheiev 之诗有言:
>
> “手空空的,握不到黎明的安乐!夜接着夜,眼所能见到的却都是黑的夜。我的少年的年华呀,逝了逝了,不留辙迹的,似冬天空里的流星一般的逝了。”
>
> 唉!只在玉诺的诗中,才找得出与 Plestcheiev 这诗同样的悲戚呀!
>
> 俄国急进派的批评家 Dobrolioubov 说,“近代俄国著名的诗人,没有一个人不唱颂他自己的挽歌的。”只有真情的人才能唱这挽歌。
>
> 虽然在《将来的花园》里,玉诺曾闪耀着美丽的将来之梦,他也想细细心心的把他心中更美丽,更新鲜,更适合于我们的花纹组在上边;预备着小孩子们的花园,但是挽歌般的歌声,却较这朦胧梦境之希望来得响亮多了。
>
> 玉诺总之是中国新诗人里面第一个高唱“他自己的挽歌”的人。

全书 146 页,收诗:《海鸥》《将来之花园》和《玉诺的诗》。

在版权页后印有商务版“文学研究会丛书”“儿童文学丛书”“儿童诗歌”“新时代丛书”和“世界文学丛书”广告各一页。

徐玉诺,生于 1894 年,又名言信,笔名红蠖,河南鲁山人。在开封省立第一师范就读时受“五四”新文化影响,开始文学创作,早期的小说代表作《一只破鞋》被收入《新文学大系·小说一集》。从 1920 年到 1924 年是徐的文学创作“爆发期”,5 年先后写了 300 多篇作品,陆续登载于《小说月刊》、《晨报》副刊等报刊。《将来之花园》和《雪朝》等出版后,受到鲁迅、茅盾等称赞。叶圣陶还为其写了万言评论《玉诺的诗》,称道:“奇妙的表现力、微妙的思想、绘画般的技术和吸引人的格调。”鲁迅曾嘱咐《晨报》副刊编辑孙伏园收集徐玉诺的小说出版,并表示“自愿作序”,却被徐玉诺以“深恐出版幼稚的作品,损坏了虚名”而婉言谢绝。研究者称,这是徐“率意而行的性格”所造成的一次遗憾。

《新俄国游记》

《新俄国游记》，“文学研究会丛书”，瞿秋白著，商务印书馆印刷发行，笔者所见为民国十二年(1923)五月再版，不知印数，每册定价大洋三角五分。封面和版权页印“文学研究会丛书”。1922 年 9 月初版，未见。

此书有个副题：《从中国到俄国的纪程》，原书名《饿乡纪程》，出版时由作者的友人改名《新俄国游记》。1923 年 5 月再版和 1924 年 5 月三版，皆未见。版权页后有“文学研究会丛书”书目广告两页。

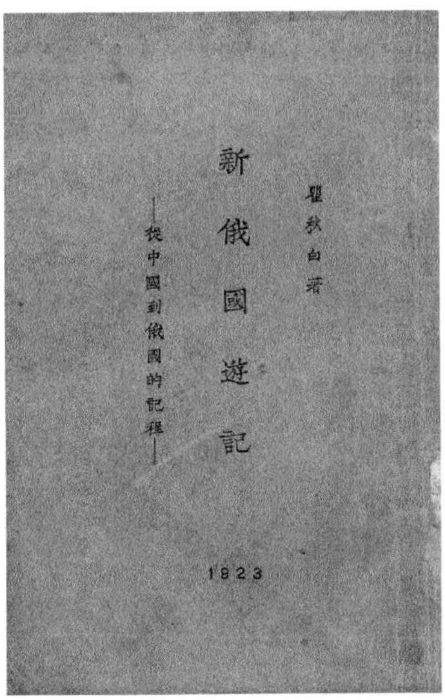

⊙《新俄国游记》1923 年再版封面及版权页

全书136页，收《绪言》及16章，书末有作者写于1921年10月的《跋》，其中说道：

我寻求自己的"阴影"，只因暗谷中光影相减，二十年来盲求摸索不知所措，凭空舞乱我的长袖，愈增眩晕。如今幸而见着心海中的灯塔，虽然只赤光一线依微隐约，总算能勉强辨得出茫无涯际的前程。何况孑然飘零，远去故都，来此绝国，交通阻隔，粗粝噎喉，饿乡之"饿"。锤炼我这绕指柔钢，再加以父母兄弟姊妹。一切一切，人间的关系都隔离在此饿乡之"乡"以外。如此孤独寂寞，虽或离人生"实际"太远，和我的原则相背，然而别有一饿乡的"实际"在我这一叶扁舟的舷下，——罗针指定，总有一日环行宇宙心海而返，返于真实的"故乡"。

《跋》后还有作者1921年11月23日写于莫斯科病榻的未标明《补记》的文字：

这篇游记着手于一九二〇年，其时著者还在哈尔滨。这篇中所写，原为著者思想之经过：具体而论，是记"自中国至俄国"之路程，抽象而论，是记著者"自非饿乡至饿乡"之心程。因工作条件的困难，所以到一九二一年十月方才脱稿。此中凡路中的见闻经过，具体事实，以及心程中的变迁起伏，思想理论，都总叙总束于此。（以体裁而论为随感录）。至于到俄之后，这两部分，当即分开。第一部分：一切调查，考察，制度，政事，拟著一部《现代的俄罗斯》，用政治史，社会思想史的体裁。第二部分：著者的思想情感以及琐闻逸事，拟记一本《赤都心史》，用日记，笔记的体裁。只要物质生活有保证，则所集材料，已经有极当即日公诸国人的，当然要尽力阅者着手编纂，在我精力范围之内，将所能供献于中国文化的尽量发表。成否唯在于我个人精力能否支持，——可是我现在已病体支离了。

《一叶》

《一叶》,“文学研究会丛书”,王统照著,商务印书馆出版,笔者所见两种版本。

第一种,民国十六年(1927)八月五版,不知印数,每册定价大洋六角。封面和版权页皆印“文学研究会丛书”。扉页标明的出版时间是“1922 年”,那是此书初版的时间,初版于 1922 年 10 月,另有 1923 年 8 月再版,1924 年 4 月三版,皆未见。

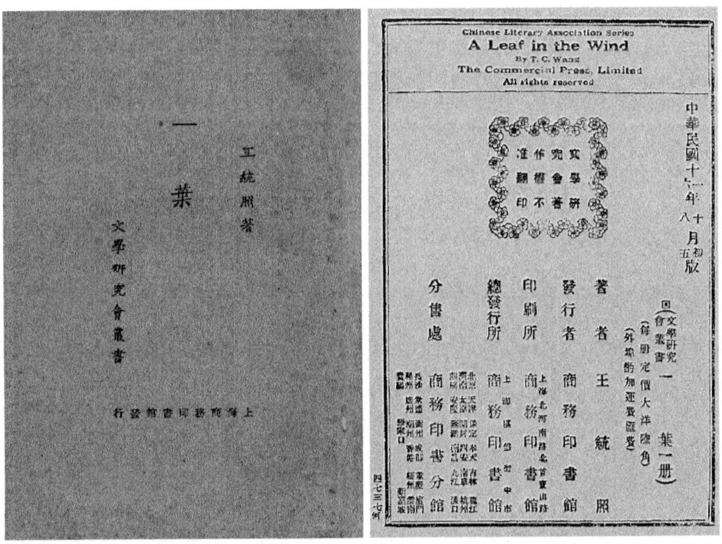

⊙《一叶》1927 年五版封面及版权页

第二种,民国二十二年(1933)一月国难后第一版,不知印数，每册定价大洋六角。封面与五版不同，左侧黑底框（如同签条）内印白字书名和作者名。版权页印“文学研究会丛书”。版权页上方印“上海商务印书馆谨启”文字，在商务印书馆“国难”后出版的图书版权页上大多印有这段“警世”文字。

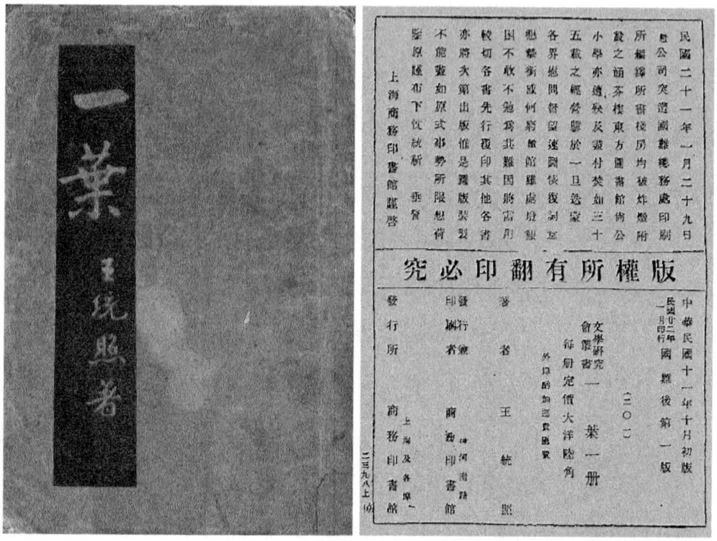

民國二十一年一月二十九日敝公司突遭國難總務處印刷所編譯所書棧房均被炸燬附設之涵芬樓東方圖書館尚公小學亦遭殃及盡付焚如三十五載之經營隳於一旦迭蒙各界慰問督望速圖恢復詞意懇摯銜感何窮敝館雖處境艱困不敢不勉為其難因將需用較切各書先行覆印其他各書亦將次第出版惟是圖版裝製不能盡如原式事勢所限想荷鑒原謹布下忱統祈垂督

上海商務印書館謹啓

版權所有翻印必究

中華民國十一年十月初版
民國廿二年一月印行 國難後第一版
（二〇二）
文學研究會叢書 一葉一冊
每冊定價大洋陸角
外埠酌加運費匯費
著者 王統照
發行兼印刷者 商務印書館 上海河南路
發行所 商務印書館 上海及各埠
二三九八上

⊙《一叶》1933 年国难后第一版封面及版权页

全书 202 页，分上下两篇。

书前有作者 1922 年 5 月 10 日写于北京的《诗序》：

热血喷薄的心胸，/白白裸露和真诚，/长久是在迷惘的渊里的！/长久是在恍惚的梦中！　　人果然是相谅解与相亲密呵！/为何人生之弦音上，都鸣不出不和谐的调子？/为何生命是永久地如一叶的飘坠地上？/为何悲哀是永久而且接连着结在我的心底？/我真诚地要诅咒人间！/我愿凭其热如火的泪水，来洗涤互相欺侮的罪恶！/我助着秋夜之雨哭呢！/我随着悲咽之琴鸣呢！/且是，我每每地向我的笔尖祈祷！　　我知道倘是在侮辱与诽笑的人间：/但我血沸了；我心裂了！/我不能不贡献出我的悲哀！/我不再惧人们的侮笑！/一叶之浮生吧！/有谁敢说它有多么的宝贵的地位？/飘在乱流之上哟，/腐在枯草之哟，/谁能管得？/又谁曾管得？　　一叶罢了！/当微风吹过；/或有零雨睥点滴，/也会鸣出它弱细的凄声呵！

王统照，生于1897年，字剑三，笔名息庐、容庐，山东诸城人。1918年入北京中国大学英国文学系，“五四”运动参加火烧赵家楼。1921年1月与周作人、沈雁冰、郑振铎、瞿世英、蒋百里、叶绍钧、朱希祖、耿济之、郭绍虞、孙伏园、许地山等12人发起成立文学研究会，曾编辑《曙光》《晨光》，主编《文学旬刊》。《一叶》，是其出版的第一部长篇小说。一生著作甚丰，除《一叶》外，还有诗集《雪潮》《童心》《这时代》《夜行集》《横吹集》《江南曲》，话剧《死后的胜利》，散文集《北国之春》《片云集》《青纱帐》《游痕》《欧游散记》《繁辞集》《去来今》，小说集《春雨之夜》《号声》《黄昏》《霜痕》《山雨》《春花》《华亭鹤》《银龙集》等。

《飞鸟集》

《飞鸟集》，“文学研究会丛书”，太戈尔诗选一，郑振铎译，[印度]太戈尔（R. Tagore）著，商务印书馆印刷发行，笔者所见为民国十一年（1922）十月初版，不知印数，每册定价大洋三角。封面印“飞鸟”7只，另有花饰。版权页印“文学研究会丛书”以及《春之循环》广告词。1923年8月再版、1926年9月四版和1947年3月版，皆未见。

世界文學叢書第一種
印度名劇 春之循環 太戈爾著 瞿世英譯
洋裝一册 定價三角
是劇內容，述一國王見白髮而懼；詩人為作一劇，指示人生之意義，哲理至深，而辭氣極能明遂。生活為社會的壓迫而枯燥，青年的煩悶到極點了。青年的心原是活潑的，快樂的，可是這快樂之花祇有被環境所摧殘，沒有培養的原質罷了，但是這篇劇本與春天的日光照在萌芽時代的草木一樣，可使快樂之花生長起來，青年們！覺得生活的煩悶麼？何不一讀太戈爾的傑作呢？
商務印書館啟

Stray Birds
Commercial Press, Lim
All rights reserved

民國十一年十月初版
(文學研究會叢書) 飛鳥集一册
(每册定價大洋叁角)
(外埠酌加運費匯費)
著者 R. Tagore
譯者 鄭振鐸
發行者 商務印書館
印刷所 商務印書館
總發行所 上海棋盤街中市 商務印書館
分售處 商務印書分館
此書有著作權翻印必究

⊙《飞鸟集》1922年初版封面及版权页

书前有S.K. Hesh绘的太戈尔像三幅，其中一幅题为《与自然同化的太戈尔》，是从其他同名版本中移植过来的。

⊙ 太戈尔像

⊙ 与自然同化的太戈尔

书前还有郑振铎写于 1922 年 6 月 26 日的《例言》，其中有与版本有关的信息：

> 译诗是一件最不容易的工作。原诗音节的保留固然是决不可能的事！就是原诗意义的完全移殖，也有十分的困难。散文诗算是最容易译的，但有时也须费十分的力气。如惠德曼（Walt Whitmann）的《草叶集》便是一个例。这有二个原因：第一，有许多诗中特用的美丽文句，差不多是不能移动的。在一种文字里，这种字眼是“诗的”是“美的”，如果把他移殖在第二种文字中，不是找不到相当的好字，便是把原意丑化了，变成非“诗的”了。在太戈尔的《人格论》中，曾讨论到这一层。他以为诗总是要选择那“有生气的”字眼，——就是那些不仅仅为报告用而能融化于我们心中，不因市井常用而损坏他的形式的字眼。……因此，我主张诗集的介绍，只应当在可能的范围选择，而不能——也不必——完全整册的搬运过来。
>
> 大概诗歌的选译，有二个方便的地方：第一，选译可以适应译者的兴趣。在一个诗集中的许多诗，译者未必都十分喜欢他。如果不十分喜欢他，不十分感觉得他的美好，则他的译文必不能十分得神，至少也把这快乐的工作，变成一种无意义的苦役。选译则可以减灭译者的这层痛苦。第二，便是

减少上述的两层翻译上的困难。因为如此便可以把不能译的诗，不必译出来。译出来而丑化了的或是为读者所看不懂的，则反不如不译的好。……现在我译太戈尔的诗，便实行了这种选译的主张。以前我也有全译太戈尔各诗集的野心。有好些友人也极力劝我把他们全译出来。我试了几次，但我的野心，与被大家鼓起的勇气终于给我的能力与兴趣打败了。……即在这些译出来的诗中，有许多也是自己觉得译得不好，心中很不满意的。但实在不忍再割舍他们了。只好请读者赏读他的原意，不必注意于粗陋的译文。

太戈尔的诗集用英文出版的共有六部：（一）《园丁集》（Gardener），（二）《迦檀吉利》（Jitanjali），（三）《新月集》（Crescent Moon），（四）《采果集》（Fruit-Gathering），（五）《飞鸟集》（Stray Birds），（六）《爱者之赠与歧路》（Lover's Gift And Crossing）……我的这几本诗选，是根据那六部用英文写的诗集译下来的。因为我不懂梵文。

在这几部诗集中，间有重出的诗篇，如《海边》一诗，已见于《新月集》中，而又列入《迦檀吉利》，排为第六十首。《飞鸟集》的第九十八首，也与同集中的第二百六十三首相同。像这一类的诗篇，都照先见之例，把他列入最初见的地方。

我的译文自信是很忠实的。误解的地方，却也保不定完全没有。如读者偶有发现，肯公开的指教我，那是我所异常欢迎的。

《例言》之后，是郑振铎写于6月26日的短序：

《飞鸟集》已经全译出来一次，因为我自己的不满意，所以又把他删节为现在的选译本。以前，我曾看见有人把这诗集选译过。但似乎错得太多。因此我译时不曾拿他来参考。

近来小诗十分发达。他们的作者大半都是直接或间接受太戈尔此集的影响的。此集的介绍，对于没有机会得读原文的，至少总有些贡献。

这诗集的一部分译稿是积了许多时候的。但大部分却都是在西湖俞楼译的。

我在此谢谢叶圣陶，徐玉诺二君。他们替我很仔细的校读过这部译文，并且供给了许多重要的意见给我。

郑振铎，在文学研究会中是个举足轻重的角色，几乎所有的大事都相伴着他而展开。他在这套丛书中一人占据九种：《飞鸟集》《新月集》《灰色马》《俄国文学史略》《天鹅》（与太太高君箴合译）《太戈尔传》《印度寓言》《莱森寓言》和《恋爱的故事》。还有一种《春之循环》，由瞿世英译，郑振铎校对。

《小人物的忏悔》

《小人物的忏悔》,“文学研究会丛书”,[俄国]安特列夫(L. Anderev)著,耿式之译,商务印书馆印刷发行,笔者所见为民国十一年(1922)七月初版,不知印数,每册定价大洋五角。在版权页上半部印商务版“世界丛书”之《社会学及现代社会问题》广告。1923 年 12 月再版和 1931 年 1 月国难后第一版,皆未见。

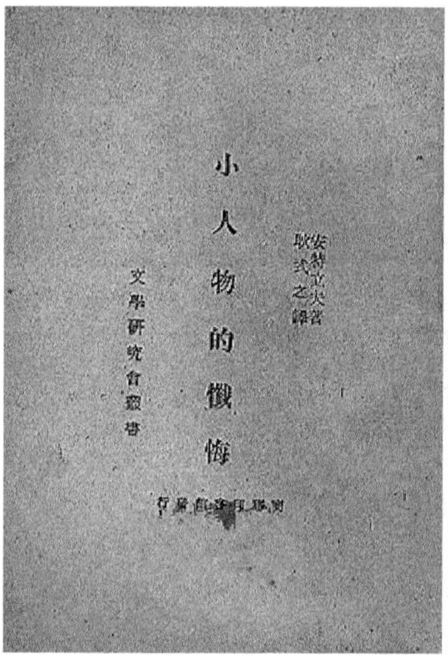

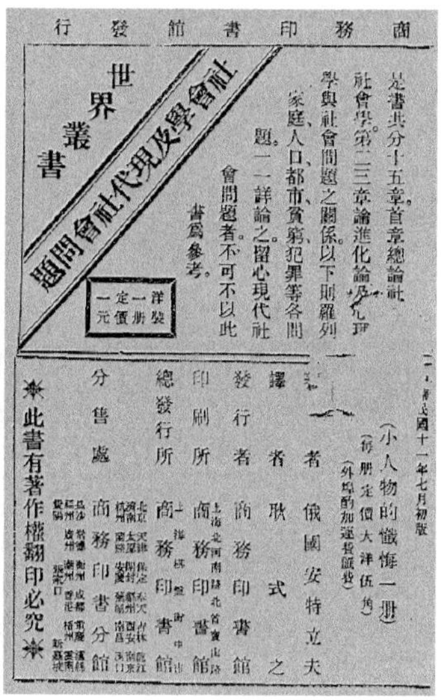

⊙《小人物的忏悔》1922 年初版封面及版权页

书前有瞿世英 1921 年 8 月 28 日写于北京的《序》,其中说道:

我读完了安特列夫的《大时代中小人物的忏悔》，热泪迸眶而出，轻轻的说道这真是浸在爱里的非战文学。——是人的文学，是爱的文学。——不但是俄国的文学。是世界的文学。——是宇宙的爱的呼声。……

安特列夫这种作品，式之兄用了一个半月的工夫译了出来，作为文学研究会丛书之一。我取来读完之后，便怀着两种希望：一是希望因这一本译文，引起我们中国人的——其实应当说人类的——爱的潜力，出来反对战争。更希望中国以此书为嚆引，有极鲜艳的非战文学出现。第一是希望于全国——其实应当说人类全体的。第二是希望于现代献身于文学的作家的。

全书 163 页，分上下两卷。在版权页后有“文学研究会丛书”和“新时代丛书”的书目广告。

耿式之，是文学研究会发起者之一的耿济之的弟弟，另一弟弟是耿勉之，两人皆为俄语翻译家。在“文学研究会丛书”中，耿式之只占有一席《小人物的忏悔》，而在商务版“共学社丛书·俄国戏曲集”中，却占有三席：《樱桃园》《伊凡诺夫》和《万尼亚叔父》。

《狱中记》

《狱中记》,“文学研究会丛书”,[英国]王尔德(Oscar Wilde)著,张闻天、汪馥泉合译,商务印书馆印刷发行,笔者所见两种不同封面、相同出版时间的版本。初版本未见。

第一种,民国廿一年(1932)七月国难后第一版,不知印数,每册定价大洋六角五分。封面左上侧贴有签条,内印书名和作者名。

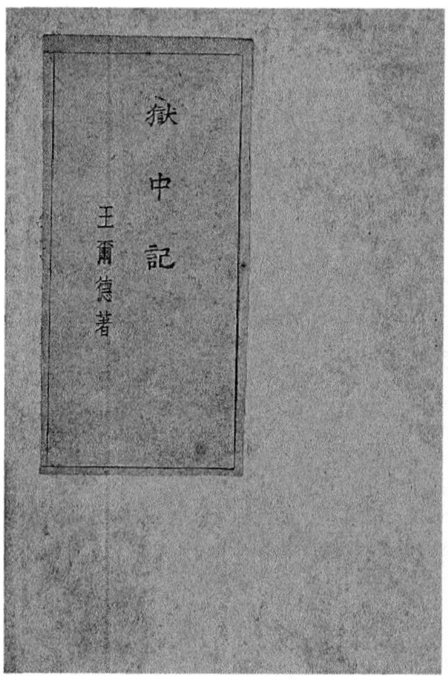

民國二十一年一月二十九日敝公司突遭國難總務處印刷所編譯所書棧房均被炸燬附設之涵芬樓東方圖書館尚公小學亦遭殃及盡付焚如三十五載之經營隳於一旦迭蒙各界慰問督望速圖恢復詞意懇摯銜感何窮敝館雖處境艱困不敢不勉為其難因將需要較切各書先行覆印其他各書亦將次第出版惟是圖版裝製不能盡如原式事務所限想荷鑒原謹布下忱統希垂詧

上海商務印書館謹啓

版權所有翻印必究

中華民國廿一年七月印行國難後第一版

文學研究會叢書 獄中記一冊

De Profundis and Ballade of Reading Gaol

每冊定價大洋陸角伍分

外埠酌加運費匯費

著者 王爾德 O. Wilde

譯者 張聞天 汪馥泉

發行兼印刷者 商務印書館

發行所 上海及各埠 商務印書館

⊙《狱中记》1932 年国难后第一版封面及版权页

第二种,出版时间同上,不知印数,每册定价大洋六角五分。封面素面朝天，与常见的丛书版本同，仅印书名、作者名和“文学研究会丛书”。版权页除印“文学研究会丛书”，还印“谨启”文字。值得一提的是，版权页有两处被涂抹，对照上书，被涂抹的主要是“国难”两字。据悉，这种涂抹是当年所为，为的是避嫌。

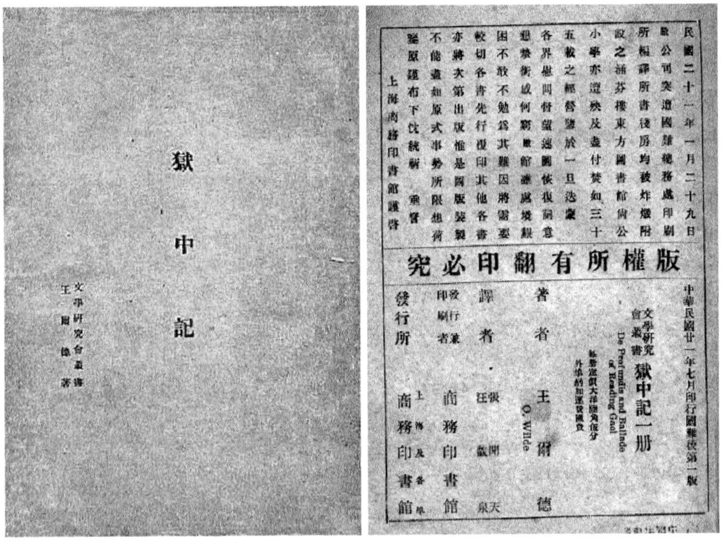

民國二十一年一月二十九日敝公司突遭國難總務處印刷所編譯所書棧房均被炸燬附設之涵芬樓東方圖書館尚公小學亦遭殃及盡付焚如三十五載之經營隳於一旦迭蒙各界慰問督望速圖恢復詞意懇摯銜感何窮敝館雖處境艱困不敢不勉為其難因將需要較切各書先行覆印其他各書亦將次第出版惟是圖版裝製不能盡如原式事勢所限想荷鑒原謹布下忱統祈
垂督
上海商務印書館謹啓

版權所有翻印必究

中華民國廿一年七月印行國難後第一版

文學研究會叢書 獄中記一冊 De Profundis and Ballade of Reading Gaol

每冊定價大洋陸角伍分 外埠酌加運費匯費

著者 王爾德 O. Wilde

譯者 張聞天 汪馥泉

發行兼印刷者 商務印書館

發行所 上海及各埠 商務印書館

⊙《狱中记》同年另一版本封面及版权页

两书版权页皆印“上海商务印书馆谨启”。在此时段出版的“商务”版图书版权页皆印有这篇文字，记录了“商务”的一段“苦痛”历史。内容详见《小引》。

书前有田汉《致张闻天兄书——序他和汪馥泉君译的王尔德狱中记》，开头说道：

闻天：

昨天是阴历端午节，早晨四时半起来，和漱瑜及同居F君出去散步，抬头一望天上暗暗澹澹地，好像要下雨一样，我们不管一直走到林子里，这时还早得很，不独没有人走，连树上的小鸟儿都还一声不响地睡着。左手边那个茶铺子——叫做“秋叶庵”的——虽挂着昨宵没有撤去的酒旗，可是还紧闭着店门，正中那所古寺满漆着朱红，像中国的文武圣庙一样，这时林子里的树木正长得茂盛，把那所古寺围在中间，真是“万绿丛中一点红”呢。我们站在寺侧一枝大树下，行了几回深呼吸。天色虽然暗澹，而林子里的空气，却像王尔德的文章似的清新典雅，令人遍体都爽……

这段如同散文般的引子，把人渐渐带入“王尔德”的氛围之中，后面的文字很多，不敢再引，只得割爱。

这位与张闻天合译《狱中记》的汪馥泉值得介绍：他生于1900年，字浚，浙江余杭人。原名汪馥炎，笔名有馥泉、馥、汪正禾、沈浚等。“五四”运动时，就读杭州甲种工业学校，与俞秀松、宣中华、沈端先（夏衍）、孙敬文等人同为浙江“五四”运动的中心人物。1919年10月发起出版进步刊物《十月》（后改名《浙江新潮》）。同年东渡日本，留学三载回国，在上海从事著译，与张闻天、沈泽民等人过往甚密。曾一度到长沙第一师范任教，与田汉、赵景深共事。1926年去印度尼西亚苏门答腊及棉兰等地任报社编辑。1928年回国，与陈望道等合办大江书铺，出版社会科学书籍……据说，汪氏的名士气很重，平时不修边幅，蓄发不理。每月的薪金，除留作家用外，皆买书，因此室内除书刊外，别无它物。

全书仅70页，除田汉给张闻天的信外，还有张闻天与汪馥泉写的《王尔德介绍》以及张、汪合译的《狱中记》，另有沈泽民译的《莱顿监狱的歌》。

《悭吝人》

《悭吝人》,“文学研究会丛书”,趣剧集,[法国]毛里哀(莫里哀 Moliere)著,高真常译,商务印书馆印刷发行,笔者所见两种不同封面和版次的版本。这里所指的“趣剧”,应该就是喜剧。

第一种,民国十五年(1926)六月再版,不知印数,每册定价大洋五角五分。封面和版权页皆印“文学研究会丛书”。1923 年 2 月初版,未见。

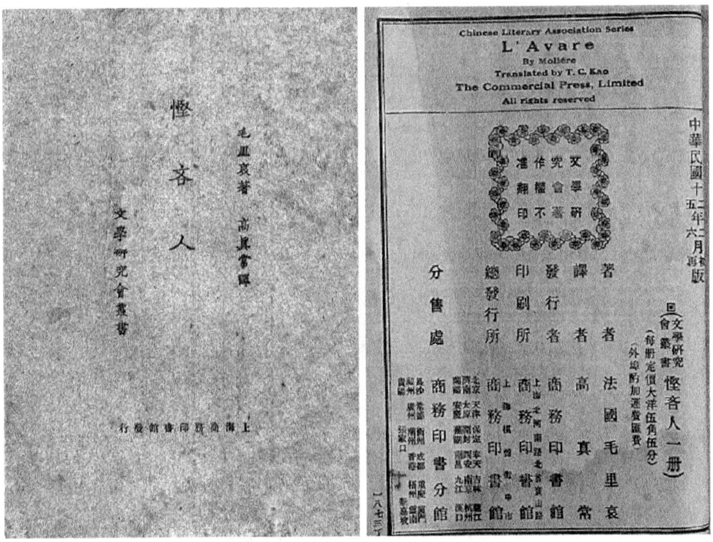

⊙《悭吝人》1926 年再版封面及版权页

第二种,民国二十二年(1933)二月国难后第一版,每册定价大洋五角五分。封面从右至左排书名和作者名，黑底白字。版权页破损，留存下半部分，上印“文学研究会丛书”和“上海商务印书馆谨启”。

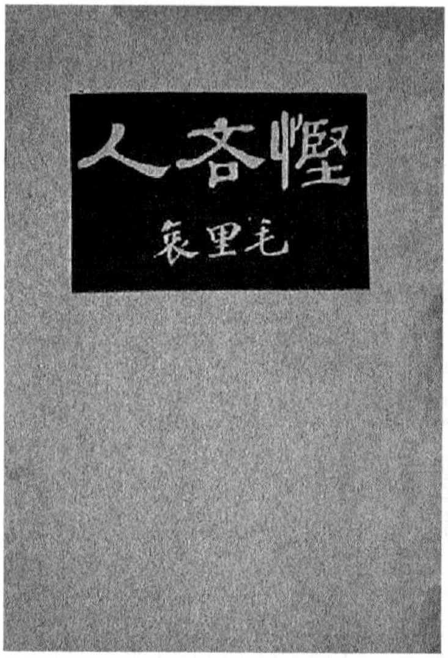

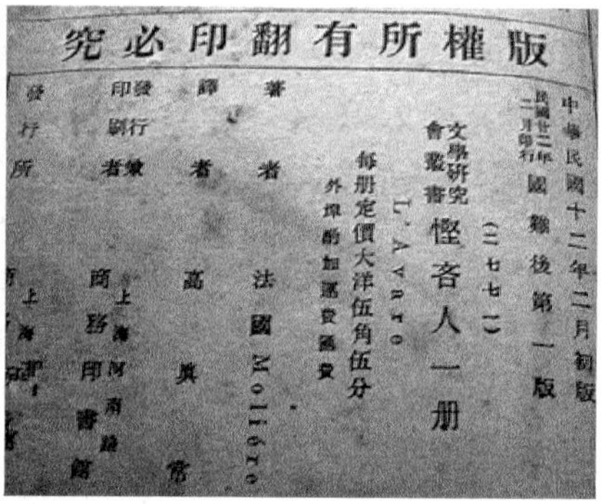

版權所有翻印必究

中華民國十二年二月初版
民國廿二年二月印行 國難後第一版

文學研究會叢書（三七七）
慳吝人一冊
L'Avaro
每冊定價大洋伍角伍分
外埠酌加運費匯費

著者 法國 Molière
譯者 高真常
發行兼印刷者 上海河南路 商務印書館
發行所 上海

⊙《悭吝人》1933 年国难后第一版封面及版权页

⊙ 毛里哀像

全书 189 页，无序跋。书前有毛里哀像，另有译者写于 1926 年 6 月的《毛里哀小传》：

Moliere 毛里哀原名 Jean Baptiste Poquelin 约翰·宝格兰；一六二二年一月十五日，生在巴黎，是 J. Poquelin 的儿子。他父亲是法王的随侍。毛里哀本是指定承接他父亲的行业，人也为他向国王求得承袭这位子的权利：只是，如同 Voltalre 说的，他的才略司令神招他向别处去。……他第一篇合规则的五幕剧，就是 L'Etoundi《轻佻人》，一六五三年，他在 Lyon 里昂城排演这篇趣剧。……毛里哀最后的一篇趣剧就是 Le Malade imaginane《想像的病》，这时他已得了肺痨病，不时的吐血。他正在演《想像的病》的时候，忽然所闭，人就半死半活的抬他回家，他就在一六七三年二月十七日死在家里。……这篇小传是由 Volbaire 著的 Vie de Moliere 毛里哀传节译下来。

高真常，何许人氏，不得其详。但隐约记得他是郑振铎太太的一个亲戚，郑氏夫妇在上海“孤岛”时，曾借住过他房子的两小间。这些轶闻趣事，也许也能把人物有机地联系起来……

《繁星》

《繁星》,“文学研究会丛书”,诗集,冰心女士著,商务印书馆印刷发行,笔者所见两种不同封面和版次的版本。

第一种,民国十二年(1923)七月再版,不知印数,每册定价大洋三角。封面和版权页皆印“文学研究会丛书”。

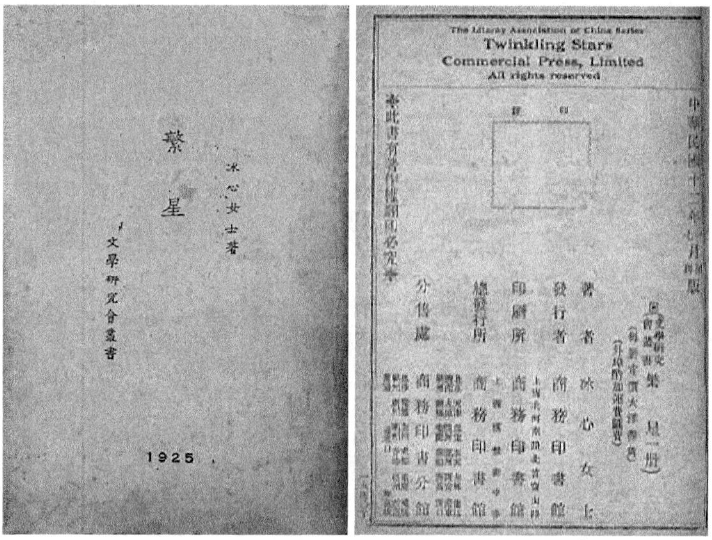

⊙《繁星》1923 年再版封面及版权页

第二种,民国二十二年(1933)二月国难后第一版,不知印数,每册定价大洋三角。封面左下方印美术体书名和作者名,有繁星图案,深蓝衬底,夜空中的星星显得特别明亮。版权页仅留存下半部分，总算保留版权事项。1923 年 1 月初版、1925 年 10 月四版、1928 年 7 月六版和 1930 年 3 月七版，皆未见。

此书初版时间比冰心的另一本《春水》要早 4 个月。《春水》由新潮社 1923 年 5 月出版，周作人编，属“文艺丛书”，收小诗 182 首，录《繁星》第 120 首为《自序》。

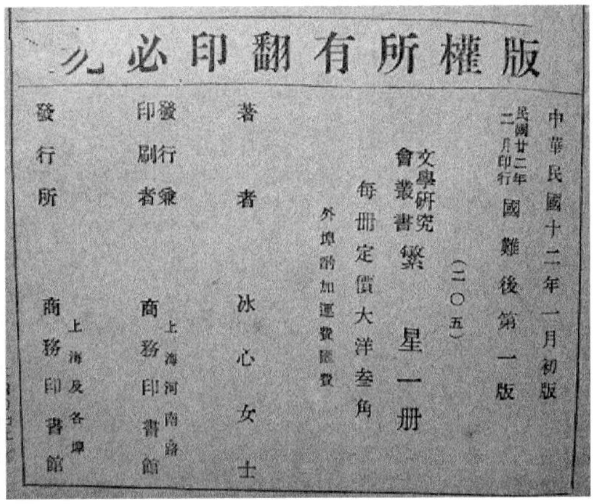

版權所有翻印必究

中華民國十二年一月初版
民國廿二年二月印行 國難後第一版
（二〇五）
文學研究會叢書 繁星一冊
每冊定價大洋叁角
外埠酌加運費匯費
著者 冰心女士
發行兼印刷者 上海河南路 商務印書館
發行所 上海及各埠 商務印書館

⊙《繁星》1933 年国难后第一版封面及版权页

书前有作者 1921 年 1 月 29 日写的《自序》：

一九一九年冬夜，和弟弟冰仲围炉读太戈尔(R. Tagore)的《迷途之鸟》(Stray Birds)，冰仲和我说：“你不是常说有时思想太零碎了，不容易写成篇段么？其实也可以这样的收集起来。”从那时起，我有时就记下在一个小本子里。

一九二〇年的夏日，二弟冰叔从书堆里，又翻出这小本子来。他重新看了，又写了“繁星”两个字，在第一页上。

一九二一年的秋日，小弟弟冰季说：“姊姊！你这些小故事，也可以印在纸上么？”我就写下末一段将他发表了。

是两年前零碎的思想，经过三个小孩子的鉴定。《繁星》的序言，就是这个。

全书共收小诗 164 首,无标题。

第一首是：繁星闪耀着——/深蓝的天空,/何曾听得见他们对话？/沈默中,/微光里,/他们深深的互相颂赞了。

第 164 首是：我的朋友！/别了,/我把最后一页,/留与你们!

冰心的诗集代表作,除《繁星》和《春水》外,就是北新书局 1932 年 8 月初版的《冰心诗集》,这是冰心全集的第二种。另外见到的都是他人“胡编”的版本,如高洁民编、长春益智书店 1938 年 12 月发行的“益智文学丛书”《冰心的诗》,以及朱楠秋编辑、奉天东方书店 1939 年 2 月发行的《春水》等。之后出版的杰作选、佳作集、选集等,更是繁多杂乱。

《西洋小说发达史》

《西洋小说发达史》，“文学研究会丛书”，谢六逸编，商务印书馆印刷发行，笔者所见为民国十二年(1923)五月初版，不知印数，每册定价大洋五角。封面和版权页皆印“文学研究会丛书”。版权页贴文学研究会“版权所有”红色印花，封底印商务印书馆印章形标记“商务印书馆出版”。1924 年 3 月再版，未见。

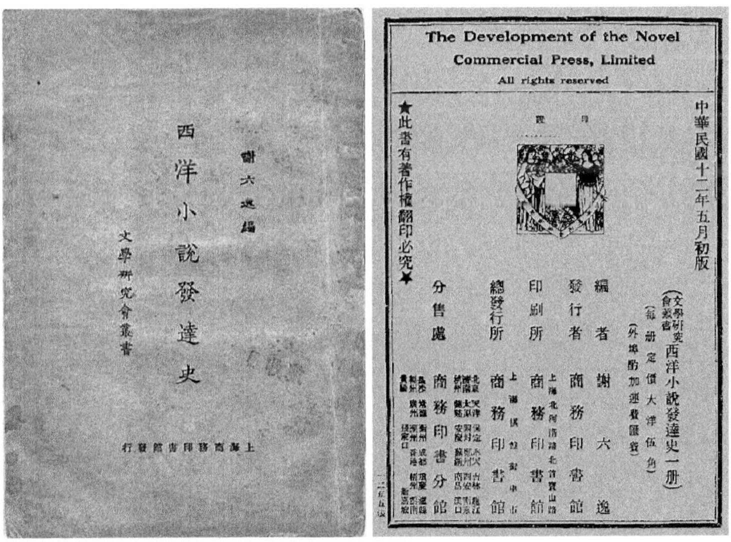

⊙《西洋小说发达史》1923 年初版封面及版权页

书前有编者写于 1922 年 12 月 1 日的《编例》。在编例的每一条前均有“一”，而不是一种排序，如“一”“二”

等，用此符号或数字，只代表“之一”的意思：

> 一　这本小册子的目的，只在供给一点西洋小说演进的知识，所以不曾将历来的西洋小说家及其作品，叙述无遗。书中说及的，不过是各国小说界中比较重要的人物而已。
>
> 一　像本书题名的这类书籍，是没有专书可译的。此书编次，系照日人中村星湖氏讲义（原书不过万言）。内容注重各种文艺思潮的解释，书中所谓某种主义，并非各作家在当时自立门户，不过是批评家的客观的判断，但却便宜了叙述文艺思潮的人，乐得把许多情调相似的作家，归摆在一处，所以本书的叙述法，是以文艺思潮为经，各作家为纬。
>
> 一　文学上的译名，在现在还未统一，书中所有译名，译音，增取常触我们眼帘的，以便阅者。
>
> 一　小说史的编纂，在目前尚为创举，一人的力量，似乎不能把历来各家的传记，作品，以及各时代批评家的著书，完全过目，所以书中述及各作家作品时，除编者曾经阅过的，比较上说得详细一点外，其余不过匆匆提及便罢，这层只有向阅者道歉。

全书169页，分七章：《绪言》、《小说发达之经过》、《罗曼主义时代》、《自然主义时代》（上）、《自然主义时代》（中）、《自然主义时代》（下）、《自然主义以后》。每个章节再分若干小节，条理相当清晰。

书末有“文学研究会丛书”书目广告两页。

谢六逸，生于1898年，号光燊，字六逸，笔名宏徒、鲁愚，贵州贵阳人。日本早稻田大学毕业后入商务印书馆。历任暨南、复旦、大夏大学教授。在复旦大学任中文系主任，创设闻名海内的新闻系，提出新闻记者须具备的三个条件“史德、史才、史识”。

《超人》

《超人》，“文学研究会丛书”，短篇小说创作集，冰心女士著，商务印书馆印刷发行，笔者所见两种不同封面和版次的版本。

第一种，民国十二年（1923）五月初版，不知印数，每册定价大洋四角五分。封面和版权页印“文学研究会丛书”，封面注明“创作集”，版权页贴有文学研究会版权印花。

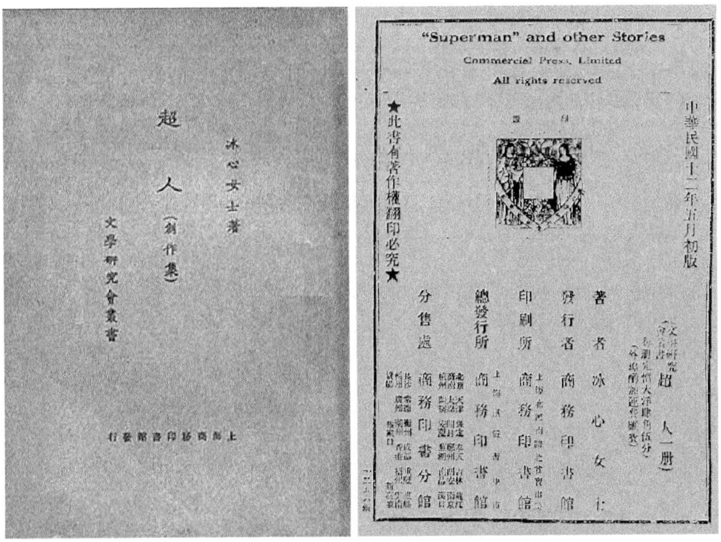

⊙《超人》1923 年初版封面及版权页

第二种，民国十七年（1928）七月七版，不知印数，每册定价大洋五角五分。封面有水仙花图案，素洁淡雅，香气沁人，左上印美术体作者名和书名，版权页印“文学研究会丛书”。此版本最让人“心动”的是封面设计，与冰心作品所透露出来的风格相当吻合。这些处于“一流”水准上的封面设计，在民国时期出版的图书中实在是太少！1947 年 3 月第六版，未见。

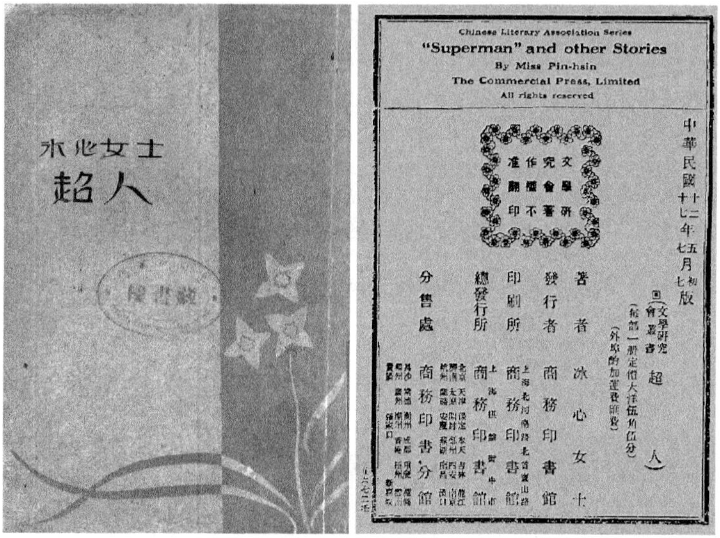

⊙《超人》1928 年七版封面及版权页

全书 150 页，无序跋，收小说 10 篇：《笑》《超人》《爱的实现》《最后的使者》《离家的一年》《烦闷》《疯人笔记》《遗书》《寂寞》和《往事》。

冰心的小说集，除去选集，《超人》是第一种，之后是《姑姑》（北新书局“黄皮丛书”，1932 年 9 月初版）、《去国》（北新书局“黄皮丛书”，1933 年 10 月初版）和《冬儿姑娘》（北新书局 1935 年 5 月初版）。

《新月集》

《新月集》，“文学研究会丛书”，［印度］太戈尔(Rabindranath Tagore)著，郑振铎译，商务印书馆印刷发行，笔者所见两种不同封面和版次的版本。

第一种，民国十三年(1924)四月再版，不知印数，每册定价大洋二角五分。封面和版权页皆印“文学研究会丛书”，在封面还印“太戈尔诗选二”，版权页贴文学研究会版权红色印花。1923 年 9 月初版，未见。

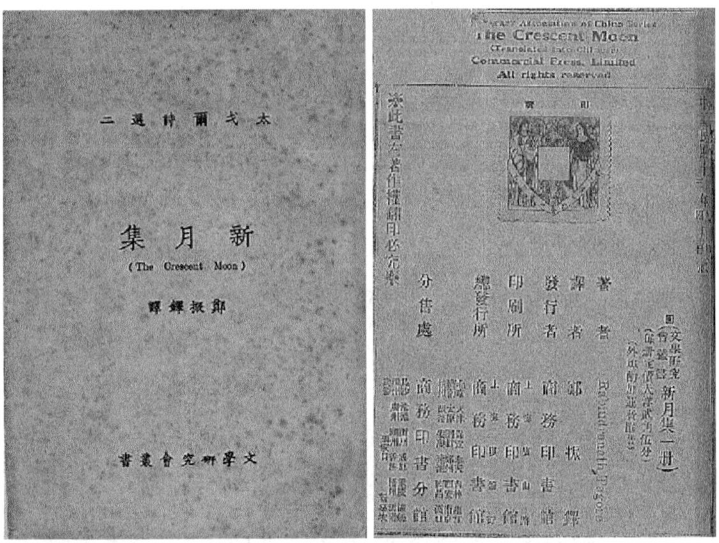

⊙《新月集》1924 年再版封面及版权页

第二种，民国十九年(1930)一月五版，不知印数，每册大洋二角五分。封面与“文学研究会丛书”素面朝天的版本不同，绘有坐在弯月上的两个小孩，左侧下方竖印手写体书名、作者和译者名。版权页印“文学研究会丛书”。

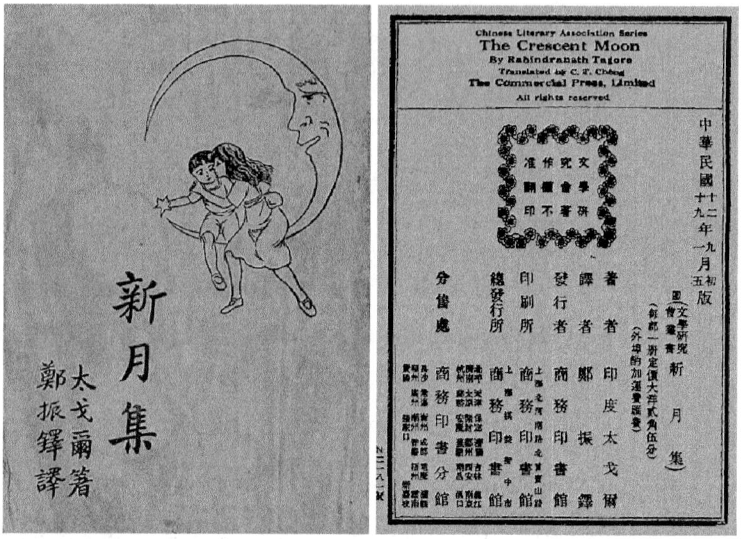

⊙《新月集》1930 年五版封面及版权页

书前有郑振铎写于 1923 年 8 月 22 日的《译者自序》，其中说道：

我译《新月集》也是受地山君的鼓励，有一天，他把他所译的《吉檀迦利》(Gitanjali)的几首诗给我看，都是用古文译的。我说，“译得很好，但似乎太古奥了。”他说，“这一类的诗，应该用这个古奥的文体译。至于《新月集》却又须用新妍流露的文字译。我想译《吉檀迦利》，你为何不译《新月集》呢？”于是我与他约，我们同时动手译这两部书。此后二年中，他的《吉檀迦利》固未译成，我的《新月集》也时译时缀。直至《小说月报》改革后，我才把自己所译的《新月集》在它上面发表了几首。地山译的《吉檀迦利》却始终没有再译下去，已译的几首，也始终不肯拿出来发表。后来王独清君译的《新月集》也出版了，我更懒得把自己的译下去。许多朋友却时时的催我把这个工作做完；他们都说王君的译文，太不容易懂了，似乎有再译的必要。那时我正有选译太戈尔诗的计划，便一方面把旧译的稿整理一下，一方面参考了王君的译文，又新译了八九首出来；结果便成了现在的这个译本。原集里还有七八首诗，因为我不大喜欢它们，所以没有译出来。……

有许多人以为《新月集》是一部写给儿童看的书。这是他们受了广告上附注的“儿歌”(Child Poerns)二字的暗示的缘故。在实际上，《新月集》虽然未尝没有几首儿童可以看得懂的诗歌，而太戈尔之写这些诗，却决非为儿童而作的，它并不是一部写给儿童读的诗歌集，乃是一部叙述儿童心理，儿童生活的最好的诗歌集。……

另有译者写于1924年3月20日的《再版自序》：

《新月集》疑心生暗鬼出版后，曾承几位朋友批评，这是我要对他们表白十二分的谢意的。现在乘再版的机会，把第一版中所有错误、就所能觉察到的，改正了一下。读者诸君及朋友们如更有所发见，希望他们能够告诉我，俾得于第三版时再校正。

全书65页，收译诗31首：《海边》《来源》《孩童之道》《孩童的世界》《偷睡眠者》《责备》《审判官》《玩具》《天文家》《云与波》《金色花》《雨天》《纸船》《对岸》《花的学校》《商人》《职业》《长者》《同情》《小大人》《著作家》《恶邮差》《告别》《追唤》《第一次的茉莉》《榕树》《祝福》《赠品》《孩提之天使》《我的歌》和《最后的契约》。

《太戈尔戏曲集》

《太戈尔戏曲集》，“文学研究会丛书”，[印度]太戈尔著，分为一、二两集。

第一集，瞿世英、邓演存译，商务印书馆印刷发行，笔者所见民国十三年(1924)七月再版，不知印数，每册定价大洋三角。在封面和版权页印“文学研究会丛书”，标明戏曲集(一)。1923 年 9 月初版，未见。1933 年 3 月国难后第一版，封面书名宋体。

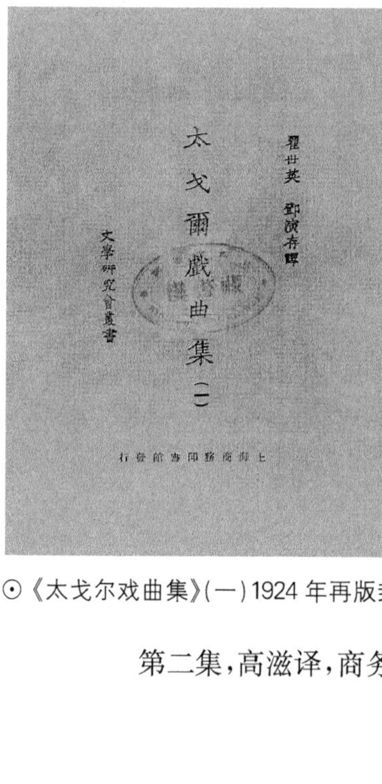

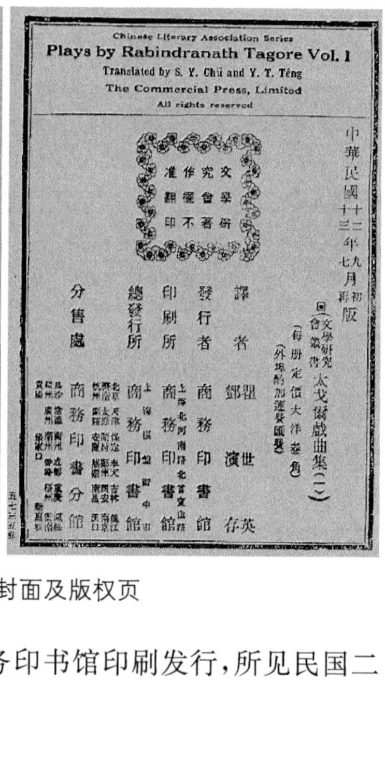

⊙《太戈尔戏曲集》(一) 1924 年再版封面及版权页

第二集，高滋译，商务印书馆印刷发行，所见民国二十三年(1934)三月国难后第一版,不知印数,每册定价大洋三角。在封面和版权页印“文学研究会丛书”,标明戏曲集(二)。

在叙述这版本(两册)时须先声明:1923 年 9 月的初版和 1924 年 7 月再版,封面相同,初版和再版皆为第一册,标示(一),而后出版的 1924 年 11 月版则为第二集,标示(二),再后的 1933 年 3 月国难后第一版也为第二集。据说也有第一第二两集的合集,笔者没有见到过。这一版本的微妙细节,如从单一版本实物是无法看清的,只有看到或了解到所有版本的版权页后,才能得出比较准确的结论。由此可见,见到所有版本完整的版权页是关键!这也是笔者为何在介绍版本时必须尽可能的保留版权页的真正动因。

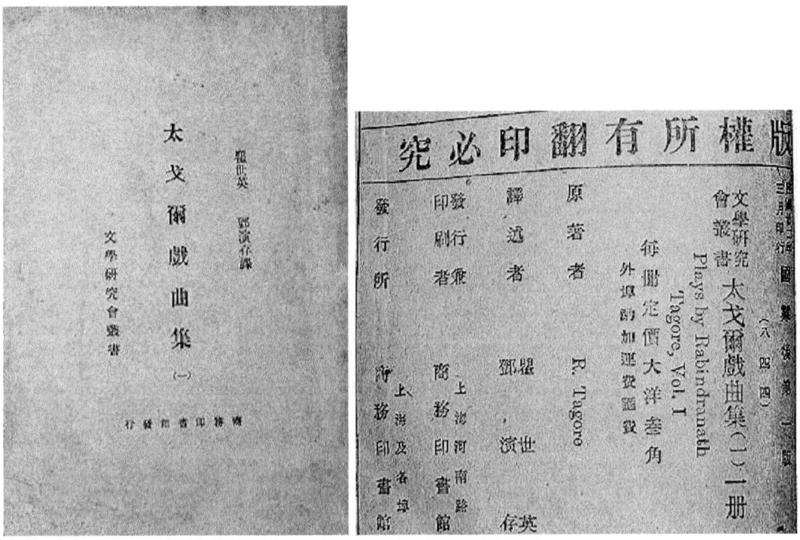

⊙《太戈尔戏曲集》(一)1933 年国难后第一版封面及版权页

书前有郑振铎写于 1923 年 8 月 7 日的《序》,其中说道:

> 太戈尔的已英译的剧本,据我所知道的,则有下列几种:
>
> 一,《春之循环》(The Cycle of Spring)。
>
> 二,《齐德拉》(Chitra)。
>
> 三,《邮局》(Post Offce)。
>
> 四,《隐士》(Sanyasi)。
>
> 五,《马里尼》(Malini)。

六,《牺牲》(Sacrifice)。

七,《国王与王后》(The King &the Queen)。

《春之循环》,《邮局》,《齐德拉》三个剧本,都是单行的,自《隐士》以下的四个剧本,则集合为《牺牲及其他》一书。《春之循环》曾由瞿世英君译为中文,为文学研究会丛书之一。现在这个戏曲集则合《邮局》及《齐德拉》为一书,作为《太戈尔戏曲第一集》,其第二集则将译印《马里尼》与《牺牲》二剧。至于《隐士》及《国王与王后》二剧,则中文里已经有过译本了。

关于《齐德拉》与《邮局》,我本想在此多说几句话,但因时间太少,只得止于此。好在太戈尔的剧本,意思都是明显的,在文字里也自有一种力量,能够使人感得它们的美丽与其他一切好处,似乎无再加以说明与赞誉的必要。

第一集,全书 91 页,收剧本两种:《齐德拉》(独幕剧,瞿世英译)和《邮局》(二幕剧,邓演存译)。版权页后有"文学研究会丛书"书目广告四页。

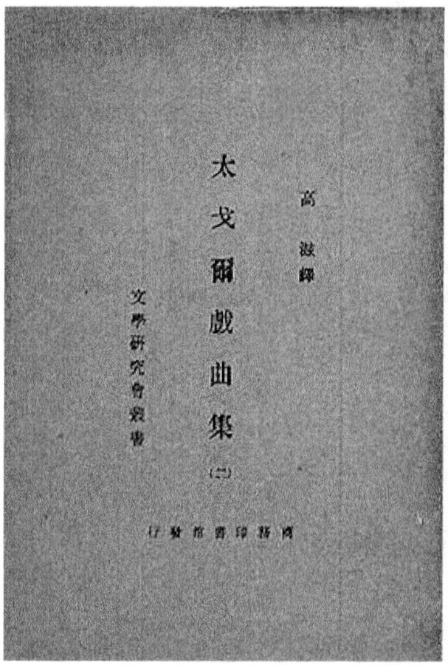

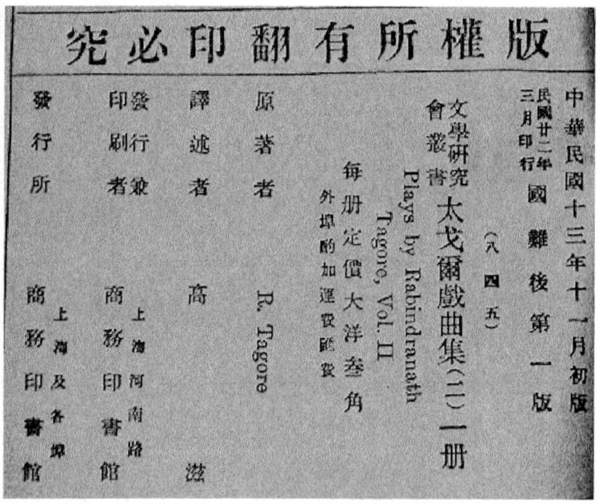

版權所有翻印必究

中華民國十三年十一月初版
民國廿二年三月印行 國難後第一版
(八四五)
文學研究會叢書 太戈爾戲曲集(二)一冊
Plays by Rabindranath Tagore, Vol. II
每冊定價大洋叁角
外埠酌加運費匯費
原著者 R. Tagore
譯述者 高滋
發行兼印刷者 上海河南路 商務印書館
發行所 上海及各埠 商務印書館

⊙《太戈尔戏曲集》(二)1933 年国难后第一版封面及版权页

第二集,商务印书馆 1924 年 11 月初版,32 开,平装本,收郑振铎写于 1923 年 10 月 25 日的《短序》,另收两剧本:《马丽妮》(二幕剧)和《牺牲》(独幕剧)。

在"文学研究会丛书"中,《太戈尔戏曲集》有第一集与第二集,分别以出版时间排序,第一集排位"23",第二集排位"43",即同名版本因分集而占两席。

《青鸟》

《青鸟》，“文学研究会丛书”，六幕剧，[比利时]梅脱灵(Maeterlinck)著，傅东华译，商务印书馆印刷发行，笔者所见为民国二十一年(1932)十月国难后第一版，不知印数，每册定价大洋六角五分。封面和版权页皆印“文学研究会丛书”，版权页上方印“上海商务印书馆谨启”。1923年10月初版未见。

全书205页，分6幕11场，有标题，如第二幕第一场为《仙宫》，第二场为《记忆之土》。

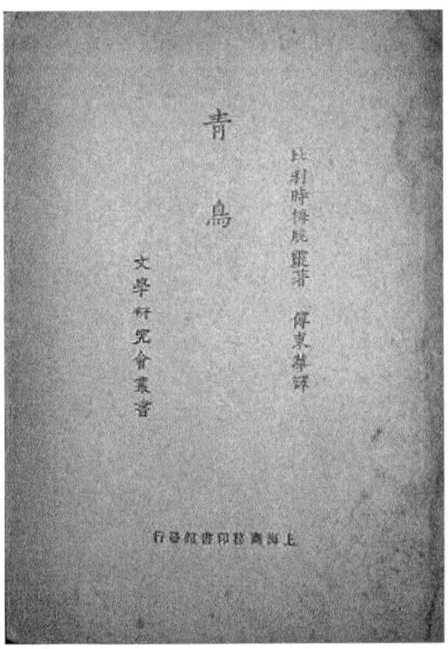

民國二十一年一月二十九日敝公司突遭國難總務處印刷所編譯所書棧房均被炸燬附設之涵芬樓東方圖書館尚公小學亦遭殃及盡付焚如三十五載之經營隳於一旦迭蒙各界慰問督望速圖恢復詞意懇摯銜感何窮敝館雖處境艱困不敢不勉為其難因將需用較切各書先行覆印其他各書亦將次第出版惟是圖版裝製不能盡如原式事勢所限想荷鑒原謹布下忱統祈垂鑒

上海商務印書館謹啓

版權所有翻印必究

中華民國十二年十月初版
民國廿一年十月印行國難後第一版

文學研究會叢書 青鳥一冊 (三一五三)
"The Blue Bird"

每冊定價大洋陸角伍分
外埠酌加運費匯費

著者 Maeterlinck
譯者 傅東華
發行兼印刷者 商務印書館 上海河南路
發行所 商務印書館 上海及各埠

⊙《青鸟》1932年国难后第一版封面及版权页

书前有傅东华1922年12月12日写于北京的《序》，6页，其中说道：

> 梅脱灵做《青鸟》用的是“拟人法”。拟人法原不是他开创，从前用的人很多，人人知道，远如二千四百余年前希腊的伊索泊，他拿动物和植物拟人。近如二百余年前英国的本颜，用抽象名词拟人，做他的《天路历程》。此外用的更不胜枚举。然而其间却有个分等。梅脱灵用拟人法，从不捏造，他拿亲眼观察的事实和可靠的参考为根据，所以绝少事实上的错误。……
>
> 他这本《青鸟》最初在俄国经五十二团体排演，后来伦敦，纽约相继排演，最后才在巴黎演。在中国，听说北京的燕京大学曾经排演过一次。我觉得布景上有许多困难，不晓得他们是怎么办的。可惜我当时未曾看见！我现在这译本，是根据一九二〇年蒂克西拉 Alexander Teixeira de Mattos 的英译本重译的。我于法文原文，一字不懂，读者倘能核对原文，替我指出错误，那是我一定很感激的。

接着是《服装表》，是为剧中“人物”设计的服装样式及颜色等，有趣而少见。比如“邻人的女孩”，相对应的是“明丽的头发，白色的长衫”等。

在笔者的印象中，傅东华是位著名的翻译家，主要作品是译作，从1933年至1935年当过大型文学期刊《文学》的执行编委，翻译过不少文学名著。虽也出过散文集《山胡桃集》，但更多的是文艺理论著作，如《诗歌与批评》《李清照》《李白与杜甫》《创作与模仿》《文学百题》；以及翻译的文艺理论著作，如《诗之研究》《社会的文学批评论》《诗学》《近世文学批评》《文学之社会学的批评》《比较文学史》《文学概论》等。

《人之一生》

《人之一生》，“文学研究会丛书”，[俄国]安特列夫(Leonid Andreev)著，耿济之译，商务印书馆印刷发行，笔者所见两种版本。

第一种，民国十三年(1924)四月再版本，不知印数，每册定价大洋五角。封面和版权页皆印“文学研究会丛书”。1931 年 4 月四版和 1932 年 11 月国难后第一版，皆未见。

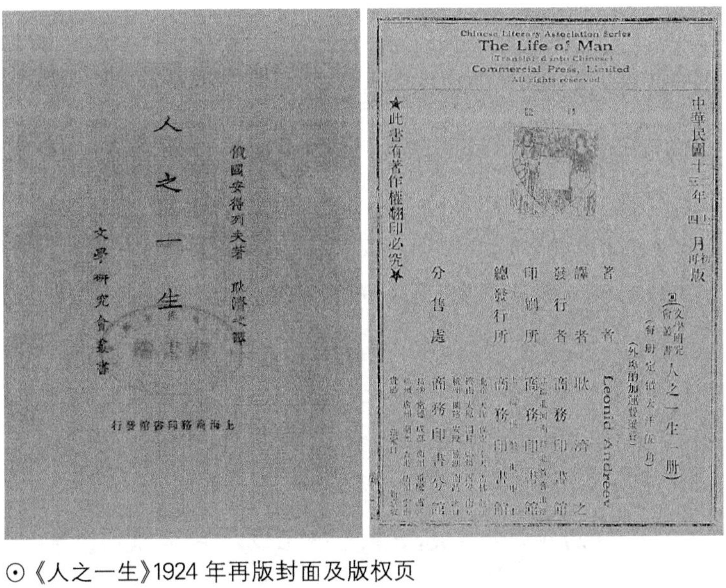

⊙《人之一生》1924 年再版封面及版权页

第二种，所见版本多种，但只见封面，不见版权页，故不知版权事项，从扉页看，此版本为 1932 年版。封面印书名、作者和译者名，左侧印作者安特列夫头像。

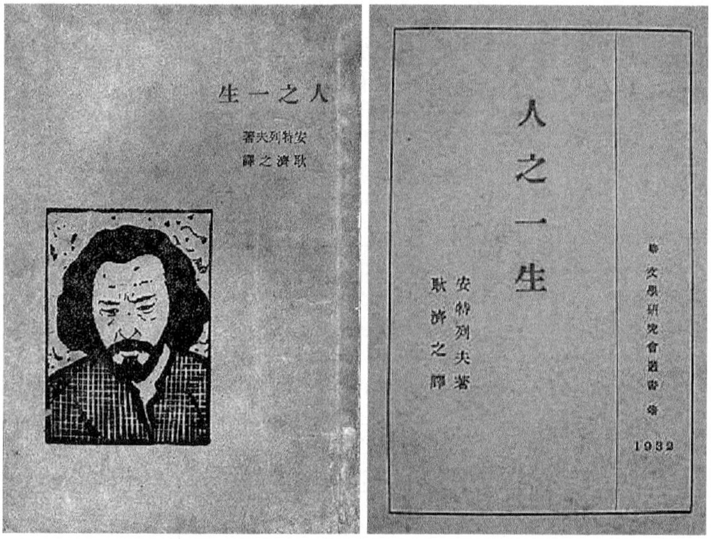

⊙《人之一生》1932 年版封面及扉页

书前有郑振铎写于 1923 年 9 月 6 日的《序》，其中说道：

人的一生就是如此。

“他生下来就具有人类的样式和名字，无论一切都和已经生在世上的人们相像。他们那种残酷的命运，要成为他的命运，他的残酷的命运，也要成为他们的命运。他受了时间抵抗不住的牵引，将要呆呆板板的经历尽一切人生的阶级，从低到高，从高到低，他为视点所限制，也终不会看见他那只软腿已经举起着要跨上去的那段阶级；为知识所限制，更不会知道未来的一小时——一分钟，将要给他送些什么来。他又因为自己的盲目的无识，受豫觉的压迫，希望和恐怕的惊扰；要很顺从的画着铁制的预定的圈儿。”

这就是安特列夫的答案，——一个很可怕的答案。无论是谁，恐怕都被这个可怕的答案，息息跟随在身边。……

这篇剧本的原文，出版于一九〇六年，是俄国文学上第一部的象征主义的剧本。

济之的译文，不失原文的精神；我敢断定读者不会有什么不懂的地方。

全书178页，收《引子》、第一幕《人之生与母亲之痛苦》，第二幕《爱情与贫穷》，第三幕《人家之跳舞会》，第四幕《人之逆运》，第五幕《人之死》。附录是《人之死》(第五幕之修正稿)。

版权页后有"文学研究会丛书"书目两页。

耿济之，是文学研究会的发起者之一，1899年生于上海，原名耿匡。一生短短的50年，翻译世界28位著名作家90多部名著，共计约八百万万字。尤其是对翻译俄国与苏联的文学作出过巨大贡献。耿济之先后与瞿秋白和郑振铎为挚友，与瞿秋白合译《托尔斯泰短篇小说集》，与郑振锋等合译《俄罗斯戏曲集》，还与郑一起从俄文直接翻译了《国际歌》，翻译的历史相当辉煌。他的代表作是译作，除《人之一生》外，还有《父与子》《复活》《村中之月》《小人物的忏悔》《柴霍夫短篇小说集》《遗产》《疯人日记》《猎人日记》《家事》《卡拉马助夫兄弟们》《巡按使与其他》《俄罗斯浪游散记》《白痴》《死屋手记》《给青年作家》《少年》《高尔基作品选》等。

《稻草人》

《稻草人》，“文学研究会丛书”，童话集，叶绍钧著，商务印书馆印刷发行，笔者所见为民国十二年（1923）十一月初版，不知印数，每册定价大洋九角。封面虽朴素，但增加了一幅小插图，坐在石头上拉胡琴的小孩，看上去像个西洋人。封面和版权页皆印“文学研究会丛书”。

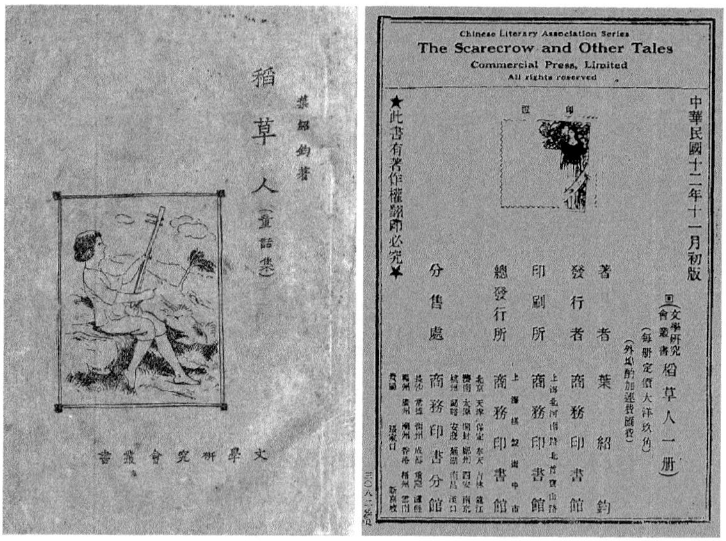

⊙《稻草人》1923 年初版封面及版权页

这是中国第一本童话集。贾植芳与俞元桂主编的《中国现代文学总书目》，在介绍商务版“文学研究会丛书”《稻草人》时，目次只印 22 篇篇名，居然漏印《稻草人》,刚开始无法解读其中原因,后读郑振铎写于1923年9月5日的《序》后才知道确实漏印,除《序》外,所收22篇是:《小白船》《傻子》《燕子》《一粒种子》《地球》《芳儿的梦》《新的表》《梧桐子》《大喉咙》《旅行家》《富翁》《鲤鱼的遇险》《眼泪》《画眉鸟》《玫瑰和金鱼》《花园之外》《祥哥的胡琴》《瞎子和聋子》《克宜的经历》《跛乞丐》《快乐的人》和《小黄猫的恋爱故事》。

笔者最早所得《稻草人》版本,是开明书店作为“世界少年文学丛书”之一种,1932年8月初版,迟商务版9年。开明版收童话23篇,《稻草人》是放在书末的“压台戏”,可说是写得最为精彩的一篇童话。书中有题图、插图57幅,数量大,但水平一般。据说是许地山兄长许敦谷所画。此书封面画有一个站在稻田、手执蒲扇的稻草人。从画风看,与书中的插图不同,是否由许敦谷设计,吃不准。

书前有《序》一篇,是由文学研究会的发起人之一的郑振铎所写,是商务初版时写的。开明版只是全文照搬而已。这篇《序》较长,其中有不少信息与此书有关,其中说道:

> 圣陶集他最近二年来所作的童话编成一集,把末一篇的篇名《稻草人》作为全集的名称。他要我作一首序文。我是很喜欢读圣陶的童话的,而且对于他的童话久已想说几句话,现在就乘这机会在此写几个字;不能算是《稻草人》的介绍,不过略述自己的感想而已。
>
> 圣陶最初动手作童话在我编辑《儿童世界》的时候。那时,他还梦想一个美丽的童话的人生,一个儿童的天真的国土。我们在读他的《小白船》,《傻子》,《燕子》,《芳儿的梦》,《新的表》及《梧桐子》诸篇,显然可以看出他努力想把自己沉浸在孩提的梦境里,又想把这种美丽的梦境表现在纸面。然而,渐渐地,他的著作情调不自觉地改变了方向。他在去年一月十四日写给我的信上曾说,“今又呈一童话,不识嫌其太不近于‘童’否?”在成人灰色的云雾里,想重现儿童的天真,写儿童的超越一切的心理,几乎是个不可能的企图。圣陶的发生疑惑,也是自然的结果。我们试着看他后来的作品,虽然他依旧想用同样的笔调写近于儿童的文字,而同时却不自禁地融化了许多“成人的悲哀”在里面。固然,在文字方面,儿童是不会看不懂的,而那透过纸背的深情,儿童未必便能体会。
>
> 圣陶自己很喜欢这童话集;他曾对我说,“我之喜欢《稻草人》,较《隔膜》

> 为甚，所以我希望《稻草人》的出版也较《隔膜》为切。”在《稻草人》里，我喜欢阅读的文字，似乎也较《隔膜》为多。虽然《稻草人》里面有几篇文字，如《地球》，《旅行家》等，结构上似稍幼稚，而在描写一方面，全集中几乎没有一篇不是成功之作。

《序》末，交代了插图作者许敦谷，并说：“有这种好图画印在书本里，在中国，可以说此书是第一本。”看来，图虽画得一般，但它有着历史上“第一”的价值。

《火灾》

《火灾》,“文学研究会丛书”,短篇小说集,叶绍钧著,商务印书馆印刷发行,笔者所见两种版本。

第一种,民国十二年(1923)十一月初版,不知印数,每册定价大洋六角。封面和版权页皆印“文学研究会丛书”。1925 年 8 月三版,未见。

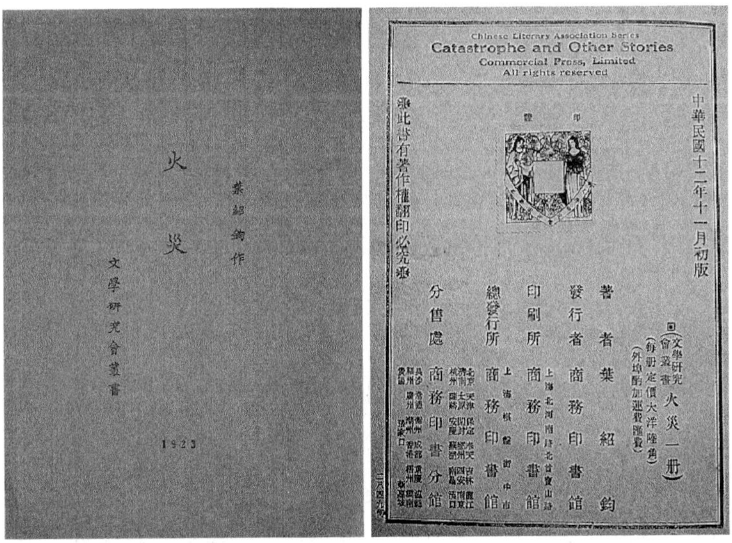

⊙《火灾》1923 年初版封面及版权页

第二种,民国十九年(1930)五月六版,不知印数,每册实价国币六角。封面仅书名,隶体,叶绍钧手书。版权页印“文学研究会丛书”。1933 年国难后的版本多种,皆未见。

全书 197 页，书前有俞平伯的题字：“吾心归来呀！从人间归来！”

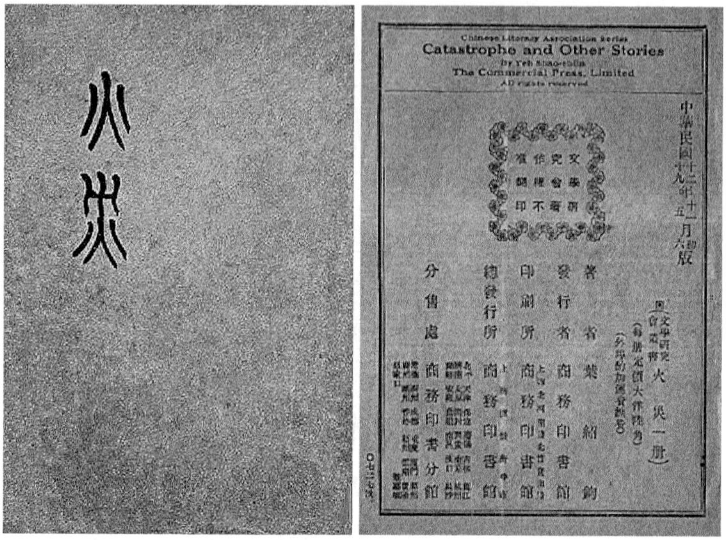

⊙《火灾》1930 年六版封面及版权页

另有顾颉刚写于 1923 年 3 月 25 日的《序》，7 页，其中说道：

> 圣陶将一年半以来所做的小说继续编成一集，就取第十七篇的名字——火灾——做这一集的名字，并且嘱我做上一篇序……我所能为圣陶作序的话，除了不在手头的信札以外，可以说是已经尽了能说的话，而圣陶又是敦促我做第二集的序，这使我不得不僭越而批评他的文艺作品。但这是我做文艺批评的第一回，我很没有自信的胆量，所以专注目在他的思想，而不及他的艺术，使得范围可以缩小一点。

叶圣陶，文学研究会的发起者之一，生于 1894 年，原名叶绍钧，字秉臣、圣陶，江苏苏州人。一生有几个“文学节点”：除是发起者外，1919 年加入北京大学新潮社，开始白话文学创作。推出第一个童话故事《稻草人》，发表第一篇白话小说《春宴琐谭》，发表颇有影响的长篇小说《倪焕之》。

在“文学研究会丛书”中，叶圣陶占有五席：《隔膜》（短篇小说集）、《稻草人》（童话集）、《火灾》（短篇小说集）、《线下》（长篇小说集）和《未厌集》（短篇小说集）。

《诗之研究》

《诗之研究》,“文学研究会丛书”,[英国]勃利司潘莱(Bliss Perry)著,傅东华、金兆梓译,商务印书馆印刷发行,笔者所见三种版本。

第一种,民国十三年(1924)四月再版,不知印数,每册定价大洋六角。封面和版权页皆印“文学研究会丛书”,版权页贴版权印花。1923 年 11 月初版未见。

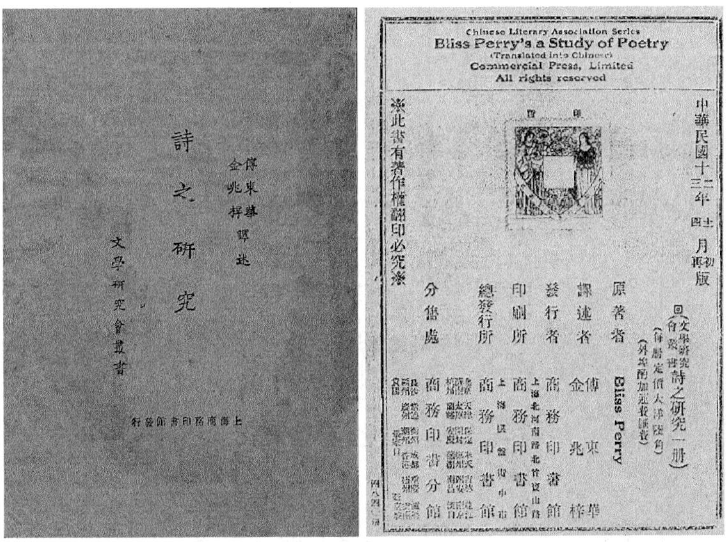

⊙《诗之研究》1924 年再版封面及版权页

第二种和第三种,版本样式大体相同,仅封面书名等字体不同。民国十六年(1927)七月四版,不知印数,每册定价大洋一元。四版与再版的封面不同，内容相同。

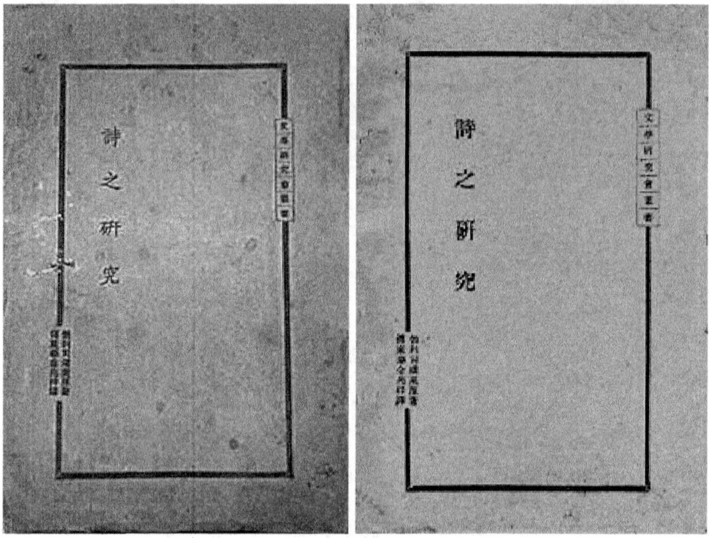

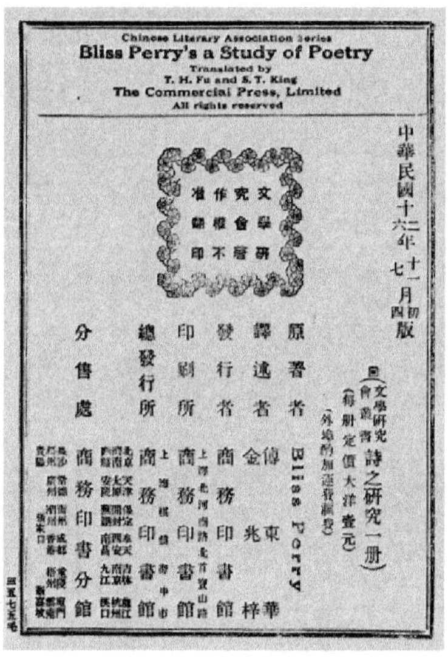

Chinese Literary Association Series
Bliss Perry's a Study of Poetry
Translated by
T. H. Fu and S. T. King
The Commercial Press, Limited
All rights reserved

中華民國十二年七月初版
中華民國十六年十一月四版

文學研究會叢書 詩之研究一册
（每册定價大洋壹元）
（外埠酌加運費匯費）

文學研究會著作權不准翻印

原著者 Bliss Perry
譯述者 傅東華 金兆梓
發行者 商務印書館
印刷所 商務印書館
總發行所 商務印書館
分售處 商務印書分館

⊙《诗之研究》1927年四版封面扉页及版权页

书前有郑振铎写于1922年6月8日的《引言》：

Bliss Perry 教授著的这部《诗的研究》(A Study of Poetry)我们认为有介绍的必要。像这一类的书籍，比他好的固然也有，如 Stedman 的《诗的性质与要素》(The Nature and Element of Poetry)便是一部极有价值的永久著作。但是这部书却较为浅显易解。对于初次要研究“诗”的人,至少可以贡献他们以许多关于“诗”的常识。

他的见解如何,我们不去管他,便就这系统的介绍“诗”的常识一方面讲来,他已是一部对于我们幼稚的读书社会很有益的书了。

这部书,共分为两部分,第一部分是通论诗歌的,共分六章,第二部分是专论抒情诗的,共分四章,现在傅金二君所译的只是第一部分。第二部分还没有译出。在这第一部分中,有许多无关紧要的地方,如举例的诗歌之类,也多有被删去了的。但据我们看来,这种删节,对于读者毫无损害的。

全书206页,分六章,每章再分若干小节,章节均有小标题,如第一章《诗之背景》,内分:《诗的研究及美学的研究》《艺术的冲动》《艺术的形式及意义》《艺术家与艺术作品》。又如第六章《韵节及自由诗》,内分:《久久不决的战争》《韵是声调的一种形式》《论诗节》《自由诗》《发明与翻新》。

金兆梓,生于1889年,字子敦,号芚厂,浙江金华人。著有《芚厂治学类稿》《国文法之研究》《实用国文修辞学》《近代文学之鸟瞰》等。他的代表作是《国文法之研究》(中华书局1922年版)。全书分三章,尤以第二章“文法之研究法”为重要,谈及历史的研究(从语言发展上研究)、比较的研究(结合古代方言材料和受外国语文影响的材料进行对比研究)和普通研究(属普通语言学范畴,研究文字现象之所以能成立的原理)。这些研究方法,对现今仍有着指导意义。

《莫泊桑短篇小说集》

《莫泊桑短篇小说集》，“文学研究会丛书”，小说集，共三集，[法国]莫泊桑(Guy de Mau passant)著，李青崖译，商务印书馆印刷发行，笔者所见第一集和第二集两种版本。

第一种，第一集，民国十五年(1926)五月三版，不知印数，每册定价大洋五角五分。封面素面朝天，与版权页皆印“文学研究会丛书”，并标明“(一)”。

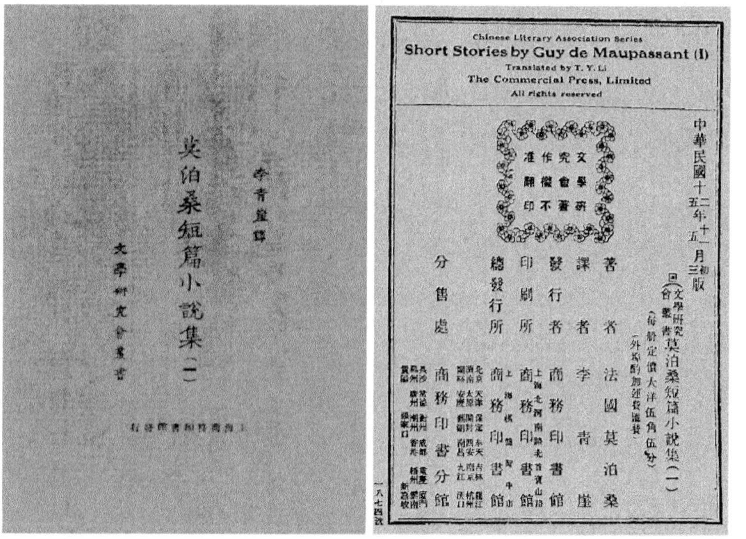

⊙《莫泊桑短篇小说集》(一)1926年三版封面及版权页

第二种，第二集，民国十八年(1929)十一月五版，不知印数，每册定价大洋六角五分。封面式样与素面朝天略有不同，除添加莫泊桑头像外，并用 8 个小方格框起“文学研究会丛书”7 字，版权页也标明“文学研究会丛书”。1923 年 11 月初版、1927 年 9 月第二册三版、1931 年 11 月第三册二版及 1932 年 12 月国难后第一版等，皆未见。

⊙《莫泊桑短篇小说集二》封面

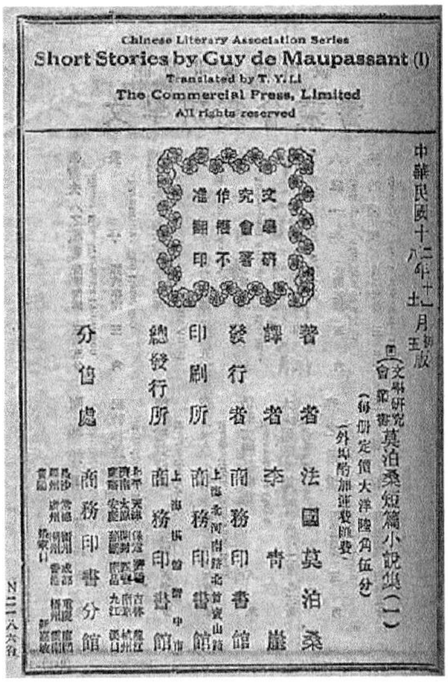

Chinese Literary Association Series
Short Stories by Guy de Maupassant (I)
Translated by T. Y. Li
The Commercial Press, Limited
All rights reserved

中華民國十二年十一月初版 十八年十一月五版

（文學研究會叢書）莫泊桑短篇小說集（一）
（每冊定價大洋陸角伍分）
（外埠酌加運費匯費）

文學研究會著作權不准翻印

著者 法國莫泊桑
譯者 李青崖
發行者 商務印書館
印刷所 商務印書館
總發行所 商務印書館
分售處 商務印書分館

⊙《莫泊桑短篇小说集》(一) 1929 年五版版权页

第一集，全书 199 页，收小说 16 篇：《一个疯子》《我的舒尔教父》《写荐信的人》《散步》《拔荔上夫人》《雨伞》《隐者》《旅行》《孤儿》《勋章到手了》《杀人者》《押发长针》《疯婆子》《父亲》《饮者》和《珠宝》。版权页后有“文学研究会丛书”书目广告两页。

书前有杨树达 1922 年 7 月 14 日写于长沙的《序》，其中说道：

> 我的朋友李君青崖，从前留学法国，理科之外，兼研究法国文学。今年我从北京回到长沙，青崖拿这个册子叫我替他校读。我在匆忙之中，替他校读了一遍，便写了我从来对于莫泊桑的一点意思付给青崖，作为“同好”的纪念。我的话对不对，还要请青崖教我，我还希望青崖出版这册子以后，还继续不断地将莫泊桑所有的著作都译出来，使国中有文学癖的人，个个都能饱饱地领略莫泊桑著作的风味，那就是很有贡献的工作了。

第二集，全书 234 页，无序，收小说 17 篇：《马丹拔蒂士特》《施乃甫的冒险》《莫兰这公猪》《许丽乐曼》《手》《回顾》《悔悟》《寂寞》《无益的容貌》《鬼神出没》《负贩者》《柴》《残废的人》《一场夜宴》《客车之内》《密语》和《一座小像》。

第三集，全书 231 页，民国十三年(1924)十一月初版，民国二十年(1931)十一月二版，无序，收小说 13 篇：《羊脂球》《雏之孀》《软项圈》《战栗》《离婚》《床边的协定》《政变的一幕》《一个失业的人》《归来》《亡妇》《伯爵夫人的轶事》《新年的赠品》和《娜莎丽》。

在“文学研究会丛书”中，《莫泊桑短篇小说集》第一集至第三集，占有 3 席，按出版时间排序，分别占丛书的“29”“44”和“45”。

李青崖，生于 1886 年，湖南湘阴人。1912 年毕业于比利时列日大学。1921 年参加文学研究会，致力于法国文学的翻译和介绍，特别是对莫泊桑的介绍。纵观他的译作，莫泊桑的作品占有绝对多数，如商务版的《莫泊桑短篇小说集》(1—3 册)，还有《髭须》，以及莫泊桑短篇小说集九种：《哼哼小姐集》《苡威荻集》《鹧鸪集》《羊脂球集》《霍多夫子集》《遗产集》《珍珍小姐集》《蔷薇集》《蝇子姑娘集》。以及《橄榄田集》和《天外集》。《莫泊桑全集》历尽苦难，最终于 1996 年由湖南文艺出版社陆续出齐，此时离李青崖 1969 年去世将近 30 年！

《遗产》

《遗产》，“文学研究会丛书”，长篇小说集，[法国]莫泊桑(Guy de Maupassant)原著，耿济之译，商务印书馆印刷发行，笔者所见为民国十三年(1924)五月再版，不知印数，每册定价大洋三角五分。封面和版权页皆印“文学研究会丛书”，贴有版权印花。1923年11月初版，未见。

全书116页，无序跋。

书后有“文学研究会丛书”14种，只是整套丛书中极少一部分。

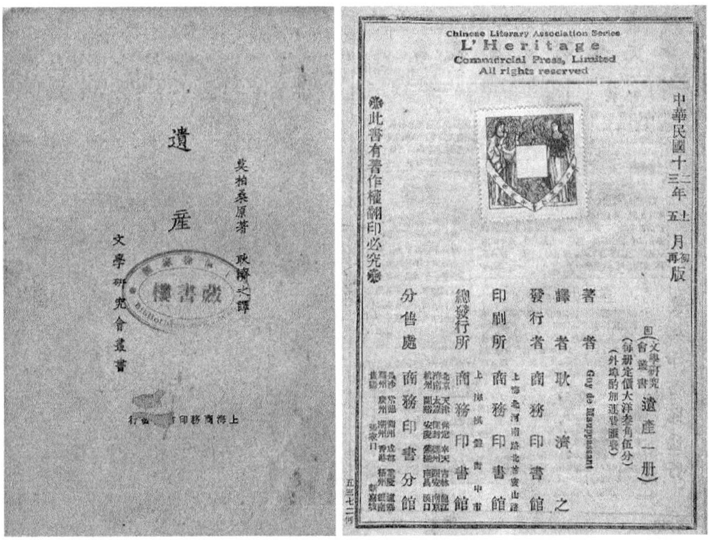

⊙《遗产》1924年再版封面及版权页

在苏俄文学的翻译领域，耿济之值得一提。耿济之原名耿匡，济之是笔名。他于1917年考入北京俄文专修馆，与瞿秋白同学。第二年开始翻译，之后与郑振铎相识。一起编辑刊物，1922年到苏联，在领事馆和大使馆任职，回国后从事文学翻译，1946年3月逝世。只要关注现代文学翻译的读者，经常能见到耿济之流畅优美的译笔，苏俄著名作家的作品，他大多涉足，较为著名的有托尔斯泰的《复活》，契诃夫的《犯罪》，果戈理的《疯人日记》，屠格涅夫的《猎人日记》，安德列耶夫的《人之一生》，高尔基的《蒲雷曹夫》，陀思妥耶夫斯基的《死屋手记》等。另外，耿济之还翻译过莫泊桑的《遗产》以及奥地利作家斯蒂芬·茨威格的《保姆》。

《狗的跳舞》

《狗的跳舞》,“文学研究会丛书”,四幕剧,[俄国]安特列夫著,张闻天译,商务印书馆发行,笔者所见两种版本。

第一种,民国十六年(1927)一月再版,不知印数,每册定价大洋三角五分。封面和版权页皆印“文学研究会丛书”。1923 年 12 月初版,未见。

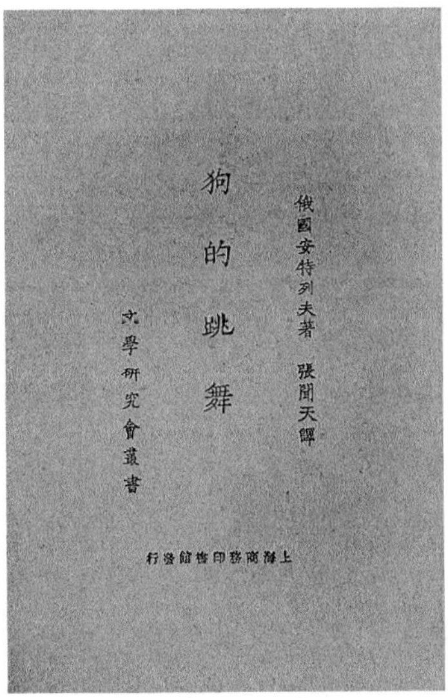
狗的跳舞
俄國安特列夫著 張聞天譯
文學研究會叢書
上海商務印書館發行

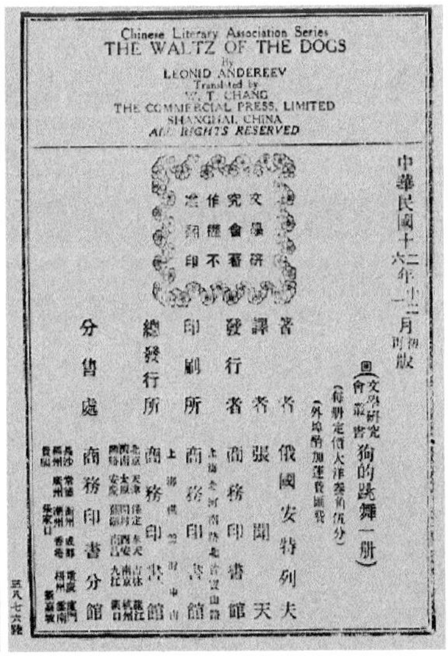
Chinese Literary Association Series
THE WALTZ OF THE DOGS
By
LEONID ANDEREEV
Translated by
W. T. CHANG
THE COMMERCIAL PRESS, LIMITED
SHANGHAI, CHINA
ALL RIGHTS RESERVED

中華民國十二年十二月初版
中華民國十六年一月再版

(文學研究會叢書)狗的跳舞一册
(每册定價大洋叁角伍分)
(外埠酌加運費匯費)

文學研究會著作權不得翻印

著者 俄國安特列夫
譯者 張聞天
發行者 商務印書館
印刷所 商務印書館
總發行所 商務印書館
分售處 商務印書分館

⊙《狗的跳舞》1927 年再版封面及版权页

第二种,民国二十二年(1933)七月国难后第一版,不知印数,每册定价大洋四角五分。封面与一般“文学研究会丛书”不同。版权页和扉页印“文学研究会丛书”,版权页上方印“上海商务印书馆谨启”。

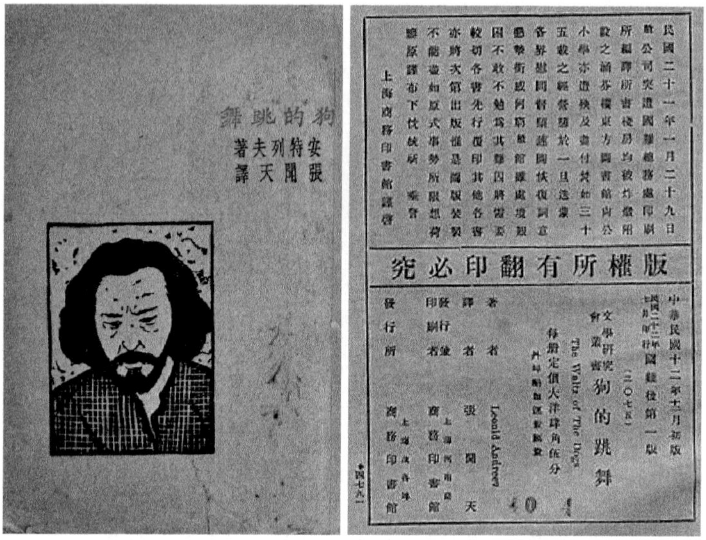

⊙《狗的跳舞》1933年国难后第一版封面及版权页

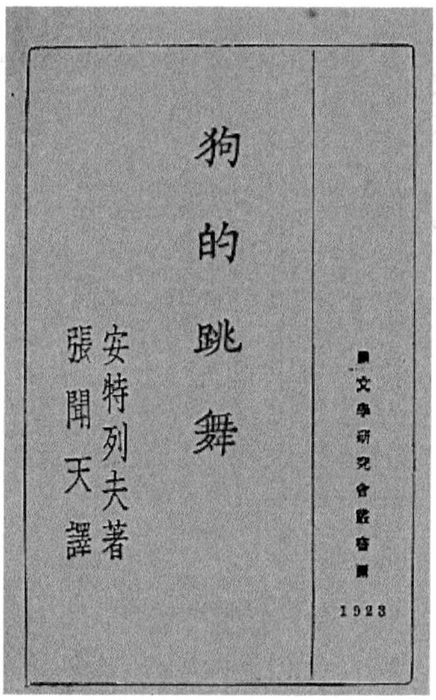

⊙《狗的跳舞》扉页

书前有译者1923年2月12日写于美国加利福尼亚的《译者序言》，六页，其中说道：

理欧乃德安特列夫(Leonid Andreev)生于一八七一年阿莱勒(Orel)地方。与杜格涅夫同乡。比高尔该小二岁。起初在莫斯科当律师，后来才倾向文学。其处女作即为高尔该所称赏。此外更受托尔斯泰与梅勒什科夫斯基等的赞许，所以他的名声传布得非常快。他的小说《红笑》与《七个被绞死的人》就给了他在俄国文坛上一个重要的位置。他的小说与戏曲继出的很多。英文翻译的也不少。我所译的这篇《狗的跳舞》The Waltz of the Dogs就是英译中最近出版的。……

安特列夫的作品，大都带有神秘的，免征的，诗的气味，有许多地方我们不能“了解”，我们只能用细微的心去感觉。各人感觉到的，就是他的作品的意义！

在“文学研究会丛书”中，张闻天占有三席，除《狗的跳舞》外，还有《旅途》，以及与汪馥泉、沈泽民合译的《狱中记》。

张闻天，生于1900年，江苏南汇（今上海浦东新区）人。先后就学于江苏省立水产学校（今上海海洋大学）、浦东中学和南京河海工程专门学校（今河海大学）攻读。“五四”运动后投身学生运动，开始文艺创作和翻译，在南京加入少年中国学会。1925年加入中国共产党后，脱离了文学创作而一心投入革命运动，但见长于钻研理论而短于操持具体事务，被毛泽东称为“红色教授”的学者型人物。

《芝兰与茉莉》

《芝兰与茉莉》，“文学研究会丛书”，顾一樵著，商务印书馆印刷发行，笔者所见两种版本。

第一种，民国十二年（1923）十二月初版，不知印数，每册定价大洋四角。封面和版权页皆印“文学研究会丛书”。

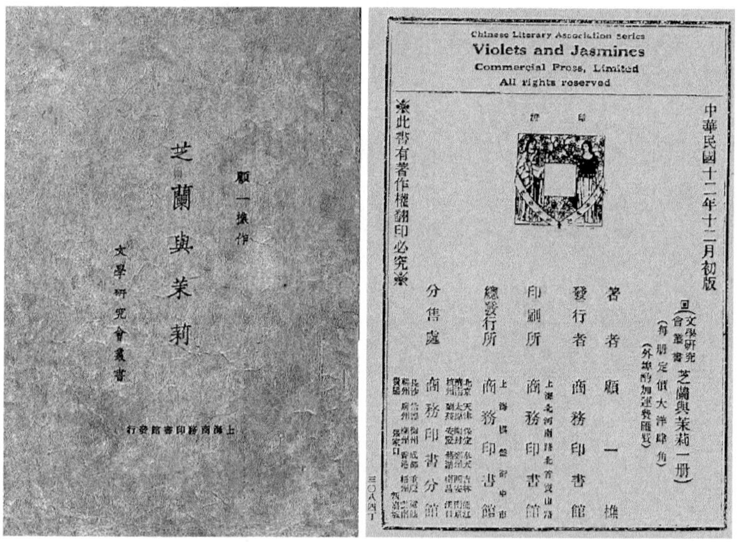

⊙《芝兰与茉莉》1923年初版封面及版权页

第二种，民国十九年（1930）十一月六版，不知印数，每册定价大洋四角。封面有图案，与一般素面朝天的“文学研究会丛书”不同。1933年2月国难后第一版，封面与六版同。

全书 145 页，正文前有《小引》，随后是《芝兰与茉莉》的前后篇。

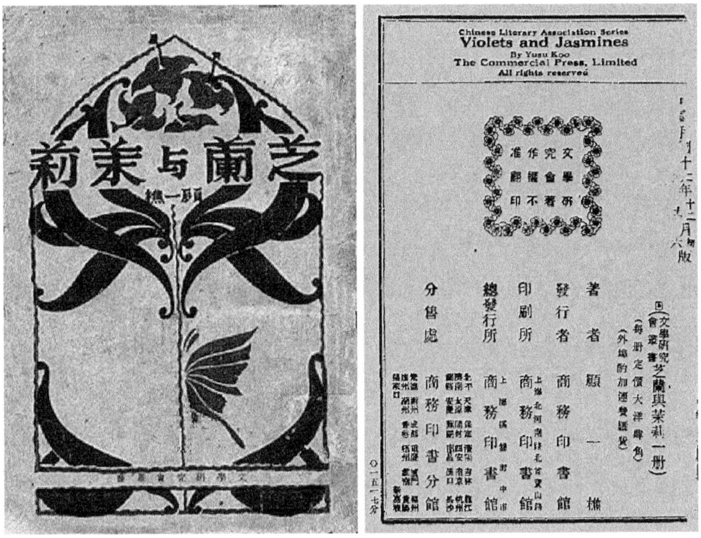

⊙《芝兰与茉莉》1930 年六版封面及版权页

书前有翟毅夫 5 月 11 日写于清华园的《序》，其中说道：

一樵作完他的《芝兰与茉莉》送给我看。我觉得他创作的进步确是惊人得很！他的放肆的笔调和直率的布局给这篇小说的外形以一种特异的风格。这种巍然独立的风格，决不是寄生虫的作者所可几及于万一。一樵尝试小说的时间很短，但是从来不屑模仿他人的作品。因为有了这种充满的个性所以他的创作的天才能够渐渐显露出来，能够在仓促中开出这两朵鲜艳的花来——《芝兰与茉莉》。

一樵是个青年的作者，他的艺术没有达到成熟的境界，那是不必为讳的。因为作者离开童年还不甚远，所以描写童年的心理最真切，最透辟。因此我觉得这部书的前半比后半动人，也许这是我爱童年生活的缘故。……

作者是个未经事故的少年，所以这篇小说给成年的人们看见，也许以为太肤浅了。不错，这篇小说的确没有含着什么委会深奥的哲理，实质上的肤浅乃是青年人的作品所不可免的。……

作者是在青年，他的作品当然还有许多不完美的地方。文笔之单调，感想之繁杂，是我对于此书不满意的地方。但是这些小疵点总遮掩不了他这两朵鲜花——《芝兰与茉莉》——的艳影和香味。在沉闷无聊的国内文坛上加了这一枝旗帜鲜明的生力军，声势该要雄壮得多了！

顾毓琇，生于1902年，字一樵，江苏无锡人。他是一位集教育家、科学家、诗人、戏剧家、音乐家和佛学家于一身的学者。笔者认识他，是从他的戏剧作品开始的，最早得到的版本就是《芝兰与茉莉》，之后还见到过他的一种非常罕见的散文著作，实际是传记《我的父亲》，上海新月书店1933年1月初版，胡适题签，闻一多绘封面，潘光旦作代序《一篇传记文的欣赏》。书中写到他的父亲、自己和祖母等。笔者当年在上海文庙旧书市场中匆匆一过，翻过就扔下，如今想再得到已经不易。

顾一樵的文学作品，主要是戏剧剧本，除《芝兰与茉莉》外，还有《岳飞及其他》《岳飞》《白娘娘》《古城烽火》《荆轲》《苏武》等。

《梅脱灵戏曲集》

《梅脱灵戏曲集》，“文学研究会丛书”，[比利时]梅脱灵著，汤澄波译，商务印书馆印刷发行。笔者所见三种版本，虽然差别不大，但差异的存在是事实，既然见到，也便有一说之必要。

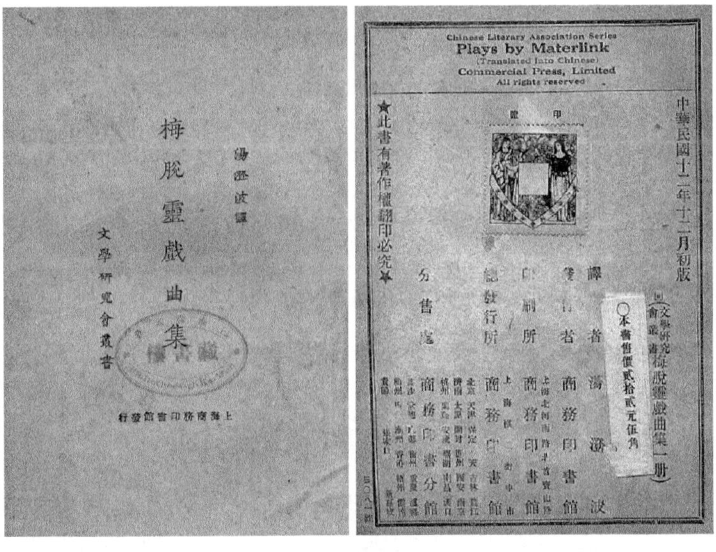

⊙《梅脱灵戏曲集》1923 年初版封面及版权页

第一种、第二种，均为民国十二年(1923)十二月初版，封面和版权页皆印“文学研究会丛书”。封面字体，一为楷体，一为宋体，不知印数，每册定价大洋五角五分，有的版权页上贴有更改价格的纸条，上印“本书售价二十二元五角”。且版权页皆贴有文学研究会的版权印花，版权印花方形空白处盖有印章。

第三种，民国廿二年(1933)一月国难后第一版，封面文字印楷体，与楷体初版封面的唯一区别是，初版印“上海商务印书馆发行”，国难后第一版印“1933”。

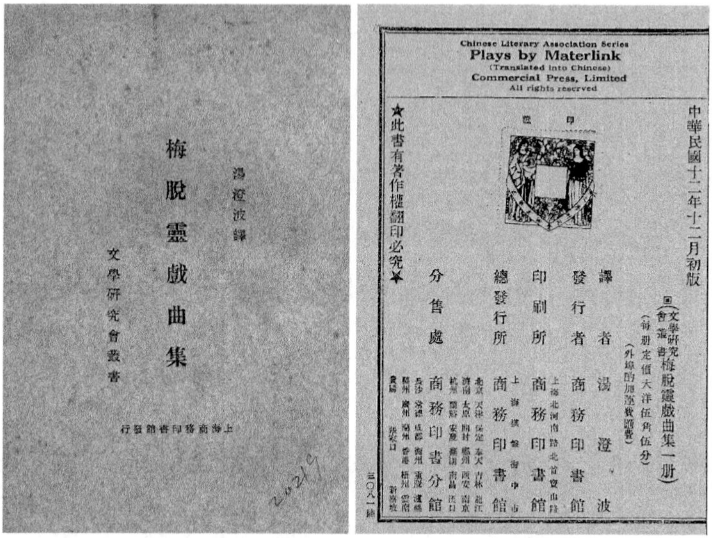

⊙《梅脱灵戏曲集》1923 年另一种初版封面及版权页

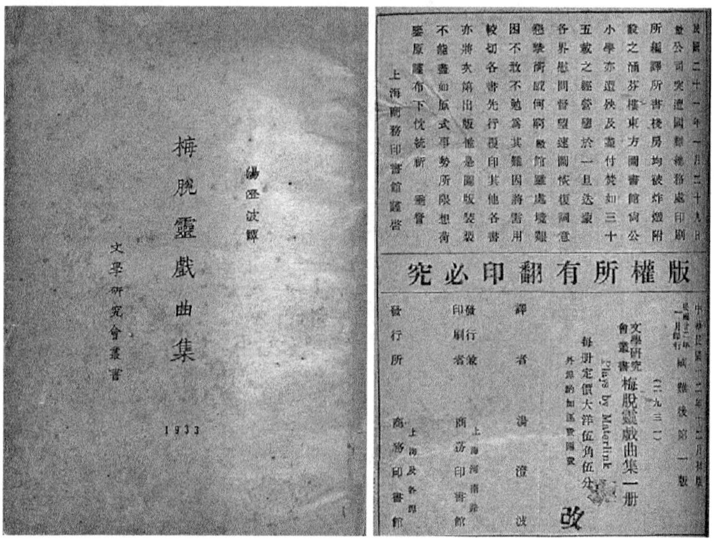

⊙《梅脱灵戏曲集》1933 年国难后第一版封面、版权页

全书170页，书前有译者1923年3月23日写于广州岭南大学的《译者导言》，其中说道：

梅脱灵是一个神秘主义者，其一生思想可略分两期：一在他未结婚之前，一在他已结婚之后。他的后期思想有一种生的色彩，对于戏剧主张有“动作”之必要，以为在冒险勇敢上之精神的勇敢之表现必须依靠外部的活动。在这个时候他的哲学已由黑暗进到光明，已由抽象进到科学的分析；他的戏剧则已由阴影进到血肉。他最后终于被“爱的意志”所克胜了。

他的前期思想则和此完全不同。少年的时候，他一方面不能脱离德国叔本华，温赫门等之悲观哲学之桎梏，一方面则极爱柏拉图之空洞影像——空洞中四壁上所反映出来的迷蒙黑影——及路斯伯陆(Ruysbroeck)之静寂和阴暗的爱好等所影响。于是其思想便有希腊及东方——回教神秘宗，婆罗门教，及佛教——的神秘色彩。根据于此种思想他便说“死亡是人生之引导者，人生之目的只有死亡”及“不知者常常穿着死亡的外套。生存问题除此以它的虚无之谜解答之，没有别种答解。”的话。

本书所译的四篇戏剧就是含有这种思想的。在此中梅脱灵用浅易的辞句表出“灵魂在不可见中移动”之可能……

此四剧是据(Richard Hovey)的英译本重译，书名《The Intruder and Other Plays》(Dodd, Mead and Company)。

⊙ 文学研究会的版权印花两枚

对于汤澄波，一直是空白，始终不知其人。后从其他研究者的资料中获悉，他生于1903年，广东番禺人。1922年与叶启芳合译《圣经之文学研究》(刊《小说月报》第十三卷第十号)，指出“圣经对于学者确是一本有价值的大文学书”。在茅盾主持文学研究会时，汤澄波、刘思慕和叶启芳等组建文学研究会广州分会，创办《广州文学旬刊》。1926年汤澄波在黄埔军校第四期任政治教官，时年23岁。

汤澄波的文学著作，笔者仅见到这种译本，而他最为著名的著作是由他编纂的《中国国民党与劳动运动》，此书与恽代英编纂的《中国国民党与农民运动》堪称姊妹篇，皆于1926年9月由中央军事政治学校政治部排印出版。

《灰色马》

《灰色马》，“文学研究会丛书”，[俄国]路卜洵(Ropshin)著，郑振铎译，商务印书馆印刷发行，笔者所见为民国十三年(1924)七月再版，不知印数，每册定价大洋七角五分，封面有图案，与素面朝天不同，版权页印“文学研究会丛书”，贴版权印花。1924年1月初版，未见。

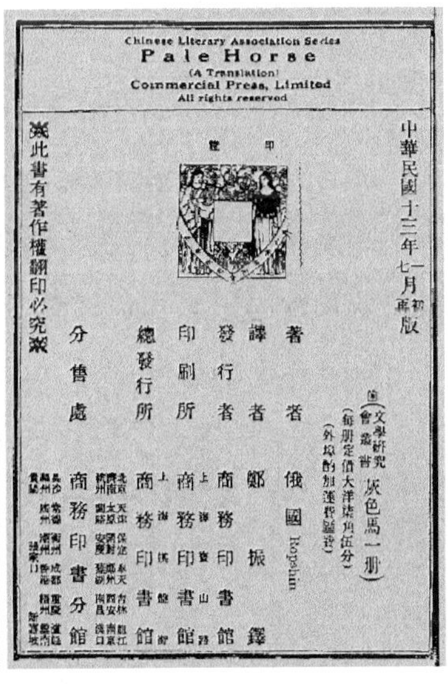

Chinese Literary Association Series
Pale Horse
(A Translation)
Commercial Press, Limited
All rights reserved

中華民國十三年一月初版
中華民國十三年七月再版

(文學研究會叢書 灰色馬一册)
(每册定價大洋柒角伍分)
(外埠酌加運費匯費)

著者 俄國 Ropshin
譯者 鄭振鐸
發行者 商務印書館
印刷所 上海寶山路 商務印書館
總發行所 上海棋盤街 商務印書館
分售處 商務印書分館

此書有著作權翻印必究

⊙《灰色马》1924年再版封面及版权页

全书208页，收瞿秋白和沈雁冰的《序》，《译者引言》，《灰色马》(上中下卷)，以及俞平伯的《跋》。一书居然有两序一引言一跋，可谓兴师动众，少见也。

瞿秋白的《序》分为七部分，长达 12 页。沈雁冰写于 1923 年 10 月的《序》也有 7 页，另郑振铎的《引言》也有 9 页。最后俞平伯的《跋》长达 17 页。大多是谈读书后与现实相联系的“感受”与“感想”，其中谈到版本的地方不多，其中说道：

《灰色马》里的英雄，——乔治——的个性是极惹人注意的；我们读完了《灰色马》后，对于这个暗杀党首领乔治，总不能漠漠然视若无睹。我们恨他也好，爱他也好，敬他也好，可怜他也好……但决不能漠然无关的对他。……《灰色马》不仅是俄国暗杀党——即所谓恐怖党的实录，并且是革命者心理变迁的写真，有俄国近三十年来思想界的混乱与剧变，做它的背景。

《灰色马》第一次在俄文报 Kusskajs Myol(《俄罗斯思想》)上出现的时候，大惊动俄国的批评家和读者……至于我们中国现代的青年，近年来似乎已经倦于注意各种巨大的问题，——至少已经厌闻“革命”这两个字，而日惟耽耽以幻美自陶醉，以精神解放自解嘲而已；所以振铎的《灰色马》译本去年在《小说月报》始登时，并未曾 Create a sensation。……(沈雁冰序)

我是不赞成一部书上有好几篇序的，颂扬式的序文尤非我所喜悦。但今天对于振铎所译的《灰色马》却不免自破其例。这并非完全由于振铎对我作友谊的要求，更不是要想替它揄扬、标榜，只是以我读这书的爱悦，愿意把我读后的印象告诉读者们。不名为序而名为跋；亦正因为这儿所说的，与其说是原书的精意，无宁说是我个人的感想。我虽自信我所述说的不致大谬于原书，然而谁敢这样断言呢？况且原书和译者的引言已说得清楚极了，何劳我的词费啊！我只发挥我心目中的《灰色马》。……(俞平伯跋)

《春雨之夜》

“文学研究会丛书”，短篇小说集，王统照著，商务印书馆印刷发行，笔者所见两种版本。

第一种，民国十四年(1925)二月再版，不知印数，每册定价大洋七角五分。封面和版权页皆印“文学研究会丛书”。1924 年 1 月初版未见。

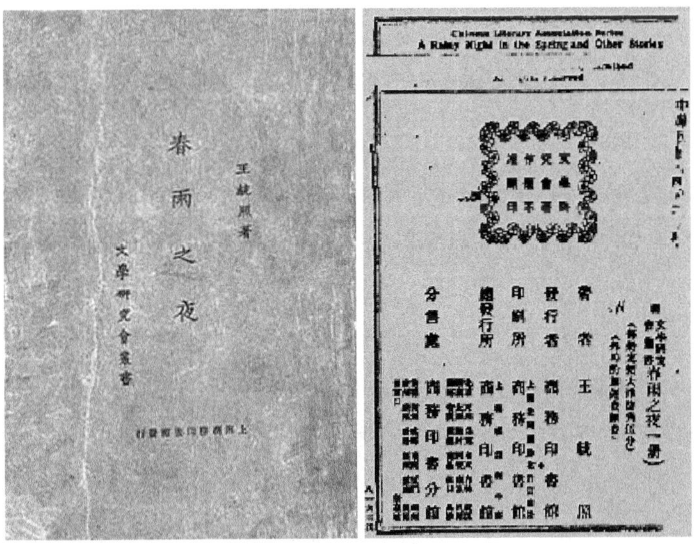

⊙《春雨之夜》1925 年再版封面及版权页

第二种，民国十九年(1930)二月六版，不知印数，每册定价大洋七角五分。封面与一般“文学研究会丛书”不同，版权页印“文学研究会丛书”。

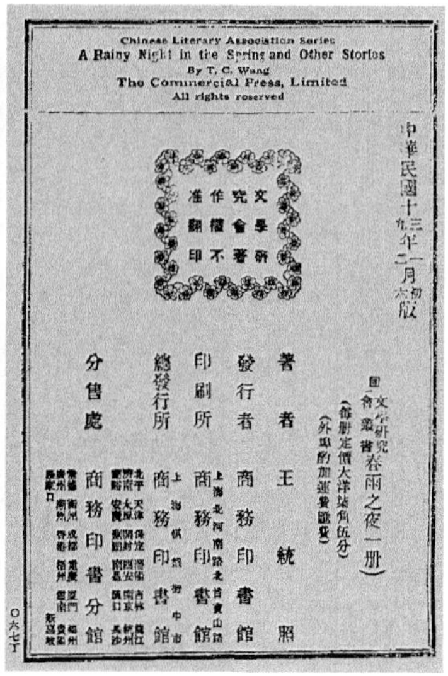
Chinese Literary Association Series
A Rainy Night in the Spring and Other Stories
By T. C. Wang
The Commercial Press, Limited
All rights reserved

中華民國十三年一月初版
中華民國十九年二月六版

文學研究會著作權不准翻印

文學研究會叢書春雨之夜一册
（每册定價大洋柒角伍分）
（外埠酌加運費匯費）

著者 王統照
發行者 商務印書館
印刷所 上海北河南路北首寶山路 商務印書館
總發行所 上海棋盤街中市 商務印書館
分售處 商務印書分館

⊙《春雨之夜》1930 年六版封面及版权页

全书 267 页，两种版本内容相同，书前有瞿世英的《序》：

剑三听了许多朋友的话，将他近年来在杂志上发表过的小说，汇集起来，刊行一本单行本，作为文学会丛书之一。这非徒是剑三自己的成功，亦是我们大家欢喜的一件事。

我和剑三做朋友是前五年的事，那时我们大家都不晓得什么，见面时什么话都谈。他同维民办《曙光杂志》，我和济之，振铎，地山诸兄办《新社会》。彼此大家都喜欢研究社会问题，但是剑三却已经专致力于文学了。所以可以说我们朋友中最先和文学订交的便是剑三。他在《曙光杂志》上很发表了几篇创作。如《忏悔》，《哲学家的一段笔记》，《雪后》，《歌女》，《是艺术杀了她》等篇。那时朋友们便都喜欢他的作品。他的作品里常有与恋爱问题有关的，我们有时还问他：甚至于逼他说某一篇小说的背景呢。

剑三的做小说，不是硬做的，不说时一句话也不说，要说时却非说不可。内心有表现的要求有创造的冲动时，便自由的写了出来。他只是要满足自己，对于旁人是不注意的，旁人的批评读赏，他是不大留心的，所以他说：“这样简单而直觉的感想……我也不知为什么偏要记出来？”我现在可以代答说，这是因为艺术的创造冲动。

他自己对于文艺是反对因袭的，他的作品，只是说他自己要说的话。他自己说道："文艺是重创造不重因袭，重发挥个性不重装点派架，艺术家千万不可伏在艺术底下作摹仿规抚的奴隶。"

知道了他的态度是如此，才可以不误解他的作品。

凡是读一位作家的作品，如能将他的思想看得清楚明白，对于他的作品便是能了解。我想我对于剑三是很了解的，但是为读者了解作者起见，很愿意将剑三介绍给读者，使大家也和我一样和他做朋友。

剑三是对于人生问题下工夫的。他以为人生应该美化，美为人生的必要，是人类生活的第二生命。他说："此人类烦闷混扰之状态，亘遍于地球之上，果以何道而使人皆乐其生得正当之归宿欤？斯则美之为力已。"美化的人生，便是精神上的恋爱生活。他说道："爱而无美，则其弊为干枯为焦萎，将有凋落之虞。宇宙之美苟无自然两性之爱，则纵使有恒河沙数之美象实体，亦将与吾人之情感不生重大变化。"又说："两性也，美也，最高精神之爱也，交相融而交相成，于以开灿烂美妙之爱的花，以达于超越现实世界真美之境地，将于是乎求之。"

由此可见剑三的理想，是爱与美的实现，爱即是美，美即是爱。

小说作家的作品的内容，大致是描写实际生活与理想生活不融洽之点，而极力描写他理想的生活的丰富和美丽，剑三的小说，也是如此。他所咒诅的是与爱和美的生活不调和的生活，想像中建设的是爱和美的社会。

知道这一点之后，对于剑三的作品，必然另外得一种印象。

关于这集里所选的二十篇作品，我不愿意再说什么，因为各人对于这二十篇的作品，决不能得同一的印象，所以我不必将我个人的印象写出来，但是我却很愿意将这二十篇作品，代剑三郑重的贡献给读者。

另有作者1923年7月18日自撰的《弁言》：

这二十篇小说，是我在此三年中所作的，尚有被淘汰去的几篇。

近来的短篇小说集出版的仍然不多，其实像我这些在忙中偷闲，凭一时的直觉而没曾精思润色写下来的作品，当然是没有甚么价值的；不过藉此机会，作一种"抛砖引玉"的工具，算不得有短篇小说的资格，只希望在将来的文学的园地里，有更丰富成熟的收获！

我编成此册时，确实费过工夫不少，因为散见在杂志日报上的，时候过了，往往不易搜集，我很感谢我的三妹妹佩宜为我的助力！

全书收小说20篇：《雪后》《沉思》《鞭痕》《遗音》《春雨之夜》《月影》《伴死人的一夜》《醉后》《一栏之隔》《警钟守》《山道之侧》《微笑》《自然》《十五年后》《在剧场中》《湖畔儿话》《钟声》《雨夕》《寒会之后》和《技艺》。

《路曼尼亚民歌一斑》

《路曼尼亚民歌一斑》，“文学研究会丛书”，朱湘译，商务印书馆印刷发行，笔者所见为民国十三年（1924）三月初版，不知印数，每册定价大洋一角五分。版权页印“文学研究会丛书”，封面未印。版本狭长，40 开本，与其他“文学研究会丛书”的开本不同。

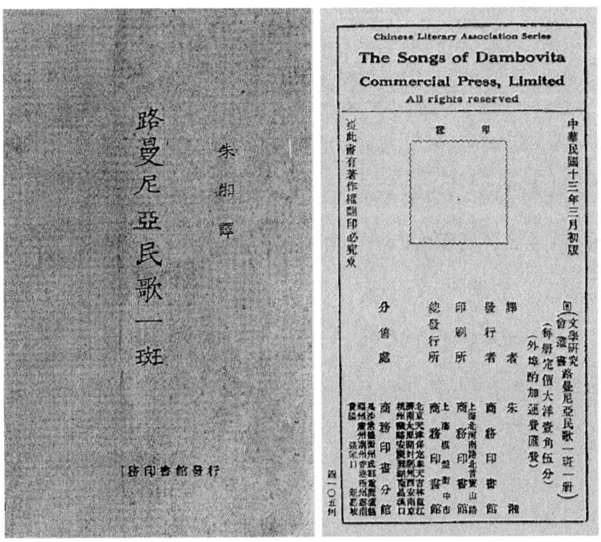

⊙《路曼尼亚民歌一斑》1924 年初版封面及版权页

书前有《序》，其中说道：

后面的十几首路曼尼亚（Romania）国的民歌是

从哀阑拿、伐佳列司珂(Elena Vacarescu)女士的《丹波危查的歌者》里选出的。伊费了几年心血,在丹波危查(Dambovita)县里,从农人口中,采集民歌,结果成了这部书。这些民歌“报靠的不是人为的格律,却是天然的音节。”

以唱他们为职业的人叫作“科卜沙”(Cobzar);他沿门挨户的唱这些歌,并弹着“科卜色”(cobza)相和。不过一班农人唱他们的时候,并不用什么乐器。

他们首尾的附歌不知是从那里起源的。这些附歌与本歌有时一点关系没有,有时却有极美的关系。更有些时候,本歌没有什么好处,附歌却极有文学的价值。

全书73页,收民歌15首:《采集人小传》《无儿》《母亲悼子歌》《花孩儿》《孤女》《咒语》《干姊妹相和歌》《纺纱歌》《月亮》《吉卜西的歌》《军人的歌》《疯》《独居》《被诅咒的歌》和《未亡人》。

书末有《注》和《重译人跋》。在《跋》中说道:

从这部《丹波危查的歌者》我们至少可以看出路国人有四点特出的地方,这四点就是生性忧郁,酷爱战争,亲友自然,迷信鬼神。后两种特点一切原民都有,并不只限于路人,不过彼此的信仰不同,亲友自然的程度有点高低罢了;前两种特点却是有路国的历史作他们的背景的。……

重译人作这跋的目的只是想供给与读者一些在译文外的有用的材料,以补助他们的探求;如果这点目的可算达到,那么重译人就要自幸,这跋不是枉作了。

《旧梦》

《旧梦》,“文学研究会丛书”,诗集,刘大白著,商务印书馆印刷发行,笔者所见为民国十三年(1924)三月初版,不知印数,每册定价大洋一元。封面和版权页皆印“文学研究会丛书”。版权页贴有一枚“文学研究会版权所有”图案印花,这种印花见到过多次,但并非所有“文学研究会丛书”的版本都贴有。此书开本窄长,与李金发的《为幸福而歌》同。

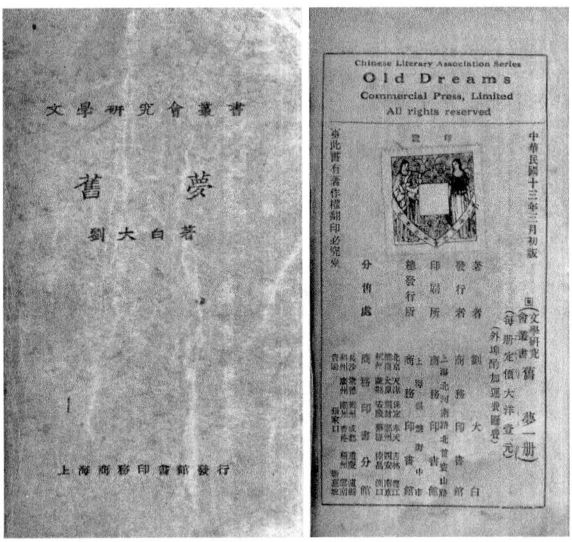

⊙《旧梦》1924 年初版封面及版权页

书前有作者 1922 年 8 月 10 日写于萧山的《旧梦卷

⊙《旧梦》扉页

头自题》:"小儿对镜团雪,/雪融了,/镜中的影子也没了。——/镜底偶然留下些残片,/不拘好丑,/一齐流露给人看。"

另有周作人和陈望道的《序》,还有玄庐的《题旧梦和旧梦以外》以及刘大白的《旧梦付印自记》。书前的"架势"已经让人瞪目。

周作人的《序》,1923 年 4 月 8 日写于北京,7 页。序文横排,有点读不通,后来才发现居然把第一页左侧第一个字漏排,大体能猜出是什么字,也便自作主张地填进,似填字游戏,对否,吃不准:

大白先生的旧梦将出版了,轮到我做一篇小序。我恐怕不能做一篇旧式的序文,现在只以同里的资格来讲几句要说的话。

大白先生我不曾会面过,虽然有过四年同住在一个小城里。但我知道他的家世,知道他的姓名——今昔的姓名,知道他的学业。这些事我固然知之不深,与这诗集又没有什么大关系,所以不必絮说,但其中有应该略略注意者,便是他的旧诗文的工夫。民国初年(1912 年——编者),他在编辑绍兴公报,发表许多著作,本地的人大抵都曾记得:当时我的投稿里一篇最得意的古文希腊女诗人(讲 Sapho 的文章),也就登在这个报纸的后身禹城新闻上,过了几年,大白先生改作新诗,这部旧梦便是结果,虽然他自己说诗里仍多传统的气味,我却觉得并不这样:据我看来,至少在旧梦这一部分内,他竭力的摆脱旧证词的情趣,倘若容我的异说,还似乎摆脱太多,使诗味未免清淡一点,——虽然这或者由于哲理入诗的缘故,现在的新诗人往往喜学做旧体,表示多能,可谓好奇之过,大白先生富有下诗词的蕴蓄,却不尽量的利用,也是可惜。我不很喜欢乐府调词曲调的新诗,但是那些圆熟的字句在新诗正是必要,只须适当的运用就好,因为诗并不专重意义,而白话也终是汉语。

陈望道的《序》,1923 年 4 月 13 日写于上海,6 页,第一段谈到版本:

大白这部诗集，本来早就可以出版了；去年三月间，他容纳了朋友们的催促把各诗稿汇集了之后，便由杭州封寄给我。来信说因为相知较深的缘故，要我代他，将有十分不满意之处的几首删了，又转托友人怡怡先生画了封面在上海付印。我于转托一层便应允了，而且怡怡先生也应允了；对于删诗的一层，我却不敢从命。后来经他恳切要求，总算勉强应允了他，但反复看了许久，也只替他删去了一首。他觉得不满意这又从新取去，自己大加删削，又添了些新作的，结果便成了这一部旧梦。

刘大白1922年10月16日写于杭州的《旧梦付印自记》，值得留存：

旧梦和旧梦以外——风云，红色，一齐付钱了。照例，似乎应该有一篇叫做自序的文章；但是这不健全的我，在愁病侵寻中一时不能把思想统整起来，只好说些零零碎碎的话。

劈头一个问题，就是我这些诗有没有印行的价值？但是我以为这却未见得成为问题。因为写出来和印出来，本来没有甚么两样。当初既从表现的冲动里写出来给人家看了，现在印出来给人家看看，又何妨呢？何况我这些诗，差不多都是曾经在报章、杂志上印出来给人家看过的；现在不过把零零碎碎、东鳞西爪的，顺序地编成集子，印出来给人家历史地看罢了。至于价值的有无，那是要由读者估定的；印出来给人家看，正是要求读者的估定。如果读者估定起来，不但说是没价值，甚且不承认这些是诗，都可以。因为我本来只认这样表现我自己，我自己原也不是断定这些一定是诗。

我学做新诗，是从一九一九年夏间开始的，到如今只有三年的历史。可是从现在回头看那时候的作品，已经无异青年人重看幼稚时代的涂鸦，虽然现在也并非成熟。这部集子里虽然把那些幼稚作品删掉了一小部分，但是大部分依然存着。我并非说存着不删的都是好的，不过藉此让读者观察我艺术上变化的痕迹罢了。

我自己知道，我因为沈溺于旧诗词中差不多有三十年的历史，所以我的诗统的气味太重。由旧入新的过渡时代的诗人，本来都免不了这一点；只有周作人先生，可以算是一个例外。可是别人诗里传统的气味，都是渐减渐淡，以至于无的：我却做不到这样，差不多循环地复现着，至今不曾消灭，这也许可算得我的诗中最可指摘的一端了。

我又自己知道，我的诗用笔太重，爱说尽，少含蓄。可是我虽然自己知道，我又不能自己改掉，这确是使我的艺术不能进步的一个大障碍。

朋辈中批评我的诗的颇多；最中肯的，有两句话：一、以议论入诗；二、以哲理入诗。不过我以为议论文体并非绝对不宜于作诗，如果能使议论抒情化，至于诗中禁谈哲理，也未必然。因为一个诗人的诗，当然有他的哲学作背景，所必要的，也是哲理的抒情化。所以我只承认我不能使议论和哲理，归于抒情化，是我艺术拙劣的一端，不承认议论和哲理不可以入诗。

人生是一个谜；诗里表现的人生，尤其是谜中之谜。我自己还猜不透人生之谜，都把谜中之谜给大家猜，这或许是我的罪过吧！

全书 487 页，收《旧梦之群》101 首，《小鸟之群》4 首，《旧痕之群》140 首。书末有“文学研究会丛书”的书目广告两页。

关于这本新诗集的出版，还有一段趣闻可留存：刘大白的这部新诗处女作历尽“磨难”，从交稿到出版用了 20 个月，因商务印书馆把主要精力放在印制教科书上了。在刘的再三催问下，《旧梦》于 1924 年 3 月印出。刘说：比人类住在胎中月数加了一倍。再说，此书印刷装订也粗糙，字句也有不少排错，甚至还在诗句中加字，使读者莫名其妙。更可笑的是，商务印书馆总发行所门口挂的新书牌，每出新书，就在上面挂个书名牌，《旧梦》的书名牌被写作《梦旧》，被人发觉后牌子被拿下，再也没被改正后挂出。书出几个月后，刘的朋友居然还不知已经出版，有人到总发行所买书，被告知只有《梦旧》而无《旧梦》，弄得刘大白啼笑皆非。后来商务征求是否再版，被刘谢绝。1929 年 9 月，刘大白把《旧梦》打散，重新组合，编成 4 本诗集，他说：“把撕碎了的《旧梦》，做成现在的——《丁宁》、《再造》、《秋之泪》、《卖布谣》。”开明书店从 1929 年 9 月至 1930 年 1 月出版了这 4 本诗集。不过，笔者至今未弄明白，为何不把《旧梦》作整体修订，而非把它“撕碎”？让人只感到“支离破碎”，绝对没有厚实而完整的《旧梦》来得好！

在中国现代诗界的初期，刘大白无疑是一位“叱咤风云”的人物，他原名金庆棪，后改姓刘，名靖裔，字大白，别号白屋。浙江绍兴人，周作人称其为“同里”，出典在此。"五四"运动之前就开始写白话诗，是新诗的倡导者之一。他的新诗明显地显示出由旧诗蜕化而来的特点，感情浓烈，通俗易懂，敢于触及重大社会课题，具有鲜明的乡土色彩。他的第一部新诗集就是《旧梦》，第二部是《邮吻》，从而奠定了他在中国新诗史中的地位。

《织工》

《织工》,“文学研究会丛书”,四幕剧,[德国]霍脱迈(Hauptmann)著,陈家驹译,商务印书馆印刷发行,笔者所见为民国十三年(1924)三月初版,不知印数,每册定价大洋四角。封面和版权页印“文学研究会丛书”。版权页贴文学研究会版权印花。

全书144页,无序跋,书前有《剧中人》,以及四幕,以“第一幕”等标示。

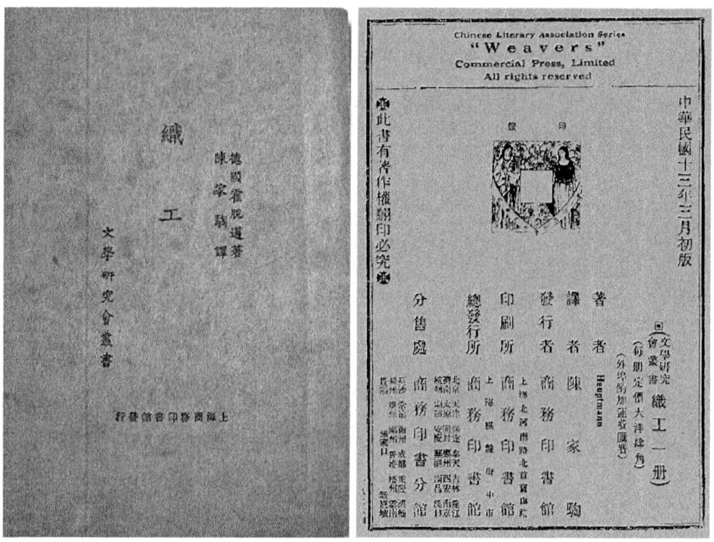

⊙《织工》1924年初版封面及版权页

陈家驹,何许人氏,恕笔者孤陋寡闻,不知不清也。

以“织工”命名的版本，笔者见到过一些，一开始还以为是同一作者所著，后来才逐渐分清。笔者所见的版本除陈家驹译《织工》外，还见到过英国作家哀利奥特著、梁实秋译的《织工马南传》和施瑛译述的《织工马南传》，以及林林译海涅的诗歌《织工歌》。

《俄国文学史略》

《俄国文学史略》，“文学研究会丛书”，郑振铎编纂，商务印书馆印刷发行，笔者所见两种版本。

第一种，民国十三年（1924）三月初版，不知印数，每册定价大洋六角。封面和版权页皆印“文学研究会丛书”，版权页贴文学研究会版权印花。1928 年 8 月再版，未见。

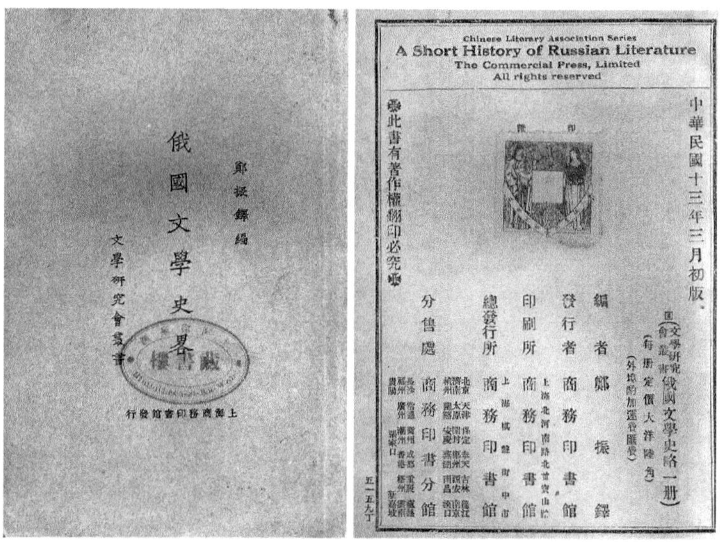

⊙《俄国文学史略》1924 年初版封面及版权页

第二种，民国二十二年（1933）十一月国难后一版，不知印数，每册定价大洋六角。封面只印书名，构图与一般

“文学研究会丛书”不同，从封面看，绝对看不出是“文学研究会丛书”。版权页印“文学研究会丛书”。

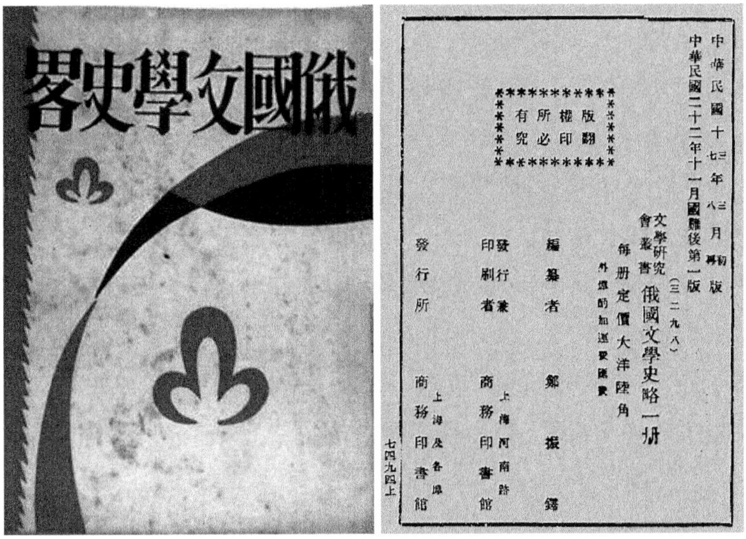

⊙《俄国文学史略》1933 年国难后第一版封面及版权页

全书 189 页，书前有编者写于 1942 年 10 月 12 日的《序》，其中说道：

> 我们一年以前，曾有出版“文学小丛书”的计划，我们也曾想在这个小丛书里面，把关于文学史的材料多包括些进去。后来虽曾陆续的收集了几部这一类的稿子，但因须加修改与继续工作之故，现在只能先把我的《俄国文学史略》发表。
>
> 每种文学史略，大概都附有大事年表及参考书目。我们觉得这两种东西，对于读者是很有用处的。参考书目里所举的书籍，大概以英文的著作为主。
>
> 关于这一类的文学史略的一切提议与错误的指正，我们是十二分的欢迎领受的。

全书收 14 章：《绪言》《启源》《普希金与李门托夫》《歌郭里》《屠格涅夫与袭察洛夫》《杜思退益夫斯基与托尔斯泰》《尼克拉莎夫与其同时代作家》《戏剧文学》《民众小说家》《政论作家与讽刺作家》《文艺评论》《柴霍甫与安特列夫》《迦尔

洵与其他》和《劳农俄国的新作家》。另有附录两种:《俄国文学年表》和《关于俄国文学研究的重要书籍介绍》。每章再分若干小节,如第一章《启源》内收:《民间传说与史诗》《史记》《黑暗时代》《改革的曙光》《罗门诺索夫》《加德邻二世》《十九世纪的初年》和《十二月党》等。

书末有编者写于1929年1月13日的《跋》:

> 本书的第十四章,为瞿秋白君所作,全书写成以后,又曾经他的校阅。这是应该向他道谢的。
>
> 本书似乎太简单,又是匆匆的写成,一切的疏误之处,俱待以后再补正。瞿秋白君近亦编好了一部《俄罗斯文学》,将在商务印书馆出版,(为"百科小丛书"之一),其编制与本书不同,读者很可以拿来参看。
>
> 本书的许多插图,都是为了本书而特制的,有许多是外间向来没有见过的。

笔者对于郑振铎的认识非常简单:全才。社会活动家、作家、文学评论家、文学史家、翻译家、艺术史家和版本收藏家。可以说,在他生前,几乎主要的文化活动他都参与其中,而且担任主要角色。然而笔者更看重的是他对书籍的热爱,以及对文献的搜罗、保护。尤其是读了他的《劫中得书记新序》里的一段话,更起崇敬之情:"我曾经想得到两块图章,一块是'狂胪文献耗中年',一块是'不薄今人爱古人'。虽然不曾刻成,实际上,我的确是,对于古人、今人的著作,凡稍有可取,或可用的,都是兼收博爱的。而在我的中年时代,对于文献的确是十分热衷于搜罗、保护的。有时,常常做些'举鼎绝膑'的事。虽力所不及,也奋起为之。"

一个爱书的人,在其身后有着众多著作铺垫,也便成了必然,这可以说是真理。

《赤都心史》

《赤都心史》，“文学研究会丛书”，瞿秋白著，商务印书馆印刷发行，笔者所见为民国十三年(1924)六月初版，不知印数，每册定价大洋五角。版权页贴有版权印花，“此书有著作权翻印必究”的字样印在框线内左侧。封面和版权页皆印“文学研究会丛书”。

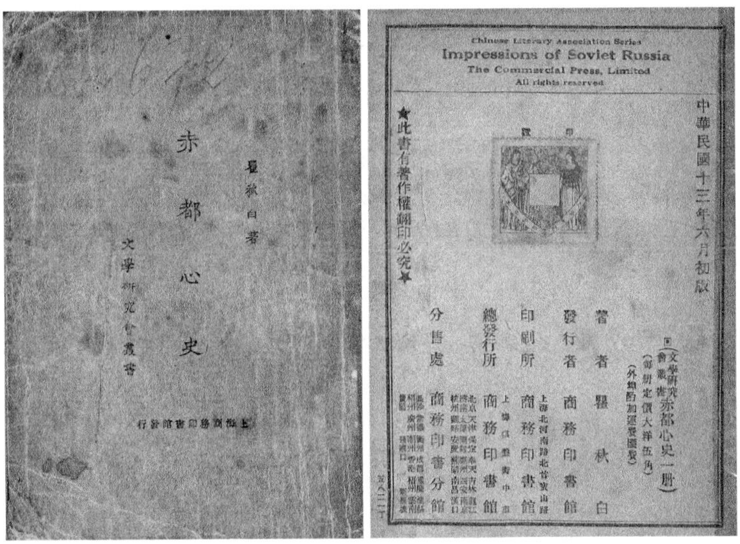

⊙《赤都心史》1924 年初版封面及版权页

全书 168 页，分 49 章，有标题，第一章《黎明》，写于 1921 年 2 月 16 日；第四十九章《生活》，3 月 20 日写于莫斯科高山疗养院。

书前有作者1921年11月26日写于莫斯科的《序》，其中说道：

《赤都心史》将记我个人心理上之经过，在此赤色的莫斯科里，所闻所见所思所感，于此时期，我任《北京晨报》通信记者的职务，所以一切赤国的时事自有继续的通信，一切赤国的制度另有系统的论述，不入《赤都心史》内。只有社会实际生活，参观游谈，读书心得，冥想感会，是我心理记录的底稿。我愿意读者得着较深切的感想，我愿意作者写出较实在的情事，不敢用枯燥的笔记游记的体裁。我愿意突出个性，印取自己的思潮所以杂集随感录，且要试摹《社会的画稿》，所以凡能描写如意的略仿散文诗。材料的来源，都在我莫斯科生涯中。约略可以分作几种：杂记散文诗，(逸事)，读书录，参观游览记。"我心灵的影响，或者在宇宙间偶然留纤微毫忽的痕迹呵！——何况这本小小的册子是我努力了解人生的印象。"

另有作者写于1923年8月4日的《引言》：

此本为著者在莫斯科一年中的杂记，继续于《饿乡纪程》之后(《饿乡纪程》已出版，商务印书馆改名为《新俄国游记》)。《饿乡纪程》叙至莫斯科日为止，此书叙莫斯科生活中之见闻轶事。两书均是著者幼稚的文学试作品，而决不是枯燥的游记，决不是旅行指南！——欲了解一国的社会生活，决不能单凭几条法律几部法令，而要看得见那一社会的心灵。况且文学的作品祗少也要略见作者的个性。至于俄国革命之历史的观察，制度的解释，则另有社会科学论文的体裁之《俄罗斯革命论》，在世界丛书里出版。

《星海》

《星海》，文学研究会会刊之一。几乎在所有丛书书目中失收，主要原因可能是印数太少；其次可能是失去版权页，不清楚版权事项；其三，见到过版本实物者说，在此书任何部位都未印“文学研究会丛书”字样。因此，笔者一开始就不知有此书，之后在收集“文学研究会丛书”时也蒙在鼓里，直至看到“中国文学史资料全编”中有关文学研究会的文字记载后才对此书有了大概认识。

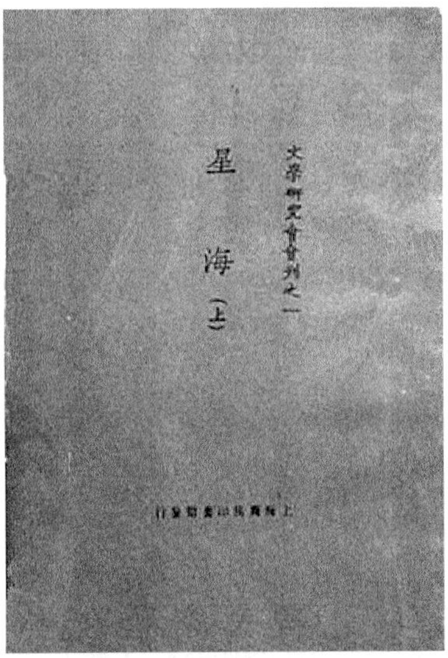

⊙《星海》(上)封面

在一次偶然的机会中见到此书，只存封面，失版权页，是否有版权页也不知。封面印书名《星海》(上)，是否有下册，不知，更不知是否出版。另外还印“文学研究会会刊之一”，是否有“之二”或“之三”，如有的话，“之二”“之三”是否也属于“文学研究会丛书”？

其实，相关的文字记载，可参见以下《发刊缘起》。

文学研究会会刊，是由文学研究会编辑，上卷(第一册)于 1924 年 8 月由商务印书馆出版，书前有西谛(郑振铎)写的《发刊缘起》，这篇文字原载《文学》第一百期纪念号，上海《时事新报》1923 年 12 月 10 日，值得留存：

> 《星海》是文学研究会会刊的第一册，同时又是《文学》百期纪念的刊物。
>
> 我们久想出版一种文学研究会会报，但因我们的时间与能力都忙不过来之故，延搁至今还未曾动手编辑——虽然在不少时候以前，已在征稿。
>
> 现在，我们因为文学研究会所出版的周刊《文学》，已经出版到百期，想为她刊行一个纪念的刊物，同时又想到会报尚延期未出，于是大家商量了一下，就把文学研究会会刊的第一册，作为《文学》的纪念刊物。后来又开了一次会，把这个刊物的名称定为《星海》。这便是《星海》产生的极简略的历史。
>
> 文学研究会会刊，将来尚拟出第二册，第三册以及无穷；但系不定期的，大约每三个月刊行一册。她的性质则拟每册各为一类。——除《星海》外——第二册拟为《欧洲十九世纪的文学》，第三册拟为《创作集》，第四册拟为《戏剧研究》。
>
> 《星海》的内容，则较为复杂，共包含四个部分：第一部分为《最近的世界文学》，第二部分为《最近的中国文学》，第三部分为创作，第四部分为杂文。
>
> 《星海》及其他各册里的作品，并不限于文学研究会会员所译著的。国内外的作家，如与我们表同情，而赐我们以帮助，我们是十分的欢迎的。
>
> 关于《星海》及其他各册会刊的一切通讯，请暂寄：“上海宝山路宝兴西里九号文学编辑部”。

与《发刊缘起》同时刊登的还有《〈星海〉要目预告》，对照出版后的篇目，预告中绝大部分都未刊出，特别是“创作部分”，大多与预告的不同。后在 1924 年 6 月 30 日的《时事新报》刊出的蒲梢写的《我们的杂起》中讲到了《星海》的消息，其中说道："本刊的纪念刊物《星海》久累爱读诸君的盼望了，然而因为篇幅的太多，以致印刷延迟，实在是无可如何的事啊！我们对于读者，只是深深的抱歉。现在欲求出版的迅速，特分印成两册，上册大致要排齐了，当在最近的期间内，必可与爱读者相见。现在把已排好的上册的稿件，编一个目录在下。"这一目录与出版的《星海》上册的目录相同，没有丝毫改动。

《星海》（上册），除西谛的《发刊缘起》外，收有各类文章 18 篇：《文艺之力》（朱自清）、《雪》（俞平伯）、《辛弃疾的生平》（王伯祥）、《回过头来》（叶绍钧）、《孟姜女故事的转变》（吴立模）、《欧洲最近文艺思潮概观》（宫岛新三郎著，樊仲云译）、《最近俄国的文学的问题》（瞿秋白）、《最近的德国文学》（余祥森）、《最近的法国文学》（雷晋笙）、《最近的中国小说》（王统照）、《最近的中国诗歌》（孙俍工）、《霜痕》（王统照）、《新的遮拦》（庐隐女士）、《暮栊上》（徐玉诺）、《枯了的花朵》（徐玉诺）、《夜忏》（刘燧元）、《太空》（梁宗岱）和《春水》（严敦易）。书末有蒲梢编的《最近文艺出版物编目》。

有关《星海》，赵景深曾说过一段话，可作佐证："《星海》是《文学》百期纪念刊，徐调孚编的，只出了上册，作为'文学研究会丛书'由商务印书馆出版发行。"

《星海》只出了上册，下册也不及出版，更不用说第二册了。不过，这一册《星海》，在整套"文学研究会丛书"中显得最为特别，也便显得最为珍贵，如今已是踏破铁鞋也无法觅到的珍品了！

《忧愁夫人》

《忧愁夫人》，“文学研究会丛书”，[德国]H. 苏台尔曼(Herman Sudermann)著，胡仲持译，商务印书馆印刷发行，笔者所见两种版本。

第一种，民国十三年(1924)十一月初版，不知印数，每册定价大洋九角。封面和版权页皆印“文学研究会丛书”。

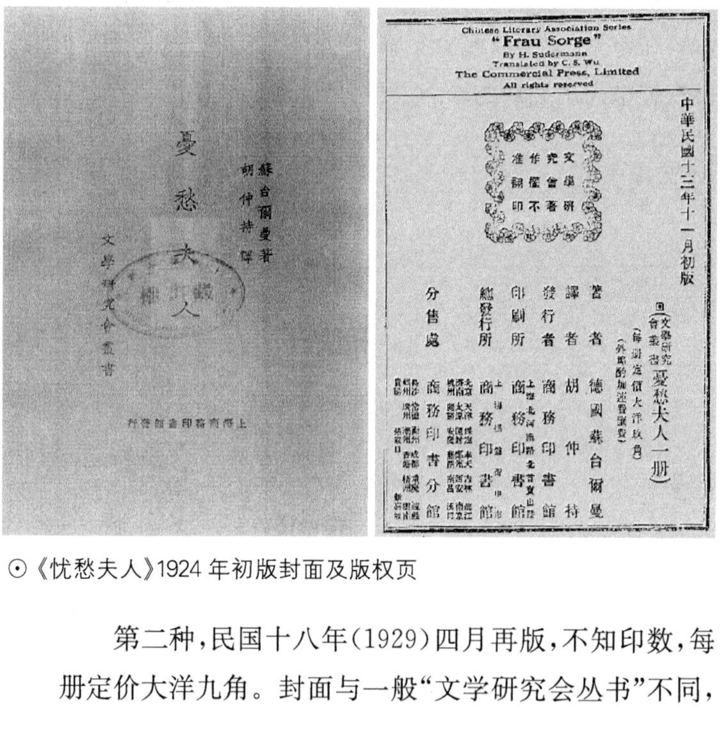

⊙《忧愁夫人》1924 年初版封面及版权页

第二种，民国十八年(1929)四月再版，不知印数，每册定价大洋九角。封面与一般“文学研究会丛书”不同，黑底白字，从右至左横排书名和作者名。版权页印“文学研究会丛书”。

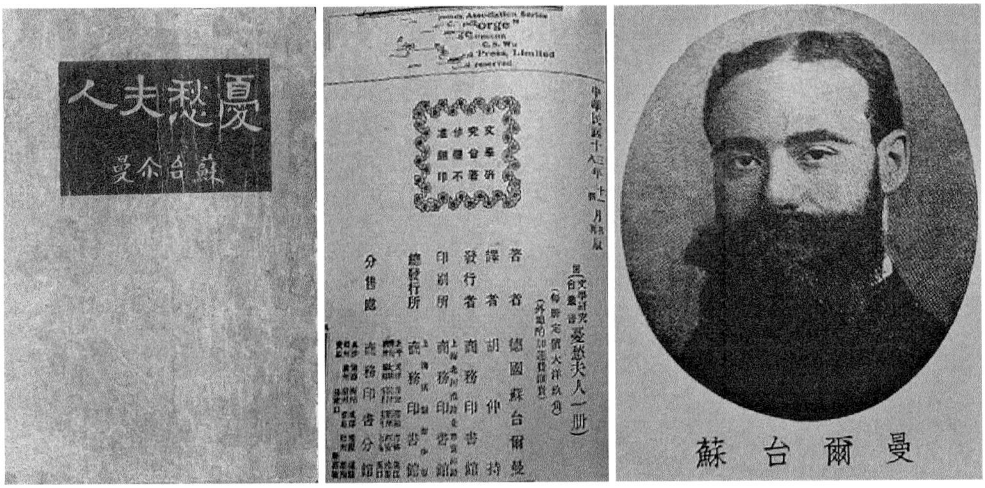

⊙《忧愁夫人》1929 年再版封面、版权页及苏台尔曼像

全书 375 页，书前有《译序》，七页，其中说道：

> 在一八八七年，苏台尔曼的处女作《黄昏》出版。这是一部短篇小说集，本来在杂志上刊过。这书的文体浅显巧丽，富于趣味，有法兰西的作风。《忧愁夫人》也是这一年出版的，次年又出了《兄弟姊妹》，这是两篇小说的合刊本。……给他作传的卡惠劳说道：“无论如何，他的第一部小说要算他最有独创力的创作了，这是雄大的作品，各点都使人留下最纯洁的印象，在他后出的小说中，虽有许多各自的优美的面目，他却没有到过这样的地步，更不必说是超过了。”

《译序》后有《苏台尔曼著作一览》，另有《致双亲》的诗，版权页后有“文研究会丛书”书目广告四页。

胡仲持，生于 1900 年，字学志，笔名仲持、宜闲等。胡愈之之弟。1921 年参加文学研究会。1928 年进《申报》任电讯编辑和国际版主笔。抗战胜利后与梅益、王任叔等合办《译报》等，出版毛泽东《论持久战》等。又与胡愈之翻译出版《西行漫记》《续西行漫记》，与郑振铎等编辑出版《鲁迅全集》，一生的闪光点不少。

他的著作版本,笔者大多见到过,除一种散文集《三十二国风土记》(“开明青年丛书”)外,全都是译作。除译作《忧愁夫人》外,还有14种:《手与心》《藤十郎的恋》《文人岛游记》《大地》《纶缪拉斯》《错投了胎》《苏联小说集》《愤怒的葡萄》《文人岛》《森林里的悲喜剧》《一个人需要多少土地》《约翰能的耳朵》《我叫阿拉谟》《女性玫童话》等。

《文艺思潮论》

《文艺思潮论》，“文学研究会丛书”，日本厨川白村著，樊从予译，商务印书馆印刷发行，笔者所见两种版本。

第一种，民国十三年（1924）十二月初版，不知印数，每册定价大洋三角五分。封面和版权页印“文学研究会丛书”。

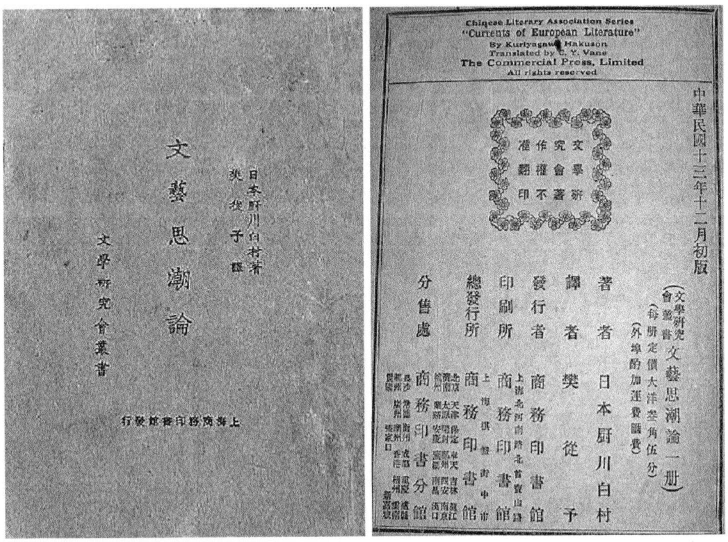

⊙《文艺思潮论》1924 年初版封面及版权页

第二种，民国二十一年（1932）十二月国难后第一版，不知印数，每册定价大洋三角五分。封面、扉页和版权页皆印“文学研究会丛书”。

初版和国难后第一版，版权页不同，两者封面粗看相似，仔细看书名和其他文字，初版为楷体，国难后第一版为宋体。

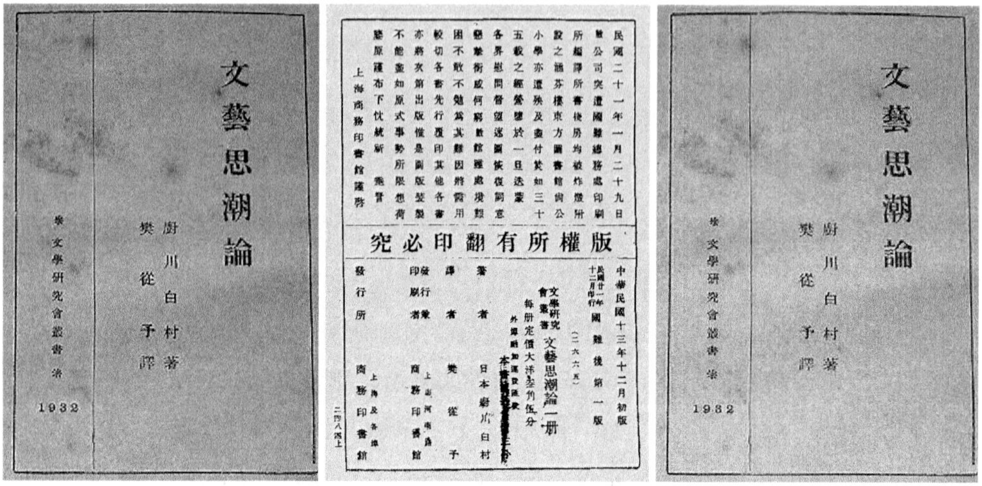

⊙《文艺思潮论》1932 年国难后第一版封面、版权页和扉页

全书 142 页，无序跋，有英文短诗一页，全书分六部分：第一，《序论》；第二，《古代思潮史之回顾》；第三，《中世思潮史之回顾》；第四，《近世思潮史之回顾》；第五，《希腊思潮之胜利》；第六，《Epilogue》。每章又分若干小节，如第一《序论》中含有 12 小节：《文艺之组织的研究》《研究与鉴赏》《罗斯金》《文艺思潮之历史的解释》《欧洲之二大思潮》《灵与肉、神性与兽性》《拜仑的“曼弗来特”》《丹尼孙》《杜思退益甫斯基的〈罪与罚〉》《基督教思潮与异教思潮》《希腊思想》和《二大思潮之比较对照》。

《玛加尔及其失去的天使》

《玛加尔及其失去的天使》，“文学研究会丛书”，五幕剧，英国 H. A. 琼司(Henry Arthur Jones)著，张志澄译，商务印书馆印刷发行，笔者所见为民国十四年(1925)一月初版，不知印数，每册定价大洋五角。封面和版权页皆印“文学研究会丛书”。

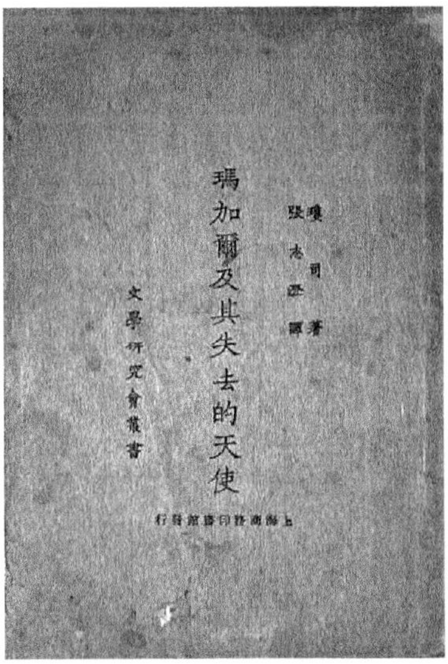

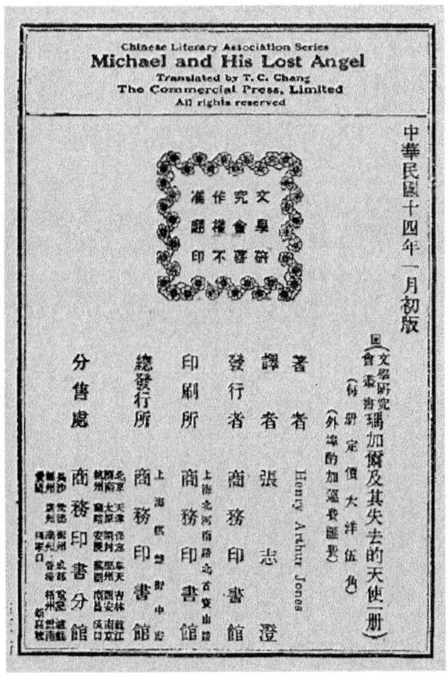

⊙《玛加尔及其失去的天使》1925 年初版封面及版权页

书前有译者写于 1924 年劳动节的《序》：

这本戏剧因为涉及宗教问题，所以当初在英国开演的时候，大遭社会的反对，它在英国舞台上的寿命是很短促的。英国人对于宗教本是看得极重，这本戏剧把他们这样的冷嘲热骂，自然要站不住脚。不过我们当然不会因此就把这本戏剧的价值看低的，我们反要佩服作者能够大着胆子去把社会的弱点显露出来。同时我还想到我们中国也有许多因袭的风俗，道德，制度，习惯，等等，并且其中也有许多矛盾而不合理的地方，很望我国的戏剧家也能够把它们一一揭破；因为这样的戏剧才算对于社会尽了责任。

至于这本戏剧的内容是非常单纯显著，不用我再为介绍，况且作者是个著名的戏剧家，他的艺术手段决不会贫低弱，不过经过我这样拙劣的译文，当然要改色不少，这是应当向作者和读者诸君告罪的。

全书162页，收《玛加尔及其失去的天使》(剧中人物，第一幕至第五幕)、《琼司略传》、《琼司重要著作表》。版权页后有两页“文学研究会丛书”书目广告。

《天鹅》

《天鹅》，“文学研究会丛书”，童话集，高君箴、郑振铎译述，商务印书馆印刷发行，笔者所见为民国二十一年(1932)十一月国难后第一版，不知印数，每册定价大洋一元二角。封面和版权页皆印“文学研究会丛书”，封面与一般不同，左侧有“吹笛小孩”图案。版权页上方印“上海商务印书馆谨启”。1925 年 1 月初版、1935 年 5 月国难后第三版和 1939 年 6 月国难后第四版，皆未见。

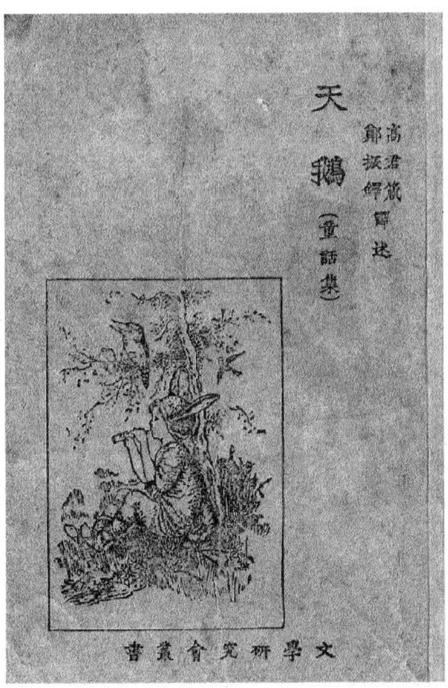

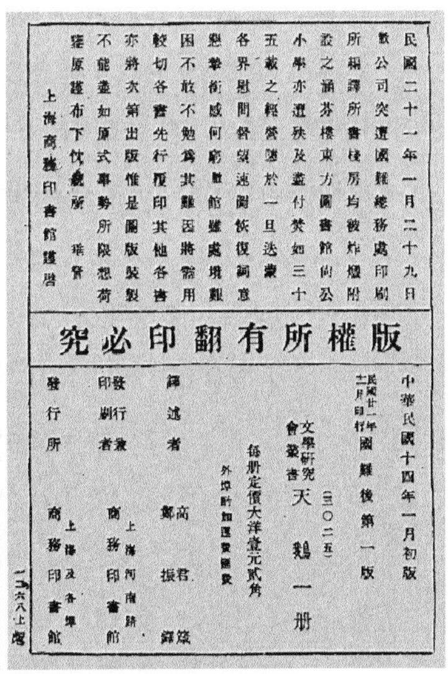
民國二十一年一月二十九日敝公司突遭國難總務處印刷所編譯所書棧房均被炸燬附設之涵芬樓東方圖書館尚公小學亦遭殃及盡付焚如三十五載之經營隳於一旦迭蒙各界慰問督望速謀恢復詞意懇摯銜感何窮敝館雖處境艱困不敢不勉為其難因將需用較切各書先行覆印其他各書亦將次第出版惟是圖版裝製不能盡如原式事勢所限想荷鑒原謹布下忱統祈垂鑒

上海商務印書館謹啓

版權所有翻印必究

中華民國十四年一月初版

民國廿一年十一月印行國難後第一版

（三〇二五）

文學研究會叢書 天鵝一冊

每冊定價大洋壹元貳角

外埠酌加運費匯費

譯述者 高君箴 鄭振鐸

發行兼印刷者 商務印書館 上海河南路

發行所 商務印書館 上海及各埠

一二六八上

⊙《天鹅》1932 年国难后第一版封面及版权页

扉页题：“此书献给最可爱最有望的中国儿童们。”

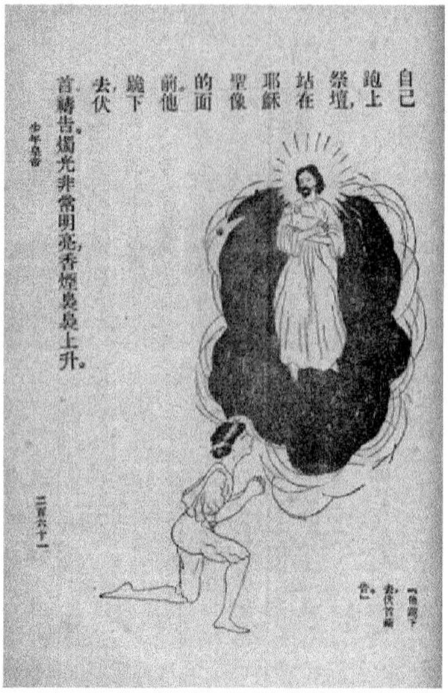

⊙《天鹅》中的插图

⊙ 王尔德像

书前有两序，郑振铎的《序一》，叶绍钧的《序二》。《序一》写于 1924 年 11 月 26 日，其中说道：

> 这是我们二人所辑的童话集；我们二年来所编所译的童话大约都在这里了。他们的原料，都是从英文的各种书本里翻译而来的，不过有的是“翻译”的，有的是“重述”的。我们以为“童话”为求于儿童的易于阅读计，不妨用“重述”的方法来移植世界重要的作品到我们中国来，所以本书中对于日本，北欧，英国，以及其他各地的传说，神话，以及寓言，都是用这个方法。至于如安徒生，梭罗古勃诸人的作品，具有不朽的文学的趣味的，则亦采用“翻译”的方法。
>
> 我们对于“童话”的兴趣都很高，但在现在的工作环境里，创作的欲望是任怎样也引不起，所以只好向译述这条路走去。这是我们现在所能贡献给中国的最可爱最有望的第二代的了。将来，如有向“创作”这路走去的可能时，也许可以更贡献给他们以我们自己的东西。
>
> 童话的书，图画是不可省略的，本书所有的图画，大部分是我们的朋友许敦谷君的制作，其他一小部分是别的几个朋友的，另一小部分则系复制原书所附的图画的。

又本书不过是给可爱的儿童们看的，所以文字力求其浅近，自知不足以供有文学嗜好的大人们的阅看。至如教师们欲采取一部或全部做教材，那也是我们所喜欢的。

叶绍钧的《序二》写于11月20日，其中说道：

安徒生老有童心，人称他为“老孩子”。因此联想，振铎的适当的别称更无过于“大孩子”了。他天性爽直，所谓机心等等从没在他脑子里生过根；高兴时出劲地说笑，不高兴时便不掩饰地吻着嘴：这种纯然本真，内外一致的情态，惟有孩子常常是这样的……

他曾经编译了许多童话。他提笔做这种工作，犹如兴会很高，自告奋勇讲一个童话的时候，乃由于本性酷爱着童话。但未尝不可说由于爱好他的同伴，“大孩子”爱好小孩子，所以贡献这些宝物于他们。“这种工作，他去做时最配最合格”，就是愚人也要这样说的。

现在他集合编译的童话，又并入他的夫人，君箴女士，的同类的成绩，印在一起，取中间一篇的题目《天鹅》为全书的标名。夫妻两个的撰作汇合成书，至少是件富有意趣的事情，何况这书的本身原具有更丰富的意趣。两个“大孩子”(君箴女士当然也是一个)从此将愈益快乐，因为自己既有这赏心的《天鹅》，更有以娱悦他们的同伴——小孩子。于是，他们将永远做一对“大孩子”。

全书除两序，另收童话34篇：《柯伊》《竹公子》《八十一王子》《米袋王》《彭仁的口笛》《牧师和他的书记》《聪明之审判官》《兔子的故事》《光明》《驴子》《狮王》《花架之下》《金河王》《魔镜》《怪戒子》《兄妹》《熊与鹿》《白雪女郎》《海水为什么有盐》《自私的巨人》《安乐王子》《少年皇帝》《驴子与夜莺》《天鹅梭鱼与螃蟹》《箱子》《独立之叶子》《锁钥》《平等》《芳名》《飞翼》《缝针》《天鹅》《一个母亲的故事》和《伊索先生》。其中10篇由高君箴所译。

高君箴，生于1901年，字蕴华，福建长乐人，郑振铎夫人，商务印书馆董事、编译所所长高梦旦幼女。有关郑、高婚礼的轶闻已成耳熟能详的故事，不妨赘记，一笑了之也：因办结婚证之需，要盖男女双方家长、介绍人及新娘新郎之章。

郑便请刻章高手瞿秋白刻章三方。瞿给郑一便条：秋白篆刻润格，石章每字二元，七日取件；如属急件，限日取件，润格加倍；边款不计字数，概收二元。郑以为瞿太忙而推脱，便另请沈雁冰代刻。婚礼当天有人送上一红包，说是瞿送的，红包上写“贺仪五十元”。郑打开一看是三方图章，郑母亲的，郑与高一对。边款是“长”“乐”二字。计算的结果是：润格加倍，边款二元，恰好五十元。

《缀网劳蛛》

《缀网劳蛛》，“文学研究会丛书”，落华生（许地山）著，商务印书馆印刷发行，笔者所见两种不同封面和版次的版本。

第一种，民国十七年（1928）七月三版，不知印数，每册定价大洋六角五分。封面图案为蜘蛛和网，左下方从右至左印手写书名和作者名。版权页印“文学研究会丛书”。1925年1月初版，未见。

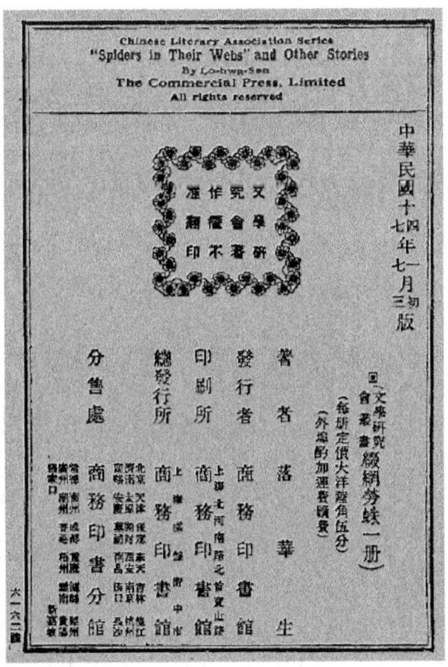

Chinese Literary Association Series
"Spiders in Their Webs" and Other Stories
By Lo-hwa-Sen
The Commercial Press, Limited
All rights reserved

中華民國十四年一月初版
十七年七月三版

文學研究會著作權不准翻印

（文學研究會叢書）綴網勞蛛一册
（每册定價大洋陸角伍分）
（外埠酌加運費匯費）

著者 落華生
發行者 商務印書館
印刷所 商務印書館
總發行所 商務印書館
分售處 商務印書分館

⊙《缀网劳蛛》1928年三版封面及版权页

第二种，民国三十六年（1947）七月第二版，不知印数，每册定价国币四元。封面图案与三版稍有不同，除蜘蛛与网外，还添加一枚枫叶，不解其意。左侧下方印美术体书名和作者名。版权页印“文学研究会丛书”，并“本书校对者潘同曾”。国难后第一版，封面与第二种相同。

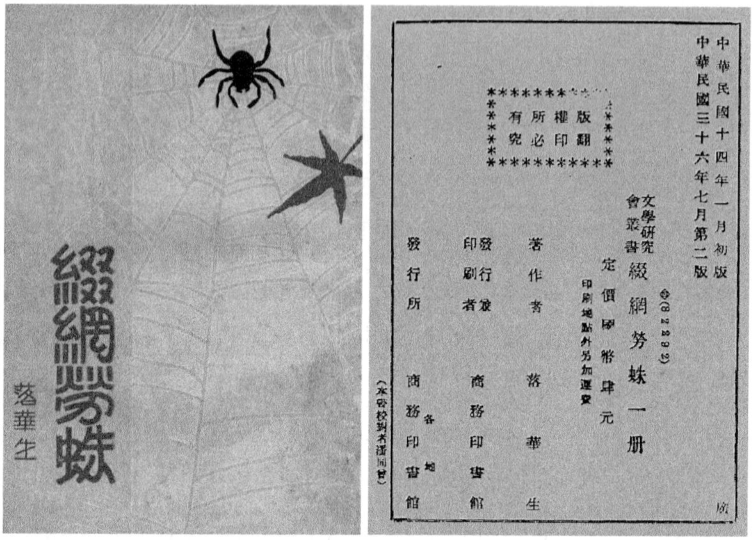

⊙《缀网劳蛛》1947 年二版封面及版权页

从这两种版本的版次看，初版时间相同：1925 年 1 月，再版时间不知，但肯定在 1925 年与 1928 年间。由此推定，第二种 1947 年 7 月的所谓“第二版”，那是重新印刷的版次，与前者在版次上并无内在联系。这类差异，在只见到其中一种版本时是根本无法弄明白的，即便看到了其中的几种，使推断较为准确，但仍无法作出最后的“裁决”，因为很可能还有一些与之关联的版本未见到，这就是旧版本研究中的无奈。

此书是落华生的第一部短篇小说集，无序无跋，全书收短篇小说 12 篇：《命命鸟》《商人妇》《换巢鸾凤》《黄昏后》《缀网劳蛛》《无法投递之邮件》《海世间》《海角底孤星》《醍醐天女》《枯杨生花》《读芝兰与茉莉因而想及我底祖母》和《慕》。

其中《命命鸟》，是许地山的成名作。这篇小说的氛围淡雅，却又那么浓烈，主人公敏明与加陵是一对热恋中的青年，由于父母的阻拦，他俩“好像新婚的男女携手入洞房般自在”从容地缓步投水，以求解脱。

而作为书名的《缀网劳蛛》则有着一种凄惨的氛围，主人公尚洁是个虔诚的基督教徒，因流言与误会，被丈夫杀伤，赶出家门，她说：“我像蜘蛛，命运就是我的网。”宿命论的思想相当浓厚。这篇小说最先发表于1922年《小说月报》13卷2号上。读过许地山生前结集出版的文学作品，诸如《空山灵雨》《解放者》《无法投递之邮件》等，总感到作品充满着异国情调，情节也曲折，想象更奇特，但情感真切，富含哲理，浪漫主义色彩和宗教气息同样强烈。在作品的风格上，与其他作家有着明显的差异，具有“独特性”。

这与他的经历背景有着极大的关系。早年他受到佛教思想的影响较深，后来颠沛流离的生活，又不得不使他面对现实，从而构成了早期作品中的宗教思想与平民主义相结合的特殊格调，体现出的往往是宗教的虔诚与宿命的无奈观点。直到抗日战争爆发后，才在思想上有了一个较大的变化。在《缀网劳蛛》发表的那一年，他毕业于燕京大学的宗教学院，获得神学士学位，后留学美国的哥伦比亚大学，研究宗教史和宗教哲学。之后又转入伦敦牛津大学研究宗教史、印度哲学、梵文和民俗学。在回国途中，他又留学印度研究梵文及佛学……在如此高深的领域里有所建树的学者，他的文学创作非同一般，这也是可想而知的。之后在燕京大学任宗教学院教授，与校长司徒雷登意见不合，辞职去了香港大学，把文学院革新为文学、史学、哲学三个系，从中便可看作是许地山人生轨迹的必然走向。可惜，这样一位高才，在不到五十岁时就离开了人世，独自进入了“天国”——当读完《缀网劳蛛》中的最后一篇《慕》的最末一段，那种意境又让人久久不能释怀：“那夫役引着拉飒车子往别家去了。方才那张小照被无意的风刮到地上，随着落花，任人践踏。然而这还算是那小照的幸运。流落在道上；也许会给往来的士女们捡去供养；就使给无知的孩子捡去，摆弄完，才把他撕破，也胜过让夫役运去，葬在拉飒岗里。”

这样一个人，值得让人久久地去研究。近来读到世界书局1947年11月初版、陆丹林著的《当代人物志》，其中讲到了许地山，笔者特别对许先生的“形态”颇有兴趣。这段文字是这样写的：“他日常起居生活都很注意也很俭朴。他是终日吃素，同时也吃点荤，所谓荤，只是水族的动物，其他陆上的空中的动物，他都是不吃的。衣服也很朴素，通常的，冬天不离一件蓝布大褂，黑呢帽。夏天是夏布长衫，白通帽。西服呢，我是没有见他穿过了。”

《夏天》

《夏天》,“文学研究会丛书”,诗集,朱湘著,商务印书馆印刷发行,笔者所见为民国二十四年(1935)五月国难后第二版,不知印数,每册定价大洋四角。封面版本窄长,此类开本不一的版本,在“文学研究会丛书”中还有几种,如《旧梦》等。封面和版权页皆印“文学研究会丛书”。1925 年 1 月初版,1933 年 3 月国难后第一版,皆未见。

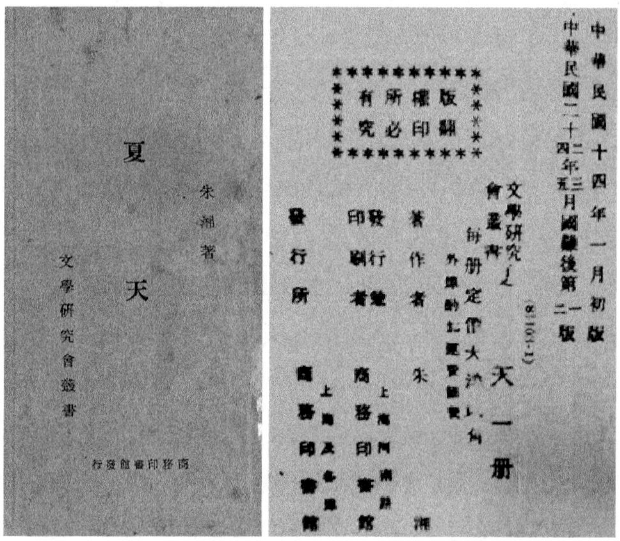

⊙《夏天》1935 年国难后第二版封面及版权页

书前有作者写于 1924 年 9 月 16 日的《自序》:

朱湘优游的生活既终，奋斗的生活开始，乃检两年半来所作诗，选之，存可半数，得二十六首，印一小册子，命名《夏天》，取青春期已过，入了成年期的意思。我的诗，你们去罢！站得住自然的风雨，你们就生存；站不住，死了也罢。

《春》中有几处是照闻君一多的指示改正的，附谢。

全书 65 页，收诗 27 首：《死》《废园》《迟耕》《春》《小河》《黑夜纳凉》《小河》《忆西戎》《宁静的夏夜》《等了许久的春天》《北地早春雨霁》《寄一多基相》《回忆》《寄思潜》《笼鸟歌》《南归》《春鸟》《早晨》《雪》《我的心》《快乐》《乌辞林》《覆舟人》《霁雪春阳》《颂》《爆竹》和《鹅》。

朱湘，生于 1904 年，字子沅，安徽人，生于湖南沅陵。《夏天》是他出版的第一本诗集。1927 年出版的诗集《草莽集》(上海开明书店 1927 年 8 月初版)是第二本。1927 年至 1929 年留学美国，回国后为了生活到处奔走，家庭矛盾日渐激化。后任教国立安徽大学(现安徽师范大学)外文系，但又与校方不和。1933 年 12 月 5 日在从上海到南京的客轮上投河自尽。代表作除上述两种外，还有《石门集》(商务印书馆 1934 年 6 月初版，"文学研究会丛书")、《永言集》(上海时代图书公司 1936 年 4 月初版，"新诗库"第一集第六种)，四种诗集，牢牢地奠定了他在中国诗坛上的地位。

《童心》

《童心》,“文学研究会丛书”,新诗集,王统照著,商务印书馆印刷发行,笔者所见为民国十四年(1925)二月初版,失版权页,不知版权事项。封面有点模糊,印“文学研究会丛书”。

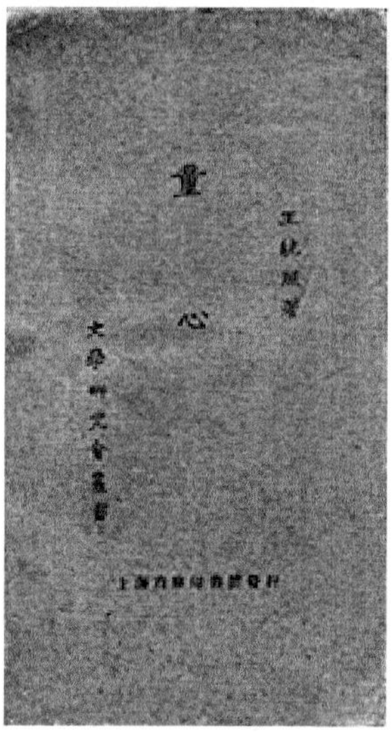

⊙《童心》1925 年初版封面

书前有弁言《童心》:

一位蓦生的游客,/吹着凄婉的笛儿,/在荒村的门前行。/少年的容颜全被忧悒的面幕罩翳。/从曼韵的笛声中，/吹出离家之曲。……吹着曼韵的笛声，/苦楚，烦郁，失望与欢愉，长思与沈虑，都似从其中传出。/他的"童心"之魂，或能在这幽静的时光中来莅?

全书265页，收诗90首，写于1919年至1924年间，如《初冬京奉道中》《铁道边的小孩子》《紫藤花下》《冬日出京前一夕示惟民》《悲哀的喊救》《生命之火燃了》《急雨》《谁是我的最大安慰者》《过去》《沈迷的坐梦》《最难忘的》《梦里的花痕》《落英》《少年的梦》《夜静了》《一个寂寞的死》《小诗七十六首》《爱的线》《在松阴的园中》和《记忆的边缘》等。

在笔者的印象中，王统照是位"全才作家"，以散文小说见长，事实也如此，尤以小说创作占有相当比例。但在文学生涯的早期，他却是位诗人，出版过不少诗集，除《童心》外还有《良夜》(商务印书馆1925年1月初版，属"小说月报丛刊"第十七种)。另外还有诗集多种，如《这时代》(华丰印刷公司1933年3月初版)、《她的生命》(与他人的合集，生活书店1934年12月初版)、《夜行集》(生活书店1936年11月出版)、《横吹集》(署"王健三"，烽火社1938年5月初版，属"烽火小丛书"第三种)、《江南曲》(上海文化生活出版社1940年4月初版，属"文学丛刊"第六集)等。

《苦闷的象征》

《苦闷的象征》,“文学研究会丛书”,[日本]厨川白村著,丰子恺译,商务印书馆出版,笔者所见两种版本。

第一种,民国十五年(1926)七月再版,不知印数,每册定价大洋三角五分。封面和版权页皆印“文学研究会丛书”,1925 年 3 月初版,未见。

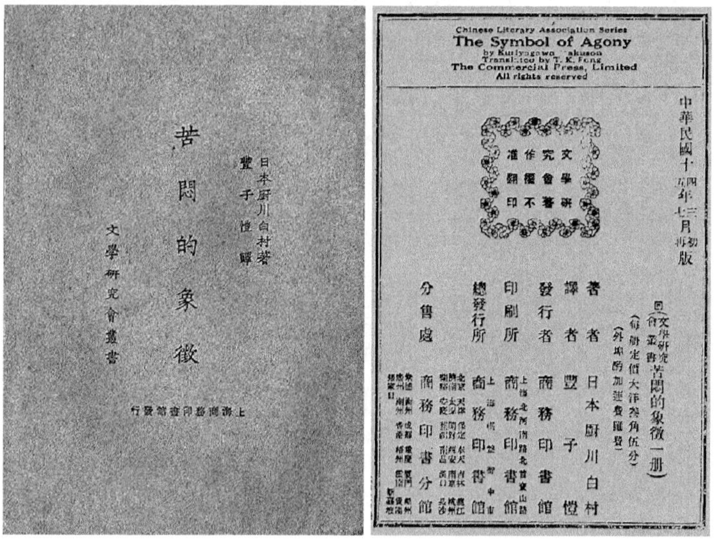

⊙《苦闷的象征》1926 年再版封面和版权页

第二种,民国二十一年(1932)九月国难后第一版,不知印数,每册定价大洋三角五分。封面与一般“文学研究会丛书”不同,版权页印“文学研究会丛书”及“上海商务印书馆谨启”。

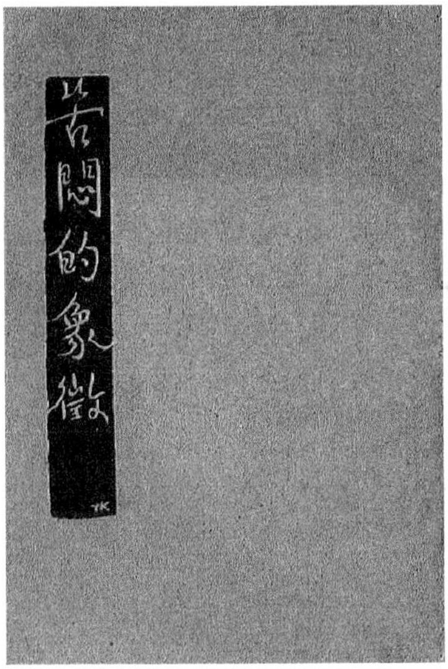

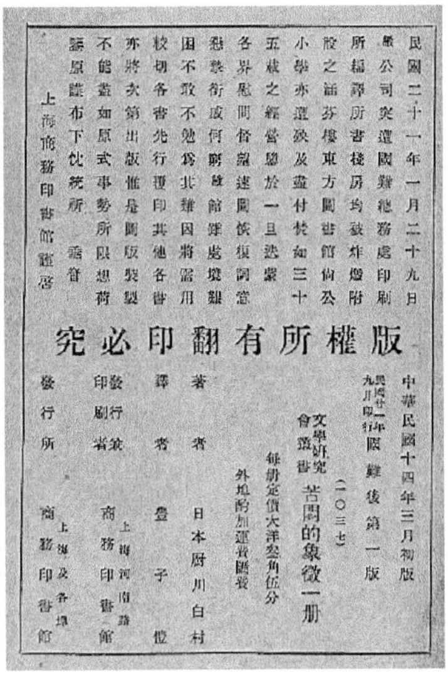
民國二十一年一月二十九日敝公司突遭國難總務處印刷所編譯所書棧房均被炸燬附設之涵芬樓東方圖書館尚公小學亦遭殃及盡付焚如三十五載之經營隳於一旦迭蒙各界慰問督促速圖恢復詞意懇摯銜感何窮敝館雖處境艱困不敢不勉為其難因將需用較切各書先行覆印其他各書亦將次第出版惟是圖版裝製不能盡如原式事勢所限想荷鑒原謹布下忱統祈垂督

上海商務印書館謹啓

版權所有翻印必究

中華民國十四年三月初版
民國廿一年九月印行 國難後第一版

文學研究會叢書 苦悶的象徵一冊 (二〇三七)

每冊定價大洋叁角伍分
外埠酌加運費匯費

著者 日本廚川白村
譯者 豐子愷
發行兼印刷者 上海河南路 商務印書館
發行所 上海及各埠 商務印書館

⊙《苦闷的象征》1932 年国难后第一版封面和版权页

两种版本的封面不同，初版本竖排作者、译者名、书名和丛书名，横排出版机构名；国难后第一版，左侧有黑底，形似签条，上印白字书名，其他皆无。

全书 119 页，分四部分，每部分包含若干文章：第一，《创作论》（《两种的力》《创造生活的欲求》《强制抑压的力》《精神分析学》《人间苦与文艺》《苦闷的象征》）；第二，《鉴赏论》（《生命的共感》《自己发见的欢喜》《悲剧底净化作用》《有限中的无限》《文艺鉴赏的四阶段》《共鸣的创作》）；第二，《关于文艺根本问题的考察》（《预言者的诗人》《理想主义与现实主义》《短篇〈项圈〉》《白日的梦》《文艺与道德》《酒・女，与歌》）；第四，《文学底起源》（《祈祷与劳动》《原婚人底梦》）。

书末有山木修二写于 1924 年 2 月 2 日的《卷末附言》，其中说道：

> 《苦闷的象征》是先生底不朽的大著底未定稿底一部。把这未定稿发表于世的一事，在我们间也早已颇有言论。对于自己的著书抱着深厚的良心的先生，也曾发过意见，以为恐推敲未定，不愿它就此出世。
>
> 但本书底后半，有许多还没有发表于世。而深远的造诣和丰足的鉴赏力不可思议地融合着的，先生在讲坛上的面影，只在本书中残留着。故不忍使它空委箧底的我们的心，就把本书发表了。

> 题名的《苦闷的象征》，是根据本书前半在《改造》杂志上发表时的由绪的。但我以为多少晓得一点先生底内生活的人，大概可相信这题名冠在先生底无论那一部著作上都是不致十分不调和的。……

版权页后有“文学研究会丛书”书目广告两页。

《苦闷的象征》，在当时就有两种同名版本。一种是鲁迅译的，1924 年 12 月初版，属“未名丛刊”，北京新潮社代售，后用原纸型再印，改由北新书局出版，此书到 1935 年已出 12 版。另一种就是丰子恺的版本，一般收藏者大多知道鲁迅的版本，主要原因是丰的版本非常罕见。当年，鲁迅曾对与之同名的丰子恺版本有所关注，生怕自己的译本有译得不妥之处，后见到丰的版本之后认为自己译得尚可，这才有所放心。

《太戈尔传》

《太戈尔传》，“文学研究会丛书”，郑振铎编纂，商务印书馆出版，笔者所见版本两种。

第一种，民国十四年（1925）四月初版，不知印数，每册定价大洋五角五分。封面和版权页皆印“文学研究会丛书”。1927 年 10 月再版，未见。

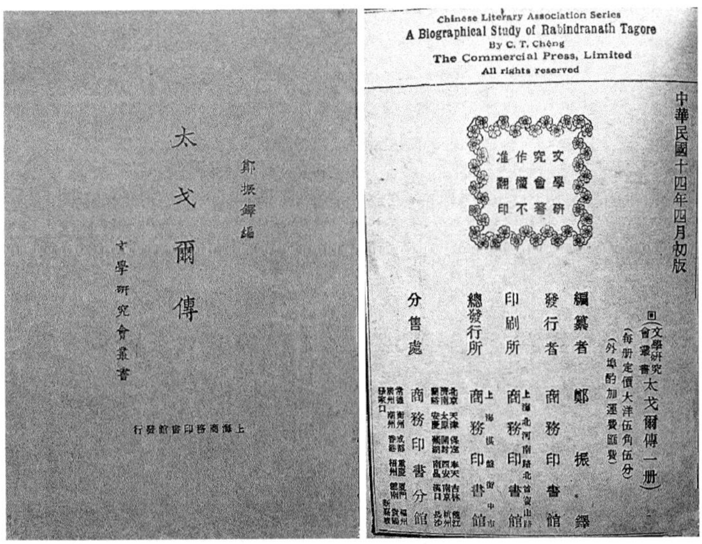

⊙《太戈尔传》1925 年初版封面及版权页

第二种，民国二十二年（1933）七月国难后第一版，不知印数，上海每册实价新法币四元五角。校对者殷彦常。封面设计与初版本不同，采用太戈尔的肖像，书名和译者名印在肖像左下侧。版权页印“文学研究会丛书”。

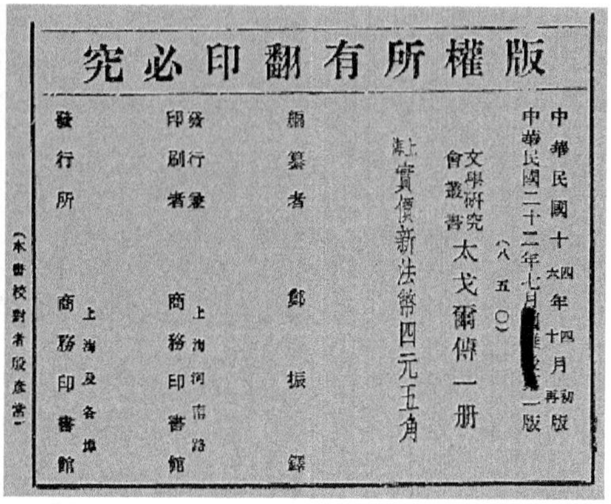
版權所有翻印必究

中華民國十四年四月初版
中華民國十六年十月再版
中華民國二十二年七月[illegible]第一版
（八五〇）
文學研究會叢書 太戈爾傳一冊
實價新法幣四元五角
編纂者 鄭振鐸
發行兼印刷者 商務印書館 上海河南路
發行所 商務印書館 上海及各埠
（本書校對者[illegible]）

⊙《太戈尔传》1933 年国难后第一版封面及版权页

书前插图 16 幅，有目次，还有作者写于 1925 年 2 月 24 日的《序》：

> 这册《太戈尔传》原登载于一九二三年九月及十月号《小说月报》上单行本，本想在太戈尔到中国时出版。不料搁置于印刷的地方直到了现在。因为近来很忙，不能再细读一过，所以除了一二小错误曾改正了之外，其余文字一概都照旧。
>
> 虽然太戈尔在去年四月已到过中国了，已在中国讲演了好几次了，然而能充分了解他的人究竟有多少呢？这篇传对于想知道他的生平与思想的人，也许不无小小的帮助。
>
> 我在附录里转载了我的朋友瞿世英君及张闻天君的几篇文字，应在此向他们道谢！
>
> 太戈尔在中国的讲演，俱由我的朋友徐志摩君代为记录，他现在正在整理这个讲演，大约不久即可出现。因此，这个小册子里对于太戈尔在中国的行踪与讲演，便不再述了。

全书 117 页，分 12 章，第一章前有《绪言》。12 章为：《家世》《童年时代》《喜马拉耶山》《加尔加答与英国》《浪漫的少年时代》《变迁时代》《旅居西莱达时代》《太戈尔的妇女论》《国家主义与世界主义》《和平之院》《太戈尔的哲学的使命》和《得诺贝尔奖金以后》。附录收五文:《太戈尔的人生观与世界观》《太戈尔的艺术观》《太戈尔的诗与哲学观》《太戈尔的妇女观》和《太戈尔对于印度和世界的使命》。书末有《关于太戈尔研究的书》。

《木马》

《木马》,“文学研究会丛书”,[法国]雷里、安端著,李青崖译,商务印书馆印刷发行,笔者所见两种版本。

第一种民国十四年(1925)四月初版,不知印数,每册定价大洋五角。封面和版权页皆印“文学研究会丛书”。

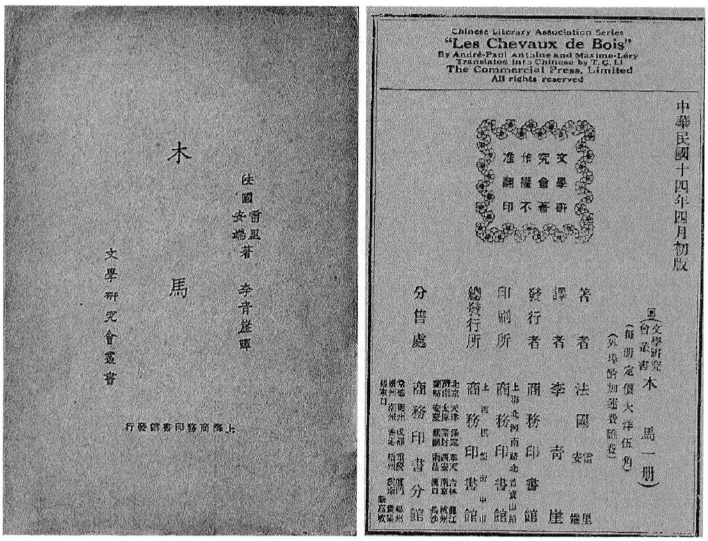

⊙《木马》1925年初版封面及版权页

第二种,民国二十二年(1933)一月国难后第一版,不知印数,每册定价大洋五角。版权页印“文学研究会丛书”。版权页印“上海商务印书馆谨启”。笔者还曾见到过不少国难后的版本，版权页大多破损或被贴纸，使文字无法辨认。这类在版权页乱贴附着物的情况，令收藏者极为头痛！

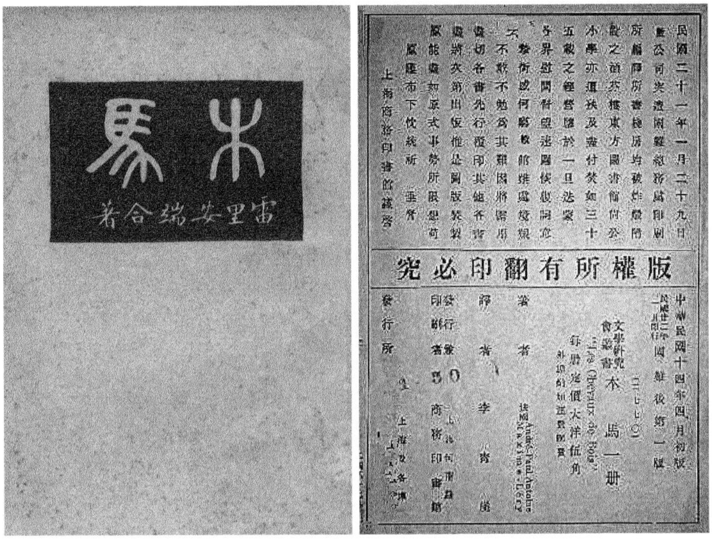

⊙《木马》1933 年国难后第一版封面及版权页

全书 167 页，书末有译者写于 1924 年 4 月 16 日的《译者附记》：

木马本为罗马人的一种游戏器具：雕木为马，罗列成行，而固定之于圆台，——但马身可以前后摇动——台的中心点有竖轴，轴与发动力相连，力动台转，马亦因而活动，骑之者备尝腾跃控纵的滋味。至今欧洲各国，无论都市村落。每值“年期的赶集”必有木马陈列其间以供游人娱乐。今沪人所谓“大转舞台”就是木马圆台的变象。

此剧为法国雷里(Moxime Leny)与安端(Andre Paul Antoine)两人合作，从一九二三年九月巴黎发行的《自由作品》(Les Ouevres Libres)杂志二十七期译出，此杂志为文学月报，创刊为一九二一年七月，系大战后产生的定期出版物之一；其中作者虽少已负盛名的赫赫大手笔，然佳作则殊不乏。兹为向读者介绍起见，特录其发地点于下：

Aitheme Fayard et Cie, 18－20, Rue du Sothard, Paris.

此剧于一九二二年十一月二十八日在巴黎的拉波第臬尔戏园第一次开演，甚得观者欢迎。内容几不带地方色彩，即在中国表演亦不自觉其为枯燥的问题剧;唯旁观者清文词句全采直译方法,倘演时能略行斟酌更换,则观者兴味愈佳。海内艺术家如欲表演此剧,祈先期向译者函询(由上海文学研究会转交)同意为荷。

《倍那文德戏曲集》

《倍那文德戏曲集》，“文学研究会丛书”，[西班牙]J.倍那文德著，沈德鸿（沈雁冰）等译，商务印书馆印刷发行，笔者所见为民国十四年（1925）五月初版，不知印数，每册定价大洋八角。封面和版权页皆印“文学研究会丛书”。

书前有倍那文德像两幅，很有“戏剧韵味”。

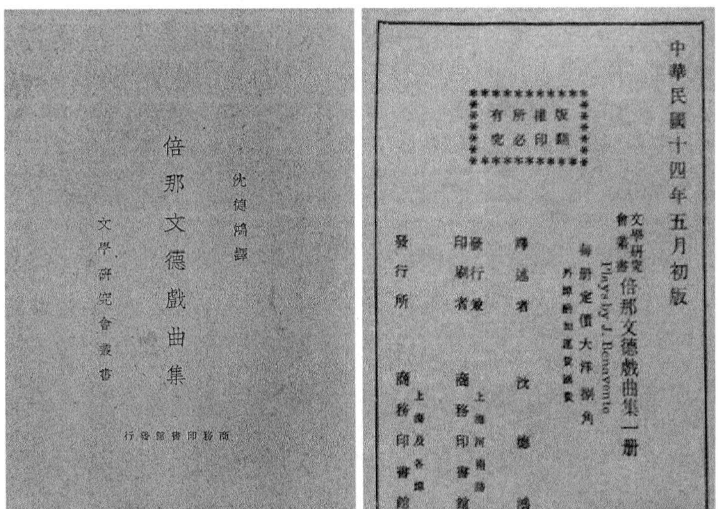

⊙《倍那文德戏曲集》1925年初版封面及版权页

全书292页，收《译者序——倍那文德的作风》，以及三剧：《太子的旅行》（三幕剧）、《热情之花》（三幕剧）和《伪善者》（二幕剧）。

⊙ 倍那文德像两幅

《译者序》八页，类似论文，在最后第四章中说道：

倍那文德的著作早已流行在英美及拉丁族各国，在世界文学界里早已有相当的地位。但是北欧各国对于他还不很熟悉，所以当诺贝尔文学奖金委员会发表把一九二二的奖金赠给他时，瑞典的各报都以为这是出人意外的事。他们说：英人曾希望哈特(Thomas Hardy)得这一次的奖金。德人曾希望霍尔兹(Arno Holz)得，而尤以哈特的呼声为更高，不料却选着了倍那文德。委员会的一员，瑞典女作家拉绮尔洛孚(Selma Lagerlof)对访问的人说得好：委员会如果等到倍那文德的著作流行更广些然后选他，自然更能得外界的谅解。倍那文德著作的真价值，世间早有公评，当然不靠诺贝尔奖金的增饰，不过他的著作流行的范围，经这一宣传，一定要更广大了。(此篇多根据 C. A. Turrll's Comtemporary Spanish Dramatlsts 的序言)

《空山灵雨》

《空山灵雨》,“文学研究会丛书”,散文小品集,落华生(许地山)著,商务印书馆印刷发行,笔者所见两种版本。

第一种,民国十四年(1925)六月初版,不知印数,每册定价大洋三角五分。封面和版权页皆印“文学研究会丛书”。扉页书名和作者名等,从右至左横排。

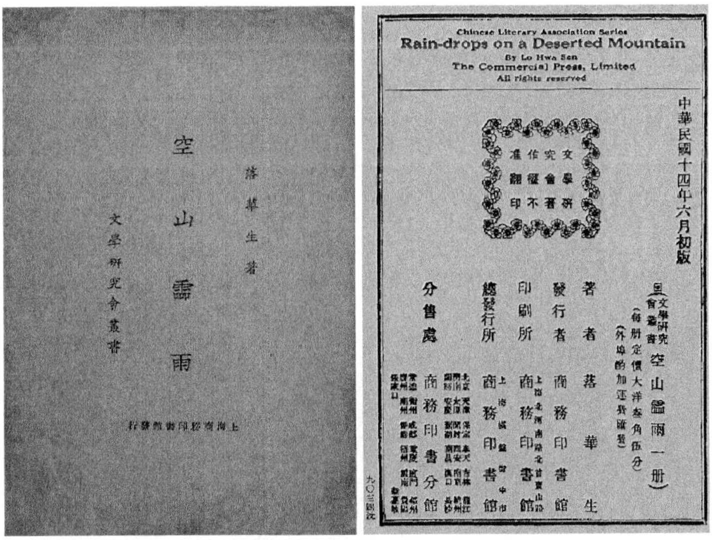

⊙《空山灵雨》1925 年初版封面和版权页

第二种,民国二十年(1931)三月四版,不知印数,每册定价大洋三角五分。封面书名和作者名从右至左横

⊙《空山灵雨》1925 年初版扉页

排。版权页印“文学研究会丛书”。这种封面的版本，还见到过 1934 年 4 月的国难后第二版等。

全书收散文小品 43 篇，前有《弁言》。就从这些散文小品的题目看，就相当有意思，如《心有事》《香》《愿》《光底死》《爱就是刑罚》等。

《弁言》写于民国十一年(1922)一月二十五日，署名落华生，文短，却颇有味道：

生本不乐，能够使人觉得稍微安适的，只有躺在床上那几小时，但要在那短促的时间中希冀极乐，也是不可能的事。

自入世以来，屡遭变难，四方流离，未尝宽怀就枕。在睡不着时，将心中似忆似想的事，随感随记；在睡着时，偶得趾离过爱，引领我到回忆之乡，过那游离的日子，更不得不随醒记。积时累月，成此小册。以基杂沓纷纭，毫无线索，故名《空山灵雨》。

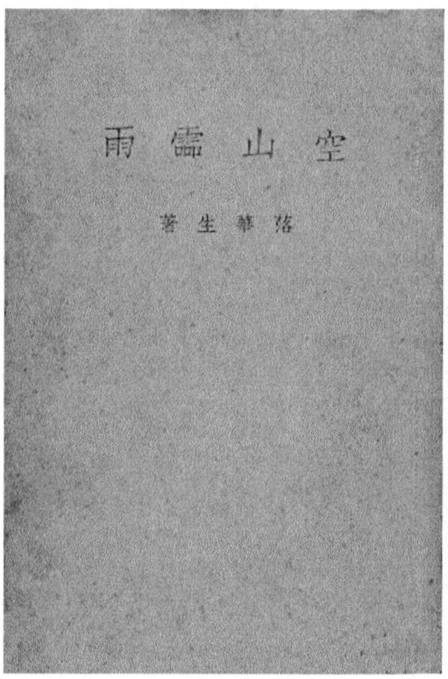

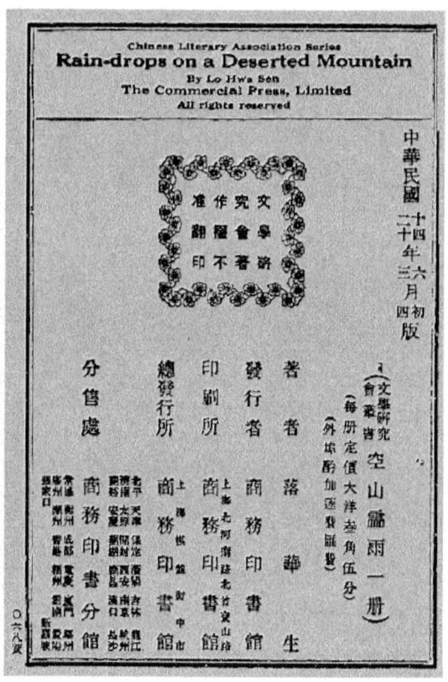
Chinese Literary Association Series
Rain-drops on a Deserted Mountain
By Lo Hwa Sen
The Commercial Press, Limited
All rights reserved

中華民國十四年六月初版
二十年三月四版

（文學研究會叢書）空山靈雨一冊
（每冊定價大洋叁角伍分）
（外埠酌加運費匯費）

著者 落華生
發行者 商務印書館
印刷所 上海 商務印書館
總發行所 上海棋盤街中市 商務印書館
分售處 商務印書分館

⊙《空山灵雨》1931 年四版封面和版权页

《蝉》一文是在《心有事》(开卷的歌声)后的第一篇，只要读过此篇的人，心灵也会被震荡："急雨之后，蝉翼湿得不能再飞了。那可怜的小虫在地面慢慢地爬，好容易爬到不老的松根上头，松针不穿牢的雨珠从千丈高处脱下来，正滴在蝉翼上，蝉嘶了一声，又从树的露根摔到地上了。雨珠，你和他开玩笑么？你看，蚂蚁来了！野鸟也快要看见他了！"

这是寓言吗？是，好像又不是。是宗教经典吗？是，好像也不是。这种"特异"，让文学糅合进了宗教，让宗教也糅合进了文学，教以人生哲理，唤醒深藏的善心。不知为何，笔者特别喜欢这种糅合在一起的味道！

笔者对于许地山（落华生）应该说还是相当陌生的，最初只知他与鲁迅先生的一些关系，其他一概不知。后来先后得到或见到过许地山的《杂感集》、《危巢坠简》（这两种都是在许地山死后，由其夫人周俟松编辑出版）、《无法投递之邮件》、《春桃》、《缀网劳蛛》等后，才对许氏有了进一步了解或有了解的欲望。他生于台湾，早年在福建和缅甸仰光任教，并与郑振铎等一同发起成立了文学研究会，开始了文学创作。1922 年毕业于燕京大学的宗教学院，得神学士学位。后留学美国，研究宗教史和宗教比较学，后来又得文学硕士学位。最终还是成了一位宗教学院的教授，在北京大学兼授印度哲学，在清华大学兼授人类学。因与燕大校长司徒雷登意见不合而离京去香港大学，担任文学院的教授……一个能在宗教与文学间游走的人，实在难以想像文学与宗教这两种思维方法相悖的学科会融合于一个人，他所写出的文字，到底又是一种什么滋味？就以这本《空山灵雨》而言，对其评价最为贴切的要算沈从文先生了，沈在《落华生论》中说："在中国以异教特殊民族生活，作为创作基本，以佛教中邃智明辩笔墨，显示散文的美与光，色香中不缺少诗，落华生为最本质的使散文发展到一个和谐的境界的作者之一。这调和，所指的是把基督教的爱欲与佛教的明慧，近代文明与古代情绪，糅合在一起，毫不牵强地融成一片。作者的风格是由此显示特异而存在的。"阿英（钱杏邨）的评价与沈从文不一样："反映在他的小品文中的，是一个很混乱的集合体。"平心而论，沈从文的看法更接近于许地山作品的本意，让人读后确实会有一种特异的感觉，在文学与宗教，在现实与冥想之中感受"两界"的回响。

此散文小品集，在中国现代文学史中有一定地位，可称为"现代小品文的最初成册的书"。阿英还在《落华生小品序》中谈道："他的小品文，在小品文运动史上，是将永久存在着的。"

《海滨故人》

《海滨故人》,“文学研究会丛书”,短篇小说集,庐隐女士著,商务印书馆印刷发行,笔者所见两种不同封面和版次的版本。

第一种,民国十五年(1926)十月三版,不知印数,每册定价大洋七角五分。封面和版权页皆印“文学研究会丛书”。1925 年 7 月初版,未见。

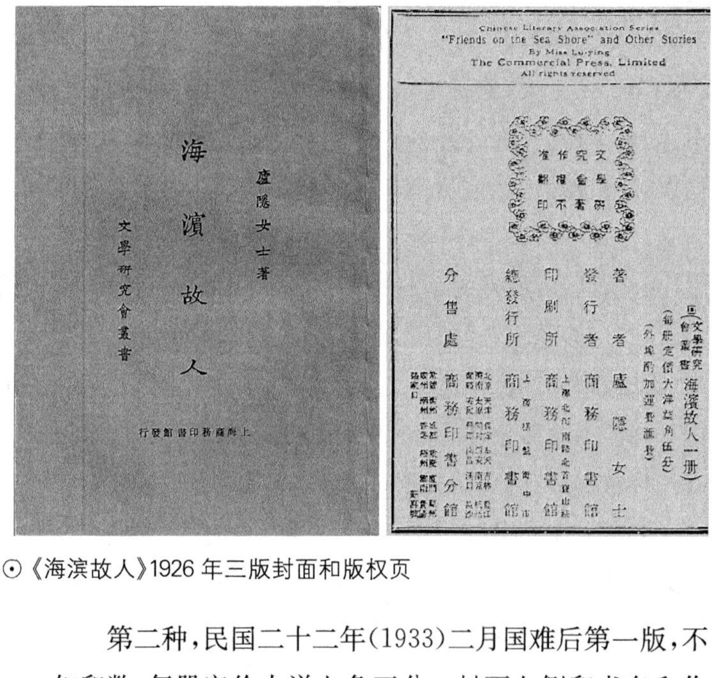

⊙《海滨故人》1926 年三版封面和版权页

第二种,民国二十二年(1933)二月国难后第一版,不知印数,每册定价大洋七角五分。封面左侧印书名和作者名，白字黑底。版权页印“文学研究会丛书”并“上海商务印书馆谨启”。

全书 259 页，无序跋。收小说 14 篇：《一个著作家》《一封信》《两个小学生》《灵魂可以卖吗》《思潮》《余泪》《月下的回忆》《或人的悲哀》《丽石的日记》《彷徨》《海滨故人》《沦落》《旧稿》和《前尘》。

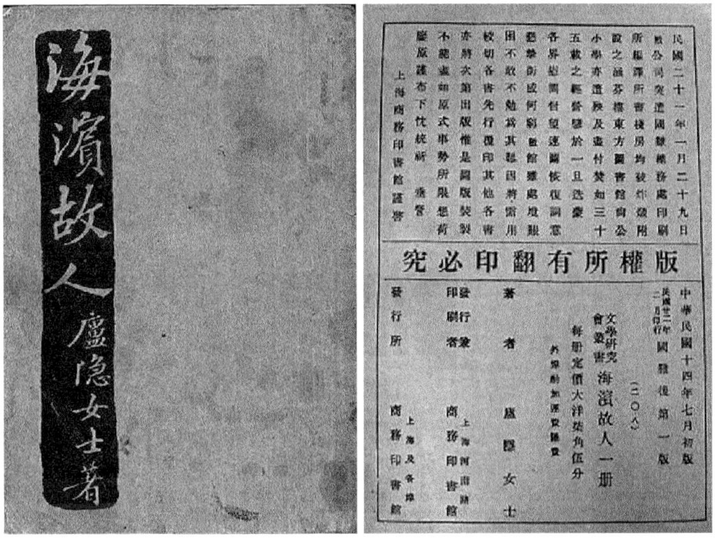

⊙《海滨故人》1933 年国难后第一版封面和版权页

庐隐，即黄庐隐。在笔者心目中，她是一位才女，显著特征是与众不同。研究者把庐隐与冰心比较，并得出结论，这一切正好与笔者的观点相吻合，不妨在此借用一下：庐隐与冰心，都是“人生派”，她们都关心现实生活，主张表现时代色彩，但一旦这种思想和主张变成作品，差异就显现出来。冰心是通过对大自然和母爱的讴歌，表现对自由、光明人生的追求理想。而庐隐则不同，她的主人公都是无出路，前途茫茫，背负着冷酷和无情的现实，悲哀地走向人生尽头。庐隐是对社会的任何人都不承认，她深深感受孤独。而谢冰心则不然，她认为人与人间有着不可分离的关系。这便导致了一种结果：庐隐必然用悲哀的视线眺望人间，冰心则用无限的热情温暖人类。一个是对世界表现出完全的绝望，一个是感觉着被损害的伟大的爱可以死灰复燃……

庐隐的著作版本，曾经是笔者搜寻的一个收藏目标，前后几乎见到她的所有著作：《曼丽》《玫瑰的刺》《庐隐自传》《东京小品》《火焰》《庐隐选集》《海滨故人》

《归雁》《灵海潮汐》《女人的心》《象牙戒指》《地上的乐园》《庐隐选集》《庐隐短篇小说选》《庐隐创作选》和《庐隐佳作选》。收入“文学研究会丛书”的有两席：短篇小说集《海滨故人》和长篇小说集《象牙戒指》。

《新文学概论》

《新文学概论》，"文学研究会丛书"，[日本]本间久雄著，章锡琛译，商务印书馆印刷发行，笔者所见两种不同封面和版次的版本。

第一种，民国十四年(1925)八月初版，不知印数，每册定价大洋四角。封面和版权页皆印"文学研究会丛书"。

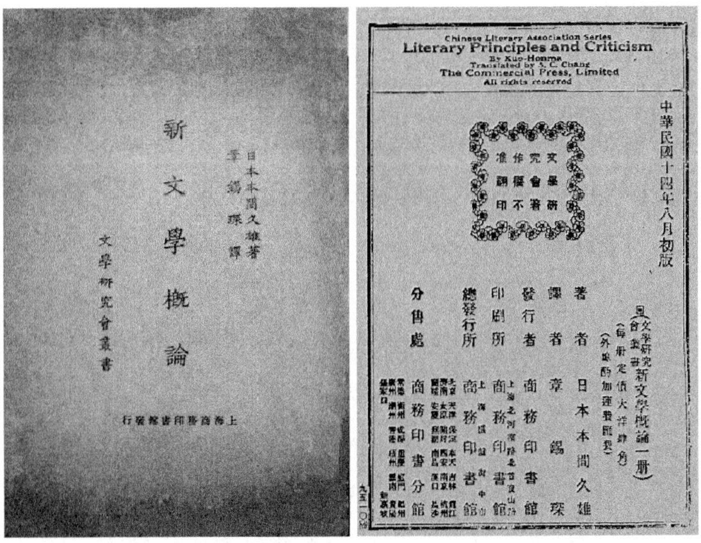

⊙《新文学概论》1925 年初版封面和版权页

第二种，民国二十年(1931)二月五版，不知印数，每册定价大洋七角。封面虽也朴素，但与素面朝天式不同，粗框线框起，内竖印书名，在粗框线间，右印“文学研究会丛书”，左印作者和译者名。版权页也印“文学研究会丛书”。

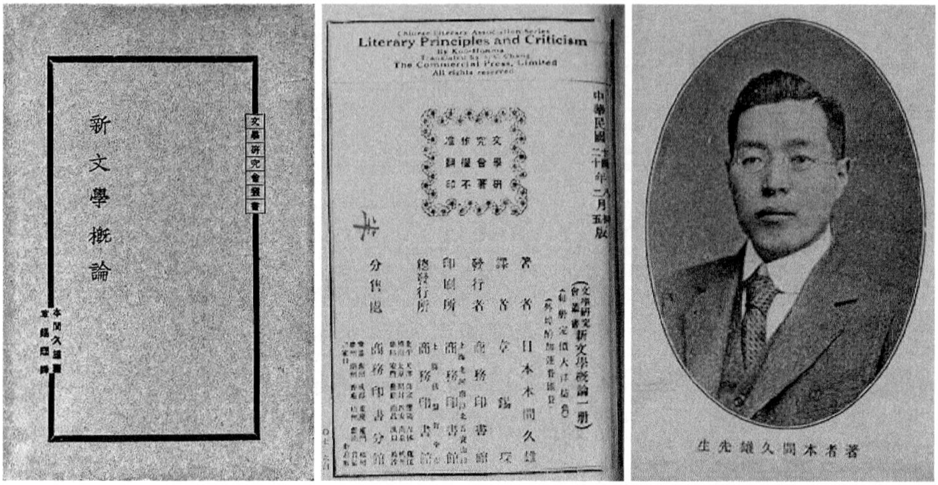

⊙《新文学概论》1931年五版封面、版权页和著者本间久雄像

书前有译者写于1925年3月的《译者序》，其中说道：

我的最初翻译本书，是在距今六年前的民国八年（1919年——编者），即原书出版后的第三年。当时系用文言翻译，分章刊登民国九年的《新中国》杂志上，前编刊完后，《新中国》停版，原稿也全部遗失。从今日看起来，那部译本错处实在极多；这固然因为当时太疏忽的缘故，但一半也因为被文言所束缚，不能把原本的语气忠实达出。去年郑振铎先生嘱我把旧稿整理一下，重行出版，因先把后编复译，刊登文学研究会的定期刊物《文学》上；前编也因为没法修改，就把原稿毁却，再行翻译。同时汪馥泉先生也把他译就，在《民国日报》的《觉悟》上刊登出来。但我这回所译的，与汪先生的译本也有不同的地方，仍然可以供读者的参看的。……

这回的翻译，虽然已经比前次慎重，并且汪先生的译本也给予不少参照的便益；但因为事务繁忙，精神困倦的缘故，恐怕仍然不免有错误的地方，敬求读者教正。

又，本书所用的“底”字，系仿照鲁迅先生译《苦闷的象征》的例，现在就把鲁迅先生的说明录在后面——

> 即凡形容词与名词相连成一名词者，其间用“底”字，例如 Social being 为社会底存在物，Psychische Trauma 为精神底伤害等；又，形容词之由别种品词转来，语尾有 tive，tic 之类者，于下也用“底”字，例如 speculative，romantic 就写为思索底，罗曼底。

另有《原序》，其中说道：

> 文学的研究，论述，近来虽已逐渐旺盛，但还意外的少被研究，论述到的，是成为一个社会现象的文学这东西的根本问题。换一句话，便是说到创作及鉴赏比别的种种精神底活动占怎样的位置的一种社会底研究。尤其是着眼在这一点为了初学者而著的文学论几乎可说是没有。
>
> 我早已抱憾于这一事、因而想从上面的立足点，为初学者解说文学构成及文学存立的基本条件和理由。其结果便是本书。

全书 152 页，分前后编，每编有若干章节。前编为《文学通论》，内含十章；后编为《文学批评论》，内含五章。如第一章含：《文学的定义》《暧昧的文学的词》《新模范大辞典与文学的意义》《文学这词的所以暧昧》《颇斯耐脱的观察》《诸家关于文学的定义》《华舍斯德之说》《勃鲁克之说》《瓦纳之说》《亚诺德之说》《颇斯耐脱之说》《台昆雪之说》《“知识的文学与力的文学”》《亨德之说》和《道甸之说》。最后附有《新文学概论索引》。

章锡琛，生于 1889 年，别名雪村，浙江绍兴人。1912 年至 1925 年任商务印书馆《东方杂志》编辑、《妇女杂志》主编以及国文部编辑，编辑《时事新报》《民国日报》的副刊。1926 年离开商务印书馆，组织《新女性》杂志社，1926 年 8 月创办开明书店。有关章与开明的史料颇多，大多称赞章的为人，能担当，有气魄。而笔者最早认识开明书店，却是从鲁迅先生的一句话：“这是一个刻薄的书店。”一个刻薄的书店，它的当家人也许也好不到什么地方——当年笔者就是这样推理的。而鲁迅说这话，是在 1931 年 6 月 13 日致曹靖华信中提及的，也就是在开明书店接盘未名社与“未名丛刊”之后。可以想见，当时鲁迅的“悲愤”，顺口说出这样的话，好像也没有什么可大惊小怪的。

《三姊妹》

《三姊妹》，“文学研究会丛书”，四幕剧，[俄国]柴霍甫（A. Д. ЧoxoB）著，曹靖华译，商务印书馆印刷发行，笔者所见两种版本。

第一种，民国十六年（1927）一月再版，不知印数，每册定价大洋四角五分。封面和版权页印“文学研究会丛书”。1925年8月初版，未见。

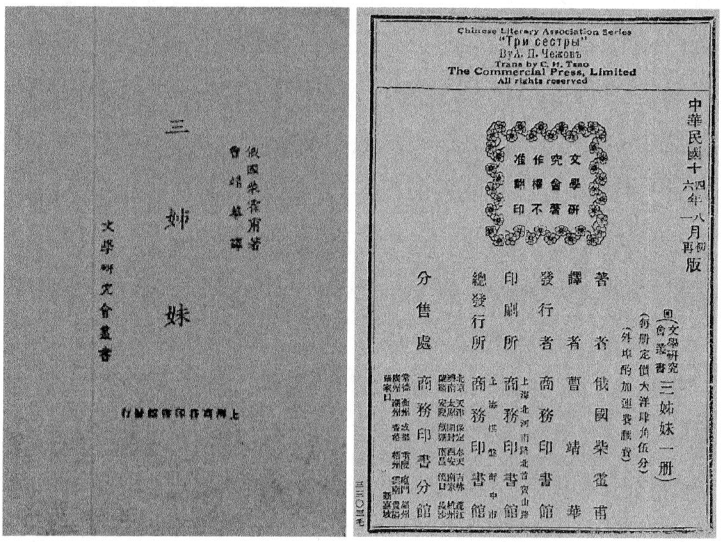

⊙《三姊妹》1927年再版封面及版权页

第二种，民国二十一年（1932）十一月国难后第一版，不知印数，每册定价大洋四角五分。封面与再版不同，版权页印“文学研究会丛书”和“上海商务印书馆谨启”。版权页上所印书名和作者名为俄文。两种版本在内容上无异。书前有柴霍甫像和柴氏别墅等照片。

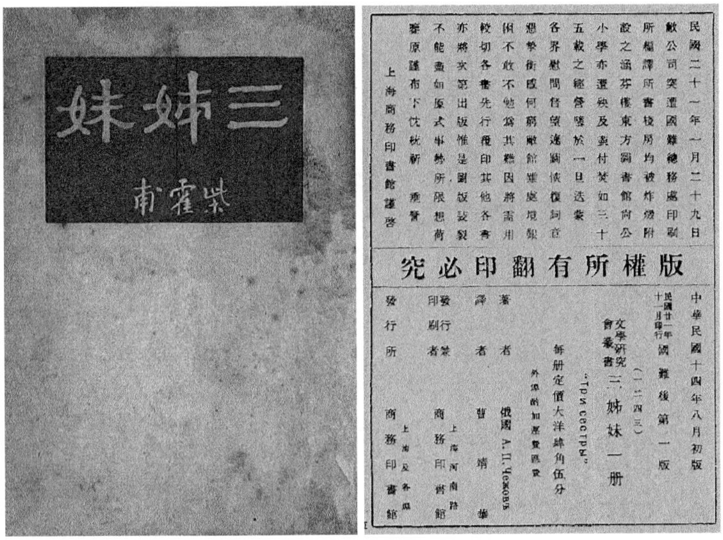

⊙《三姊妹》1932 年国难后第一版封面及版权页

全书 172 页，无目次。书末有曹靖华 1924 年 12 月写于北京的《柴霍甫评传》，近 40 页，评传分为九章，每章有标题，如第一章《柴霍甫传略》，第四章《烦闷的故事》《旷野》《我的生活》等小说；第九章《柴氏的个人主义与反个人主义的矛盾》——《对于工作的呼声是使自己心灵麻醉的一种手段》——《我们不过是后人到幸福之路上去的一道桥梁》——《柴氏的矛盾》。

曹靖华在评传中说道：

柴霍甫，是俄国很有名的小说家兼戏曲作家，于一八六〇年一月十七日生于南俄之达冈洛哥地方。他的祖父出身农奴，父亲是经营商业的。……柴氏的文学生涯，开始于一八七六年，那时他还是大学第一年级的学生，他在那时就作了些短篇小说，在日报和杂志上发表。柴氏晚年未从事于作剧；一八八六年他的第一本剧本《伊凡诺夫》出世之后，次年就在莫斯科的戈尔沙戏园里排演。他的重要的剧本有《樱桃园》，《三姊妹》，《万尼亚叔父》，《海鸥》等。此外还有几个独幕剧，都是很有趣味的。一九〇四年七月二日，柴氏死于德国，享年四十有四。

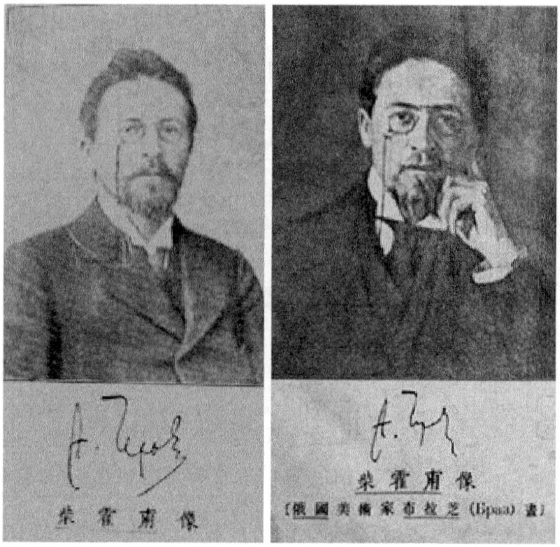

⊙《三姊妹》中的柴霍甫像两幅

这篇文章，大意是采取《柴氏文集》第一卷上的《柴霍甫传》及伊心诺夫·拉视母尼克的《俄国文学》上的论柴霍甫一章而成的。伊氏是现在俄国文坛上很有权威的批评家，所论很有独到的地方。

⊙《三姊妹》中的柴氏别墅照片

我译此书时得秋白、佩秋和柏列伟先生不少的帮助。

其实，契诃夫的剧本《三姊妹》，是经瞿秋白修改后，交郑振铎列入“文学研究会丛书”出版的。

曹靖华，在笔者印象中是苏联文学翻译的权威，1897 年生，原名曹联亚，河南卢氏人。1919 年中学时投身“五四”运动。1920 年在上海外国语学社学俄文，加入中国社会主义青年团，被派往莫斯科东方大学学习，1924 年加入文学研究会，之后往返于苏联和国内，并在大学任教和从事文学翻译。

他的译作不少，笔者几乎都亲见：《三姊妹》《白茶》《蠢货》《烟袋》《第四十一》《铁流》《一月九日》《不走正路的安德伦》《苏联作家七人集》《远方》《死敌》《我是劳动人民的儿子》《恐惧》《油船“德宾特”号》《梦》《鲜红的花》《虹》《星花》《侵略》《望穿秋水》《保卫察里津》《致青年作家及其他》《城与年》和《列宁故事》等。

《印度寓言》

《印度寓言》，“文学研究会丛书”，郑振铎编，商务印书馆印刷发行，笔者所见为民国二十二年(1933)三月国难后第一版，不知印数，每册定价大洋三角五分。封面虽为“素面朝天”一类，但增添了一些黑白图案，封面和版权页印“文学研究会丛书”，扉页设计是另一样式，竖格信笺式，右下印“文学研究会丛书 1933”，有点“开明风格”。1925 年 8 月初版，未见。

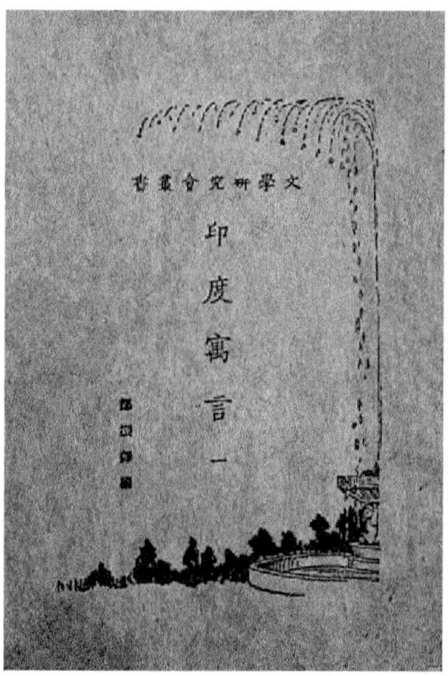

民國二十一年一月二十九日敝公司突遭國難總務處印刷所編譯所書棧房均被炸燬附設之涵芬樓東方圖書館尚公小學亦遭殃及盡付焚如三十五載之經營隳於一旦迭蒙各界慰問督望速圖恢復詞意懇摯銜感何窮敝館雖處境艱困不敢不勉為其難因將需用較切各書先行覆印其他各書亦將次第出版惟是圖版裝製不能盡如原式事勢所限想荷鑒原謹布下忱統祈垂鑒

上海商務印書館謹啓

版權所有翻印必究

中華民國十四年八月初版

民國廿二年三月印行 國難後第一版

(三九三二)

文學研究會叢書 印度寓言(一)一冊

每冊定價大洋叁角伍分

外埠酌加運費匯費

編譯者 鄭振鐸

發行兼印刷者 商務印書館 上海河南路

發行所 商務印書館 上海及各埠

⊙《印度寓言》1933 年国难后第一版封面及版权页

书前有郑振铎写于 1925 年 7 月 2 日的《序》，六页，其中说道：

一篇寓言必须注意的是(一)事实的本身,(二)道德的训条,(三)引进的人物的真实性格。事实的叙述,必须简明,只叙到一件事,不要牵牵拉拉的叙到详细处所及繁复的背景。道德的训条必须非常明白,非常亲切的织合于所叙的事实中,使每一个读者都能立刻的有同样的解释。至于所叙的动植物的性格,必须顾察到他们的天然的特性,及大家公认的性情。狐必常是狡的,兔必常是怯弱的,狮必常是勇猛无伦的,狼必常是残忍的,驴必常是愚蠢的。多数的寓言,常以善于描写这些动物的特性使读者手不忍释。如违背于这些通例,则那些必难能成为好的寓言。德国寓言作家莱森,尝作一则很有趣的寓言道：

驴对伊索说道:“以后你作寓言,讲到我时,请你使我说些聪明而有意识的话。”伊索叫道:“从你口里说些有意识的话！那末,世人将怎样的想法呢?人便要称你为道德家而称我为驴了！”……

印度寓言在欧洲流传最广者为《比尔配》(Pilpay)一书,这是乔答摩所作寓言的总集,与我们译的《百喻经》正是同类。《比尔配》在欧洲有了不少的译本。本书上册的大部分是从(P. V. Pamasrwami Raju)所选集的一本译出。还有一小部分是由别的来源得来。在《比尔配》原文里,于寓言的本文外,尚有许多的叙述,说明乔答摩说这寓言的原因及结果,又详细的解释那些寓言的本意。这里把他们都删削讽刺了。这可以使读者更感得直捷的兴趣,而不受繁辞的厌咕。下册拟选译《百喻经》及其他印度寓言。

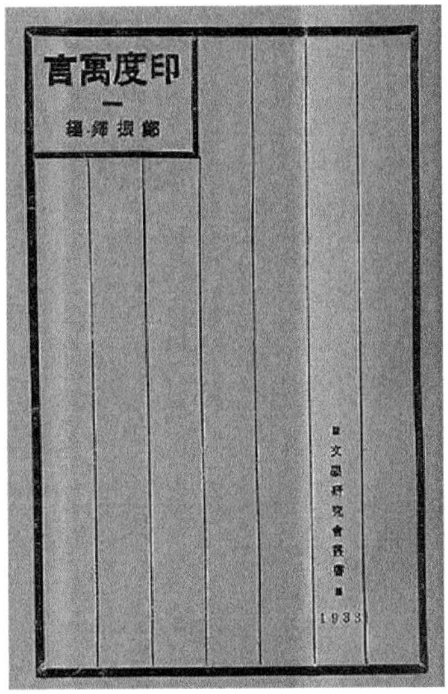

⊙《印度寓言》扉页

全书102页,收寓言55篇,如:《骆驼与猪》《金属光片与电光》《两件宝物》《多话的龟》《群兽的大宴》《蛇与鹦鹉》《剑与剃刀及皮磨》《狐与蟹》《鼓与兵士》

《聪明人与他的两个学生》《铁店》《孔雀与狐狸》《幸运仙与不幸仙》《虫与太阳》《骡与看门狗》《四只猫头鹰》《国王与滑稽者》《主人与轿夫》《兽与鱼》《愚人与热病》和《狮与象》等等。每篇寓言大多配以小插图，虽不精彩，但很直观。

《莱森寓言》

《莱森寓言》，“文学研究会丛书”，［德国］莱森著，郑振铎编译，商务印书馆印刷发行，笔者所见为民国十四年(1925)八月初版，不知印数，每册定价大洋二角。封面与素面朝天相仿，但添加小图案，增了不少生动。封面和版权页皆印“文学研究会丛书”。1927 年 1 月再版，未见。

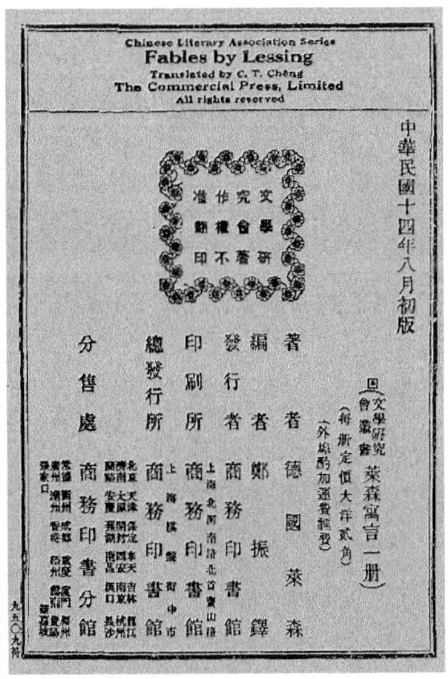

Chinese Literary Association Series
Fables by Lessing
Translated by C. T. Chêng
The Commercial Press, Limited
All rights reserved

中華民國十四年八月初版

（文學研究會叢書）萊森寓言一册
（每册定價大洋貳角）
（外埠酌加運費匯費）

文學研究會著作權不准翻印

著者　德國萊森
編者　鄭振鐸
發行者　商務印書館
印刷所　商務印書館
總發行所　商務印書館
分售處　商務印書分館

⊙《莱森寓言》1925 年初版封面及版权页

书前有郑振铎写于 1925 年 7 月 3 日的《序》，其中说道：

寓言是不很容易作的。自古代到了现在，成功的寓言作家，屈指数来，不到十余人。在欧洲，最著名的自然是希腊的伊索。伊索之后，法有拉芳登(La Fontaine)，俄有克鲁洛夫(Krylov)，德有莱森(Lessing)。这几个人都是很成功的寓言作家。

莱森(Gotthold Ephraim Lessing)生于一千七百二十九年，是他的时代中著作方面最繁多的作家，与歌德(Goethe)及席勒(Schiller)齐名。他早年在利百兹(Leipzig)及柏林(Berlin)读书。后来成了一个诗人、寓言作家、戏剧家、批评家。他的第一篇剧本《少年学者》，即使他得了"德意志的莫里哀"的称号。他的批评著作《拉奥孔》(Laocoon)是十八世纪的所有批评著作中的最伟大者。他的《寓言》(Fabeln)出版于一千七百五十九年。此外尚有许多重要的著作。

他的死年是一千七百八十一年。……

莱森的《寓言》，我未见有译的全本。这里所译的，只不过是我所见到的数十则的选本。将来有机会得到全本，当更补译出以呈于读者。

全书 52 页，收寓言 33 则，每页均有插图。如《驴与赛跑的马》《二狗与羊》《梭罗门的鬼魂》《象棋中的武士》《周比特与马》《麻雀》《来洛甫士》《羊仙人的赠品》《驴与狮》和《群兽争长》等。

版权页后有《中国寓言》《伊索寓言》和《伊索寓言演义》以及"文学研究会丛书"书目广告。

《线下》

《线下》，“文学研究会丛书”，叶绍钧著，商务印书馆印刷发行，笔者所见两种版本。

第一种，民国十五年(1926)十二月再版，不知印数，每册定价大洋七角。封面和版权页皆印“文学研究会丛书”。1925年10月初版，未见。

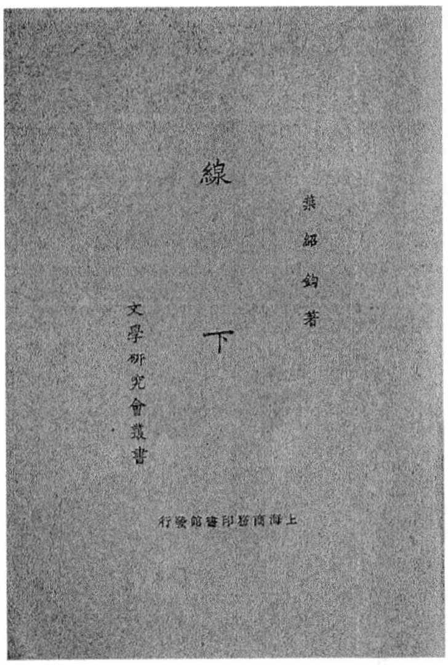

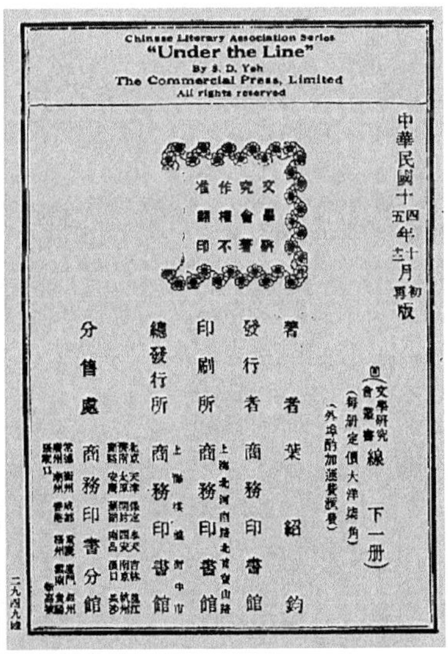

⊙《线下》1926年再版封面及版权页

第二种，民国二十四年(1935)五月国难后第二版，不知印数，每册定价大洋七角。版权页和扉页印“文学研究会丛书”。封面设计与初版本截然不同，仅在左上方印手写体的书名，其他一片空白。扉页设计是一种特定形式，不少“文学研究会丛书”的扉页采用此形式，线框、线条与叶纹的组合，颇有装饰性。1932 年 9 月国难后第一版，未见。

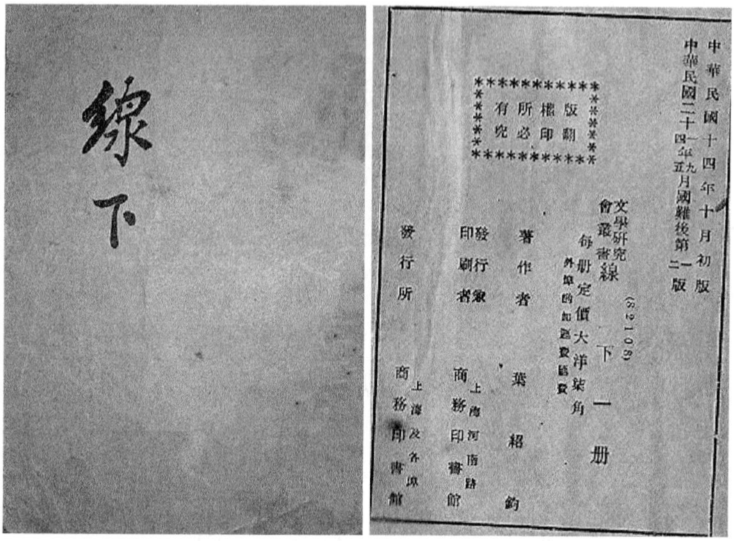

⊙《线下》1935 页国难后第二版封面及版权页

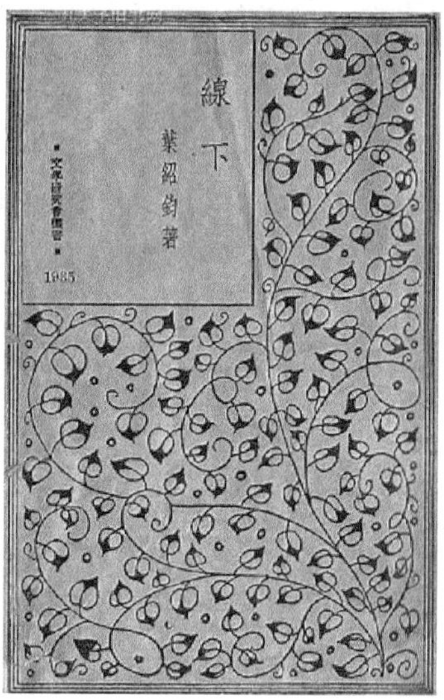

⊙《线下》1935 年版扉页

原以为三版的封面与第一种“素面朝天”的初版和再版相同，其实不然，而是仅手写书名。这便提出一个问题：两种不同构图的封面，到底各有哪些版次？很难回答，原因有二：其一，不知有多少种封面设计；其二，不知出了多少版次。

全书 242 页，无序跋，收小说 11 篇：《孤独》《平常的故事》《游泳》《桥上》《校长》《马铃瓜》《一个青年》《春光不是她的了》《金耳环》《潘先生在难中》和《外国旗》。

版权页后有“文学研究会丛书”书目广告 2 页。

笔者曾见过与《线下》“相反”的《线上》，曹原著，长篇小说，北京艺术与生活社 1943 年 7 月初版，“艺术创作文库”之一种。碰到此类相对应的版本，感觉有趣，故此一存。

《我的生涯》

《我的生涯》,“文学研究会丛书”,副题是《一个俄国农妇自述》,[俄国]托尔斯泰(L. Toltoy)编定,李藻译,商务印书馆印刷发行,笔者所见为民国十五年(1926)十二月再版,不知印数,每册定价大洋四角五分。封面和版权页皆印“文学研究会丛书”。1925 年 11 月初版,未见。

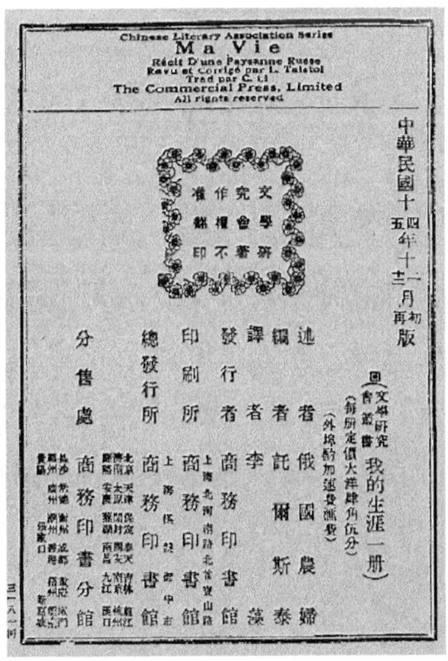
Chinese Literary Association Series
Ma Vie
Récit D'une Paysanne Russe
Revu et Corrigé par L. Tolstoi
Trad par C. Li
The Commercial Press, Limited
All rights reserved

中華民國十四年十一月初版
中華民國十五年十二月再版

文學研究會版權所有不准翻印

(文學研究會叢書)我的生涯一册
(每册定價大洋肆角伍分)
(外埠酌加運費匯費)

述者 俄國農婦
編者 託爾斯泰
譯者 李藻
發行者 商務印書館
印刷所 上海北河南路北首寶山路 商務印書館
總發行所 上海棋盤街中市 商務印書館
分售處 商務印書分館

⊙《我的生涯》1926 年再版封面及版权页

全书 144 页,书前有译者写于 1924 年 3 月的《引言》,4 页,其中说道:

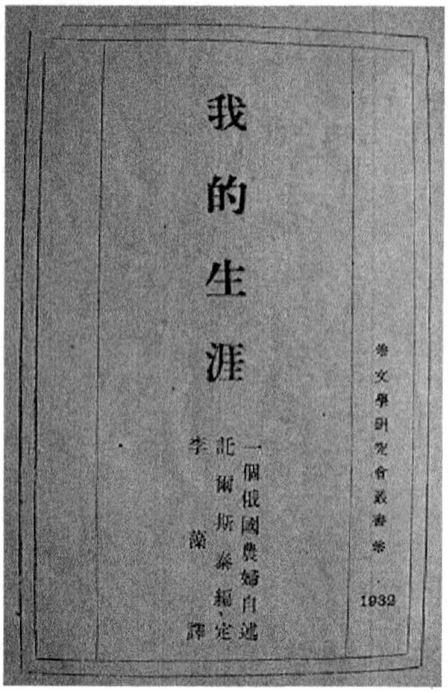

⊙《我的生涯》1926年再版扉页

此书由法国厦尔莱·沙罗门(Charles Salomon)君译为法文,于一九二三年十月出版。

沙罗门曾亲访托尔斯泰,托氏令其以此为学习俄文之课本。沙氏以这译述,颇能活跃的写出著者原来之精神及原书之文情,延至去年,此译本始公刊于世。托氏死后,沙氏尚居俄国,日与托氏夫人苏菲·昂德维娜(Sophie Andreievna)谈论托氏生平及其著作之根源,苏菲抄写《战争与和平》有多少次。在一八九三年托氏以此书示于其夫人,甚赏叹之,并述其来源。托氏老年,常一人散步于森林内,骑马游景,或洗浴河中,其情况可想。

托氏死后一年,沙罗门于一九一一年曾亲至托氏偕其婿米色·赛该维亚(Michel Sergueovitch)及其女达娣阿娜·老凡夫娜·苏考娣娜(Tatiana Lvovna Soukhotina)出家后所死之地,高柴底(Kotchety)得与主人们重叙其当年快事,而得补入此书中为俄政府所检查删去者。……

另有达娣阿娜·老凡夫娜·苏考娣娜给厦尔莱·沙罗门的信,之后分为34部分叙述,有小标题,标题长到如同一个短句。如《阿妮沙对于米卡义实禄之失爱的爱。家人使其嫁达尼鲁。达尼鲁的养母高斯丽喀向阿妮沙父母求婚》等。其实,看过这一章节的内容,标题完全可用两字概括:《求婚》。看来,这位译者的功力实属一般,缺乏最起码的概括能力。

《玛丽》

《玛丽》,“文学研究会丛书”,敬隐渔著,商务印书馆印刷发行,笔者所见两种版本。

第一种,民国十六年(1927)二月再版,不知印数,每册定价大洋三角。封面和版权页皆印“文学研究会丛书”。1925 年 12 月初版,未见。

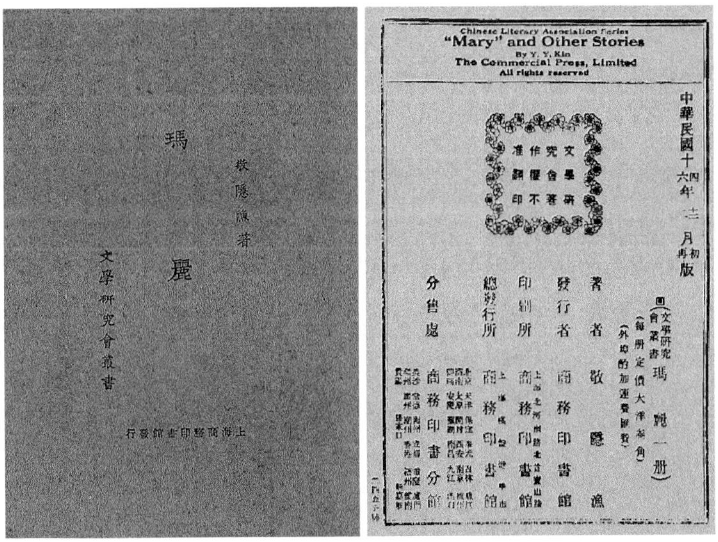

⊙《玛丽》1927 年再版封面及版权页

第二种,民国二十一年(1932)九月国难后第一版,不知印数,每册定价大洋三角。封面与一般“文学研究会丛书”不同,版权页印“文学研究会丛书”并印“上海商务印

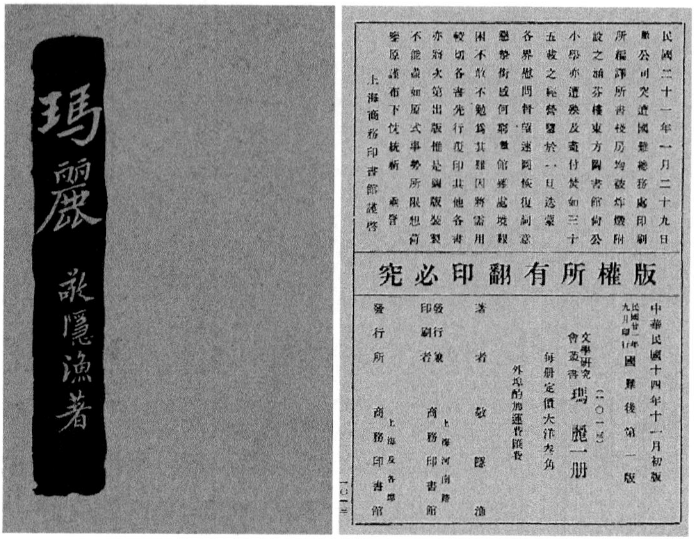

⊙《玛丽》1932 年国难后第一版封面及版权页

书馆谨启”。1931 年 3 月三版，未见。

在“版权所有”处，花线框内印有：“文学研究会著作权不准翻印”，由此可推断：文学研究会会员的著作，其版权属于文学研究会？或者说会员的版权由文学研究会出面保护？

全书 85 页，收短篇小说四篇：《养真》《玛丽》《嫣娜》和《宝宝》。

在版权页后，有“文学研究会丛书”书目广告，52 种，详目见书前《小引》。

敬隐渔，四川遂宁人，生于 1901 年，是家中的次子，1930 年投海自尽，只活了 29 岁。他的一生为中国和法国文学事业奋斗，他的名字总和获 1915 年诺贝尔文学奖得主罗曼·罗兰联系在一起。据说，他 10 岁时父母双亡，被教会收留并在那里长大。“敬隐渔”便是教会神父给他起的受洗名。

他的文学著作，除《玛丽》外，还有一种是小说译作，巴比塞著《光明》。

《旅途》

《旅途》,“文学研究会丛书”,张闻天著,商务印书馆印刷发行,笔者所见两种不同封面的版本。

第一种,民国十五年(1926)十二月再版,不知印数,每册定价大洋六角。封面和版权页印“文学研究会丛书”。1925 年 12 月初版,未见。

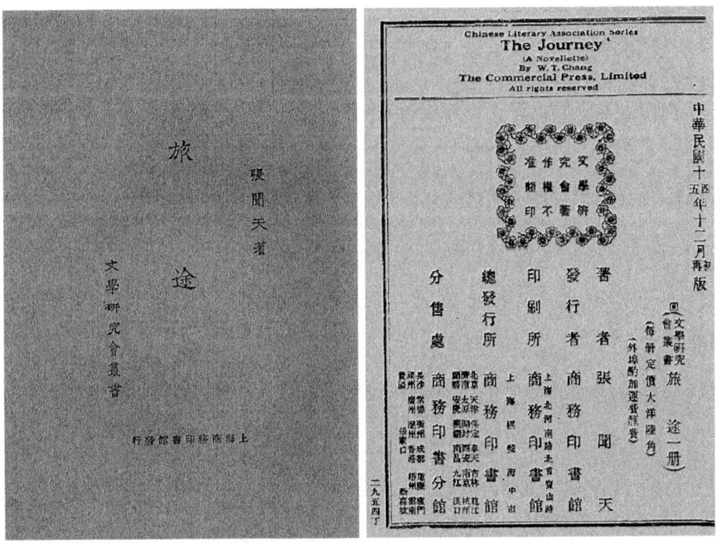

⊙《旅途》1926 年再版封面及版权页

第二种,民国二十年(1931)一月三版,不知印数,每册定价大洋六角。封面与素面朝天不同,左侧印书名和作者名,白字红底。版权页印“文学研究会丛书”。1933

年 1 月国难后第一版，未见。

全书 198 页，分上下部(在一些资料上称“上中下”)，无序跋。

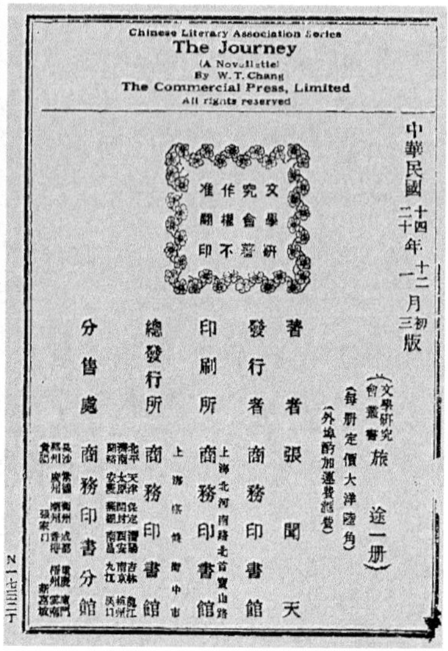

Chinese Literary Association Series
The Journey
(A Novelette)
By W. T. Chang
The Commercial Press, Limited
All rights reserved

中華民國十四年十二月初版
二十年一月三版

文學研究會著作權不准翻印

(文學研究會叢書)旅途一册
(每册定價大洋陸角)
(外埠酌加運費匯費)

著者 張聞天
發行者 商務印書館
印刷所 商務印書館
總發行所 商務印書館
分售處 商務印書分館

⊙《旅途》1931 年三版封面及版权页

版权页后有“文学研究会丛书”广告 14 种，广告词写得简明扼要，如介绍王统照《一叶》的广告词是：“王统照君以婉妙细腻的文笔，叙写人生的悲感。为何人生之弦音上，都鸣出不和谐的调子？为何生命是永久地如一叶的飘坠地上？欲答此问，请看此创作小说。”

《工人绥惠略夫》的广告词是：“俄国阿尔志跋绥夫，鲁迅译，是一部革命的书。社会改造，究竟是靠淋着血的破坏手段得来呢？还是靠爱之宣传？这是当时俄国青年思想上的难问题。这书把这思想完全反映出来了。”商务版“文学研究会丛书”的广告词，写得相当“精彩”，大多出自名家之手，如叶绍钧等。

张闻天早期出版的文学著作并不多，留存至今的版本则更少，以笔者之见，就其特殊的身份，其早期的文学著作版本，无论从文学史料的价值，还是从经济保值的角度看，都已经可归之于“新文学善本书”之列。

张闻天的文学著作版本书目可留存，以供收藏者“按图索骥”：《旅途》(文学研究会丛书，商务印书馆 1925 年 12 月初版)，《青春的梦》(少年中国学会小丛书，三幕剧，中华书局 1924 年 12 月初版)，《狗的跳舞》(戏剧，安特列夫著，张闻天译，商务印书馆 1923 年 12 月初版，文学研究会丛书)，《盲音乐家》(小说，科路伦科通译著，张闻天译，中华书局 1924 年 5 月初版，中国少年学会丛书），《琪珴康陶》（戏剧，丹农雪乌著，张闻天译，中华书局 1924 年 10 月初版，中国少年学会丛书）。另外还有一种是与汪馥泉合译的《狱中记》（王尔德著，商务印书馆 1922 年 12 月初版）。

《社会的文学批评论》

《社会的文学批评论》,“文学研究会丛书”,[美国]蒲克女士著,傅东华译,商务印书馆印刷发行,笔者所见为民国十五年(1926)一月初版,不知印数,每册定价大洋五角。封面设计又是一种式样,封面和版权页印“文学研究会丛书”。

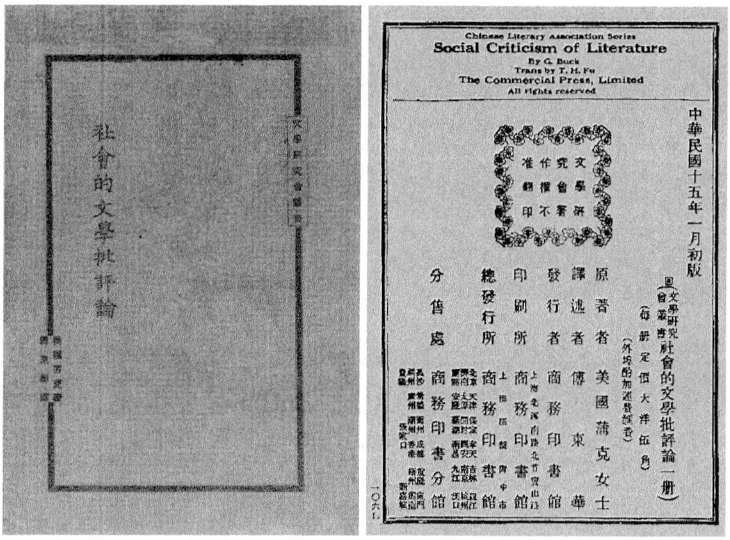

⊙《社会的文学批评论》1926 年初版封面及版权页

书前有译者 1925 年“补序于西湖”的《译序》,其中说道:

蒲克女士此著,虽是一本小册子,却已把社会的文学批评说义蕴毕宣，我以为这种学说介绍到中国之后，至少可以矫正我们传统上把著作当做“名山之业”的这种见解，而使文学平民化的倾向可以加重。

我们向来有一种“此有功世道人心……云乎哉?!”的文学批评式；这粗看似乎便是社会的文学批评，其实不然。因为这所谓“世道人心”，实际只是极狭义的道德。文学批评而果以狭义的道德为标准，则除提倡教训主义的文学外别无能事了。所以我们读蒲克女士此著时，断乎不可误认她这种学说是我们中国所固有的；我们须晓得这种学说不但在中国要算创见，便是在欧、美，也要算是新的。

唯其为新的学说，所以我译这书时，只竭力求意义的显豁；因力求显豁的结果，所以我的译文对于原文词句上——尤其是举例——不免有损益之处——这是要请读者格外原谅的。

全书 87 页，分四章：《批评常说之一团纠纷》《比较宏大的批评说》《批评的标准》和《批评家的职务》。

版权页后有两页“文学研究会丛书”书目广告。

《一生》

《一生》,“文学研究会丛书”,中篇小说集,[法国]莫泊三(莫泊桑)著,徐蔚南译,商务印书馆印刷发行,笔者所见为民国十五年(1926)一月初版,分上下册,不知印数,每册定价大洋一元二角。封面和版权页皆印“文学研究会丛书”。

全书186页,分14章,无标题,以“第一、第二……”标示。

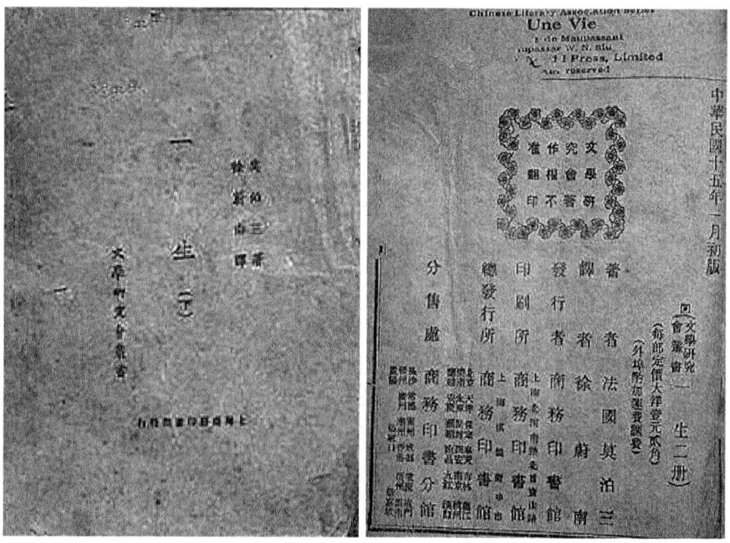

⊙《一生》1926年初版(下)封面及版权页

书前有沈雁冰的1925年7月15日写于上海的《一

生序》,将近40多页,可谓冗长!其中说道:

> 莫泊三的《一生》发表于一八八三年,刚是他逝世的前二年。离他第一成名的小说《La Maison Tellier》不过两年。
>
> 莫泊三是一个悲观者。他对于人生的观察觉得是无往而非丑恶卑鄙无耻的。他只看见人间的兽性。
>
> 蔚南先生要我为本书做一篇序言,言莫氏平生并论自然主义文学之优劣,以我的浅学,何敢自承对于莫泊三别有灼见,故即有所论述,亦无非抄拾西方评论家的老话罢了,不但蔚南见之作恶,恐怕读者也是十分讨厌罢。不如索性偷懒,一本书也不用,来替本书做个提要,这或者对于读书的人有些少的用处——但是亦居然冒称为"序"了。

译者徐蔚南,生于1900年,原名毓麟,笔名半梅、泽人,江苏盛泽人。日本庆应大学毕业,归国后在绍兴任教。1924年经柳亚子推荐参加新南社。1925年在复旦大学实验中学任国文教员,从事文学创作,以《山阴道上》享誉文坛,并加入文学研究会。从1928年起任世界书局编辑,主编"ABC丛书"。抗战胜利后主持《民国日报》复刊,任《大晚报·上海通》主编,以及上海通志馆副馆长兼大东书局编纂主任。一生虽以办报编书为业,但著作也不少,如散文集《春之花》《水面落花》《乍浦游简》《从上海到重庆》《寄云妹的信》《新生》《童年的梦》和《鸭绿江畔》;小说集《都市的男女》《幽默大观》《小主妇》和《血与泪》;译作《一生》《法国名家小说集》《茂娜凡娜》《小小的温情》《女优泰伊思》《她的一生》《孤零少年》《老处女》《时代的智慧》《新婚之夜》《圣诞礼物》《泰绮思》《基督山恩仇记》《巴朗先生》和《荡》。

《盲乐师》

《盲乐师》,“文学研究会丛书”,[俄国]克罗连科(W. G. Korolenko)著,张亚权译,耿济之校,商务印书馆印刷发行,笔者所见两种版本。

第一种,民国十五年(1926)一月初版,不知印数,每册定价大洋七角。封面和版权页皆印“文学研究会丛书”。

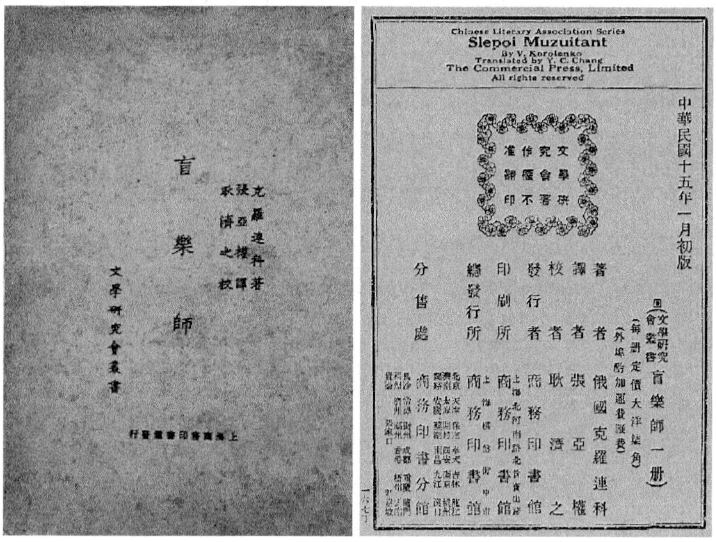

⊙《盲乐师》1926年初版封面及版权页

第二种,民国二十二年(1933)十月国难后第一版,不知印数和定价。封面印“文学研究会丛书”。初版和国难

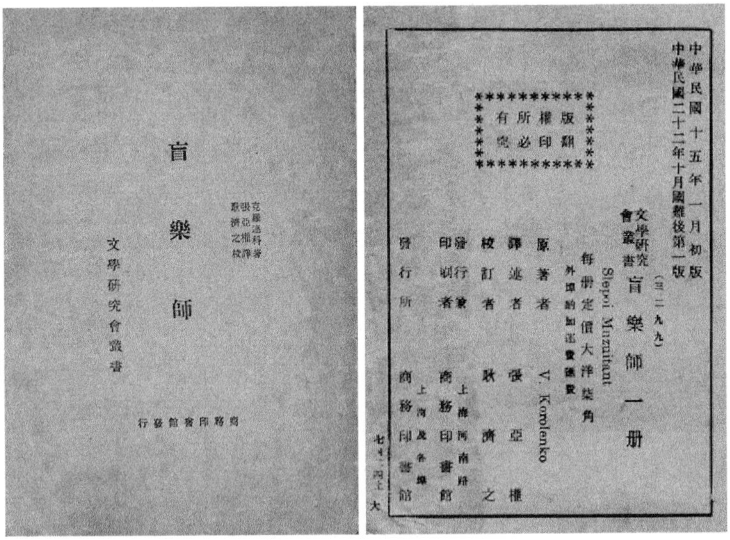

⊙《盲乐师》1933 年国难后第一版封面及版权页

后第一版，封面相似，仅字体不同，初版为楷体，第一版为宋体。

全书 253 页，分七章加一尾声。版权页后有“文学研究会丛书”书目广告两页。

书前有克罗连科的肖像，另有耿济之的《耿序》和《译者自序》。《耿序》四页，写于 1925 年 3 月 30 日，其中说道：

> 挚友张亚权爱好俄国文学。当他与我同在俄国，朝夕一同办事的时候，我每劝他译几部最心爱的俄文学作品，以献国人。他首先选出克罗连科的《盲乐师》一书，说这是他平日最爱读的一书。我当时极力怂恿他着手译出，他答应了，却以我替他校阅和作序为条件。
>
> 事隔两年，亚权早于一年前回国去。从信札里我晓得他的译述虽然走得极慢，却没有停顿着；新近他译成后特地将稿本邮寄来，要求我履行条件。我也是爱读《盲乐师》琵琶之一人，怎能不乐为之序呢？……
>
> 至于我友张亚权的译文经我校阅一过，文字和意思方面都无若何错误。译笔亦极忠实，固然略嫌不甚华丽。书中有不少难译处，却是极重要，极传神之笔，亚权在翻译时颇用工夫。译成后我总觉与原文稍有不能传达真情的地方。我校阅时颇想加以修改，可是想了半天，也找不到适当的中文，比

原译稿更好的，足以传达原文流利秀美的语调。一方面固然惭愧我译文学的艺术之浅，他方亦可见本书之难译。这是我校阅时的一点意思写在上面。

本书已有张君闻天的译本，据说是从英文译的。但是文学作品的重译不但没有什么妨碍，而且还可得切磋之效。至于这两译本孰优孰劣，我不敢轻加批评，因为两本系自两种文字译成。张闻天的译本或许有与原文不符之处，但是其错误或须归在他所根据的英译本身上，亦未可知。这是我不敢轻加批评的原因。

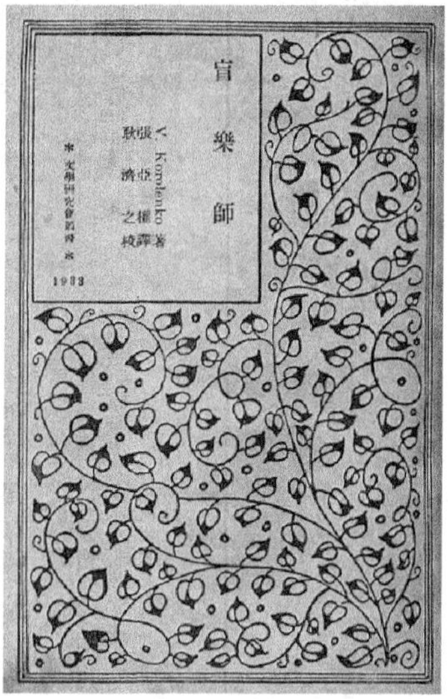

⊙《盲乐师》1933 年版扉页

⊙ 克罗连科肖像

《耿序》之后有译者的《自序》，1924 年 5 月 21 日写于京邸：

我国近年来社会上一般的学者，努力于翻译的人实在不算少。然而能求他字斟句酌，将原文的本意完全译出恐怕不可多见。我常言译书之难莫难于文学；因为各国文学，都有各国文学的优点，译者想把那种的优点移到自己的国语方言上，不但两国的风俗民情以及文法构造，势有难相符合；即本人笔墨能否皆曲尽周详，谈理则层次不紊，使阅者步步深入，无隔阂难明之苦；写景则清新如画，使读者如身临其境，有近悦远玩之乐，实在不可必定。那末惟一补救的法子，就是国中译者对于文学作品不妨重译总期其明显精确而后已。曩者，余在俄国时读俄国文学家克罗连科所著《盲乐师》一本；见其中描写盲人心理及对于光亮与环境等等的想像非常精微入理。所以鄙人始从而译之。比功及垂成，见报端载张君闻天亦有此种译本已先我而出，故将未竟之稿搁置。旋由俄驾车回国，见张君闻天之译本，系由英文中译出者，不但篇章节目与原著不同，即一切情事及作者主要的理论，亦有许多缺略下去的：如第四章第四节原著中有“人就像无尽头生活索练上的一只铁环一般，不过这条铁索赖人而递传，从遥远的已过牵引到无尽头的将来……”这都是精华所在，而张君闻天之译本中都简略下去，不能不让人有些遗憾。所以鄙人虽不能文，然以矫枉杜弊之心切，故又将已停顿之工作继续完成之，以副精益求精确益求确的意思。如果将来的同志们将此译本之不足，再为指出，是尤为鄙人之所至盼，尚望读者有以教我。

《诗学》

《诗学》，“文学研究会丛书”，[希腊]亚里斯多德(Anistoteles)著，傅东华译，商务印书馆印刷发行，笔者所见两种版本。

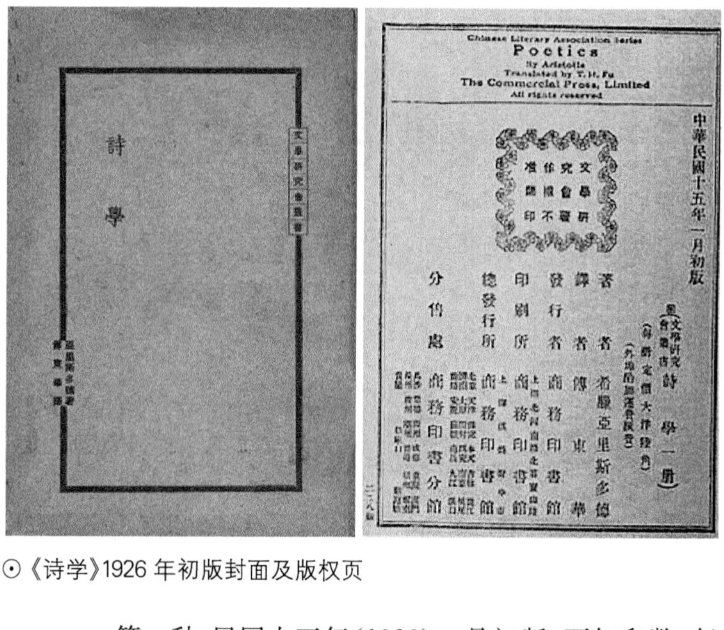

⊙《诗学》1926 年初版封面及版权页

第一种，民国十五年(1926)一月初版，不知印数，每册定价大洋六角。封面和版权页皆印“文学研究会丛书”。书前有亚里斯多德塑像。

第二种，民国二十四年(1935)五月国难后第二版，不知印数，每册定价大洋六角。封面和版权页皆印“文学研究会丛书”。1933 年 3 月国难后第一版，未见。

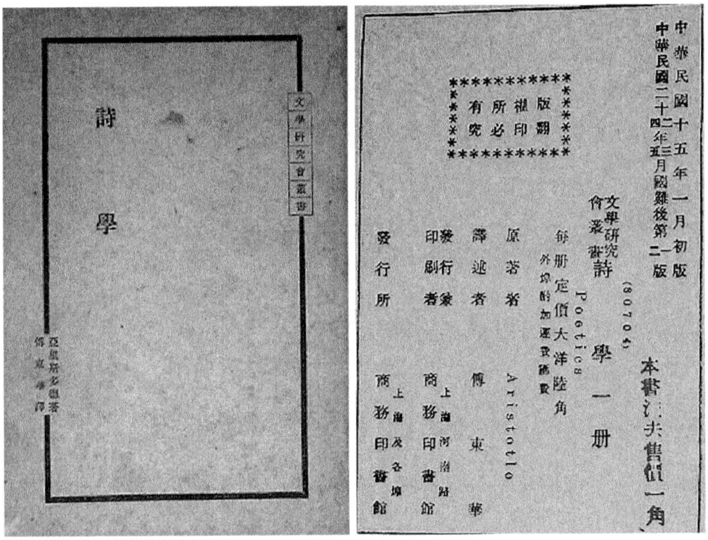
詩學

文學研究會叢書

亞里斯多德著

傅東華譯

中華民國十五年一月初版

中華民國二十四年三月國難後第二版

(80704)

文學研究會叢書 詩學一冊 Poetics

每冊定價大洋陸角 外埠酌加運費匯費

原著者 Aristotle

譯述者 傅東華

發行兼印刷者 商務印書館 上海河南路

發行所 商務印書館 上海及各埠

版權所有 翻印必究

⊙《诗学》1935 年国难后第二版封面及版权页

两种版本的封面基本相同，仅书名字体不同，初版为楷体，国难后第二版为宋体。

全书 121 页，收文三篇：《提要》《诗学》和《读诗学旁札》。

书前有译者 1925 年 7 月 28 日“校订完毕”后写的《重校译序》：

⊙《诗学》中的亚里斯多德像

> 《诗学》的第一次译稿既在《小说月报》发表之后，承朋友们的好意，通知我，说我的译文错误实在不少，在它重印作单行本之先，更逐句和原文核对一过，果然发见全错者三四处，字句未安者数十处，排印错误者数十处，兹为一一改正，几乎已经易稿。这样易稿的结果，虽不能说对于原文已经毫无出入，却总比初稿少些错误了。但我更希望朋友们和读者再替我指出错误，使我再版时可以改正，因以减轻我唐突前贤的罪孽。

不过有一层须得声明，我现在的译本是根据布乞尔(S. H. Butcher)的英译本重译的。我在别的书里，也曾见过节引《诗学》的地方，虽属断片的，却已与布乞尔本不无出入。布乞尔的好丑不可知，惟其他各家译本之不能与布本完全一致，则可断定。我今既完全根据布本翻译，所以只能对于布乞尔负责，对于其他各家之译本不能负责，并且也不能对于亚里斯多德的原文负责。

当初我译此书，觉得它这种风格，似乎用文言翻译比较便利，现在也就不改了。

做《读诗学旁札》的意思，原想用它来发明《诗学》的意义，但也实在简陋得很。他日有暇，还希望把布乞尔所著的 Aristotle's Theory of Poetry and Fine Art 全文译出来；但若有先我而译者，则尤所欢迎。

《雕刻家米西盎则罗》

《雕刻家米西盎则罗》，“文学研究会丛书”，李金发著，商务印书馆印刷发行，笔者所见为民国十五年(1926)九月初版，不知印数，每册定价大洋七角。封面书名、作者名由“蔡元培题”，版权页印“文学研究会丛书”。

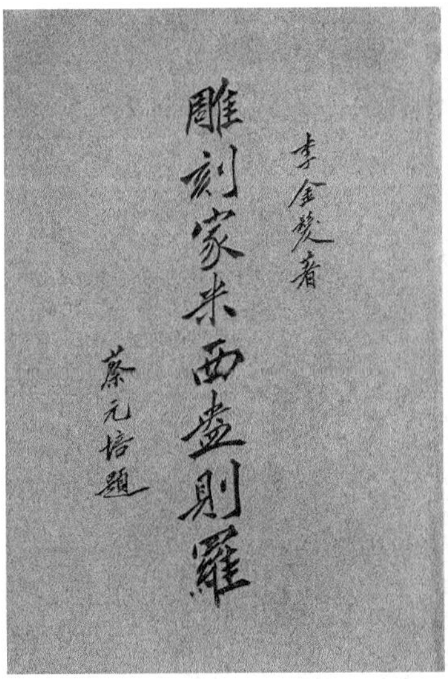

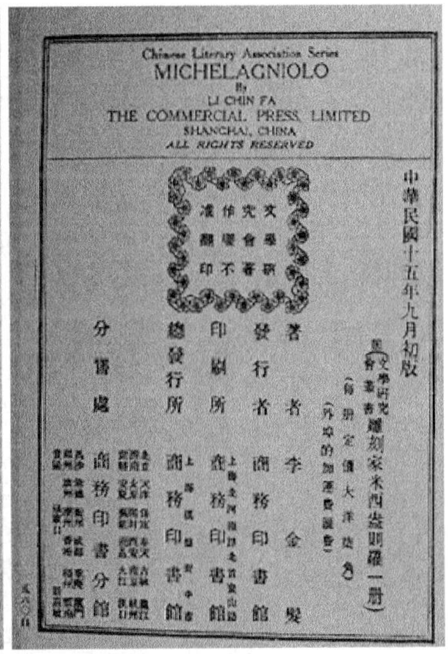

⊙《雕刻家米西盎则罗》1926 年初版封面及版权页

全书 104 页，无序跋，有插图 27 幅。

书前有“本书著者的其他作品”六种：《为幸福而歌》(诗集，商务版)、《意大利及其艺术》(即出，商务版)、《微雨》(诗集，北新版)、《荒年的食客》(诗集，北新版)、《范伦纳的诗选》(译诗,开明版)和《古希腊恋歌》(译诗,开明版)。

⊙《雕刻家米西盎则罗》扉页

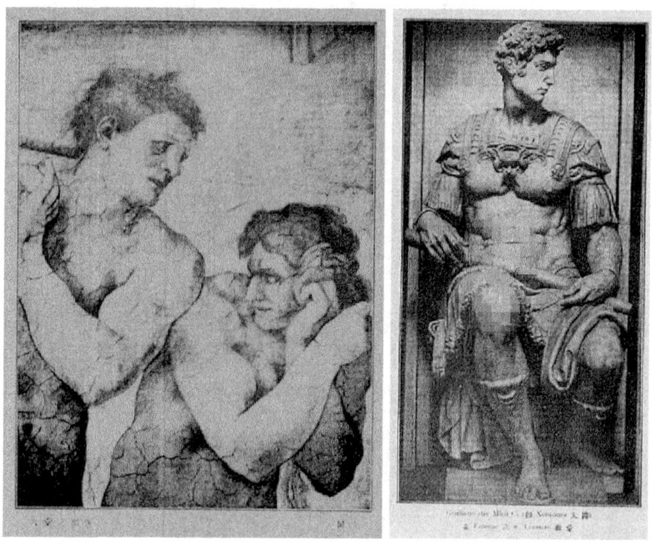

⊙《雕刻家米西盎则罗》插图两幅

《孤雁》

《孤雁》，“文学研究会丛书”，短篇小说集，王以仁著，商务印书馆印刷发行，笔者所见两种版本。

第一种，民国十六年（1927）九月再版，不知印数，每册定价大洋五角五分。封面和版权页皆印“文学研究会丛书”。1926 年 10 月初版未见。

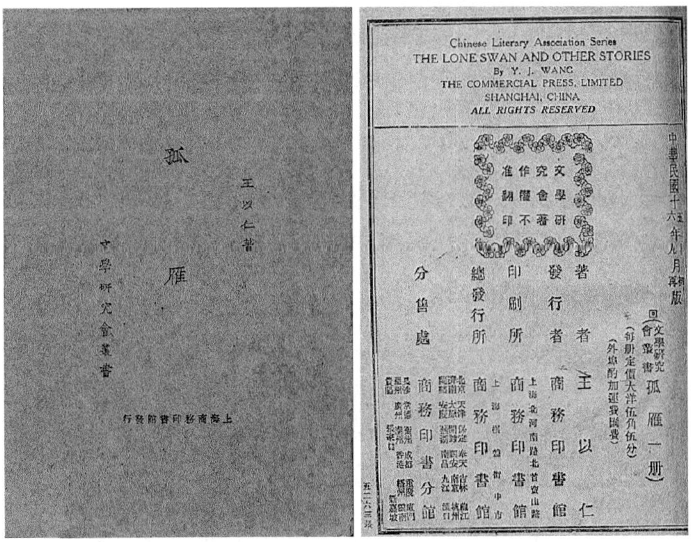

⊙《孤雁》1927 年再版封面及版权页

第二种，民国二十四年（1935）四月国难后第二版，不知印数，每册实价新法币四元五角（贴纸）。封面与一般“文学研究会丛书”不同，版权页印“文学研究会丛书”，上方印“上海商务印书馆谨启”。1933 年 1 月国难后第一版，未见。

全书 178 页，收文六篇《孤雁》《落魄》《流浪》《还乡》《沉缅》和《殂落》。每文后皆注明写作地址，如《孤雁》，“8 月末日写于新宝华船中”，《落魄》“重阳节写于沪南贫民窟中”等。

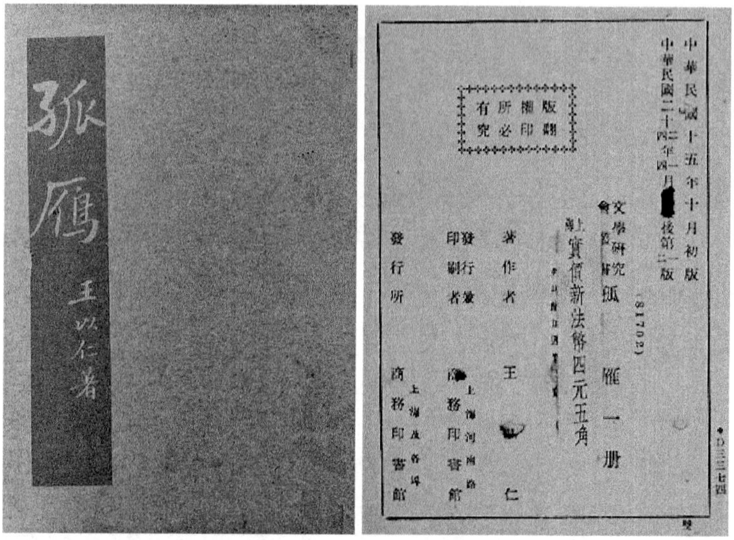

⊙《孤雁》1935 年国难后第二版封面及版权页

书前有《我的供状》(代序)——致不识面的友人的一封信》(1 月 27 日夜作毕于上海旅次)。见到此书的书名，也便自然想起崔涂的五言律诗《孤雁》：“几行归塞尽，念尔独何之。暮雨相呼失，寒塘欲下迟。渚云低暗度，关月冷相随。未必逢矰缴，孤飞自可疑。”如果变成“影像”的话，便是：一只悲伤而执着的孤雁，不饮，不啄，一个劲儿，飞着，叫着，追寻着同伴……同时也让人想起王以仁的字“盟鸥”。所谓“盟鸥”，即与鸥鸟订盟同住水乡。陆游诗《雨夜怀唐安》：“小阁帘栊频梦蝶，平湖烟水已盟鸥。”有人八卦了一下，认为这是他“一生归结的箴语”。

王以仁，生于 1902 年，字盟欧，浙江天台人。1924 年起，其小说、散文、诗歌不断地在《小说月报》等刊物发表。1926 年夏秋失踪，疑从轮船跳海自杀。生前留下的一本著作就是《孤雁》，六封独立成篇的书信组成一部中篇，写一个知识青年，最后呕血而亡，仿佛是在写他自己。王死后，许杰等把他的遗著残稿编成《幻灭》(《王以仁的幻灭》)，许写长序，记述王短暂的一生。王以仁是文学研究会会员，作品风格受郁达夫影响，凄苦变态的人物心理，忧郁感伤的情调，亦叹亦咏的笔致，难怪郁达夫也称：“他是我直系的传代者。”

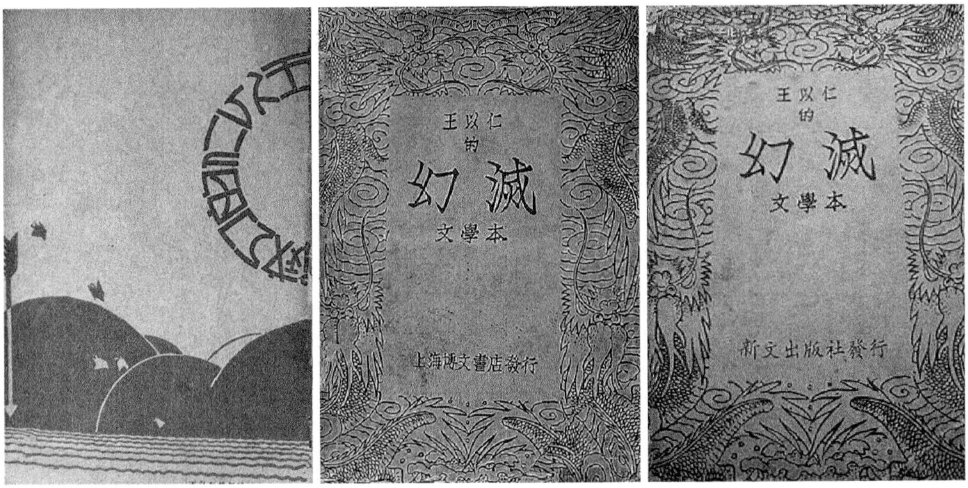

⊙《王以仁的幻灭》三种版本从左至右分别为：明日书店 1931 年版、博文书店 1938 年版、新文出版社 1946 年版

王以仁失踪后，许杰推想失恋的王以仁，独自在甲板漫走，不慎跌入海中而幻灭了。并在北新《狂飚》上刊登《寻人启事》，但都无回音。继许杰后，王任叔、郁达夫也纷纷在报上打听诗人的消息，郁达夫在报上写了篇《打听诗人的消息》：“天台诗人王以仁，出家已及半载，生死未卜，而吊他怀他，打听他消息的人，只有一个许杰……我与他，本来有一面之识，并且和他两位朋友许杰和陈震也很熟悉，所以在此地，很想怀一怀他，来打听他一个下落。”并回忆道：“他的面孔，黄瘦像一张营养不良的菜叶。头发大约有好几个月不剪了，蓬蓬的乱覆在额前。穿的是一件青洋布半新大褂，样子很落拓，但态度很骄傲。”

《王以仁的幻灭》，笔者见到过三种版本，1931 年明日书店版，1938 年博文书店版，1946 年新文出版社版。三种版本中“博文”版与“新文”版封面相同，“明日”版与之完全不同。但三种版本的内容相同。书前有许杰的代序《王以仁的幻灭》，另分三卷，第一卷收文七篇：《神游病者》《泪痕的狼籍》《定姑之死》《楚渔》《暮春时节》《枇杷》《七夕》；第二卷收文两篇：《幻灭》《飘泊的云》；第三卷收文八篇：《落花曲》《哀歌》《林中早行》《读祈祷后的祈祷》《鸡鸣声中》《露珠》《哀中国》《灵魂的哀歌》。另有附录三篇：《打听诗人的消息》（郁达夫）、《秋夜怀以仁》（许杰）和《补记》（剑微）。附录实为第四卷，未标明。许杰原想编为六卷，另两卷分别是“以仁给我的短信”和“以仁的批评文字”，后因许杰离开上海时没收齐所有原稿，故只好以四卷（三卷一附录）成书出版。

笔者在此文中附录王以仁逝世后出版的三种不同版本的遗著《王以仁的幻灭》书影及内容，那是因为王以仁在世时只出过一种著作，而这一种又与遗著紧密相连，故无法脱离，只有作有机的联系，才能更清晰看清作者的完整面貌。

《惨雾》

《惨雾》,“文学研究会丛书”,短篇小说集,许杰著,商务印书馆印刷发行,笔者所见两种版本。

第一种,民国十五年(1926)十月初版,不知印数,每册定价大洋九角。封面和版权页皆印“文学研究会丛书”。

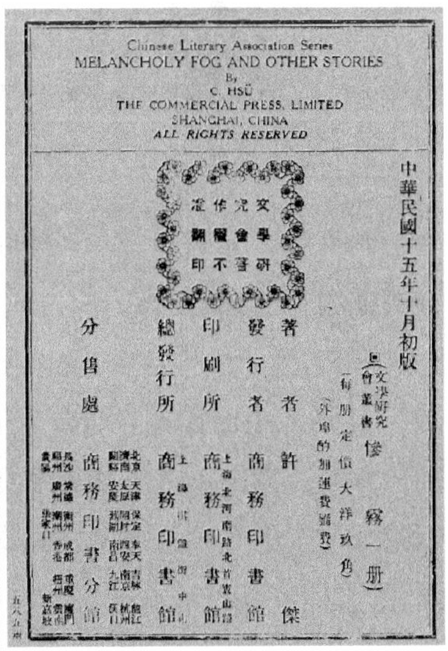
Chinese Literary Association Series
MELANCHOLY FOG AND OTHER STORIES
By
C. HSÜ
THE COMMERCIAL PRESS, LIMITED
SHANGHAI, CHINA
ALL RIGHTS RESERVED

中華民國十五年十月初版

(文學研究會叢書)慘霧一册

(每册定價大洋玖角)

(外埠酌加運費匯費)

著者 許傑

發行者 商務印書館

印刷所 商務印書館

總發行所 商務印書館

分售處 商務印書分館

⊙《惨雾》1926 年初版封面及版权页

第二种,民国十七年(1928)十月再版,不知印数,每册定价大洋九角。封面印书名和作者名,黑底白字。版权页印“文学研究会丛书”。

全书 316 页，无序跋，收小说七篇：《惨雾》《醉人的湖风》《菜芽与小牛》《小草》《台下的喜剧》《隐匿》和《赌徒吉顺》。

扉页是专门设计的，三细线框，左上角为空白，印书名、作者名、出版时间和丛书名；其他部分为相互缠绕的花饰，感觉优雅。书末有“文学研究会通俗戏剧丛书”书目广告。

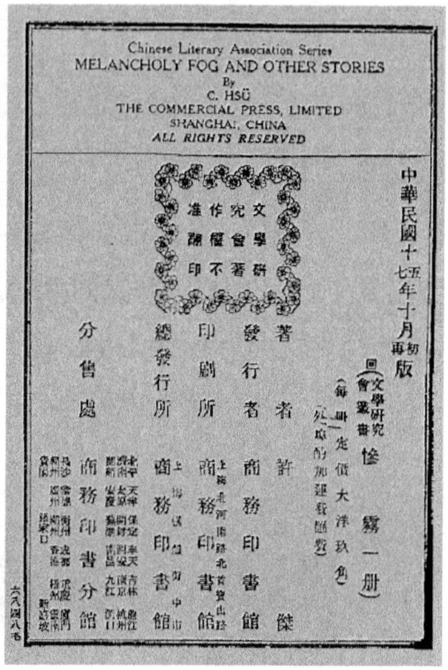
Chinese Literary Association Series
MELANCHOLY FOG AND OTHER STORIES
By
C. HSÜ
THE COMMERCIAL PRESS, LIMITED
SHANGHAI, CHINA
ALL RIGHTS RESERVED

文學研究會著作權不准翻印

中華民國十五年十月初版
中華民國十七年十月再版

(文學研究會叢書)慘霧一册
(每册定價大洋玖角)

著者 許傑
發行者 商務印書館
印刷所 上海北河南路北首寶山路 商務印書館
總發行所 上海棋盤街中市 商務印書館
分售處 商務印書分館

⊙《惨雾》1928 年再版封面及版权页

两种版本在版权页上均印有“文学研究会著作权不准翻印”的字样，且用花饰纹框起，庄重而典雅。

许杰，生于 1901 年，笔名张子三，浙江天台人。1924 年开始发表作品。1953 年加入中国作家协会。代表作有短篇小说集《惨雾》《许杰短篇小说集》《暮春》《飘浮》《火山口》《子卿先生》《别扭集》；文艺论文集《明日的文学》《新兴文艺短论》《冬至集文》《许杰文学论文集》《鲁迅小说讲话》《现代小说过眼录》；散文集《椰子与榴》《许杰散文选集》等。

《嘉尔曼》

《嘉尔曼》，“文学研究会丛书”，［法国］梅礼美著，樊仲云译，商务印书馆印刷发行，笔者所见为民国十五年(1926)十一月初版，不知印数，每册定价大洋四角五分。封面图案像一花环，但又有点像“龙卷风”，反正属于那种随意之作，无深意。封面未印“文学研究会丛书”，版权页印“文学研究会丛书”。

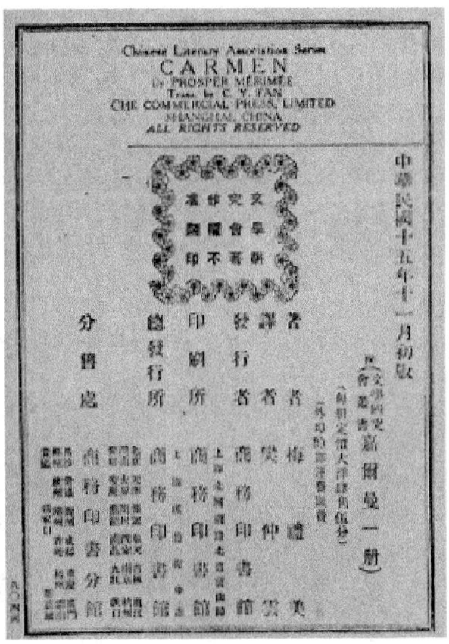

CARMEN
By PROSPER MÉRIMÉE
Trans. by C. Y. FAN
THE COMMERCIAL PRESS, LIMITED
SHANGHAI, CHINA
ALL RIGHTS RESERVED

中華民國十五年十一月初版

文學研究會叢書 嘉爾曼一册

文學研究會著作權所有不許翻印

著者 梅禮美
譯者 樊仲雲
發行者 商務印書館
印刷所 商務印書館
總發行所 商務印書館
分售處 商務印書分館

⊙《嘉尔曼》1926年初版封面及版权页

全书 138 页，书前有梅礼美肖像一幅，另有插图 36 幅。

⊙ 梅里美肖像

译者写于 1925 年 12 月 25 日的《序》，其中说道：

《嘉尔曼》的作者梅礼美（Prosper Merimee，1803－1870），他是十九世纪法国浪漫运动别树一帜的人物。他的身世，像一般过快乐生活的人一样，很为简单。他的父母都是有名的美术家。他少年时曾在巴黎学习法律，二十二岁毕业以后，就转而为著述的生活。其后六年，他在政治舞台上，是属于反对自由一派。一八三一年，他的一派得势，尝被任为历史纪念馆监督。他对于职务非常忠心，曾经多次往西班牙、英国、希腊等地亲自考察。他语学颇精，英、意、俄、希腊以及西班牙各地的方言，莫不通晓，这在旅行的考察上，实很有利益。因此，他的著作中，独具有一种考古学家的述证，地方色彩（local colour）的描写，为一般作家所不能及。一八四四年，他被举为法兰西学士院会员。第二帝政时代，他与富伊尔（Octave Feuillet）是新朝文坛的双星。一八五三年，他入元老院为议员：因此颇为人所非议。他晚年多疾病，第二帝政倒后，他也不久就卒于 Cannes，时一八七〇年九月二十三日。……

梅礼美作《嘉尔曼》，在一八四七年。照他出版的书信中说，他于一八三〇年游西班牙，因与蒙的郁伯爵夫人（Mme de Montijo）相识。他们交谊很笃，常有书信往还。以后，蒙的郁夫人之女即为拿破仑第三王后，他以个人的友谊，竭力拥护帝政。他于异国情调及女性势力的感应，非常敏锐，因此便引起他对西班牙的探究，而有《嘉尔曼》之作。此书在他一生少数的作品中，系属晚年之作，故叙事描写，极为简洁，与《科伦巴》（Colomba）并称杰构。一八七五年，歌剧作家皮才（Bizet）曾借此事实，编为乐曲开演于巴黎，大家都认为不朽的伟著。到了今日，《嘉尔曼》的影片，也已有摄制了。

樊仲云，生于 1901 年，浙江省嵊县人。1923 年参加文学研究会，先后任商务印书馆编辑、新生命书局总编辑，复旦大学、中国公学教授。“大革命”时加入中国共产党，出任黄埔军校武汉分校政治教官。抗战爆发后任《救亡日报》总编辑。不久出任汪伪南京国民政府教育部政务次长、汪伪中央大学校长。抗战结束后，下落不明，实为潜逃去了香港，改名“樊唯一”，在报馆任编辑。1984 年回大陆，1989 年去世。

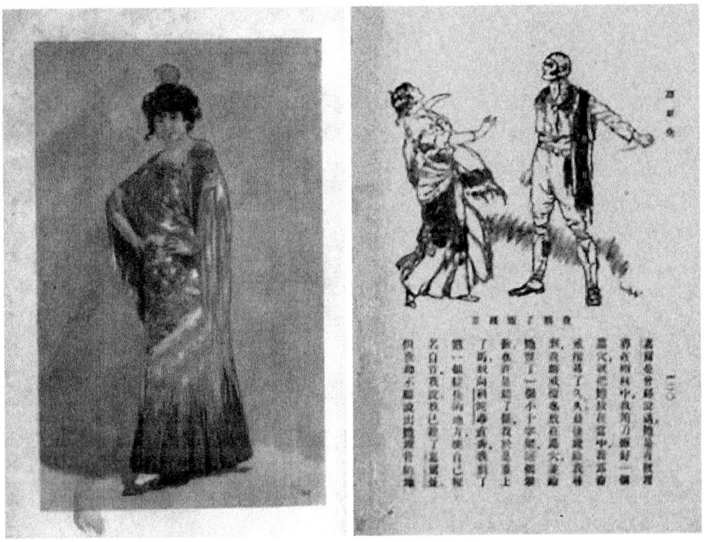

⊙《嘉尔曼》插图两幅

他一生的文学著作主要是译作，数量不多，除《嘉尔曼》外，还有三种：《畸零人日记》（屠格涅夫著，开明书店 1928 年 6 月初版）、《杜洛斯基之脱逃》（俄国杜洛斯基著，远东图书公司 1929 年 1 月初版）和《烟》（屠格涅夫著，文学出版社 1929 年 11 月初版）。

《为幸福而歌》

《为幸福而歌》，“文学研究会丛书”，诗集，李金发著，商务印书馆印刷发行，笔者所见为民国十五年(1926)十一月初版，不知印数，每册定价大洋一元。封面和版权页印“文学研究会丛书”。此书开本与其他“文学研究会丛书”不同，窄长，中间有圆形图案，音乐女神坐着拨动竖琴，书名、作者名和丛书名从左至右横排，典雅庄重，和声荡漾。其实这一幅并非封面而只是扉页。而另一幅彩色封面，绘一裸女临风而舞，这才是《为幸福而歌》的初版本

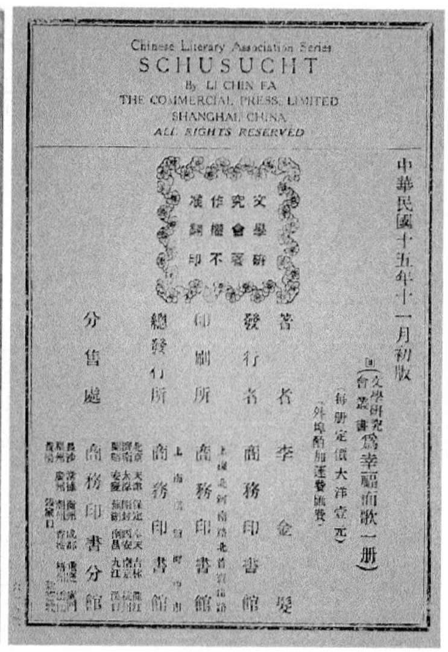
Chinese Literary Association Series
SCHUSUCHT
By LI CHIN FA
THE COMMERCIAL PRESS, LIMITED
SHANGHAI, CHINA
ALL RIGHTS RESERVED

中華民國十五年十一月初版

(文學研究會叢書)為幸福而歌一册
(每册定價大洋壹元)
(外埠酌加運費匯費)

文學研究會版權不許翻印

著者 李金髮
發行者 商務印書館
印刷所 上海北河南路北首寶山路 商務印書館
總發行所 上海棋盤街中市 商務印書館
分售處 商務印書分館

⊙《为幸福而歌》1926 年初版封面及版权页

封面。画中印有小字:“却妲,二五年作”,是李金发手笔。这一封面图案,完全打破了商务印书馆历来的“老气横秋”,开放程度几乎到了要颠覆老牌书局的“底气”。

书前有作者1925年10月写于上海的《弁言》:

⊙《为幸福而歌》扉页

> 从前在柏林时曾将诗稿集成两册,交给周作人先生处去出版,因为印刷的耽搁,至今既两年尚没有印好,故所有诗兴都因之打消!后除作本集稿子外,简直一年来没动笔作诗,真是心灵的一个大劫。
>
> 这集多半是情诗,及个人牢骚之言情诗的“卿卿我我”或有许多阅者看得不耐烦,但这种公开的谈心,或能补救中国人两情间的冷淡;至于个人的牢骚,谅阅者必许我以权利的。

全书311页,收诗110首,如:《初心》《燕羽剪断春愁》《诗神》《讴歌》《Tristesse》《高原夜语》《叮咛》《草地的风上》《日光》《盛夏》《远地的歌》《海潮》《心为宿怨》《小诗》《死》《上帝——肉体》《将来初春的女郎》《我的轮回》《投赠》《呼唤》《你白色的人》《Salutation》《足音》《故乡的梁下》《春》《乐土之人们》《我想到你》《自然》和《杂感》等。

版权页后有“文学研究会丛书”书目广告两页。

李金发,生于1900年,原名李淑良,广东梅县人。1919年赴法勤工俭学,1921年就读第戎美术专门学校和巴黎帝国美术学校。受波特莱尔《恶之花》影响,开始创作格调怪异的诗歌,在中国新诗坛引起过一阵骚动,被称之为“诗怪”,也是中国第一个象征主义诗人。1925年应上海美专校长刘海粟邀请回国执教,同年加入文学研究会,为《小说月报》《新女性》撰稿。1928年任杭州国立艺术院雕塑系主任,创办《美育》杂志。后赴广州美术学院任校长。后移居美国纽约,1976年病逝。

李金发早期出版的三本诗集，大多是在德国柏林写成。第一部诗集是1925年由北新书局版《微雨》，第二部是1926年商务印书馆版《为幸福而歌》，第三部是1927年北新书局版《食客与凶年》，三部诗集，几乎一年一部。《食客与凶年》的诗风，较之《微雨》有了一些变化，神秘色彩弱了，出现了一些新的章法。1929年他编辑的诗集《岭南恋歌》出版，此外就是译诗了，如海涅的《归来》《北海之诗》等。

在周作人主编的"新潮社文艺丛书"里，破天荒地出版了李金发两部诗集（《微雨》和《食客与凶年》），可见周作人的"不拘一格识人才"。李金发回忆道："我与周作人无'一面之缘'，但与他通过好几次信，而且可以说是他鼓励我对于象征派诗的信心。记得1923年春天，我初到柏林不满两个月，写完了《食客与凶年》，和以前写好的《微雨》两诗稿，冒昧地（那时他是全国景仰的北大教授，而我是一个不见经传二十余岁的青年，岂不是冒昧点吗?）挂号寄给他。望他'一经品题声价十倍'。那时创作欲好名心，是莫可形容的。""两个多月果然得到周的复信，给我许多赞美的话，称这种诗是国内所无，别开生面的作品（那时人家还不会称为象征派），即编入为新潮社丛书，交北新书局出版。"

李金发的文学著作，除诗集外，还有一些文学艺术史著作，如传记《雕刻家米西盎则罗》（1926年）、艺术史《意大利及其艺术概要》（1928年）、文学史《德国文学ABC》（1928年），等等，都是些很值得一看的版本。

《绵被》

《绵被》，“文学研究会丛书”，长篇小说集，[日本]田山花袋著，夏丏尊译，笔者所见为商务印书馆印刷发行，民国十八年(1929)四月再版，毛边本，不知印数，每册定价大洋四角五分。封面有裸女摘果图案，手写书名、作者和译者名，文字图案皆为红色。版权页印“文学研究会丛书”。1927年1月初版，未见。

Chinese Literary Association Series
FUTON
By
K. TAYAMA
Translated by
M. C. HSIA
THE COMMERCIAL PRESS, LIMITED
SHANGHAI, CHINA
ALL RIGHTS RESERVED

文學研究會叢書 綿被一冊

著者 日本田山花袋
譯者 夏丏尊
發行者 商務印書館
印刷所 商務印書館
總發行所 商務印書館
分售處 商務印書分館

⊙《绵被》1929年再版封面及版权页

译者没有写序跋，书前只有方光焘拟撰写的《爱欲》一文，作为代序，篇幅长达38页，论文一篇，洋洋洒洒。

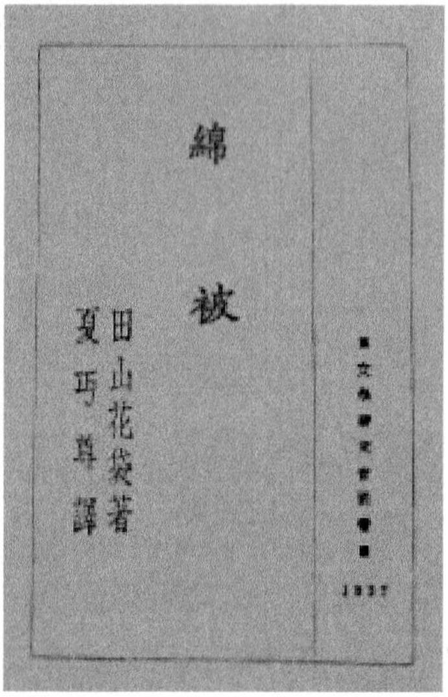

⊙《绵被》扉页

另附勃郎宁原诗两首：《Evelyn Hope》《Porphyri's Lover》。在论文之末，有几段讲到了《绵被》：

《绵被》原是一篇结构谨严的作品。真不能说那一段是不重要的。原来《绵被》本不是一篇什么了不起的作品，竹中时雄原也不是一位什么了不起的人物。他真和平凡的我们一样，在爱欲的争斗，在灵肉的冲突里，只有苦闷悲哀而已。

夏丏尊，生于1886年，名铸，字勉旃，后改丏尊，号闷庵，浙江上虞人。清光绪二十七年(1901)中秀才。1905年借款东渡日本留学，1907年辍学回国。先后在湖南第一师范、春晖中学任教，曾与毛泽东同事，在春晖中学任国文教员兼出版部主任，译成《爱的教育》。1946年病逝上海，归葬白马湖故居"平屋"后象山。

笔者记得，对夏丏尊的最初印象有三：其一，他姓名中的"丏"(miǎn)，开始时一再读白字，把"丏"读作"丐"，直至看到一则与"丏"字有关的轶闻，才彻底弄明白。这则故事是：当年，各省成立咨议局的议员选举。夏丏尊是候选人，然而他担忧如真的当选，会逃不脱诸多琐屑无聊之事，势必影响教学和写作。于是他决定利用本字"勉旃"的谐音，改名"丏尊"，并登记到选民册上。在选举时，一些选民把"丏"误写作"丐"，唱票工作人员也是"丏""丐"不分，致使"夏丏尊"都成了废票，导致夏丏尊落选。而这一结果正合夏丏尊之意。这一故事一旦记牢，也便不会"丏""丐"不分了。其二，笔者非常欣赏他的一种读书法，即把精读的文章或书籍作为出发点，然后向四面八方发展开来，由精读一篇文章带读许多书，有效扩大知识面。这方法极其受用，至今仍受益匪浅。其三，夏丏尊对于开明书店的影响非常之大，尤其是处事风格和人格魅力所形成的张力，能凝聚成一种集体作风。开明书店的"性格"，实际就是夏丏尊的风格：平实稳重，而这恰恰与章锡琛的精明果敢形成互补。后人包括笔者在内，对开明书店的认可，实际就是对章、夏的认可。

夏丏尊虽然写有散文集《平屋杂文》和《平屋随笔》，但真正体现他的学术素养的是他的学术著作，如《文艺论 ABC》《生活与文学》《现代世界文学大纲》等，以及编著的《芥川龙之介集》《国文百八课》《开明国文讲义》。还有译著《社会主义与进化论》《国木田独步集》《近代的恋爱观》《近代日本小说集》和《续爱的教育》等。

《波华荔夫人传》

笔者所见《波华荔夫人传》,“文学研究会丛书”,法国外省风俗记,[法国]弗罗贝尔著,李青崖译,商务印书馆印刷发行,失版权页,据悉此书民国十六年(1927)六月初版,不知印数和定价。封面印“文学研究会丛书”。另见1933年此书的精装本,无封套,失版权页,仅存扉页与原稿手迹(初版也有原稿手迹),扉页上印“文学研究会丛书”。

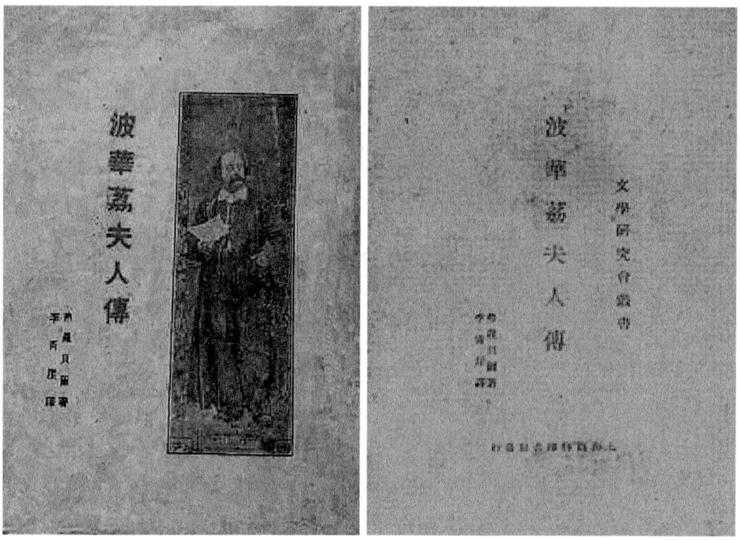

⊙《波华荔夫人传》1927年6月初版两种封面

全书611页,无序跋,分三卷,每卷分若干章节,如第一卷收九章:《自孩童时代至未断弦以前之沙尔波华荔》

《劳伍尔家庭和沙尔断弦》《沙尔对艾玛的友谊与求婚》《艾玛做了波华夫人了》《沙尔和艾玛的新婚时代》《艾玛幼年生活的回忆》《渐入烦闷境界的艾玛》《浮比沙尔的侯府夜宴和跳舞》和《深入烦闷境界的艾玛和波华荔家庭的迁居》。第二卷收 15 章，第三卷收 11 章。

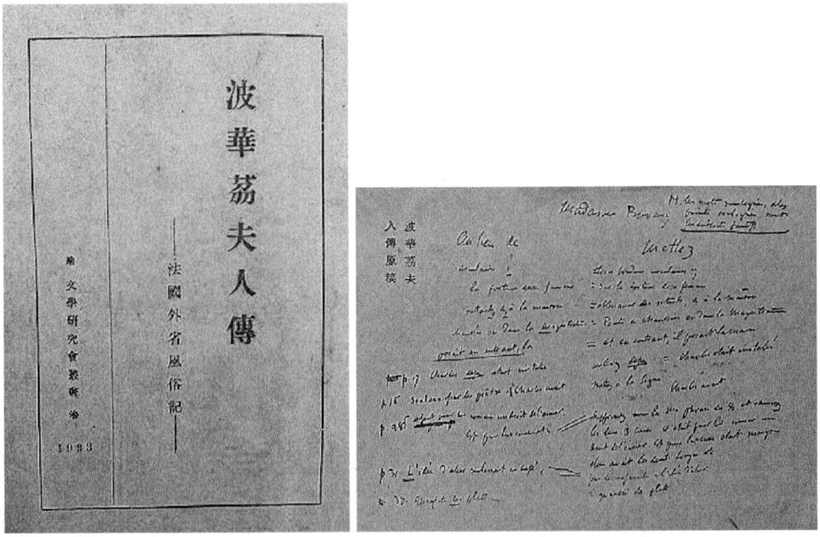

⊙《波华荔夫人传》1933 年精装本扉页和原稿手迹

拗口的标题，读来难过，因未细读原书，推想译文水平大概也是犬牙交错吧。

《老张的哲学》

《老张的哲学》,“文学研究会丛书”,老舍著,商务印书馆印刷发行,笔者所见为民国十七年(1928)十一月再版,不知印数,每册定价大洋一元。1928 年 1 月初版,1932 年 12 月国难后第一版,皆未见。

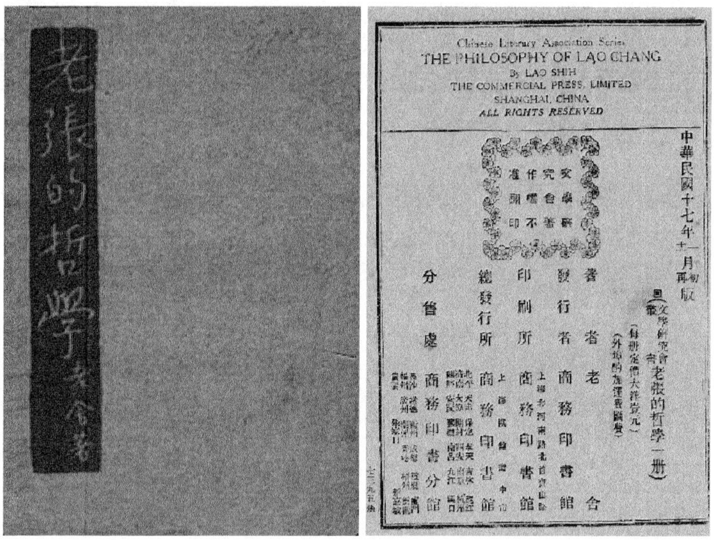

⊙《老张的哲学》1928 年再版封面及版权页

再版与初版出版时间仅隔十个月,并无多大差别,无论封面封底,还是扉页版权页,基本没有什么变化,虽都珍贵,但初版与再版在版本价值上毕竟有所区别,这也是为何收藏者特别青睐初版本的原因。

此书封面装帧简洁，基本是底色，左竖印色块，因未见过初版本，故不清楚是否都是红色，有人说初版是黑色，再版时改为红色，始终不相信。红底白字："老张的哲学　老舍著"。再版本扉页有橙黄色花纹，书名竖排，红字，"老舍著"和"文学研究会丛书　1927"均与橙黄色花纹的色彩相同。

此书无序，开始便是"第一"，开门见山："老张的哲学是'钱本位而三位一体'的，他的宗教是三种：回，耶，佛；职业是三种：兵，学，商；言语是三种：官话，奉天话，山东话……"全书45章节，最末一节最后一段是："赵四还是拉车挣饭吃，有一次真买了一对小白老鼠给小三，小四送去，据小三说，那对小白老鼠也不如赵四有趣！……"

书末，登有两页"商务印书馆出版文学研究会丛书"的"长篇小说"和"新著短篇小说"书目26种，其中有夏丏尊译的《绵被》，张闻天著的《旅途》，郑振铎译的《灰色马》，庐隐著的《海滨故人》，冰心著的《超人》，叶绍钧著的《隔膜》，敬隐渔著的《玛丽》等。

有关老舍第一本小说《老张的哲学》的创作经过，老舍在上海晨光出版公司出版的《老牛破车》开首一篇《我怎样写老张的哲学》一文中已有较为详细的叙述，其中写道："好吧，随便写吧，管它像样不像样，反正我又不想发表。况且，我刚读了 Nicholas Nickleby 和 Pickwick Papers 等杂乱无章的作品，更足以使我大胆放野；写就好，管它什么。这就决定了那想起便使我害羞的《老张的哲学》的形式。"并认为"这一本中的人与事，假如搁在今天写，实在够写十本的。"

老舍在此书中说道：

> 写成此书，大概费了一年的工夫。闲着就写点，有事便把它放在一旁，所以漓漓拉拉的延长到一年；若是一气写下，本来不需要这么多的时间。写的时候是用三个便士一本的作文簿，钢笔横书，写得不甚整洁。这些小事足以证明我没有大吹大擂的通电全国——我在著作；还是那句话，我只是写着玩。写完了，许地山兄来到伦敦；一块儿谈得没有什么好题目了，我就掏出小本给他念两段。他没给我什么批评，只顾了笑。后来他说寄到国内去吧。我倒还没有这个勇气；即使寄去，也得先修改一下。可是他既不告诉我哪点应当改正，我自然闻不见自己的脚臭；于是马马虎虎就寄给了郑西谛兄——并没挂号，就那么卷了一卷扔在邮局。两三个月后，《小说月报》居然把它登

> 载出来，我到中国饭馆吃了顿“杂碎”，作为犒赏三军……我只知道《老张的哲学》在《小说月报》上发表了，和登完之后由文学研究会出单行本。至于它得了什么样的批评，是好是坏，怎么好和怎么坏，我可是一点不晓得。

其实，老舍在那段时间里(1924年至1929年间)，受聘于英国伦敦大学东方学院任中文讲师，而在这五年中，唯在圣詹姆斯花园31号生活了三年，也就是在那里开始了文学创作的生涯，处女作《老张的哲学》便是在那里写成的。这本小说于1926年7月连载于《小说月报》，从第17卷7期至12期，在刊物上发表时，署名是“舒庆春”，从第8期起，改用了“老舍”的笔名。笔者读后，感到“京味十足”，故事情节以“老张”为主线，以两对青年恋爱的经过作为附线，讲述的是北平城市平民的悲剧故事。

有关《老张的哲学》，黄苗子在回忆老舍时曾说起一些创作细节，很值得留存：

> 老舍正式写小说，是在伦敦开始的。《老张的哲学》、《赵子曰》、《二马》都是在伦敦用练习本写成，寄到国内，由郑振铎先生拿去在《小说月报》上发表，然后作为“文学研究会丛书”，由商务印书馆出单行本的。罗常培还记得：老舍的“第一部小说《老张的哲学》脱稿后，立刻寄给我和亡友白涤洲看，我又把它转呈鲁迅先生，鲁迅先生的批评是：地方色彩浓厚，但技巧尚有可商量的地方。当时北新书店的老板李小峰很想拿去出版，结果却被郑振铎拉到商务去了”……老舍先生的三部小说《老张的哲学》、《赵子曰》、《二马》是在英国写好就寄到国内发表的，由于当时交通邮路不便，他一直没有看到过自己已经发表的作品，他第一次发现他的作品刊登在《小说月报》上，是在新加坡的一家书店里，这件事给老舍以一个出乎意外的高兴。

朱自清先生在《〈老张的哲学〉与〈赵子曰〉》中，对这一小说也有过一段评价：“从文字论，与其说近于《儒林外史》，还不如说近于‘遣责小说’。”

老舍小说的幽默风格，从他第一本小说《老张的哲学》就已开始，并成为他一生创作的基调，始终保持着。虽后期创作更趋理性，突出了时代思想，但从风格而言，幽默仍是他的主调。

笔者曾从上海文庙旧书市场中先后得到过《老张的哲学》五六本，时价从几元到上百元不等，版次参差，品相优劣，最终经一番比照，留下一至两种版次、品相皆“优者”。这种“广收慎留”的方法，如今已经绝对不可能。

《赵子曰》

《赵子曰》,“文学研究会丛书”,老舍著,商务印书馆印刷发行,笔者所见为民国十八年(1929)十一月三版,不知印数,每册定价大洋一元。封面与一般“文学研究会丛书”不同,版权页印“文学研究会丛书”。1928 年 4 月初版、1928 年 11 月再版,以及国难后的版本均未见。

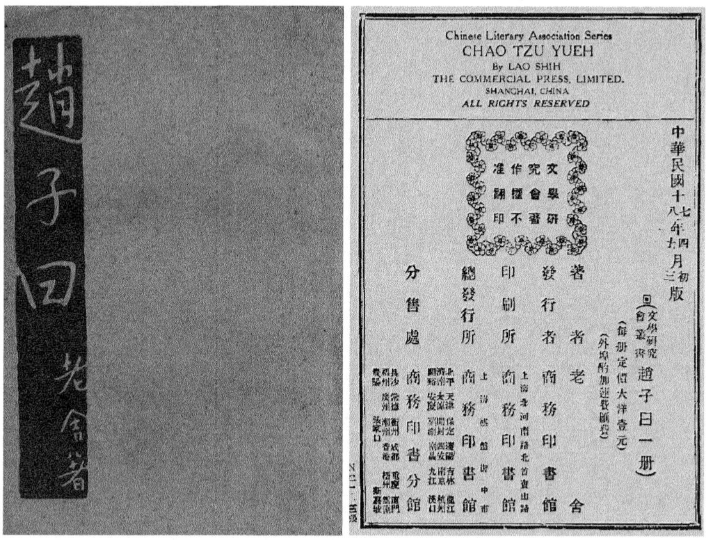

⊙《赵子曰》1929 年三版封面及版权页

扉页印有出版时间为“1928”,实是初版和再版的时间。

全书 354 页,无序跋,分 23 章,以“第一、第二……”

标示，每章再分若干小节。

赵家璧主编的“晨光文学丛书”，其中收有《赵子曰》，而且在版权页上明确标示：1928 年 4 月“商务”版初版，1948 年 1 月“晨光”版初版，1948 年 11 月再版，1949 年 4 月三版等字样。这是当年“晨光”与“商务”商定后的结果。也是赵家璧“尊重”版本历史的一个明证。

《意大利及其艺术概要》

《意大利及其艺术概要》,“文学研究会丛书”,李金发著,笔者所见版本有两种书名,其实是同一种书。一名《意大利及其艺术》,扉页书名《意大利及其艺术概要》,封面未印“文学研究会丛书”。另一书名为《意大利及其艺术概要》,封面样式与《新文学概论》相同。商务印书馆印刷发行,前者 1928 年 5 月初版,后者 1934 年 2 月国难后第一版,皆不知印数,每册定价大洋一元五角。前者扉页和版权页印“文学研究会丛书”,后者封面和版权页皆印

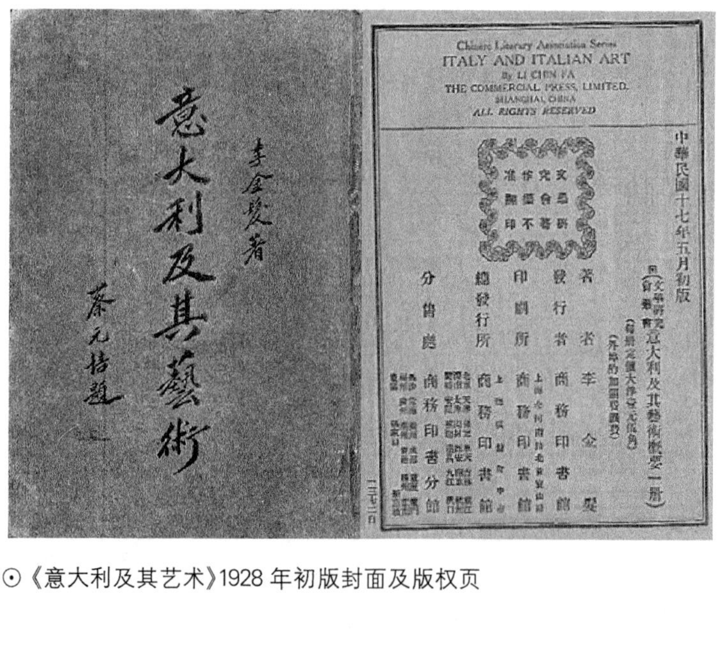

⊙《意大利及其艺术》1928 年初版封面及版权页

“文学研究会丛书”。此书纸面精装，封面样式似封套，其实是封面，并无封套。

⊙《意大利及其艺术概要》扉页

在《意大利及其艺术》的扉页印有一圆形图案，一女子在弹竖琴，西洋味十足。书名印成红色，其余皆为黑色。扉页背后印有几行竖排小字，介绍本书作者其他的一些著作，如商务出版的《为幸福而歌》、《雕刻家米西盎则罗》(米盖朗琪罗)；北新出版的《微雨》(诗集)、《食客与凶年》(诗集)；开明出版的《古希腊恋歌》(译诗)。

李金发在这套“文学研究会丛书”中还收有诗集《为幸福而歌》。李是象征派的代表诗人，他在中国的雕塑史上又是第一位学习西洋雕塑的，也是第一位引进西洋雕塑的人，在中国雕塑史上可谓有功之人。而笔者对李金发其人，是从他的诗作上认识的。他的诗风格独具，在20世纪20年代后期被称作为诗坛上的“诗怪”。他的抒情诗伤春悲秋，哀风叹雨，充满愁苦情绪。在艺术表现手法上，则运用寄托、象征的手法，打破程式，任意涂沫，刻意追求一种新奇神秘的色彩。但是缺乏寻常的章法，某一部分可以读懂，但合起来却没有意思。早年，笔者读他诗作时，曾被震撼过，但过后似乎也没有留下什么印痕。也许李先生所追求的就是这种来时汹涌，去时无踪的效果吧。

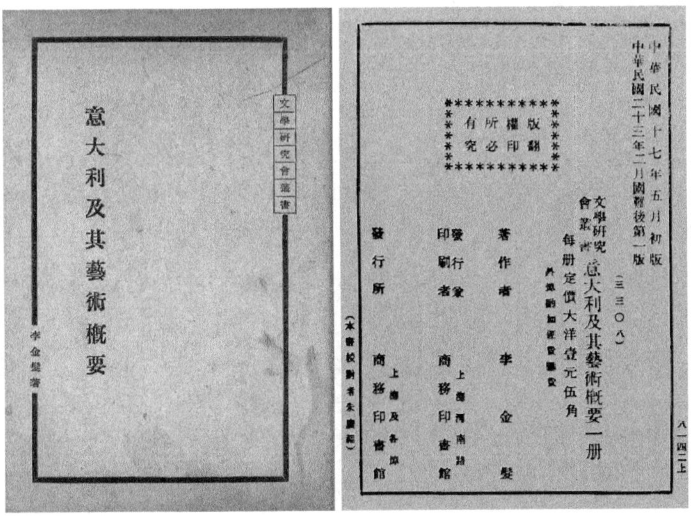

⊙《意大利及其艺术概要》1934年国难后第一版封面及版权页

书前有文字，未标《序言》，但从行文风格看是作者本人所写，其中讲到了此书：

> 作者怀游意大利，既非一日，直至今年假道归国才实行。觉得此行很有纪念之必要，遂把所见及所感到，拉杂组织出来，以成此书，欲藉此提起大家研究艺术的精神，艺术人生的伟大的观念，及知道先代遗产的大概，并可作游意大利者简要的说明，且多附影片，以资引起国人爱美的倾向。

全书 256 页，收插图 36 幅，印得精致。此书分为三大部分：《文艺复兴杂述》《意大利历史略表》《过阿尔卑斯山》（内含《米郎》《威罗那》《威奴俎》《布夹惹》《罗马》《拿破里》等）。版权页后登有"文学研究会丛书"等书籍广告，在"文学研究会丛书"栏中，刊有丰子恺译的《苦闷的象征》。除"文学研究会丛书"广告外，还有"艺术专书"几十种，其中有蔡元培的《艺术谈概》《美育实施的方法》，郭沫若的《西洋美术史提要》，伍联德的《新绘学》等。最后一页是"新诗集"，也是"文学研究会丛书"，其中有王统照的《童心》，朱湘的《夏天》，李金发的《为幸福而歌》，徐玉诺的《将来之花园》。

⊙《意大利及其艺术概要》插图两幅

《醉里》

《醉里》，“文学研究会丛书”，短篇小说集，罗黑芷著，商务印书馆印刷发行，笔者所见为民国十七年(1928)七月初版，不知印数，每册定价大洋八角。封面图案为一个醉里之人，左上方仅两字书名。版权页印“文学研究会丛书”。

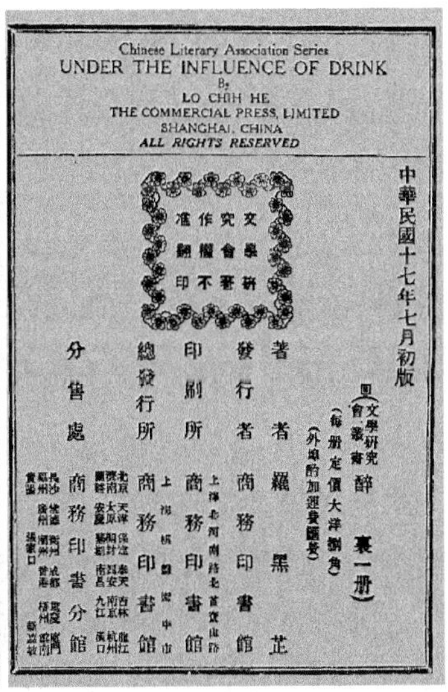
Chinese Literary Association Series
UNDER THE INFLUENCE OF DRINK
By
LO CHIH HE
THE COMMERCIAL PRESS, LIMITED
SHANGHAI, CHINA
ALL RIGHTS RESERVED

中華民國十七年七月初版

(文學研究會叢書)醉裏一册
(每册定價大洋捌角)
(外埠酌加運費匯費)

文學研究會著作權不准翻印

著者 羅黑芷
發行者 商務印書館
印刷所 上海北河南路北首寶山路 商務印書館
總發行所 上海棋盤街中市 商務印書館
分售處 商務印書分館

⊙《醉里》1928 年初版封面及版权页

书前有作者 1926 年 11 月写于长沙的《卷端缀语》：

> 醉里原是模模糊糊的。黄仲则诗句：“醉里听歌梦里愁”，这风韵很长，初不必这书中的《醉里》一篇

强拖来做一个代表。不限定能饮酒，只要能醉，人生便在其中了。

⊙ 罗黑芷肖像

全书 218 页，收小说 17 篇：《胡胖子请客》《出家》《医生》《二男》《圆脸》《醉里》《灵感》《海的图画》《辛八先生》《货贩》《失名者》《低低地弯下身去》《将这个献给我的妻房》《在澹霭里》《决绝》《无聊》和《压迫》。

书前有罗黑芷肖像一幅，并有亲笔签名，可惜照片印得模糊，只能勉强看清。本书作者除《醉里》外，还著有小品集《牵牛花》(长沙北门书店版)和小说集《春日》(开明书店版)。这些版本随着作者的早逝而显得愈发珍贵了。他的小说，大多反映贫困暗淡的人生，笔调细腻柔和。郁达夫曾在《中国新文学大系散文二集》中，称其性格幽郁，文字"玄妙"。

罗黑芷，原名罗象陶，字晋思，号黑子，原籍江西南昌。辛亥革命前，到日本庆应大学文科读书，加入同盟会。毕业后归国，因参加辛亥革命在上海被捕。1912 年到湖南图书编译局译书，后在长沙的中学教书。1919 年开始文学创作，第一篇作品《忏悔》，登载在 1920 年长沙的《民治日报》上，是自叙传。1923 年与李青崖等人合办《湖光》文学半月刊。1925 年加入文学研究会，此时发表作品的署名，由"黑子"改为"黑芷"。1927 年遭诬陷被捕，出狱后不久在长沙逝世。终年 29 岁。

《他们的儿子》

《他们的儿子》,“文学研究会丛书”,[西班牙]柴玛萨斯(E. Zamacois)著,沈馀译,商务印书馆印刷发行,笔者所见为民国十七年(1928)八月初版,不知印数,每册定价大洋四角。封面图案与沈馀译、帕拉玛兹著《一个人的死》同。版权页印“文学研究会丛书”。

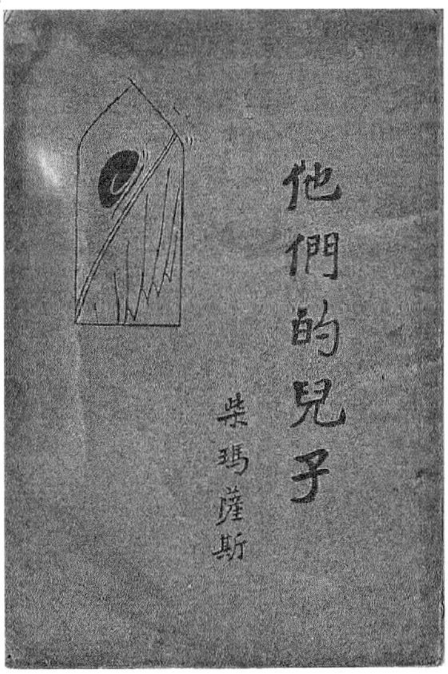

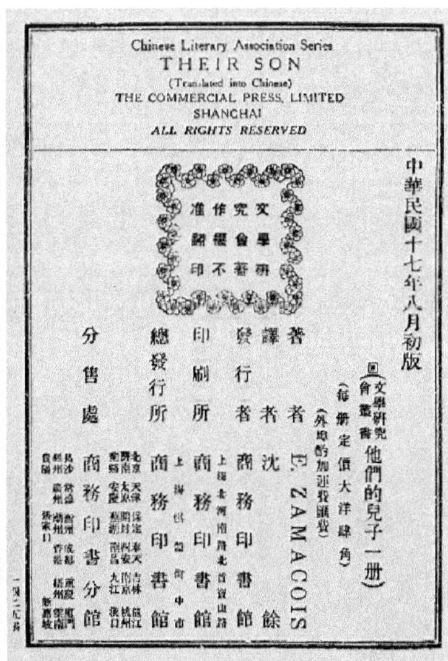

Chinese Literary Association Series
THEIR SON
(Translated into Chinese)
THE COMMERCIAL PRESS, LIMITED
SHANGHAI
ALL RIGHTS RESERVED

文學研究會著作權不准翻印

中華民國十七年八月初版

(文學研究會叢書)他們的兒子一册
(每册定價大洋肆角)
(外埠酌加運費匯費)

著者 E. ZAMACOIS
譯者 沈餘
發行者 商務印書館
印刷所 商務印書館
總發行所 商務印書館
分售處 商務印書分館

⊙《他们的儿子》1928年初版封面及版权页

全书118页,无序跋,书前有译者写于1928年8月的《柴玛萨斯评传》,14页,其中说道:

文坛的老宿，渐渐褪色，终于暗淡，然而有一个人，却是西班牙文坛上的“不倒翁”，时代虽然变迁了，但他的著作还是保有广大的读者；这个人便是爱德华·柴玛萨斯(Eduardo Zamacois)。

柴玛萨斯可说是西班牙的莫泊桑，他的作品都是天才加苦工的结果；他的描写，又庄严，又妩媚，他的题材，大都和莫泊桑的相同。

他的第一篇小说，作于十八岁时，已发表了小说三十余种，戏曲十余种，论文尤多。……柴玛萨斯的艺术观是世界主义的，然而一涉及国家，他就成了爱国主义者了；这本是大战后许多文学家共有的思想。

《动摇》

《动摇》,“文学研究会丛书”,茅盾著,商务印书馆印刷发行,笔者所见为民国十八年(1929)五月再版,不知印数,每册定价大洋七角。封面横排印书名,红色衬底,醒目。版权页印“文学研究会丛书”。

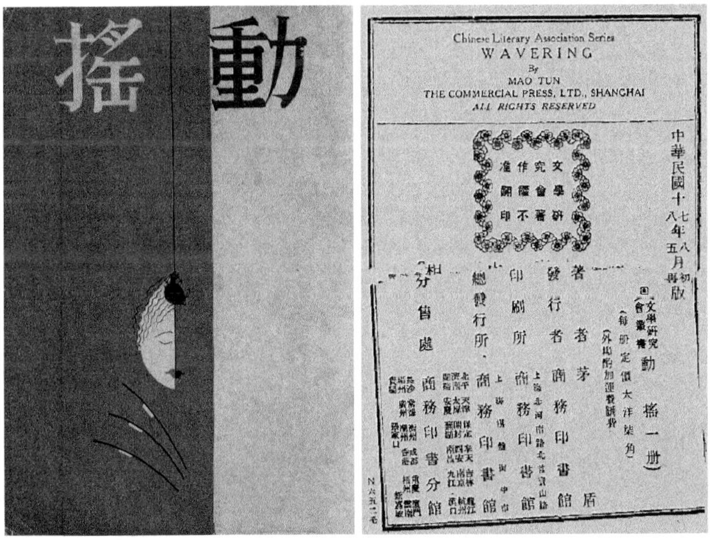

⊙《动摇》1929 年再版封面及版权页

在笔者心目中,钱君匋设计的这一封面,一女一蛛,摇摆不定,堪称新文学封面的经典作品之一。茅盾的处女作《蚀》三部曲,包括《幻灭》《动摇》和《追求》,最先由开明书店出版,封面皆出自钱氏之手,堪称大手笔。

书前有《题辞》，引自阿那托尔·法朗士《伊壁鸠鲁的花园》："嘲讽与怜悯都是好的顾问；前者的微笑使生命温馨，后者的热泪使生命圣洁。"

全书245页，无序跋，分为12部分，无标题。版权页后有"文学研究会通俗戏剧丛书"书目广告，内收《春的生日》(侯曜著)、《顽石点头》(侯曜著)、《歧途》(徐公美著)和《人间的乐园》(濮舜卿著)。

《幻灭》

《幻灭》，“文学研究会丛书”，茅盾著，商务印书馆印刷发行，笔者所见为民国十七年(1928)八月初版，不知印数，每册定价大洋五角五分。封面图案与一般“文学研究会丛书”不同，黑底红字书名，红色火焰中两裸女跳舞。版权页印“文学研究会丛书”。

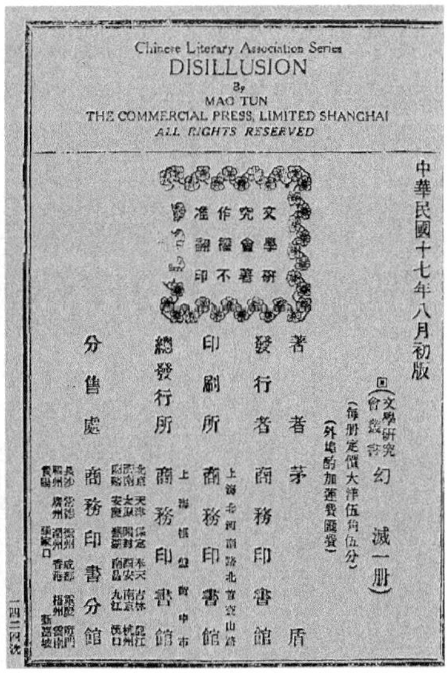

Chinese Literary Association Series
DISILLUSION
By
MAO TUN
THE COMMERCIAL PRESS, LIMITED SHANGHAI
ALL RIGHTS RESERVED

中華民國十七年八月初版

(文學研究會叢書)幻滅一册
(每册定價大洋伍角伍分)
(外埠酌加運費匯費)

文學研究會著作
研究會著作權不准翻印

著者 茅盾
發行者 商務印書館
印刷所 上海寶山路 商務印書館
總發行所 上海棋盤街中市 商務印書館
分售處 商務印書分館

⊙《幻灭》1928年初版封面及版权页

书前有屈原《离骚》中的诗句：吾令羲和弭节兮，望崦嵫而勿迫；路曼曼其修远兮，吾将上下而求索。

全书152页，无序跋，分成14部分，无标题。

《罗亭》

《罗亭》，“文学研究会丛书”，[俄国]屠格涅夫著，赵景深译，商务印书馆印刷发行，笔者所见为民国十七年(1928)九月初版。不知印数，每册定价大洋七角。封面图案与一般“文学研究会丛书”不同，左侧横印书名，右侧为色彩构图，抽象而醒目，感觉出自钱君匋之手。版权页印“文学研究会丛书”。1932 年 9 月国难后第一版，封面与初版同。

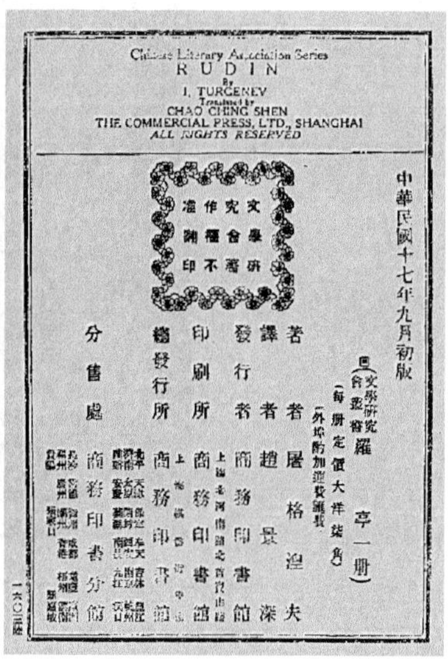

Chinese Literary Association Series
RUDIN
By
I. TURGENEV
Translated by
CHAO CHING SHEN
THE COMMERCIAL PRESS, LTD., SHANGHAI
ALL RIGHTS RESERVED

中華民國十七年九月初版

(文學研究會叢書)羅亭一册
(每册定價大洋柒角)
(外埠酌加運費匯費)

文學研究會著作權不准翻印

著者 屠格涅夫
譯者 趙景深
發行者 商務印書館
印刷所 上海寶山路 商務印書館
總發行所 上海棋盤街中市 商務印書館
分售處 商務印書分館

⊙《罗亭》1928 年初版封面及版权页

全书 249 页，分 14 章，无标题。书前有屠格涅夫像。

版权页后有两页“文学研究会丛书”的书目广告。

书前有译者写于 1928 年 5 月 4 日的《序》，12 页，开头说道：

> 现在我已经把《罗亭》译完了。首先得感谢调孚兄，因他的鼓励，使我能够做完这第一部长篇小说的翻译工作。一向只译一些短篇作品，译《罗亭》还是初次尝试，有译得不对的地方，诚恳的希望诸君给我温和的、友谊的指教。谩骂我是要把好意思当作恶意的。并不是我做文章太嫩，一开头就来这个熟套，的确我是诚恳的希望着善意的批评。此外我译《罗亭》还有一个动机，就称之为“全集癖”罢：我觉得屠格涅甫的《猎人日记》《春潮》《初恋》《胜利的恋歌》《畸零人日记》《爱西亚》《浮士德》……都经人译成，而六大著作中又有《前夜》《父与子》《烟》《新时代》等的译文，因之也想将这六大连续著作的第一部译出来，使我们能够对屠格涅甫的著作窥一个全豹，听说《贵族之家》也已经有人译好了。……

赵景深，生于 1902 年，名旭初，笔名邹啸，祖籍四川宜宾，生于浙江丽水。天津棉业专门学校毕业后入天津《新民意报》编文字副刊，组织绿波社，提倡新文学。1930 年起任复旦大学中文系教授。在元杂剧和宋元南戏辑佚方面有开创性，对昆剧等剧种的历史、声腔源流及上演剧目、表演艺术有研究。著有《曲论初探》《中国戏曲实考》《中国小说丛考》《中国文学小史》《童话概要》《童话论集》《童话学 ABC》《民间故事研究》《作品与作家》《现代文学杂论》《现代世界文坛鸟瞰》《民间故事丛话》《现代世界文学》《文学讲话》《文学概论》《文学概论讲话》《文艺论集》《小说原理》《世界文学史纲》等专著。文学创作作品也不少，如《荷花》《天鹅歌剧》《为了爱》《小妹》《失恋的故事》《琐忆集》《文人剪影》《海上集》《银字集》《文人印象》和《文坛忆旧》等。译作就更多了，不再赘述。

《河童》

《河童》,“文学研究会丛书”,[日本]芥川龙之介著,黎烈文译,商务印书馆印刷发行,笔者所见为民国十七年(1928)十月初版,不知印数,每册定价大洋五角。封面与一般“文学研究会丛书”不同,红底框印美术体书名和作者名,版权页印“文学研究会丛书”。

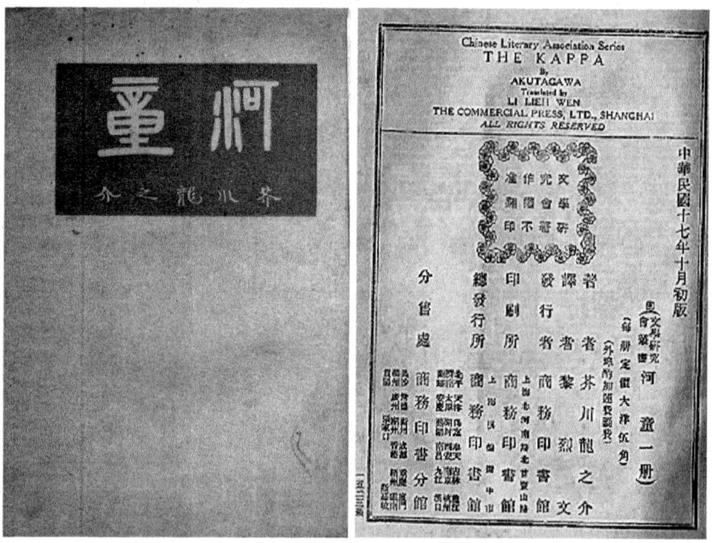

⊙《河童》1928 年初版封面及版权页

在书末,译者留有一段话:“一九二七年耶稣节后两日译毕于巴黎金星旅馆。”这段话足以证明此书初版于1928 年。

书前有芥川龙之介的像，芥川龙之介的家庭照片以及三幅芥川氏的遗墨。

全书收文两篇外加一篇附录：《河童》《蜘蛛之丝》和《附录》。《河童》一篇，前有译者作的《解题》和《序》；后有译者 8 月 16 日写于日本伊东海岸的《译后的话》。

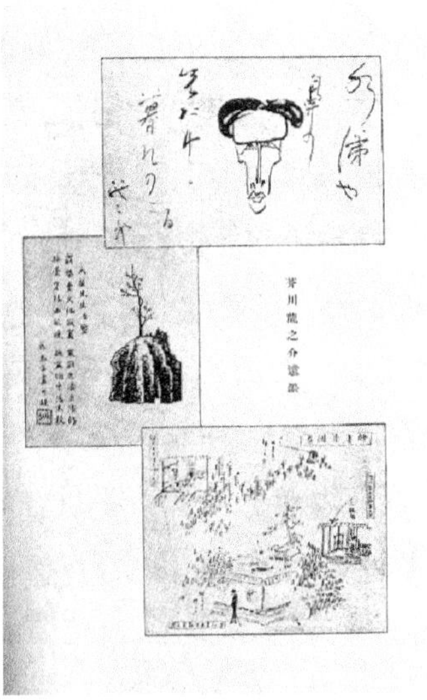

⊙ 芥川氏遗墨

⊙ 芥川龙之介肖像

⊙ 芥川龙之介家庭照片

书前有译者写的代序:《海上哀音——闻芥川龙之介之死》,1927 年 7 月 27 日写于日本伊东海岸。这篇代序写得很精彩,有些段落还相当美,其中有些与作者、译者相关的话值得一存:

屈指今天已是来到伊东避暑的第十天了。早起天气还是同昨天一样坏,下着丝丝的细雨,凉气袭人如深秋,三面高山被黑云笼罩着,满呈忧郁的模样。对面深碧的海面,银浪翻腾,想到今天游水又没有希望了,更觉愁闷。午后在温泉中泡了一会,冒雨拿着钓杆走到松川河口钓了半天鱼,鱼虽多,一条也不曾钓着,怏怏的转回寓里,房主人递来一份东京《朝日新闻》,打开一看,使我吃了一惊的便是那用大号字刊载的芥川龙之介氏自杀的消息。

芥川氏的作品在我国早就有人介绍过了。实在的,也不知是甚么缘故,在新思潮派的三柱(菊池宽,久米正雄,芥川龙之介)中,我最景仰的是芥川氏。不但如此,在现代日本许多作家中,我最爱读的也就是芥川氏的作品。

芥川氏创作很谨严,在日本现代一般作家中,从量的方面说,芥川氏要比较算少的。但因此他的作品差不多篇篇都成为有价值,简直有世界的价值。他不曾像菊池宽一样滥造出许多无聊的通俗的长篇,这是他的幸事,同时也愈成其伟大。

我这次来伊东,本打算要把他最近的一篇创作《河童》译出来,但不幸已经译成的六七页原稿,遗落在东京,正想要写信托东京的朋友寻出寄来,而作者自杀的噩耗便突的传到了这偏僻的海隅。啊啊,这凄凉的从海上传来的哀音;它是如何亲切而又沉重的打动了我脆弱的心啊!……

我提笔写到这里,我不禁有一个凄凉的神秘的预感。

这蓬莱小岛的山水真是特别富于死的诱惑啊!当我才到伊东的第三天的晚上,一个人穿着睡衣出去散步,在漆黑的海边的一颗岩石上独坐了好久。那晚稍微有点风,黝黑中只看见雪白的浪花不绝的在脚下汹涌,嚎鸣。周遭却死寂的一点人声都没有,在我面前只是一片迷茫的大海。我那时忽然有一种临对伟大和崇高的感想。——我简直的觉得那海是无上的伟大和崇高。同时便觉得人类的渺小,人生的飘忽,这蝼蚁般的生命实在毫无存在之必要。当时简直有一种投身入海之觉悟。——的确在那片刻中我是受了死的诱惑了。也许是我那晚合不该死罢,正当我有了这样决意的时候,忽然后面有细微的足音，同时一道亮光射到我的身边。回首一望，原来是三个携着手电散步的少女。暗黑中我不曾看得清她们的面容，但是从她们那轻盈的体态看来，我想到她们一定是非常美丽的。在一刹那中我的死的决心忽然摇动了。我觉得人类究竟还是美丽的，正如那大海中的星星渔火一般，虽然渺小，然而究竟还是美丽的。于是我终于不曾跳进那汪洋的大海。我竟还留着我的生命到现在读芥川氏的自杀的消息。

可是我的感情是时时变迁的。那晚上虽然想死而又没死，但以后却说不定会有决然就死的时候。这是当我听到芥川氏自杀的哀音时，对于自己前途的一个凄凉的神秘的预感！

我敬祝芥川氏在死的国里能够得到最大的满足！

在《附录》中，有永见德太郎著的《芥川龙之介氏与河童》一文。书中附有的照片与图画，被收藏者称之为“书形象”，无疑都提升了版本的内外价值。

黎烈文，生于1904年，湖南湘潭人，笔名李维克、林取等。15岁考取商务印书馆编译所书记员，从事誊抄、整理和校对文稿的工作。1922年任古籍部助理编辑。1926年留学日本，后去法国巴黎大学研究院，专修法国文学和比较文学。1932年回国任法国哈瓦斯通讯社上海分社法文编辑，同年应《申报》总经理史量才之聘，任副刊《自由谈》主编，从而一改“鸳鸯蝴蝶派”单纯追求趣味的颓废倾向，鲜明的政治立场和献身事业的精神，得到进步作家的支持。1934年被迫辞去《自由谈》主编职务后参与《译文》编辑工作。1936年创办《中流》半月刊。抗战爆发后，在永安创办改进出版社，任社长兼编辑部主任，创办综合性半月刊《改进》以及《现代文艺》《现代青年》《现代儿童》《战时民众》《战时木刻画报》等刊物。出版“改进文库”“现代文艺丛刊”“世界名著译丛”等丛书。1946年应陈仪之邀，赴台湾任《民生报》副社长兼总主笔。1947年任“台湾大学”文学院西洋文学系教授，执教二十余年。1972年病逝，终年68岁。

笔者以为，黎烈文的一生最为辉煌的闪光点并为后人称道者有二：其一，改革《申报·自由谈》；其二，创办改进出版社，出版期刊和丛书。

《一个人的死》

《一个人的死》,“文学研究会丛书”,[希腊]K. 帕拉玛兹(Kostis Palamas)著,沈馀译,商务印书馆(印刷所在上海北河南路北首宝山路,总发行所在上海棋盘街中市)印刷发行,笔者所见为民国十七年(1928)十一月初版,不知印数,每册定价大洋四角。封面设计与沈馀译的《他们的儿子》相同,两者都属“文学研究会丛书”。版权页印“文学研究会丛书”。1929 年 11 月再版,未见。

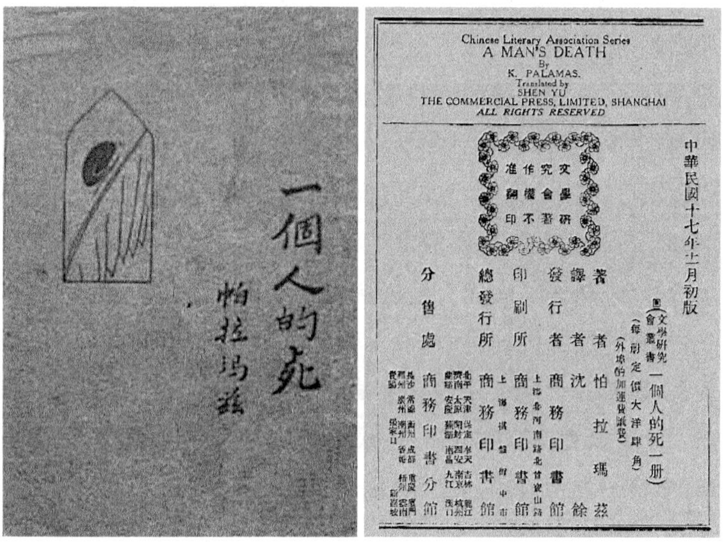

Chinese Literary Association Series
A MAN'S DEATH
By
K. PALAMAS.
Translated by
SHEN YU
THE COMMERCIAL PRESS, LIMITED, SHANGHAI
ALL RIGHTS RESERVED

中華民國十七年十一月初版

(文學研究會叢書)一個人的死一冊
(每冊定價大洋肆角)
(外埠酌加運費匯費)

文學研究會著作權不准翻印

著者 帕拉瑪茲
譯者 沈餘
發行者 商務印書館
印刷所 商務印書館 上海北河南路北首寶山路
總發行所 商務印書館 上海棋盤街中市
分售處 商務印書分館

⊙《一个人的死》1928 年初版封面及版权页

封面竖印书名和作者名,左侧有一小图案,看不清是什么含义，像一只蜗牛在叶上爬行。在版权页上著者印为“怕拉玛兹”，虽然汉字音译可以各式各样，但在一本书中出现两种不同写法的名字是不该的，尤其是像“商务”这样的正规出版机构。不过，也可能是排版之手植之误，把“帕”排成“怕”。

全书113页，无序跋。书前有帕拉玛兹的肖像，另有《帕拉玛兹评传》，其中说道：

⊙ 帕拉玛兹肖像

> 帕拉玛兹是短篇小说家，戏曲家，批评家，诗人；在抒情方面，他有了世界的名誉，他是深思好学，极谦恭的人物；他与人无迕，除了因为白话文运动得罪了文言忠臣的旧派……他崇拜自己民族的民族精神，然而他要把这精神来科学化近代化。他看出了现代希腊民族所保存的古希腊民族的特质，然而也看出了古希腊的过去的光荣蒙在希腊民族现代生活上的尘垢，他的著作里充满了这个思想，在这里的一篇小说《一个人的死》，尤其将这思想具体的表现出来了。

沈馀，极其陌生，详情不知。在这套“文学研究会丛书”中，他却占有两席，除《一个人的死》外，还有一种是《他们的儿子》。

《追求》

《追求》,“文学研究会丛书”,茅盾著,商务印书馆印刷发行,笔者所见为民国十七年(1928)十二月初版,不知印数,每册定价大洋八角。封面设计与素面朝天式完全不同,抽象的人物,以色块、线条勾勒出醒目的图案,完全走出了“商务”版的严肃与庄重。

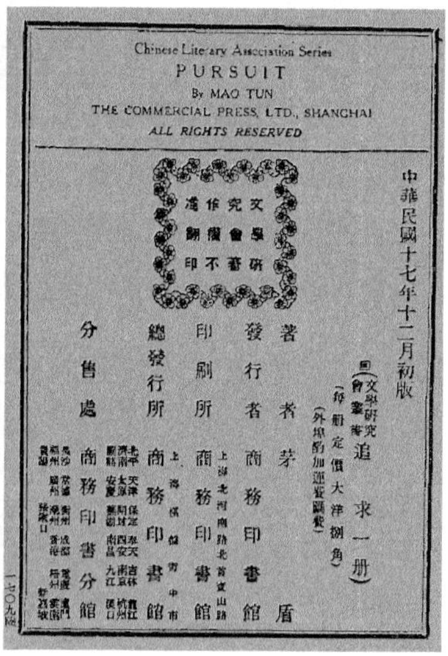
Chinese Literary Association Series
PURSUIT
By MAO TUN
THE COMMERCIAL PRESS, LTD., SHANGHAI
ALL RIGHTS RESERVED

文學研究會著作權不許翻印

中華民國十七年十二月初版

(文學研究會叢書)追求一册
(每册定價大洋捌角)
(外埠酌加運費匯費)

著者 茅盾
發行者 商務印書館
印刷所 上海河南路北首寶山路 商務印書館
總發行所 上海棋盤街中市 商務印書館
分售處 商務印書分館

⊙《追求》1928 年初版封面及版权页

“文学研究会丛书”中的《追求》,相当罕见,而更多能见的是开明书店的《追求》,笔者起码见到过三种,封面各异,见到的版本出版时间(从左至右)分别是:1930 年 5

月初版、1937 年版(属“文学周报丛书”)和 1947 年 9 月十四版。在“商务”版中插入开明书店的三种书影,看似没有“道理”,但在研究旧版本中,能见到如此齐全的同名版本,这种“比照”不可或缺,重要而且有意思。

全书 283 页,分八章,无标题,以“一、二……”标示。书前有华滋华斯的英文短诗。

⊙ 从左至右:《追求》开明书店 1930 年初版、1937 年版(“文学周报丛书”)和 1947 年十四版封面

书末有代跋《从牯岭到东京》,最后说道:

我自己是决定要试走这一条路:“追求”中间的悲观苦闷是被海风吹得干干净净了,现在是北欧的勇敢的运命女神做我精神上的前导。但我自然也知道自己能力的薄弱,没有把文坛推进一个新基础那样的巨才,我只能依我自己的信念,尽我自己的能力去做,我又只能把我的意见对大家说出来,等候大家的讨论,我希望能反省的文学上的同道者能够一同努力这个目标。

《菊子夫人》

《菊子夫人》，“文学研究会丛书”，长篇小说集，[法国]绿谛(Pierre Loti)著，徐霞村译，商务印书馆印刷发行，笔者所见两种封面图案相同、色彩不同的版本。

第一种，民国十八年(1929)三月初版，不知印数，每册定价大洋八角。封面仅美术体书名，图案抽象，色彩艳丽。版权页印“文学研究会丛书”。

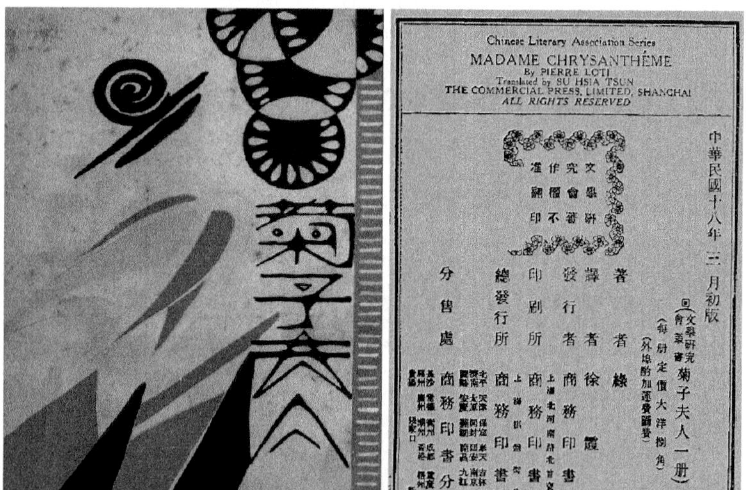

⊙《菊子夫人》1929 年初版封面及版权页

第二种，民国二十一年(1932)十月国难后第一版，不知印数，每册定价大洋八角。笔者所见封面与初版大致相同，图案稍有不同，是否破损所致，搞不清楚。一个醒目的区别是色彩不同，特别是其中的淡钴蓝色，实际是烫银，在光线下十分耀眼。版权页印“文学研究会丛书”和“上海商务印书馆谨启”。

非常有意思的是，笔者手头有两种叶灵凤著的同名《菊子夫人》版本，一种由光

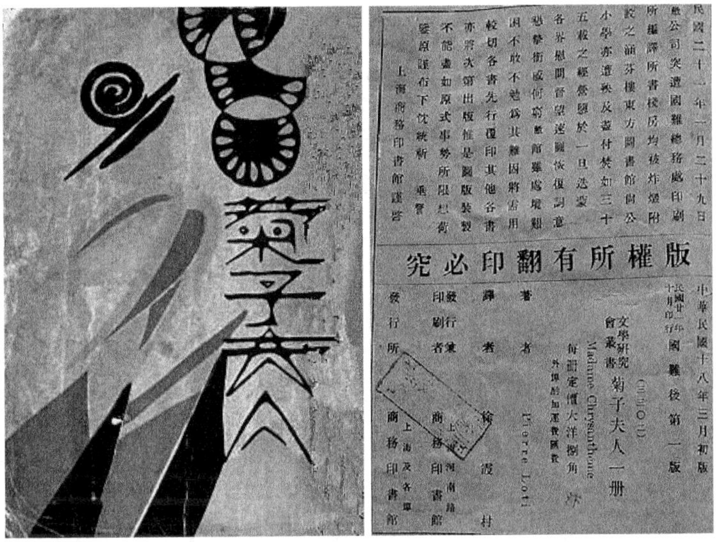

⊙《菊子夫人》1932 年国难后第一版封面及版权页

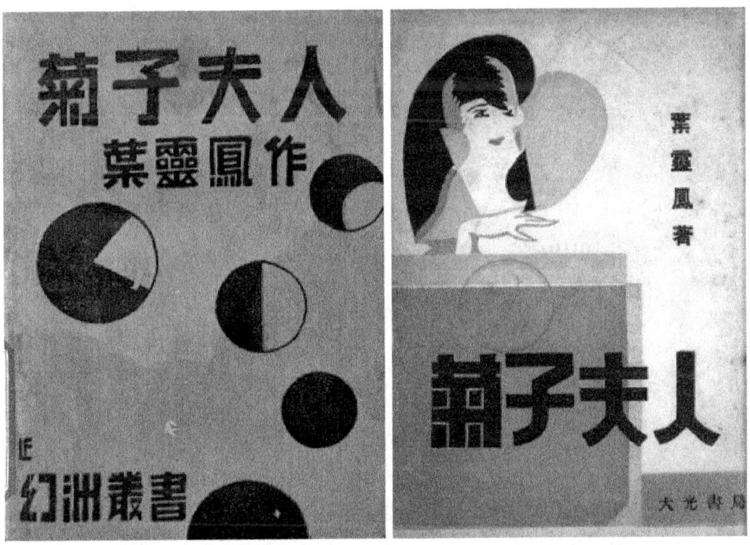

⊙ 叶灵凤著《菊子夫人》两种版本封面

华书局出版于1927年12月，属“幻洲丛书”；另一种由大光书局1936年6月再版。两者封面不同，把它们与徐霞村著的两种版本放在一起欣赏，别有一番意趣。

全书267页，书前有译者重写于1928年9月的《序》：

> 比尔·绿谛(Pierre Loti)——本书作者——的真名叫Julien Viaud，比尔·绿谛是他的笔名。当他每到一个新地方的时候，他总爱把自己所得的每一个新印象都记下来：一片风景，一个落日，一种特别的空气，一个典型的面孔，建筑，衣服，除了这些客观的记录之外，占大部分的还有他自己的感想和印象，他的小说就是从他的日记上取下来的，他写第一部小说时并没有想做一个作家，不过偶然好玩罢了，不料《绿谛的结婚》出版后竟忽然轰动一时，而且，更出他意外的，在一八九二年又被选为学院会员……他的小说共有十几种之多，可称代表作品的有《伊甫兄弟》，《普通水手》，《冰岛渔夫》，《菊子夫人》……
>
> 至于本书的译出，我根据的是巴黎Levy Fveres书店出版的第十七版原文和Ensor的英译本。法文与中文两种文字的构造相差本是很远……绿谛在中国之少人介绍，大概是因为他的东西既少兴趣又难翻译，以我这样寡学的人来做这样“费力不讨好”的工作，自然未免大胆。但在中国目下的情形，若想有什么没有一点错的翻译，那几乎是不可能的事，所以我希望我的朋友随时给我指摘，使本书有一天成为一个完善的译本。
>
> 此外，我还得感谢刘既漂先生，为他给我画了一个这样美丽的封面，叶圣陶徐调孚两位先生对于本书的指正和出版多所帮忙，我在这里也应该一并致谢。

徐霞村，生于1907年，笔名方原等，祖籍湖北阳新。1925年入北京中国大学哲学系，1927年赴法勤工俭学，就读巴黎大学文学院。之后活跃在上海文坛，有大量著译面世。他是文学研究会和水沫社成员。1947年任厦门大学中文系教授和现代文学教研室主任。代表作有：《法国文学史》《现代南欧文学概况》《文艺杂论》《古国的人们》《巴黎游记》《菊子夫人》《洗澡》《法国现代小说选》《六个寻找作家的剧中人》《鲁滨逊飘流记》《皮蓝德娄戏曲集》和《西万提斯的未婚妻》(与戴望舒合译)等。

《恋爱的故事》

《恋爱的故事》，“文学研究会丛书”，希腊罗马的神话与传说之三，郑振铎著，商务印书馆印刷发行，笔者所见仅一种精装本。民国十八年（1929）三月初版，不知印数，每册定价大洋三元。扉页和版权页印“文学研究会丛书”。

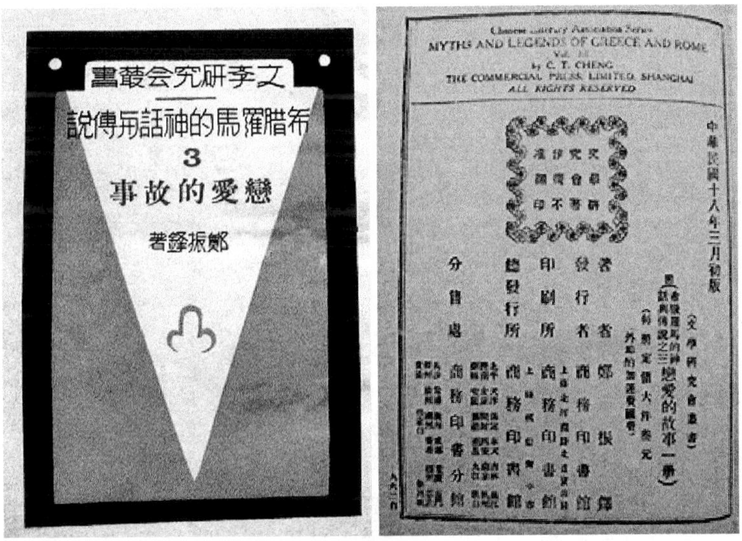

⊙《恋爱的故事》1929 年初版封面及版权页

精装封面绛红色，陈旧时色彩仍鲜艳，封面和封底左右下角印三角形花饰，书脊印“希腊罗马的神话与传说”、书名和作者名，作者名下还有小花饰，文字与花饰皆烫金。至于精装外是否有封套，因未见，故不敢妄断，但从一般书籍出版规律看，精装外应有封套，不知是否有收藏者见过。据悉，此书分为精装与平装，精装布面烫金，木造纸印；平装道林纸印，软面，可惜一直未见平装本。

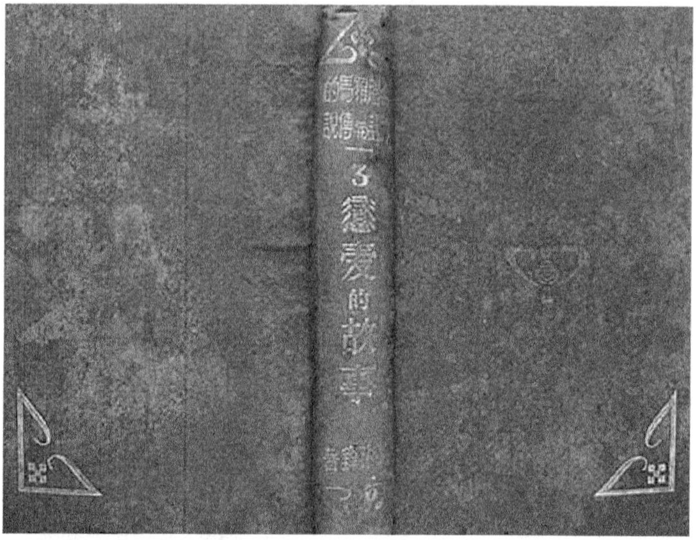

⊙《恋爱的故事》精装封面、封底书影

⊙《恋爱的故事》中附图四幅

书前有献辞："本书献给我的妻，君箴，她是我的一位重要的合作者，本书是在忆念的情怀里写成的。"

书前另有译者1929年1月15日写于上海的《叙言》,其中说道:

> 《恋爱的故事》一个名辞原不十分妥善,但因为这里所叙的全系关于恋爱的故事,所以暂时也不必归纳到“神话与传说”这个总题目之下,而仍让她独立着,将来如果能继续的将全部神话与传说译述完毕时,当然要将这二十多篇故事一一的返本归原的;如果在几年之内没有继续的可能,则只能让这部畸形的《恋爱的故事》独立存在着了。
>
> 这里的故事,其来历都一一的注明,请读者参看卷末的《依据与参考》。只有《丽达与鹅》一篇,文句全是我自己的,《歌者奥菲斯》一篇,也有一小半是我自己的补充。然而其所叙述的骨干却仍不曾违背了古老的传说。
>
> 这里所插附的图画,有一部分是我自己在伦敦,利物浦,巴黎,罗马,那泊尔,佛罗棱斯,委尼司诸地所搜集到的。特别是Raffaello所绘的几幅顶画壁画,我们似乎还没有别的地方见到过。这些顶画壁画,现在罗马的Farncsina别墅中。这个别墅有Raffaello的顶画的厅室,本是公开的,我去的时候,却正在闭门修理,所以始终没有瞻仰原画的机会,至今心还耿耿。
>
> 本书的索引是王少椿君的工作。本书的装帧,则出于钱君匋君之手,我对于他们应该特别的表示感谢。叶圣陶君的有力的校阅与修改也是我所不能忘记的。

全书312页,收文26篇:《大熊与小熊》《丽达与鹅》《欧绿巴与牛》《爱坡罗与达芬》《玉簪花》《向日葵》《安特美恩的美梦》《乌鸦与柯绿妮丝》《爱神的爱》《巨人的爱》《史克拉与骚西》《骚西与辟考斯》《象牙女郎》《美拉与其父》《亚杜尼斯之死》《歌古奥菲斯》《白比丽丝泉》《仙女波莫娜》《那克西斯》《柏绿克丽丝的标枪》《赛克斯与亚克安妮》《潜水鸟》《依菲斯》《奥依妮与巴里斯》《潘与西冷克丝》和《希绿与林达》。

正文之后还有:《根据与参考和索引》。书中有插图29幅,其中五幅是三色铜版图,24幅为单色铜版图。书末有“文学研究会丛书新著短篇及中篇小说”书目。

此书是作者根据希腊罗马的神话与传说编成的,随写随寄,交《小说月报》发表，之后由商务印书馆印成单行本。作者写此书时是在英国伦敦，每天出入于不列颠博物院，抄录并研究藏在该院的中国古籍，感觉疲乏时就看看《希腊神话》和《罗马传说》之类的书，并按计划译成中文，也便成了后来出版的图书。

《贵族之家》

《贵族之家》,“文学研究会丛书”,长篇小说集,屠格涅甫(屠格涅夫)著,高滔译,商务印书馆印刷发行,笔者所见为民国十九年(1930)十一月再版,不知印数,每册定价大洋一元。封面与一般“文学研究会丛书”不同,却与同一丛书中的《罗亭》的封面相同,两书皆为俄国屠格涅夫所著,如此设计封面是否与同一作者有关,仅为猜测。1929 年 3 月初版和 1933 年 2 月国难后第一版,均未见。

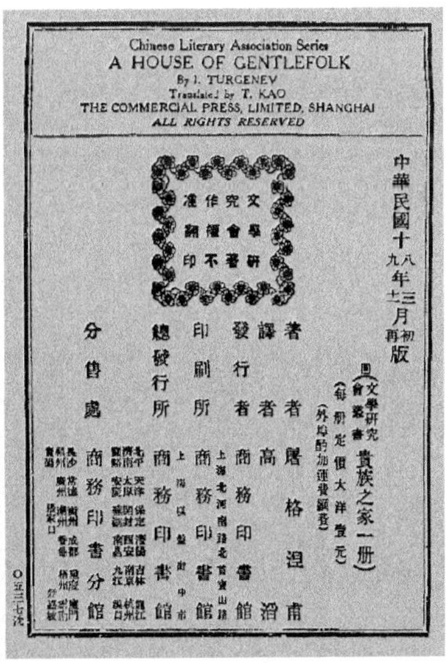
Chinese Literary Association Series
A HOUSE OF GENTLEFOLK
By I. TURGENEV
Translated by T. KAO
THE COMMERCIAL PRESS, LIMITED, SHANGHAI
ALL RIGHTS RESERVED

中華民國十八年三月初版
中華民國十九年十一月再版

(文學研究會叢書 貴族之家一冊)
(每冊定價大洋壹元)
(外埠酌加運費匯費)

文學研究會著作權不准翻印

著者 屠格涅甫
譯者 高滔
發行者 商務印書館
印刷所 上海北河南路北首寶山路 商務印書館
總發行所 上海棋盤街中市 商務印書館
分售處 商務印書分館

⊙《贵族之家》1930 年再版封面和版权页

全书346页，无序跋，无目次，分为44部分，另加尾声。

高滔，相当陌生，不知详情。仅知他生于1902年，原名高天行，吉林省人。高滔是其一个笔名，最初见于1927年7月10日《莽原》半月刊第2卷第13期上的译作《宝藏》，高尔基著。

《黄昏》

《黄昏》，“文学研究会丛书”，王统照著，商务印书馆印刷发行，笔者所见两种封面和版次的版本。

第一种，民国十八年（1929）四月初版，不知印数，每册定价大洋六角。封面左侧印书名和作者名，右侧印有一幅天上挂着圆月的实景图，垂柳房屋灯光人物，喻意“黄昏”。“黄昏”之“昏”，上半不是“氏”而是“民”，其实“昬”“昏”相通，只是如今已经不用“昬”罢了。版权页印“文学研究会丛书”。

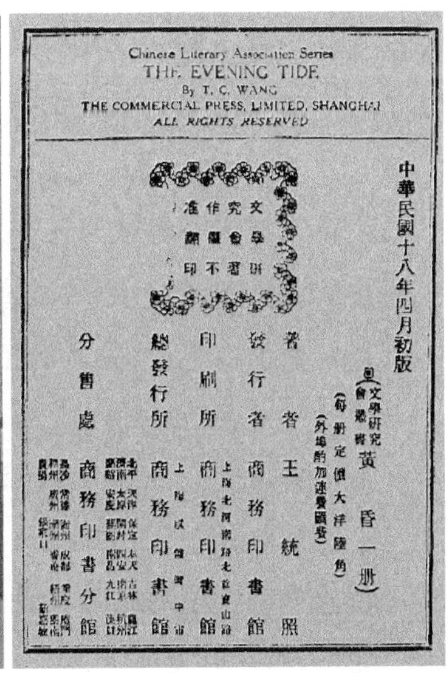

Chinese Literary Association Series
THE EVENING TIDE
By T. C. WANG
THE COMMERCIAL PRESS, LIMITED, SHANGHAI
ALL RIGHTS RESERVED

中華民國十八年四月初版

（文學研究會叢書）黃昬一册
（每册定價大洋陸角）
（外埠酌加運費匯費）

文學研究會著作權不准翻印

著者 王統照
發行者 商務印書館
印刷所 上海北河南路北首寶山路 商務印書館
總發行所 上海棋盤街中市 商務印書館
分售處 商務印書分館

⊙《黄昏》1929年初版封面及版权页

第二种，民国十九年(1930)十一月再版，不知印数，每册定价大洋六角。此书封面与初版几乎无异，唯一区别在于初版封面印作者名，再版却漏印，到底是有意还是无意，看来已经无法弄清楚了。版权页印“文学研究会丛书”。1933年4月国难后第一版，据说封面同再版，可惜未见。

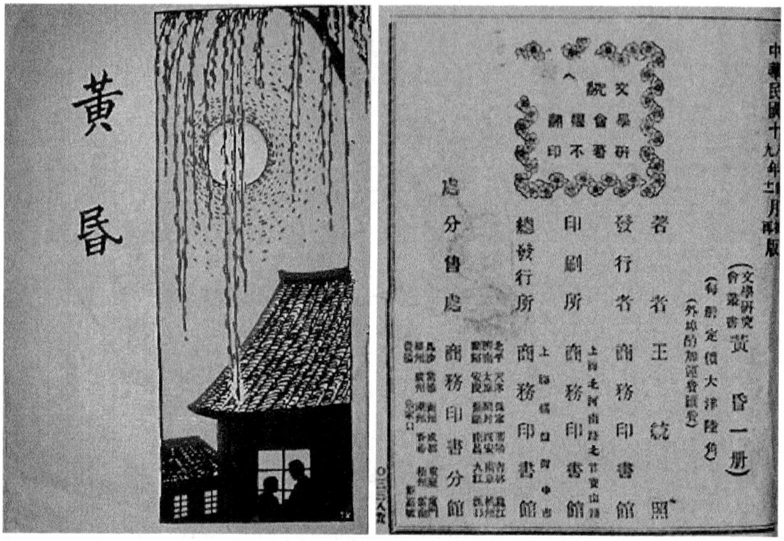

⊙《黄昏》1930年再版封面及版权页

全书196页，分19部分，无标题。书前有作者1927年11月末某夜“记于琴岛之滨”的《自序》：

> 这本《黄昏》是五年前的旧作了，曾经文学研究会预告要出单行本，但我既懒且忙又觉得没甚么意思，所以停搁下了。今冬在海滨住着，夜长无事，便取出来添改了一些，每当寒风狂涛交互响叫的时候，觉得人间的种种冲突是究竟不得免的；世界的造成原是如此。即如这本小说的意思或者有人看了以为是在“鸣不平”。然而这也如海滨的寒风狂涛的争斗一般，在宇宙中是自然的现象，有甚么奇怪！……我每在夜间作此无谓的怪想，也因此便对于这篇旧作重复感到兴味，以为或者为作种种冲突的一种记录，便寄至沪上印行了。至于题材与表现力我觉得终不甚充分，人物方面的穿插，也不甚合宜，然而一时无法全改了，只好俟诸他日。

《未厌集》

《未厌集》,“文学研究会丛书”,短篇小说集,叶绍钧著,商务印书馆印刷发行,笔者所见两种版本。

第一种,民国十八年(1929)六月初版,不知印数,每册定价大洋六角。封面只印手写体书名,楷体,估计也是出自叶绍钧之手。版权页印“文学研究会丛书”。

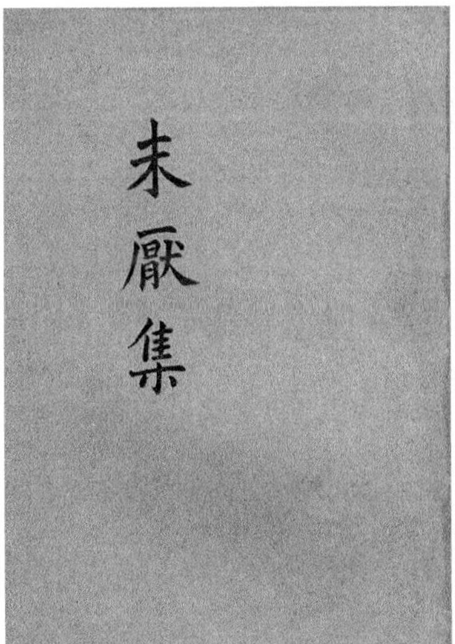

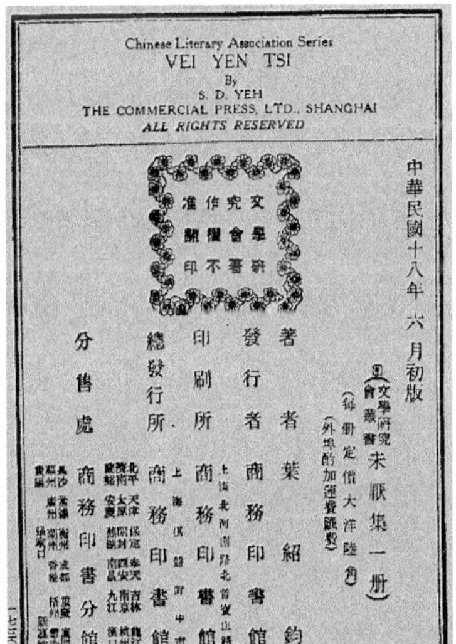
Chinese Literary Association Series
VEI YEN TSI
By
S. D. YEH
THE COMMERCIAL PRESS, LTD., SHANGHAI
ALL RIGHTS RESERVED

中華民國十八年六月初版

(文學研究會叢書)未厭集一册
(每册定價大洋陸角)
(外埠酌加運費匯費)

文學研究會著作權不准翻印

著者 葉紹鈞
發行者 商務印書館
印刷所 上海河南路北首寶山路 商務印書館
總發行所 上海及各埠 商務印書館
分售處 商務印書分館

⊙《未厌集》1929 年初版封面及版权页

第二种,民国三十六年(1947)二月第二版(再版),不知印数,每册国币三元五角。封面书名字体与初版不同,“厌”字是另外一种写法。版权页印“文学研究会丛书”。

令人疑惑的是：此书初版是 1928 年 12 月，与 1929 年 6 月初版时间不同，看似矛盾，其实不然。事实是：1928 年初版，应是单行本的初版时间；而 1929 年初版，则是归入“文学研究会丛书”的出版时间，也就是说 1947 年第二版版型是根据 1928 年单行本而印刷的。除此之外，笔者还见到过与第二版封面书名字体相同的“1933 年 3 月国难后第一版”。版次的繁复，再加上封面的不一，足以让初涉现代文学版本者“绞脑筋”了。

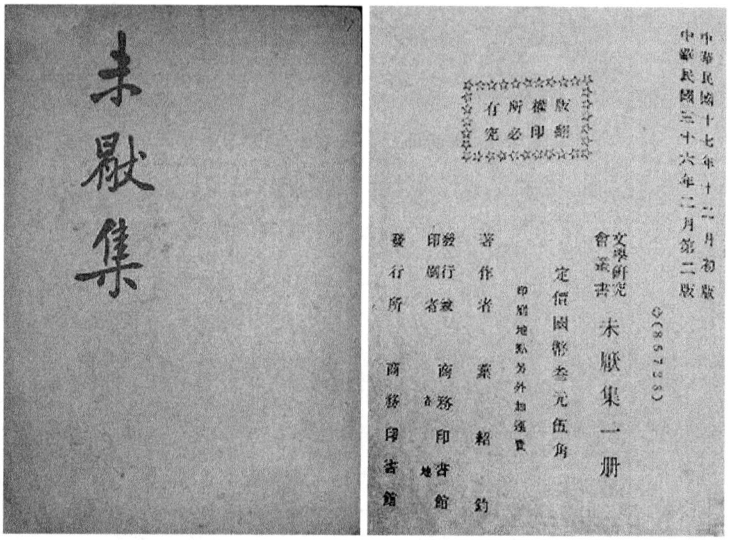

⊙《未厌集》1947 年第二版封面及版权页

书前有“本书著者的其他作品”五种：《隔膜》《火灾》《线下》《稻草人》和《城中》。这些著作大多属“文学研究会丛书”。

另有作者写于 1928 年 10 月 26 日对“厌”字的解释文字，在不少资料上称其为《前言》，颇有趣：

> 厌，厌足也。作小说虽不定是甚胜甚盛的事，也总得作像个样儿。自家一篇一篇地作，作罢重复看过，往往不像个样儿。因此未能厌足。愿意以后多多修炼，万一有教自家尝味到厌足的喜悦的时候吧。又，厌，厌憎也。有人说我是厌世家，自家检察过后，似乎尚未。不欲去自杀，这个世如何能厌？自家是作如是想的。几篇小说集拢来付刊，就用“未厌”两字题之。

全书181页,收小说10篇:《遗腹子》《夏夜》《苦辛》《一包东西》《抗争》《小病》《小妹妹》《夜》《赤着的脚》和《某城纪事》。

版权页后有“文学研究会丛书”书目广告两页。

《烟》

《烟》，“文学研究会丛书”，长篇小说集，屠格涅甫著，樊仲云译，商务印书馆印刷发行，笔者所见为民国十八年(1929)十一月初版，不知印数，每册定价大洋一元。版权页印“文学研究会丛书”。

封面设计别具一格，右边五分之二为色块图案，鲜艳夺目，左边五分之三空白，左下只印一个书名《烟》。这一版本设计，在“文学研究会丛书”中大约有三四种，图案一致，唯书名不同，这种截然区别于其他版本的设计，难以

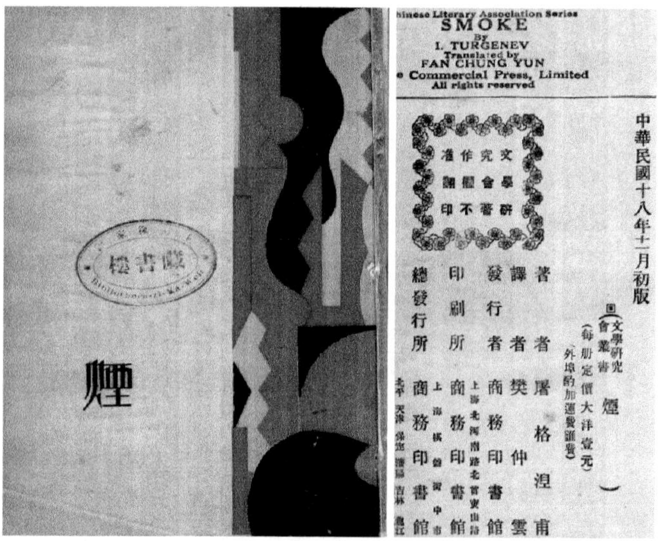

⊙《烟》1929 年初版封面及版权页

解读，笔者猜测这些版本基本上是屠格涅夫的著作，是以一个作者作为封面设计的基本"元素"。版权页有些破损，只能截取比较完整的部分。在研究旧版本时，这类尴尬随处可见，无法求全责备。

全书352页，分28部分，无标题。书前有译者1928年8月20日写于上海的《译序》，其中说道：

> 这是本书主人公李维诺夫于恋爱幻灭之后，觉得什么都毁坏崩溃，现在是自己运尸身回家乡，在车上，他看见了煤烟，不禁发出，这样的感想。不但是恋爱，他觉得什么都是烟样，一切一切，他自己的生活，俄国人的生活，都不过是一阵烟！
>
> 本书之所以命名曰《烟》，即由此故。
>
> ……本书之译是在一九二七年九月，我从武汉归沪的时候，曾一度载于《东方杂志》，胡愈之兄的督责和校正，是应当感谢的。其间以人事卒卒，无暇整理，直至今年八月末始付文学研究会出版。想起了两年来的事变，何异车厢外的煤烟？……

《天鹅歌剧》

笔者所见《天鹅歌剧》,“文学研究会丛书”,赵景深作词,邱文藻作曲,商务印书馆印刷发行,失版权页。据悉为民国二十一年(1932)十月国难后第一版,不知其他版权事项。扉页印“文学研究会丛书”美术字。

六幕歌剧,附有五线谱和钢琴伴奏谱。

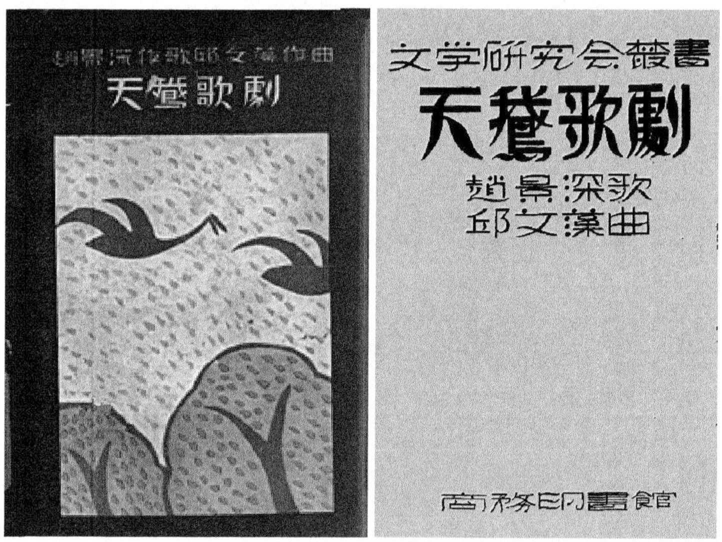

⊙《天鹅歌剧》封面及扉页

全书 84 页,书前有赵景深 1927 年 10 月 28 写的《题卷端》:

⊙《天鹅歌剧》中所附五线谱

这本《天鹅》的歌词虽是我作的，它之能出版，实在靠着许多朋友的帮助。原稿曾屡经修改，又经友人何呈錡先生删改数次，方才发表于《小说月报安徒生号》。（如今何先生已经逝世，此书他却已不领见了，唉！）后来又蒙邱文藻，费锡胤两先生各为谱曲，并蒙上海尚公小学，无锡三师附小，慈谿普迪学校，绍兴五中附小，……等处试演，方才编成现在这样的一本；但只是油印，不曾正式刊行。后因自《天鹅》歌词刊出后，陕西，云南，浙江，江苏……等省的小学校索阅歌谱者日必数起，我想一定还有许多学校要这剧本而苦于不得歌谱，便交给文学研究会正式铅印了出来。——这便是此剧出版的来历。

关于此剧的歌词，有人说是过于高深，表演时恐观众难于了解；又有人说是过于悲哀，排演时恐于儿童不甚相宜。我觉得这是不可避免的责难，欲求艺术较好，只好对于观众程度这方面稍不顾及。况且，倘表演此剧时，能另将歌词油印，（不印曲谱）发给观众，则词句高深的困难可免；再，此剧虽“思兄”一幕较为悲哀，结果却“欢聚”，所以仍只能算作喜剧，不能算作悲剧。大约高级小学和初级中学一年级表演此剧为更适宜一点罢？

关于此剧的曲谱，我是外行，但据一般人说，邱先生对于作曲法看了许多理论书，是很有研究的。费锡胤先生的曲谱本拟印在一起，为了气韵的不同，现在预备另外出一本。

此剧虽已正式刊布，仍恐有不妥处，务请读者演者诸君详细指教。这是我诚恳的希望，并非序中应有的具文。

临了，谢谢丰子恺先生替我校阅，钱君匋先生替我绘封面，郑振铎，徐调孚两先生替我设法出版。

商务印书馆出版的“文学研究会丛书”书目，笔者见到过几种“版本”，有类似，有重复，从经手的版本书影看，同一种丛书好像也无统一的装帧设计。如果把所有的书目罗列起来，加以剔除归类，大可理出一份较为完整的丛书书目，书目可参见书前《小引》。

商务印书馆出版文学研究会的丛书，除“文学研究会丛书”外，还有“文学研究会世界文学名著丛书”“文学研究会通俗戏剧丛书”“文学研究会创作丛书”等，如以笔者现时能见的版本计，数量大约在200种。

《艺林外史》

《艺林外史》，“文学研究会丛书”，[法国]法朗士著，李青崖译，笔者所见两种不同的版本。

第一种，商务印书馆民国十九年(1930)三月初版，不知印数，每册定价大洋五角。在扉页处标明此书原名《瘦猫馆》。版权页印“文学研究会丛书”。书名自右至左横排，衬黑。

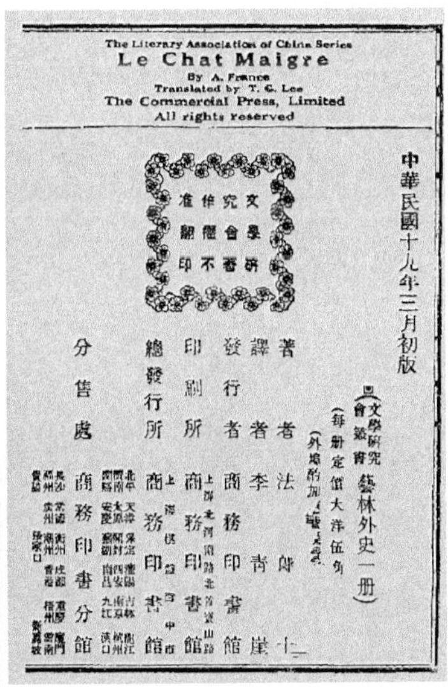
The Literary Association of China Series
Le Chat Maigre
By A. France
Translated by T. C. Lee
The Commercial Press, Limited
All rights reserved

中華民國十九年三月初版

(文學研究會叢書)藝林外史一冊
(每冊定價大洋伍角)

著者 法郎士
譯者 李青崖
發行者 商務印書館
印刷所 商務印書館
總發行所 商務印書館
分售處 商務印書分館

⊙《艺林外史》1930年初版封面及版权页

第二种，民国二十二年(1933)三月国难后第一版，不知印数，每册定价大洋五角。版权页印“文学研究会丛

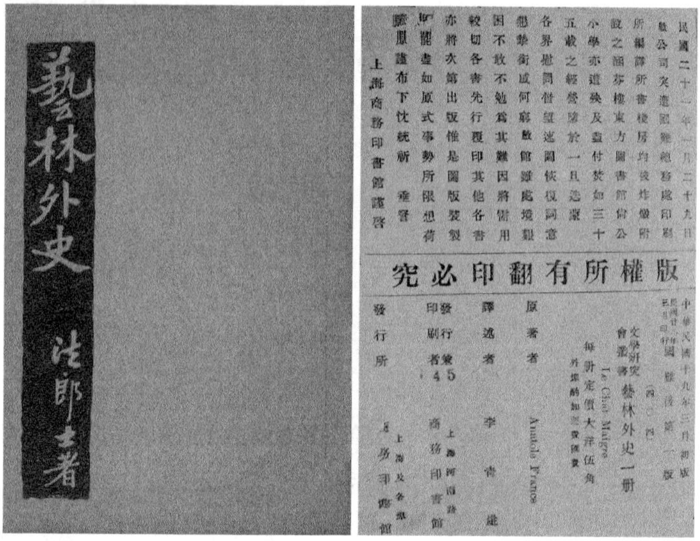

⊙《艺林外史》1933 年国难后第一版封面及版权页

书”和上海商务印书馆谨启文字。书名竖排，衬黑底。

全书 138 页，无序跋，分 14 章，无标题，以“第一章、第二章……”标示。

书名横排者见到过多种，其中有一种封面下方盖印“徐忍寒藏书 JHZEELIBRARY”，至于此人何许人氏，一点也不清楚。因见过不少盖有此人藏书印的版本，故有好奇，但好奇不知究竟，难免留下遗憾！

《红的笑》

《红的笑》,“文学研究会丛书”,[俄国]安特列夫(Leonid Andreev)著,梅川(王方仁)译,商务印书馆印刷发行,笔者所见为民国十九年(1930)十月初版,不知印数,每册定价大洋五角。1932 年 11 月国难后第一版和 1940 年 10 月版,皆未见。

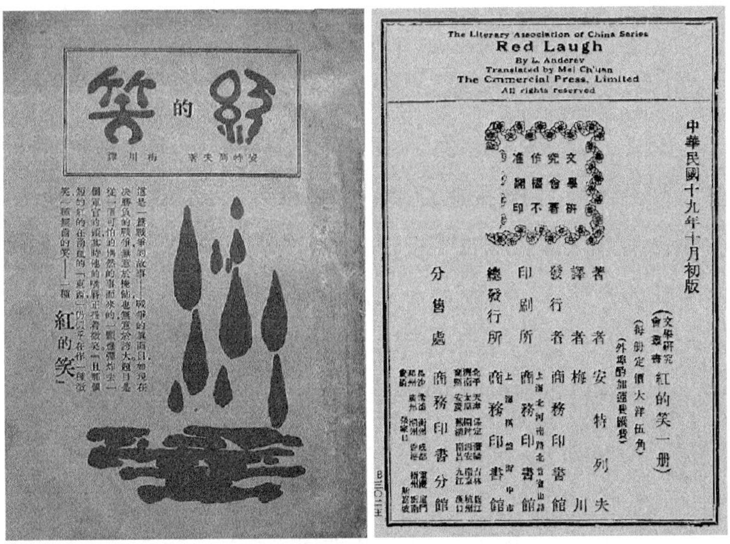

⊙《红的笑》1930 年初版封面及版权页

封面图案除红色的“血”外,还有一段竖排的黑色文字,红黑相间,颇具震撼力:

这是一篇战争的故事——战争的真面目,如现在决

⊙ 安特列夫肖像

胜负的战争，无意于掩饰，也无意于夸大。题目是从一个可怕的偶然的事而来的，一颗爆弹炸去一个军官的头，其时他的嘴唇正扭着微笑。且那个短的红的在涌血的“东西”仍似乎在作一种微笑，一种无牙齿的笑——一种“红的笑”。

书前有梅川写于1929年5月10日的《小引》，七页，其中说道：

想译这本书的心，还在一九二七年的秋季，当时不知何故（照所谓“鹤西”的逻辑，必是因为见了他的原稿而想译的罢，虽然时间上有矛盾）。忽然想译这本书。于是买了一本美国Poni and Liveright公司出版的“近代丛书”中与《七个被绞死的人》合订的一本。因为不能像“鹤西”赶译，也因为没有按预定的计划去译，所以到一九二八年暑假前还只陆续译了上半部。到那时才定了决心，在相当期内，把这下半部译完；当时还因为“近代丛书”的版本中miss print太多，又去买了伦敦T. Fisher Unwin公司Alexandra Linden译的一本。译完之后，直到暑假后回到上海时带来，后由鲁迅先生介绍到小说月报社，并用日译本替我校了一遍，改正不少错误的地方。到现在，不知怎么一来，变为用所谓“鹤西”的译文做蓝本而译的东西了。岂不太离奇么？

书末有鲁迅写的《关于〈关于红的笑〉》，八页，其中说道：

梅川君这部译稿，也是去年暑假时候交给我的，要我介绍出售，但我很怕做中人，就压下了，这样压着的稿件现在还不少，直到十月，小说月报社拟出增刊，要我寄稿，我才记得起来，据日本二叶亭四迷的译本改了二三十处，和我译的《竖琴》一并送去了，另外有一部《红笑》在北新书局吃苦，我是一点都不知道的。至于梅川，他在离上海七八百里的乡下，那当然更不知道。……这一篇还未在《语丝》登出，就收到小说月报社的一封信。里面是剪下的《华北日报》副刊，就是那一篇鹤西先生的《关于红笑》。据说是北平寄来，给编辑先生的。我想，这大约就是作者所玩的把戏，倘使真的，盖未免恶辣一点；同一著作有几种译本，又何必如此惶惶上诉。但一面说别人不通，自己却通，别人错多，自己错少。而一面又要证明别人抄袭自己之作，则未免恶辣得可怜可笑。然而在我，乃又颇叹绍介译作之难于今为甚也。为刷清和报答起见，我确信我也有将这篇送给《小说月报》编辑先生，要求再在本书上发表的义务和权利，于是乎亦寄之。

全书139页，正文部分分为两部，第一部收断片一至断片九，第二部收断片十至断片十九和断片末段。

以上的《小引》和鲁迅的长篇文字，蕴含着一桩所谓“抄袭”的公案，其实正如鲁迅所言“何必如此惶惶上诉”，所以也便看淡了，让它翻过，流进历史的浊流中……

那位“鹤西”，即程侃声，生于1908年，湖北安陆人，鹤西是其一个笔名，从1926年开始署用，“北新”版的《镜中世界》，“春潮”版的《梦幻与青春》等都曾署用，可见也不是一个译界的生手。而鲁迅为之绍介出版《红的笑》的“梅川”，即王方仁，浙江镇海人，是鲁迅在厦门大学时的学生，“朝花社”的一个成员。

提到朝花社，又可叙述一番，可以把有关的人际关系联系起来：1928年12月6日，鲁迅与柔石、崔正吾、王方仁等人组织朝花社，出版《朝花周刊》，周刊停刊后改出《朝花旬刊》。对于朝花社，鲁迅有个自我评价：“中国木刻图画，从唐到明，曾经有过很体面的历史。但现在的新的木刻，却和这历史不相干。新的木刻，是受了欧洲的创作木刻的影响。创作木刻的绍介，始于朝花社。”

关于朝花社的停办，鲁迅在1930年1月19日给李霁野的信中说：“朝花社之不行，我早已写信通知。这是一部分人上了一个人的当，现在将社停止了……我这回总算大上了当，不必说了。”据许广平回忆：最初是王方仁提议印书，说他哥开教育用品商店，可以赊纸，可代售，“很靠得住”。但某天他宣布不能继续了，他哥的店不肯再代卖，书也多卖不出去，后来剩下的书由柔石托别的书店卖，款不但收不到，还要每人筹款填亏空。先生担负巨额的损失之后，得到朝花社遗留下来的黄色包书纸一束，从此关门大吉。鲁迅在1930年1月22日的日记中记载：“夜方仁来，还陆续所借泉百五十，即以百二十元赔朝花社亏空，社事告终。”

朝花社的停办，以及之后柔石的被捕与遇害，都令鲁迅先生非常悲愤！

同一个“王方仁”，前为其辩解，后为其悲愤，世事之有趣，永远令人刮目相看！

《英雄与美人》

《英雄与美人》,“文学研究会丛书”,三幕剧,[英国]萧伯纳(Bernard Shaw)著,中暇译,商务印书馆印刷发行,笔者所见为民国十九年(1930)十一月初版,不知印数,每册定价大洋五角。封面为萧伯纳头像,版权页印“文学研究会丛书”。所附书影为1947年3月二版版权页。

⊙《英雄与美人》1947年二版封面及版权页

全书128页,书前有萧伯纳肖像,无序跋。

译者中暇,不知其人,似被埋没得很深的人物,连一点“蛛丝马迹”也不见,奇怪!

⊙ 萧伯纳肖像

此书另有一种形态，封面标明“新中学文库”，而在版权页上却标明“文学研究会丛书”，可见此书是“横跨”两只船的版本。至于内情到底如何，不得而知。但从笔者所见的“新中学文库”的版本，大多是“横跨版本”。

《二马》

《二马》,“文学研究会丛书”,老舍著,商务印书馆印刷发行,笔者所见为民国二十八年(1939)五月国难后第四版,不知印数,每册实价国币一元四角。版权页印“文学研究会丛书”。此时商务印书馆已迁湖南长沙南正路。1931 年 4 月初版,1932 年 12 月国难后第一版,1943 年 4 月成都版,皆未见。

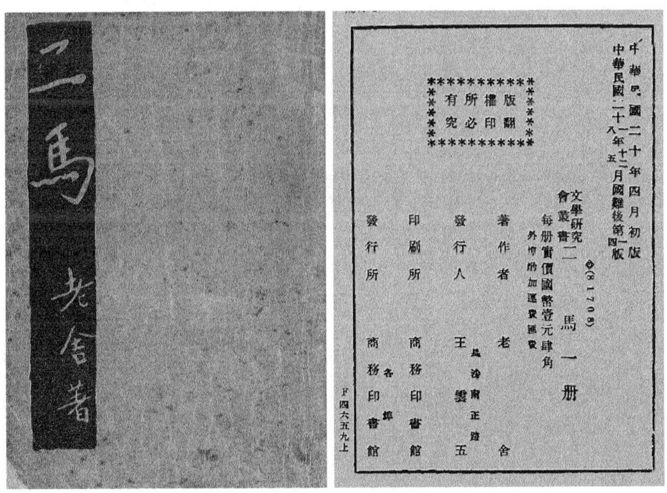

⊙《二马》1939 年国难后第四版封面及版权页

全书 452 页,无序跋,分五大段,无标题,称之为“第一段”、“第二段”……第一段内分一至二部分,第二段内分一至十二部分,第二段内分一至十五部分,第四段内分一至十一部分,第五段内分一至六部分。

《文坛逸话》

《文坛逸话》，“文学研究会丛书”，宏徒编，商务印书馆印刷发行，笔者所见为民国十七年(1928)十月初版，不知印数，每册定价大洋四角。封面与一般丛书不同，版权页印“文学研究会丛书”。1932 年 9 月国难后第一版，未见。

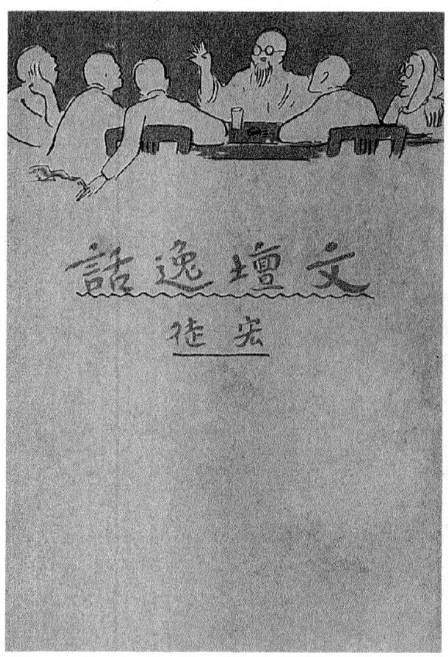

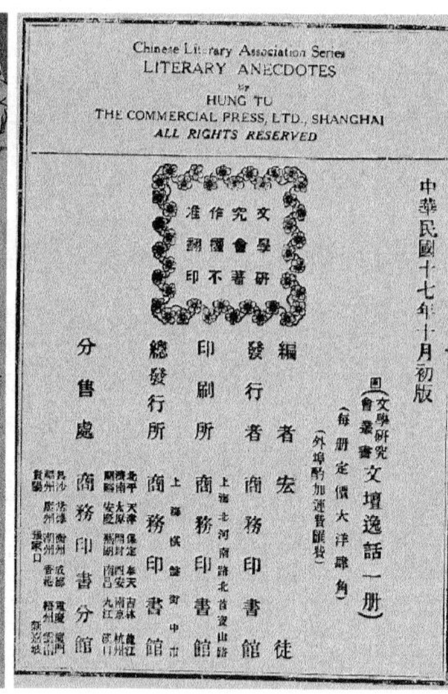

Chinese Literary Association Series
LITERARY ANECDOTES
by
HUNG TU
THE COMMERCIAL PRESS, LTD., SHANGHAI
ALL RIGHTS RESERVED

中華民國十七年十月初版

(文學研究會叢書)文壇逸話一册
(每册定價大洋肆角)
(外埠酌加運費匯費)

文學研究會著作不准翻印

編者 宏徒
發行者 商務印書館
印刷所 上海北河南路北首寶山路 商務印書館
總發行所 上海棋盤街中市 商務印書館
分售處 商務印書分館

⊙《文坛逸话》1928 年初版封面及版权页

书前有作者写的《代序》：

“头陀生来愚拙，不惯谈龙谈虎，只得说猫说狗。”洒家宏徒是也。蓬莱数载，访仙未遇；泛桴回来，走投无路。虽久已皈依我佛，却还贪恋酒、肉、声、色。有时野性发作，便也东涂西抹，胡诌几句，送去杂志补白；换得银钱，好买咖啡、卷烟、花生米……今日天气晴和，不免模仿东士亚美利加洲辛克勒亚上人，学他把火油抱在胸前，站立闹市贬卖。——这个主意不错，行行走走，不觉已来到了十字街头，待我把书摆开来，叫喊几声则个——

"过路的客官们，快来快来！……

"什么？说，怕书里所记的不是真实的，不肯买么？

"既然不肯买，就奉送一册看看也罢！

"什么？说，正埋头于什么性教育之类的研究，就送一册也不愿意看么？"

"…………"

全书82页，收文27篇：《史特林堡与妇人》《文豪所得的稿费》《马克吐温的领带》《阿那托尔法郎士不受人拍》《龚枯儿兄弟》《托尔斯泰与二十八》《小儿的啼声》《普希金的决斗》《死刑台上的杜思退益夫斯基》《暴虐狂与受虐狂》《兰姗姊弟的苦运》《诗人雪莱》《迭更司唱莲花落》《金丸药与纸丸药》《勃兰特》《鲍特莱尔的奇癖》《屠格涅夫轶事》《痛骂男女关系者》《十返舍一九之滑稽》《南方熊楠这人》《华盛顿欧文的家》《诗人与小鸟》《巴尔扎克的收入计划》《巴尔扎克的想像力》《哥德的晚年》《勃莱克的幼年》和《拜伦的幼年》。

这位"宏徒"，即谢六逸，宏徒是其笔名。

《波纳尔之罪》

《波纳尔之罪》，“文学研究会丛书”，[法国]法郎士(Anatole Franee)著，李青崖译，商务印书馆印刷发行，笔者所见两种版本。

第一种，仅存封面，失版权页，据悉此书为民国十七年(1928)十二月初版，不知“文学研究会丛书”印在何处，不知印数和定价。扉页下标有“1933”的字样，可见所见版本为1933年版，封面与初版同。

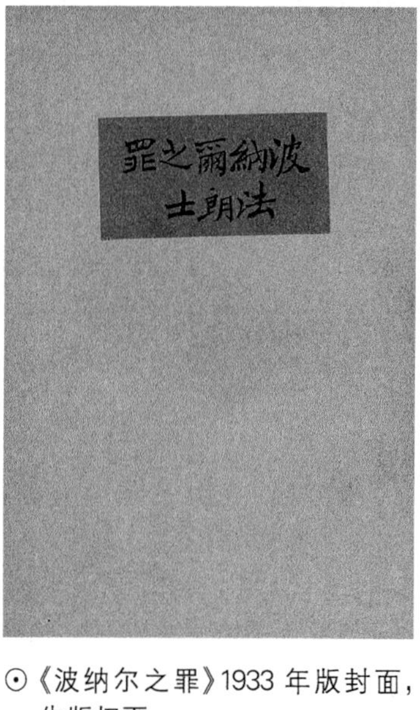

⊙《波纳尔之罪》1933年版封面，失版权页

⊙ 法郎士木刻像

第二种，民国二十二年(1933)二月国难后第一版，不知印数，每册定价大洋一元。封面与一般“文学研究会丛书”不同，与初版的封面也稍有不同。版权页印“文学研究会丛书”，上方印“上海商务印书馆谨启”。

两书粗看相似，但细看仍有区别：书名和作者名的衬底框的边缘与颜色不同，字体也不同。

民國二十一年一月二十九日
本公司突遭國難總務處印刷
所編譯所書棧房均被炸燬附
設之涵芬樓東方圖書館尚公
小學亦遭殃及盡付焚如三十
五載之經營隳於一旦迭蒙
各界慰問督望速圖恢復詞意
懇摯銜感何窮敝館雖處境艱
困不敢不勉為其難因將需用
較切各書先行覆印其他各書
亦將次第出版惟是圖版裝製
不能盡如原式事勢所限想荷
鑒原謹布下忱統祈
垂鑒
上海商務印書館謹啓

版權所有翻印必究

中華民國十七年十二月初版
民國廿二年二月印行 國難後第一版
(二七七四)
文學研究會叢書 波納爾之罪一冊
Le Crime de Sylvestre Bonnard
每冊定價大洋壹元
外埠酌加運費匯費
著者 Anatole France
譯者 李青崖
發行人 印刷者 商務印書館 上海河南路
發行所 商務印書館 上海及各埠

⊙《波纳尔之罪》1933年国难后第一版封面及版权页

书前有“法郎士”的木刻像，下有签名，刻得洒脱。另有译者1925年12月20日写于长沙的《译者的引言》，其中说道：

> 我这次翻译此书，系以巴黎伽尔曼雷徽(Calman-Levy)书店在一九二一年所发行的“Le Crime de Sylvestre Bonnard”第二百十二版的法文单行本为根据，其间和《近代作者文选》(Pages choisies des anteurs contemporaius)本的《法郎士文集》间有出入，而与小泉八云的英文译本尤大相径庭，兹仍依单行本。计自本年二月二十四日开译至五月二十一日译完，中途偶因人事上的阻碍而停止工作者约二十日光景。至于整理考证，转费三四个月的光阴，虽然明知译文未能得原文的神韵于什一，然而却希望我这竭蹶的工作，可以使国内人士引起研究法郎士作品的兴味。所以依然将

译文发表;我因此尤其希望国内人士加以指正!

全书325页。此书前后各收《译者的引言》和《最后的一叶》,另分两部:第一部《柴》(内有14则),第二部《约翰妮亚历桑德尔》(内有27则)。

《可敬的克莱登》

《可敬的克莱登》，“文学研究会丛书”，四幕剧，[英国]巴蕾(J. M. Bar rie)著，熊适逸译，商务印书馆印刷发行，笔者所见为民国二十二年(1933)五月国难后第一版，不知印数，每册定价大洋六角。版权页印“文学研究会丛书”并“本书校对者王养吾”。版权页上半部分破损，只取下半部分版权事项。1930 年 11 月初版，未见。

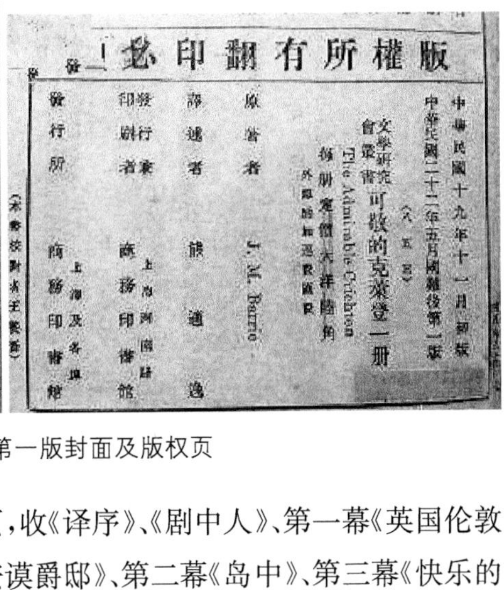

⊙《可敬的克莱登》1933 年国难后第一版封面及版权页

全书 191 页，收《译序》、《剧中人》、第一幕《英国伦敦城美非耳的罗安谟爵邸》、第二幕《岛中》、第三幕《快乐的

⊙ 巴蕾肖像

家庭》和第四幕《又是一个岛中》。

书前有熊式一写于1928年9月1日的《译序》，五页，其中说道：

> 巴蕾詹姆斯马太勋爵，是英国现代文学界四擘（威尔士、巴蕾、萧伯纳、吉卜林）中的一个。……1887年，他所著的《毋宁死》一书出了世，他的名字便渐渐露出了头角，刚好经过了一年的时候，他著的《旧曲集》，《爱丁堡球队》，《未娶时》先后出版，更受社会的欢迎。《可敬的克莱登》一剧，是1903年的作品，他生平的著作，不下十种。《小牧师》，《潘彼得》及本剧，是他作品里面最佳的。

熊适逸，即熊式一，生于1902年，江西南昌人。北京高等师范英文科毕业，对戏剧兴趣浓厚，以戏剧创作和翻译为始终。1932年到英国深造，开启了他的双语写作，尝试改写中国的传统而通俗的王宝钏故事，创作英文话剧《王宝钏》，1934年由英国麦勋书局出版。同年熊式一亲自导演，把《王宝钏》搬上舞台，三年连演900多场。他的文学回忆录《八十回忆》在《香港文学》刊出。欲读而未见，实属遗憾。

《象牙戒指》

《象牙戒指》,“文学研究会丛书”,长篇小说集,庐隐著,商务印书馆印刷发行,笔者所见为民国二十三年(1934)二月初版,不知印数,每册定价大洋七角五分。发行人王云五,校对者陈啸仙、丁心田。封面和版权页皆印“文学研究会丛书”。

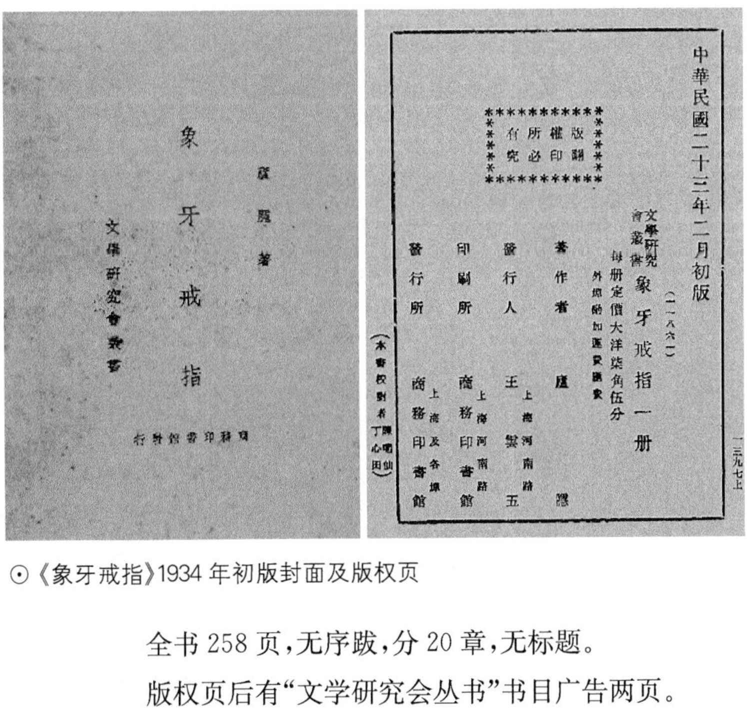

⊙《象牙戒指》1934 年初版封面及版权页

全书 258 页,无序跋,分 20 章,无标题。

版权页后有“文学研究会丛书”书目广告两页。

《石门集》

《石门集》，“文学研究会丛书”，诗集，朱湘著，商务印书馆印刷发行，笔者所见为民国二十三年(1934)六月初版。不知印数，每册定价大洋六角。封面和版权页皆印“文学研究会丛书”，版权页印“本书校对者蔡仲宣”。扉页设计相当典雅，可谓“封面呆板，扉页活泼”。

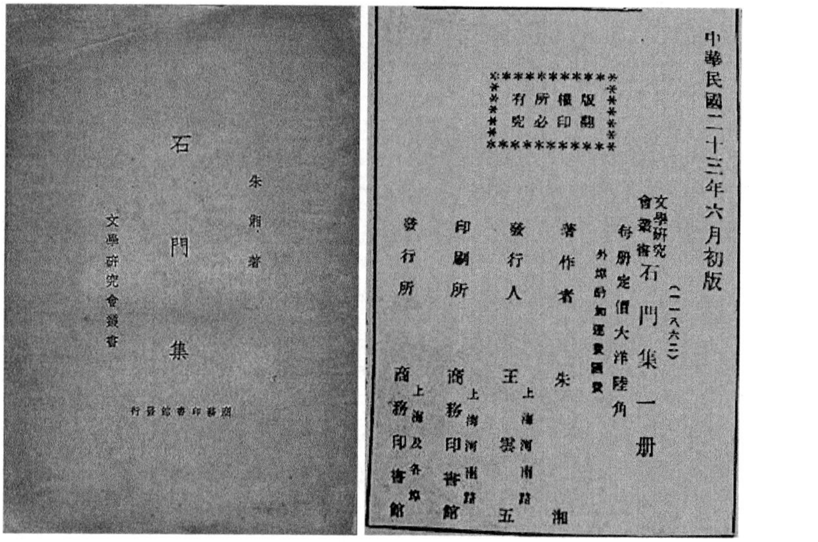

⊙《石门集》1934 年初版封面及版权页

全书分五编：第一编收诗 33 首，如：《人生》《花与鸟》《歌》《哭城》《死之胜利》《凤求凰》《岁暮》《无题》《生》《恳求》《冬》《悲梦苇》《招魂辞》《泛海洋》和《天上》等；

第二编收诗一首《收魂》;第三编收诗 10 首,10 首中又分 54 首;第四编收散文诗三篇;第五编收诗剧一篇《阴差阳错》。

在中国现代文学诗人中,笔者最喜欢的就是这位性情有些古怪的朱湘,他是一个已经超越其他诗人好几个层次的诗人,境界不同一般,正因为如此,他的诗作,他的为人,他的归宿都与他人不同,而且是很不一般的"不同"。他的诗有着诗的韵味,节奏与韵律把握得恰到好处,令人读后陶醉。

随便掏一首读读,《凤求凰》: 我像匠人/冶铜质成圆镜。/镜背上雕着鸳鸯——没有花黄/拿起来端相容光。　　我像羲和/用香料薰花朵。/薰成一朵珠兰——没有青鬟/将此花佩上金簪。　　我像乐工/竹管上穿音孔。/参差的骈作了笙——没有朱唇/低吹出求侣之声。

这样的诗,是需要细细品味的,而不属于诵读的那种,因为在诗的韵律与节奏之外,还有着一种难以顷刻就能感悟到的情愫。

全书 196 页,无序跋。

朱湘的归宿很奇特,他选择在一个冬日的凌晨,当轮船即将驶入南京时投河自尽。据说,他在最后时刻是一边饮酒,一边吟诗……他随身携带的只有两本书,一本是海涅的诗集,另一本是他自己的诗作。几乎无人知道诗人自杀的真正原因。可以说是各说各的,梁实秋猜测,他因性格怪癖而死;闻一多则感叹"谁知道他若继续活著只比死去更痛苦呢?"而鲁迅则把他称之为"中国济慈"……

《华伦夫人之职业》

《华伦夫人之职业》，“文学研究会丛书”，四幕剧，[英国]萧伯纳(G. Bernard Shaw)著，潘家洵译，商务印书馆印刷发行，笔者所见两种版本。

第一种，民国十四年(1925)十一月再版，不知印数，每册定价大洋三角五分。封面和版权页皆印“文学研究会丛书”。1923 年 4 月初版，未见。

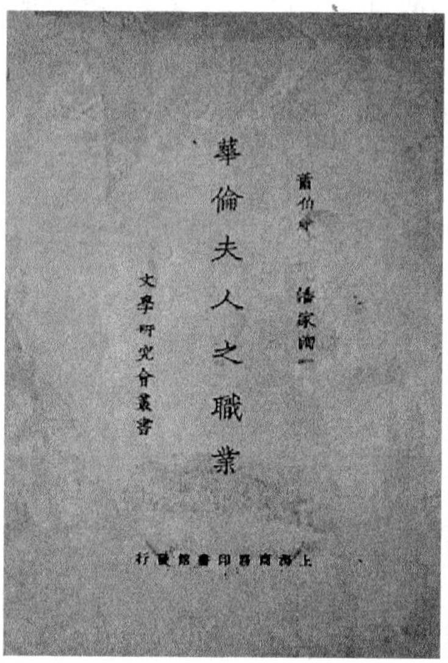

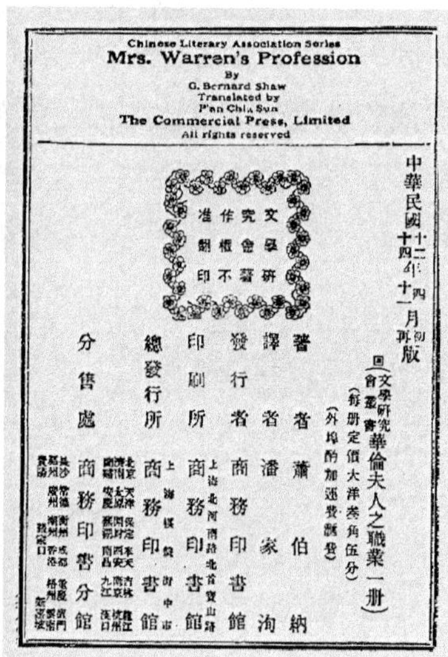

Chinese Literary Association Series
Mrs. Warren's Profession
By
G. Bernard Shaw
Translated by
P'an Chia Sun
The Commercial Press, Limited
All rights reserved

中華民國十四年十一月再版

(文學研究會叢書)華倫夫人之職業一册
(每册定價大洋叁角伍分)
(外埠酌加運費匯費)

文學研究會著作權不准翻印

著者 蕭伯納
譯者 潘家洵
發行者 商務印書館
印刷所 上海北河南路北首寶山路 商務印書館
總發行所 上海棋盤街中市 商務印書館
分售處 商務印書分館

⊙《华伦夫人之职业》1925 年再版封面及版权页

第二种，民国二十二年(1933)六月国难后第一版，不知印数，每册定价大洋三角五分。封面和版权页印“文学研究会丛书”。版权页上方印“上海商务印书馆谨启”。若以两种版本相比较，版权页不同，封面不同处在于字体，再版为楷体，国难后第一版为宋体。

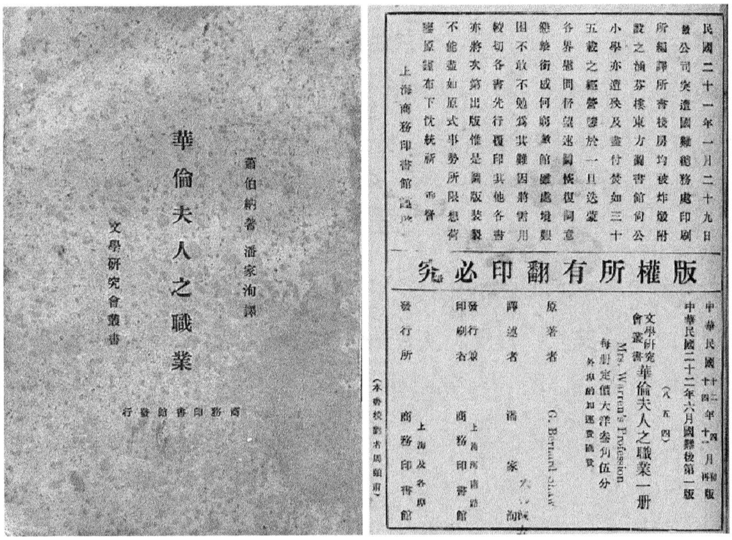

民國二十一年一月二十九日敝公司突遭國難總務處印刷所編譯所書棧房均被炸燬附設之涵芬樓東方圖書館尚公小學亦遭殃及盡付焚如三十五載之經營隳於一旦迭蒙各界慰問督望速圖恢復詞意懇摯銜感何窮敝館雖處境艱困不敢不勉爲其難因將需用較切各書先行覆印其他各書亦將次第出版惟是圖版裝製不能盡如原式事勢所限想荷鑒原謹布下忱統祈垂督

上海商務印書館謹啟

版權所有翻印必究

中華民國二十二年六月國難後第一版

文學研究會叢書 華倫夫人之職業一册 (八五四)

Mrs. Warren's Profession

每册定價大洋叁角伍分 外埠酌加運費匯費

原著者 G. Bernard Shaw

譯述者 潘家洵

發行人 印刷者 商務印書館 上海河南路

發行所 商務印書館 上海及各埠

⊙《华伦夫人之职业》1933年国难后第一版封面及版权页

全书130页，书前有译者1922年10月24日写于北京的《译者小序》：

这个剧本我在三年前曾经把它译出来登在《新潮》二卷一号上头。后来仔细一看，不妥当的地方很多，并且加上了许多印刷的错误，有些地方竟弄得连意义都不十分明了。这翻译的匆促同校勘的疏忽不但对于原著人十分地有罪，就是对于读者——尤其是细心的读者——亦非常地抱歉。因此我费了一个多月的工夫——比原译时用的工夫或许还多些——把他用心改译了一番，把原译改动了几乎有十之七八。这样一来，我并不敢说处处都妥贴明晰了，因为萧伯纳的文章俏皮得很，有时候顾了他的原意就不能用现成的中国话，用了现成的中国话就不能十分保持他的原意。不过我相信经这一番修改之后，这个译本至少可以给读者一个对于这个剧本的意义的正确观念，不至于引起许多误解同怀疑。拿错误的译本来出版是一桩罪过。我当然不敢说我没有罪过，不过我总想竭尽心力减少我的罪过。

我本想做一篇萧伯纳的传附在前面，但是因为手头参考书太少不敢动手。后来蒙我的朋友雁冰先生答应替我做一篇关于萧伯纳的历史同解释

《华伦夫人之职业》的文章登在这里，我的文章就决意等着将来再做了。我应该谢谢他的帮助。

《小序》后是沈雁冰 1923 年 3 月 11 日写的《戏剧家的萧伯纳》，文长 14 页，能写长文，且长而有物，正是沈先生的优点。

潘家洵，江苏苏州人。国立北京大学文学系毕业后，先后任教北京大学、浙江农学院、昆明西南联大和贵州大学。对近代西方戏剧感兴趣，加入新潮社和文学研究会。20 世纪 20 年代开始发表作品。1952 年加入中国作家协会。在北大读书时即开始研究和翻译易卜生、王尔德和萧伯纳戏剧。所译易卜生剧本 15 部，译作虽转译自英文，但语言忠实流畅生动，易卜生剧本也便成了他的主要译作。从 1921 年至 1923 年，商务印书馆出版潘译《易卜生集》两卷，收剧作五种。

《现代诗论》

《现代诗论》，“文学研究会丛书”，[法国]梵乐希等著，曹葆华译，商务印书馆印刷发行，笔者所见为民国二十六年(1937)四月初版，不知印数，每册实价国币九角。48 开本，布面精装外有封套，版权页(包括扉页)印“文学研究会丛书”。这套丛书的版权页上，还第一次出现“发行人王云五”。

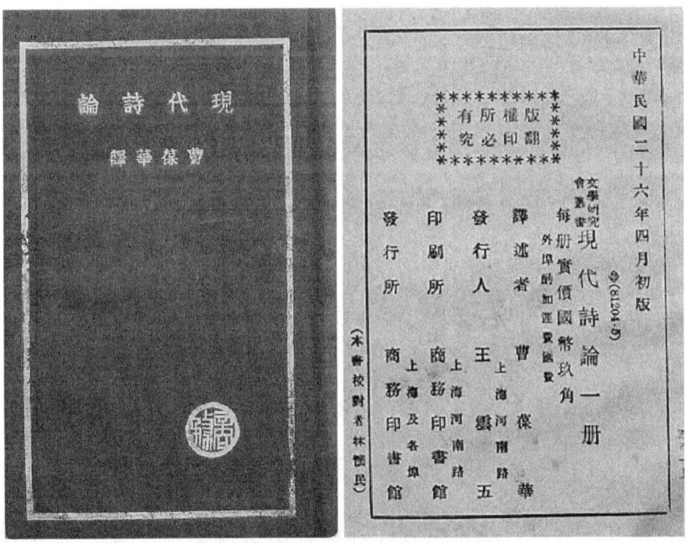

⊙《现代诗论》1937 年初版封面及版权页

此书封面与“文学研究会丛书”的版本截然不同，却与 1936 年出版的“文学研究会创作丛书”和“文学研究会

⊙《现代诗论》扉页

世界文学名著丛书”的封面相同。除这种版本外，还有《科学与诗》，皆为曹葆华的著作，与《现代诗论》同属“文学研究会丛书”，封面也为布面精装。在一种丛书中，出现了与本丛书版本式样完全不同，而与其他丛书版本式样相同的错乱现象，让收藏者感到很奇怪。这种版式交叉，正说明了文学研究会几乎在同期或前后期出版多种丛书时，呈现出了过渡期的“不统一”或者说有点“举棋不定”的混乱？

书前有《序》：

近十余年，西洋诗虽然没有特殊进展，在诗的理论方面，却可以说有了不少为前人所不及的成就。在这本书中，译者想把足以代表这种最高成就的作品十几篇，使国内的读者能够由此获得一个比较完整的观念。……

本书中的十四篇译文，大致可以分为三辑。前六篇是现代一般对于诗的泛论；下接四篇是专论诗中两种重要的成分——“纯诗”与象征作用——的文字：这两种成分本是常存于古今诗韵中的，不过在近代诗中占着特别重要的位置，而且当作理论来探讨，却是近几十年的事。本书的最后四篇，都是泛论文学批评一般问题的文章。

全书362页，收文：《诗》(梵乐希)、《论诗》(莫锐)、《诗中的因袭与革命》(鲁卫士)、《传统与个人才能》(爱略忒)、《诗的经验》(瑞恰慈)、《诗中的四种意义》(同前)、《论纯诗》(雷达)、《纯诗》(墨雷)、《前言》(梵乐希)、《诗中的象征主义》(夏芝)、《批评的信条》(墨雷)、《批评底功能》(爱略忒)、《实用批评》(瑞恰慈)和《批评中的试验》(爱略忒)。

曹葆华，生于1906年，四川乐山人。清华大学文学系毕业。代表作有《寄诗魂》《落日颂》等，译作有梵乐希的《现代诗论》和瑞恰慈的《科学与诗》等。

《科学与诗》

《科学与诗》，“文学研究会丛书”，[英国]瑞恰慈(I. A. Richards)著，曹葆华译，商务印书馆印刷发行，笔者所见为民国二十六年(1937)四月初版，不知印数，每册实价国币四角。版权页印“文学研究会丛书”并发行人王云五和本书校对者。

中華民國二十六年四月初版

文學研究會叢書 科學與詩一冊

Science and Poetry

每冊實價國幣肆角

外埠酌加運費匯費

版權所有 翻印必究

原著者 I. A. Richards

譯述者 曹葆華

發行人 王雲五

印刷所 商務印書館

發行所 商務印書館

(本書校對者金[illegible])

四八二上

⊙《科学与诗》1937 年初版封面及版权页

此书 48 开本，布面精装，文字围框皆烫银。虽属“文学研究会丛书”，却与“文学研究会创作丛书”和“文学研究会世界文学名著丛书”的精装封面相同，在“文学研究

⊙《科学与诗》扉页

会丛书"中仅此书与《现代诗论》的版式相同。

书前有叶公超 1934 年 7 月 2 日写于清华园的《序》，文末说道：

> 这本书是一篇通俗性质的概论，大部分的材料是从他的《文学批评原理》、《意义的意义》两书中择取出来的。我希望曹先生能继续翻译瑞恰慈的著作，因为我相信国内现在最缺乏的，不是浪漫主义，不是写实主义，不是象征主义，而是这种分析文学作品的理论。

这本《科学与诗》，只是粗略一读，虽感翻译文字比较生硬，但已能从中体悟到一些文学本质上的东西。纯理论的研究，虽然有时读起来很不习惯，但它所透露出来的理论张力是巨大的，对专门研究文学理论的学者，势必会产生冲动。

全书 80 页，除《引言》(安诺尔德)外，还有七章：《一般情势》《诗的经验》《价值论》《生命底统制》《自然之中和》《诗歌与信仰》和《几位现代诗人》。

《晚祷》

《晚祷》,“文学研究会丛书”,梁宗岱著,商务印书馆印刷发行,笔者所见两种版本。版本窄长,在“文学研究会丛书”中有那么几种,笔者嬉称为“另类版本”。

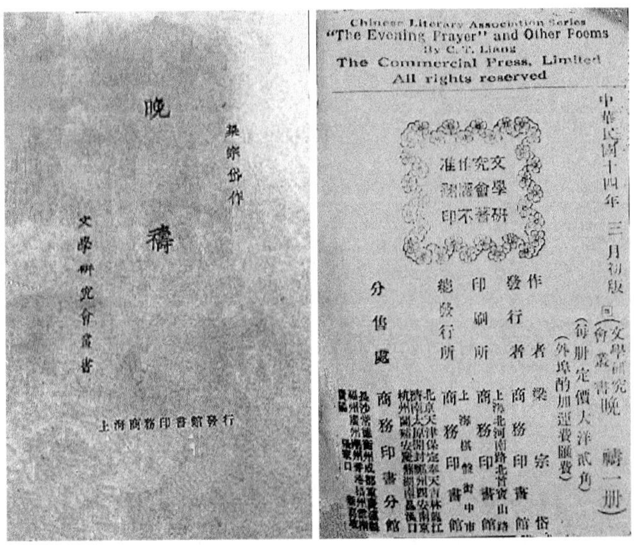

⊙《晚祷》1925 年初版封面及版权页

第一种,民国十四年(1925)三月初版,不知印数,每册定价大洋二角。封面和版权页印“文学研究会丛书”。

第二种,民国二十八年(1939)十月国难后第二版,每册实价国币二角。封面、扉页和版权页皆印“文学研究会丛书”。1924 年 12 月初版和 1933 年 4 月国难后第一版，皆未见。

这两种同属“文学研究会丛书”的版本，在其版权页上所载初版时间存有矛盾：一称“1925 年 3 月”，另一称“1924 年 12 月”，至于哪一种正确，很难断定。

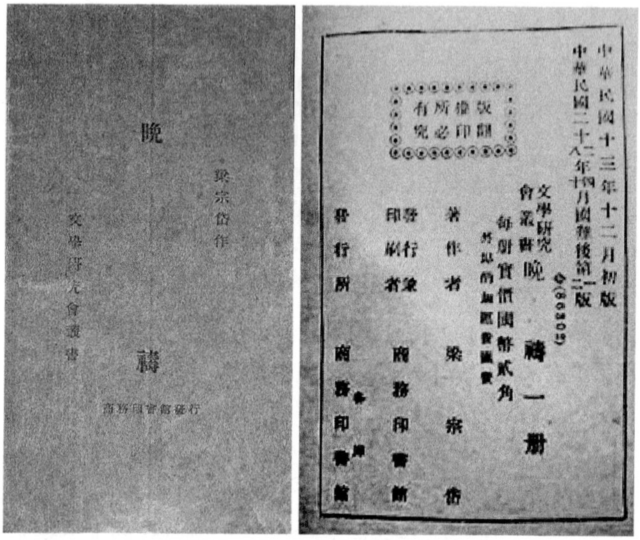

⊙《晚祷》1939 年国难后第二版封面及版权页

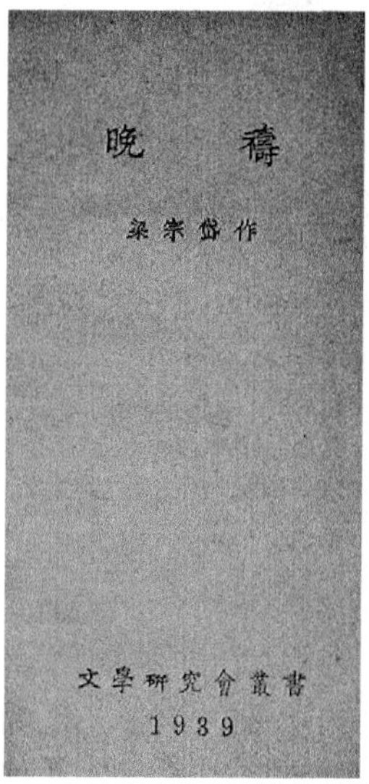

⊙《晚祷》1939 年版扉页

书前有“献给先母之灵”的献词。这类献给某某之灵的题词，看到之后总感到像看到了灵堂前的牌位，有异样感。

全书 63 页，前有《代跋》一页，另收诗 19 首：《失望》《夜枭》《泪歌》《晚风》《途遇》《秋痕》《散后》《归梦》《晨雀》《晚祷》《晚祷》(二)《暮》《白莲》《星空》《夜露》《苦水》《光流》《晚情》和《陌生的游客》。

书末还有《代跋》，法文：

Les roses meurent, chaque et toutes…
Je ne dis rien, et tu m'ecoutes
Sous tes immobiles cheveux
L'amour est louvd-Mon ame est lasse…
Quelle est donc, Chere, sur nous deux

Cetteaile en silence qui passé?

——ALBERT SAMAIN

其中非常耐心地拜读了《晚祷》一首：不弹也罢，/虽然这清婉潺溪/微风思荡着的/兰香一般缥缈的琴儿。/一切忧伤与烦闷/都消融在这安静的旷野，/无边的黑暗，/与雍穆的爱幕下了，/让心灵恬谧的微跳/深深的颂赞/造物主温严的慈爱。

此诗如同译诗，很难读出点诗韵，这样的诗句，还不如老老实实地写成散文，也许还更可读些。

笔者认识梁宗岱，是从徐志摩主编的“新文艺丛书”中梁译瓦雷里的《水仙辞》开始的。以后逐渐见到他不少版本，这才开始关注他。梁宗岱，生于1903年，广东新会人。1924年留学法国，结识法国象征派诗歌大师保尔瓦雷里，将其诗作译成中文。之后前往瑞士、德国学习。再之后加入文学研究会，受聘于复旦大学任外国文学系主任。

《复活的玫瑰》

《复活的玫瑰》,“文学研究会丛书”,戏剧集,侯曜著,商务印书馆印刷发行,笔者所见为民国十六年(1927)二月三版,不知印数,每册定价大洋五角。封面和版权页皆印“文学研究会丛书”。1924 年 3 月初版,未见。

在“商务”版“文学研究会丛书”中,《复活的玫瑰》是横跨两种丛书的版本:既是“文学研究会丛书”,又是“文学研究会通俗戏剧丛书”。至于,为何如此安排,好像也未见文字解读。非常奇怪的是,在标明“文学研究会通俗

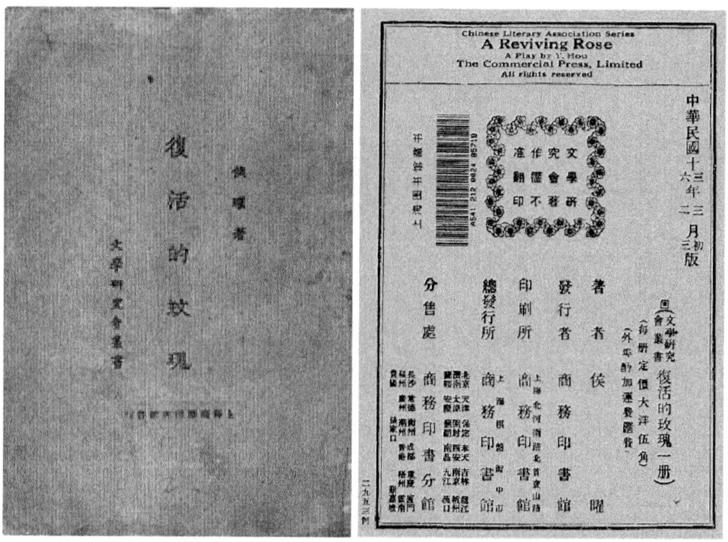

⊙《复活的玫瑰》1927 年三版封面及版权页

戏剧丛书”的《复活的玫瑰》,版本封面印“文学研究会通俗戏剧丛书第二种”,而在版权页上却印“文学研究会丛书”,是粗心大意?还是编者与印刷者原本就没有搞清楚到底属什么丛书?或者说是把之前多印的封面拿来“抵数”?凡此种种,只能作“合理”或“非合理”的推测。

有关另一种《复活的玫瑰》,在介绍“文学研究会通俗戏剧丛书”的篇章里作介绍,读者可参见。

书前有郑振铎写的《序》:

> 现在提倡戏剧的人很多,学生的爱美剧团也一天天的发达起来。但剧本的产生,则似乎不能与他们的需要相应。到处都三天两头有剧本荒的痛苦。到处都在试编各种剧本。而其结果,则成功者极少。我们虽然曾译了些萧伯纳(B. Shaw)及柴霍甫(A. Tchekhov)诸作家的剧本,而他们在中国舞台上又有难以表演的痛苦。且即表现出来,听众中也至少有大部分人不能了解。《华伦夫人之职业》在上海试演的失败,即可举为一例。所以在现在的时候,通俗的比较成功的剧本,实有传播的必要。我们印行这个通俗戏剧丛书的主要原因,即在于此。
>
> 我们现在第一次印行的是熊佛西君的戏剧集,《青春的悲哀》。此集共包含四个剧本,都是在北京及其他地方表演过且很得成功的。
>
> 第二次印行的是侯曜君的戏曲集《复活的玫瑰》。此集共包含三个剧本,也都是在南京等处表演过,曾得到听众的赞颂的。

另有曹刍1922年10月28日写于南京书舍的《序》,三页,其中说道:

> 我的朋友侯曜君酷嗜戏剧。他所创作的几部剧本,都是表现“人生艺术”的。如《可怜闺里月》,《战后》两剧,是描写战争罪恶的;有《刀痕》一剧,是指导“恋爱”真义的;《空谷佳人》一剧,是提倡女权的……还有其他几种此地不各述了。他的创作中一种最能使中国不自主的婚姻制度,受极锐利的打击的,是《复活的玫瑰》一剧。

再有吴俊升1922年10月2日写于南高的《序》,三页,其中说道:

我从不曾看见一个人嗜好某种艺术，像侯君嗜好戏剧这样利害有！他可以不吃饭，他可以不睡觉；若是不许他研究编著和表演戏剧，那是比什么惩罚都来得残酷！他生来对于戏剧，便感觉特殊的兴趣。……他的长处不仅在想像发达，尤善于编排剧本；他又长于表演。随时表演，随时修改原稿，艺术方面便更有长进。

另有王式禹 1923 年 2 月 21 日于金陵北极阁下的《序》，四页，其中说道：

侯君尚编有《可怜闺里月》等剧，成为非战之文，或者恨世之语，也使我生一种情感。

书前还有作者写于 1923 年 2 月 14 日的《卷头语》：我愿变一架留声机，/放在罪恶的世界里，/吸尽一切哀怨的声音，/编成一曲凄凉的调子。/到人们最痛苦的时候，/这一曲悲歌，/也许能安慰人们的哀怨。　　我愿变一架影戏机，/放在悲惨的世界里，/照尽一切悲欢离合，/生老病死的人事，/编成一出人生的悲剧。/到人们最痛苦的时候，/这一出悲剧，/也许能安慰人们的悲痛。

全书 166 页，收剧本三篇：《复活的玫瑰》《刀痕》和《可怜闺里月》。

侯曜，生于 1903 年，广东番禺人，毕业于国立东南大学教育学系。加入文学研究会，1924 年进长城制造画片公司任编剧主任兼导演，后入民新影片公司，是中国早期电影理论的拓荒者之一，曾著有《影戏剧本作法》。抗战爆发后编导《血肉长城》《最后关头》《太平洋的风云》等抗日题材影片，在新加坡协助拍摄影片时惨遭日军杀害。

文学研究会
通俗戏剧丛书

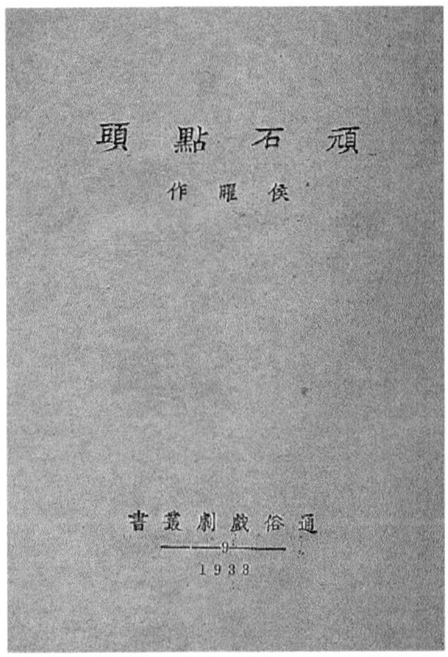

小引

“文学研究会通俗戏剧丛书”，文学研究会编辑，商务印书馆从1924年1月至1928年10月出版，总计九种，全部编号：

1.《青春底悲哀》(戏剧集，熊佛西著，1924年1月初版)

2.《复活的玫瑰》(戏剧集，侯曜著，1924年3月初版)

3.《弃妇》(五幕剧，侯曜著，1925年5月初版)

4.《山河泪》(三幕剧，侯曜著，1925年5月初版)

5.《相鼠有皮》(三幕剧，高尔斯华绥著，顾德隆译，1925年8月初版)

6.《歧途》(戏剧集，徐公美著，1926年5月初版)

7.《人间的乐园》(戏剧集，濮舜卿著，1927年10月初版)

8.《顽石点头》(四幕剧，侯曜著，1928年1月初版)

9.《春的生日》(戏剧集，侯曜著，1928年10月初版)

其中第二种《复活的玫瑰》,既收入“文学研究会通俗戏剧丛书”,又收入“文学研究会丛书”,有关信息可参见“文学研究会丛书”中的《复活的玫瑰》篇。

从出版时间看,“文学研究会通俗戏剧丛书”是与“文学研究会丛书”并行出版的,即“文学研究会丛书”出版至郑振铎译《灰色马》(1924 年 1 月初版)时开始出版,直到出至黎烈文译《河童》(1928 年 10 月初版)为止,四年多时间出了九种。至于为何要“并行出版”乃至不再“并行出版”,其中肯定是有原因的。现代文学版本研究者倪墨炎先生认为:“‘文学研究会丛书’不收剧本,因而另辟‘文学研究会通俗戏剧丛书’,是否因戏剧皆通俗故有此丛书名。后来出版的‘文学研究会创作丛书’是收入剧本的,不再另设戏剧丛书。”

这段话看起来颇有道理,其实不然,值得商榷。笔者的理解有二:其一,“文学研究会丛书”并非不收戏剧剧本。当“文学研究会通俗戏剧丛书”出版第一种之前,即 1924 年 1 月前,“文学研究会丛书”已经出版了“戏剧集”九种:《长子》《阿那托儿》《史特林堡戏剧集》《一个青年的梦》《悭吝人》《太戈尔戏曲集》《青鸟》《狗的跳舞》和《梅脱灵戏曲集》。虽然这九种皆戏剧译作,但毕竟是戏剧集。纵观“文学研究会通俗戏剧丛书”九种书目,其中八种为戏剧创作集,一种为顾德隆(顾仲彝)译戏剧三幕剧(《相鼠有皮》,高尔斯华绥著,1925 年 8 月初版),因此可以推定,倪先生所说“不收剧本”,是指不收“创作戏剧剧本”。但似乎也不够严密,因为在“文学研究会通俗戏剧丛书”中仍然有戏剧译作《相鼠有皮》一种。可见这一说法有点“混乱”。其二,“文学研究会创作丛书”共 23 种,其中确实收有三种创作戏剧剧本:《西施及其他》、《记忆之都》(诗剧集)和《这不过是春天》。但倪先生说的“后来出版的‘文学研究会创作丛书’是收入剧本的,不再另设戏剧丛书”,似乎又有点缺乏逻辑性。从两种丛书的出版时间来分析,此话也难圆其说。“文学研究会通俗戏剧丛书”从 1924 年 1 月起出版,至 1928 年 10 月止,而创作丛书中的戏剧集是从 1936 年 3 月才开始出版的,其间相隔将近八年。

因此,所有推断与辩证,前提只有一个,那就是要看到所有(或几乎所有)的相关版本,即看到文学研究会四种丛书的全部,或起码 95%的版本,才能得出“相对比较”准确的结论。所以笔者下此结论:“文学研究会丛书”与“文学研究会通俗戏剧丛书”是相互并行出版的两套在类别(戏剧创作与戏剧译作)上相互交叉的丛书,虽然也想把“创作戏剧”单列出版,但后来又自我否定了。因此它在丛书的种类上是相对独立的。也可以说,“文学研究会通俗戏剧丛书”在文学研究会编辑的四种丛书中有其独立性，尤其是“创作戏剧”（九种中有八种）更有其研究价值。

这套“文学研究会通俗戏剧丛书”九种，原本完全可以成为“纯粹”的“创作戏剧丛书”，可为何其间唯独插入一种戏剧译作，这让笔者至今还没有弄明白其中的道理。另外还有一点未弄清楚的是，第九种 1924 年 3 月初版的《复活的玫瑰》，为何隔了三年后，到 1927 年 2 月又被收入文学研究会编辑的另一种丛书？是疏忽，还是有意为之，实在无法解读，只得存疑。

这套丛书九种，作者五人，其中侯曜一人占有五席，其他四人各占一席。作者侯曜的情况，请参见本书《春的生日》篇。

“文学研究会通俗戏剧丛书”的版本，全部为 32 开平装本，封面样式与“文学研究会丛书”中通常所见的“素面朝天”式封面相同，字体有楷体与宋体的区别。另外一个明显的区别是编号出版，标示第一种至第九种。版权页的样式与前者基本相同，文字有所区别而已。

如今，这套丛书的初版本只能见到少数，能见到的大多是初版之后的不同版次，缺漏率相当大，而且无法确认缺漏了哪几种。不过，“文学研究会通俗戏剧丛书”的总体架构还是比较清晰，虽存在着不同版次的版本，但变化不大，从独立研究“文学研究会通俗戏剧丛书”的角度而言，仍有着相当高的参考价值。

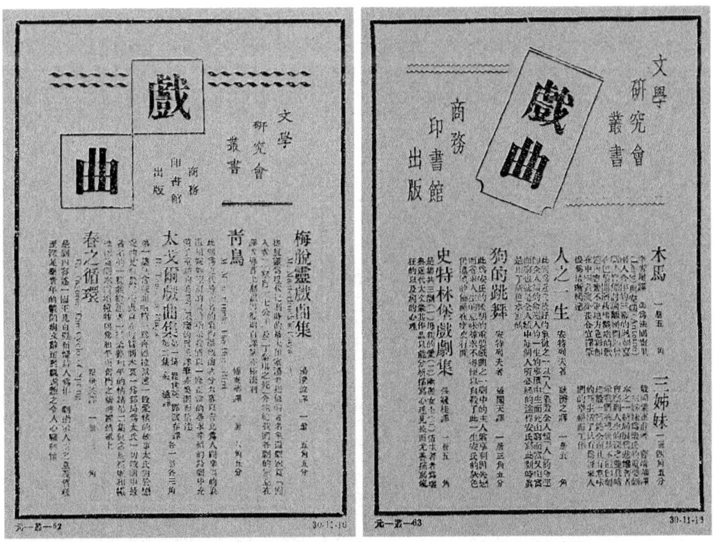

⊙“文学研究会通俗戏剧丛书”版本中刊登的戏曲书目广告和广告词

《青春底悲哀》

《青春底悲哀》,“文学研究会通俗戏剧丛书”第一种,熊佛西著,商务印书馆印刷发行,笔者所见为民国十七年(1928)三月四版,32 开平装本,不知印数,每册定价大洋四角。封面印“文学研究会通俗戏剧丛书”,版权页却印“文学研究会丛书”,这原本是文学研究会的两种丛书,如此标示,显然错了,而且几乎所有的通俗戏剧丛书都是这样错误标示的。为何会错,无法解读。1924 年 1 月初版,笔者未见。

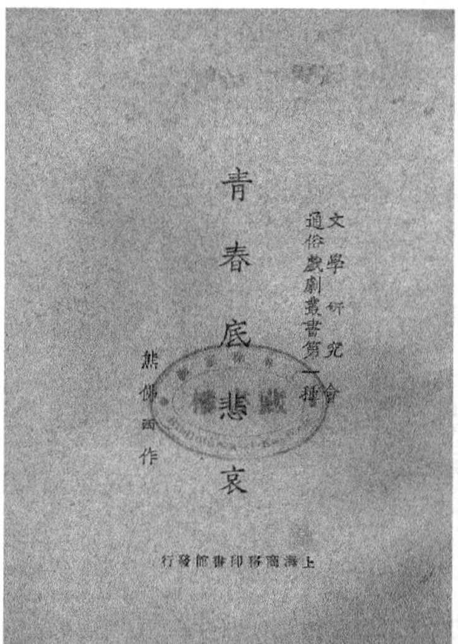

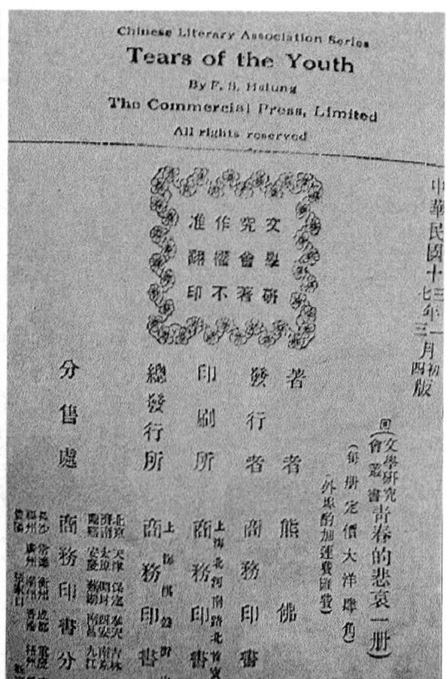

⊙《青春底悲哀》1928 年四版封面及版权页

书前有郑振铎写于1923年9月18日的《序》,此《序》与"文学研究会丛书"《复活的玫瑰》的序是一样的,一序两用,可见其"共通性"。详细文字,请读者参见。

在郑序之后还有瞿世英的《序》,其中说道:

> 我的朋友熊佛西兄将他的四种剧本汇编一册付印,要我做一篇批评的序。但我实在是不能作这篇序的;何以呢?一则我和佛西是多年的同党;二则佛西所编的剧本没有一种我们不曾预先讨论的;三则有的剧本我自身也亲自排演过。若要我来批评,不敢说是没有偏见的。——然而正因为这三种原因佛西才一定要我做序。……
>
> 因为他能创作剧本,又有舞台经验的缘故。没有剧本,他便编剧本;缺少能演的剧本,他便不编不能演的剧本。旁人觉得困难的,到他手里便轻轻的解决了。所以我们常说,佛西的作品在艺术上是否算是成功,先不必说。而他这种自编自演的勇气,却是极可佩服的——即此便是他的成功,

瞿序之后是作者《自序》,1922年双十节写于燕京大学:

> 这四个短剧是一九二〇到一九二二年我的尝试,在实演的时候虽说是没有失败,但在描写方面我自认——姑且不论别人的批评怎样——是失败了。现在把他们发表出来,并不是要夸誉我的作品,实想因我的失败而激起海内士女对于戏剧的兴趣、研究、讨论;并多数同志的成功呵!因为现在中国编剧,很感到许多的困难:剧里深了,不适合观众的容纳;过于浅陋呢,又失了戏剧本身的价值。
>
> 编的秩序:《这是谁的错》在先,《亲人的生活》次之,《青春底悲哀》——此编大半的材料是故友春魂昔日供给我的——为最末。
>
> 我很感激瞿菊农周作人教授及陈大悲先生,因为他们在各方面辅助我甚多;我更要谢谢地山、景升、我农、梅生、宇眉诸兄,因为他们在平日指导我不少。
>
> 我还特别要感谢菊农兄,因为他在百忙中抽空替我写了这篇序。

全书152页，收剧四部：《青春底悲哀》(独幕剧)、《新闻记者》(独幕剧)、《新人的生活》(二幕剧)和《这是谁的错》(三幕剧)。每剧末都注明演出地点，如《青春底悲哀》：本剧第一二次实演地点均在北京真光影院；《这是谁的错》：本剧第一次实演在北京青年会，第二次同上，第三次在中央公园，第四、五、六次同上，第七次在北京协和医学校大礼堂等。

熊佛西，生于1900年，原名福禧，谱名金润，字化侬，笔名戏子、向君，江西丰城人，中国话剧的拓荒者和奠基人之一，一生创作27部多幕剧和16部独幕剧，出版戏剧集七种，专论三种。1924年赴美国哈佛大学研究戏剧和文学，获硕士学位。回国后任北京国立艺术专科学校戏剧系主任、燕京大学教授和北京大学艺术学院戏剧系主任。抗战期间率师生成立抗战剧团巡回演出。1938年在成都创办四川省立戏剧学校任校长。1944年在桂林与田汉、欧阳予倩等组织西南第一届戏剧展览会，对进一步推动戏剧运动起了重要作用。

他的代表作有：《青春底悲哀》(商务1924版)、《佛西戏剧》(北平古城书社1927年版)、《佛西论剧》(北平朴社1928年版)、《佛西戏剧》(第二集，商务1929年版)、《佛西戏剧》(第三集，商务1933年版)、《写剧原理》(中华1933年版)、《屠户》(中华1934年版)、《佛西戏剧》(第四集(商务1935年版)、《赛金花》(北平实报社1937年)、《戏剧大众化之实验》(正中1937年版)、《中华民族的子孙》(成都中华平民教育促进会抗战剧团1938年版)、《世界公敌》(重庆青年出版社1941年版)、《佛西抗战戏剧集》(华中图书公司1942年版)、《铁苗》(上海华华书店1946年版)和《铁花》(上海怀正出版社1947年版)。

《复活的玫瑰》

《复活的玫瑰》，“文学研究会通俗戏剧丛书”第二种，侯曜著，商务印书馆印刷发行，笔者所见两种不同封面和不同版次的版本。

第一种，民国十六年(1927)二月三版，不知印数，每册定价大洋五角。32 开平装本，封面印“文学研究会通俗戏剧丛书”，版权页印“文学研究会丛书”。1924 年 3 月初版，未见。

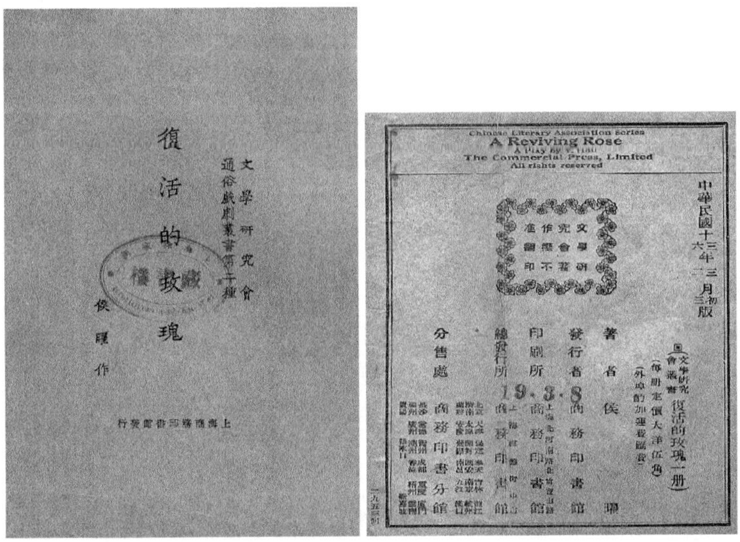

⊙《复活的玫瑰》1927 年三版封面及版权页

第二种，民国二十一年(1932)十二月国难后第一版，不知印数，每册定价大洋五角。32开平装本，此书与三版的封面大体相同，只是所用字体不同。封面和版权页所印丛书名不同，版权页上方印“上海商务印书馆谨启”。

书前有郑振铎写的《序》，曹刍1922年10月28日写于南京书舍的《序》，吴俊升1922年10月2日写于南高的《序》，王式禹1923年2月21日于金陵北极阁下的《序》，以及作者写于1923年2月14日的《卷头语》等，都与“文学研究会丛书”中的《复活的玫瑰》相同，读者可参见，不再赘述。

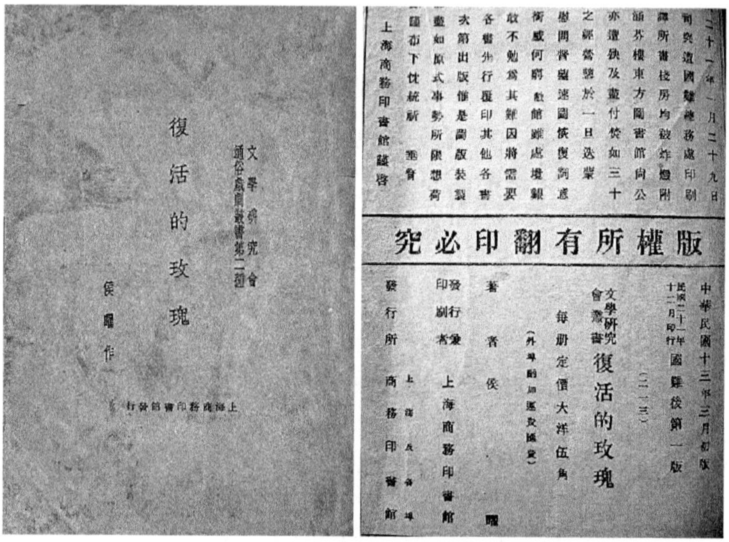

⊙《复活的玫瑰》1932年国难后第一版封面及版权页

全书166页，收剧三部：《复活的玫瑰》(五幕剧)、《刀痕》(三幕剧)、《可怜闺里月》(1923年4月16日改定于南京鸡鸣寺。第一幕，别时容易见时难；第二幕，忆君迢迢隔青天；第三幕，古来征战几人回；第四幕，犹是春闺梦里人；第五幕，此恨绵绵无尽期)。

《弃妇》

《弃妇》，“文学研究会通俗戏剧丛书”第三种，侯曜著，商务印书馆印刷发行，笔者所见两种不同封面和版次的版本。

第一种，民国十九年(1930)三月四版，不知印数，每册定价大洋两角五分。封面和版权页皆印“文学研究会通俗戏剧丛书”。1925年5月初版，未见。

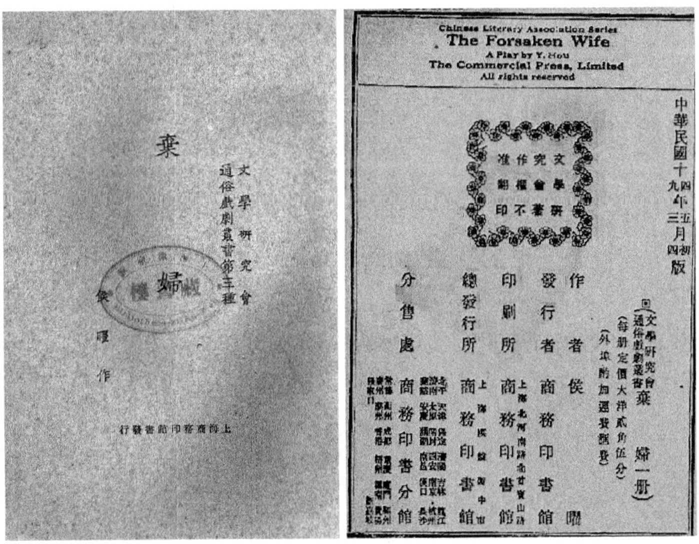

⊙《弃妇》1930年四版封面及版权页

第二种，民国二十四年(1935)五月国难后第二版，不知印数，每册定价大洋两角五分。封面和版权页印“文学研究会通俗戏剧丛书”。1932 年 9 月国难后第一版，未见。

两种丛书封面和版权页的标示一致，这也说明上述两种版本对“丛书”不同的标示是错的。两种封面基本相同，仅字体不同而已。

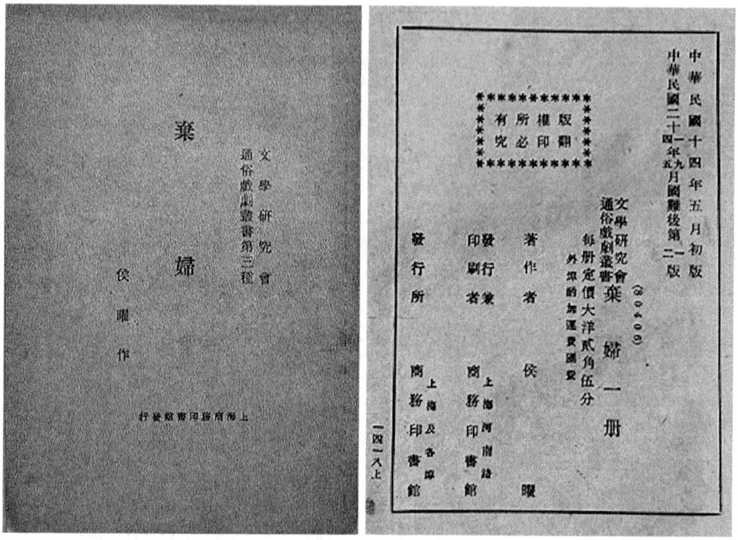

⊙《弃妇》1935 年国难后第二版封面及版权页

此版本初版是 1925 年 5 月，初稿写成于 1922 年 11 月，改订于 1923 年 12 月，再次改订于 1924 年 8 月。一部剧本的最后成型，前后总共花了三年，也可称之为“三年磨一剧”也。

全书 72 页，无序跋。书末记有此剧的脱稿与演出情况：1922 年 11 月，初脱稿于东南大学；1922 年 12 月，江苏省立第一女师演于南京；1923 年 1 月 1 日，安徽省立第二女师演于芜湖；1923 年 10 月 10 日，南京美术专门学校女子部演于南京；1923 年 12 月 1 日，改订于南京平民教育促进会；1924 年 8 月 4 日，再修改于杭州陶社。

从书末所记的时间看，与笔者所知的基本吻合，而且可以从中看出，修订并非凭空而为，而是在演出之后的修改，也许更趋于可演性。此剧为五幕剧，每幕有题名，分别是：《夫婿轻薄儿》《世情恶衰歇》《吾谋适不用》《幽居在空谷》和《斯人独憔悴》。

书末有“文学研究会丛书”书目广告多种，如《玛丽》《我的生涯》《线下》《印度寓言》《新文学概论》《莱森寓言》《悭吝人》《青鸟》《华伦夫人之职业》和《长子》等。

《山河泪》

《山河泪》,“文学研究会通俗戏剧丛书”第四种,侯曜著,商务印书馆印刷发行,笔者所见两种不同封面和版次的版本。

第一种,民国十六年(1927)四月三版,32开平装本,不知印数,每册定价大洋三角。封面和版权页皆印“文学研究会通俗戏剧丛书”。1925年5月初版,未见。

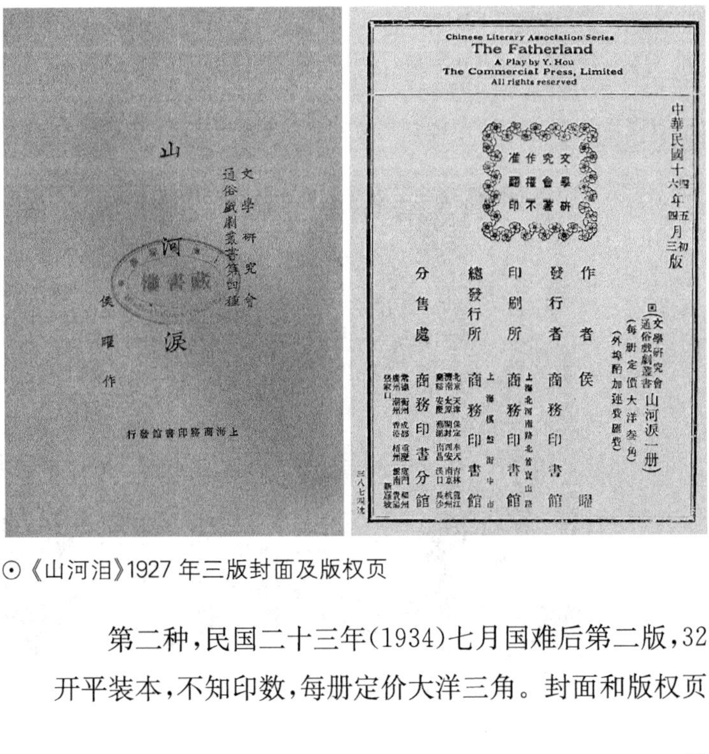

⊙《山河泪》1927年三版封面及版权页

第二种,民国二十三年(1934)七月国难后第二版,32开平装本,不知印数,每册定价大洋三角。封面和版权页皆印“文学研究会通俗戏剧丛书”。1932 年 8 月国难后第一版，未见。

两种丛书封面和版权页的标示一致，封面基本相同，仅字体不同而已。

全书 81 页，三幕剧，1924 年 4 月 21 日作于东南大学。书前有一幅剧照，其中安南潜的扮演者就是作者侯曜。剧照下还印有台词：“他们正唱着双飞鸟：白云深处双飞鸟，俯视大地如卵小，天空比翼任逍遥，如今锁在樊笼了，三尺樊笼锁不住，飞鸣不待扶桑晓。”台词之后还有《双飞鸟》五线谱歌曲一幅。

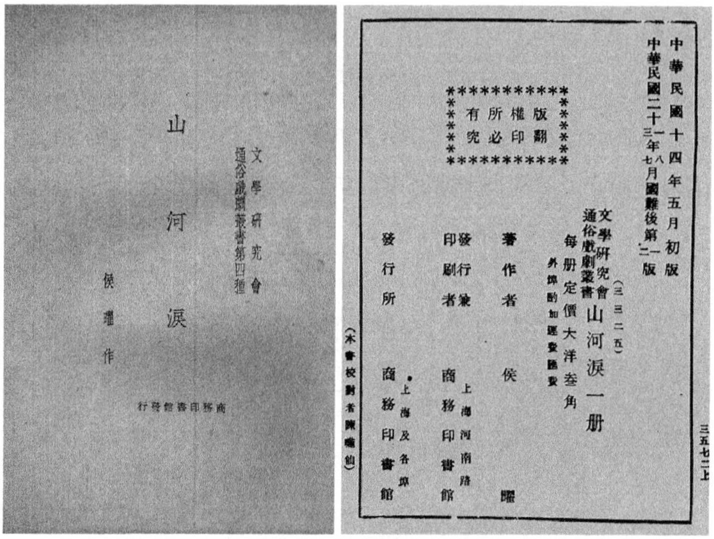

文學研究會
通俗戲劇叢書第四種
山河淚
侯曜作
商務印書館發行

中華民國十四年五月初版
中華民國二十三年七月國難後第二版
版權所有 翻印必究
文學研究會通俗戲劇叢書山河淚一冊（三三二五）
每冊定價大洋叁角
外埠酌加運費匯費
著作者 侯曜
發行兼印刷者 商務印書館 上海河南路
發行所 商務印書館 上海及各埠
三五七二上

⊙《山河泪》1934 年国难后第二版封面及版权页

⊙《山河泪》中的剧照

五线谱歌曲后有侯曜1924年8月7日写于杭州陶社的《序》：

东南大学火灾后，职教员学生，都努力从事恢复。学生自治会议决议举行募捐游艺会，演戏筹款。因找不出相当的剧本，不得已由我编这本剧本供给我们游艺会的需要。这一点就是编《山河泪》的动机。

我编这本剧本的宗旨和历程，也不妨说一说。这本《山河泪》，是描写韩国独立运动的精神的，并借此替世界被压迫的民族作不平鸣，向帝国主义之野心家，作一当头捧喝。更希望世界此后成一个平等、博爱、互助、共存的大乐园。我不知道这本剧能否卸得起这个重要的使命？但是无论如何，总可以赤裸裸的把作者的苦心表现出来罢！

本剧取材于《韩国独立运动之血史》、《韩国真相》，和英文的《高同谋之独立运动》三种书中。此外更从曾经参与独立运动的朝鲜人的口中取了些片段的材料。我费了两个多星期的时间搜集材料。花了两个星期的时间，结构剧情。更花了三个星期的时间把全剧写了出来。我编这本剧本的时候，得同学帮忙不少……剧本编成之后，东大戏曲社研究会东南剧社，先后拿来表演，这都是我应该特别感谢的。

《相鼠有皮》

《相鼠有皮》,“文学研究会通俗戏剧丛书”第五种,高斯华绥著,顾德隆改译,商务印书馆印刷发行,笔者所见两种不同封面和版次的版本。

第一种,民国十六年(1927)四月再版,不知印数,每册定价大洋五角。封面和版权页皆印“文学研究会通俗戏剧丛书”。1925 年 8 月初版,笔者未见。

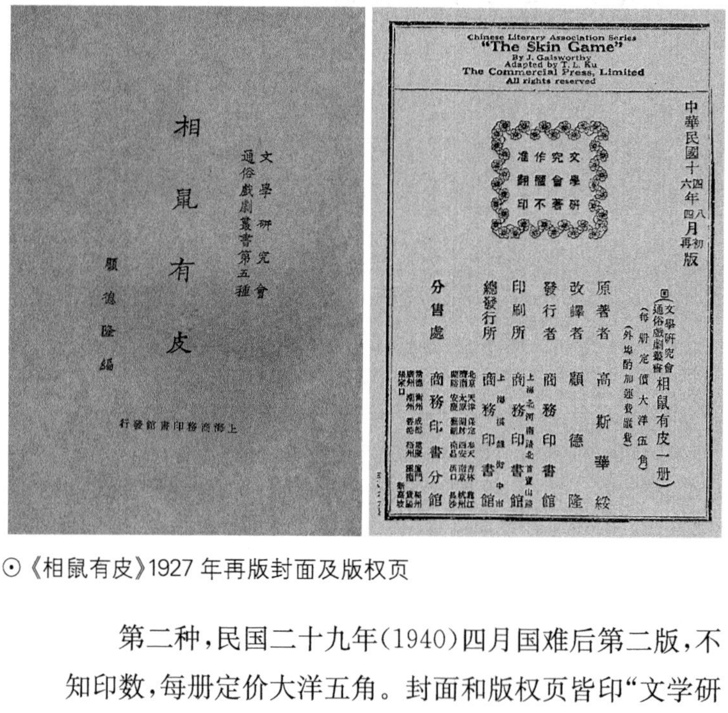

⊙《相鼠有皮》1927 年再版封面及版权页

第二种,民国二十九年(1940)四月国难后第二版,不知印数,每册定价大洋五角。封面和版权页皆印“文学研究会通俗戏剧丛书”。1933 年 3 月国难后第一版，未见。

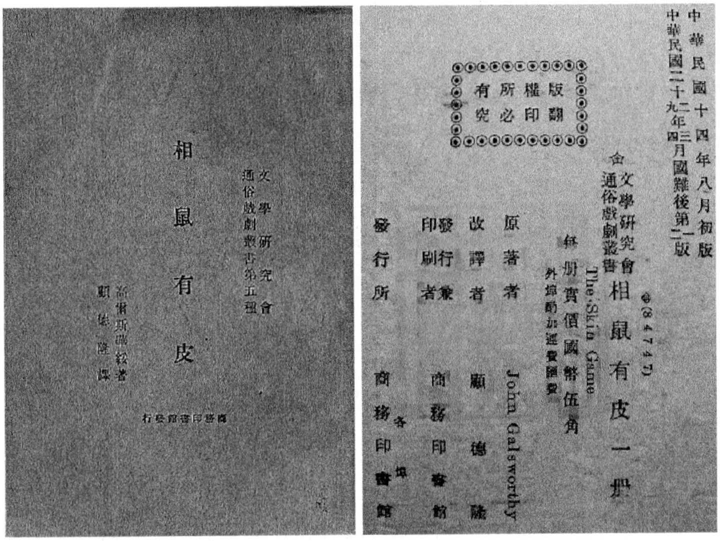
相鼠有皮
文學研究會通俗戲劇叢書第五種
高爾斯華綏著
顧德隆譯
商務印書館發行

版權所有翻印必究
中華民國十四年八月初版
中華民國二十九年四月國難後第二版
文學研究會通俗戲劇叢書 相鼠有皮一册
The Skin Game
每册實價國幣伍角
外埠酌加運費匯費
原著者 John Galsworthy
改譯者 顧德隆
發行兼印刷者 商務印書館
發行所 商務印書館 各埠

⊙《相鼠有皮》1940 年国难后第二版封面及版权页

两种丛书封面和版权页的标示一致，封面基本相同，仅字体不同而已。

笔者有意识留存了三种不同“国难后”版本的版权页，特别是其中一种，与印有商务谨启文字的那种不同，是另纸印后贴在封三的，这种情况十分罕见，还是首见。

上海商務印書館謹啓
版權所有翻印必究
中華民國十四年八月初版
中華民國二十二年三月國難後第一版
（四〇五）
文學研究會通俗戲劇叢書 相鼠有皮一册
The Skin Game
每册定價大洋伍角
外埠酌加運費匯費
原著者 John Galsworthy
改譯者 顧德隆
發行兼印刷者 上海河南路 商務印書館
發行所 上海及各埠 商務印書館

⊙《相鼠有皮》国难后第一版版权页

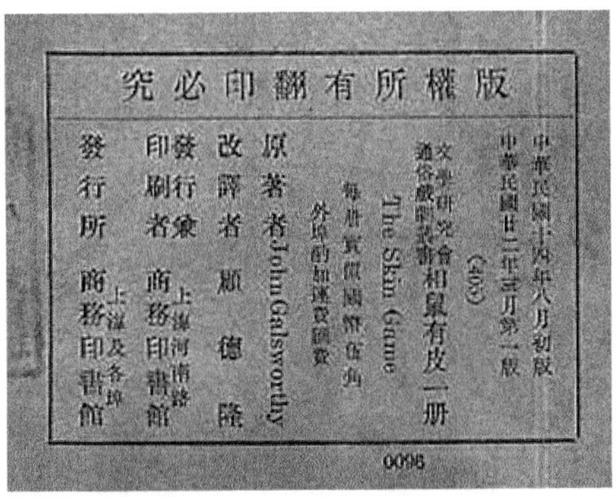
版權所有翻印必究
中華民國十四年八月初版
中華民國廿二年三月第一版
（405）
文學研究會通俗戲劇叢書 相鼠有皮一册
The Skin Game
每册實價國幣伍角
外埠酌加運費匯費
原著者 John Galsworthy
改譯者 顧德隆
發行兼印刷者 上海河南路 商務印書館
發行所 上海及各埠 商務印書館
0098

⊙《相鼠有皮》1933 年第一版版权页

全书165页，三幕剧，书前有布景图三幅。另有改译者1924年12月20日写于上海的《叙》，15页，其中说道：

> 这本戏是高斯华绥的杰作。许多批评家虽说《银匣》和《争斗》要好得多。并且此剧地方色彩最淡，最容易使我国人懂得，所以我先改译这本。……此剧改译时承洪深先生，郑振铎先生和叶圣陶先生给我许多有价值的帮助，所以特在此处表示我最诚恳的谢意。

顾德隆，即顾仲彝，生于1903年，浙江余姚人。1924年东南大学毕业后进商务印书馆任编辑，加入上海戏剧协社和文学研究会，后任暨南大学和复旦大学教授，翻译英国哈代小说《苔丝姑娘》和莎士比亚剧作《威尼斯商人》。上海“孤岛”时期参加青鸟剧社、上海剧艺社。剧艺社首演剧目便是他改编的《人之初》。抗战胜利任复旦大学教授和上海市立实验戏剧学校校长。他的一生翻译、改编和创作了近50部剧本。

《歧途》

《歧途》,“文学研究会通俗戏剧丛书”第六种,徐公美著,商务印书馆印刷发行,笔者所见两种不同封面和版次的版本。

第一种,民国十五年(1926)五月初版,不知印数,每册定价大洋三角五分。封面和版权页皆印“文学研究会通俗戏剧丛书”。

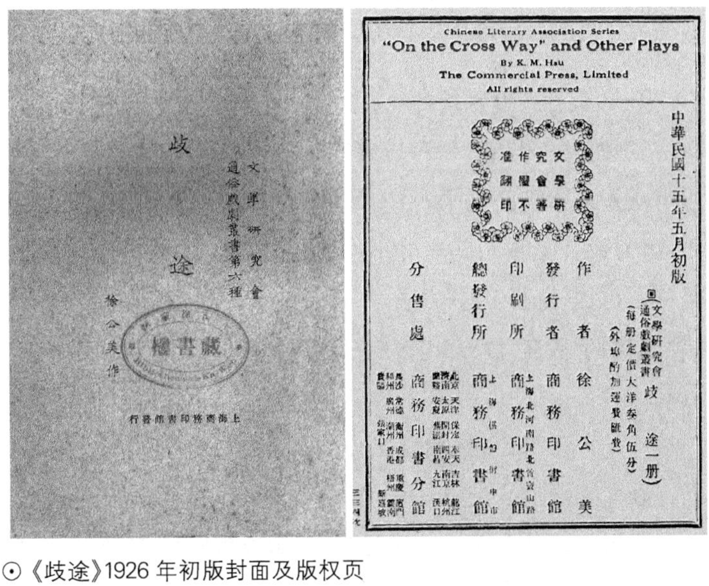

⊙《歧途》1926 年初版封面及版权页

第二种,民国二十一年(1932)九月国难后第一版,不知印数,每册定价大洋三角五分。封面和版权页皆印“文学研究会通俗戏剧丛书”。

两种丛书封面和版权页的标示一致，封面基本相同，仅字体不同而已。

此剧本 1923 年 2 月 16 日脱稿于北京剧专，1924 年 8 月 9 日修改于上海通惠。

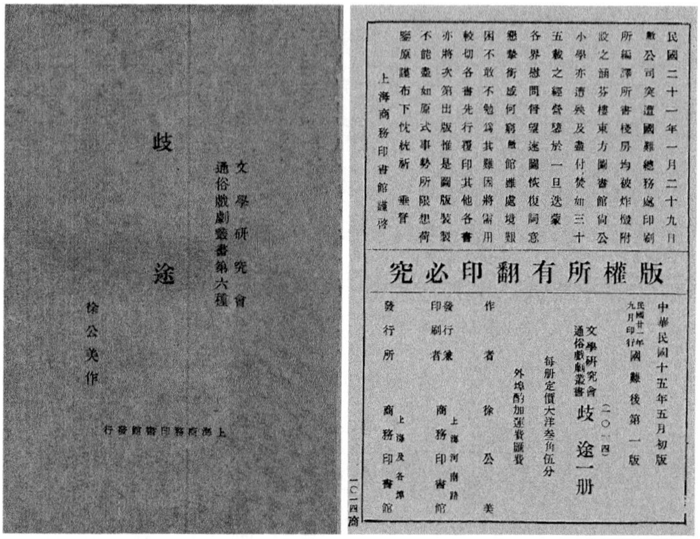

文學研究會
通俗戲劇叢書第六種
歧途
徐公美作
上海商務印書館發行

民國二十一年一月二十九日敝公司突遭國難總務處印刷所編譯所書棧房均被炸燬附設之涵芬樓東方圖書館尚公小學亦遭殃及盡付焚如三十五載之經營隳於一旦迭蒙各界慰問督望速圖恢復詞意懇摯銜感何窮敝館雖處境艱困不敢不勉為其難因將需用較切各書先行覆印其他各書亦將次第出版惟是圖版裝製不能盡如原式事勢所限想荷鑒原謹布下忱統祈垂督

上海商務印書館謹啓

版權所有翻印必究

中華民國十五年五月初版
民國廿一年九月印行 國難後第一版

(一〇一四)
文學研究會通俗戲劇叢書 歧途一册
每册定價大洋叁角伍分
外埠酌加運費匯費

作者 徐公美
發行兼印刷者 上海河南路 商務印書館
發行所 上海及各埠 商務印書館

一〇一四商

⊙《歧途》1932 年国难后第一版封面及版权页

全书 95 页，收六篇序：《序一》（欧阳予倩），《序二》（汪仲贤），《序三》（孙太空），《序四》（王芳镇），《序五》（徐半梅），《序六》（陈大悲），《自叙》（作者）。这种邀得众人来为自己的书写序，实在有点“拉大旗作虎皮”之嫌，好像也没有这个必要，因为徐公美本人并非名不见经传者，在当时的戏剧界还是很有名气的。因篇幅关系，只好选择其中两序。

欧阳予倩在《序一》中说：

> 中国思想，夙以道统为归；野生之思想，每为所征服，或兼并而改造之。吾人不能不赞美此道统之伟大！复不能不破毁其束缚！徐君公美，以其近作剧本三篇见示：以思想论，有破毁道统之意存焉；以剧本论，清新流丽，甚可诵也。因弁数言当介绍。

《序六》后是作者 1925 年 7 月 2 日写于上海通惠学校的《自序》：

创作剧本，原是文学上最大的工作——而且是最不容易的工作。像我这么在艺术的长途上，仅仅走得三两步的人，那敢以脆弱的腕力，来尝试这最大而且最不容易的工作呢？然而处在这"剧本荒"的时期，觉得创作是刻不容缓的事；我们如果要使戏剧的发展与进步，尤其应该努力于这种创作。

自余友熊佛西的《青春的悲哀》出世之后，于是国内爱美的戏剧界犹如添了一支生力军；同时引起我编剧的兴趣不少。我想中国的剧本，此刻还谈不到"兴行权"，何妨也来献丑一下。因此，我敢于把《歧途》——三年来所作的戏曲集——发表了。

《歧途》原名《杏云小姐》，曾载上海《时事新报》。《父权之下》是《进德季刊》三卷二期里的一个剧本，《飞》则产生未久，还没与世人相见。前二者先后由武昌师大戏剧社及上海中华进德会表演过，据说观众尚能满意。后者犹未搬上台去，成功和失败，自然也是一个疑问咧。

我很希望读者多多加以批评——自然是深刻的——非姑息的，严肃的——非讥讪的批评——使作者有修正的机会。

最后，我向为我作序的诸君表示谢忱。

与"商务"版同名的《歧途》，笔者还见到过两种，皆冯玉奇所作，分别有正气书局版(因失版权页，不知出版时间)和沪报馆版(1935年11月初版)。

笔者认识徐公美，是从向培良、徐公美主编的"戏剧小丛书"(商务印书馆1936年和1940年2月出版)开始的。在这套小丛书中，徐公美占有三席：《小剧场经营法》《农民剧》和《演剧概论》。起初还一直以为他是戏剧界人士，其实他学的却是数理化，曾在日本留学。归国后任江苏省立第六师范学校校长和江苏省立扬州中学师范科主任兼国文教师。之后才知道他原名慕杜，字公美，以字行，扬州人。

《人间的乐园》

《人间的乐园》，“文学研究会通俗戏剧丛书”第七种，濮舜卿著，商务印书馆印刷发行，笔者所见两种不同封面和版次的版本。

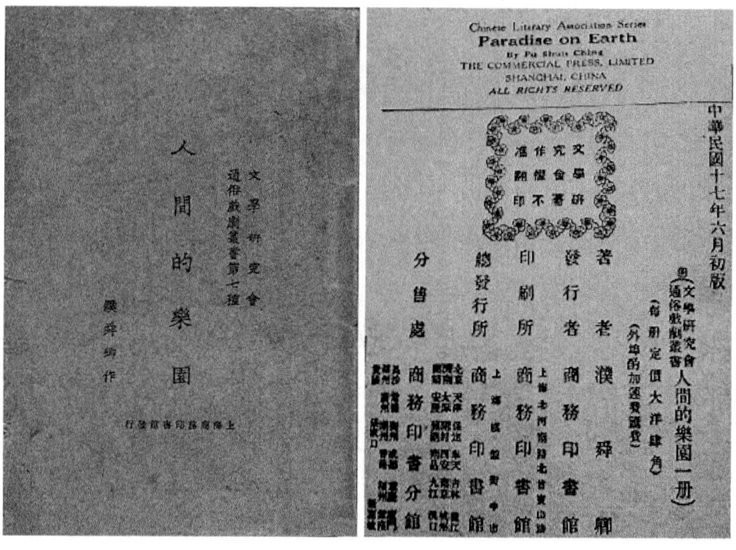

⊙《人间的乐园》1928 年初版封面及版权页

第一种，民国十七年（1928）六月初版，不知印数，每册定价大洋四角。封面和版权页皆印“文学研究会通俗戏剧丛书”。

第二种，失版权页，扉页标明“通俗戏剧丛书　-7-　1933”，说明这是民国二十二年（1933）国难后的版本，不知印数和定价。封面印“文学研究会通俗戏剧丛书第七种”。

两种丛书封面和版权页的标示一致,封面基本相同,仅字体不同而已。

全书收:《人间的乐园》(三幕剧)、《爱神的玩偶》(四幕剧,作者 1926 年 7 月 25 日修改于上海,此剧已改成影戏,由上海长城影片公司摄制)和《黎明》(独幕剧)。

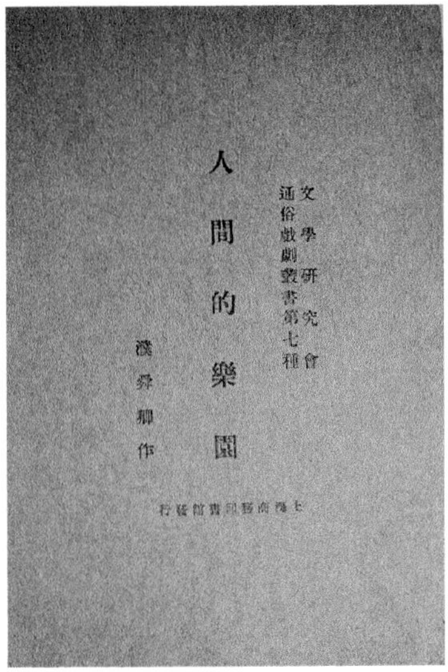

⊙《人间的乐园》国难后版本封面

《顽石点头》

《顽石点头》,“文学研究会通俗戏剧丛书”第八种,侯曜著,商务印书馆印刷发行,笔者所见两种不同封面和版次的版本。

第一种,民国二十年(1931)五月初版,不知印数,每册定价大洋两角五分。封面和版权页皆印“文学研究会通俗戏剧丛书”。

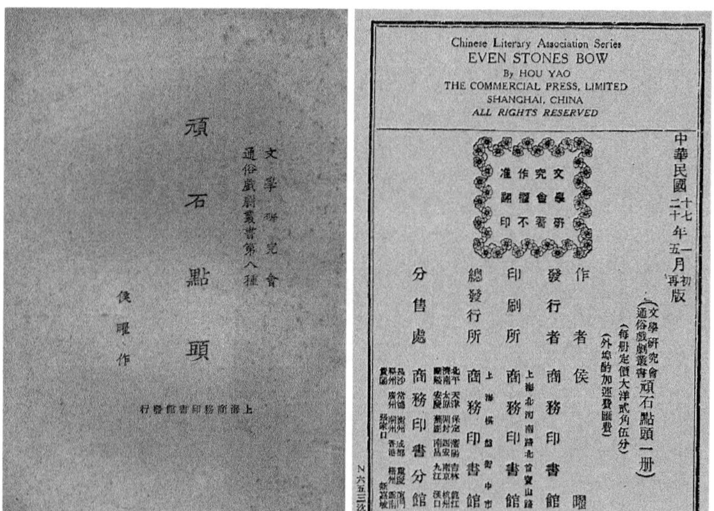

文學研究會
通俗戲劇叢書第八種
頑石點頭
侯曜作
上海商務印書館發行

Chinese Literary Association Series
EVEN STONES BOW
By HOU YAO
THE COMMERCIAL PRESS, LIMITED
SHANGHAI, CHINA
ALL RIGHTS RESERVED

中華民國二十年五月初版
二十七年一月再版

文學研究會著作權不准翻印

(文學研究會通俗戲劇叢書頑石點頭一冊)
(每冊定價大洋貳角伍分)
(外埠酌加運費匯費)

作者 侯曜
發行者 商務印書館
印刷所 上海河南路北首寶山路 商務印書館
總發行所 上海棋盤街中市 商務印書館
分售處 商務印書分館

⊙《顽石点头》1931年再版封面及版权页

第二种,失版权页,扉页标明“通俗戏剧丛书 -9-1933”,说明是民国二十二年(1933)国难后的版本,不知印数和定价。但所标“9”,看来是印错了,因为此版本是第八种而非第九种,封面印“文学研究会通俗戏剧丛书第八种”。再说“第九种”确定无疑是《春的生日》。

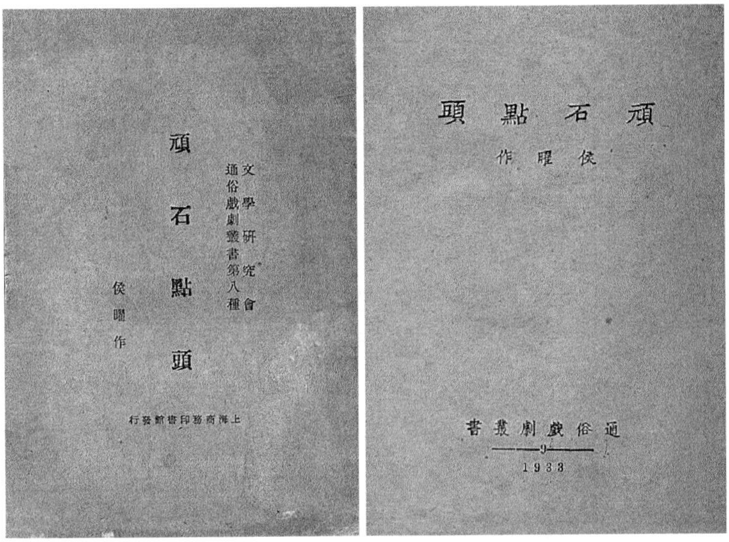

⊙《顽石点头》国难后版本封面及扉页

两种丛书封面和版权页的标示一致,封面基本相同,仅字体不同而已。

全书 64 页,四幕剧,作者 1925 年 6 月 27 日改订于南京东南大学。无序跋,四幕以“第一幕、第二幕……”标示。版权页后印有“文学研究会丛书·戏剧”书目广告两页。

《春的生日》

《春的生日》，"文学研究会通俗戏剧丛书"第九种，侯曜著，商务印书馆印刷发行，笔者所见两种不同封面和版次的版本。

第一种，民国十七年（1928）十月初版，不知印数，每册定价大洋三角。封面和版权页皆印"文学研究会通俗戏剧丛书"。

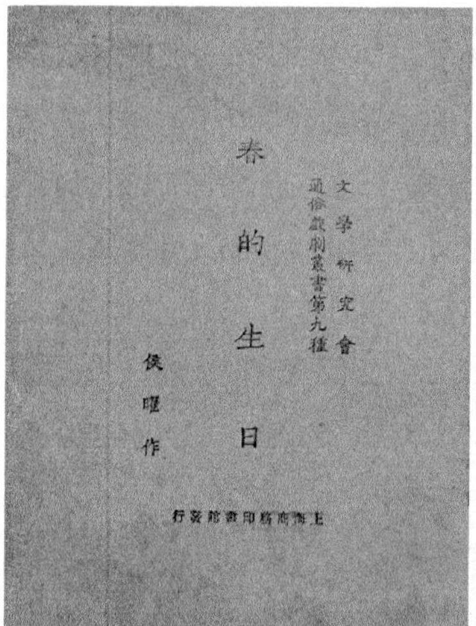

⊙《春的生日》1928 年初版封面及版权页

第二种，民国二十二年（1933）十一月国难后第一版，不知印数，每册定价大洋三角。封面和版权页皆印"文学研究会通俗戏剧丛书”。

两种丛书封面和版权页的标示一致，封面基本相同，仅字体不同而已。

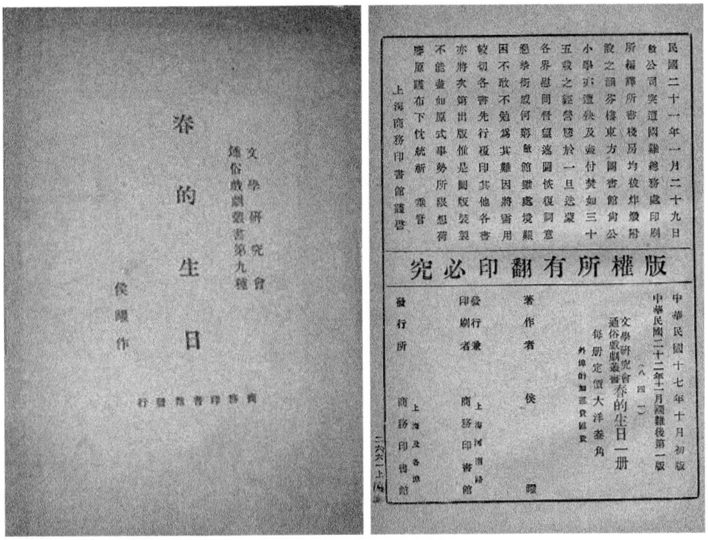
春的生日

文學研究會通俗戲劇叢書第九種

侯曜作

商務印書館發行

民國二十一年一月二十九日敝公司突遭國難總務處印刷所編譯所書棧房均被炸燬附設之涵芬樓東方圖書館尚公小學亦遭殃及盡付焚如三十五載之經營隳於一旦迭蒙各界慰問督望速圖恢復詞意懇摯銜感何窮敝館雖處境艱困不敢不勉爲其難因將需用較切各書先行覆印其他各書亦將次第出版惟是圖版裝製不能盡如原式事務所限想荷鑒原謹布下忱統祈垂鑒

上海商務印書館謹啓

版權所有翻印必究

中華民國十七年十月初版

中華民國二十二年十二月國難後第一版

（八四一）

文學研究會通俗戲劇叢書 春的生日一册

每册定價大洋叁角

外埠酌加運費匯費

著作者 侯曜

發行兼印刷者 商務印書館 上海河南路

發行所 商務印書館 上海及各埠

⊙《春的生日》1933 年国难后第一版封面及版权页

全书 66 页，无序跋，收剧本三篇：《春的生日》（独幕剧，作者 1925 年 2 月 7 日作于东大，附插曲《春风》《雪花与阳光》《一刹那的机会》和《宝贵的心》）、《摘星之女》（二幕剧，作者 1924 年 8 月 15 日于东南大学，附插曲《摘星之女》）、《离魂倩女》（独幕剧，作者 1922 年 6 月 5 日作于东大，附插曲《骷髅的觉悟》三首、《赞诵黑暗》）。

每篇之前均有“登场人物”“时”“景”。如“春的生日”篇，前有登场人物：春的女王、秋的女王、夏的王子、冬的王子、自然之母、百兽之王、百鸟之王、百花之王、春风、夏日、秋月、冬雪。时：光华灿烂的春天。景：春的皇宫前。

侯曜，生于 1903 年，广东番禺人，毕业于南京东南大学教育学系，曾加入“文学研究会”，受挪威戏剧家易卜生影响极大，自称是“崇拜易卜生的人”。他写的剧本大多是“问题剧”，有着明显的反封建的民主主义思想倾向。1924 年在大学毕业前夕，把舞台剧《弃妇》改编为电影剧本，由长城公司拍成电影。之后他加入长城公司，任编剧主任兼导演，先后执导《弃妇》《春闺梦里人》《伪君子》等，后入民新影片公司，编导《和平之神》《海角诗人》等。侯曜还撰写过《影戏剧本作法》，可以说这是中国最早有关电影剧作的专著。抗战爆发后，他转至新加坡，后被日军指控为抗日分子而惨遭杀害，时年 39 岁。

文学研究会创作丛书

小引

“文学研究会创作丛书”，文学研究会主编，商务印书馆从1936年3月至1947年1月共出版23种，这是紧接着“文学研究会丛书”出版之后的一部专收文学创作的丛书。从两种丛书出版的时间看，“文学研究会丛书”出至第105种至106种、曹葆华译的《现代诗论》和《科学与诗》期间（皆为1937年4月出版）开始的。而这两种丛书的封面版式与之后出版的“文学研究会创作丛书”48开精装本完全相同。这也便回答了不少收藏者的疑惑：为何这两种“文学研究会丛书”会与“文学研究会创作丛书”的版本相同。这种相同，同时也为后世留下了两种丛书彼此衔接的“过渡期混乱”或可称之为“过渡期举棋不定”。之后，“文学研究会丛书”出版告一段落，开始了“文学研究会创作丛书”的出版，且“几乎”全部是以48开精装本面世，说“几乎”，也就是说还有一些创作丛书并非精装本，这也是事实。“文学研究会创作丛书”在出至最后三种时，封面版式由48开精装本变为48开平装本。

在讲“文学研究会创作丛书”前，非常有必要把上述前后的衔接交代清楚，彼此才能有一个较为清晰的“交割”与“界定”，否则会留存不少疑惑。

“文学研究会创作丛书”先后共出过三批，在版本版权页上以“集”区分，第一集10种，从《西施及其他》至《万仞约》，1936年3月出版；第二集10种，从《西行书简》至《芭蕉谷》，1937年6月出版；第三集三种，从《佳讯》至《许杰短篇小说集》，20世纪40年代出版。在这三集版本的版权页上唯独第二集的10种是标明的，第一集和第三集皆未标明，虽然这也是一种区分的办法，但呈现了明显缺乏规范的不统一，这在老牌出版机构是绝对不应该的。

这套丛书的总数，在所有书目资料中都是23种，可见这个数字的准确性。现以初版的出版时间排列如下：

《西施及其他》，戏剧集，顾一樵、顾青海著，1936年3月初版

《汉园集》，诗集，何其芳、李广田、卞之琳著，商务1936年3月初版

《生之忏悔》，杂文集，巴金著，1936年3月初版

《你我》，散文集，朱自清著，商务1936年3月初版

《圣陶短篇小说集》，叶绍钧著，1936年3月初版

《沦落》，短篇小说集，原名《沉落》，巴金著，1936年3月初版

《画廊集》，散文集，李广田著，1936年3月初版

《篱下集》，短篇小说集，萧乾著，1936年3月初版

《湘行散记》，散文集，沈从文著，1936年3月初版

《万仞约》，短篇小说集，张天翼著，1936年3月初版

《西行书简》，书信集，郑振铎著，1937年6月初版

《乡间的悲剧》，短篇小说集，蹇先艾著，商务1937年6月初版

《记忆之都》，诗剧集，杨骚著，商务1937年6月初版

《这不过是春天》，戏剧集，李健吾著，1937年6月初版

《小树叶》，杂著，萧乾著，1937年6月初版

《黑屋》，短篇小说集，涟清著，1937年6月初版

《桂公塘》，短篇小说集，郭源新著，1937年6月初版

《流沙》，短篇小说集，王任叔著，1937年6月初版

《渡家》，散文集，靳以著，1937年6月初版

《芭蕉谷》，短篇小说集，艾芜著，1937年6月初版

《佳讯》，短篇小说集，王任叔著，1940年8月初版

《困学集》，论文集，郑振铎著，1941年6月初版

《许杰短篇小说集》，许杰著，1947 年 1 月初版

这套丛书版本出了初版后，还有些版本继续出再版或三版，从封面版式看，也有了一些小变化，如笔者所见李广田的散文集《画廊集》，出至第三版时由精装本变为平装本，封面式样同精装本外的封套相似，也与这套丛书的最后三种大体相仿。这些版本虽然数量不多，但各版次版本的细微变化仍然不能忽略。有关情况，请参见各篇的叙述。

这套丛书基本上为统一版式，48 开布面精装本，封面墨绿色，框线、书名、作者名及一枚“商务”圆形印章均烫银。时间虽过七八十年，银色依然耀眼。布面精装外还有护封（封套），呈本色，框线、书名、作者名等印蓝色。笔者在收藏初期，所见“文学研究会创作丛书”大多无封套，之后见到一二种，再之后见到了几乎所有的封套，可见这套丛书外配有封套，而且还见到少数版本在封套外还裹以透明纸，一套丛书的版本裹以“三层皮”，保护作用明显，且有着极强的收藏价值。不过，如今绝大多数见到的版本已经没有透明纸和护封，丢失率极高。那是因为三者之间是相互脱离的，随时都可能“拜拜”而离去。因此，从保证版本完整性来讲，用护封并非是一种好方法。

精装封面与封套的式样相同，粗框线内从右至左，从上至下横印书名、作者名，右下角印一枚小小的商务印书馆标记。版权页的式样一律是框线内竖排文字，出版时间、丛书名、书名、售价、作者、发行人、印刷发行机构以及核对者，所有版权事项一应俱全，唯独缺印数，至于版权页上留下的一些数字是否隐含着印数，笔者实在无法解读。版权页上方用花纹框起，内印“版权所有　翻印必究”。

“文学研究会创作丛书”，作者 19 人，作品 23 种，其中李广田（一种与他人合作）、巴金、萧乾和郑振铎（一种署名郭源新）各占两种，其他一人占一席。文学研究会会员所占的比例并不大。

“文学研究会创作丛书”23 种，几乎是每年出版 10 种，可能这也是原定的计划，之后碰到抗日战争全面爆发，猜想原定 1938 年出版的 10 种也便流产。直至抗战胜利后的 1947 年，才又开始恢复丛书的出版，虽挂名“文学研究会创作丛书”，但从封面版式看已经“大伤元气”，精装变为平装，而且只出了三种便草草偃旗息鼓，成了一种让人感觉遗憾的“有头无尾”的文学丛书。

至于为何要出版“文学研究会创作丛书”，笔者在“文学研究会丛书”的《小引》中有所阐述，请读者参阅。

《西施及其他》

《西施及其他》,“文学研究会创作丛书”,戏剧集,顾一樵、顾青海著,商务印书馆印刷发行,笔者所见为民国二十五年(1936)三月初版,每册定价国币七角。封面外有封套,版权页印“文学研究会创作丛书”。发行人王云五,校对者龙旭光和宗大朴。

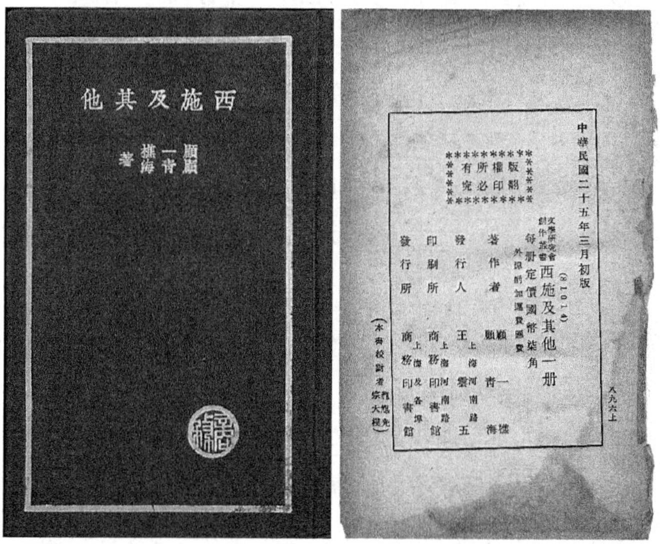

⊙《西施及其他》1936 年初版封面及版权页

全书 142 页,收两剧:《西施》(四幕剧,顾一樵于 1932 年 5 月 4 日再稿)、《昭君》(三幕剧,顾青海著)。

此书实际由顾一樵和顾青海所著,把两者的书名合在一起，成了《西施及其他》。用这种书名表述不同作者作品合在一起的现象，在民国时期的书籍中比比皆是，是一道十分有趣的“风景线”。如果哪位研究者手里掌握了众多此类《ＸＸ及其他》的版本，不妨可以进行深入的探求，这绝对是一个好课题！

⊙《西施及其他》封套

对作者顾青海，无一点概念，他与顾一樵是什么关系，也不明白。对顾一樵则有些印象：原名顾毓琇，号古樵。笔名一樵、蕉舍。江苏无锡人。1915 年考入清华学校。1922 年参加文学研究会，文学研究会是 1921 年 1 月在北京成立，他于第二年便加入，算是老会员了。1923 年到美国留学，入麻省理工大学电机工程系，先后获得科学学士、电机硕士、科学博士等学位。1929 年回国后出任浙江大学工学院电机科主任。1930 年创办《电机杂志》，同年任中央大学工学院院长，1932 年任清华大学电机工程系主任，后兼工学院院长……从顾一樵的经历看，是个纯粹搞理工的学者，然而又是个能两脚横跨两个专业且有成就的人。

在中国现代文学史中，像这样的作家虽有，但绝对为数极少。据笔者记忆，如学地质专业，却有文学才能的张资平；物理学家兼剧作家丁西林等。如去研究这些“两栖作家”的话，也一定很有趣味。

因此，留存像顾一樵这样的作家书目，也是件很有意义的事。从笔者所掌握的资料看，顾一樵除与顾青海“合著”此书外，还曾与朴园合著过《孤鸿》。《西施及其他》除“商务”版外，还有三通书局 1940 年 3 月初版，属“三通小丛书”，书名改为《西施与昭君》。其中《西施》篇由顾一樵著，《昭君》篇由顾青海著。《西施与昭君》的书名，绝对要比《西施及其他》为好。

顾一樵的创作作品还有九种：

《我的父亲》，散文，新月书店 1933 年 1 月初版，潘光旦撰代序《一篇传记文的欣赏》。重庆商务印书馆 1943 年 12 月再版，增收《自序》

《芝兰与茉莉》，短篇小说，文学研究会丛书，商务印书馆 1923 年 12 月初版

《岳飞及其他》，戏剧，新月书店 1932 年 7 月初版，内收岳飞、荆轲、项羽、苏

武四剧

《岳飞》，戏剧，南京时代公论社 1932 年 9 月初版。重庆商务印书馆 1940 年 4 月初版，1943 年 8 月再版

《白娘娘》，戏剧，长沙商务印书馆 1938 年 8 月初版

《古城烽火》，戏剧，国立戏剧学校战时戏剧丛书，重庆正中书局 1939 年 3 月初版，上海 1945 年 10 月沪一版

《荆轲》，戏剧，一樵戏剧之一，长沙商务印书馆 1940 年 9 月初版

《苏武》，歌剧，重庆商务印书馆 1944 年 2 月初版。上海 1946 年 1 月沪初版

《牧羊神》，译著，[挪威]哈姆生著，商务印书馆 1934 年 3 月初版，收入“世界文学名著丛书”

其实，顾一樵除散文、戏剧及译著外，还出版过一些诗词集，如《蕉舍吟草》《海外集》《樵歌集》等，可惜只见书目不见版本实物。

在此书封二右上方，贴有一张图书登记证，上印：“光华大学附中图书馆 KWANG HUA UNIVERSITY MIDDLE SCHOOL LIBRARY 登记号码 第 0031 号”。在封三，还贴有一张借书登记表，时间从 1948 年开始到 1950 年为止，其间共有 30 人借阅过此书。这类旧版本的“附件”，有时往往可以作为探究的另一类途径。

《汉园集》

《汉园集》,“文学研究会创作丛书”,诗集,卞之琳编,商务印书馆印刷发行,笔者所见为民国二十五年(1936)三月初版,每册定价国币六角。封面外有封套,版权页印“文学研究会创作丛书”。发行人王云五。1936 年 8 月再版,未见。

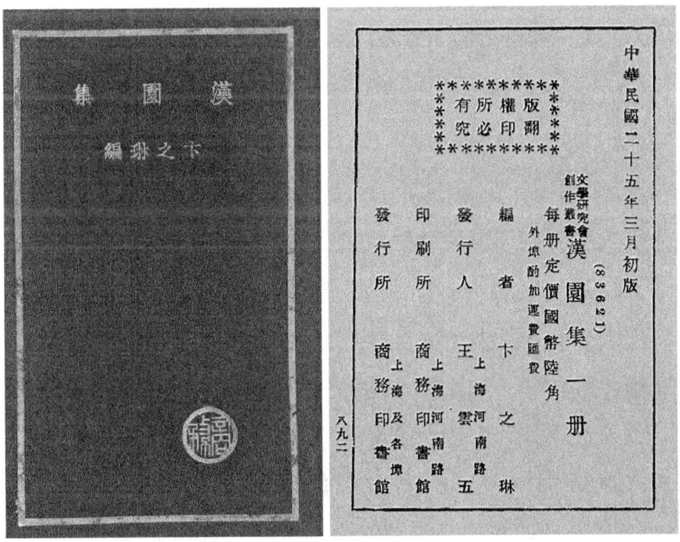

⊙《汉园集》1936 年初版封面及版权页

全书 207 页,无序跋。分为三辑,分别由何其芳的《燕泥集》、李广田的《行云集》和卞之琳的《数行集》组合而成。每诗之后皆注明时间,有的还注明地点。

⊙《汉园集》封套

《燕泥集》收有1931年至1934年的诗作16首:《预言》《季候病》《罗衫怨》《秋天》《花环》《关山月》《休洗红》《夏夜》《柏林》《岁暮怀人》(一)《岁暮怀人》(二)《风沙日》《失眠夜》《夜景》《古城》和《初夏》。

《行云集》收有1933年至1934年的诗作17首:《秋灯》《窗》《旅途》《夜鸟》《生风尼》《流星》《访》《秋的味》《唢呐》《乡愁》《过桥》《第一站》《笑的种子》《地之子》《那座城》《土耳其》和《上天桥去》。

《数行集》收有1930年至1933年的诗作34首:《记录》《奈何》《远行》《长的是》《一个和尚》《一个闲人》《影子》《望》《彗星》《夜风》《月夜》《投》《长途》《酸梅汤》《小别》《白石上》《工作的笑》《西长安街》《一块破船片》《几个人》《登城》《火车》《墙头草》《还乡》《寄流水》《芦叶船》《古镇的梦》《古城的心》《秋窗》《入梦》《烟蒂头》《对照》《水成岩》和《道旁》。

卞之琳的两首诗值得一读,韵律与诗意俱佳。

《月夜》:月亮已经高了,/回去吧,时候/真的是不早了,/摸摸看,石头/简直有点潮了,/你看,我这手。/山是那么淡的,/灯又不大亮,/看是值得看的,/小心着了凉!/那我可不管的,/怎么,你尽唱!

《一块破船片》:潮来了,浪花捧给她/一块破船片。/不说话,/她又在岩石上坐定,/让夕阳把她的发影/描上破船片。/她许久/才又望大海的尽头,/不见了刚才的白帆。/潮退了,她只好送还/破船片/给大海飘去。

卞之琳,生于1910年,江苏海门人。上海浦东中学毕业后入北京大学英文系,曾师从徐志摩,深受赏识,是“新月派”代表诗人。他的诗精巧玲珑,联想丰富,跳跃性强,善于从日常生活中发现诗的内容,挖掘出常人意料不到的深刻内涵,诗意大多偏于晦涩深曲,冷僻奇兀,耐人寻味。他的著译代表作有:《三秋草》《鱼目集》《西窗集》《阿左林小集》《紫罗兰姑娘》《窄门》和《阿道尔夫》等。

《生之忏悔》

《生之忏悔》，“文学研究会创作丛书”，杂文集，巴金著，商务印书馆印刷发行，笔者所见为民国二十五年(1936)三月初版，每册定价国币六角。封面外有封套，版权页印“文学研究会创作丛书”。发行人王云五，校对者滕秉全。1936 年 8 月再版，未见。

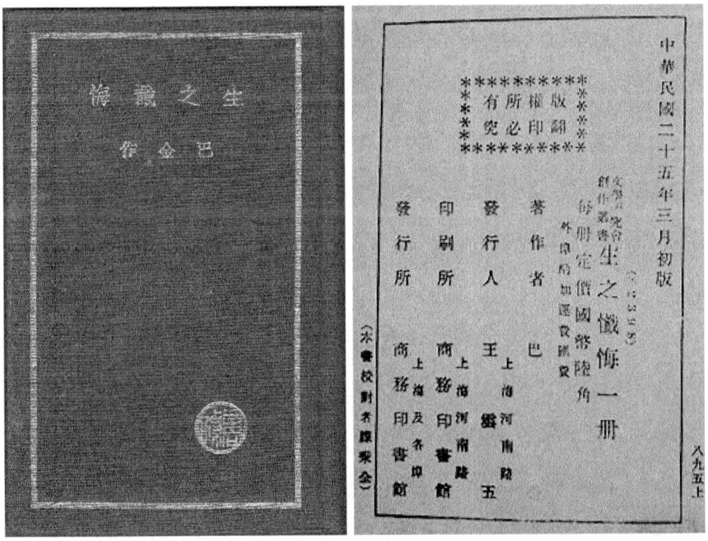

⊙《生之忏悔》1936 年初版封面及版权页

书前有作者写的《〈生之忏悔〉题记》：

这本小册子可算是我的忏悔的一部分罢，正如

⊙《生之忏悔》封套

这题名所表示的。

我常常想，我第一次拿起笔写文章，那就是我的不幸的开端，从那时起我开始走入迷途了。以后一误再误，愈陷愈深，终至于不可收拾。于是呻吟，呼号，自白，自剖都由我的笔端泄了出来。发泄以后便继之以沉默，这其间我很想把以前错误挽回过来。

这几年来我印过了好几册小说和随笔，但杂文却算这是第一部。其实我所写的杂文原不只此，但有许多我自己也已无法见到了，即使见到我如今也未必就完全同意当时的论调，所以只将这里的一部分集起来付印。也没有别的用意，无非希望一些厚爱我的读者由这个更了解我一点。

我所敬爱的一位科学家说过："书本不能够制造智的潮流，相反的，智的潮流可以制造出书本来。"我很相信这句话。

这一本小小的书虽出于一个无学者的手笔，但决不是我一个人"闭门造车"的结果，它也可以代表一部分青年人的思想，我和他们在一起生活过，而且至今还没有脱离他们的圈子。让他们来判断我和我的书罢，我诚恳地把它献给他们。

全书222页，分四部，每部收文若干。第一部：《我的心》《〈灭亡〉作者底自白》(《我底思想的立场与杜大心》《第二十一章以后》《总而言之》)《我的自剖》《我的呼号》《我的梦》《我的自辩》《新年试笔》《我与文学》《灵魂的呼号》和《给E.G.呓语》；第二部：《〈黑暗之势力〉之考察》《〈工女马得兰〉之考察》和《〈党人魂〉之考察》；第三部：《〈工女马得兰〉译本序》《〈前夜〉译本序》，附《廖抗夫略传》《〈我底自传〉译本序》《〈幸福的船〉序》和《〈秋天里的春天〉译本序》；第四部：《广州二月记》(《我的憧憬》《四层楼上》《长堤》《海珠桥》《鬼棚尾》《河南》《茶馆》《西关》《暑期学校》《不景气》《一个谜》)和《薛觉先》；第五部：《童年》《两个孩子》《双十节在上海》和《木匠老陈》。

《你我》

《你我》,“文学研究会创作丛书”,散文集,朱自清著,商务印书馆印刷发行,笔者所见为民国二十五年(1936)三月初版,每册定价国币七角。封面外有封套,版权页印“文学研究会创作丛书”。发行人王云五,校对者林东塘。1936 年 8 月再版,未见。

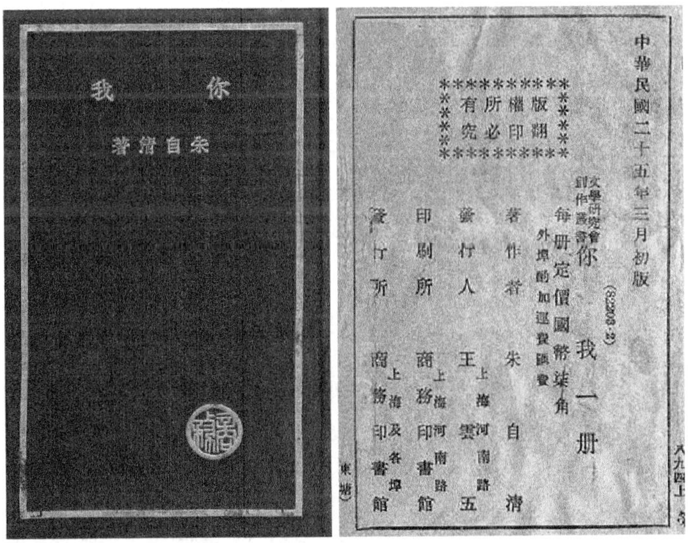

⊙《你我》1936 年初版封面及版权页

书前有作者 1934 年 12 月写于北平清华园的《自序》,四页,其中说道:

⊙《你我》封套

郑振铎兄让我将零碎的文字编起来，由商务印书馆印入文学研究会创作丛书。他和商务印书馆的好意，我非常感谢。但这里所收的实在不能称为创作，只是些杂文罢了。

写作的时日从十三年八月起，到今年秋天止；共文二十九篇，分为甲乙两辑。甲辑是随笔，乙辑是序跋与读书录，都按写作先后为序。用“你我”做书名，没有什么了不得的理由；更多只是因为这是近年来所写较长的一篇罢了。

不记得几年前的一个晚上，忽然心血来潮，想编集自己的零碎文字；当时思索了半天，在一张小纸片上写下一个草目。今番这张小纸片居然还在，省我气力不少；因为自己作文向不保存，日子久了便会忘却，搜集起来大是苦事。靠着那张草目，加上近年所作的，写定了本书目录。稿子交出了，才想起了《我所见的叶圣陶》，《叶圣陶的短篇小说》，《冬天》，《欧游杂记自序》；稿子寄走了，才想起了《择偶记》，想起了《“老张的哲学”》与《“赵子曰”》。偶然翻旧报纸，才又发见了《论无话可说》；早已忘记得没有影子，重逢真是意外——本书里作者最中意的就是这篇文字。

……十几年的零碎文字，至少还有十一篇不在现在的目录里。其中一篇《中年》，是一个朋友要办杂志教写的。杂志没办成，稿子也散失了，算是没见世面。另一篇记辛亥革命时的琐事，登在十八年《清华大学国庆纪念刊》上。那是半张头的报纸，谁也没有存着；现在连题目也想不起了。是为序。

全书244页，分甲乙两辑，甲辑：《“海阔天空”与“古今中外”》《扬州的夏日》《看花》《我所见的叶圣陶》《论无话可说》《给亡妇》《你我》《谈抽烟》《冬天》《择偶记》《南京》《潭柘寺戒坛》；乙辑：《忆跋》《〈山野掇拾〉》《子恺漫画代序》《〈白采的诗〉》《萍因遗稿跋》《子恺画集跋》《粤东之风序》《叶圣陶的短篇小说》《给一个兵和他的老婆的作者——李健吾先生》《燕知草序》《〈老张的哲学〉与〈赵子曰〉》《谈美序》《论白话——读南北极与小彼得的感想》《〈子夜〉》《读心病》《欧游杂记自序》和《文心序》。

每读朱自清的美文，都会从脑中迸出一个想法：名家毕竟是名家，无名小辈毕竟是无名小辈，几十年几百年之后，仍旧是名家“在世”，无名小辈则早被湮没在了历史的尘埃中，即便后人暂时把众多无名小辈挖掘出来，与名家并排而立，却仍无法使其长存于世，他（她）们也会知趣地慢慢地从名家身影的背后渐渐淡出消失……

《圣陶短篇小说集》

《圣陶短篇小说集》，“文学研究会创作丛书”，叶绍钧著，商务印书馆印刷发行，笔者所见为民国二十五年(1936)三月初版，不知印数，每册实价国币一元，精装外有封套。版权页印“文学研究会创作丛书”。发行人王云五，校对者蔡仲宣。

中華民國二十五年三月初版

(8178)

文學研究會創作叢書 聖陶短篇小說集一冊

每冊定價國幣壹元

外埠酌加運費匯費

版權所有 翻印必究

著作者 葉紹鈞

發行人 王雲五 上海河南路

印刷所 商務印書館 上海河南路

發行所 商務印書館 上海及各埠

(本書校對者蔡仲宣)

⊙《圣陶短篇小说集》1936 年初版封面及版权页

书前有作者写于 1934 年 12 月 27 日的《付印题记》：

从八年到去年，每年都作小说，多少不等。虽然已曾汇刊了五本集子(此外没有收集的只有少数的几篇),有时又想把十五年间的小说淘汰一下,选集比较可观的多少篇印在一起,作为这期间我的习作成绩的总账。因为忙着杂务,想起了转身就忘,始终没有动手。现在经郑振铎先生的督促,才动手编选,结果取了二十八篇。即使对于自己的文字,好恶也难得公平:这一点当然知道。可是你要编选,就不由你不硬着头皮。我只望没有把太无聊的东西留在这里罢了。

⊙《圣陶短篇小说集》封套

三四年前,朱佩弦先生选过我的小说,定下一个目录。朱先生人好心慈,对于经过他眼前的各篇,大多从宽发落,所以入选的比这里多。现在我没有采用他那个目录,辜负了他的好意,很觉得抱歉。

全书477页,收小说27篇:《一生》《母》《一个朋友》《一课》《饭》《义儿》《云翳》《风潮》《小铜匠》《孤独》《平常的故事》《病夫》《潘先生在难中》《外国旗》《前途》《城中》《搭班子》《遗腹子》《苦辛》《一包东西》《小病》《夜》《某城纪事》《李太太的头发》《某镇纪事》《席间》和《秋》。

笔者认识叶圣陶,是从读了童话集《稻草人》开始的,之后接连读到他的童话集《小白船》《旅行家》《含羞草》《玫瑰和金鱼》《古代英雄的石像》等,似乎他是一位儿童文学作家。其实他的创作面极广,小说相当有特色,最早发表的白话小说是1918年发表在《妇女杂志》第四卷第二、三号的《春宴琐谭》,之后的《隔膜》《火灾》《线下》和《倪焕之》等更是越来越精彩。诗集有《雪朝》,散文集有《未厌居习作》等,无论是何体裁,总体风格是冷峻朴实,严谨自然,淡泊隽永。他所参与的文学活动,主要是与沈雁冰、郑振铎等发起组织文学研究会,与朱自清等人创办中国新文坛第一本诗刊《诗》……

《沉落》

《沉落》,“文学研究会创作丛书”,短篇小说集,巴金著,商务印书馆印刷发行,笔者所见为民国二十五年(1936)三月初版,不知印数,每册实价国币八角。版权页印“文学研究会创作丛书”。发行人王云五,校对者林东塘。

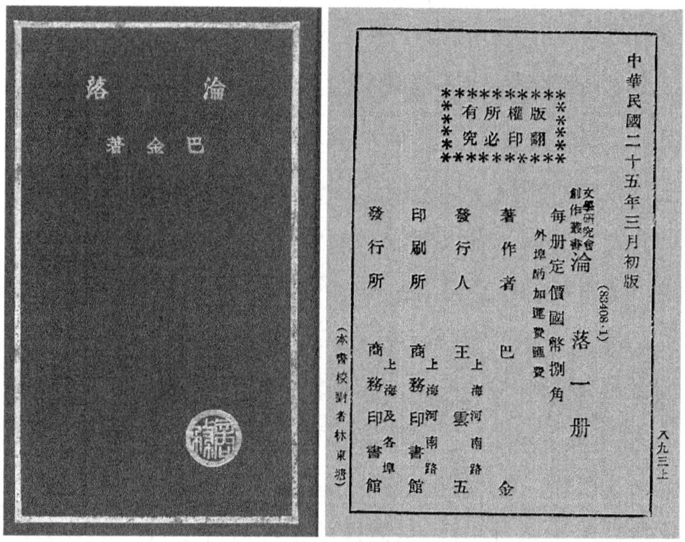

⊙《沉落》1936 年初版封面(误印“沦落”)及版权页

此书原名《沉落》,初版时封面等处误印《沦落》。有关这一版本,巴金曾有过回忆:“一九三六年商务印书馆出版的‘文学研究会丛书’中有我两本书:《沉落》和《生之忏悔》。《沉落》一书在初版时,商务印书馆把书名印错为《沦落》(三十二开本),后来收到小说集时更正为《沉落集》。商务印书馆还把这本书的第三版编入‘初中文库’(王云五主编的小丛书)。《生之忏悔》是四十八开的小开本,是本散文集。”

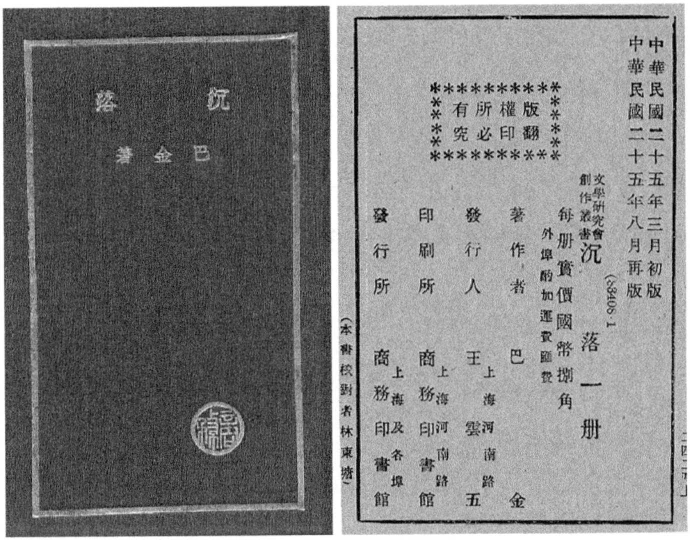

⊙《沉落》1936 年再版封面及版权页

如巴金这段话没记错的话,起码有几个疑点值得一提:其一,《沉落》和《生之忏悔》属“文学研究会创作丛书”,而非“文学研究会丛书”。其二,指认《沦落》初版是 32 开本,但笔者所见却是 48 开本,精装。难道“商务”还出过 32 开的版本?如存在的话,至今未见。其三,《沦落》在收入小说集时更正为《沉落集》,此处所说的“小说集”,应该就是“文学研究会创作丛书”。实际是在五个月后的 1936 年 8 月再版时,把书名更正为《沉落集》(是《沉落》而非《沉落集》),也就是说这本《沉落》在世存有一正一误,一初一再两种版本,都是布面精装,而且再版封面外还有封套。上述这些话说明,旧版本的欣赏与研究,离不开版本实物,一定要有“眼

⊙《沉落》封套

见为实"的老实态度，否则还是缄默为好。

全书 233 页，收小说五篇：《沉落》《长生塔》《化雪的日子》《利娜》和《神》。

书末有《题记》，其中说道：

> 我毫不迟疑地给我的第六短篇集起了这名称。
>
> 《沉默》之后又来一个《沉落》，也许有人会以为我给什么打倒了吧。这《沉落》和《沉默》一样是不很容易了解的……历史不是循环的，是前进的。几千年来没有人做过的事，我们也要着手来做，将一切存在或存在过的东西重新估价。这样做我们是决不会跟着那一切的阴影，"沉落"到深渊里去了。

与《沉落》同名的版本，笔者在无意间见到，也是短篇小说集，雷导哀著、世界书局 1930 年 10 月初版，出版时间早于巴金的《沉落》。

《画廊集》

《画廊集》，“文学研究会创作丛书”，散文集，李广田著，商务印书馆印刷发行，笔者所见两种不同封面和版次的版本。

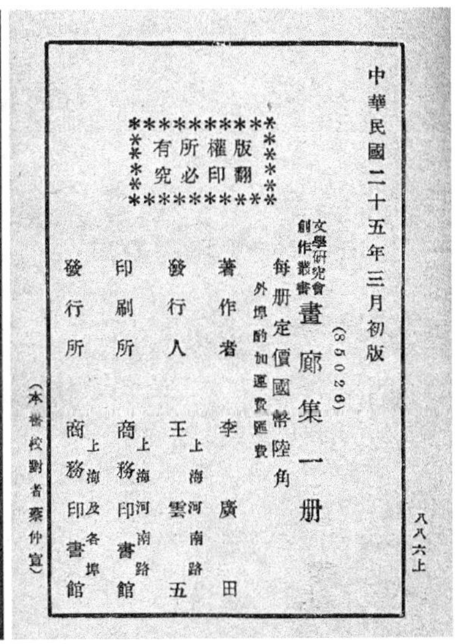

中華民國二十五年三月初版

(35026)

文學研究會創作叢書 畫廊集一册

每册定價國幣陸角

外埠酌加運費匯費

版權所有 翻印必究

著作者 李廣田

發行人 王雲五 上海河南路

印刷所 商務印書館 上海河南路

發行所 商務印書館 上海及各埠

(本書校對者蔡仲宣)

八八六上

⊙《画廊集》1936 年初版封面及版权页

第一种，民国二十五年(1936)三月初版，精装，不知印数，每册定价国币六角。版权页印“文学研究会创作丛书”。发行人王云五，校对者蔡仲宣。1936 年 8 月再版，未见，据说与初版同。

第二种，民国二十七年(1938)五月三版，不知印数，每册定价国币六角。纸面平装，封面同精装的封套，线框印书名和作者名，宋体，右下有圆形“商务”朱文印。发行人王云五，校对者蔡仲宣。

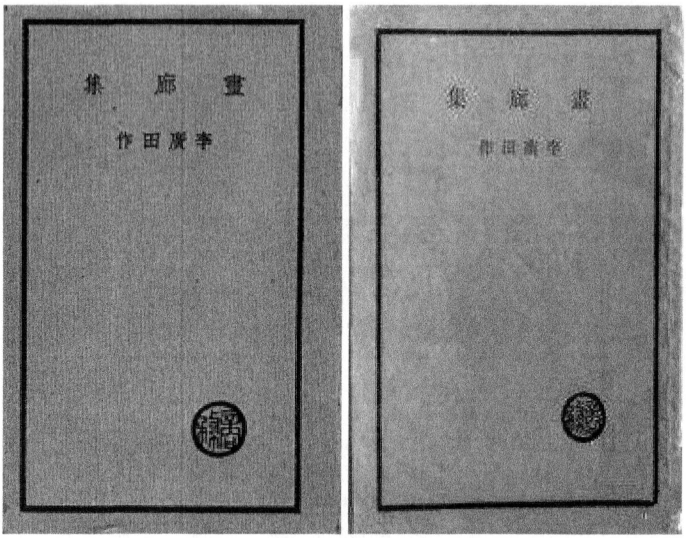

⊙ 左为 1936 年 3 月初版精装封套，右为 1938 年 5 月三版平装封面

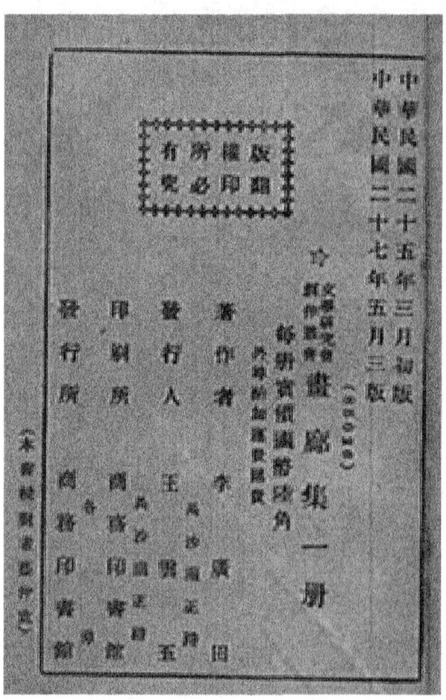

中華民國二十五年三月初版
中華民國二十七年五月三版
(95016)
文學研究會創作叢書 畫廊集一册
每册實價國幣陸角
外埠酌加運費匯費
版權所有 翻印必究
著作者 李廣田
發行人 王雲五 長沙南正路
印刷所 商務印書館 長沙南正路
發行所 商務印書館 各埠
（本書校對者蔡仲宣）

⊙《画廊集》1938 年三版版权页

从印出效果看，分不出平装封面与精装封套间的差别，而只有拿在手上亲眼见到才有感觉，从此例便可知晓，见与不见，完全两码事。至于，“文学研究会创作丛书”印到第三版时的封面是否都是平装，因少见版本，也很难断定。

书前有周作人 1935 年 2 月 21 日写于北平的《序》，六页，其中说道：

从希腊的画廊派哲人说起，说到琉璃厂的卖字画的席棚，又转到乡下的花纸，简直是乱跑野马，一点没有头绪，而我所要说的实在又并不是这些，乃是李洗岑先生的文集《画廊集》耳。洗岑在集子里原有一篇谈年画的文章，而其坚苦卓绝的生活确也有点画廊派的流风，那么要把上文勾搭过去似亦未始不可以，反正天地万物没有绝无关系的，总可以说得通，只看怎么说法。

话虽如此，我究竟不是在乱扯做策论，上边这趟野马不肯让它白跑，仍旧要骑了去拜客的。我很主观的觉得洗岑写文章正是画廊派摆画摊，这是一件难事情。画廊派的思想如上边说过太为贤者说法，是不合于一般人的脾胃的，不但决做不成群众的祭师，便是街头讲道理也难得一个听客。至于年画乃是要主顾来买的，其制作更大不易，我们即使能为妇孺画《老鼠嫁女》以至《八大锤》，若挂印封侯时来福凑这种厌胜画，如何画得好乎。但是画棚里所最多行销的却正是此厌胜画也，盖文以载道的主义为中国上下所崇拜，咒语与口号与读经，一也，符箓与标语与文学，二也，画则其图说也。吾见洗岑集中没有厌胜文，知其不能画此同类的画，画廊的生意岂能以达乎。虽然洗岑有那种坚苦卓绝的生活与精神，画或文之生意好与不好亦自不足论也，我的这篇小文乃不免为徒费的夸辩矣。

全书 194 页，收文 24 篇：《画廊》《种菜将军》《秋雨》《记问渠君》《野店》《枣》《投荒者》《黄昏》《秋》《寂寞》《秋天》《无名树》《在别墅》《白日》《父与羊》《小孩与蚂蚁》《悲哀的玩具》《雉》《蝉》《天鹅》《道旁的智慧》《怀特及其自然史》《何德林及其著作》和《〈画廊集〉题记》。

作者的《〈画廊集〉题记》写于 1935 年 3 月 2 日，其中写道：

经过了颇多的时间，而留下来的却只是这么寥寥，而且又是这么芜杂的一点结果，是这本《画廊集》。

最初，我曾经把这本集子题做《悲哀的玩具》，因为集子里有题做《悲哀的玩具》的一篇东西，而且我又很爱惜这个名字的来历。日本的歌人石川啄木，在他论歌的一篇文章里结束道：

"我转过眼睛，看见像死人似的被抛在席上的一个木偶。歌，也是我的《悲哀的玩具》罢了。"

啄木是一个抱着社会思想的歌人，不幸为穷病所苦，只短短地过了二十七年的忧郁日子，便了结了他的一生。死后，他的友人替他编印歌集，就用了《悲哀的玩具》作为集名。

我喜欢这个名字，又喜欢啄木这人和他的作品，便有了借用这个书名的意思。

但过了些时，我又觉得我这个集子应当用《无名树》这个名字了。集子里有一篇《无名树》固是原因之一，此外可还有什么原因呢，我自己也不大明白。勉强来说，我大概很喜欢我窗前那棵不知名的树吧，我在这个窗下坐过了五六年之久，这棵树似乎在我的梦与醒之间作着一个永久的标帜，不论它是在初春萌发，或是当黄叶飘落，而它那永久挂在枝端的干翅果，每每因风而发出如雨的簌簌声，这个乃常是我的忧愁与快慰的引子。我爱这棵树，（我也爱其他树），树以“无名”名之，而又将以此树名吾集，实在也就等于说这本集子本无什么名号，又何必另寻什么名号呢，于是便一度决定用《无名树》。

终于不曾用《无名树》，也不用《悲哀的玩具》，而另用了《画廊集》者，是自从把《画廊》一篇小文章加入之后才决定的。“《画廊集》，一个好听的名字”，首先是我的一位先生这么说过。一直到了现在，我才更觉得这确是最适合于我这集子的一个记号了：像我所写的那个荒僻村落的画廊，像我所说的那座画廊里边的一些平常而又杂乱的年画，一样的，是我这些小文章。而且《画廊》又是我比较最近的一篇东西，今后是不是还写下去呢，如果写下去，是不是会有什么新的变化呢，虽然这时候我也不大知道，然而且以这座《画廊》作为一个路程碑总是可以的吧，于是最后的决定，就是这《画廊集》一个名号了。……

李广田，生于1906年，原名王希爵，号洗岑，笔名黎地、曦晨等。山东邹平人。1929年考入北京大学预科，并开始发表作品，处女作是《狱前》。1931年入北京大学外语系，毕业后到济南省立第一中学任教。1936年与卞之琳、何其芳合著并出版诗集《汉园集》。他最为擅长的还是散文，代表作有：《画廊集》《银狐集》《雀蓑记》《西行记》《灌木集》《圈外》《回声》《日边随笔》等，作品视野开阔，题材多样，静美与锋芒相结合，形成了自己独特的散文风格。1946年后到南开大学、清华大学任教。1948年加入中国共产党。

《篱下集》

《篱下集》,“文学研究会创作丛书”,短篇小说集,萧乾著,商务印书馆印刷发行,笔者所见为民国二十五年(1936)三月初版,不知印数,每册实价国币六角,精装外有封套。版权页印“文学研究会创作丛书”。发行人王云五,校对者王养吾。另见过1936年3月平装初版本,封面同精装本封套。1936年8月再版,未见。

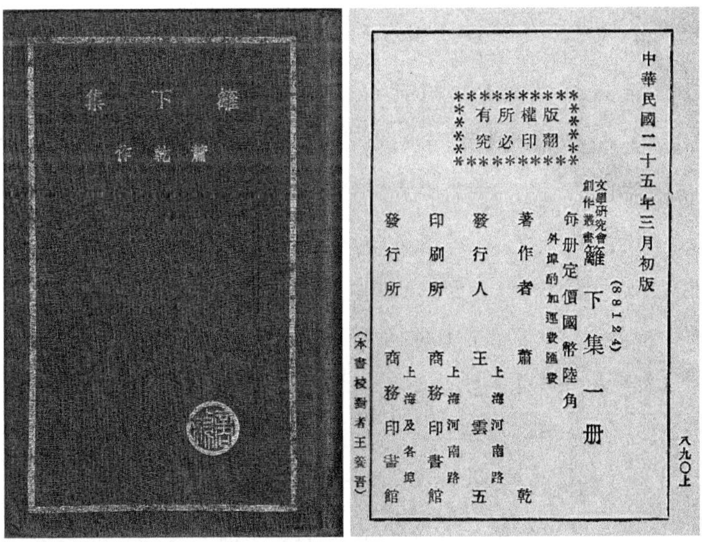

⊙《篱下集》1936年初版封面及版权页

书前有沈从文写于1933年12月13日的《题记》:

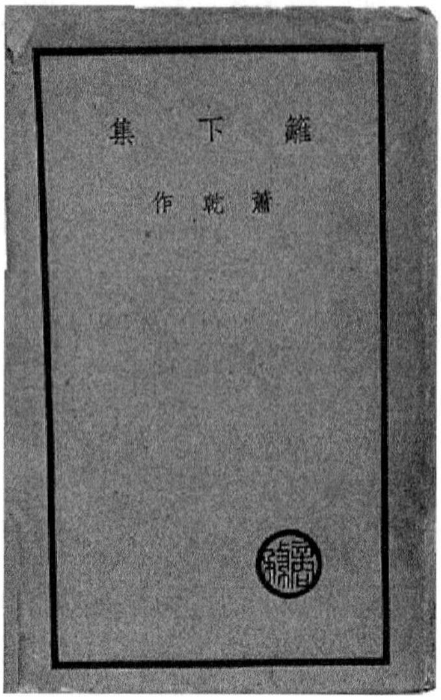

⊙《篱下集》封套

在都市住上十年,我还是个乡下人。第一件事,我就永远不习惯城里人所习惯的道德的愉快,伦理的愉快。

我崇拜朝气,欢喜自由,赞美胆量大的,精力强的。一个人行为或精神上有朝气,不在小利小害上打算计较,不拘拘于物质攫取与人世毁誉,他能硬起脊梁,笔直走他要走的道路,他所学的或同我所学的完全是两样东西,他的政治思想或与我的极其相反,他的宗教信仰或与我的十分冲突,那不碍事,我仍然觉得这是个朋友,这是个人。我爱这种人也尊敬这种人。这种人也许野一点,粗一点。但一切伟大事业伟大作品就只这类人有分。他不能避免失败,他失败了能再干。他容易跌倒,但在跌倒以后仍然即刻可以爬起。

至于怕事,偷懒,不结实,缺少相当偏见,凡事投机取巧媚世悦俗的人呢,我不习惯同这种人要好,他们给我的"同情",还不如另一种人给我的"反对"有用。这种"城里人"仿佛细腻,其实庸俗。仿佛和平,其实阴险。仿佛清高,其实鬼祟。这世界若永远不变个样子,自然是他们的世界。右倾革命的也罢,革右倾的命的也罢,一切世俗热闹皆有他们的分。就由于应世技巧的圆熟,他们的工作常常容易见好,也极容易成功。这种人在"作家"中就不少。老实说,我讨厌这种城里人。

曾经有人询问我,"你为什么要写作?"

我告诉他我这个乡下人的意见:"因为我活到这世界里有所爱。美丽,清洁,智慧,以及对全人类幸福的幻影,皆永远觉得是一种德性,也因此永远使我对它崇拜和倾心。这点情绪同宗教情绪完全一样。这点情绪促我来写作,不断的写作,没有厌倦,只因为我将在各个作品各种形式里,表现我对于这个道德的努力。人事能够燃起我感情的太多了,我的写作就是颂扬一切与我同在的人类美丽与智慧。若每个作品还皆许可作者安置一点贪欲,我想到的是用我作品去拥抱世界,占有这一世纪所有青年的心。……生活或许使我平凡与堕落,我的感情还可以向高处跑去,生活或许使我孤单独立,我的作品将同许多人发生爱情同友谊。……”

这是个乡下人的意见，同流行的观点自然是不相称的。

朋友萧乾第一个短篇小说集子行将付印了，他要我在这集子说几句话，他的每篇文章，第一个读者几乎全是我。他的文章除了觉得很好，说不出别的意见。这意见我相信将与所有本书读者相同的。至于他的为人，他的创作态度呢，我认为只有一个“乡下人”，才能那么生气勃勃勇敢结实。我希望他永远是乡下人，不要相信天才，狂妄造作，急于自见。应当养成担负失败的忍耐，在忍耐中产生他更完全的作品。

全书217页，收小说12篇：《篱下》《俘虏》《邮票》《蚕》《放逐》《印子车的命运》《花子与老黄》《邓山东》《雨夕》《小蒋》《丑事》和《道傍》。

萧乾，生于1910年，原名肖秉乾、萧炳乾，北京人。先后就读北京辅仁大学、燕京大学，英国剑桥大学。1931年至1935年，与埃德加・斯诺等人编译《中国简报》《活的中国》等刊物和文学集。1935年进《大公报》当记者。1939年任伦敦大学东方学院讲师兼任《大公报》驻英记者，是二战时期欧洲战场唯一的中国战地记者，曾采访过第一届联合国大会、审判纳粹战犯等重大事件。萧乾的主要文学作品有散文集：《小树叶》《落日》《灰烬》《见闻》《南德的暮秋》《人生采访》《珍珠米》和《红毛长谈》等；小说集：《篱下集》《栗子》《梦之谷》和《创作四试》等。

《湘行散记》

《湘行散记》，“文学研究会创作丛书”，散文集，沈从文著，商务印书馆印刷发行，笔者所见为民国二十五年(1936)三月初版，不知印数，每册实价国币六角。版权页印“文学研究会创作丛书”，精装外有封套。发行人王云五，校对者华国章。

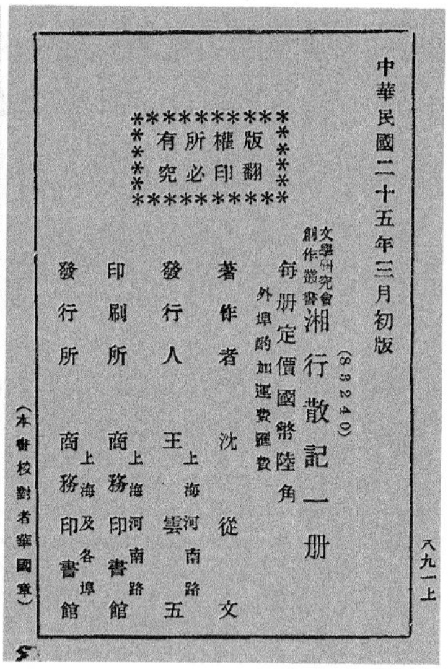
中華民國二十五年三月初版

(8324θ)

文學研究會創作叢書 湘行散記一冊

每冊定價國幣陸角

外埠酌加運費匯費

版權所有 翻印必究

著作者 沈從文

發行人 王雲五 上海河南路

印刷所 商務印書館 上海河南路

發行所 商務印書館 上海及各埠

(本書校對者華國章)

八九一上

⊙《湘行散记》1936 年初版封面及版权页

全书 150 页，无序跋，收文 11 篇：《一个戴水獭皮帽子的朋友》《桃源与沅州》《鸭窠围的夜》《一九三四年一月十八》《一个多情水手与一个多情妇人》《辰河小船上的水手》《箱子岩》《五个军官与一个煤矿工人》《老伴》《虎雏再遇记》和《一个爱惜鼻子的朋友》。

沈从文，生于1902年，原名沈岳焕，字崇文，笔名休芸芸、甲辰、上官碧、璇若等，湖南凤凰人。奠定沈从文在文坛地位的是他的小说，然而笔者更偏爱于他的散文(包括传记)，如《记胡也频》《从文自传》《记丁玲》《湘西散记》《湘西》《昆明冬景》《烛虚》和《云南看云集》等。然而更让笔者钦佩的是他居然能够不够痕迹地转换角色，从文学创作一步跨入中国古代历史和文物的研究，且足有成绩，《中国古代服饰研究》便是明证。此书一出版，笔者就购来阅读，感觉这是另一个"沈从文"，一个从来未体味过的"沈从文"，人能活到这个份上，等于是活了两辈子。

⊙《湘行散记》封套

《万仞约》

《万仞约》，“文学研究会创作丛书”，短篇小说集，张天翼著，商务印书馆印刷发行，笔者所见为民国二十五年(1936)三月初版，不知印数，每册实价国币八角。版权页印“文学研究会创作丛书”，精装外有封套。发行人王云五，校对者蔡仲宣。

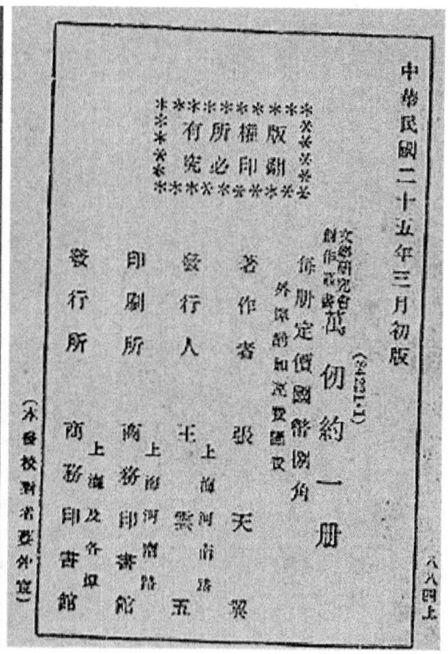
中華民國二十五年三月初版

(84221·1)

文學研究會創作叢書 萬仞約 一冊

每冊定價國幣捌角

外埠酌加運費匯費

版權所有 翻印必究

著作者 張天翼

發行人 王雲五 上海河南路

印刷所 商務印書館 上海河南路

發行所 商務印書館 上海及各埠

(本書校對者蔡仲宣)

八八四上

⊙《万仞约》1936 年初版封面及版权页

全书收小说六篇：《儿女们》《善举》《巧格力》《老明的故事》《教训》和《万仞约》。

此丛书，时间虽过七八十年，但封面文字与图案的银色依然耀眼。经过多年搜寻,发现这套丛书虽精装和封套为“两层皮”,但绝大多数精装外还存有护封,护封为本色纸,极为朴素。

张天翼,生于1906年,原名张元定,字汉弟,号一之,笔名张天净、铁池翰等,湖南湘乡人,出生在南京。1926年考入北京大学。1929年开始职业写作生涯。虽然笔者最早读到他的作品是小说集《鬼土日记》和《小彼得》,但更偏爱于他的儿童文学创作,如《大林和小林》《洋泾浜奇侠》《秃秃大王》《宝葫芦的秘密》等,并以这些作品奠定了在中国儿童文学史中的地位。

⊙《万仞约》封套

《西行书简》

《西行书简》，“文学研究会创作丛书”，散文集，郑振铎著，商务印书馆印刷发行，笔者所见为民国二十六年(1937)六月初版，不知印数，每册实价国币八角。版权页印“文学研究会创作丛书第二集”，此前版本未标明“第一集”，但如以“第一”、“第二”区分的话，应是“第一集”。精装外有封套。发行人王云五，校对者杨瑞文。

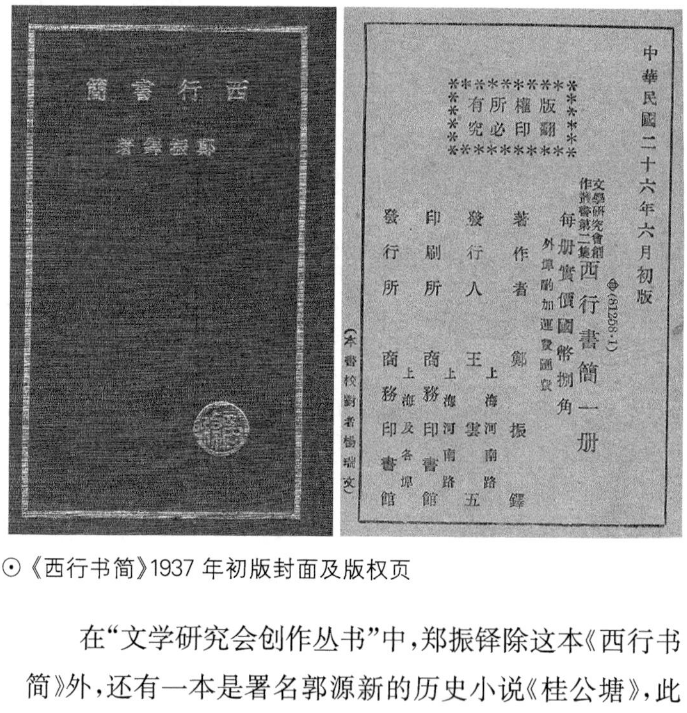

中華民國二十六年六月初版
(81258·1)
文學研究會創作叢書第二集 西行書簡一册
每册實價國幣捌角
外埠酌加運費匯費
版權所有 翻印必究
著作者 鄭振鐸
發行人 王雲五 上海河南路
印刷所 商務印書館 上海河南路
發行所 商務印書館 上海及各埠
(本書校對者楊瑞文)

⊙《西行书简》1937 年初版封面及版权页

在“文学研究会创作丛书”中，郑振铎除这本《西行书简》外，还有一本是署名郭源新的历史小说《桂公塘》，此书在郑振铎作品中远比《西行书简》出名。

笔者觅到的这套丛书，在精装外面有着护封(封套)，不过绝大多数所见的版本外已经失去封套，时过境迁，失去封套的版本，直接以烫银面目展现在收藏者面前。护封的设计与精装封面大致相同，只有烫银和印蓝字蓝线的区别，总体感觉相当朴素与庄重，不失“商务”的稳重个性。在环衬页的右下方，盖有一枚长方形蓝色藏书印：“胡嘉藏书　年月　MAY　1　1952　收藏　编号”，离此书出版的时间过了 15 年。再看护封的封底左下角贴有一张价格单：“原价金圆 8.40　廉价金圆 5.00”，看来当时购进的价格是廉价。而再过 55 年，当笔者收进此书时已达 1 000 元，虽在币值的计算上有所不同，但价格递进的级数却让人感到了“天翻地覆”！

⊙《西行书简》封套

⊙《西行书简》中照片两幅

这位“胡嘉”是何许人，不清。但他却在版权页前的空页上题写了一段文字，这段文字的写作时间却是“民国三十七年十二月九日”，可见题签之时与盖藏书章的时间并非同时。这段用黑墨水书写的题签已经褪色，正确与否，难说，但与此书有关且很有意思，不妨一存：

> 郑先生同游诸人发表的著作有《冰心游记》北新书局出版，这是我在北平报上看见了冰心女士的文章，由徐孟若兄(北新书局经理)请她汇成专集印行的。《王同春开发河套记》顾颉刚，发表在天津《大公报》“史地周刊”上面。

书前有作者写于民国二十三年(1934)九月八日的《题记》一篇，交代了怎么会把这次旅行的情况公诸于世的原由，很有点“版本价值”：

> 这里刊出的十几封信，都是我在平绥路上旅行时沿途寄给君箴的。本来是私信，也有不少的私话，且都是随笔挥写，不加剪裁的东西，不大愿意发表出来。但友人们见到的，却都以为应该公之于众。有人天天在嚷着开发西北；西北的现状究竟是怎样的一个情形呢？关于这一类的记载是极少。我这十几封给君箴的信，虽然对于西北社会的情形说得不多，且更偏重于古迹方面，却总有点足资未闻未见者的参考。我不愿说什么“言之者无罪，闻之者足戒”的老话。但最近的将来，就将成为问题的中心的西北，其危急的情形，以及民间的疾苦或可于此得到些消息吧，特别是关于西蒙一方面的事。故便趁着住在上海的十天，将他们整理一下，删去一部分的“私话”将它刊之于此！却并不曾增入什么。书简本是随笔挥写的东西。也许反因其为随笔挥写之故而反能不忸怩作态吧。即有些浅陋草率之处，也便索性的让他们“过而存之”了。
>
> 在平绥路上，这夏天旅行了两次，一次是七月间，到了平地泉，因路断而回。一次是八月间，由北平直赴绥远，再到百灵庙，包头等处。第七封信以前都是第一次旅行时所写的；第八封信以后却是第二次写的。
>
> 此行得友好们的帮助不少，特别是冰心文藻夫妇。这趟旅行，由他们发起，也由他们料理一切。我应该向他们俩和一切帮助我们的人，致恳切的谢意！

有点奇怪的是，《题记》写于 1934 年 9 月，此书初版于 1937 年 6 月，其间相隔近三年，不知何故。笔者猜想，此文可能先是在刊物上发表，后来才由“商务”出版。不过，这仍只能权作一种猜测，不足为凭。

全书 14 封信，虽说是信，但并无抬头与落款，更像是一篇篇散文：《从清华园到宣化》《张家口》《大同》《云岗》《口泉镇》《大同的再游》《从丰镇到平地泉》《归绥的四“召”》《百灵庙之一》《百灵庙之二》《百灵庙之三》《昭君墓》《包头》和《民生渠及其他》。题目后有的还标明寄出时间等，如“7 月 13 夜 12 时半寄于大同”等。

最后还有一篇更像散文的《跋》，洋洋洒洒写了 16 页，记述了路上受阻，克服重重困难，最终到达家门：“实在的，到今日，这辛苦的归程的印象还不会淡下去。便书之以为跋。”……总之让人有现场感，感受到了身临其境的体会。

文章虽好，但更其珍贵的却是一路上拍摄的照片 55 幅，数量之多，少见。且用铜版纸印刷，相当清晰。不过，在《题记》与《跋》中，未交代由何人所摄，还是由自己所摄，这无疑是一遗憾。

令人想不通的是，此书《中国现代文学总书目》居然失收。

《乡间的悲剧》

《乡间的悲剧》，“文学研究会创作丛书”，短篇小说集，蹇先艾著，商务印书馆印刷发行，笔者所见为民国二十六年六月（1937 年 6 月）初版，不知印数，每册实价国币六角。版权页印“文学研究会创作丛书第二集”，精装外有封套。发行人王云五，校对者鲍嘉祥。

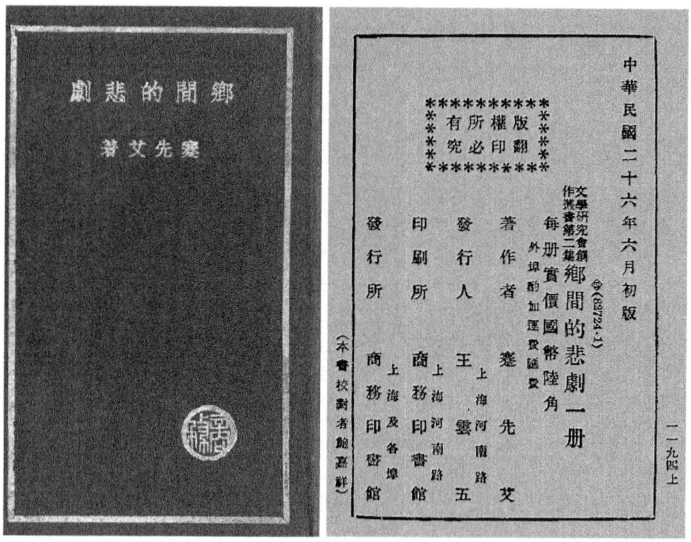

中華民國二十六年六月初版
(87724·1)
文學研究會創作叢書第二集 鄉間的悲劇一冊
每冊實價國幣陸角
外埠酌加運費匯費
版權所有 翻印必究
著作者 蹇先艾
發行人 王雲五 上海河南路
印刷所 商務印書館 上海河南路
發行所 商務印書館 上海及各埠
（本書校對者鮑嘉祥）
一一九四上

⊙《乡间的悲剧》1937 年初版封面及版权页

此处标明的“第二集”，与前书《西行书简》所标同为“第二集”，是否可看作“第二辑”？或者说在《西行书简》之前的版本都是属于“第一集”（“第一辑”）？因未见文字记录，故只能“推测”。

书前有作者写的《序》：

> 近三年来，因为职业的关系，又在北平长期地住下来。成天都在书堆中打转，虽然生活十分单调，缺少多方面去体验人生的机会；但零零碎碎却也读了不少的书。在生活不容易发生什么变化的目前，自己觉得多读西洋名家的杰作，也未尝不是填补空虚的一种方法。比我们的时代略前一些的作家，诚然他们的思想、题材不见得全可以做我们的模范；至少他们的写作的技巧，我们是万难企及。我便是梦想能够在这方面受到一些影响的一人。这些年我写小说的选材，虽说往往受了生活的狭隘的限制，不能有迅猛的进展；但在执笔时，我却自信从来不曾苟且过。每一篇作品，起码要修改过两三遍才发表的。朋友中有不少位都能一次便把文章写定，而且写得很美。为什么我竟做不到？这也许就是天才和庸才的区别。我只有羡慕他们！

⊙《乡间的悲剧》封套

全书 174 页，收小说 11 篇：《晚餐》《一个秘密》《看守韩通》《小波澜》《濛渡》《乡间的悲剧》《赶驮马的老人》《灯捐》《安癞壳》《老年的忏悔》和《一个大学生的成绩》。

蹇先艾，生于 1906 年，笔名罗辉、赵休宁、陈艾利、蔼生等，贵州遵义人。1926 年加入文学研究会，在《晨报副刊》《小说月报》和《文学》上发表作品。曾任北平松坡图书馆编纂主任，兼授弘文学院和女子中学国文课。他的文学创作主要是小说，如《朝雾》《一位英雄》《酒家》《还乡集》《踌躇集》《乡间的悲剧》《盐的故事》《古城儿女》《倔强的女人》和《四川绅士和湖南女伶》。散文集有《城下集》《离散集》《乡谈集》等。

《记忆之都》

《记忆之都》，“文学研究会创作丛书”，诗剧集，杨骚著，商务印书馆印刷发行，笔者所见为民国二十六年(1937)六月初版，不知印数，每册实价国币四角。版权页印“文学研究会创作丛书第二集”，精装外有封套。发行人王云五，校对者尤惠民。

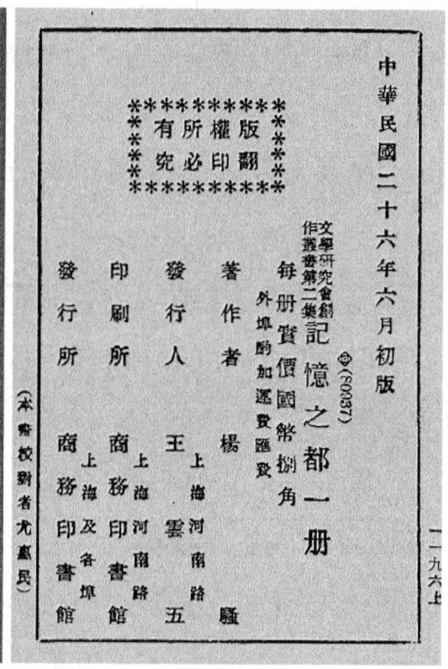
中華民國二十六年六月初版

(文學研究會創作叢書第二集)記憶之都一冊 (60037)

每冊實價國幣捌角

外埠酌加運費匯費

版權所有 翻印必究

著作者 楊騷

發行人 王雲五 上海河南路

印刷所 商務印書館 上海河南路

發行所 商務印書館 上海及各埠

(本書校對者尤惠民)

一一九六上

⊙《记忆之都》1937 年初版封面及版权页

全书 323 页，收诗剧三篇：《记忆之都》(独幕诗剧)、《心曲》(独幕诗剧)和《迷雏》(二幕诗剧)。

书前有作者写于 1936 年 9 月 16 日的《序》：

⊙《记忆之都》封套

一个人到了中年的时候，才晓得年青时做过的一些傻事傻梦，是非常幼稚的；可是在当时何尝自觉得。在当时，总以为那才是真的人生，美。

这里所集的三篇诗剧，可以说就是自己年青时做过的傻梦的记录。《心曲》是自己的处女作，《迷雏》和《记忆之都》也都是早年之作，形式内容两方面都显得十分稚气，然而正因为是稚气，反觉得它们的真实可爱，现在就是想再写这类的东西，也写不出来了。

以好像老头子喜欢自己幼年时代的相处一样的心情，我把它们集在一起了：这算是无关“国防文学”的自己一个小小的利己心。

杨骚，生于1900年，福建漳州人，中国左翼作家联盟成员，中国诗歌会发起人之一。1939年参加作家战地访问团到抗日前线访问，编诗集《半年》，被誉为“抗战诗星”。杨骚一生著述甚丰，出版书籍22种。其中有抒情诗集《受难者的短曲》《心曲》《春的感伤》，诗剧集《记忆之都》，随笔集《急就章》，剧本集《迷雏》《他的天使》，译作《铁流》《十月》《没钱的犹太人》《异样的恋》《痴人之爱》《心》等。

《这不过是春天》

《这不过是春天》,“文学研究会创作丛书”,戏剧集,李健吾著,商务印书馆印刷发行,笔者所见为民国二十六年(1937)六月初版,不知印数,每册实价国币六角。版权页印“文学研究会创作丛书第二集”,精装外不见封套。发行人王云五,校对者杨瑞文。

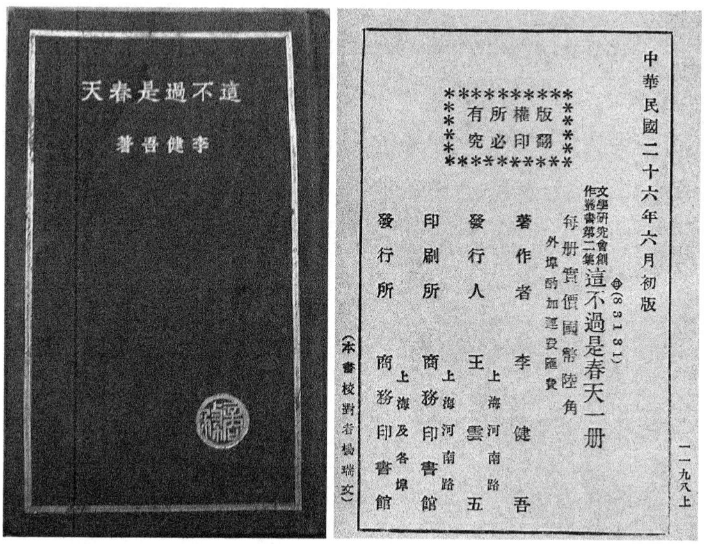

⊙《这不过是春天》1937 年初版封面及版权页

全书 132 页,收剧照两幅,并收三剧:《这不过是春天》(三幕剧)、《另外一群》(独幕剧,1928 年 2 月旧作,1935 年 1 月重改)和《说谎集》(独幕剧,改译萧伯纳的

《他怎样向她丈夫撒谎》)。

书前有作者写于 1936 年 3 月 10 日的《序》,前几段讲到《说谎集》和《另外一群》,讲到《这不过是春天》的内容是:

⊙《这不过是春天》剧照

> 《这不过是春天》原是二十三年暮春的一件礼物,送给某夫人做生日礼的,好像春天野地的一朵黄花,映在她眼里,微微逗她一笑。连题目算在里面,全剧只是游戏,讽刺自然不免,但是不辣却也当真。据我所知,女学生比较容易,也爱扮演这出喜剧的。实际这里的人物,只有厅长夫人一个人而已。二十四年十月十二和十三日,中国留日同学二届公演,曾经开始上演这出戏……

《小树叶》

《小树叶》，“文学研究会创作丛书”，杂著，萧乾著，商务印书馆印刷发行，笔者所见为民国二十六年(1937)六月初版，不知印数，每册实价国币七角。版权页印“文学研究会创作丛书第二集”。精装外有封套。发行人王云五，未印校对者。

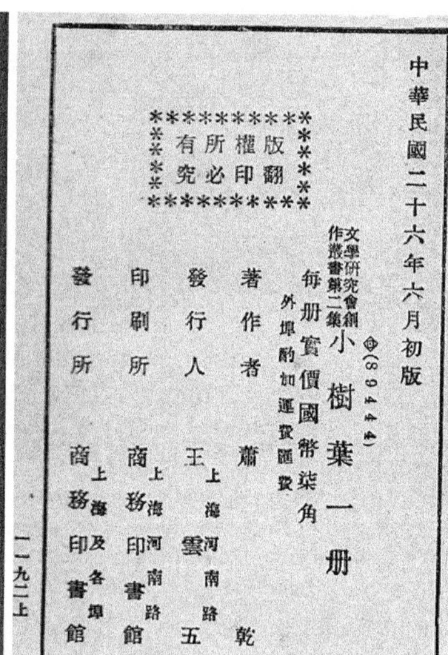

中華民國二十六年六月初版

(89444)

文學研究會創作叢書第二集 小樹葉一冊

每冊實價國幣柒角

外埠酌加運費匯費

版權所有 翻印必究

著作者 蕭乾

發行人 王雲五 上海河南路

印刷所 商務印書館 上海河南路

發行所 商務印書館 上海及各埠

全书 269 页，无序跋，收文四部分。第一，散文：《叹息的船》《过路人》《小树叶》《路人》《题一个人的照像》《古城》和《我与文学》；第二，游踪：《由午夜到黎明》《鲁西流民图》《大明湖畔啼哭声》《宿羊山麓之哀鸿》《从兖州到济宁》和《平绥道上》；第三，批评：《想像与联想》《奥尼尔及其〈白朗大神〉》《创造精神在中国》《创作界的瞻顾》《评〈青的花〉》《〈虫蚀〉里的三部曲》《评〈出奔〉》和《〈财狂〉之演出》；第四，译剧：《虚伪》（独幕剧，美国 F. G. Tompkins 著）和《梦的制造者》（独幕剧，英国 O. Down 著）。

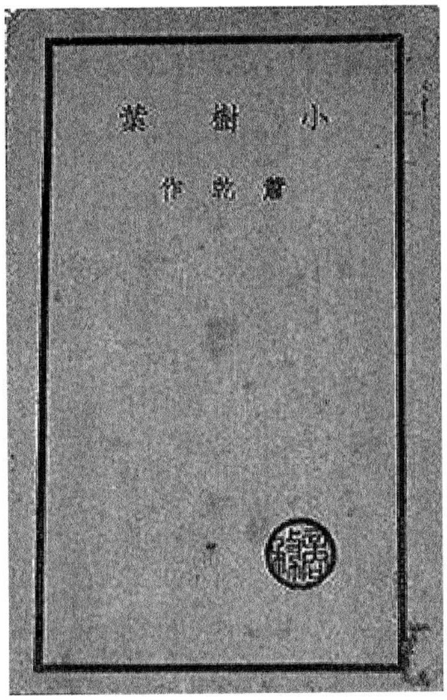

⊙《小树叶》封套

《黑屋》

《黑屋》，“文学研究会创作丛书”，短篇小说集，涟清著，商务印书馆印刷发行，笔者所见为民国二十六年(1937)六月初版，不知印数，每册实价国币六角五分。精装外有封套，版权页印“文学研究会创作丛书第二集”。发行人王云五，校对者蔡仲宣。

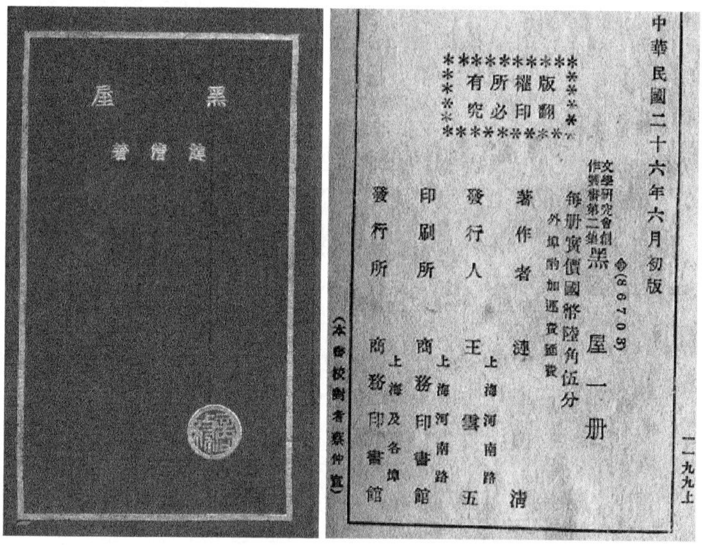

⊙《黑屋》1937 年初版封面及版权页

全书 210 页，无序跋，收小说九篇：《绵袜》《吸血鬼》《幸福的人》《暑假期中》《黑屋》《复生》《古城一日记》《不相识者》和《错的推理与命运这东西》。

⊙《黑屋》封套

涟清，即彭慧，笔名有慧中、彭慧，曾任“左联”执委，参与宣传工作。她的第一篇作品《米》，发表在《北斗》1932年第二卷第三四合刊上。之后从事俄文翻译，译作有《草原》（契诃夫著，重庆读书出版社1942年7月初版）、《小姑娘们》（班台莱耶夫著，上海文化供应社1947年11月初版）、《哥萨克》（列·托尔斯泰著，上海文通书局1948年版）和《列宁格勒日记》（散文，B·英倍尔著，上海国际文化服务社1949年9月初版）。

1934年，鲁迅、茅盾为美国伊罗生编选的英译本中国短篇小说集《草鞋脚》，其中选了涟清《我们在地狱》，并作评介：“此篇作者是清华大学的学生，真姓名不知道，‘涟清’是笔名。此篇原载1933年出版之《清华周刊》（清华大学学生们办的一个刊物）文艺专号中。”“这一篇是写四川最近军阀混战时两个敌对的军阀争一城市而在城内巷战的写真。作者大概就是四川人，而本篇所叙是他亲身的经验，所以非常真实动人。”

《桂公塘》

《桂公塘》，“文学研究会创作丛书”，短篇小说集，郭源新著，商务印书馆印刷发行，笔者所见为民国二十六年(1937)六月初版，不知印数，每册实价国币七角。精装外有封套，版权页印“文学研究会创作丛书第二集”。发行人王云五，校对者蔡仲宣、王养吾。

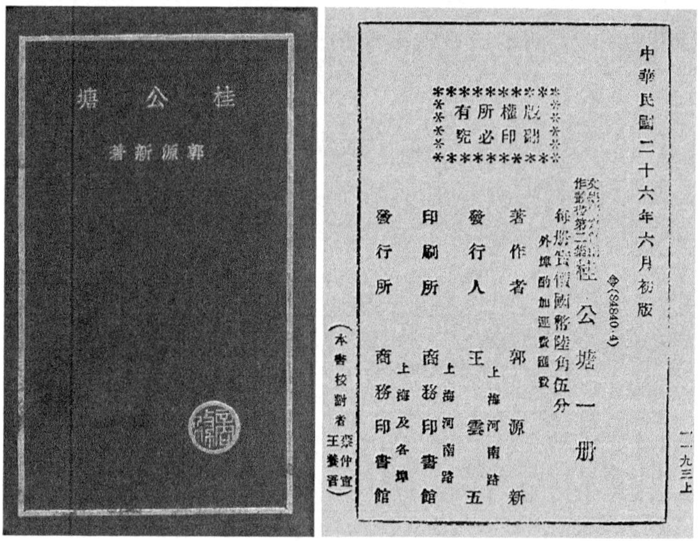

⊙《桂公塘》1937 年初版封面及版权页

全书 225 页，无序跋，收小说三篇：《桂公塘》、《黄公俊之最后》(1934 年 6 月 3 日写毕)和《毁灭》(1934 年 9 月 29 日写毕)。

郭源新，即郑振铎。他所用过的笔名众多，如振铎、C. T、西谛、郑西谛、西源、郭源新、郭源耕、源、文基、谷远、何谦、源新、玄览居士、幽芳居士、纫秋馆主等等。“郭源新”之名，首见于1933年7月1日《文学》月刊创刊号中的《谈〈金瓶梅词话〉》。

⊙《桂公塘》封套

据笔者所知，郑振铎众多文学作品，大多署名“郑振铎”，极少用笔名“郭源新”，署此笔名者，所见仅两种版本，一种即《桂公塘》，另一种是《取火者的逮捕》，生活书店1934年9月初版，属“创作文库”。

另外还见到过一种署“文基”笔名的版本，署此名的好像仅此一种：《列那狐的历史》，署“文基译述”，开明书店1926年6月初版；此译文曾连载于1925年8月至12月《小说月报》第十六卷第八期至第十二期。至1931年，开明书店出再版，改书名《列那狐》，署名“郑振铎”。版本与作者真实姓名与笔名之间的关系，是研究版本的一个关键节点，弄得不好就会张冠李戴，闹出笑话。

《流沙》

《流沙》,“文学研究会创作丛书”,短篇小说集,王任叔著,商务印书馆印刷发行,笔者所见为民国二十六年(1937)六月初版,不知印数,每册实价国币一元一角。精装外有封套,版权页右侧有点模糊,印“文学研究会创作丛书第二集”。发行人王云五,校对者王养吾。

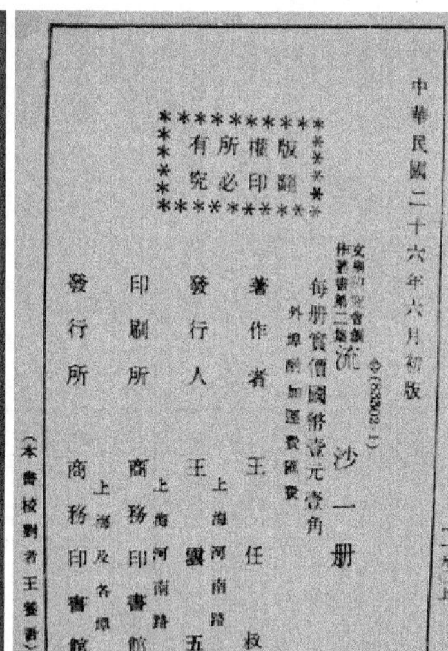
中華民國二十六年六月初版

文學研究會創作叢書第二集 流沙一冊

每冊實價國幣壹元壹角

外埠酌加運費匯費

版權所有 翻印必究

著作者 王任叔

發行人 王雲五 上海河南路

印刷所 商務印書館 上海河南路

發行所 商務印書館 上海及各埠

(本書校對者王養吾)

⊙《流沙》1937 年初版封面及版权页

全书 474 页,分三辑,第一辑收:《流沙》《没落的最后》《有张好嘴子的女人》《浇香膏的妇人》《悲剧的性格》;第二辑收:《我们那校长跟爸爸》《隔离》《野兽派作家》

《勘灾》《保镖黄得胜》《猫的威权》《一个负责的人》；第三辑收：《乡间的来客》《龙种》《阴沉的天》《贼》《一天》。

书末有作者写的《后记》，其中说道：

⊙《流沙》封套

> 家里有个病儿，女人照顾不过来；这一月来，我大半工夫，就化在尽父亲的义务上。
>
> 但我还写东西，翻译，编这集子。……也许这册陈东西，都犯了先天衰弱症。然而我尽了两个礼拜的工夫给它们校勘了一遍，修改了一些。有的甚至于重写。……
>
> 这里十七篇东西，我把它分做三辑，初无一定标准。不过第一辑写的都是我所能理解的女人的故事。第三辑形式上有点近乎 Sketch。所以各归一处。第二辑，就是把这以外的东西凑在一起。……
>
> 现在是，病儿快到要死的地步，但我还不灰心。我不相信他会死。我以一腔的热忱，写下这后记：去吧！病儿，这羸弱的土地，这破碎的河山，也一样需要你的膏血！

王任叔，生于1901年，原名王运镗，字任叔，号愚庵，笔名巴人等，浙江奉化人。“五四”运动中任宁波学生联合会秘书，毕业后执教镇海、鄞县等地小学。1922年始发表文学作品，由郑振铎介绍加入文学研究会。“王任叔”之名，首见于小说《酥碎之岩》，原载1924年1月10日是《小说月报》第十四卷第一号。他的文学创作主要是小说，如《监狱》《破屋》《殉》《死线上》《阿贵流浪记》《在没落中》《某夫人》《乡长先生》《捉鬼篇》《证章》《流沙》《皮包和烟斗》《佳讯》《一个东家的故事》等。

《渡家》

《渡家》，“文学研究会创作丛书”，散文集，靳以著，商务印书馆印刷发行，笔者所见为民国二十六年(1937)六月初版，不知印数，每册实价国币六角五分。精装外有封套，版权页印“文学研究会创作丛书第二集”。发行人王云五，校对者喻飞生。

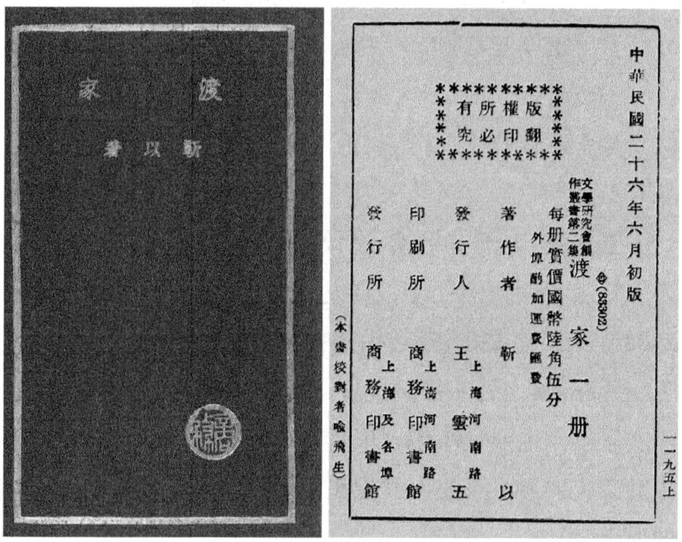

中華民國二十六年六月初版

(83302)

文學研究會創作叢書第二集 渡家一册

每册實價國幣陸角伍分

外埠酌加運費匯費

版權所有 翻印必究

著作者 靳以

發行人 王雲五 上海河南路

印刷所 商務印書館 上海河南路

發行所 商務印書館 上海及各埠

(本書校對者喻飛生)

一一九五上

⊙《渡家》1937年初版封面及版权页

书前有作者写的《序》，四页，其中说道：

这些短文章的写出，先后也有三年的时间。若是把这些文章依照时日来编排，也许能看出那中间自然的迁易。但是因为在写的时候没有记下确切的日子，所以就是想着那样去编，也成为不可能的。于是我只能凭了记忆，凭了重读时所感到的情趣，把它们任意编成了这个样子。

我知道，这本书里的文章会有多么杂乱，多么不调谐。正如这一年我那小小的庭院一样，使人望到就有不快亘上了心。但是也正如我培植我的庭院中的花草，我是一个字一个字把那些文章写出来，而且对每一篇我还有着私心的偏爱。……

⊙《渡家》封套

作为书名的是一个短文的篇名。我莫知所以的会喜欢这两个字，从那上面我想到许多事物，而且这些事物都和人生是十分亲切。到现在我还想着经过那渡口的时候，跳上了渡船，不只看到那一老一少的两个渡家，我还能看见彼岸的另样景物。

全书215页，收散文40篇：《渡家》《求乞者》《人之间》《造车的人》《兄和弟》《在车上》《仆人》《祖母》《家》《我们底猫》《灯》《处决》《古寺之行》《天地》《孩子》《夜语》《那雨》《寂寞的》《此行》《残之忆》《新年》《壁炉》《玉兰》《我底屋子》《往情》《友人（一）》《友人（二）》《友人（三）》《我底悒郁》《病》《秋之日》《听曲》《没有春天》《别人的事》《信》《病着的孩子》《纪念××》《邻居》《一个女人》和《亡友的手册》。

靳以，生于1909年，本姓章，名方叙，又名章依，字正侯，笔名有靳以、方序、陈涓、苏麟等，天津人。毕业于复旦大学国际贸易系。抗战时任重庆复旦大学教授。1940年在永安与黎烈文编《现代文艺》。抗战胜利后随校迁回上海，任复旦大学国文系主任，与叶圣陶等合编《中国作家》，与郑振铎合编《文学季刊》，与巴金合编《文季月刊》，以编辑身份终其一生，50岁谢世，实在是太早了。他的文学创作主要是小说，而散文尤有特色，除《渡家》外，所见八种：《猫与短简》《火花》《雾及其他》《红烛》《鸟树小集》《人世百图》《沉默的果实》和《血与火花》。

《芭蕉谷》

《芭蕉谷》，“文学研究会创作丛书”，短篇小说集，艾芜著，商务印书馆印刷发行，笔者所见为民国二十六年(1937)六月初版，不知印数，每册实价国币七角。精装外有封套，版权页印“文学研究会创作丛书第二集”。发行人王云五，校对者林怀民。

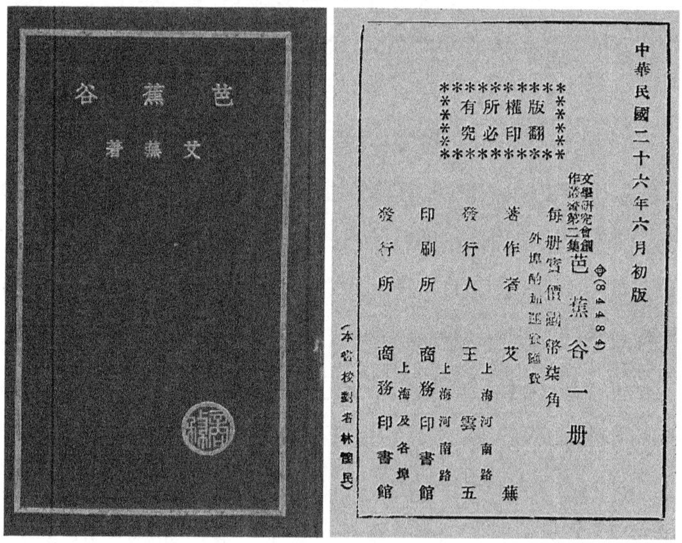

⊙《芭蕉谷》1937 年初版封面及版权页

全书 227 页，无序跋，收小说三篇：《芭蕉谷》(1936 年夏)、《某校纪事》(1935 年冬)和《端阳节》(1935 年夏)。

艾芜，生于 1904 年，原名汤道耕，笔名刘明、吴岩、汤爱吾等，四川新繁人。开始写作时受胡适“人要爱大我（社会）也要爱小我（自己）”，取名“爱吾”，后改为“艾芜”。1921 年考入成都省立第一师范学校，因不满守旧教育和反抗旧式婚姻出走，漂流于云南边疆、缅甸和马来亚等地，当过小学教师、杂役和报纸编辑。1932 年加入中国左翼作家联盟，开始发表小说。研究者称，《南行记》是他的处女作，也是全部创作中成就最高、影响最大、最有艺术魅力的作品。

⊙《芭蕉谷》封套

《佳讯》

《佳讯》,“文学研究会创作丛书”,短篇小说集,王任叔著,商务印书馆(长沙南正路)印刷发行,笔者所见为民国二十九年(1940)八月初版,不知印数,每册实价国币八角。平装本,无封套,版权页印“文学研究会创作丛书”,与第一集的标识相同,那么是否可看作“第三集”呢?无佐证,难断定。封面红线框,内印红字书名、作者名及“商务”印章标记。发行人王云五,未印校对者。

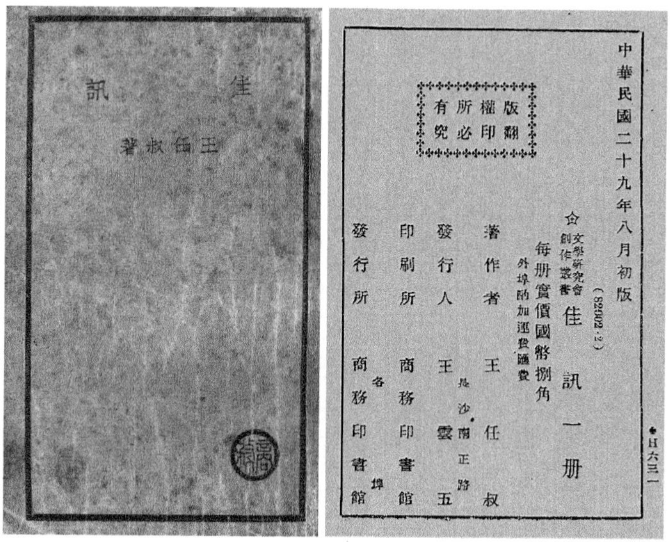

⊙《佳讯》1940年初版封面及版权页

这套丛书的最后三种皆为平装本，为何不印精装本，现在看来唯一能解释的是因为处于抗战困难时期，能够印出来已经不易，印精装谈何容易！

全书280页，无序跋，分两辑，第一辑（1925年作）：《失掉了枪支》《回家》《皮包和烟斗》《恋爱神圣主义曲》；第二辑（1924年作）：《向晚》《额角运与断眉运》《自杀》和《佳讯》。

封底左侧印有被审字样："重庆市图书杂志审查委员会发给审查证图字第一三〇四号"。

《困学集》

《困学集》,"文学研究会创作丛书",论文集,郑振铎著,商务印书馆印刷发行,笔者所见为民国三十年(1941)六月初版,不知印数,每册实价国币一元二角。平装本,无封套,版权页印"文学研究会创作丛书",与"第一集"的标示相同。发行人王云五,校对者喻飞生。

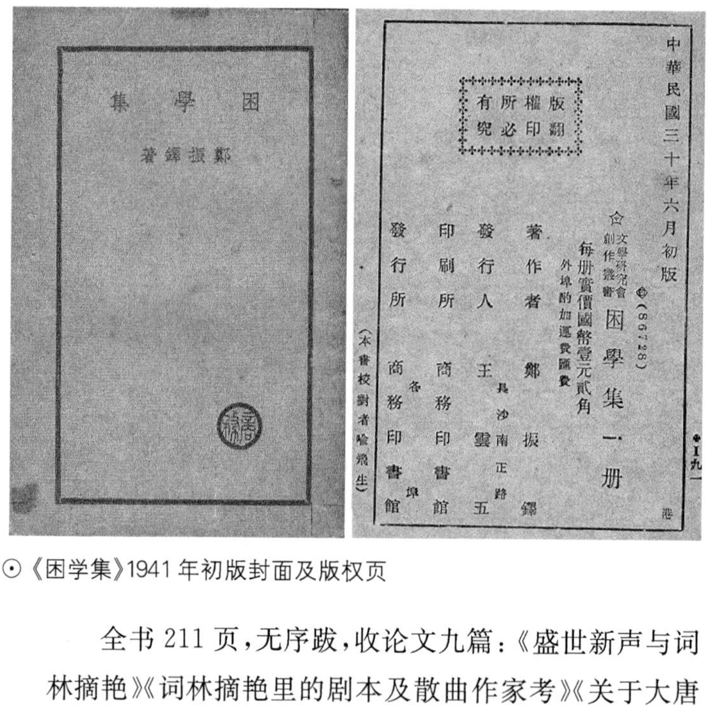

⊙《困学集》1941 年初版封面及版权页

全书 211 页,无序跋,收论文九篇:《盛世新声与词林摘艳》《词林摘艳里的剧本及散曲作家考》《关于大唐西域记》《索引的利用与编纂》《跋图书集成词曲部》《跋嘉靖本篆文阳春白雪》《邹式金杂剧新编跋》《跋隆庆本四雅》和《读书小记》（四十则）。

此书《中国现代文学总书目》失收。

《许杰短篇小说集》

笔者所见《许杰短篇小说集》，“文学研究会创作丛书”，许杰著，商务印书馆印刷发行，失版权页，据悉为民国三十六年(1947)一月初版，不知印数和定价，以及其他版权事项。

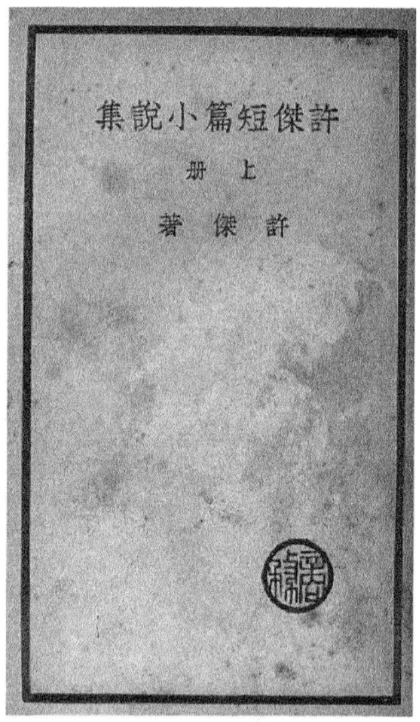

⊙《许杰短篇小说集》封面

全书 364 页，无序跋，分上中下三册，共收小说 31 篇：《惨雾》《大白纸》《醉人的湖风》《菜芽与小牛》《小草》《台下的喜剧》《琴音》《督办署的候差员》《隐匿》《吉顺》《出世》《山径》《深夜》《和平》《末路》《邻居》《改嫁》《纪念碑的奠礼》《出嫁的前夜》《子卿先生》《到家》《七十六岁的祥福》《剿匪》《锡矿场》《晚饭》《冬夜》《冬日》《旅途》《贼》《公路上的神旗》和《放田水》。

笔者所见版本为上册，篇目从《惨雾》到《隐匿》。

三种版本的封面式样以及版式皆同，封面标明“上册”“中册”和“下册”。至于是否有上中下三册的合订本，不知，不见，故不能乱说。

文学研究会世界
文学名著丛书

小引

"文学研究会世界文学名著丛书",文学研究会编辑,商务印书馆从1930年5月至1939年10月出版,共计14种:

《沙宁》,[俄国]阿志巴绥夫著,郑振铎译,1930年5月初版

《萨郎波》,[法国]弗罗贝尔著,李劼人译,1931年7月初版

《番石榴集》,朱湘选译,1936年3月初版

《西窗集》,卞之琳选译,1936年3月初版

《化外人》,[芬兰]J.哀禾等著,傅东华选译,1936年3月初版

《笔尔和哲安》,[法国]莫泊桑著,黎烈文译,1936年3月初版

《法国短篇小说集》,[法国]梅礼美等著,黎烈文选译,1936年3月初版

《皮蓝德娄戏曲集》,[意大利]皮蓝得娄著,徐霞村译述,1936年3月初版

《老屋》,[俄国]梭罗古勃著,陈炜谟译,1936年3月初版

《黑色马》,[俄国]路卜洵著,映波译,1936年3

月初版

《现代日本小说译丛》,[日本]横光利一等著,黄源选译,1936 年 3 月初版

《俄国短篇小说译丛》,[苏联]契利加夫等著,郑振铎选译,1936 年 3 月初版

《乡下姑娘》,[日本]黑岛传治著,卢任钧选译,1938 年 2 月初版

《在俄罗斯谁能快乐而自由》,[俄国]尼克拉索夫著,高寒译,6 册,1939 年 10 月初版

至于为何要出版“文学研究会世界文学名著丛书”,笔者在“文学研究会丛书”的《小引》中有所阐述,此处不再重复,请读者参阅。

这套丛书准确的出版时间应为“1936 年”,几乎在所有书目资料上或研究者的叙述中都是此年,但在此前,却有两种标明“文学研究会世界文学名著丛书”的版本,皆为平装本:《沙宁》与《萨郎波》,出版时间分别是“1930 年”和“1931 年”。其实此时正好是文学研究会开始停止活动的时间,直至 1935 年底,文学研究会恢复活动之时为止,可称之为“真空期”,虽是“真空”,但“文学研究会”编辑的丛书仍在零星出版,“文学研究会丛书”有,“文学研究会世界文学名著丛书”也有。新文学版本研究者倪墨炎先生认为,这是一种特例,但他只指出一种《沙宁》,其实还有一种是李劼人译的《萨郎波》。他认为,郑振铎在 1930 年就已经有把“文学研究会丛书”一分为二的想法,欲分别推出“文学研究会创作丛书”和“文学研究会世界文学名著丛书”,想法虽然有,但因文学研究会的停止活动,这个想法也便被搁置。直到 1936 年,才一举推出了这两套版式与之前的“文学研究会丛书”完全不同的版本。然而,当年标以“文学研究会世界文学名著丛书”的《沙宁》与《萨郎波》已经印出并出版,所以也便把此丛书的出版时间推前至“1930 年”,版本样式也出现了精装与平装两种,彼此的不和谐,从而打破了原本想“统一版式”的设想。这套丛书出至 1938 年 2 月的《乡下姑娘》,之后还出过一种全六册的《在俄罗斯谁能快乐而自由》,版本样式与前面的不同,开本虽相同,但却是平装本。因此,如今的版本收藏者,往往剔除了前面两种和后面一种平装本,而关注从 1936 年后推出的精装本,收藏对象准确说是一套 11 种。但作为版本研究者,不可这样看,必须摒弃收藏者的“眼光”,而要以版本前后发展的历史眼光来审视这套丛书。因此,笔者在介绍这套丛书时是以 14 种为基准的。

这套丛书 14 种,其中 11 种的版式与装帧一致,有着丛书统一的“外观”,朴

素典雅，48 开布面精装，色彩虽由于年代久远已非初版时鲜亮，但封面内的框线、书名、作者名和“商务”的标识以及书脊处文字的烫银，都还看得非常清晰。在笔者眼中，这套丛书有着一种文人气的“绅士风度”。

《沙宁》

《沙宁》，“文学研究会世界文学名著丛书”，[俄国]M.阿志巴绥夫著，郑振铎译，商务印书馆印刷发行，笔者所见为民国十九年(1930)五月初版，不知印数，每册定价大洋二元，平装。封面、扉页和版权页皆印“文学研究会世界文学名著丛书”。封面和扉页中印有一个向下的“箭头”，箭杆两侧各有一点，或可看作花瓣与花蕊，这符号是何意，与丛书有何关系，还只是一种装饰图案，皆无法解读。

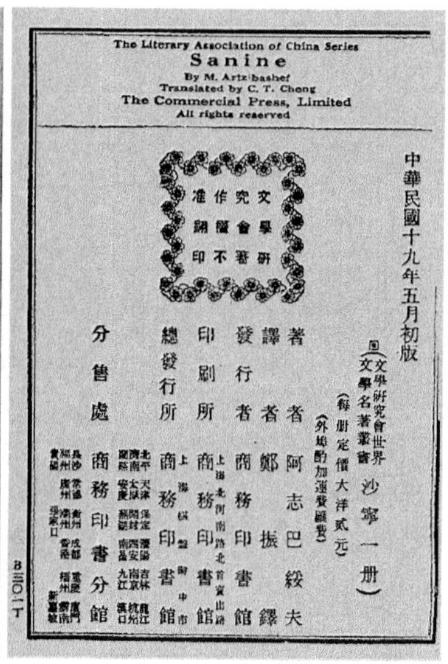

⊙《沙宁》1930 年初版封面及版权页

书前有《译序》，21 页，写于 1928 年 12 月 27 日。这种长篇幅，正是郑先生“洋洋洒洒”的风格，其中说道：

⊙《沙宁》扉页

> 《沙宁》(Sanine)的出版，使阿志巴绥夫(Miehael Artzibashef)在世界文坛上得到了不朽的地位……
>
> 我所译的这部小说，是根据 Percy Pinkerton 的英译本重译的，我的俄文程度几等于零，所以不能直接从阿志巴绥夫所写的原中文译出。这对于《沙宁》的艺术上的好处，也许是很有损害的，但我已请了耿济之先生来担负用俄文原本校改我的译文的责任。因此，我的译文，想不至与原文相差很远。

《译序》后还有《阿志巴绥夫的重要作品》目录五页。

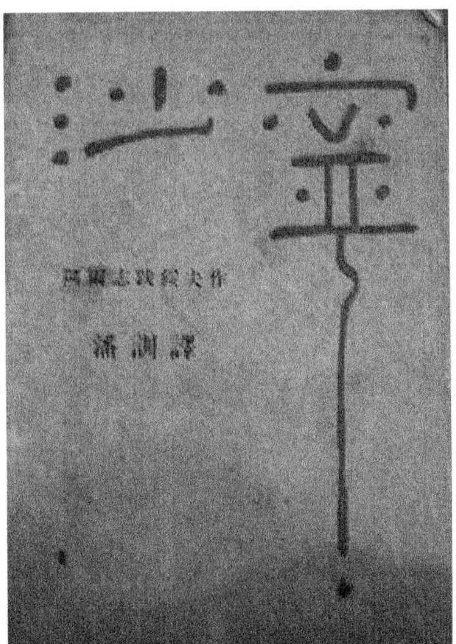

⊙ 潘训译、光华书局版《沙宁》

⊙ 周作民译、启明书局版《沙宁》

全书600页，分为46章，书末有译者写于1930年3月14日的《后记》，这倒是一篇专讲版本的好文字：

> 发愿译《沙宁》已在六年之前。仅成数章，便因事辍笔。去年，为友人所督促，复行续译。竟得于暑假时，将全书译毕。原系依据G. Cannan的英译本重译。但我知道英译本多所顾忌，未必便是全译本；便请耿济之君替我用俄文原本校对一下。耿君校对的结果，果然发见英译本的许多脱落及故意不译之处。他一一的将那些脱落未译的地方为我补译出来。但他那时正在西比利亚，邮件往返不便。所以我在《小说月报》上所发表的，仍是我自己的译文，竟来不及采用他的校改本。——直到了去年秋天，他回国的时候，方才很便利的在《小说月报》第二十卷第十号至第十二号中，(即《沙宁》的最后几章)，完全改用了他的校译本。在这里读者如将它与英译本一对，便可发见第四十一章，多了一千四百余字，又第四十二章全章，也是英译本所不曾有的。其他英译本漏译的地方，读者只要取这个本子与《小说月报》第二十卷第十号以前所刊的一为校对，便可完全明白，《沙宁》之有这部全译本出现，当然完全归功于耿济之君；这真不独我个人要向他慎重道谢而已的！
>
> 在我这部译本在《小说月报》上快要刊毕时，突然又有了两种《沙宁》的中译本出现。《沙宁》这样的为国人所重现，真是我们所十分高兴的事。为了时间及排印上的关系，我竟未能将那两种译本与我所译的再细校一过。但他们似都系根据于G. Cannan的英译本而重译的。我的译文，既为耿君所校译，根本上已与Cannan的一本不同，所以便也不必再取他们的译本来校阅，便这样的付印了。

《沙宁》的同名版本见到过不少，有的留存了资料，有的看过之后也便消失。译者在《后记》中所说的两种译本，一种是潘训译、光华书局版，另一种是周作民译、启明书局版。手头正有书影，故在此一存，以供比照。

《萨郎波》

《萨郎波》,“文学研究会世界文学名著丛书”,[法国]G. 弗罗贝尔(福罗贝尔)著,李劼人译述,商务印书馆印刷发行,笔者所见两种不同封面的初版平装本。

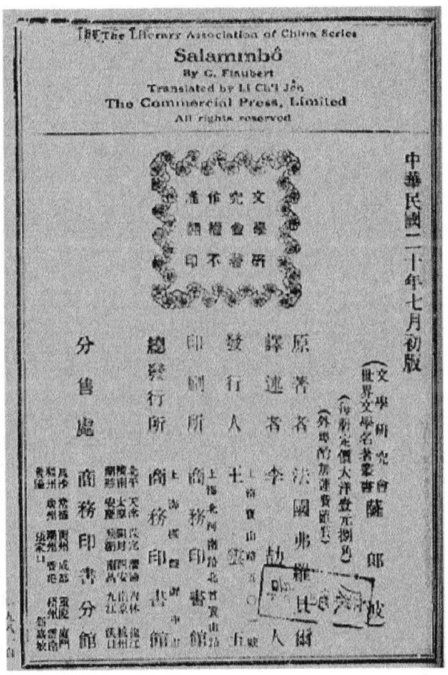

⊙《萨郎波》1931 年初版封面及版权页

第一种,民国二十年(1931)七月初版,不知印数,每册定价大洋一元八角。封面质量较差,仅印书名。版权页印“文学研究会世界文学名著丛书”。发行人王云五。

第二种,1931 年 7 月初版,版权页同第一种,封面与第一种完全不同,却与《沙宁》的封面相同,只是色彩各

⊙《萨郎波》1931 年 7 月版另一种封面

异。封面和版权页皆印“文学研究会世界文学名著丛书”。

全书 474 页,无序跋,收 15 章:《大飨》《在西嘉时》《萨郎波》《在迦太基的城下》《大里特》《项龙》《汗密迦霸儿迦》《马迦儿之战》《在乡野间》《蛇》《帐下》《运水石道》《摩洛克》《斧峡》和《马多》。《萨郎波》为其中之一篇,题为书名。

丛书的开头两种《沙宁》和《萨波郎》的封面,与以下的布面精装(外有纸面封套)版本截然不同,开本也不同,一为 32 开本,一为 48 开本。出现这种情况的原因,笔者在书前的《小引》中有所述及,读者可参照阅读。

《番石榴集》

《番石榴集》，“文学研究会世界名著丛书”，朱湘选译，商务印书馆印刷发行，笔者所见为民国二十五年(1936)三月初版，布面精装外有纸面封套，版式设计相同，封套印字，精装烫银。不知印数，每册定价国币一元。版权页印“文学研究会世界文学名著丛书”。发行人王云五，校对者王养吾。1936 年 9 月再版，未见。

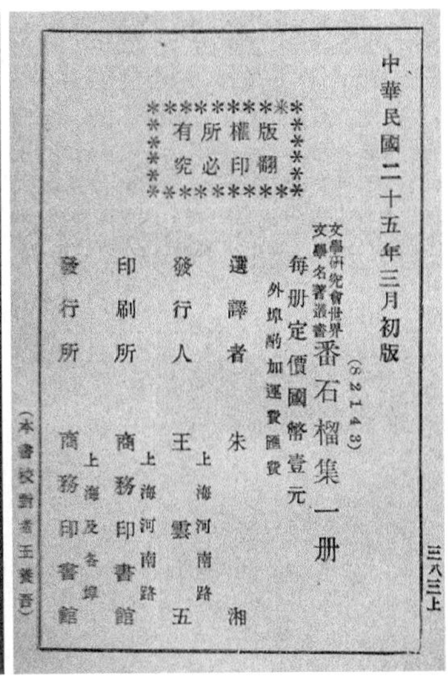

中華民國二十五年三月初版

(82143)

文學研究會世界文學名著叢書 番石榴集一冊

每冊定價國幣壹元

外埠酌加運費匯費

版權所有 翻印必究

選譯者 朱湘

發行人 王雲五 上海河南路

印刷所 商務印書館 上海河南路

發行所 商務印書館 上海及各埠

(本書校對者王養吾)

三八三上

⊙《番石榴集》1936 年初版封面及版权页

全书 453 页，无序跋，分上中下三卷，上卷收埃及、亚剌伯、波斯、印度、希腊、罗马诗人的诗作；中卷收意大利、

⊙《番石榴集》封套

法国、西班牙、德国、荷兰、斯堪地纳维亚、俄国、英国诗人的诗作；下卷收安诺德的《索赫拉与鲁斯通》、华兹华斯的《迈克》、辜律勒己的《老舟子行》、济慈的《圣亚尼节之夕》。

全书收不同流派的 60 多位诗人的诗歌 80 多首。比如英国，收诗人 20 人，诗歌 30 多首，如无名氏的《海客》，但尼尔的《怪事》，沙士比的《仙童歌》，希内克的《眼珠》，蓝德尔的《多西》等；长的好几页，短的两三行。

读到希腊诗人安奈克利昂的《爱神》，颇有意趣：偷蜜的爱神受螫蜂针，/痛抽着他指尖的筋，/他难过得尽吹手掌，/一时跺脚，一时又跳身。　他哭着去问母亲美神：/这小的东西怎会伤人？/她说：你也是小孩子，/你叮的时候比它更痛！

《西窗集》

《西窗集》,“文学研究会世界文学名著丛书”,卞之琳选译,商务印书馆印刷发行,笔者所见为民国二十五年(1936)三月初版,不知印数,每册定价国币七角。版权页印“文学研究会世界文学名著丛书”。精装外有封套。1936 年 9 月再版,未见。

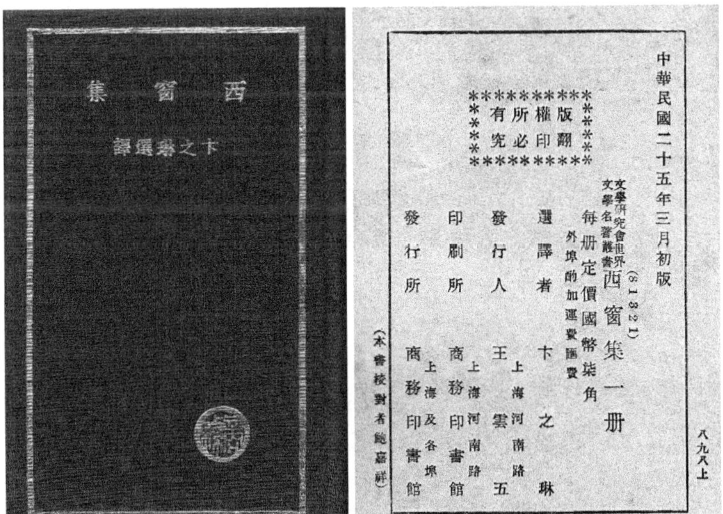

⊙《西窗集》1936 年初版封面及版权页

“文学研究会世界文学名著丛书”与“文学研究会创作丛书”,从版本外观装帧看,形态一样,48 开本,布面精装,灰绿色,封面和书脊的书名等均烫银,有的在布面精

⊙《西窗集》封套

装外还带有护封。如今这些版本已旧，失去当年的光彩，像是蒙上了一层“时间尘”。

根据有关资料称，标以文学研究会的“丛书”共有近 200 种，其中翻译 71 种，包括小说 30 种，戏剧 20 种，文艺理论 10 种，诗歌三种，散文一种，童话、寓言等七种。还有创作 54 种，均由商务印书馆出版。详情读者可参见书末的附录。

其实，笔者与一般读者感兴趣的，视文学研究会更甚于文学研究会的丛书，特别是对卞之琳与文学研究会的关系。从所公布的“文学研究会会员录”看，其中有 70 人的会员号码未对上号，好像已经很难查实了。严格来讲，能在此丛书中出版著作的，应该是文学研究会的会员，看来是确定无疑的。而在已知的会员名单中，找不到卞之琳先生之名，理应是漏记了。但是，既然已入丛书，却又不记其名，其中到底是个什么情况，弄不清楚。是因为不知号码不记呢，还是其他什么原因，都很难解读。

关于此书的情况，卞之琳在写于 1934 年 12 的《题记》中说到过：

> 这里译的是从十九世纪后半期到当代西洋诗文的鳞爪，虽是杂拌儿，读起来也许还可以感觉到一个共通的特色：一点诗的情调。自己这几年来的译品是不止这么些，现在不过把原来为自己所喜爱的，译出后自己还不十分讨厌的短篇文字收集在一起罢了。其中大部分属英法等国，从原文译，一部分属西班牙等国，据英法文转译。翻译上有许多地方要感谢诸位师友的帮忙。
>
> 编理完了，仿佛在秋天的斜阳里向远处随便开了一个窗，说不出的惆怅，倒想请朋友们一同凭眺呢。

全书 272 页，分为六辑，每辑收诗文一至十篇不等，一般均为一篇，唯阿左林一人就收有十篇：《“阿左林是古怪的”》《孤独者》《“晚了”》《上书院去的路》《卡乐思神父》《叶克拉》《读书的嗜好》《早催人》《三宝盒》和《奥蕾丽亚的眼睛》。文章都不长，但有趣味。其中《读书的嗜好》，笔者犹记其中写道："在孩子们闹得天翻地覆的扰攘中，我打开小书，开始读起来了；我从不曾经验过一种快乐，一样深，一样切，一样纯粹，如我读这本书所经验的……"

卞之琳于 1929 年考入北京大学英文系，1930 年开始写诗。毕业后与人合编文艺刊物《水星》，出版过那本受到版本收藏者青睐的诗集《三秋草》。抗战爆发前，卞之琳以文学翻译为主，译著有《维多利亚女王》《浪子回家集》《赝币制造者》和《阿道尔夫》等。看来，这本《西窗集》还不是卞先生的主要译著。而他较为著名的译著，在笔者的记忆中是文化生活出版社于 1947 年至 1948 年间出版的"西窗小书"，那枚形同印章的小书图案，就是由卞先生自己设计的，相当典雅。这套小书收有卞先生译的《紫罗兰姑娘》《浪子回家集》《窄门》和《阿道尔夫》四种。

当时，对于"文学研究会丛书"还没有太留意，主要原因是丛书数量过多，没法收全。之后，想起了要收这套丛书，已经为时晚矣！当年，这种丛书的单行本经常可见，价格便宜，10 元 20 元，最多 50 元就能买到一种，而如今根本不见，侥幸见到的话，已是超过千元一册了，让人摸在口袋里的手会发抖。

此书得于上海虹口区多伦路一家不起眼的旧书店，说是旧书店，实际没几本民国时期的旧版本。旧书与旧版本是两个不同概念，主要是以出版时间为主要区分标准。

《化外人》

《化外人》，“文学研究会世界名著丛书”，[芬兰]J.哀禾等著，傅东华选译，商务印书馆印刷发行，笔者所见为民国二十五年(1936)三月初版，精装本，外有封套，不知印数，每册定价国币八角。版权页印“文学研究会世界文学名著丛书”，发行人王云五，校对者杨瑞文。1936年9月再版，未见。

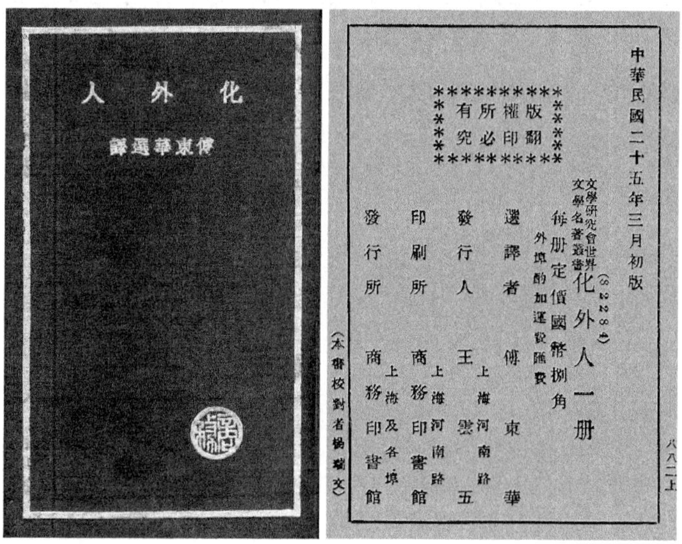

⊙《化外人》1936年初版封面及版权页

书前有选译者的《前记》：

⊙《化外人》封套

作者不贵乎模仿，而有赖乎“收融”(assimi-lation)。我们细察世界的名著，饮水思源，可知无一是出于完全的“创”作。

新文学入于积极建设的阶段，其摆脱旧传统而收融西洋作风的倾向已逐渐显著。今之作家类多能直接谈外国名著，而多数人仍不得不需要译文。且即使人人能直接读原书，译本也仍有它的需要，因移入了本国语言之后，其易于收融的程度自然增加。所以当人类的语言未统一之前，翻译这工作大约始终都属于必要。

现在这个短篇集，也无非应付这种需要而印的。取材并无什么计划，但注重弱小民族和现实主义的作品，也许特别适于现代的需要。

全书335页，收文13篇：《化外人》(芬兰J. 哀禾作)、《在卷筒机上》(捷克C. 槎德作)、《梦想家》(保加利亚E. 贝林作)、《野宴》(犹太S. 李宾作)、《逾越节的客人》(犹太S. 阿赖根作)、《曼加洛斯》(希腊G. 芝诺坡洛作)、《琉卡狄思》(德国J. 瓦塞曼作)、《空中足球·新游戏》(爱尔兰G. 萧伯纳作)、《复本》(爱尔兰J. 乔伊斯作)、《速》(美国S. 刘易士作)、《没有鞋子的人们》(美国L. 休士作)、《自由了感到怎样》(美国M. 珂姆洛夫作)和《梦的实现》(美国L. 胡法刻作)。

《笔尔和哲安》

《笔尔和哲安》，“文学研究会世界名著丛书”，法国莫泊桑著，黎烈文译，商务印书馆印刷发行，笔者所见为民国二十五年(1936)三月初版，精装本，外有封套，不知印数，每册定价国币七角。发行人王云五，校对者喻飞生。版权页印“文学研究会世界文学名著丛书”。1936 年 9 月再版，未见。

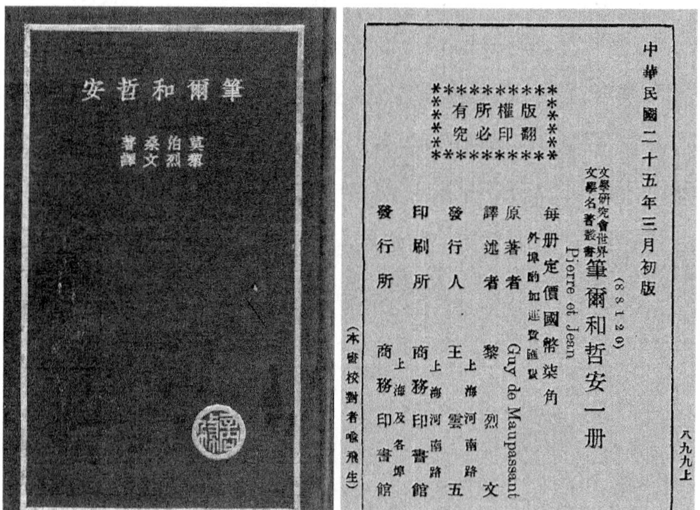

⊙《笔尔和哲安》1936 年初版封面及版权页

全书 287 页，分两部分，第一部分为正文《笔尔和哲安》，分九章，无标题；第二部分像“附录”，标题为《论小说》(基·德·莫泊桑 1885 年 9 月于爱特烈达之拉·基叶特)。两部分分别记页码,前者 287 页,后者 31 页,共 328 页,无序跋。

《论小说》部分,有点像跋,开头说道:“我毫不想在这里给后面那短短的小说辩护。正巧相反,我要使人了解的意见。还会引起我在《笔尔和哲安》一书中所企图的心理研究的体裁的批评。”

⊙《笔尔和哲安》封套

《法国短篇小说集》

《法国短篇小说集》,"文学研究会世界名著丛书",[法国]P.梅礼美等著,黎烈文选译,商务印书馆印刷发行,笔者所见为民国二十五年(1936)三月初版,精装本,外有封套,不知印数,每册定价国币七角。发行人王云五。版权页印"文学研究会世界文学名著丛书"。

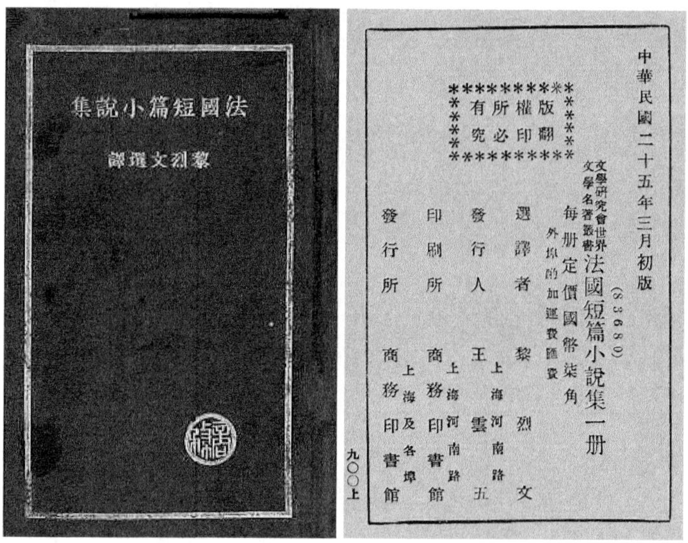

⊙《法国短篇小说集》1936 年初版封面及版权页

书前有译者写于 1935 年 10 月 22 日的《序》,其中说道:

这里结集起来的十五篇法国短篇小说，是五年来零零碎碎译出，先后在《现代》、《文学》、《译文》、《文学季刊》、《申报月刊》、《自由谈》等刊物上发表过……至于翻译技术方面，我向来奉以自勉的是：第一明白，第二忠实，第三漂亮。但频年用力译事的结果，觉得第一项或许做到了；第二项自己也以为或许做到了，然仍恐有些注意不到的地方；第三项则当然差得很远，还有待于高明的读者的指教。

⊙《法国短篇小说集》封套

黎先生对译事的看法，实在高明。在笔者的印象中，能做到第三项的大概只有傅雷先生，傅先生的译作令人陶醉，文笔自然而流畅，毫无拖泥带水之感，更无艰涩与咬牙裂齿之态。译作之漂亮，又不失原意，这才是真本领。

对于译文，笔者看得较多的是傅雷的译作，他的这种译法，较为适合中国读者的阅读习惯，而与鲁迅所倡导的“直译”有明显的不同，文学性也不同，意译更能体现原著的文学作品的叙述性。

全书246页，收译文15篇：《埃特律利花瓶》（梅里美）、《大密殊》（左拉）、《血》（左拉）、《名誉是保全了》（科佩）、《未婚夫》（雷布拉）、《信》（奈尼叶）、《客》（赖纳）、《反抗》（罗曼罗兰）、《晚风》（李奈尔）、《田园交响乐》（纪德）、《堇色的辰光》（波尔多）、《他们的路》（巴比塞）、《一个大师的出处》（莫洛亚）、《故事十篇》（莫洛亚）和《热情的小孩》（哲恩·哥茫加密尔·塞）。

黎烈文1924年赴日本留学，1927年转道法国，获文学硕士学位。1935年与鲁迅先生等组织译文社，出版“译文丛书”，后又主编过《中流》杂志。他的主要作品有小说集《舟中》，散文集《崇高的女性》《西洋文学史》《法国文学巡礼》。译作除这一种外，还有《红罗卜须》《企鹅岛》《红与黑》《冰岛渔夫》等，文学成就主要集中在译作。

《皮蓝德娄戏曲集》

《皮蓝德娄戏曲集》，“文学研究会世界名著丛书”，[意大利]L. 皮蓝德娄(Luigi Pirandello)著，徐霞村译述，商务印书馆印刷发行，笔者所见为民国二十五年(1936)三月初版，精装本，外有封套，不知印数，每册定价国币七角。发行人王云五，校对者杨瑞文、鲍嘉祥。版权页印“文学研究会世界文学丛书”。

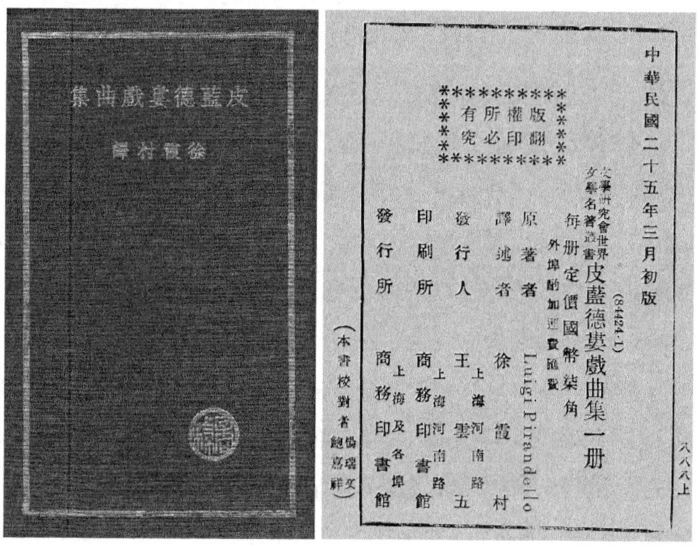

⊙《皮蓝德娄戏曲集》1936 年初版封面及版权页

书前有作者写的《皮蓝德娄》，类似传略。开头两段说道：

虽然在六年以前已经由本文的作者介绍过了,这位一九三四年度诺贝尔奖金的获得者在中国似乎并没有引起什么注意。

这种淡漠,据作者推想,大概不外两种原因。第一,中国民族一向对于近乎形而上学的东西都不大喜欢,我们的古代的哲学家的大部分的作品都是关于人生哲学方面的;皮蓝德娄的剧本虽然已经将一些形而上学的问题戏剧化了,艺术化了,究竟读起来至少也得费点脑筋;一向惯于看不费劲的东西的中国读者读起来,未免有点头痛。第二,一个剧本的影响,大部分还要靠公演;皮蓝德娄的剧本除了他自己的剧团之外,欧美其他的剧团演起来都时常失败,缺少经验的中国的业余话剧团体当然无法尝试了;公演既不容易,中国的观众自然也不能充分地了解皮蓝德娄的价值。……

⊙《皮蓝德娄戏曲集》封套

全书250页,无目次,收剧本两篇:《六个寻找作家的剧中人物》(三幕喜剧)和《亨利第四》(三幕悲剧)。

徐霞村,生于1907年,原名徐元度,笔名方原,湖北阳新人,生于上海。早年就读于中国北京大学。1930年后任北京大学、北京师范大学、北京女子师范大学中文系讲师,济南齐鲁大学中文系副教授。1943年任中华全国文艺界抗敌协会常务理事,以及厦门大学中文系教授。笔者最先见到他的文学著作是北新书局1928年版《法国文学史》、水沫书店1929年版短篇小说集《古国的人们》(短篇小说集)以及光华书局1930年版散文集《巴黎游记》。他的"主打"翻译作品却是在之后很长时间才大批见到,如《洗澡》《异味集》《斗牛》《菊子夫人》《善终旅店》《六个寻找作家的剧中人物》《露露的胜利》《绝望女》《一件恐怖时代的轶事》《皮兰德娄惨案戏曲集》《鲁滨孙飘流记》《乡村的武士》《她的情人》和《亨利第四》等。

《老屋》

《老屋》，“文学研究会世界名著丛书”，[俄国]梭罗古勃著，陈炜谟译，商务印书馆印刷发行，笔者所见为民国二十五年(1936)三月初版，精装本，外有封套，不知印数，每册定价国币五角。发行人王云五，校对者华国章。版权页印“文学研究会世界文学丛书”。

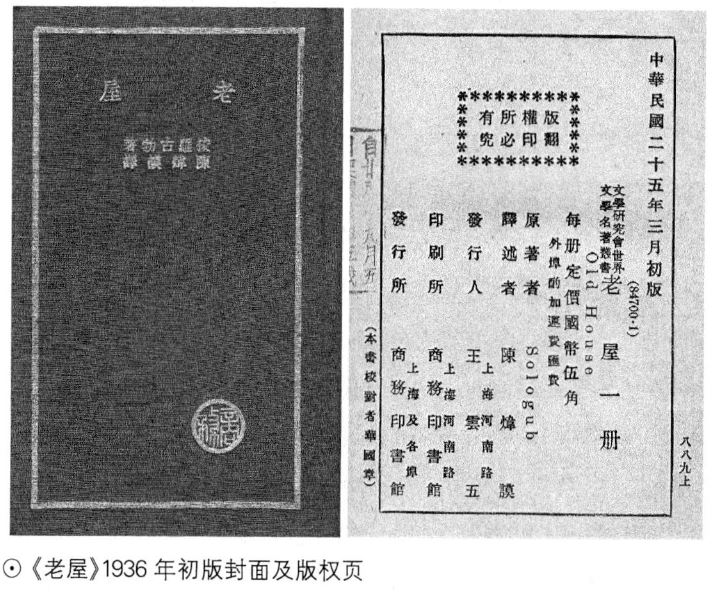

⊙《老屋》1936 年初版封面及版权页

全书 136 页，无序跋，分 54 章，无标题。

陈炜谟，生于 1903 年，四川泸州人。1921 年考入北京大学英文系，与林如稷、李开先等发起成立浅草社，创办《浅草》季刊。1925 年成立“沉钟社”，创办《沉钟》周刊。他是这两个社团的主要发起人和编者，先后发表短篇小说、论文、译作和长诗 30 余篇。1935 年，鲁迅选编《中国新文学大系・小说二集》时，选陈炜谟短篇小说《狼筅将军》《破眼》《夜》和《寨堡》。这是全书所选作品最多的三位作家之一。鲁迅称其为“未尝自馁”的作者，“唱着饱经忧患的不欲明言的断肠之曲”，从中看到“蜀中的受难之早”，等等。

⊙《老屋》封套

《黑色马》

《黑色马》，“文学研究会世界名著丛书”，[俄国]路卜洵(V. Ropshin)著，映波译，商务印书馆印刷发行，笔者所见为民国二十五年(1936)三月初版，精装本，外有封套，不知印数，每册定价国币六角。发行人王云五，校对者章德宣。版权页印“文学研究会世界文学丛书”。

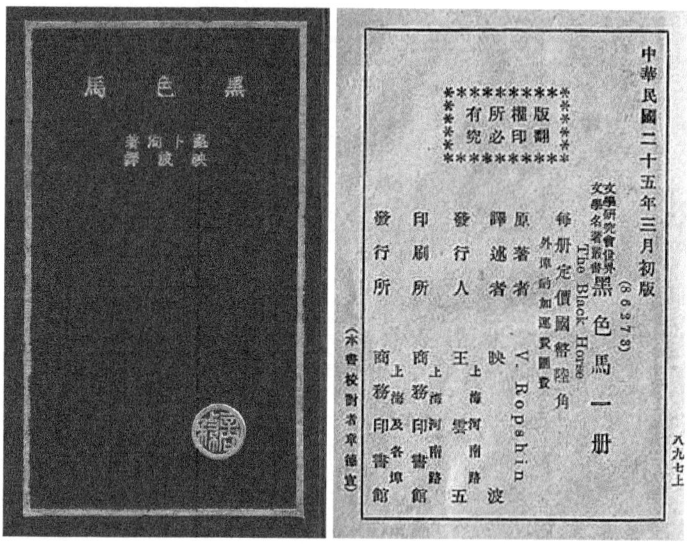

⊙《黑色马》1936 年初版封面及版权页

全书 174 页，无序跋，日记体小说，分为三部分，以“一、二、三”标示。

书前有引自《启示录》第六卷第五页和《救世记》第二

卷第十一页的两句话，分别是："……这就是黑色的马，背上坐了一个骑者，在他手里有一把天秤。""……谁雠恨自己的兄弟，他就处在烟雾之中，在烟雾之中奔走，不知道向何处去，因为烟雾迷了他的眼。"

映波，是何许人氏，不知，所见版本仅此一种。

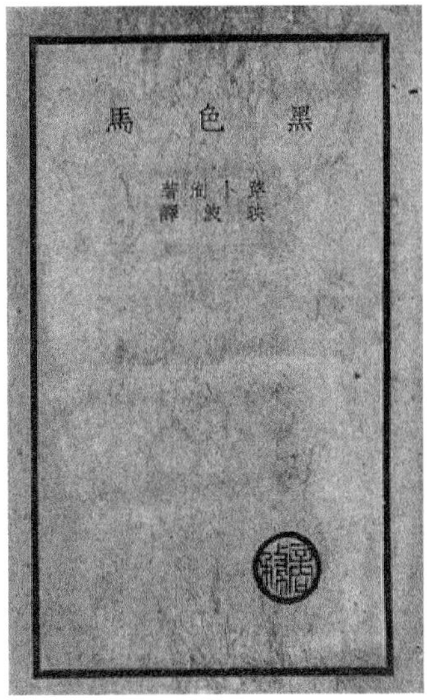

⊙《黑色马》封套

《现代日本小说译丛》

《现代日本小说译丛》，“文学研究会世界名著丛书”，[日本]横光利一等著，黄源选译，商务印书馆印刷发行，笔者所见为民国二十五年(1936)三月初版，精装本，外有封套，不知印数，每册定价国币六角。发行人王云五，校对者林东塘。版权页印“文学研究会世界文学丛书”。

中華民國二十五年三月初版
(81263)
文學研究會世界文學名著叢書 現代日本小說譯叢一册
每册定價國幣陸角
外埠酌加運費匯費
版權所有 翻印必究
選譯者 黃源
發行人 王雲五 上海河南路
印刷所 商務印書館 上海河南路
發行所 商務印書館 上海及各埠
(本書校對者林東塘)
八八一上

⊙《现代日本小说译丛》1936 年初版封面及版权页

这是黄源的一部译作，它与笔者先前得到的郑振铎的《俄国短篇小说译丛》和黎烈文的《法国短篇小说集》一样，都是商务印书馆的一套“世界文学名著丛书”中的一种。文学研究会的丛书，因数量大，并非笔者搜集的对象，只是偶尔发现，也不想让它溜走，有那么几本，时时拿来“把玩”，是一种乐趣。

⊙《现代日本小说译丛》封套

全书 198 页，收文五篇：《拿破仑与轮癣》（横光利一）、《合唱》（须井一）、《饲鸽姑娘》（有岛生马）、《北国之冬》（小川未明）、《达凯爱尔路》（林芙美子）。外加一篇附录《姓权的那个家伙》（朝鲜张赫宙），也是一篇译作，长达 61 页。张赫宙此人，与黄源是什么关系，为何要收录此文，所有这些情况都不明。此书无序无跋，简直是把一团“迷雾”扔给读者，这种方法实不可取。

黄源，原名河清。曾留学日本，回国后从事翻译活动，1934 年协助鲁迅编辑《译文》月刊、“译文丛书”。1938 年后就参加了革命，到新四军主编《新四军一日》《抗敌杂志》《抗敌报》的文艺副刊。他的主要译作除这本《现代日本小说译丛》外，还有《结婚》《破产》和《三人》等。

《俄国短篇小说译丛》

《俄国短篇小说译丛》，“文学研究会世界名著丛书”，[苏联]E. 契利加夫等著，郑振铎选译，商务印书馆印刷发行，笔者所见为民国二十五年（1936）三月初版，精装本，外有封套，不知印数，每册定价国币七角。发行人王云五，校对者蔡仲宣。版权页印“文学研究会世界文学丛书”。1936 年 9 月再版，未见。

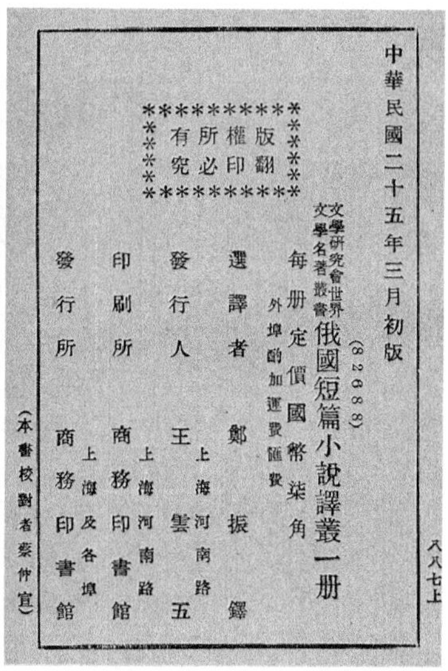

中華民國二十五年三月初版

(82688)

文學研究會世界文學名著叢書 俄國短篇小說譯叢一冊

每冊定價國幣柒角

外埠酌加運費匯費

版權所有 翻印必究

選譯者 鄭振鐸

發行人 王雲五 上海河南路

印刷所 商務印書館 上海河南路

發行所 商務印書館 上海及各埠

（本書校對者蔡仲宣）

八八七上

⊙《俄国短篇小说译丛》1936 年初版封面及版权页

书前，有译者写于民国二十三年（1934）九月二十八日的《引言》，两页，其中说道：

我们计划着要翻译许多重要的俄国短篇小说，集成一套的《俄国短篇小说译丛》。这一册是开头的一本。

在这一册里，我们收入契利加夫，克洛林科，梭罗古勃及高尔基四个作家的作品六篇。这几个人的作风是那样的不同，那六篇小说的题材是那样的歧异；但我们这集子原来只是"译丛"，故便也这样的"酸辣并陈"的刊出了。除了契利加夫在狱中的一篇是鲁彦译的之外，其余都是我历年来所译的。

⊙《俄国短篇小说译丛》封套

全书 284 页，收小说六篇：《浮士德》（契利加夫）、《严加管束》（契利加夫）、《在狱中》（契利加夫）、《村语》（克洛林科）、《你是谁》（梭罗古勃）和《木筏之上》（高尔基）。最后是《作者略传》。

笔者对郑振铎先生的印象也就是这种特有的风度，是一个非常纯粹的文化人的风度，他从 1919 年参加"五四"运动，与瞿秋白等人合编《新社会》起，一直从事着创作、办报办刊物、出丛书的文化活动，中华人民共和国成立后还一直担任文化方面的管理工作，可以说成绩卓著。如不是飞机失事而遇难，他还可以在文化领域作出更大的贡献……

郑振铎的旧版本，笔者收得不少，收到后便迫不及待地阅读，读后掩卷，往往都会为他的过早离去而伤感一番。

《乡下姑娘》

《乡下姑娘》,“文学研究会世界名著丛书”,[日本]黑岛传治等著,卢任钧选译,商务印书馆印刷发行,笔者所见为民国二十七年(1938)二月初版,精装本,失封套,不知印数,每册定价国币七角。发行人王云五,校对者印颂文。版权页印“文学研究会世界文学名著丛书”。

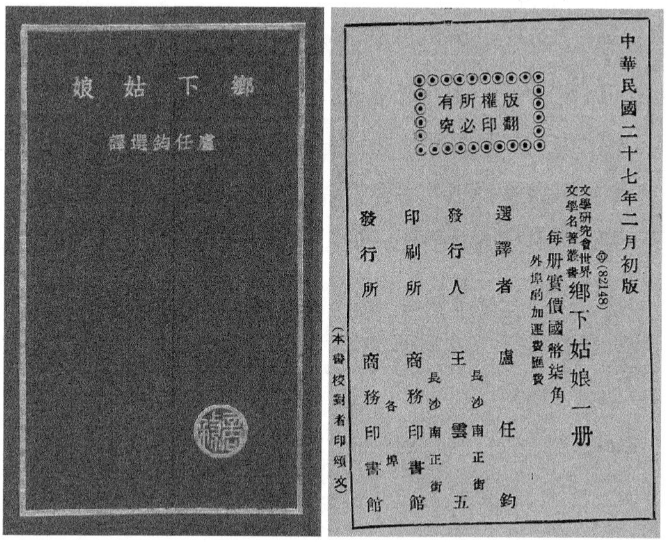

⊙《乡下姑娘》1936 年初版封面及版权页

全书 239 页,无序跋,收小说九篇:《云雀》(藤森成吉)、《一个体操教员之死》(藤森成吉)、《名誉老婆婆》(江马修)、《战争杂记》(德永直)、《乡下姑娘》(黑岛传治)、

《决心》(洼川稻子)、《水沟老鼠》(立野信之)、《嘲》(平林泰子)和《凯旋》(堀田昇一)。

卢任钧,即任钧,生于 1909 年,原名卢嘉文,笔名卢森堡、孙博等,广东梅州人。1926 年开始诗歌创作,历任太阳社、左翼作家联盟,中国诗歌会、中华全国文艺界抗敌协会成员,以及大夏大学、四川省立戏剧学校教授,上海戏剧学院、上海师范大学、上海音乐学院教授。代表作有诗集《冷热集》《战歌》《后方小唱》《任钧诗选》《为胜利而歌》,诗论集《新诗话》,长篇译作《乡下姑娘》《爱的奴隶》,专著《俄国文学思潮》《艺术方法论》和《托尔斯泰最后日记》等。

《在俄罗斯谁能快乐而自由》

《在俄罗斯谁能快乐而自由》，“文学研究会世界名著丛书”，[俄国]尼克拉索夫（N. A. Nekrassov）著，高寒译述，商务印书馆印刷发行，笔者所见为民国二十八年（1939）十月初版，平装本，无封套，不知印数，每册定价国币两元五角。发行人王云五，校对者杨瑞文。扉页、版权页皆印“文学研究会世界文学名著丛书”。

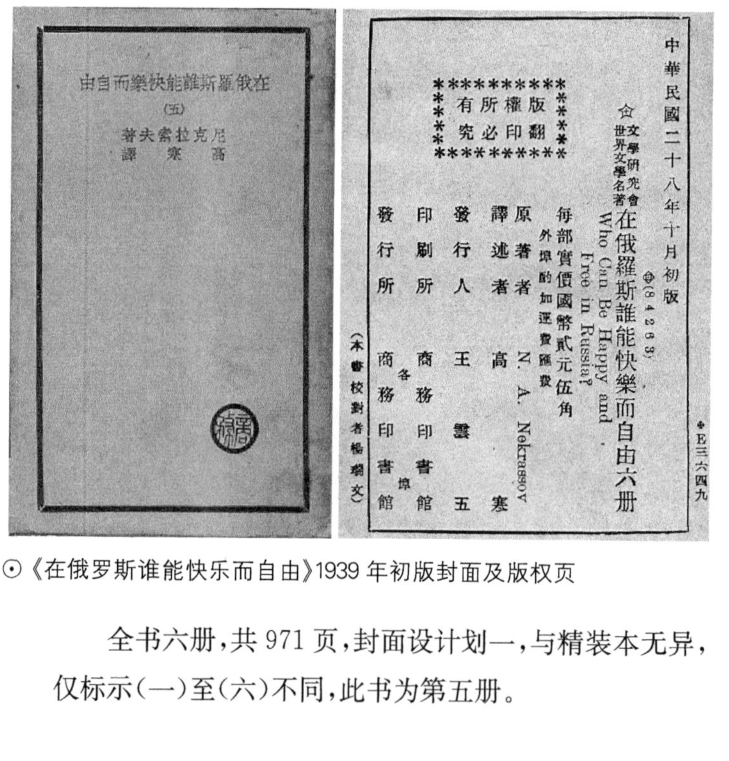

⊙《在俄罗斯谁能快乐而自由》1939 年初版封面及版权页

全书六册，共 971 页，封面设计划一，与精装本无异，仅标示（一）至（六）不同，此书为第五册。

全书182页，收引言、著者肖像及署名，另分四部：第一部，《序诗》《神父》《村社》《狂欢之夜》《快乐的人们》《地主》；第二部，《最后的地主·序诗》《老而不死》《村正克里木》；第三部，《农家妇人·序诗》《结婚》《一只古歌》《沙维里》《都马斯加》《母狼》《大荒之年》《省长夫人》《妇人的传说》；第四部，《全村的欢宴——献给S. P. 波特金·序诗》《苦难的时代苦难的歌声》《游方僧和流浪人》《新与旧》和《尾声》。

书前有译者写于1936年1月31日的《引言》，其中说道：

⊙《在俄罗斯谁能快乐而自由》扉页

> 《在俄罗斯谁能快乐而自由》在当初是被禁止的，后来印行，但也还不完全。现在的英译本中，也还有着不少的星黑和虚线——这是著作的当时受难和危害的证据。

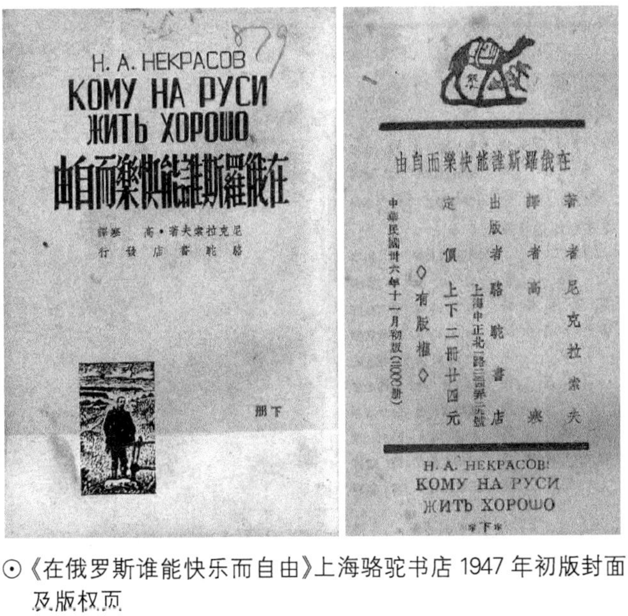

⊙《在俄罗斯谁能快乐而自由》上海骆驼书店1947年初版封面及版权页

高寒，即楚图南，生于1899年，云南文山人。曾任暨南大学、云南大学、上海法学院教授。笔名除高寒，还有介青、高素等。曾著有散文集《刁斗集》、《荷戈集》，译作有惠特曼的诗集《草叶集选》、威尔布的《希腊的神话和传说》、涅克拉索夫的长诗《在俄罗斯谁能快乐和自由》等。另外还有两种非文学的译作：《地理学发达史》（中华书局1940年1月版）和《查拉斯图拉如是说》（文通书局1947年3月版）。

与之同名的版本，笔者只见到过一种：同作者译者、上海骆驼书店1947年11月的初版（上下两册，分精装和平装），书前有《译者题记》和马克西模夫写的《尼克拉索夫评传》，其他内容基本相同。在此一起介绍此书的封面和版权页，以窥全貌。

附　录

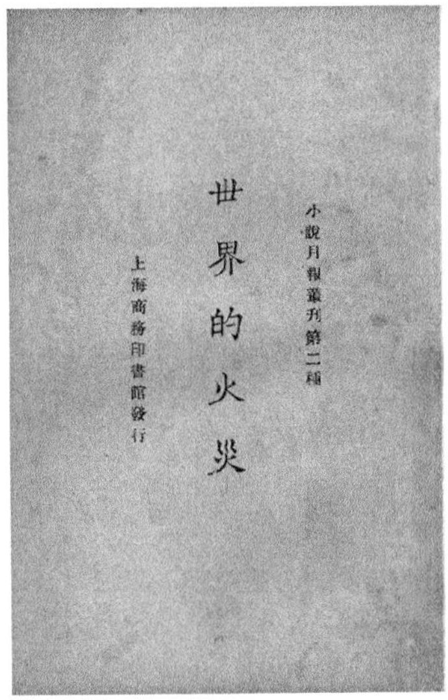

小說月報叢刊第二種

世界的火災

上海商務印書館發行

一、文学研究会文献资料

文学研究会宣言

我们发起这个会，有三种意思，要请大家注意。

一，是联络感情。本来各种会章里，大抵都有这一项；但在现今文学界里，更有特别注重的必要。中国向来有“文人相轻”的风气；因此现在不但新旧两派不能协和，便是治新文学的人里面，也恐因了国别派别的主张，难免将来不生界限。所以我们发起本会，希望大家时常聚会，交换意见，可以互相理解，结成一个文学中心的团体。

二，是增进知识。研究一种学问，本不是一个人关了门可以成功的；至于中国的文学研究，在此刻正是开端，更非互相补助，不容易发达。整理旧文学的人也须应用新的方法，研究新文学的更是专靠外国的资料；但是一个人的见闻及经济力总是有限，而且此刻在中国要搜集外国的书籍，更不是容易的事。所以我们发起本会，希望渐渐造成一个公共的图书馆研究室及出版部，助成个人及国民文学的进步。

三，是建立著作工会的基础。将文艺当作高兴时的游戏或失意时的消遣的时候，现在已经过去了。我们相信文学是一种工作，而且又是于人生很切要的一种工作；治文学的人也当以这事为他终身的事业，正同劳农一样。所以我们发起本会，希望不但成为普通的一个文学会，还是著作同业的联合的基本，谋文学工作的发达与巩固：

这虽然是将来的事，但也是我们的一个重要的希望。

因以上的三个理由，我们所以发起本会，希望同志的人们赞成我们的意思，加入本会，赐以教诲，共策进行，幸甚。

（原载 1921 年 1 月 10 日《小说月报》第十二卷第一号；之前还刊登于 1920 年 12 月 13 日北京《晨报》、1920 年 12 月 19 日上海《民国日报·觉悟》，1921 年 1 月 1 日《新青年》第八卷第九号）

文学研究会简章

第一条　本会定名为文学研究会

第二条　本会以研究介绍世界文学整理中国旧文学创造新文学为宗旨

第三条　凡赞成本会宗旨有会员二人以上之介绍经多数会员之承认者得为本会会员

第四条　本会之事业分为左列二种

（甲）研究　（1）组织读书会　（2）设立通信图书馆

（乙）出版　（1）刊行会报　　（2）编辑丛书

其他事业临时酌定举行

第五条　本会每月开常会一次以讨论会务进行之办法如有特别事故得临时召集特别会

读书会集会之办法另定之

第六条　本会设书记干事会计干事各一人任期皆为一年于每年十二月前后选举之

会址所在地外之会员得以通信选举职员但为办事便利起见被选人以与会址在同一地点者为限

第七条　本会的费用由会员全体分担之其募集方法分为两种

（甲）常年费　其款额为二元

（乙）临时费　无定额临时募集之

第八条　本会为稳固基础并创办图书馆起见拟筹集

基金若干元其募集方法有二

（甲）募集会员或非会员的特别捐

（乙）由本会出版的书报所得的板税中抽取百分之十

此项基金存放于指定的银行中除购买图书或特别用款外不得用取

第九条　本会会址设于北京其京外各地有会员五人以上者得设一分会分会办事细则由分会会员自定之

第十条　本简章有未尽事宜得随时修正之

发起人　周作人　朱希祖　耿济之　郑振铎　瞿世英　王统照　沈雁冰　蒋百里　叶绍钧　郭绍虞　孙伏园　许地山

（附告）凡赞成本会宗旨愿加入本会者请照简章与下列诸人接洽俟后择期开成立会商量章程临时再行布告

周作人　北京西直门内八道湾十一号

孙伏园　北京大学新潮社

郑振铎　北京东城西石槽六号

瞿世英　北京盔甲厂燕京大学

沈雁冰　上海宝山路商务印书馆编译所

（原载《小说月报》第十二卷第一号，1921年1月10日）

文学研究会丛书缘起

我们中国虽自命为文学国。但我们的文学作品。能在世界文学水平线上。占一个地位的。却是极少。数千年来。文学的运动寂寞而且无力。许多人。——诗人与文士与史学家。——对于文学。不是轻视。就是误解。他们以文学为贡媚之物。进身之阶。或是游戏消遣之品。永远没有人把他当作最高精神的表现的。也永远没有人以全个心灵沉浸在他的作品中。以他的微笑他的泪花来照耀来润湿他的诗歌与小说与戏剧的。所以我们中国文人的作品。多肤浅而不足感人。艳华雕饰而非人生的表现。

近十余年来。颇有人介绍些世界文学作品到中国来。但介绍的人。与读他的人。仍是用消遣主义的旧眼光来介绍他。或读他。对于文学的轻视与误解仍然未除。他们不是为文学界的联锁来介绍他。乃是因其新奇足资娱乐而介绍他。他们也不是以他为文学作品而读他。乃是因其新奇足资娱乐而读他。因此。他们所介绍的东西。多不甚精粹。所用以为介绍的方法。也不甚精粹。只要把原书的事实介绍过来就足了。原文的艺术。是毫不注意的。所以也有许多很好的文学作品。遭了删节与误会与失原意之祸患。

这种谬误与轻视的见解。如不根本划除。中国文学的新运动。是决不能有实现之一日的。

我们觉得文学是决不容轻视的。他的伟大与影响。是没有什么东西能够与之相并的。他是人生的镜子。能够以慈祥和蔼的光明。把人们的一切阶级。一切国种界。一切人我界。都融合在里面。用深沉的人道的心灵。轻轻的把一切隔阂扫除掉。惟有他。能够立在混乱屠杀的现世界中。呼唤出人类一体的福音。使得压迫人的阶级。也能深深地同情于被压迫的阶级。他是人们的最高精神与情绪的流通的介绍者。被许多层次的隔板所间断的人们。由他的介绍。始能恢复这个最高精神情绪的流通。

文学也决不是消遣的东西。他有时虽也能微笑。也能减轻人生的负担。用他的轻快的活泼的笑声。然而他的任务却不止此。他的微笑。是慰安。不是给快乐。是同情。不是讥嘲。且在近代有残杀的环境中。他是哭泣多于笑语。在他里头。充满着求解不得的郁闷。充满着悲悯慈爱的泪珠。充满着同情的祈祷的呼吁。以文学为娱乐品。真是不知文学为何物了。

我们在文学研究会的名义底下。出版这个丛书。就是一方面想打破这种对于文学的谬误与轻视的因袭的见解。一方面想介绍世界的文学。创造中国的新文学。以谋我们与人们全体的最高精神与情绪的流通。

我们在这个丛书中。有一部分是批评文学(Literary Criticism)与文学史的书籍。这种书籍。在中国是向来没有过的。我们把他们介绍来的原因。就是要使文学的基本知识。能够普遍于中国的文学界。乃至普通人的头脑中。这种文学的基本知识的普及。是很必要的。向来中国人对于文学轻视而且误解。大概都是原因于没有这种根本知识。

我们在这个丛书中,所介绍的世界文学作品。只限于近代的。并不是古代中古的作品。没有介绍的价值。乃是因为我们的出版力与人才。太觉缺乏。较量轻重。遂不得不暂置古代与中古的文学。而专译近代的作品。但近代的作品。也决不能包括一个大体。在此几十种的名目中。虽然有英、法、德、美、西班牙、瑞典、挪威、匈牙利、奥地利、俄罗斯、波兰、比利时、印度、新犹太、爱尔兰、日本等国的作品。然每国都不过十几种。乃至一、二种。只能略表现其面目。决不能代表其国的文学的全体。这也是因为我们能力太少的原故。在商酌目录的时候。不知有多少极好的作品。删落了不能列入。我们殊觉惭愧而无可如何。

这个丛书中。我们自己出产的作品。只有三数种。我们的创作力。实在也太薄弱了。但我们以为介绍的东西。可以计日而程功。创作的东西。是万万不能求速成的。永久的文学作品。只能自然产出。不能催促。也无所用其催促。

文学作品的介绍。现在的人。都太觉随便了。我们于这个丛书。一面力求与原文切合。一面力求翻译艺术的精进。我们很相信。我们的工作。不惟是介绍文学作品。并且也是求这种作品的译文。也能稍有文学上的价值。虽不敢望他们有什么永久的历史的价值,如路德译的圣经。克鲁洛夫(Krylov)译的伊索与勒封登(La Fontaine)的寓言一样。然而"文学还他文学"的话。我们是要极力奉行的。

我们这个丛书。只有以下所列的八十余种的书。我们实是非常自愧。但这也是为现在的出版力与介绍力与创造力所限的原故。如果以后出版品能继续下去。介绍力与创造力能够扩大。我们的这个丛书的书目。也许能增多至数千百种。乃至无数种的。

中国文学界方在垦殖之期。我们研究文学的人对于他的努力。是义不容辞的。如能一日有我们为中国文学界尽力的机会。我们是必要尽力的。

我们很感谢商务印书馆。他的好意的帮助。使我们得实现这个丛书的出版计划。

(原载 1921 年 6 月 10 日《东方杂志》第十八卷第十一号)

文学研究会丛书编例

第一条　本会为系统的介绍世界文学。并灌输文学知识。发表会员作品起见。刊行本丛书。

第二条　本丛书分为二类。

（甲）关于文学知识及会员作品者。其所包含约有四类。

（1）文学原理及批评文学之书。

（2）时别的地别的及各类别的文学史及文学概论。

（3）各作家之评传。个人的及集合的。

（4）本会会员之作品。

（乙）别名为世界文学丛书。其所包含。为所有在世界文学水平线上占有甚高之位置。有永久的普遍的性质之文学作品。

第三条　本会设丛书委员会一。办理一切关于丛书事务。并代表本会对外之丛书代表人。

第四条　丛书委员会设委员五人。由会员互选之。

第五条　本丛书于未付印前。须经委员会委员一人以上。或会员或非会员一人以上之审查。并全体委员之同意。但委员外之审查员。须经委员会之同意。

第六条　审查员每审查一书毕。须签名负责。

第七条　本丛书之审查。为友谊的互助。不取审查费。惟著作者须以稿费百分之十。捐入本会为基金。

第八条　本丛书之取材。多近代之作品。因人材与出版力之关系。于古代中古之著作。盖多未遑顾及。

第九条　本丛书于文学作品之译述。偏重小说与戏剧。于小说尤略重短篇之作品。因诗歌至不易译。与其滥译，不如慎译。而篇幅过长之小说。费时日与出版力过多。亦难一时译出。

第十条　本丛书于应加注释之处。必详加注释。以便读者。于文学作品。尤注重于附述其作品之价值。与其地位与影响。及作者之传记。

（原载 1921 年 6 月 10 日《东方杂志》第十八卷第十一号）

二、小说月报丛刊掇萃

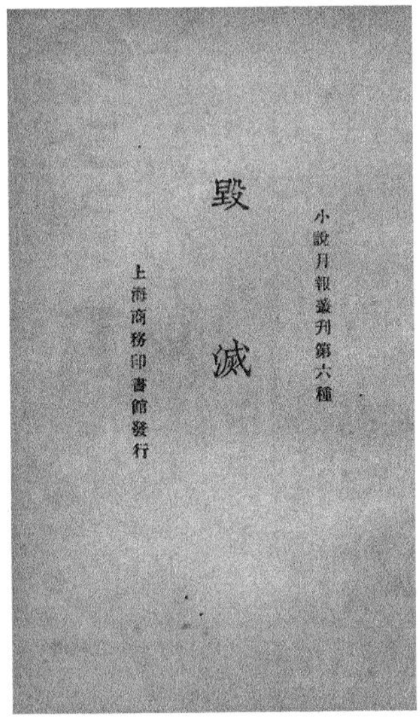

小引

"小说月报丛刊",由小说月报社编辑,商务印书馆于1924年11月至1925年4月出版,分五集,每集12种,共60种。

《文学》第128期和上海《时事新报》1924年6月30日刊登过一篇由蒲梢(徐调孚)写的《我们的杂记》,其中谈到了"小说月报丛刊":

> 小说月报自从十二卷改革以来,对于提倡创作,介绍西洋新文学,整理中国旧文学……等等,努力从事,确有一部分成绩,很可算得国内最好的纯文艺刊物。每出版一期,差不多随即售尽,而因为是杂志,往往不再重版,以至读者方面,常有购买不齐的憾事。
>
> 该社现在为补此缺点起见,特选以前曾揭载过的作品,无论为论文,创作,翻译,诗歌,剧本,把他们另印一种汇刊本,每十二册为一集,现在第一集已编好,即将付排,将来出版后,拟廉价发售,以副爱读者的雅望,这一种丛书的名称定为"小说月报丛刊"。

如以1924年11月至1925年4月的出版周期看,五个月共出版五集60种,每月出版一集12种。如今,笔者所见的“小说月报丛刊”书目较为准确，没有歧义：

第一集

1.《换巢鸾凤》，小说，落华生等著，1924 年 11 初版

2.《世界的火灾》，小说，[俄国]爱罗先珂等著，鲁迅译，1924 年 12 月初版

3.《曼殊斐尔》，小说，曼殊斐尔著，徐志摩等著译，1924 年 11 月初版

4.《日本的诗歌》，文学研究，周作人等著，1924 年 11 月初版

5.《诗人的宗教》，杂文，[印度]太戈尔等著，愈之等译，1924 年 11 月初版

6.《毁灭》，综合，朱自清等著，1924 年 11 月初版

7.《死后之胜利》，剧本，王统照著，1924 年 11 月初版

8.《歧路》，新诗，仲密等著，1924 年 11 月初版

9.《社戏》，小说，鲁迅等著，1924 年 11 月初版

10.《神曲一脔》，诗歌研究，[意大利]檀德著，钱稻孙译，1924 年 12 月初版

11.《近代德国文学主潮》，文学研究，[日本]山岸光宣等著，海镜等译，1924 年 11 月初版

12.《犯罪》，小说，[俄国]柴霍甫等著，济之等译，1924 年 12 月初版

第二集

13.《创作讨论》，创作讨论，愈之等著，1925 年 1 月初版

14.《商人妇》，小说，落华生等著，1925 年 1 月初版

15.《谚语的研究》，郭绍虞著，1925 年 1 月初版

16.《邻人之爱》，戏剧，[俄国]安特列夫著，沈泽民译，1925 年 1 月初版

17.《良夜》，新诗，王统照等著，1925 年 1 月初版

18.《或人的悲哀》，小说，黄庐隐等著，1925 年 1 月初版

19.《俄国四大文学家》，传记，耿济之等著，1925 年 1 月初版

20.《疯人日记》，小说，[俄国]郭哥里等著，耿济之译，1925 年 1 月初版

21.《熊猎》，小说，[俄国]托尔斯泰著，孙伏园等译，1925 年 1 月初版

22.《笑的历史》,综合集,朱自清等著,1925年1月初版

23.《瑞典诗人赫滕斯顿》,诗歌,赫滕斯顿著,沈泽民译,1925年1月初版

24.《雰飙运动》,文学研究,[日本]黑田礼二等著,李汉俊等译,1925年1月初版

第三集

25.《圣书与中国文学》,文学研究,周作人等著,1925年3月初版

26.《太戈尔诗》,诗歌,[印度]太戈尔著,郑振铎选译,1925年3月初版

27.《海啸》,文学别集,梁实秋著,1925年3月初版

28.《梭罗古勃》,小说,[英国]约翰科尔诺斯等著,周建人等译,1925年3月初版

29.《北欧文学一脔》,文学评论,[日本]生田春月等著,李达等译,1925年3月初版

30.《平常的故事》,小说,叶绍钧等著,1925年3月初版

31.《丹麦文学一脔》,文学评论,亨利·哥达·侣赤著,沈泽民等译,1925年3月初版

32.《归来》,小说,仲起等著,1925年3月初版

33.《三天》,小说,刘师义等著,1925年3月初版

34.《包以尔》,文学评论,沈雁冰等著,1925年3月初版

35.《恳亲会》,戏剧,叶绍钧著,1925年3月初版

36.《芬兰文学一脔》,小说,Hermione Romsden著,沈雁冰等译,1925年3月初版

第四集

37.《在酒楼上》,小说,鲁迅等著,1925年4月初版

38.《法朗士传》,文学研究,陈小航等著,1925年4月初版

39.《法朗士集》,作品综合,[法国]法朗士著,沈性仁译,1925年4月初版

40.《彷徨》,小说,黄庐隐等著,1925年3月初版

41.《诗经的厄运与幸运》,诗经研究,顾颉刚著,1925年4月初版

42—43.《波兰文学一脔》,文学研究,[波兰]诃勒温斯奇等著,周作人等译,1925 年 4 月初版

44.《阿富汗的恋歌》,诗歌,冯虚等译,1925 年 3 月初版

45.《校长》,小说,叶绍钧等著,1925 年 4 月初版

46.《武者小路实笃集》,戏剧,[日本]小路实笃著,周作人等译,1925 年 3 月初版

47.《日本小说集》,[日本]加藤武雄等著,周作人等译,1925 年 4 月初版

48.《孤鸿》,戏曲,顾一樵等著,1925 年 3 月初版

第五集

49.《诗的原理》,诗歌理论,[美国]爱伦坡等著,林孖译,1925 年 4 月初版

50.《坦白》,小说,[法国]佛罗贝尔等著,沈泽民等译,1925 年 4 月初版

51.《一个青年》,小说,叶绍钧等著,1925 年 4 月初版

52.《牧羊儿》,童话,叶绍钧等著,1925 年 4 月初版

53.《新犹太文学一脔》,文学研究,沈雁冰等著,1925 年 4 月初版

54.《新犹太小说集》,小说,[犹太]潘莱士等著,沈雁冰等译,1925 年 4 月初版

55.《生与死的一行列》,小说,王统照等著,1925 年 4 月初版

56.《娜拉亭与巴罗米德》,戏剧,[比利时]梅脱灵著,伦叟译,1925 年 4 月初版

57.《俄国诗坛的昨日今日与明日》,[俄]布利乌沙夫等著,耿济之等译,1925 年 4 月初版

58.《眷顾》,新诗,周仿溪等著,1925 年 4 月初版

59.《宾斯奇集》,[俄国]宾斯奇著,冬芬等译,1925 年 4 月初版

60.《技艺》,小说,王统照等著,1925 年 4 月初版

“小说月报丛刊”的版本样式统一,48 开本,封面设计极为朴素,与商务印书馆“老牌”形象相当吻合。

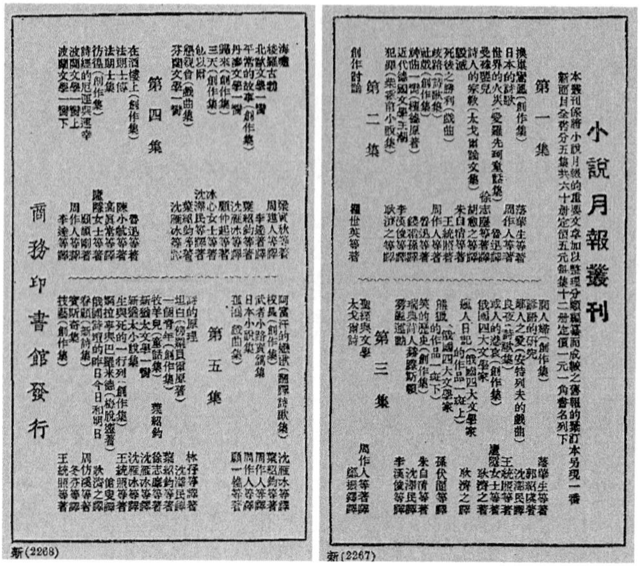

小說月報叢刊

本叢刊係將小說月報的重要文章加以整理分類編纂而成較之舊報的裝訂本另現一番新面目全書分五集共六十册定價五元每集十二册定價一元一角書名列下

第一集

換巢鸞鳳（創作集） 落華生等著
日本的詩歌 周作人等著
世界的火災（愛羅先珂童話集） 魯迅譯
曼殊斐兒 徐志摩等著
詩人的宗教（太戈爾論文集） 胡愈之等譯
毀滅 朱自清等著
死後之勝利（戲曲） 王統照著
歧路（詩歌集） 周作人譯
社戲（創作集） 魯迅等著
紳士一對（梭羅古勃原著） [illegible]
近代德國文學主潮 李漢俊等譯
犯罪（柴霍甫小說集） 耿濟之等譯

第二集

創作討論 羅世英等著
隔膜（創作集） 落華生等著
譯詩的研究 [illegible]
鄰人之愛（安特列夫的戲曲） [illegible]
良夜（詩歌集） [illegible]
戎人的悲哀（創作集） [illegible]
俄國四大文學家 [illegible]
瘋人日記（俄國四大文學家的作品一斑上） [illegible]
熊獵（俄國四大文學家的作品一斑下） [illegible]
笑的歷史（創作集） [illegible]
瑞典詩人赫滕斯頓 [illegible]
霧飆運動 [illegible]

第三集

聖經與文學 [illegible]
太戈爾詩 [illegible]

新(2267)

海嘯
[illegible]
北歐文學一臠
平常的故事（創作集）
丹麥文學一臠
歸來（創作集）
三天（創作集）
包以爾
戀愛會（戲曲集）
芬蘭文學一臠

第四集

在酒樓上（創作集）
法朗士傳
法朗士集
彷徨（創作集）
詩經的厄運與幸運
波蘭文學一臠上
波蘭文學一臠下

第五集

阿富汗的戀歌（翻譯詩歌集）
校長（創作集）
武者小路實篤集
日本小說集
孤鴻（戲曲集）
詩的原理
坦白（彷羅貝爾原著）
一個青年（創作集）
牧羊兒（童話集）
新猶太文學一臠
新猶太小說集
生與死的一行列（創作集）
[illegible]（梅脫靈著）
俄國詩壇的昨日今日和明日
[illegible]（新詩集）
[illegible]
技藝（創作集）

商務印書館發行

新(2268)

⊙ 刊登在“小说月报丛刊”版本中第一集至第五集的完整书目

说到“小说月报丛刊”，便自然而然想起《小说月报》以及衍生开去的一切：《小说月报》可以说是民国时期存世最久的一种文学刊物。1910 年 8 月 29 日创刊于上海，原为“鸳鸯蝴蝶派”所控制。1920 年 11 月，沈雁冰（茅盾）接任主编。从 1921 年 1 月 10 日第 12 卷第 1 号起，刊物面貌发生根本性变化。茅盾撰写的《改革宣言》表明了态度：“谋更新而扩充之，将于译述西洋名家小说而外，兼介绍世界文学界潮流之趋向，讨论中国文学革进之方法。”并申明：“我们相信文学是一种工作，而且又是于人生很切要的一种工作。”革新后的《小说月报》取得初步成功，但背后也蓄含着隐忧和涌动着旋涡，且直接产生了对《小说月报》的不满，集中点是：沈雁冰主持的《小说月报》走得太远，姿态太激烈，格调过于曲高和寡，编辑观念也太急功近利。正是在如此情形之下，新的主编人选也便产生了，郑振铎于是成了《小说月报》最合适的人选。研究者分析，郑振铎的合适，主要是更吻合于“商务”以及“商务”的读者，乃至新文化阵营的口味。因为郑振铎更为平和，为人处世更为圆熟。虽然他的社会活动生涯不过几年，但已积累了较为广泛的社会关系，交了不少朋友；另外，通过文学研究会、《小说月报》、《文学周报》等，对新文坛也无不熟悉，且有交往。这一切正是郑振铎能接编《小说月报》的外部环境。而从内部看，郑振铎颇得张元济、高梦旦等“商务”高层倚重，再加上郑不久又成了高梦旦的乘龙快婿……无论“商务”内部的人事如何错综复杂，但有一点是可以统一并肯定的：郑振铎要比沈雁冰更能站住脚。

这些历史，笔者见到过从各种角度去“描述”的，虽有相悖之处，但基调未变。如今的读者来读这些已属“老古董”的话题，可能没趣，但在当时却是那么具有生气，而正是这种“生气”，才改变了现代文学史发展的一些轨迹……

“小说月报丛刊”，是文学研究会编辑出版的一种较为重要的丛书，但因篇幅关系，只能以“掇萃”的形式，选择其中的六种版本介绍，虽为一斑，可观全豹。

《世界的火灾》

《世界的火灾》，“小说月报丛刊”第二种，创作集，爱罗先珂童话集，[俄国]爱罗先珂著，鲁迅译，笔者所见为民国十三年(1924)十二月初版，每册定价大洋一角。商务印书馆印刷发行，印刷所在上海北河南路北首宝山路，总发行所在上海棋盘街中市，分售处遍布全国各地。封面从右至左竖印丛刊名、书名和出版机构名。版权页印“小说月报丛刊”，上方有英文版权事项。

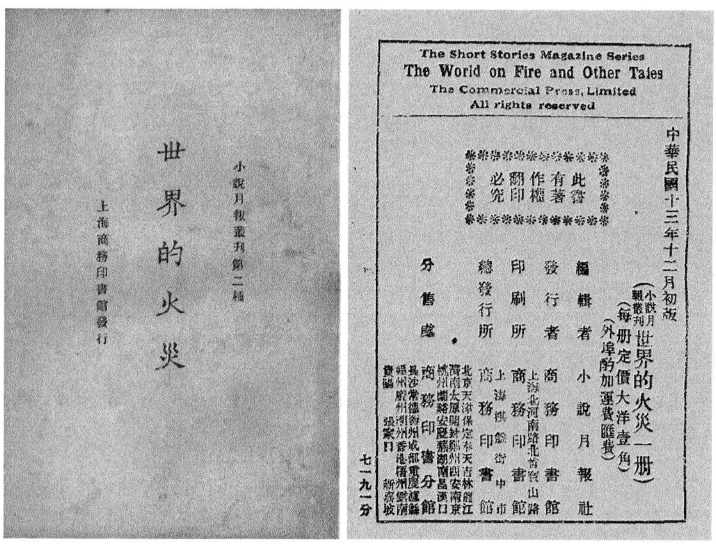

The Short Stories Magazine Series
The World on Fire and Other Tales
The Commercial Press, Limited
All rights reserved

中華民國十三年十二月初版

(小說月報叢刊)世界的火災一册
(每册定價大洋壹角)
(外埠酌加運費匯費)

此書有著作權翻印必究

編輯者 小說月報社
發行者 商務印書館
印刷所 上海北河南路北首寶山路 商務印書館
總發行所 上海棋盤街中市 商務印書館
分售處 商務印書分館 北京 天津 保定 奉天 吉林 龍江 濟南 太原 開封 鄭州 西安 南京 杭州 蘭谿 安慶 蕪湖 南昌 漢口 長沙 常德 衡州 成都 重慶 瀘縣 梧州 廣州 潮州 香港 福州 雲南 貴陽 張家口 新嘉坡

七一九一分

⊙《世界的火灾》1924 年初版封面及版权页

书前有爱罗先珂像。全书 93 页,收文四篇:《世界的火灾》《"爱"字的疮》《红的花》和《时光老人》。

⊙ 爱罗先珂像

《毁灭》

《毁灭》，“小说月报丛刊”第 6 种，作品综合集，小说月报社编辑，朱自清等著，笔者所见为民国十三年（1924）十一月初版，每册定价大洋一角。商务印书馆印刷发行，封面从右至左竖印丛刊名、书名和出版机构名。版权页印“小说月报丛刊”，上方有英文版权事项。

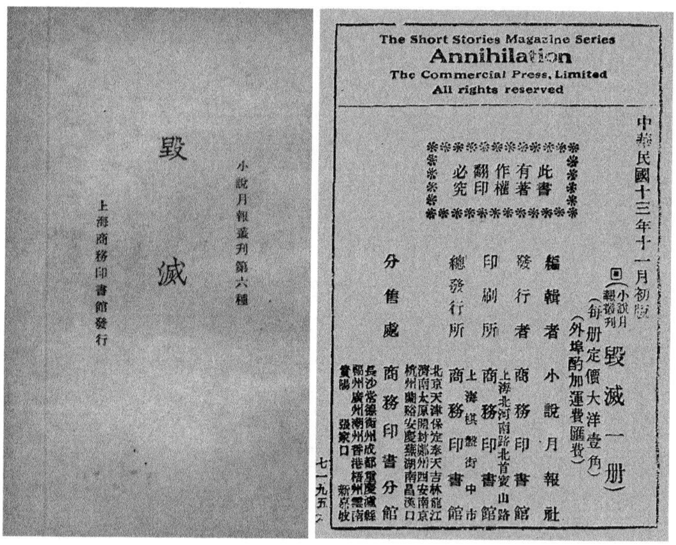

⊙《毁灭》1924 年初版封面及版权页

全书 66 页，无序跋。收文：《毁灭》（朱自清 1922 年 12 月 9 日记于台州）、《读毁灭》（俞平伯 1923 年 6 月 26 日）、《文艺杂论》（俞平伯 1922 年在纽约城记）。

《毁灭》前有朱自清记于台州的小引(未标明),七页,其中说道:

> 六月间在杭州,因湖上三夜的畅游,教我觉得飘飘然如轻烟,如浮云,丝毫立不定脚跟。当时颇以诱惑底纠缠为苦,而亟亟求毁灭。情思既涌,心想留些痕迹;但人事忙忙,总难下笔。暑假回家,却写了一节;时日迁移,兴致已不及从前好了。九月间到此,续写成初稿;相隔更久。意态又差。直到今日,才算写定,自然是没甚气力。只心思尚不曾大变,当日意境,还能竭力追摹,不至很有出入罢了。姑存此稿,备自己的印证。

朱自清的文字,一直是笔者所爱,清新素朴,不温不火,就像闲庭信步,飘然而轻松。他所写的《毁灭》,更是佳作,最后的点睛之笔值得留存:

> 归来的我挣扎,挣扎,拨烟尘而见自己的国土!什么影像都泯没了,什么光芒都收敛了;摆脱掉纠缠,还原了一个平平常常的我!从此我不再仰眼看青天,不再低头看白水,只谨慎着我双双的脚步;我要一步步踏在土泥上,打上深深的脚印!虽然这些印踪是极微细的,且必将磨灭的,虽然这迟迟的行步,不称那迢迢无尽的程途,但现在的平常而渺小的我,只看到一个个分明的脚步,便有十分的欣悦——那些远远远远的,是再不能,也不想理会的了。别耽搁吧,走!走!走!

《笑的历史》

《笑的历史》，“小说月报丛刊”第 22 种，作品综合集，小说月报社编辑，朱自清等著，笔者所见为民国十四年(1925)一月初版，每册定价大洋一角。商务印书馆印刷发行，封面从右至左竖印丛刊名、书名和出版机构名。版权页印“小说月报丛刊”，上方有英文版权事项。

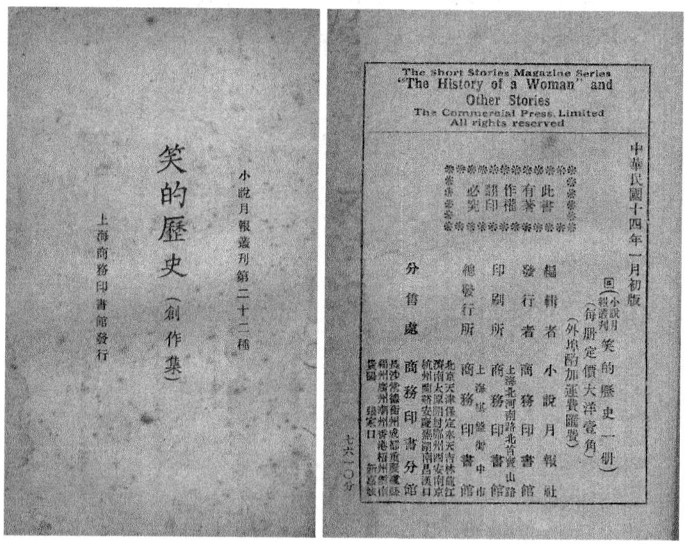
小說月報叢刊第二十二種
笑的歷史
（創作集）
上海商務印書館發行

The Short Stories Magazine Series
"The History of a Woman" and Other Stories
The Commercial Press, Limited

中華民國十四年一月初版
（小說月報叢刊）笑的歷史一冊
（每冊定價大洋壹角）
（外埠酌加運費匯費）

此書有著作權翻印必究

編輯者 小說月報社
發行者 商務印書館
印刷所 上海北河南路北首寶山路 商務印書館
總發行所 上海棋盤街中市 商務印書館
分售處 商務印書分館 北京 天津 保定 奉天 吉林 龍江 濟南 太原 開封 鄭州 西安 南京 杭州 蘭谿 安慶 蕪湖 南昌 漢口 長沙 常德 衡州 成都 重慶 瀘縣 福州 廣州 潮州 香港 梧州 雲南 貴陽 張家口 新嘉坡

七六一〇分

⊙《笑的历史》1925 年初版封面及版权页

全书 85 页，无序跋。收小说五篇：《笑的历史》(朱自清 1923 年 4 月 28 日)，《端午节》(鲁迅 1922 年 6 月)，《乡心》(潘训 1922 年 3 月 25 日)，《游泳》(叶绍钧 1923

年 7 月 18 日)，《命运》(佷工)。

从所收小说作者看，朱自清、鲁迅和叶绍钧，都是耳熟能详的名作家，而潘训和佷工，则有点“面熟陌生”。其实，潘训即潘漠华，佷工即孙佷工，看到本名也便知道这两人也非“等闲之辈”。

潘漠华，浙江武义人，早年是湖畔诗社成员，曾与应修人、冯雪峰、汪静之一起出版诗集《湖畔》，后又与应修人合出诗集《春的歌集》，在早期的诗歌领域里是很有名气的。此外，他还出版有小说集《雨点集》，风格质朴真诚。“潘训”是其曾用名，《时事新报·学灯》发表的散文《西湖底冬》，署名就是潘训。

孙佷工，原名孙燎光，曾用名孙光策，湖南隆回人，1924 年留学日本东京上智大学，回国后任复旦大学教授和中文系主任等职。涉足于文学的各个领域，特别是对文学理论的研究颇有成绩。“佷工”之名，据笔者所知，最早见于《良心的生活》(《平民教育》1919 年 10 月 4 日)，之后散见于《民国日报》和《妇女评论》等。

《日本小说集》

《日本小说集》，“小说月报丛刊”第 47 种，日本小说译作集，小说月报社编辑，加藤武雄著，周作人等译，笔者所见为民国十四年(1925)四月初版，每册定价大洋一角。商务印书馆印刷发行，封面从右至左竖印丛刊名、书名和出版机构名。版权页印“小说月报丛刊”，上方有英文版权事项。

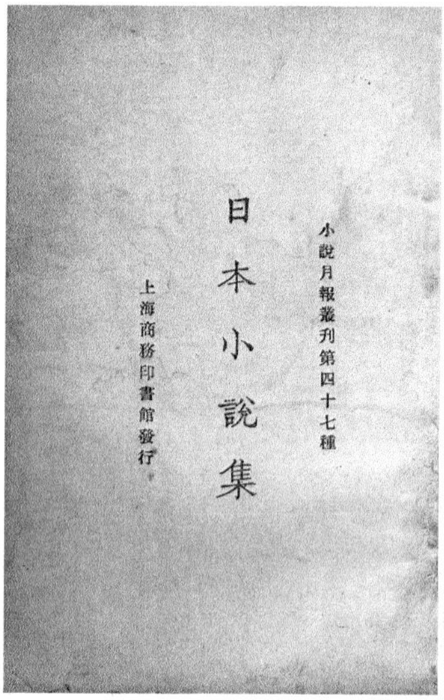

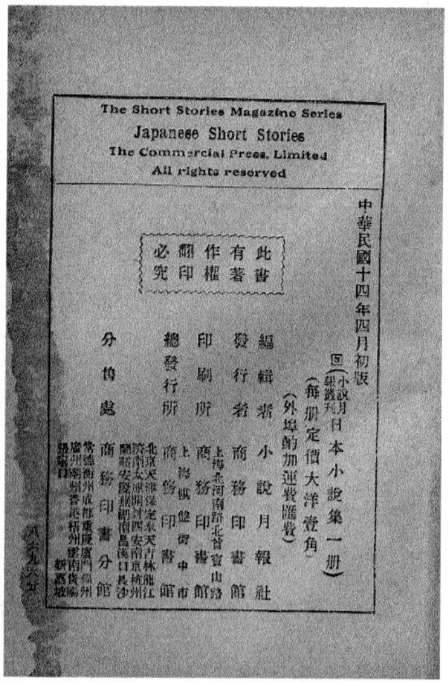
The Short Stories Magazine Series
Japanese Short Stories
The Commercial Press, Limited
All rights reserved

中華民國十四年四月初版
(小說月報叢刊日本小說集一册)
(每册定價大洋壹角)
(外埠酌加運費匯費)

此書有著作權翻印必究

編輯者 小說月報社
發行者 商務印書館
印刷所 商務印書館
總發行所 商務印書館
分售處 商務印書分館

⊙《日本小说集》1925 年初版封面及版权页

全书 102 页，无序跋。收文五篇：《乡愁》(加藤武雄著，周作人译并于 1920 年 11 月 16 日作记)，《到网走去》

（志贺直哉著，周作人译并于1920年12月28日作记），《女难》（国木田独步著，夏丏尊译并作《译后记》，附晓风1921年7月30日于杭城作的记），《汤原通信》（国木田独步著，美子译）。

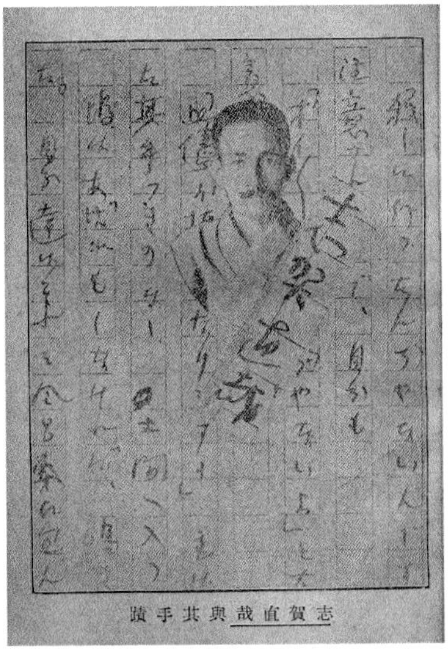

⊙ 志贺直哉与其手迹

⊙ 国木田独步肖像

书前有“志贺直哉与其手迹”和“国木田独步肖像”照片两幅。

《俄国诗坛的昨日今日与明日》

《俄国诗坛的昨日今日与明日》,“小说月报丛刊”第57种,诗歌研究集,小说月报社编辑,[俄国]布利乌沙夫著,耿济之译,笔者所见为民国十四年(1925)四月初版,每册定价大洋一角。商务印书馆印刷发行,封面从右至左竖印丛刊名、书名和出版机构名。版权页印“小说月报丛刊”,上方有英文版权事项。书前有布利乌沙夫的肖像。

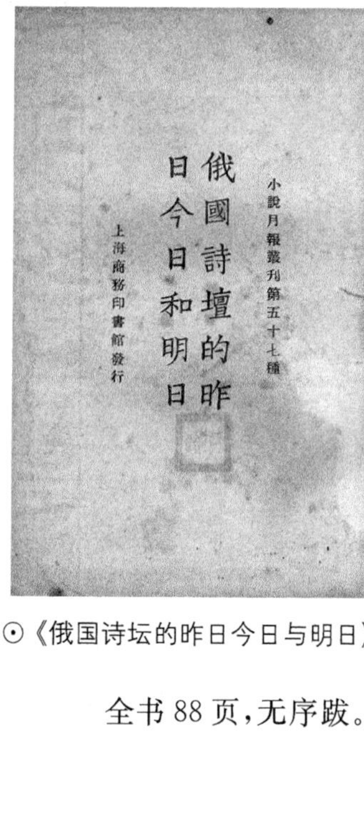

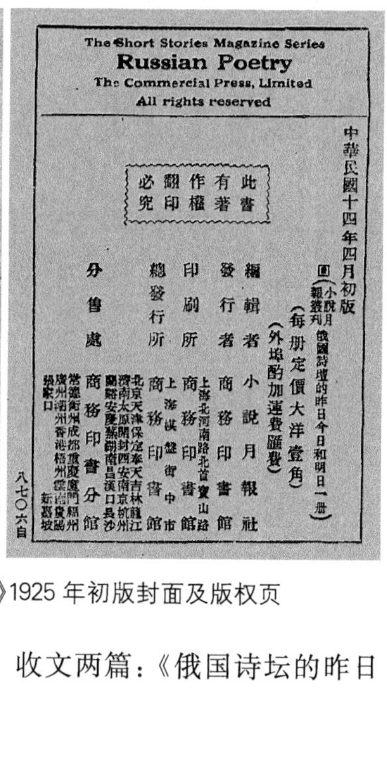

⊙《俄国诗坛的昨日今日与明日》1925年初版封面及版权页

全书88页,无序跋。收文两篇:《俄国诗坛的昨日今日和明日》(布利乌沙夫著，耿济之译)、《俄国底诗坛》([日本]白鸟省吾著，夏丏尊译)。

在耿济之译文之前有一段《小引》：

⊙ 布利乌沙夫肖像

《小说月报》编辑部屡邀我草俄国的文艺界通讯，不过我因为缺乏材料，而零碎的、片段的报告对于完全不悉俄国文学最近思潮的读者也没有什么意思，所以至今未曾应命。最近俄国出版界巧合杂志第七号上有布利乌沙夫所著《俄国诗坛的昨日今日和明日》一文，对于俄国革命以后(一九一七——一九二二)诗坛的潮流说得详细而且明了；所以特地翻译出来，以代通讯。布利乌沙夫一八七三年，刚于一九二四年死去。是俄国现代的有名诗人、小说家、批评家。他平生的著作已在沈雁冰先生所著《近代俄国文学家三十人合传》里(小说月报号外《俄国文学研究》该篇第二六页)，大概叙述过，这里不多说了。

《眷顾(新诗集)》

《眷顾(新诗集)》,“小说月报丛刊”第 58 种,新诗集,小说月报社编辑,周仿溪、朱自清等著,笔者所见为民国十四年(1925)四月初版,每册定价大洋一角。商务印书馆印刷发行,封面从右至左竖印丛刊名、书名和出版机构名。版权页印“小说月报丛刊”,上方有英文版权事项。

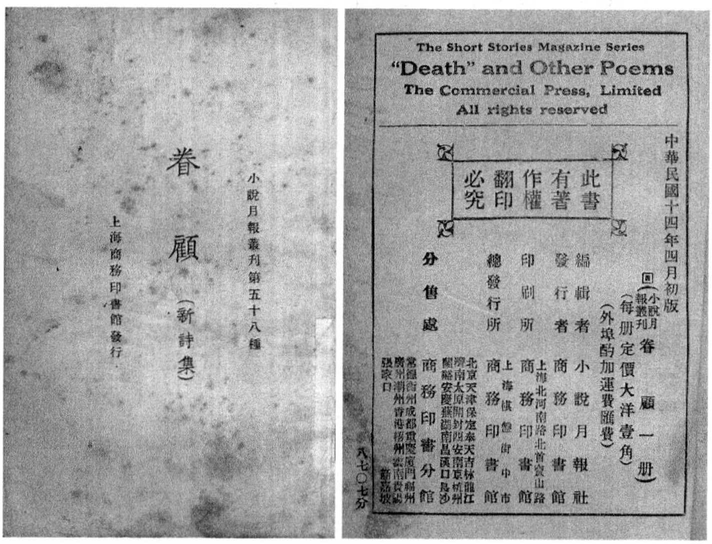

⊙《眷顾(新诗集)》1925 年初版封面及版权页

全书 88 页,无序跋。收诗 56 首,有不少诗作在其他版本中已收:《旅路》(朱自清)、《人间》(朱自清 1921 年 5 月 8 日)、《慰死者》(梦雷)、《火灾》(徐玉诺)、《途遇》(梁宗岱 1922 年 10 月 28 日广州)、《诗情》(黄驾白)、《小诗》(黄驾白)、《我的诗歌》(徐玉诺)、《假如我不是一个弱者》(徐玉诺)、《兄去后十日》(陈宽)、《春夜》(陈宽)、《过去》(陈宽)、《燕子》(陈宽)、《小溪》(陈宽)、《迟疑的心》(陈宽)、《清明的早晨》(陈宽)、《我要死了》(张鹤群 1923 年 3 月 31 日苏州)、《小诗一》(徐玉诺)、《小诗二》(徐玉诺)、《蝇》(卢景楷)、《梦的人生》(卢景楷 1922 年 12 月 1 日临颖)、《忆》(俞平伯 1923 年 5 月 5 日)、《挽歌》(刘燧元 1923 年 5 月 6 日)、《狗的哭声》(崔真吾 1923 年 4 月 27 日枕上)、《山行》(李玉瑶)、《小诗》(唐守谦 1923 年 4 月 21 日美国)、《归梦》(梁宗岱 1923 年 5 月 13 日)、《永在的真实》(徐玉诺)、《为什么》(徐玉诺)、《小诗》(徐玉诺)、《池旁》(顾彭年)、《她》(张耀南)、《冷光》(郭云奇 1923 年 4 月 15 日)、《杂感》(李圣华)、《失去的光明》(刘真如 1923 年 6 月)、《春的漫画》(张人权)、《晨光里的人儿》(王幼虞 1923 年春)、《最甜蜜的一瞬》(欧阳兰)、《眷顾》(周仿溪 1923 年 4 月 8 日)、《可恨明亮亮的月》(周仿溪 5 月 23 日)、《恶花》(徐玉诺)、《在我们家里的中秋月》(刘永安)、《自然与人生》(徐志摩)、《失眠》(玉薇女士)、《思亲》(玉薇女士)、《夜行》(玉薇女士)、《沉醉》(玉薇女士)、《秋晨》(燕志隽)、《秋晚》(燕志隽)、《秋》(朱湘)、《雨》(朱湘)、《卧浸会操场坟旁》(王任叔)、《东山小曲》(徐志摩 1 月 20 日)、《眷回》(严敦易 2 月 22 日)、《炸裂》(许杰 6 月 20 日改作上海)、《晚晴》(刘燧元 1923 年 8 月 1 日)。

其中所收诗都很短,有的并不像诗,而像在“说话”;有的则颇有诗意,可供玩味良久。如陈宽的几首诗,简直是在说大白话,如《过去》: 再见吧,/可爱的黄昏的烟痕!《春夜》: 夜间,/水田里虾蟆的声,/似思念远行的人。《燕子》: 天快落雨了,/看,打团的燕子。

最值得一读的是朱湘的《秋》: 不必三棱镜的春天,/倒是绿中带黄的秋,/在明日,阴而不暗的天下,/低昂于潇洒的凉风中,/将飘然的情思引起来了。

此书所收诗作面广量大,其中有不少著名诗人,如朱自清、徐玉诺、梁宗岱、俞平伯、崔真吾、徐志摩、朱湘、王任叔、许杰等。而另一些确实是闻所未闻的,如燕志隽、郭云奇、陈宽等。

三、文学周报社丛书掇萃

小引

“文学周报社丛书”，文学周报社出版，开明书店印行，出版期为 1925 年 12 月至 1941 年，时间跨度达五年。

这套丛书的书目到底多少种，没有定论。各种记载的书目大多不准确，且时有混乱。根据各种书目资料综合起来，数量达 33 种，至于是否超过这个数，因不见版本实物，故很难断定。在这 33 种中，第一种至第 28 种是根据出版时间顺序有编号，第 28 种后的五种无编号。

对于这种情况，需作说明：在有编号的 28 种中，有五种版本未注明“文学周报社丛书”，分别是第四种《城中》、第 10 种《悒郁》、第 11 种《诗品注》、第 22 种《荷花》和第 23 种《参情梦及其他》。另一种《英文短诗选》未编号，见版本实物，但未注明“文学周报社丛书”。另外两种，《朝影》（西谛译）和《柴霍甫印象记》（徐志摩、赵景深译）虽列目，但均未见版本实物。还有《草莽集》（朱湘著，1927 年 8 月上海开明书店版）和《旧诗新话》（刘大白著，1928 年 5 月上海开明书店版）虽都列目，但都不属于“文学周报社丛书”，而分别属开明书店的“新文丛书”和“黎明社丛书”。

一套丛书的复杂性，在未见版本实物之前，一无所知；在见到部分版本实物后，则是一头雾水；唯有见到所有版本（至少百分之九十），才能比较清晰地看清丛书的面目。在模糊至清晰的过程中，享受的是探寻的无尽乐趣。

到目前为止，笔者弄清楚的书目如下，只记初版时间；除注明何处出版外，皆是上海开明书店出版：

1.《怂恿》，彭家煌著，1925 年 8 月初版

2.《子恺漫画》，丰子恺著，1926 年 1 月初版

3.《列那狐的历史》，文基译，开明书店发行，文学周报社 1926 年 6 月初版

4.《城中》，叶绍钧著，1926 年 7 月初版

5.《耶稣的吩咐》，汪静之著，1926 年 9 月初版

6.《龙山梦痕》，王世颖、徐蔚南著，26 年 11 月初版

7.《犹太小说集》，腊皮儒维奇著，鲁彦辑译，1926 年 12 月初版

8.《子恺画集》，丰子恺著，1927 年 2 月初版

9.《血痕》，阿志跋绥夫著，郑振铎等译，1927 年 3 月初版

10.《悒郁》，赵景深译，1927 年 6 月初版

11.《诗品注》，钟嵘著，陈延杰注，1927 年 6 月初版

12.《梅萝香》，华尔寇著，顾德隆译，1927 年 7 月初版

13.《国木田独步集》，夏丏尊译，1927 年 8 月初版

14.《童话论集》，赵景深著，1927 年 9 月初版

15.《英兰的一生》，孙梦雷著，1927 年 9 月初版

16.《文艺与性爱》，松村武雄著，谢六逸译，1927 年 9 月初版

17.《寂寞的国》，汪静之著，1927 年 9 月初版

18.《东方寓言集》，陀罗维支著，胡愈之译，1927 年 11 月初版

19.《雪人》，莫尔纳等著，茅盾译，1928 年 5 月初版

20.《春日》，罗黑芷著，1928 年 6 月初版

21.《畸零人日记》，屠格涅夫著，樊仲云译，1928 年 6 月初版

22.《荷花》，诗集，赵景深著，1928 年 6 月初版

23.《参情梦及其他》，诗，傅东华译，1928 年 9 月初版

24.《洗澡》，左拉著，徐霞村译，1928 年 9 月初版

25.《幻灭》，蚀之一，茅盾著，1930 年 5 月初版

26.《动摇》,蚀之二,茅盾著,1930 年 5 月初版

27.《追求》,蚀之三,茅盾著,1930 年 5 月初版

28.《蚀》,茅盾著,1930 年 5 月初版

《英文短诗选》,吴颂皋选,不知出版年月

《朝影》,西谛译

《柴霍甫印象记》,徐志摩、赵景深译

《草莽集》,朱湘著,1927 年 8 月上海开明书店版

《旧诗新话》,刘大白著,1928 年 5 月上海开明书店版

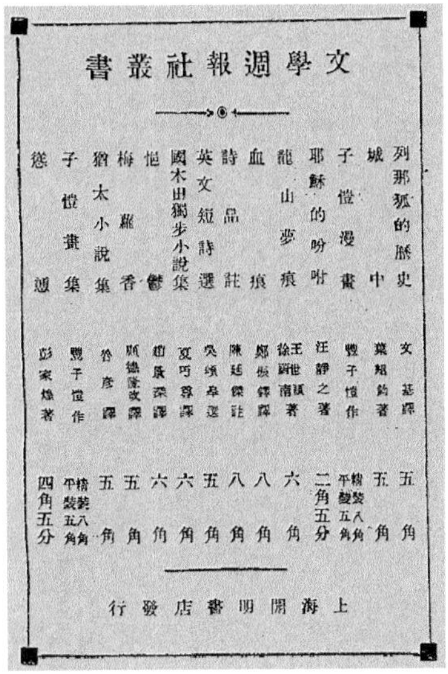

⊙ 文学周报社丛书书目广告

其实,讲到"文学周报社丛书",势必要讲《文学周报》。有关《文学周报》,涉及到的文字不少,读者可以参阅。在此只选择曾经参与编辑《文学周报》的赵景深的一些回忆(写于 1979 年 10 月 25 日),可作为了解《文学周报》以及"文学周报社丛书"的参考资料:

> 《文学周报》原先叫《文学旬刊》,从一九二一年五月到一九二三年七月,共出八十期,以后改名《文学》。从第一期到一百七十一期,都附在上海《时事新报》发行。一九二五年发行到一百七十二期时才改名为《文学周报》,并按卷分期计数。第四卷起由开明书店出版;第五、六、七卷,由我编辑,时间是一九二八、二九年。第八卷改由上海远东图书公司出版,编委有八人,是四胖四瘦。四胖:谢六逸、李青崖、耿济之和我;四瘦:郑振铎、徐调孚、傅东华和樊仲云。
>
> 《文学周报》第八卷编完,远东图书公司就关门了,以后可能出了四、五期就自动停刊了。

"文学周报社丛书",是文学研究会编辑出版的一种较为重要的丛书,但因篇幅关系,此文只能以"掇萃"形式,选择其中六种版本介绍。

《子恺漫画》

《子恺漫画》，“文学周报社丛书”，丰子恺著，文学周报社出版，开明书店发行，笔者所见为民国十五年（1926）八月再版。扉页和版权页均注明“文学周报社丛书”，不知印数，纸面平装实价五角。封面图案为圆形，选择了一幅丰先生的漫画。1926 年 1 月初版，未见。

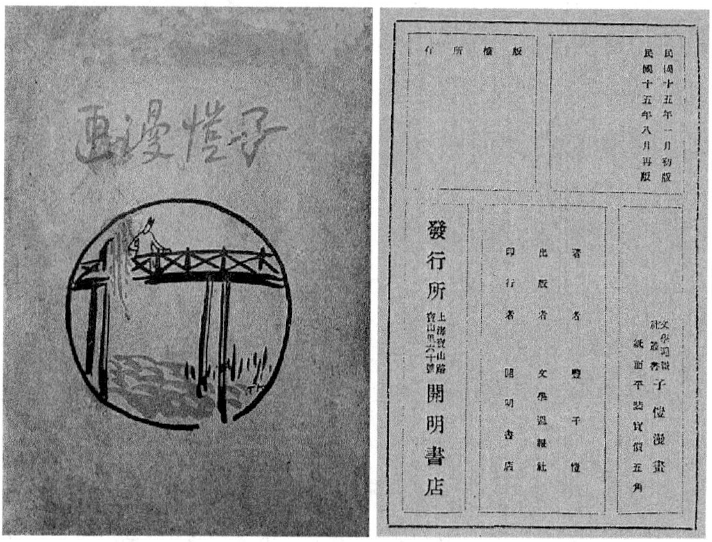

⊙《子恺漫画》1926 年再版封面及版权页

这是一本“奇特”的书，收漫画 60 幅，而在书前与书后却有将近 40 页的序跋文字，在这篇小文里，不可能全部留存，因此只好选择“片言只语”，以窥全豹。

⊙《子恺漫画》漫画两幅

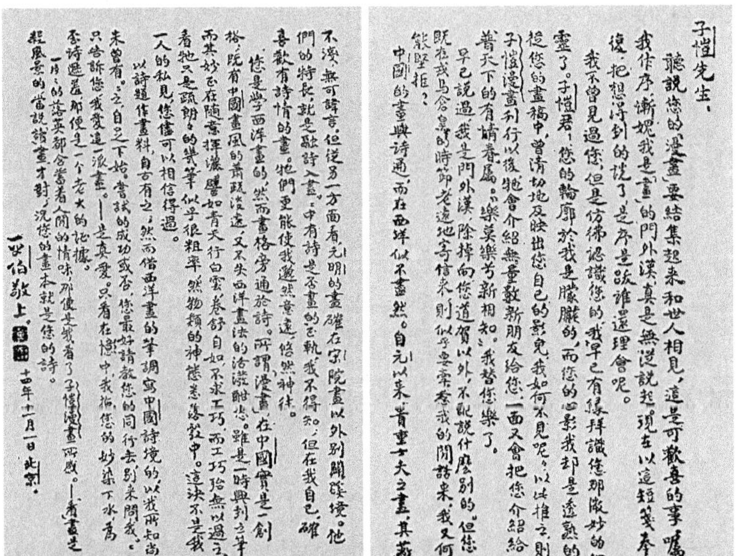

子愷先生：

聽說您的「漫畫」要結集起来和世人相見，這是可歡喜的事。囑我作序，慚愧我是「畫」的門外漢，真是無從說起。現在以這短箋奉復，把想得到的說了，是序是跋，誰還理會呢。

我不曾見過您，但是彷彿認識您的。我早已有緣拜識您那微妙的心靈了。子愷君！您的輪廓於我是朦朧的，而您的心影我却是透熟的。從您的畫稿中，曾清切地反映出您自己的影兒，我如何不見呢？以此推之，則《子愷漫畫》刊行以後，牠會介紹無量數新朋友給您，一面又會把您介紹給普天下的有情眷屬。「樂莫樂兮新相知」，我替您樂了。

早已說過，我是門外漢，除掉向您道賀以外，不配說什麼別的。但您既在我烏合的時節，老遠地寄信来，則似乎要索我的閑話来，我又何能堅拒？

中國的畫與詩通，而在西洋似不盡然。自元以来，貴重士大夫之畫，其蔽不淺，無可諱言。但從另一方面看，元明的畫確在宋院畫以外別闢蹊徑。他們的特長，就是融詩入畫。畫中有詩是否畫的正軌，我不得知，但在我自己，確喜歡有詩情的畫。牠們更能使我邈然意遠，悠然神往。

您是學西洋畫的，然而畫格旁通於詩。所謂「漫畫」，在中國實是一創格，既有中國畫風的蕭疏淡遠，又不失西洋畫法的活潑酣恣。雖是一時興到之筆，而其妙正在隨意揮灑。譬如青天行白雲，卷舒自如，不求工巧，而工巧殆無以過之。看牠只是疏朗朗的幾筆，似乎很粗率，然物類的神態悉落彀中。這決不是我一人的私見，您儘可以相信得過。

以詩題作畫料，自古有之，然而借西洋畫的筆調寫中國詩境的，以我所知尚未曾有。有之，自足下始。嘗試的成功或否，您最好請教您的同行去，別来問我。我只告訴您，我愛這一派畫。——是真愛。只看在憶中，我指您的妙染下水，高丞詩題蓋，那便是一个老大的證據。

一片片的落英都含蓄着人間的情味，那便是我看了《子愷漫畫》所感。——看畫是殺風景的，當說讀畫才對，況您的畫本就是您的詩。

平伯敬上。十四年十一月一日 北京。

⊙ 俞平伯手书的《跋》

书前有郑振铎写于 1925 年 11 月 9 日的《序》，三页，其中说道：

中国现代的画家与他们的作品，能引动我的注意的很少，所以我不常去看什么展览会，在我的好友中，画家也只寥寥的几个。近一年来，子恺和他的漫画，却使我感到深挚的兴趣。我先与子恺的作品认识，以后才认识他自

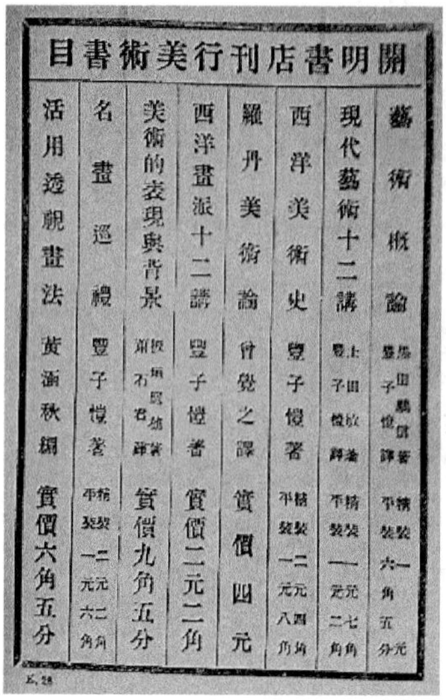

⊙ 开明书店刊行美术书目广告

己。第一次的见面，是在《我们的七月》上。他的一幅漫画《人散后，一钩新月天如水》，立刻引起我的注意。虽然是疏朗的几笔墨痕，画着一道卷上的芦帘，一个放在廊边的小桌上是一把壶，几个杯，天上是一钩新月，我的情思却被他带到一个诗的仙境，我的心上感到一种说不出的美感……

夏丏尊的《序》，1925 年 10 月 28 日写于奉化江畔远寺曙钟声中，五页，其中说道：

子恺来要我序他的漫画集。记得：子恺的画这类画，实由于我的怂恿。在这三年中，子恺实画了不少，集中所收的不过数十分之一。其中含有两种性质，一是写古诗词名句的，一是写日常生活的断片的。古诗词名句，原是古人观照的结果，子恺不过再来用画表出一次，至于写日常生活的断片的部分，全是子恺自己观照的表现。前者是翻译，后者是创作了。画的好歹且不谈，子恺年少于我，对于生活，有这样的咀嚼玩味的能力，和我相较，不能不羡子恺是幸福者！

丁衍镛的《序》1 页，1925 年 11 月 3 日写于上海立达学园，其中说道：

我是从研究绘画稍得领略了一点趣味的人。见了子恺君的漫画，更给了我许多新趣味。我得到了这种感情的快乐和愉悦，很想介绍给一般人，也得到一点趣味，来谋新生活的向上，这就是我介绍子恺君在一部“诗情逸趣”漫画的本意。

朱自清的《代序》，是以信为序，抬头为“子恺兄”，写于(1925 年)11 月 2 日北京，三页，其中说道：

你这本集子里的画，我猜想十有八九是我见过的。我在南方和北方与几个朋友空口白嚼的时候，有时也嚼到你的漫画。我们都爱你的漫画有诗意；一幅幅的漫画，就如一首首的小诗——带核儿的小诗。你将诗的世界东一鳞西一爪地揭露出来，我们这就像吃橄榄似的，老觉着那味儿。

方光焘的《漫话》，4 页，写于 1925 年 11 月 6 日，其中说道：

子恺！在这充满了所谓“画家”“艺术家”“艺术的叛徒”的中国，你何必把那吃饭的钱省节下来，去调丹青，买画布，和他们去争一日之长呢！你只要在那“说不出”的当儿，展开桌上的废纸，握着手中的秃笔，去画罢！画出那你“说不出”的热情和哀乐，使你朋友见了，可得欢乐，使你夫人见了，可以开怀，使你的阿宝见了，可以临摹，使你的华瞻见了，可以大笑！那就是你的艺术；也就是你的艺术生活！又何须我多说！

刘薰宇的《序》，写于 1925 年重阳节，两页，其中说道：

子恺的这本漫画集，特别是蕴蓄着诗意的部分，一张一张地曾和那素妆新寡的青年美女一般给我以美的启示，引导我踏进美的国土，吻那温柔的美神的项颈。这几十页的小画，都是他兴会浓酣的刹那间的产物；完全是性灵展开的遗痕；虽然性灵的幕后藏着的几许暗示，有时偷偷地流到画面，却无力阻碍它的活跃。人生的觉知随着心潮荡漾，只在这兴会浓酣的刹那间才整个地浮现。这画就是这种浮现的残迹，所以具有将人吞没的魔力。

丰子恺的《题卷首》，两页：

一九二〇年春，我搭同山城丸赴日本的时候，自己满望着做了画家而归国的。到了东京窥见了些西洋美术的面影，回顾自己底贫乏的才力与境遇，渐渐感到画家底难做，不觉心灰意懒起来。每天上午在某洋画学校里当 Model 休息的时候，总是无聊地燃起一支“敷岛”，反复思量生活的前程，有时窃疑 Model 与 Canvas 究竟是否达到画家的唯一的途径。

愈疑虑不安，愈懒散无聊。后来上午的课程常常闲却，而把大部分的时光消磨在浅草的 Opera 馆，神田斩旧书店，或银座的夜摊里了。“尽管描也

> 无益，还是听听看看想想好。”每晚只是这样地自慰。
>
> 金尽了，只好归国。归国以后，为了生活的压迫，不得不做教师。在生活中过长久了，疏懒放荡，要板起脸来做先生，实在着力得很。我常常萦心在人生自然的琐事细故。教务雅克萨务，反不十分关心。每当开校务会议的时候，我往往对于他们所郑重提出的议案茫无头绪，弄得举手表决时张皇失措。有一次会议，我也不懂得所议的是甚么。头脑中所有的只是那生养垂头拱手而伏在议席上的各同事的倦怠的姿态，这印象至散会后犹未忘却，就用了毛笔在一条长纸上接连画成一个校务会议的模样。又恐被学生见了不好，把它贴在门的背后。
>
> 这画惹了我的兴味，使我得把我平常所萦心的琐事细故描出，而得到和产母产子后所感到的同样的欢喜。
>
> 于是包皮纸，旧讲义纸，香烟篦的反面，都成了我的 Canvas，有毛笔的地方，就都是我的 Studio 了。因为设备极简便，七捞八捞，有时把平日所信口低吟的古诗句词句也试译出来。七零八落地揭在壁上。有一次，住在我隔壁的夏丏尊先生偶然吃饱了老酒，叫着“子恺！子恺！”踱进我家来了，看了墙上的画，嘘地一笑，“好！再画！再画！”我心中私下欢喜，以后的时候就觉得更胆大了。

全书 97 页，分两卷，卷一收画 26 幅，有标题，如：《无言独上西楼月如钩》《楼上黄昏马上黄昏》《人散后一钩新月天如水》《马首山无数》和《野渡无人舟日横》等。卷二收画 34 幅，如：《都会之春》《浣沙》《买粽子》《久雨》《秋夜》《编辑者》《酒徒》《三十老人》《苏州人》《穿了爸爸的衣服》和《归途》等。

书末还有俞平伯手书的《跋》，这是此书中最为精彩的部分，1925 年 11 月 1 日写于北京，其中说道：

> 以诗题作画料，自古有之，然而借西洋画的笔调写中国诗境的，以我所知尚未曾有。有之，自足下始。尝试的成功或否，您最好请教您的同行去，别来问我。我只告诉您，我爱这一派画。——是真爱。只看在《忆》中，我拖您的妙染下水，为歪诗遮羞，那便是一个老大的证据。
>
> 一片片的落英都含蓄着人间的情味，那便是我看了《子恺漫画》所感。——看画是杀风景的，当说“读”画才对，况您的画本就是您的诗。

《文艺与性爱》

《文艺与性爱》，“文学周报社丛书”，[日本]松村武雄著，谢六逸译，笔者所见为1927年9月初版，不知印数，每册实价大洋两角五分。扉页注明“文学周报社丛书”。

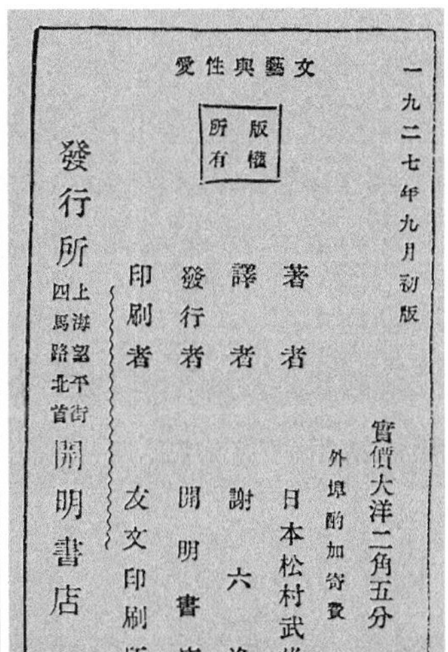
一九二七年九月初版

實價大洋二角五分

外埠酌加寄費

文藝與性愛

版權所有

著者 日本松村武雄

譯者 謝六逸

發行者 開明書店

印刷者 友文印刷所

發行所 上海四馬路望平街北首 開明書店

⊙《文艺与性爱》1927年初版封面及版权页

书前有译者写于1927年9月1日的《前记》，两页：

这是日本松村武雄博士几年前发表的一篇论文，到现在还不见刊为单行本。松村氏是日本著名的童话学者，又研究精神分析学（或作心理分析）亦颇有名，关于这一类的著书有好几种。

这篇论文里面，松村氏介绍了莫特尔氏的《文学里之性爱的动机》一书，原文大半是根据这书写成的。莫特尔的原书颇有趣，我们在未读莫特尔氏的著书以前，先阅松村氏的这篇文章，更容易提起我们研究的兴味。

“一种杰作，初非无故产生，必与作者的生活有莫大的因缘，”这是译者译了后的一点感想，至于精神分析学是一种新兴的科学，他的价值，在心理学界自有批判，用不着我们外行人多说；不过借心理分析来评衡作家的内部生活与作品，在我以为颇有趣味。

我还没有译好莫氏的《文学里之性爱的动机》以前，先借松村氏的文章当作“案内者”。

我的译文曾发表于某年的《文学旬刊》上，我于自己或译或写的稿件，向来是不会保存的；幸亏赵景深兄处留有一份，因此我能将它付印，对于景深兄很是感谢！

全书 93 页，收五章，有标题：《绪言》《母子错综与文艺》《兄妹关系与文艺》《文艺里的性欲象征》和《梦之精神分析学的研究与文艺》。每章还分若干小节，如第四章内收：《受压抑的恋爱》《飞的愿望》《乘的愿望》和《对于自然界的愿望》。

版权页后有“开明”版“妇女问题研究丛书”14 种，如《妇女问题十讲》《性的知识》《自由的女性》《性与遗传》《妇女与社会》和《性的故事》等。

《童话论集》

笔者所见《童话论集》,“文学周报社丛书”,赵景深著,开明书店 1927 年 8 月付印,1927 年 9 月初版。扉页和版权页均注明“文学周报社丛书”,不知印数,每册实价大洋五角。此书的版权页,与丛书的其他版权页竖排不同,而是横排。

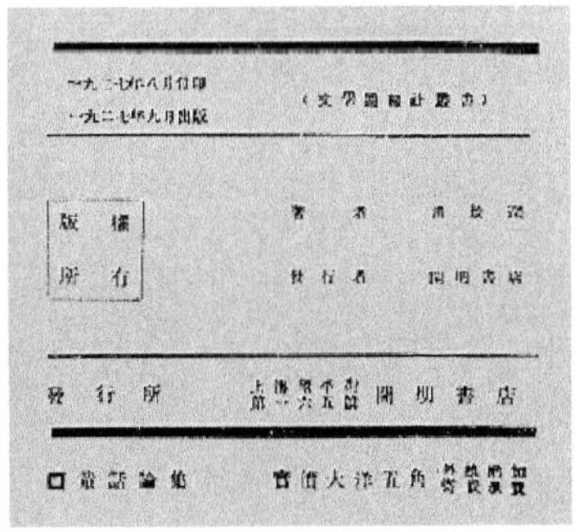

一九二七年八月付印
一九二七年九月出版
(文學週報社叢書)

版權所有

著者 趙景深
發行者 開明書店

發行所 上海寶山路第一六五號 開明書店

童話論集 實價大洋五角 外埠酌加寄費

⊙《童话论集》1927 年初版封面及版权页

书前有作者 1927 年写于开明书店编辑室的《序》,两页,其中说道:

我作童话论文，起自一九二二年，到现在为止，六年间的东西都已这本结集。……

这一本结集凡论文十六篇，共分三部分：第一部分是概论童话的，第二部分是对于中国童话的批评，第三部分是西洋童话家的传记，还附了一篇《列那狐的历史》。第二部分的前四篇也是我颇为喜欢的。将来想将中国童话像《小说的童年》一般，做一番有系统的探讨，或与世界童话作一种比较的研究。但如依旧像现在般的劳人草草，恐怕这只是成了我的幻梦。

另外还有一本《童话概要》，论到童话的意义转变、来源、派别、分系以及分类，由北新书局出版单行，不曾收入这篇姊妹著作以内。

最后深深地感谢替我画书面的丰子恺先生和题字的顾颉刚先生。

全书195页，收文：《研究童话的途径》《神话与民间故事》《民间故事的探讨》《童话的讨论》《皮特曼的中国童话集》《费尔德的中国童话集》《徐文长故事与西洋传说》《吕洞宾故事二集》《西游记在民俗学上的价值》《安徒生评传》《安徒生童话思想》《安徒生童话艺术》《安徒生童话的来源和经过》《童话家之王尔德》《童话家格林弟兄传略》和《列那狐的历史》。

版权页后有“文学周报社丛书”书目。

《雪人》

笔者所见《雪人》,“文学周报社丛书”,莫尔纳等著,茅盾译,文学周报社编辑,开明书店 1928 年 2 月付印,1928 年 5 月初版。扉页和版权页均注明“文学周报社丛书”,不知印数,每册实价大洋一元。1929 年 7 月再版,未见;另见 1931 年 2 月三版,封面同,版权页各异,三版版权页未印“文学周报社丛书”。

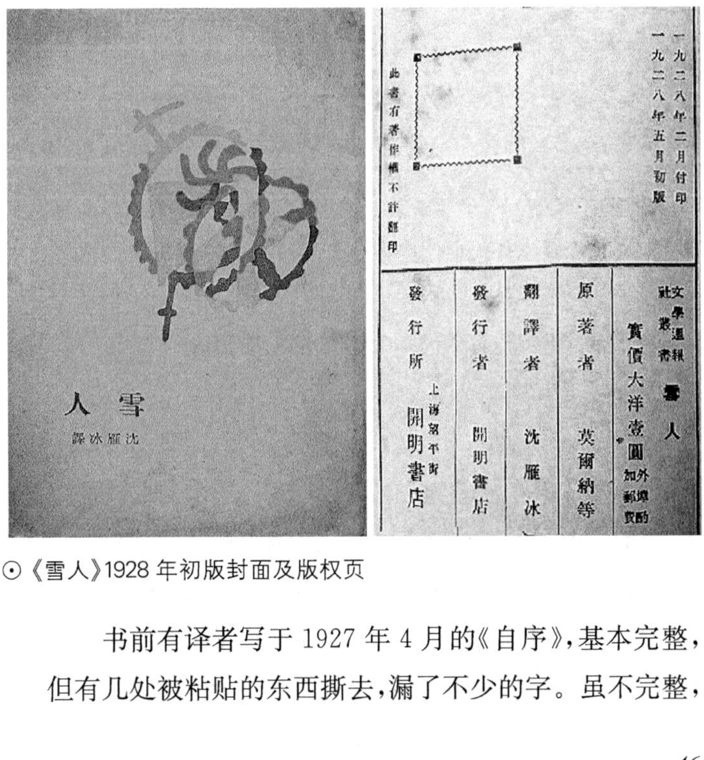

一九二八年二月付印
一九二八年五月初版

此書有著作權不許翻印

文學週報社叢書 雪人
實價大洋壹圓 外埠酌加郵費
原著者 莫爾納等
翻譯者 沈雁冰
發行者 開明書店
發行所 上海望平街 開明書店

⊙《雪人》1928 年初版封面及版权页

书前有译者写于 1927 年 4 月的《自序》,基本完整,但有几处被粘贴的东西撕去,漏了不少的字。虽不完整,但对了解这一版本很有帮助，故漏字以□代之，其中说道：

> 三四年来，为介绍世界被压迫民族的□□之热心所驱迫，专找欧洲的小民族的近代作家的短篇小说来翻译。当时的热心，现在回忆起来，犹有余味；伦敦，纽约出版的各种杂志的“新书评论”栏是最注意阅读的□□有新译成英文的小民族的作品，便专函去购买，每见有介绍小民族文学的短篇论文便抄存下来，旧出的或新出的小民族文学史，也多方弄钱来购买，甚至因为某种杂志偶然登了一篇小民族文学作品的译文，便将这杂志订阅了一年，以期续有所得。
>
> 这些热心地忙着的结果，便是这个短篇小说集。
>
> 当时翻译出来发表的作品，实在还不止现在所收集的代表十二民族十九作家的二十二篇；到底加了选择，剔去一些不大著名或时代太旧的作家，以及不大惬意的作品，只留下这二十二篇，也还有一些材料，应该是早就译出来呈教的，却因人事倥偬，此集中亦不及收入。异日或有时间，希望能够填补这自心的遗憾。
>
> 我的译文，不用说是很拙劣，并且全体是从英文转译，不免对于原作的神韵又加多一层损失；但是想起这些作品所包孕的意义是值得看看的，正像休布给我们的塑像，虽然是雍肿不优美，然而内中藏着人生的力和悲哀，那么我粗拙的译文或许也还可以当得国内爱好文学的青年的一顾罢；又因了这一点意义，我把此集用了《雪人》的名儿了。
>
> 最后，要附带声明的，本集有五六篇是吾弟所译，第一次发表时用他自己的名字，现在收在一处，不复一一加以识别。更感谢文学周报社同人的厚意，和章锡琛先生的帮助，使这本集子的印行能够实现。

这里指的“吾弟”，即沈泽民。全书收文22篇，外加自序和附录：《自序》，匈牙利三篇：《雪人》《偷煤贼》《复归故乡》，保加利亚两篇：《他来了么》《老牛》，挪威一篇：《卡利奥森在天上》，瑞士一篇：《罗本舅舅》，荷兰一篇：《茜佳》，芬兰一篇：《我的旅伴》，新犹太三篇：《拉比阿契巴的诱惑》《禁食节》《贝诺思亥乐思来的人》，阿美尼亚三篇：《却绮》《祈祷者·散文诗》《少妇的梦·散文诗》，捷克斯拉夫三篇：《愚笨的裘纳》《交易》《旅程》，俄国两篇：《失去的良心》《旧金山来的绅士》，塞尔维亚一篇：《强盗》，罗马尼亚一篇：《绿林好汉包旭》，附录：《作家小传》。作家小传共 19 人。

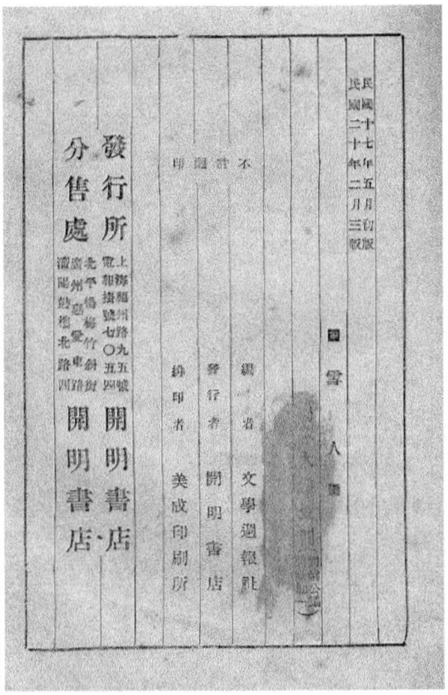
民國十七年五月初版
民國二十年二月三版
雪人
編者 文學週報社
發行者 開明書店
印刷者 美成印刷所
發行所 開明書店
分售處 開明書店

文學週報社叢書
雪人
沈雁冰譯
1929
開明書店印行

⊙《雪人》1931 年三版版权页及扉页

《春日》

笔者所见《春日》，“文学周报社丛书”，罗黑芷著，开明书店 1928 年 6 月初版，不知总印数。实价大洋五角。扉页和版权页印“文学周报社丛书”。1929 年 10 月再版和 1931 年 10 月三版，皆未见。

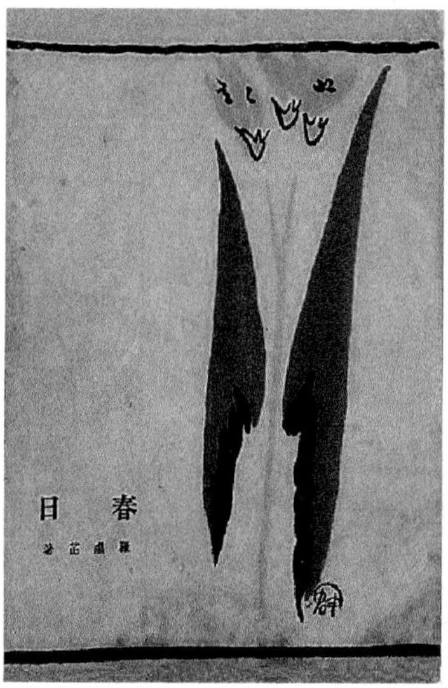

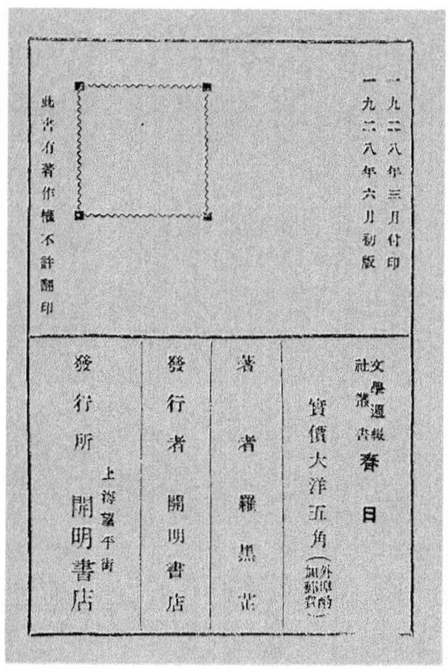

一九二八年三月付印
一九二八年六月初版
此書有著作權不許翻印
文學週報社叢書 春日
實價大洋五角（外埠酌加郵費）
著者 羅黑芷
發行者 開明書店
發行所 上海望平街 開明書店

⊙《春日》1928 年初版封面及版权页

书前有“罗黑芷及其家族”的照片，少见。虽印得不太清楚，但史料价值极为珍贵。

全书 142 页，无序跋。收小说九篇：《客厅中之一夜》《春日》《乳娘》《遁逃》《不速之客》《或人的日记》《烦躁》《雨前》和《现代》。

⊙《春日》扉页及“罗黑芷及其家族”照片

另有“附录”，内收纪念文字四篇：《罗黑芷死》(黄醒)、《予所知罗黑芷者》(李青崖)、《罗黑芷的小说》(黎锦明)和《罗黑芷的散文小品》(赵景深)。

《春日》出版于黑芷死后。封面由钱君匋设计，唐弢称之为“设意既佳，色彩亦复不俗，殊为不可多得之作”。

罗黑芷，生于1889年，逝于1927年，属英年早逝的现代文学作家。原名罗象陶，字晋思，号黑了。江西南昌人，生于四川。辛亥革命前，到日本庆应大学文科读书，加入同盟会。归国后曾因参加辛亥革命，在上海举义，曾持武器进袭北火车站，功成不居，结果潦倒半生。1912年到湖南图书编译局译书，后在长沙几所中学当教员。1919年开始文学创作，第一篇作品《忏悔》，刊登在1920年长沙的《民治日报》上，是篇自传。1923年与李青崖等人合办《湖光》文学半月刊。1925年加入文学研究会，发表作品时署名由“黑子”改为“黑芷”。1927年，因为一篇文章，遭诬陷被湖南当局逮捕，说他是共产党，监禁一段时间，以后被保释出狱，却已经气成重病，不到两月便逝世长沙。他写的小说笔调细腻柔和，散文也很有特色，《甲子年终之夜》和《乡愁》被编入《中国新文学大系·散文二集》，选编者郁达夫在导言中称其文字“玄妙”。

到目前为止，笔者只见到过罗黑芷的三种著作版本：《牵牛花》(诗文合集，

1926年6月长沙北门书店版),《醉里》(短篇小说集,1928年6月商务印书馆版),还有就是本文介绍的短篇小说《春日》。

周作人《夜读抄》中有罗黑子手札跋一文,其中说道:光绪末年余寓居东京汤岛,龚君未生时来过访,辄谈老和尚及罗象陶事(罗黑芷)。曼殊曾随未生来,枯坐一刻而别,黑子时读书筑地立教大学,及戊申余入学则黑子已转学他校,终未相见,倏忽二十余年,三君先后化去,今日披览冶公所藏黑子手札,不禁怃然有今昔之感。黑子努力革命,而终乃鸟尽弓藏以死,尤为可悲,宜冶公兼士念之不忘也。

《蚀》

笔者所见《蚀》，“文学周报社丛书”，茅盾著，开明书店 1930 年 10 月再版。不知印数，每册实价大洋二元，版权页印“文学周报社丛书”。1930 年 5 月初版，未见。

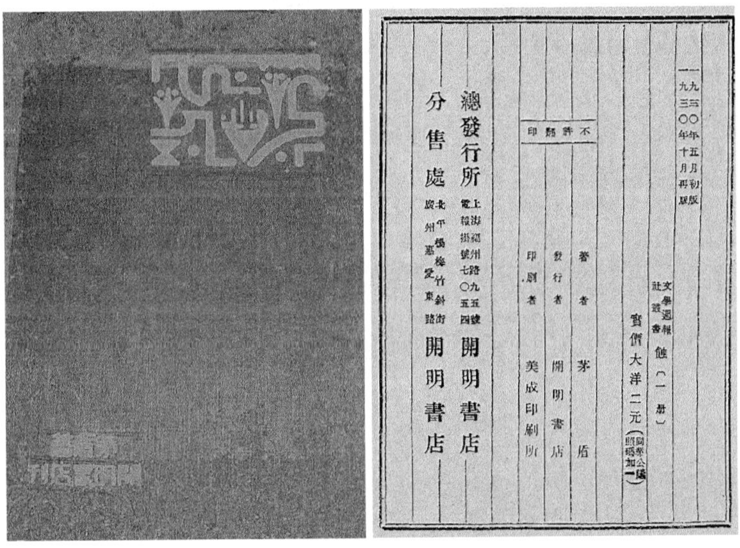
一九三〇年五月初版
一九三〇年十月再版
文學週報社叢書 蝕（一册）
實價大洋二元（同學公會照碼加一）
不許翻印
著者 茅盾
發行者 開明書店
印刷者 美成印刷所
總發行所 上海梧州路九五號 電報掛號七〇五四 開明書店
分售處 北平楊梅竹斜街 廣州惠愛東路 開明書店

⊙《蚀》1930 年再版封面及版权页

在“文学周报社丛书”中，茅盾所著《幻灭》《动摇》《追求》封面设计基本相同，唯书名各异。在一种丛书中，就某一人的著作单独成一设计样式，颇具特色。

书前有作者写于 1930 年 3 月尾的《题词》：

这三篇旧稿子是在贫病交迫中用四个月的工夫写成的;事前没有充分的时间以构思,事后亦没有充分的时间来修改,种种缺陷,及今内疚未已。

现在仍无奈何以老样子改排重印,对于读者,不胜歉然;命名曰《蚀》,聊志这一段过去。

生命之火尚在我胸中燃炽,青春之力尚在我血管中奔流,我眼尚能谛视,我脑尚能消纳,尚能思维,该还有我报答厚爱的读者诸君及此世界万千的人生战士的机会。

营营之声,不能扰我心,我惟以此自勉而自励。

全书 628 页,分为八章,无标题,以“一、二……”标示。

《蚀》,是茅盾的处女作,包括《幻灭》《动摇》和《追求》三个短篇。《幻灭》写于 1927 年 9 月中旬至 10 月底,《动摇》写于是年 11 月初至 12 月初,《追求》写于 1928 年 4 月至 6 月。三部作品在反映社会生活方面是关联的,而又各自独立,人物和情节并不衔接。

四、部分丛书广告词集锦

“文学研究会丛书”

《春之循环》(两篇)

※印度太戈尔原著剧本，瞿世英译。述一国王见白发而惧，诗人为作一剧，指示人生之意义。哲理至深，而译笔极能明达，足药青年的郁闷病。

※瞿世英译，一册三角 R. Tagore: The cycle of Spring

是剧内容述一个国王见白发而惧诗人为作一剧指示人生之意义哲理至深足药青年的郁闷病言辞清丽飘逸读之令人心旷神怡

《意门湖》

书为德国斯托尔姆之短篇名著，唐性天译。是叙述孩儿的情爱之作，描写情景，栩栩如生，盖所表演者都为著者自己之经验，所描写者又是故乡之风景，能使无数人与著者同情同感，得一深深的印象。一册二角五分

《小人物的忏悔》

此书为俄国安特立夫在欧洲大战时所著，安氏于日俄战争时曾著红笑一书，为非战文学中最著名的作品。是书亦为描写战争惨状之作。而纯以个人之感触，烘托出大战之残酷。读此虽好战者亦当为之黯然。一册定价

五角

《飞鸟集》

郑振铎译　近来新文坛上小诗十分发达。他们的作者大半都是直接或间接受太戈尔此集的影响。此集包含小诗三百二十六首。卷首并有太戈尔传。

《雪朝》

书为朱自清,周作人,俞平伯,徐玉诺,郭绍虞,叶绍钧,刘延陵,郑振铎八人的诗集。这诗集足以表现各著者的个性与不同风格,及时代的精神与共同的趋向。一册定价五角

《阿那托尔》

译者郭绍虞,作者显尼志劳。这剧共分七幕,每幕可以独立,内容是叙阿那托尔与七个女子的爱情的变幻,如在一个单弦上拨弹出许多好音来,赵可令人叹观止。一册定价四角

《新俄国游记》

瞿秋白君往莫斯科考察新俄罗斯之新气象。凡途中经过之见闻思想。均随笔记述。足以见新俄之实际。一册三角五分

《青鸟》(三篇)

※傅东华译　此剧为近代最著名的象征派戏曲以青鸟为人间幸福的象征。用婉妙空幻的叙述。指示我们以正当寻求幸福的路。一册六角半

※傅东华译　一册六角五分　此剧为近代最著名的象征派戏曲共分六幕以青鸟为人间幸福的象征用婉妙空幻的叙论指示我们以一条正当的寻求幸福的路剧中充满了童话的美丽与深邃的哲理译笔亦美洁而信达

※一册六角五分　比利时现代大作家梅脱灵作,傅东华译。此剧为近代最著名的象征派戏曲,共分六幕,以青鸟为人间幸福的象征,用婉妙空幻的叙述,指示我们以一条正当的寻求幸福的路,剧中充满了童话的美丽,与深邃的哲理,能同时使儿童欢乐,成人深思。译笔亦美洁而能信能达。

《长子》

英国现代戏剧家高斯倭绥杰作之一。由邓演存君译成中文。叙英国的一家贵族有一长子。与其仆人之女发生恋爱。其父母亲属极端反对。书中于阶级制度之罪恶及环境势力之伟大。言之极为痛切。一册三角

《狱中记》

英国王尔德著，汪馥泉张闻天沈泽民合译　王尔德是近代文坛上一个怪人。中记是他在莱顿监狱内的思想的写照。在这本书里。他讨论到艺术恋爱宗教等问题。乃是研究王尔德的一本重要著作。一册六角半

《悭吝人》

高真常译　本书描写守财奴之丑态。含意深沉。用笔诙谐。使读者于愠噱之余。自然猛省。末附《装腔作势》短剧一篇。亦为毛氏著名讽刺剧之一。一册五角半

《华伦夫人之职业》

潘家洵译　华伦夫人之职业。是英国大戏剧家萧伯纳名作之一。曾在上海舞台上表演过的。萧伯纳善以冷隽的语调。揭社会隐秘之幕。其可爱处在此。其难译处亦在此。潘君刻意试译。数易其稿。传神阿堵。译述界中不可多得。一册三角半

《西洋小说发达史》

谢六逸编　此书叙西洋小说的发达。极为简括明了。于近代的小说家。说明尤为详尽。其论述浪漫主义。自然主义。及自然主义以后各章。亦能列举其特质及变迁。可供研究西洋文学者之参考。一册五角

《一叶》

王统照君以婉妙细腻的文笔。叙写人生的悲感。“为何人生之弦音上。都鸣出不和谐的调子？为何生命是永久地如一叶的飘坠地上?”欲答此问。请看此创作小说。一册六角

《醉里》

一册八角　罗黑芷著　这是罗先生的创作集，有几篇曾登小说月报及文学周报。他的创作深沉凝炼，造句不同凡俗，一腔不得发泄的悒郁，都用细琢剖磨的文笔抒写出来，颇具北欧作家风格。罗先生已于去岁逝世，遗作尤觉可贵。

《惨雾》

许杰著　一册九角　内容分《惨雾》《醉人的湖风》《菜牙与小牛》《小草》《台下的喜剧》《隐匿》《赌徒吉顺》等七篇，大部分都是描写乡村生活的断片，文采优美而畅达结构谨严。

《孤雁》

王以仁著　一册五角五分　这是一部连贯一气的短篇小说集，书中的主人翁本是一个可以奋发有为的青年，但是受了社会的压迫，精神和肉体饱尝了无限痛苦，终于走上堕落的隘路。在艺术方面，他的造句的复杂和美丽、描写的富于诗意，都是本书的特点。

《绵被》

一册四角五分　夏丏尊译　本书为日本自然派主将田山花袋的有名的小说田山氏是在炼狱界中认真过活的人绵被也就是他的忏悔实录他于灵肉的冲突爱欲的争斗大胆地趋势地叙述露骨地严肃地描写结构又复非常谨严译笔亦极流利可诵卷首有方光焘君的长序一篇

《嘉尔曼》

一册四角五分　樊仲云译　此为法国浪漫派大作家梅丽美(P. Merimee)的晚年杰作叙述西班牙地方的盗匪生活中更串以恋爱的故事慷慨激昂哀感顽艳兼而有之而以描写吉伯色人之特性尤为有声有色附有 Rhno Bull 所作嘉尔曼三色版图像一幅故事插图数十幅亦极名贵

《木马》(两篇)

※一册五角　李青崖译，此为法国雷里(Lery)贞安端(Antoine)两人合作的

三幕的讽刺喜剧主旨系讨论离婚问题曾在巴黎开演甚得观众的欢迎内容几不带地方色彩即在中国表演亦甚合宜译笔很为清晰畅达

※一册五角　李青崖译　此为讽刺喜剧主旨系讨论离婚问题曾在巴黎开演甚得观众的欢迎内容几不带地方色彩即在中国表演亦甚合宜

《三姊妹》

一册四角五分　俄国柴霍甫著　曹靖华译　三姊妹为柴氏的重要剧本之一结局很为悲惨著者查察到人生的深虑并且暗示我们在现世是不能即刻建设一种健全而且有意味的新生活了具有为将来人们的幸福而工作

《人之一生》

安特列夫著　耿济之译　一册五角　此剧为近代最好的象征之一以“人”象征全人类“人”的命运即全人类的命运人的一生的事迹由生而死由穷而富又由富而穷也就是全人类中每个人所必经的途程安氏写此剧时真是用了灰色水写的

《狗的跳舞》

安特列夫著　张闻天译　一册三角五分　此为安氏的后期的重要戏曲之一剧中的主人翁亨利因失恋而寻求人生的意味寻求不得便以自杀了此一生安氏的灰色仍浓浓的布满在字里行间

《史特林堡戏剧集》

张毓桂译　一册五角　是集共三剧(一)母亲的爱(二)幽丽女士(三)债主著者为瑞典近代大文豪其作品以能分析描写心理见长而尤善描写疯狂的以及病态的心理

《梅脱灵戏曲集》

汤澄波译　一册五角五分　梅脱灵为现代比利时的最大作家汤君把他的著名象征剧四篇《闯入者》《群盲》《七公主》及《丁泰琪之死》介绍给我们各剧的寓意在译者导言上都说得很明白译笔亦极流利

《太戈尔戏曲集》(两篇)

※第一集　瞿世英　邓演存译　第二集　高滋译　各一册各三角　第一集包含戏曲两篇一为齐德拉叙述一段爱情的故事太氏对于恋爱的见解几完全表白在这篇剧本里一为邮局为太氏一切戏曲中最著名的一篇能给读者一种柔善和平的情绪第二集包含马丽妮和牺牲两篇剧本赞颂牺牲与为和平而奋斗之精神跃然纸上

※一册三角　此剧包含戏曲两篇:一为齐德拉,瞿世英译,内容叙述一段爱情的故事;二为邮局,邓演存译,为太氏最著名的作品。

《超人》

冰心著　短篇小说集　一册四角五分　全集十篇笔致轻盈而有诗意思想和作风都有独到处

《火灾》

叶绍钧著　短篇小说集　一册六角　这是叶君的第二创作集包含小说二十篇在艺术和思想两方面都比——他的第一创作集——《隔膜》益见精切

《芝兰与茉莉》

顾一樵著　长篇小说　一册四角　用朴质细腻的文笔叙述一段婉微纯洁的恋情后半篇的事实尤足使读者为之伤感不已

《稻草人》

叶绍钧著　童话集　一册九角　叶君把近二年所作的童话汇为此集内容极为优美并附许敦谷君所作的插图百数十幅足称双绝

《繁星》

冰心著　诗集　一册三角　短诗一百六十四首隽美秀逸像一颗颗的露珠照耀在太阳光下

《新月集》

郑振铎译　一册二角五分　本书是一部叙述儿童心理与口吻的最好的诗歌

集。有的读之使人怡然忘了世上的一切忧虑;有的读之使人悲恻爱怜而不能自己。太戈尔的细腻的文笔,直把一个儿童的天真的世界,活现在我们的前面。

《缀网劳蛛》

落华生著本书多半描写中国南部与南洋群岛人民的生活文笔自然趣味隽永　一册六角半

《夏天》

朱湘著　这是朱君的新诗集他将两年半来所作诗选其半数成为此集他的作风是一种平静而婉美的　一册二角

《晚祷》

梁宗岱著　此系梁君历年所作新诗之精华梁君之诗有独具之风格与别的作家显有不同之处喜研究新诗者不可不读　一册二角

《海滨故人》

庐隐女士著　这本创作集包含小说十四篇著者三四年前至最近的作品已收集在内　一册七角半

《太戈尔传》

一册五角半　郑振铎编　太戈尔为现代最大的印度诗人也是我们中国人最熟悉的世界诗人之一但他的生平及思想尚无专书以叙述之此书为郑振铎君根据好几部太戈尔传记评论及他自己的回忆录而著成者是中国出版的第一部太戈尔的传记

《苦闷的象征》

一册三角半　丰子恺译　是书为日本厨川白村所著文学论文集之一内容包含论文四篇(一)创作论(二)鉴赏论(三)关于文艺根本问题的考察(四)文学底起源

《童心》

一册五角半　王统照著　此系王君的新诗集王君六年来的诗歌全在这里了他的诗多半是含蕴哲理的文笔却幽婉而凄美有似曼长而断续的笛声

《倍那文德戏曲集》

一册八角　沈雁冰等译　倍那文德是西班牙近代剧坛的最明亮的星光曾于一九二二年得到诺贝尔文学奖金这本戏曲集包含他的剧本三篇一太子的旅行二热情之花三伪善者都是他的代表作品

《空山灵雨》

一册三角半　落华生著　这是著者追述前事的一部散记共四十四篇并无什么线索其中有诗歌有小品散文文字美丽而闲雅意味隽永而醇厚实为近来最成功的作品之一

《隔膜》

创作集一　是书为叶圣陶先生之创作集，共二十篇。叶先生所作，必本于实地的观察；故能描写得极真切，极感人。如《母》，《低能儿》，《隔膜》，等篇，读者几无不受其感动，甚至下泪者。总之人类真挚的爱情到处活跃于各篇之中。读之只觉此世尚非残酷，人与人间的不尽隔膜，此种真诚的提示，确可销除近来一般青年的忧闷，消极的病根。定价每册五角

《天鹅歌剧》

赵景深　邱文藻合编　一册四角五分　本剧凡分六幕是根据丹麦大童话家安徒生的杰作编成自歌词在小说月报刊出后即博得社会人士热烈的欢迎各省县小学校纷纷函索曲谱竞相表演这由于歌词变化多端极富情趣与重复生厌之歌词不同且描写兄妹之爱更能激起小学生优美的情操无形中给了伦理上有感化而曲谱又是根据作曲法编成的所以能够传诵一时如今印成单行本更作普遍的传布

“文学研究会通俗戏剧丛书”

《弃妇》

一册二角半　侯曜作　此书主旨在提倡女子参政与平民教育等问题曾在南京芜湖等处排演过颇得观者之欢迎

《山河泪》

一册三角　侯曜作　这篇剧本是描写韩国独立运动的精神并借此替世界被压迫的民族作不平向帝国主义之野心家作当头棒喝计分三幕几度表演颇能感动观众

《青春的悲哀》　熊佛西作　一册四角　《复活的玫瑰》侯曜作　一册五角

提倡戏剧的人日见其多但剧本的产生很少不能供求相应上面二种剧本——青春的悲哀共包含四个剧本《青春的悲哀》《新闻记者》《新人的生活》《这是谁的错》复活的玫瑰共包含三个剧本《复活的玫瑰》《刀痕》《可怜闺里月》都在北京南京表演过得到很满意的结果

《相鼠有皮》

顾德隆编　一册五角　书是英国高斯华绥的戏曲杰作地方色彩很淡编者特取而改译之经便中国舞台表演此剧暗讽欧洲大战寓意深刻讽旨恰当结构上颇多精彩之处能把真和美充分的表现出来

《春的生日》

侯曜作　一册定价三角　本书共包含戏剧四篇(一)春的生日凡一幕(二)摘星之女凡二幕(三)离魂倩女(四)双十梦均为独幕剧甚多经验颇富此其杰作之一部也

《顽石点头》

侯曜作　一册定价二角五分　本书系一四幕剧主旨在提倡童子军教育情节极为复杂对话流利可诵上搬演尤能兴趣横生

《歧途》

徐公美作　一册定价三角五分　本书共包含剧本三篇(一)父权之下(二)飞(三)歧途父权之下与飞为独幕剧歧途凡四幕均可在舞台上表演不仅供纸上阅读而已

《人间的乐园》

濮舜卿作　一册定价四角　此书包含戏剧三篇第一篇《人间的乐园》本诸圣经故事而其主旨则在破除迷信第二篇《爱神的玩偶》是一出关于恋爱问题的残毒旅行车海某电影公司摄成影戏颇饷盛名第三篇为一寓意的哑剧旨在提倡女权

五、文学研究会幽默丛书

《赵子曰》

《赵子曰》，上海图书馆所编《中国近代现代丛书目录》收有此书，并标明“文学研究会幽默丛书”。

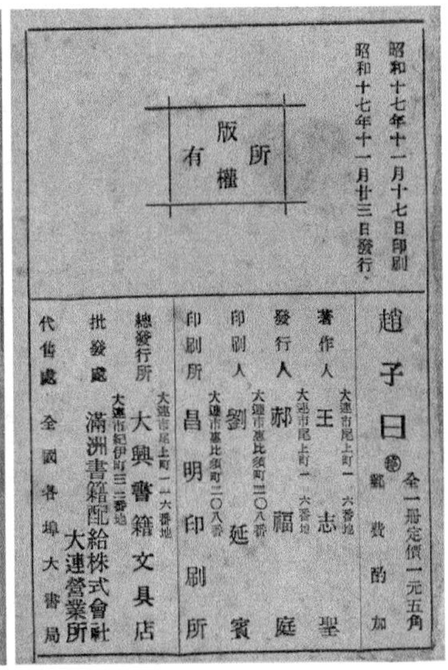

昭和十七年十一月十七日印刷
昭和十七年十一月廿三日發行

版權所有

趙子曰 全一冊定價一元五角 郵費酌加

著作人 王志聖 大連市尾上町一一六番地
發行人 郝福庭 大連市惠比須町二〇八番
印刷人 劉延賓 大連市惠比須町二〇八番
印刷所 昌明印刷所
總發行所 大興書籍文具店 大連市尾上町一一六番地
批發處 滿洲書籍配給株式會社大連營業所 大連市紀伊町三三番地
代售處 全國各埠大書局

⊙《赵子曰》1942 年版封面及版权页

此书封面标“老舍杰著”，是“老舍杰”著，还是“老舍”杰著？难以解读。再说此书非商务印书馆版，而是大兴书籍文具店（大连市尾上町 116 番地）发行的版本，封面赫然印着“文学研究会幽默丛书”，但笔者至今仍怀疑这个“文学研究会”，是否就是那个正宗的“文学研究会”？此书出版于昭和十七年十一月，也就是 1942 年 11 月，属伪满时期，因此百分之七八十的可能是假冒“文学研究会”之名的盗版本，或者原本就是另一个名之为“文学研究会”的版本。

虽然可以肯定此书非“文学研究会”系列的一种丛书，不过这种冒名顶替的盗版现象却值得关注，且有“立此存照”的必要，故不忍舍去，保存原样，以供研究者玩味。

⊙ 大兴书籍文具店出版标记

此书版权页，印有如下版权信息：全一册定价一元五角，著作人王志圣，发行人郝福庭，印刷人刘延宾，印刷所昌明印刷所，总发行所大兴书籍文具店，批发处满洲书籍配给株式会社大连营业所，全国各埠大书局代售。

全书 263 页，无序跋，23 章，无标题，以“第一、第二……”标示。封底有“大兴书籍文具店”的出版标记，版权页后还有“大兴版”图书书目六种：《彷徨歧途》（“文艺丛书”）、《献给年青的女友》（“妇女丛书”）、《魔窟》（福尔摩斯代表探案）、《屋顶下》（“文艺丛书”）、《梅香菊恋》（言情小说）和《碎月影》（奇情小说）等。

六、文学研究会会员及著作版本辑萃

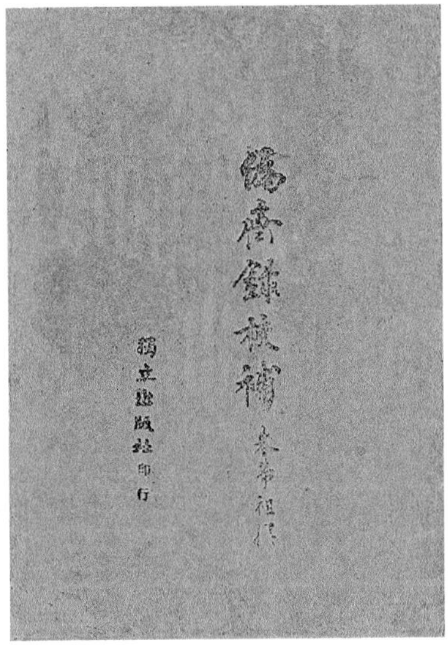

文学研究会会员名单

文学研究会会员(入会编号 102 人)

1. 朱希祖　逖先
2. 蒋方震　百里
3. 周作人　启明
4. 许赞堃　地山
5. 郭希汾　绍虞
6. 叶绍钧　圣陶
7. 孙福源　伏园
8. 王统照　剑三
9. 沈德鸿　雁冰
10. 郑振铎　西谛
11. 耿　匡　济之
12. 瞿世英　菊农
13. 黄　英　庐隐
20. 易家钺　君左
21. 陈听彝　大悲
24. 谢六逸　六逸
25. 耿　承　式之
27. 唐性天　性天
28. 金兆梓　子敦
29. 傅东华　冻葹
30. 柯一岑　一岑
36. 刘廷芳　亶生
38. 耿　勖　勉之
39. 沈　颖　士奇
45. 沈德济　泽民
48. 胡学愚　愈之
49. 刘延陵　苏观
50. 滕　固　若渠
51. 顾诵坤　颉刚
52. 潘家洵　介泉
53. 俞平伯　平伯
55. 夏勉旃　丏尊
56. 徐玉诺　玉诺
57. 严　素　既澄
59. 朱自清　佩弦
60. 刘　复　半农
62. 陈小航　小航
64. 周　蘧　予同
65. 周建人　乔峰
68. 黎锦晖　均荃
69. 马国英　国英
70. 乐嗣炳　嗣炳
71. 熊佛西　化依
72. 邓　绎　演存
74. 谢婉莹　冰心
76. 王锺麒　伯祥
78. 陈望道　任重
79. 刘靖裔　大白
80. 王任叔　任叔
81. 赵景深　景深
82. 李戊于　青崖
83. 张近芳　崇南
86. 侯　曜　翼星
87. 顾毓琇　一樵
88. 汤澄波　澄波
90. 朱　湘　子沅
91. 余祥森　讱生
92. 梁宗岱　菩根
93. 徐章垿　志摩
96. 樊仲云　得一

100. 吴立模　秋白	127. 章锡琛　雪村	148. 陆　侃　侃如
102. 孙光策　佷工	128. 胡学志　仲持	149. 李金发　遇安
103. 孙仲九　仲九	129. 许　杰　子三	150. 游国恩　泽承
104. 王守聪　亚衡	130. 王以仁　盟鸥	153. 徐嘉瑞　梦麟
105. 严敦易　易之	131. 高君箴　蕴和	155. 吴文祺　文祺
106. 徐名骥　调孚	134. 顾德隆　仲彝	156. 罗象陶　黑芷
107. 诸保厘　东郊	136. 隋廷玫　玉薇	160. 王世颖　新甫
108. 苏兆龙　跃衢	137. 金满成　满成	162. 蹇先艾　萧然
110. 桂　裕　澄华	139. 欧阳予倩　予倩	163. 李健吾　仲刚
112. 曹靖华　联亚	140. 汪仲贤　优游	167. 舒庆春　舍予
121. 陈　逸　醉云	141. 苏兆骧　跃云	168. 朱应鹏　应鹏
122. 王鲁彦　鲁彦	142. 谢位鼎　小虞	169. 贺昌群　昌群
124. 潘垂统　垂统	144. 徐蔚南　泽人	170. 彭家煌　韫松
125. 丰　仁　子恺	147. 黎烈文　烈文	172. 俞剑华　剑华

文学研究会会员(未知入会编号 32 人)

宋锡珠	李之常	李　晋
杨伟业	许光迪	范用余
刘嘉镕	刘廷藩	苏驭群
王世瑛	白　镛	王星汉
张毓桂	甘乃光	胡哲谋
郭梦良	刘思慕	陈　毅
江小鹣	陈受颐	徐　雉
宋　介	陈荣捷	瞿秋白
苏宗武	潘启芳	冯雪峰
叶启芳	张闻天	刘虎如
司徒宽	胡天月	

说明：

1. 以上为各种相关资料的综合汇总，主要采自《文学研究会资料》。

2. 文学研究会登记会员 172 人(前 12 位是发起人),已知有入会编号者 102 人,未知入会编号者 32 人,即所知有编号或有名有姓的会员 134 人,尚缺会员(不知姓名)38 人。
3. 后文所编写资料,是以有登记编号者(前 12 位为文学研究会发起人,至 172 号俞剑华止)、无登记编号者(172 号俞剑华之后)的顺序排列。每篇最为完整的形态是"四有":有入会编号,有肖像照片,有简历(附著作书目),有相关文学著作及其他著作版本的书影(尽量体现其代表作);部分会员占其三项、两项或一项;"四无"者仍置于文末,以观全貌。资料以"亲见"为准,不见者不列,故遗漏在所难免;文字资料大多以综合概括,准确度难以保证,以求知情者补正,更请读者见谅。

文学研究会会员著作版本

朱希祖(1879—1944)　字逷先，又作迪先、逖先，浙江海盐人。文学研究会发起人之一，入会号1。日本早稻田大学毕业，曾在浙江两级师范学堂任教，历任清史馆编纂、浙江省教育司科长、北京大学和清华大学教授等。无文学著作。

其他著作　《中国史学通论》(独立出版社1943年4月初版)、《伪齐录校补》(独立出版社1944年8月初版)、《杨么事迹考证》(商务印书馆1935年4月初版)、《郑延平王受明封爵考》(北京大学1932年1月初版)。

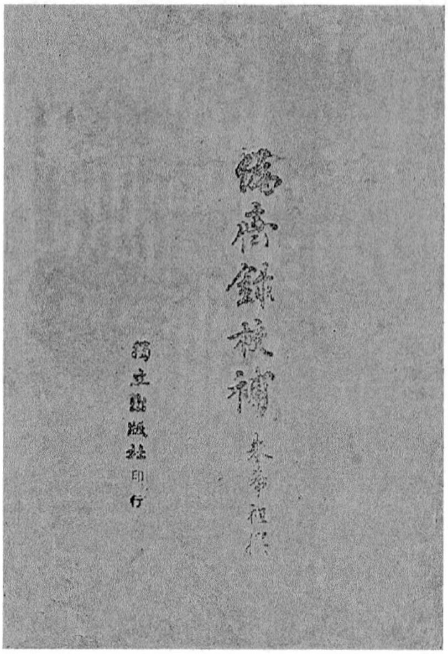

⊙《伪齐录校补》封面

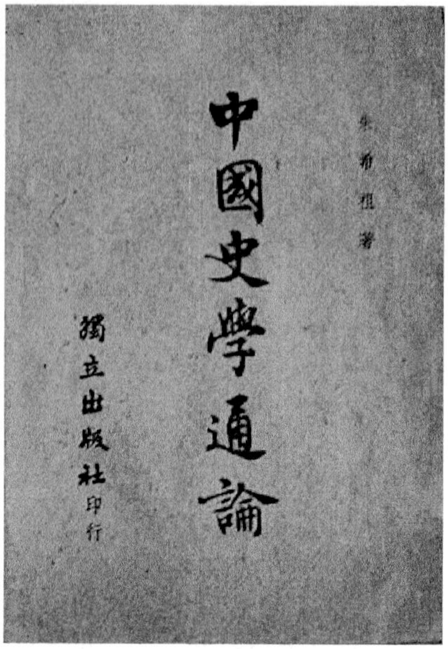

⊙《中国史学通论》封面

⊙《杨么事迹考证》封面

⊙《郑延平王受明封爵考》封面

蒋百里(1882—1938) 原名蒋方震，字百里，号澹宁，浙江海宁人。文学研究会发起人之一，入会号2。毕业于日本陆军士官学校，赴德国学习军事。历任清朝禁卫军管带(营长)、北洋政府总统府军事处参议、保定军官学校校长、国民政府国防参议会议员、陆军大学代理校长等职。文学著作仅见《北欧文学一脔》一种，还是合著。

其他著作 《欧洲文艺复兴史》(共学社史学丛书，署蒋方震，商务印书馆1921年4月初版)、《国防论》(署蒋方震，商务印书馆1945年1月初版)、《日本人，一个外国人的研究》(中国文化服务社1946年6月初版)、《孙子浅说》(合著，署蒋方震，上海大中书局1931年出版)。

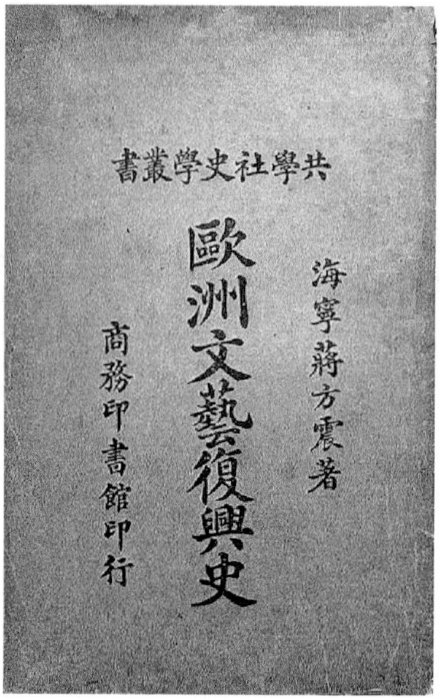

⊙《欧洲文艺复兴史》封面

⊙《国防论》封面

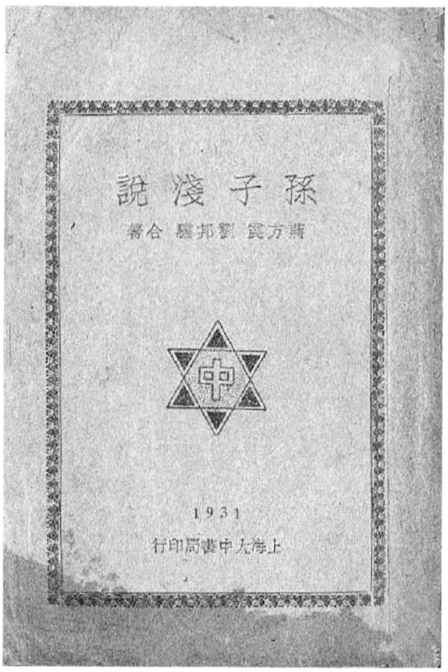

⊙《孙子浅说》封面

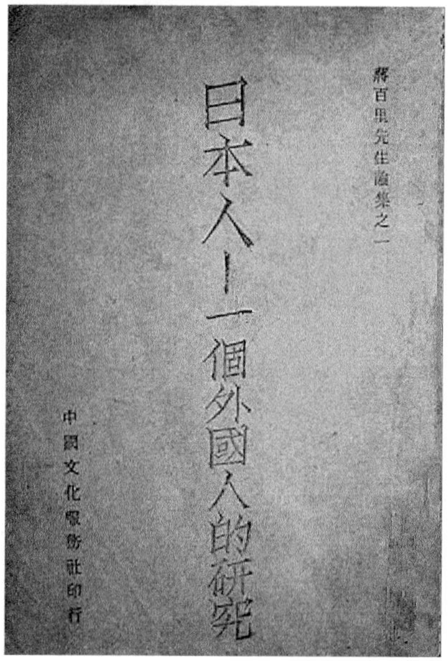

⊙《日本人——一个外国人的研究》封面

周作人(1885—1967) 原名周櫆寿,后改为周奎绶,字星杓,又名启明、启孟、起孟,笔名遐寿、仲密、岂明,号知堂、药堂、独应等。浙江绍兴人。文学研究会发起人之一,入会号3。毕业于江南水师学堂,留学日本法政大学、立教大学。历任浙江省教育司视学,浙江省第五中学教员和北京大学、燕京大学、北京女子师范大学等校教授。抗战时期沦为汉奸,曾任伪教育总署督办、伪国府委员等职。文学著作有:

诗歌 《歧路》(合著,小说月报丛刊第八种,署仲密,商务印书馆1924年11月初版)、《过去的生命》(苦雨斋小书之五,北新书局1929年11月出版)

散文 《自己的园地》(晨报社丛书,北京晨报社1923年9月初版)、《雨天的书》(北新书局1925年12月初版)、《泽泻集》(苦雨斋小书,北新书局1927年9月初版)、《谈龙集》(北新书局1925年12月初版)、《谈虎集(上下册)》(北新书局1928年1月初版)、《永日集》(苦雨斋小书,北新书局1929年5月初版)、《艺术与生活》(群益书社1931年初版)、《周作人散文钞》(开明书店1932年8月初版)、《看云集》(开明书店1932年10月初版)、《知堂文集》(天马书店1933年3月初版)、《周作人书信》(青光书局1933年5月初版)、《苦雨斋序跋文》(天马书店1934年3月初版)、《夜读抄》(北新书局1934年10月初版)、《苦茶随笔》(北新书局1935年10月初版)、《苦竹杂记》(良友图书印刷公司1936年2月初版)、《风雨谈》(北新书局1936年10月初版)、《瓜豆集》(宇宙风社1937年3月初版)、《秉烛谈》(文艺新刊,北新书局1940年2月初版)、《自己的文章》(三通小丛书,三通书局1941年1月初版)、《药堂语录》(天津《庸报》社1941年5月初版)、《周作人随笔钞》(田中庆太郎编,东京文求堂书店1941年出版)、《药味集》(北京新民印书馆1942年3月初版)、《药堂杂文》(北京新民印书馆1944年1月初版)、《书房一角》(艺文丛书,艺文社1944年5月初版)、《秉烛后谈》(北京新民印书馆1944年9月初版)、《苦口甘口》(太平书局1944年11月初版)、《立春以前》(太平书局1945年8月初版)

翻译 《点滴》(辑译,北京新潮社1920年8月初版,上下册;北京大学出版部1920年8月初版)、《现代日本小说集》(国木田独步等著,商务印书馆1923年6月收入世界丛书,1930年4月收入万有文库)、《陀螺》(谛阿克列多思等著,北新书局1925年9月初版)、《狂言十番》(戏剧,北新书局1926年9月初版)、《冥土旅行》(路吉亚诺等著,产新书局1927年2月再版)、《玛加尔的梦》(科罗连珂著,北新书局1927年3月初版)、《黄蔷薇》(育珂摩耳著,世界文学名著,商务印书馆1927年8月初版)、《两条血痕及其他》(辑译,开明书店1927年10月初版)、《空大鼓》(托尔斯泰等著,开明书店1928年11月初版)、《匈奴奇士录》(育珂摩耳著,商务印书馆1933年12月初版)、《希腊拟曲》(戏剧,海罗达思、谛阿克列罗思著,商务印书馆1934年1月初版)、《少年的悲哀》(田木田独步等著,日本小说名著丛书,启明书局1941年7月出版)、《玉虫缘》(坡著,署会稽碧罗女士,翔鸾社1905年5月初版,小说林社1905年版)、《孤儿记》(嚣俄著,署平云,小说林丛刊、小本小说第一集第一编,1906年6月初版)、《炭画》(显克微支著,北京文明书局1914年4月初版,北京北新书局1926年8月初版)。

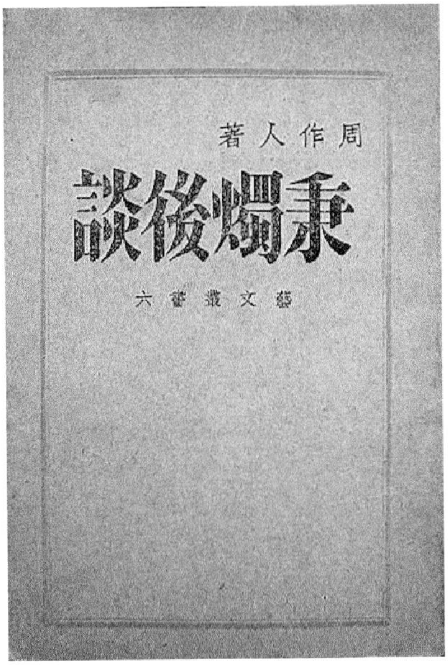

⊙《秉烛后谈》封面

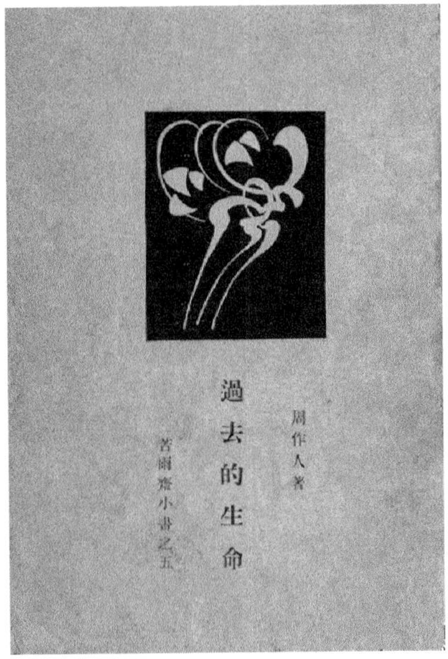

⊙《过去的生命》封面

⊙《空大鼓》封面

⊙《谈龙集》封面

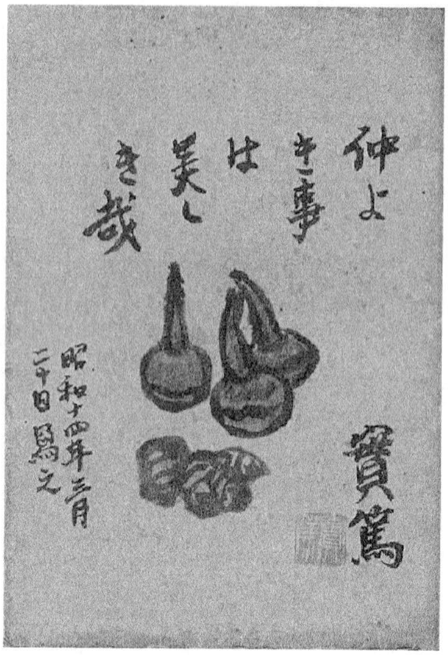

⊙《药堂杂文》封面

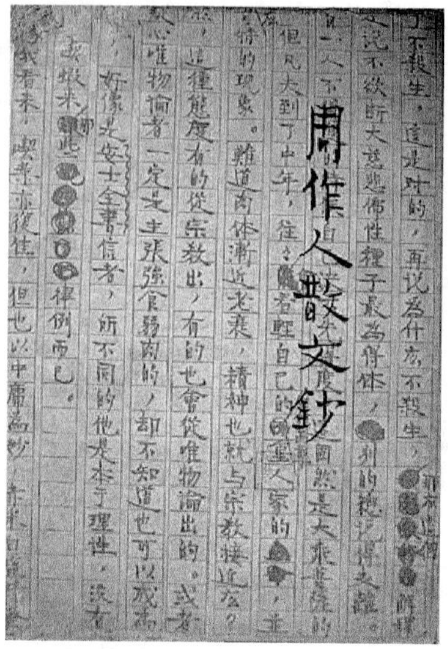

⊙《周作人散文钞》封面

许地山(1893—1941) 名许赞堃,字地山,笔名落华生,台湾台南人。文学研究会发起人之一,入会号4。毕业于燕京大学,留学美国哥伦比亚大学、英国牛津大学,研究宗教史、印度哲学和民俗学。历任燕京大学副教授、教授,香港大学中文学院主任兼教授、香港中英文化协会主席、中华全国文艺界抗敌协会香港分会常务理事。文学著作有:

散文 《空山灵雨》(文学研究会丛书,署落华生,商务印书馆1925年6月初版)、《杂感集》(商务印书馆1946年11月初版)。

小说 《缀网劳蛛》(署落华生,文学研究会丛书,商务印书馆1925年1月初版)、《解放者》(署落华生,北平星云堂书店1933年4月初版)、《萤灯》(署落华生,香港进步教育出版社1941年6月出版)、《危巢坠简》(商务印书馆1947年4月初版)。

翻译 《孟加拉民间故事》(孟加拉戴伯诃利著,商务印书馆1929年11月初版)。

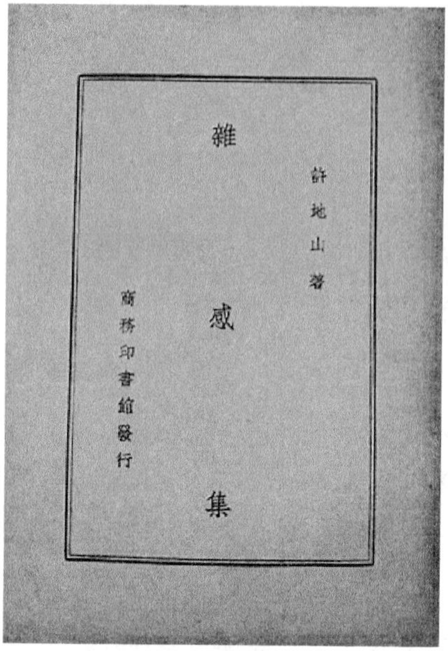

⊙《杂感集》封面

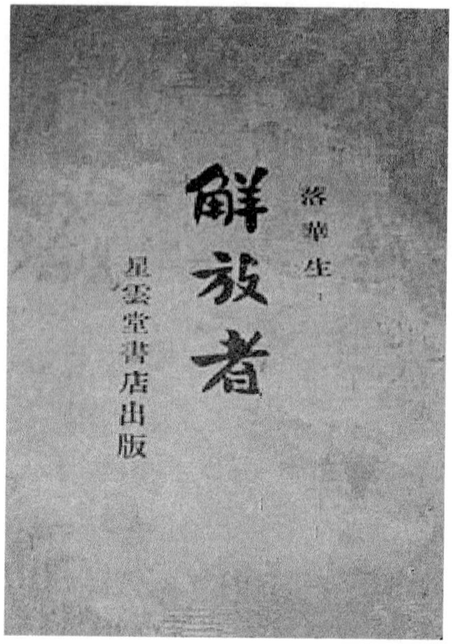

⊙《解放者》封面

⊙《孟加拉民间故事》封面

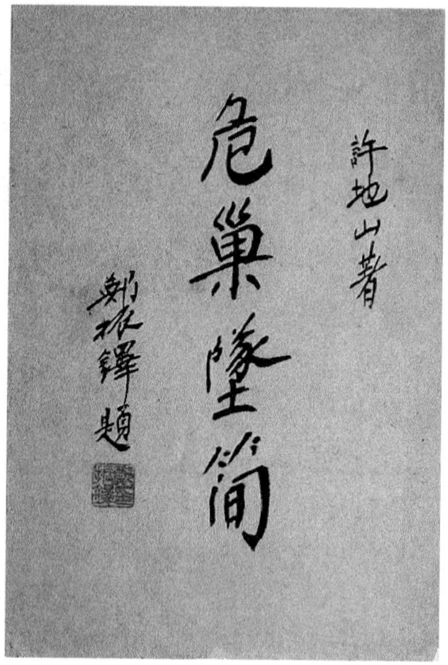

⊙《危巢坠简》封面

郭绍虞(1893—1984) 原名希汾,字绍虞,江苏苏州人。肄业于苏州中等工业学校,后在北京大学求学。文学研究会发起人之一,入会号5。历任福州协和大学、开封中州大学、北京燕京大学、上海大夏大学、三江大学、光华大学、同济大学的教授,终生从事教育事业。文学著作:

翻译 《阿那托尔》(显尼志劳著,文学研究会丛书,商务印书馆1922年5月初版)。

其他著作 《中国文学批评史》(大学丛书,商务印书馆1934年5月初版)、《学文示例》(开明书店1941年8月初版)、《语文通论》(开明书店1941年9月初版)、《语文通论续编》(开明书店1948年3月初版)。

⊙《语文通论》封面

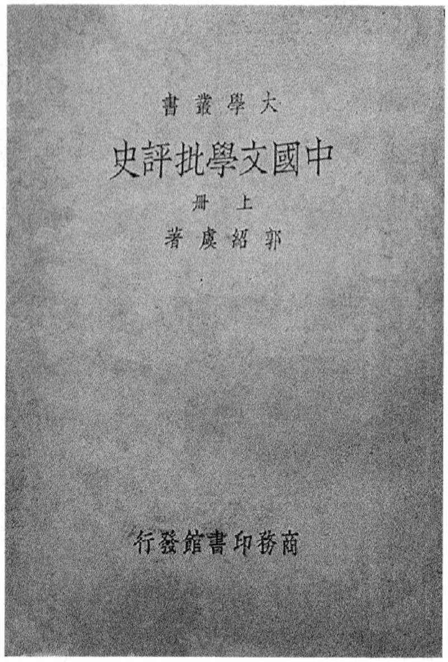

⊙《中国文学批评史》(上册)封面

⊙《语文通论续编》封面

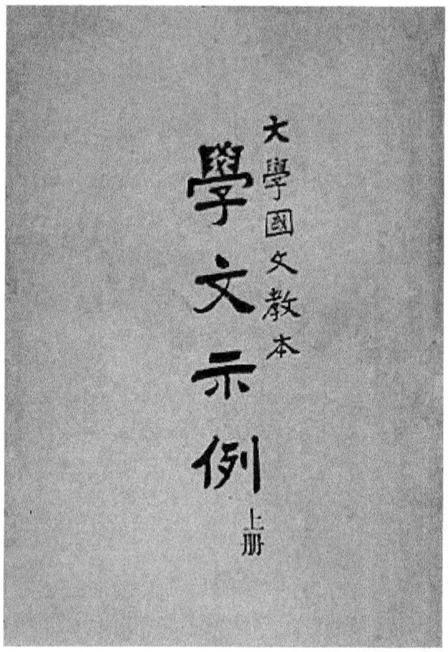

⊙《学文示例》(上册)封面

叶绍钧(1894—1988) 字圣陶，江苏苏州人，文学研究会发起人之一，入会号6。曾任文学研究会机关刊物《文学周报》《小说月报》编辑。长期担任上海商务印书馆、开明书店编辑，主编《妇女杂志》《中学生》和《中学生文艺》等刊物。文学著作有：

散文 《脚步集》(散文小说，新中国文艺丛书，新中国书局1931年9月初版)、《未厌居习作》(开明文学新刊，开明书店1935年12月初版)、《圣陶随笔》(三通小丛书，三通书局1940年11月初版)、《西川集》(文光文丛，重庆文光书店1945年1月初版)、《李太太的头发》(小说散文，博文书店1947年12月出版)

小说 《隔膜》(短篇小说，文学研究会丛书，商务印书馆1922年3月初版)、《稻草人》(童话集，文学研究会丛书，商务印书馆1923年11月初版)、《火灾》(短篇小说，文学研究会丛书，商务印书馆1923年11月初版)、《线下》(长篇小说，文学研究会丛书，商务印书馆1925年10月初版)、《城中》(短篇小说，开明书店1926年7月初版)、《未厌集》(短篇小说，文学研究会丛书，商务印书馆1929年6月初版)、《倪焕之》(长篇小说，开明书店1929年8月初版)、《古代英雄的石像》(童话集，开明少年文学丛刊，开明书店1931年6月初版)、《圣陶短篇小说集》(文学研究会创作丛书，商务印书馆1936年3月初版)、《四三集》(短篇小说，良友文学丛书，良友图书印刷公司1936年8月初版)、《微波》(短篇小说，现代名家创作集丛，艺光出版社出版)。

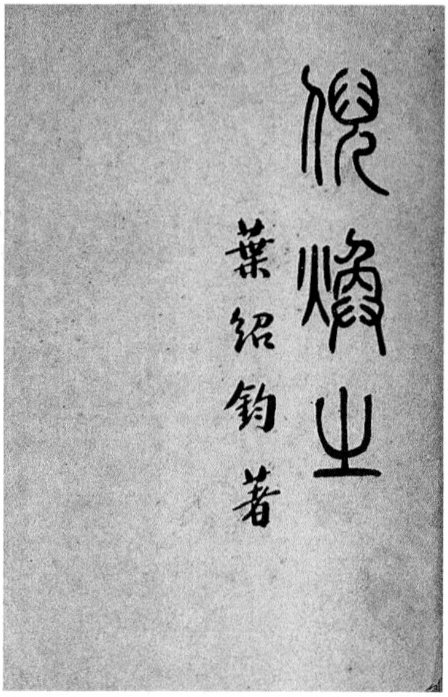

⊙《倪焕之》封面

⊙《古代英雄的石像》封面

⊙《脚步集》封面

⊙《四三集》封面

⊙《李太太的头发》封面

⊙《城中》封面

孙伏园(1894—1966) 原名孙福源，字养泉，笔名伏庐、柏生、桐柏、松年等。浙江绍兴人。文学研究会发起人之一，入会号7。毕业于北京大学。是著名的副刊编辑，新闻学上有民国“副刊大王”之称。先后编过《晨报》《晨报副刊》《京报副刊》《语丝》周刊和武汉《中央日报》《国民公报》等报副刊。曾任教于厦门大学、中山大学、杭州艺专等校。文学著作有：

散文 《伏园游记(第一集)》(北新书局1926年10月初版)、《鲁迅先生二三事》(“鲁迅研究”史料丛刊，重庆作家书屋1942年4月初版)。

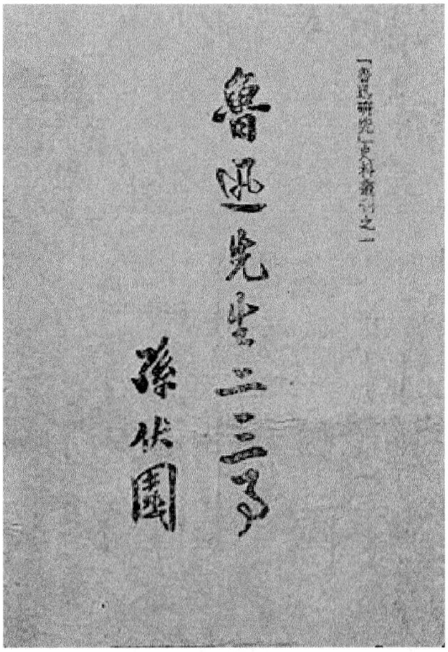

⊙《鲁迅先生二三事》封面

⊙《伏园游记》(第一集)封面

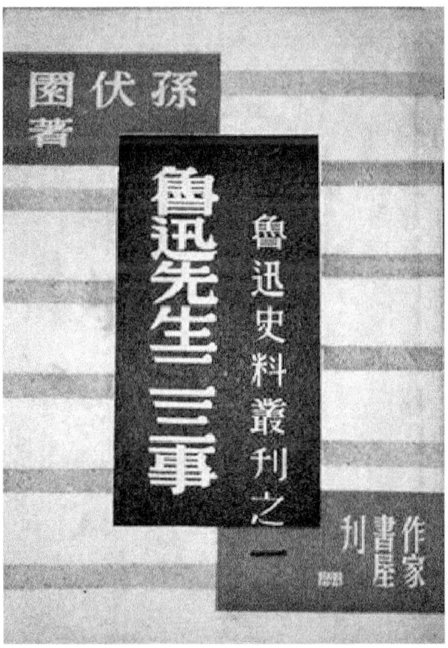

⊙《鲁迅先生二三事》另两种不同的封面

王统照(1897—1957) 字剑三，山东诸城人，文学研究会发起人之一，入会号8。曾任会刊《晨报副刊·文学旬刊》编辑。中国大学毕业，历任山东大学、暨南大学教授和开明书店编辑，主编《文学》月刊。文学著作有：

诗歌 《良夜》(小说月报丛刊第十七种，合著，商务印书馆1925年1月初版)、《童心》(文学研究会丛书，商务印书馆1925年2月初版)、《这时代》(华丰印刷公司1933年3月初版)、《她的生命》(文学诗选之一，合著，生活书店1934年12月初版)、《夜行集》(生活书店1936年11月出版)、《横吹集》(烽火小丛书第三种，署王健三，烽火社1938年5月初版)、《欧游散记》(诗文合集，开明文学新刊，开明书店1939年5月初版)、《江南曲》(文学丛刊，巴金主编，文化生活出版社1940年4月初版)

散文 《北国之春》(神州国光社1933年3月初版)、《片云集》(创作文库，傅东华主编，生活书店)、《青纱帐》(小型文库，生活书店1936年10月初版)、《游痕》(少年读物小丛刊，文化生活出版社1939年2月初版)、《繁辞集》(大时代文艺丛书，郑振铎、王任叔、孔另境主编，署容庐，世界书局1939年7月初版)、《去来今》(文季丛书，文化生活出版社1940年1月初版)

小说 《一叶》(文学研究会丛书，商务印书馆1922年10月初版)、《春雨之夜》(文学研究会丛书，商务印书馆 1924 年 1 月初版）、《号声》（复旦书店 1928 年 12 月初版）、《黄昏》（文学研究会丛书，商务印书馆 1929 年 4 月初版）、《霜痕》（新中国文艺丛书，新中国书局 1931 年 9 月初版）、《山雨》（开明书店 1933 年 9 月初版）、《春花》（良友文学丛书，良友图书印刷公司 1936 年 12 月初版）、《华亭鹤》（文学丛刊，署卢生，文化生活出版社 1941 年 6 月初版）、《银龙集》（文季丛书，文化生活出版社 1947 年 8 月初版）、《青松之下》（博文书店 1947 年 12 月初版）、《春华》（原名《春花》，晨光出版公司 1948 年 5 月重排初版）

翻译 《死后之胜利》（七幕剧，小说月报丛刊第七种，商务印书馆 1924 年 11 月初版）、《题石集》（诗歌，1942 年 1 月自印）。

⊙《霜痕》封面

⊙《她的生命》封面

⊙《繁辞集》封面

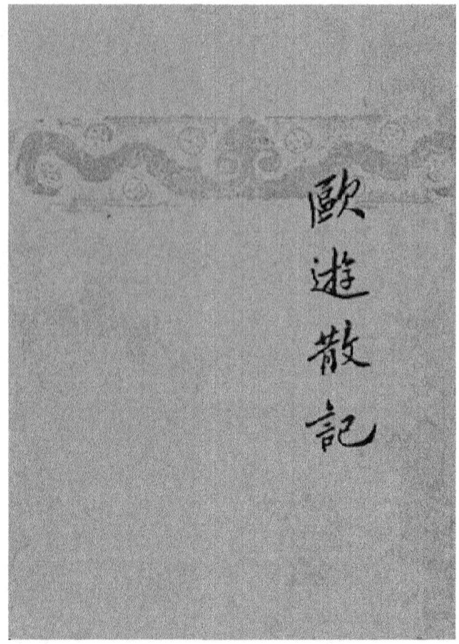

⊙《欧游散记》封面

⊙《春花》封面

⊙《春华》封面

茅盾(1896—1981) 原名沈德鸿,字雁冰,笔名茅盾、郎损、玄珠、方璧、止敬、蒲牢、微明、沈仲方、沈明甫等,浙江桐乡人。文学研究会发起人之一,入会号9。毕业于北京大学预科,进商务印书馆任编辑,曾主编并革新《小说月报》,提倡为人生的现实主义文学。1921年加入中国共产党,大革命时在汉口主编《民国日报》。20世纪30年代与鲁迅等领导左翼文艺运动。抗战时期在内地从事抗战救亡工作和文学创作活动。文学著作有:

散文 《宿莽》(署M. D.,大江书铺1931年5月初版)、《话匣子》(良友文学丛书,良友图书印刷公司1934年12月初版)、《速写与随笔》(开明文学新刊,开明书店1935年12月初版)、《故乡杂记》(创作丛刊,今代书店1936年5月初版)、《中国的一日》(主编,生活书店1936年9月初版)、《印象·感想·回忆》(文学丛刊,巴金主编,文化生活出版社1936年10月初版)、《炮火的洗礼》(烽火小丛书,重庆烽火社1939年4月初版)、《劫后拾遗》(长篇报告文学,桂林学艺出版社1942年6月初版)、《白杨礼赞》(柔草社创作新集,桂林柔草社1943年2月初版)、《见闻杂记》(文光文丛,桂林文光书店1943年4月初版)、《时间的纪录》(良友文学丛书,重庆良友复兴图书印刷公司1945年7月初版,大地书屋1946年11月增删版)、《生活之一页》(新群文艺小丛书，新群出版社1947年3月初版）、《苏联见闻录》（中苏文协文艺丛书，曹靖华主编，开明书店1948年4月初版）、《杂谈苏联》（生活·读书·新知联合发行所1949年8月初版）

小说　《幻灭》（长篇小说《蚀》之一，文学研究会丛书，商务印书馆1928年8月初版）、《动摇》（长篇小说《蚀》之二，文学研究会丛书，商务印书馆1928年8月初版）、《追求》（长篇小说《蚀》之三，文学研究会丛书，商务印书馆1928年12月初版）、《野蔷薇》（短篇小说，大江书铺1929年7月初版）、《虹》（长篇小说，开明书店1930年3月初版）、《蚀》（文学周报社丛书，开明书店1930年5月初版）、《三人行》（长篇小说，开明书店1931年12月初版）、《路》（长篇小说，光华书局1932年5月初版，文化生活出版社1935年12月列入文学丛刊）、《子夜》（开明书店1933年1月初版）、《春蚕》（短篇小说，开明书店1933年5月初版）、《泡沫》（短篇小说，文学社丛书，文学出版社1936年2月初版）、《他》（上海杂志公司1936年3月版）、《多角关系》（长篇小说，文学出版社1936年5月初版）、《烟云集》（短篇小说，良友文学丛书，良友图书印刷公司1937年5月初版）、《腐蚀》（长篇小说，知识出版社1941年10月初版）、《霜叶红似二月花》（长篇小说，桂林华华书店1943年5月初版）、《耶稣之死》（当代文学丛书，重庆作家书屋1943年6月初版）、《林家铺子》（短篇小说，文艺读物选丛，延安印工合作社1944年10月初版）、《委屈》（短篇小说，星火文丛，重庆建国书店1945年3月初版）、《第一阶段的故事》（长篇小说，重庆亚洲图书社1945年4月初版，文光书店1948年6月四版）、《赛会》（短篇小说，重庆开明书店1945年9月初版）、《夏夜一点钟》（短篇小说，重庆开明书店1945年9月初版）、《手的故事》（短篇小说，重庆开明书店1945年9月初版）、《尚未成功》（短篇小说，重庆开明书店1945年9月初版）

戏剧　《清明前后》（开明文学新刊之一，重庆开明书店1945年10月初版）

翻译　《狮骡访猪》（童话，署沈德鸿，商务印书馆1918年8月初版）、《寻快乐》（童话，署沈德鸿，商务印书馆1918年11月初版）、《驴大哥》（童话，署沈德鸿，商务印书馆1918年11月初版）、《阿富汗的恋歌》（诗歌合译，小说月报丛刊第四十四种，署冯虚女士，商务印书馆1925年3月初版）、《宾斯奇集》（合译，宾斯奇著，署冬芬，小说月报丛刊第五十九种。商务印书馆1925年4月初版）、《倍那文德戏曲集》（J. 倍那文德著，署沈德鸿，与张闻天合译，文学研究会丛书，商务印书馆1925年5月初版）、《希腊神话》（编译，署沈雁冰，商务印书馆1925年8

月初版)、《雪人》(莫尔纳等著,署沈雁冰,文学周报社丛书,开明书店1928年5月初版)、《他们的儿子》(小说,柴玛萨斯著,署沈余,文学研究会丛书,商务印书馆1928年6月初版)、《一个人的死》(小说,帕拉玛兹著,署沈余,文学研究会丛书,商务印书馆1928年11月初版)、《文凭》(小说,丹青科著,现代书局1932年9月初版)、《百货商店》(小说,左拉著,新生命大众文库,新生命书局1934年3月初版)、《我的回忆》(别伦·别尔生著,生活书店1935年5月初版)、《英吉利断片》(散文,海涅著,生活书店1935年7月初版)、《集外书简》(散文,易卜生著,生活书店1935年8月初版)、《蜜蜂的发怒及其他》(梅德林克著,生活书店1935年9月初版)、《忆契诃夫》(散文,蒲宁著,生活书店1935年9月初版)、《桃园》(小说,哈理德等著,文化生活出版社1935年11月初版)、《拟情书》(渥维德著,生活书店1935年11月初版)、《战争》(小说,铁霍诺夫著,文化生活丛刊,文化生活出版社1936年3月初版)、《散文的"喜剧的史诗"》(菲尔定著,生活书店1936年6月初版)、《人民是不朽的》(小说,格罗斯曼著,重庆中苏文化协会1945年6月初版)、《团的儿子》(小说,卡泰耶夫著,中苏文化协会文学丛书,万叶书店1946年10月初版)、《苏联爱国战争短篇小说译丛》(小说,西蒙诺夫等著,永祥印书馆1946年10月初版)、《现代翻译小说选》(小说,文通书局1946年10月初版)、《俄罗斯问题》(小说,西蒙诺夫著,中苏文化协会文学丛书,世界书局1947年9月初版)、《团队之子》(小说,卡达耶夫著,哈尔滨东北书店1948年7月初版)。

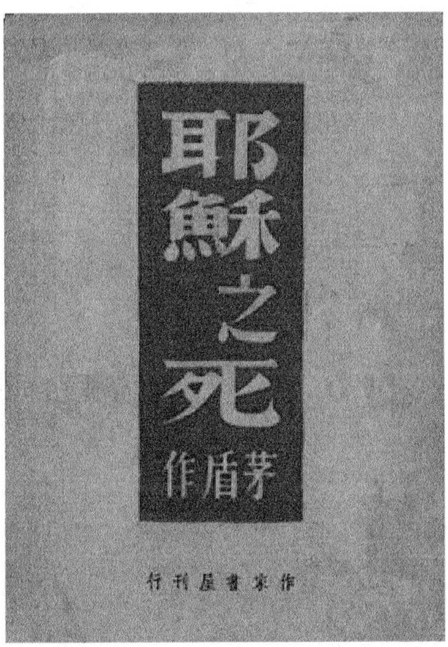

⊙《耶稣之死》封面

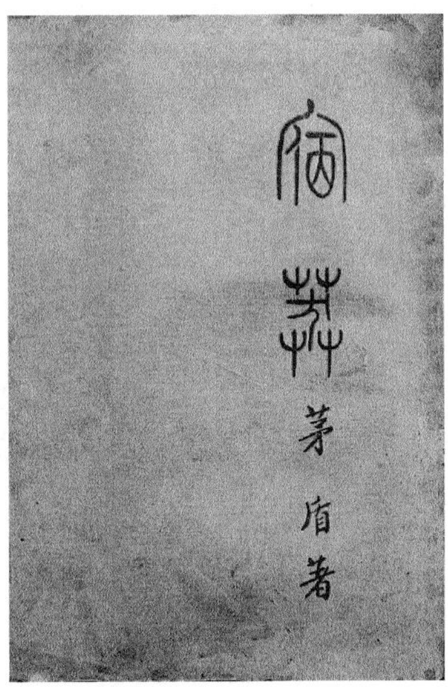

⊙《宿莽》封面

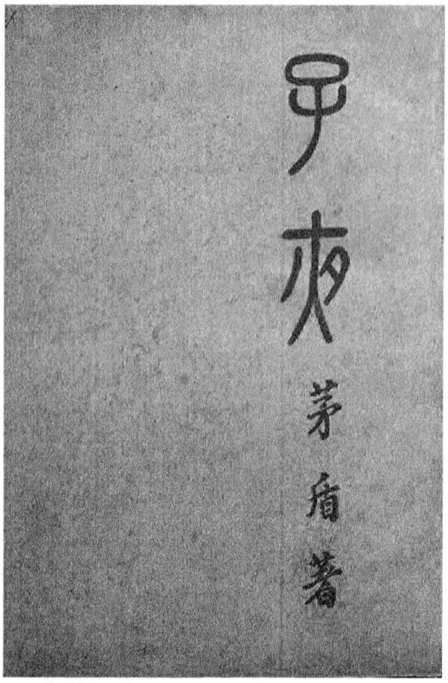

⊙《子夜》封面

⊙《劫后拾遗》封面

⊙《第一阶段的故事》封面

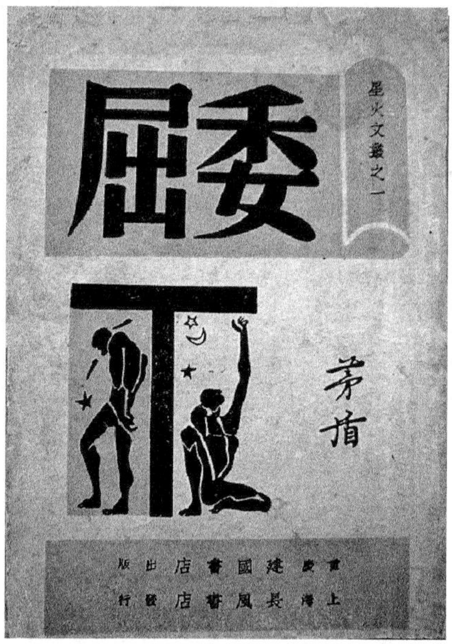

⊙《委屈》封面

郑振铎(1898—1958) 字铎民，笔名西谛、CT、郭源新等，福建长乐人，毕业于北京铁路管理学校。文学研究会发起人之一，入会号10。曾主编《文学旬刊》《小说月报》和“文学研究会丛书”，长期担任商务印书馆编辑。从20世纪30年代起，历任燕京大学、清华大学、复旦大学、暨南大学等校教授，以及《文学季刊》《文学》月刊编辑。文学著作有：

诗歌 《战号》(生活书店1937年10月初版)。

散文 《山中杂记》(开明书店1927年1月初版)、《海燕》(新中国文艺丛书，新中国书局1932年7月初版，博文书店1947年12月改《黄昏的观前街》出版)、《欧行日记》(良友文学丛书第十四种，良友图书印刷公司1934年10月初版)、《短剑集》(文学丛刊，巴金主编，文化生活出版社1936年1月初版)、《民族文话》(国际文化服务社1946年2月初版)、《黄昏的观前街》(博文书店1947年12月出版)。

小说 《恋爱的故事》(希腊罗马的神话与传说之三，文学研究会丛书，商务印书馆1929年3月初版)、《家庭的故事》(开明书店1929年11月初版)、《取火者的逮捕》(创作文库，署郭源新，生活书店1931年9月初版)、《桂公塘》(文学研究会创作丛书，署郭源新，商务印书馆1937年6月初版)、《龙与巨怪》(史诗的故事，重庆文信书局1943年4月初版)、《三年》(现代名家创作集丛,艺光出版社出版)。

翻译 《海鸥》(戏剧,柴霍甫著,商务印书馆1921年4月初版)、《六月》(戏剧,史拉美克著,商务印书馆1921年4月初版)、《贫与罪》(奥斯特洛夫斯基著,商务印书馆1922年3月初版)、《飞鸟集》(泰戈尔著,商务印书馆1922年10月初版)、《新月集》(太戈尔诗选二,文学研究会丛书,商务印书馆1923年9月初版)、《灰色马》(路卜洵著,文学研究会丛书,商务印书馆1924年1月初版)、《太戈尔诗》(合译,小说月报丛刊,商务印书馆1925年3月初版)、《印度寓言》(编译,文学研究会丛书,商务印书馆1925年8月初版)、《莱森寓言》(文学研究会丛书,商务印书馆1925年8月初版)、《列那狐的历史》(文学周报社丛书,署文基,开明书店1926年6月初版)、《竹公主》(儿童世界丛刊,商务印书馆1927年出版)、《高加索民间故事》(狄尔著,商务印书馆1928年6月初版)、《沙宁》(阿志巴绥夫著,文学研究会世界文学名著丛书,商务印书馆1930年5月初版)、《希腊神话》(上下册,生活书店1935年2月出版)、《俄国短篇小说译丛》(选译,契利加夫等著,文学研究会丛书,商务印书馆1936年3月初版)。

⊙《龙与巨怪》封面

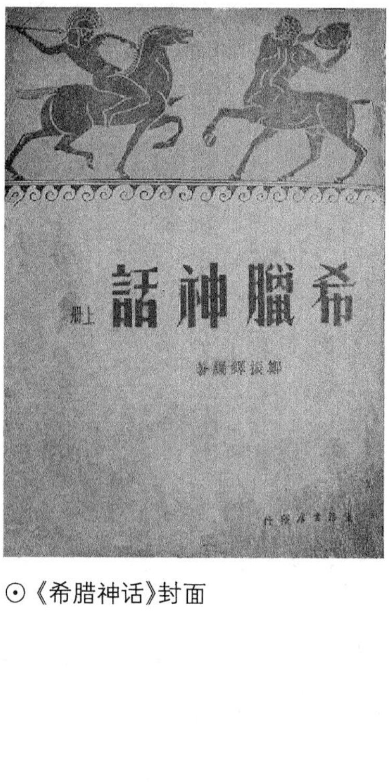

⊙《希腊神话》封面

⊙《欧行日记》封面

⊙《黄昏的观前街》封面

⊙《海燕》封面

⊙《有趣的家庭》封面

耿济之(1899—1947) 原名耿匡，上海人。文学研究会发起人之一，入会号 11。毕业于俄文专修馆，长期从事外交工作，曾在国民政府驻苏联赤塔、伊尔库次克、列宁格勒、海参威和莫斯科的领事馆、大使馆任职。翻译过大量的俄国文学名著。文学著作有：

翻译 《雷雨》(戏剧，奥斯特洛夫斯基著，共学社丛书“俄国戏曲集”，商务印书馆 1921 年 2 月初版)、《村中之月》(戏剧，屠格涅夫著，共学社丛书“俄国戏曲集”，商务印书馆 1921 年 3 月初版)、《黑暗的势力》(戏剧，L. 托尔斯泰著，共学社丛书“俄国戏曲集”，商务印书馆 1921 年 3 月初版)、《父与子》(小说，屠格涅夫著，共学社丛书“俄罗斯文学丛书”，商务印书馆 1922 年 1 月初版)、《复活》(小说，L. 托尔斯泰著，共学社丛书“俄罗斯文学丛书”，商务印书馆 1922 年 3 月初版)、《遗产》(莫泊桑著，文学研究会丛书，商务印书馆 1923 年 11 月初版，万有文库，商务印书馆 1931 年 4 月初版)、《人之一生》(安特列夫著，文学研究会丛书，商务印书馆 1923 年 11 月初版)、《疯人日记》(郭哥里著，小说月报丛刊，商务印书馆 1925 年 1 月初版)、《托尔斯泰短篇小说集》(俄罗斯文学丛书，商务印书馆 1934 年 8 月国难后一版；1921 年商务版，与瞿秋白合译)、《猎人日记》(屠格涅夫著，译文丛书，文化生活出版社 1936 年 5 月初版)、《兄弟们》(陀斯托也夫斯基著,良友文学丛书,良友图书印刷公司 1940 年 8 月初版)、《家事》(高尔基著,良友图书印刷公司 1941 年 5 月初版)、《巡按使及其他》(果戈理著,文化生活出版社 1941 年 12 月初版)、《俄罗斯浪游散记》(散文,高尔基著,开明书店 1943 年 11 月初版)、《卡拉马助夫兄弟们(一)(二)》(陀斯托也夫斯基著,晨光文学丛书,晨光出版公司 1947 年 8 月初版)、《死屋手记》(陀司妥也夫斯基著,开明书店 1947 年 9 月初版)、《少年》(陀司妥也夫斯基著,开明书店 1948 年 4 月初版)。

⊙《死屋手记》封面

⊙《俄罗斯浪游散记》封面

⊙《猎人日记》封面

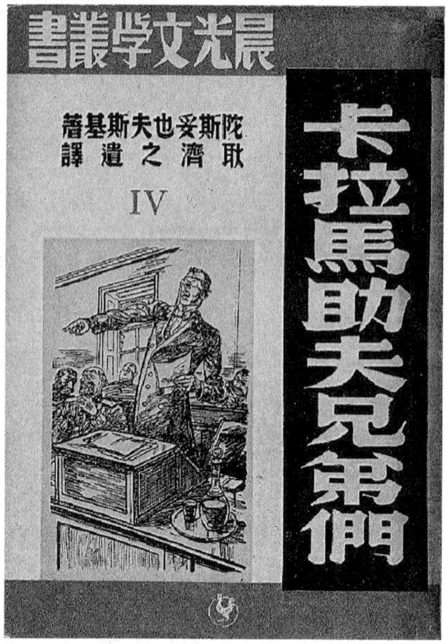

⊙《卡拉马助夫兄弟们》封面

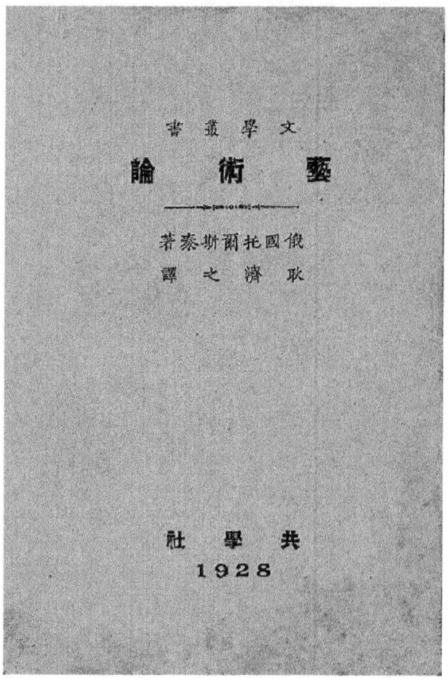

⊙《艺术论》封面

⊙《巡按使及其他》封面

瞿世英(1900—1976) 原名士英,字菊农,江苏武进人。文学研究会发起人之一,入会号12。毕业于北京燕京大学,留学美国,获哲学博士学位。历任上海国立自治学院教务长,北京女子师范大学、中国大学、清华大学、燕京大学等校教授。文学著作有:

翻译 《太戈洋戏曲集》(与邓演存合译,文学研究会丛书,商务印书馆1923年9月初版)、《春之循环》(太戈尔著,与郑振铎合译,文学研究会丛书和世界文学丛书,商务印书馆1921年10月初版)。

其他著作 《倭伊铿哲学》(尚志学会丛书,商务印书馆出版)、《社会学概论》(新学制高级中学教科书,商务印书馆1925年1月初版)、《教育哲学ABC》(世界书局1929年版)、《教育与哲学》(鲁斯克著,北平华严书店1929年8月初版)、《哲学问题》(商务印书馆1922年1月初版)、《颜习斋年谱节本》(编辑,中华平民教育促进总会1929年7月初版)、《西洋哲学史》(通俗丛书。共学社1922年出版)。

⊙《倭伊铿哲学》封面

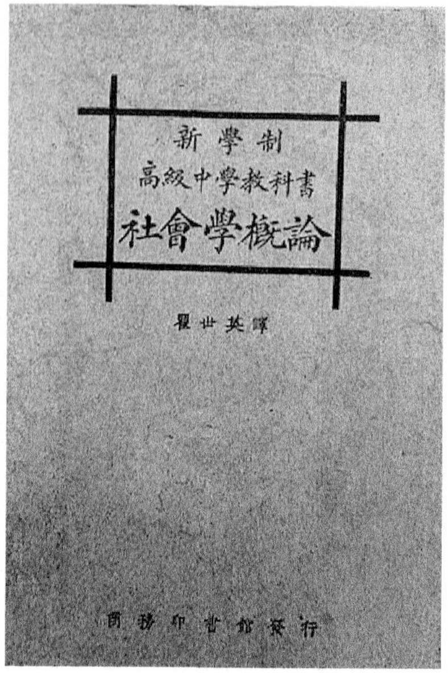

⊙《社会学概论》封面

⊙《教育哲学 ABC》封面

⊙《教育与哲学》封面

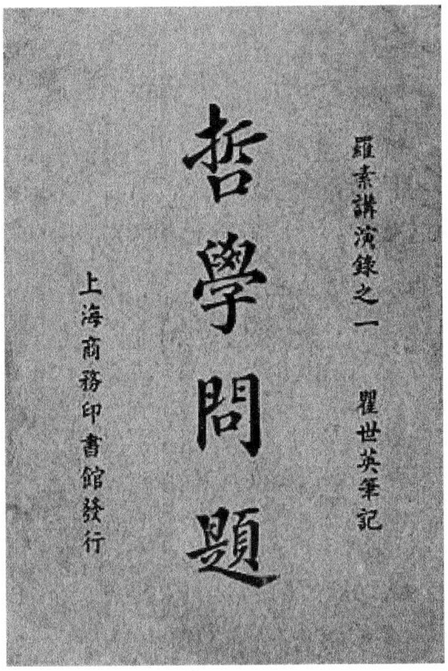

⊙《哲学问题》封面

⊙《颜习斋年谱节本》封面

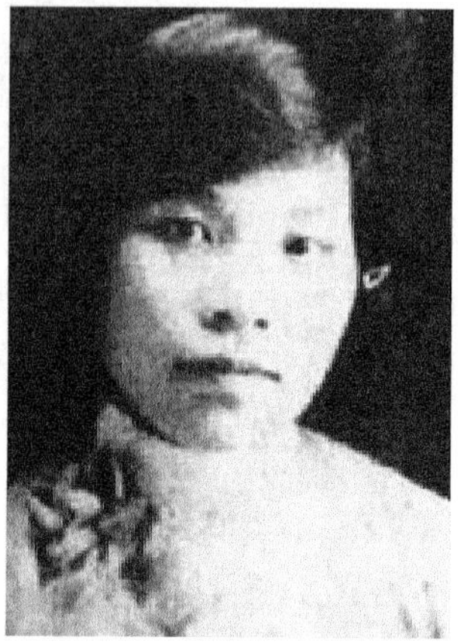

庐隐(1898—1934) 原名黄淑仪,又名黄英,笔名庐隐,福建省闽侯人。1921年加入文学研究会,入会号13,成立会参与者之一。毕业于北京女子高等师范学校。历任安徽宣城中学、北京市立女子中学、北京师范大学附中、上海工部局女子中学教员。文学著作有:

散文 《曼丽》(北平古城出版社1928年初版)、《玫瑰的刺》(小说散文合集,现代文学丛刊,中华书局1933年3月初版)、《庐隐自传》(自传丛书,第一出版社1934年6月初版)、《东京小品》(遗著,创作合集,北新书局1935年9月初版)、《火焰》(创作新刊,北新书局1935年9月初版)。

小说 《海滨故人》(短篇,文学研究会丛书,商务印书馆1925年7月初版)、《归雁》(长篇,神州国光社1930年6月初版)、《灵海潮汐》(小说散文,开明书店1931年1月初版)、《女人的心》(长篇,四社出版部1933年6月初版)、《象牙戒指》(长篇,文学研究会丛书,商务印书馆1934年2月初版)、《地上的乐园》(小说散文,三通小丛书,三通书局1940年出版)。

翻译 《格列佛游记》(中华书局1939年8月出版)。

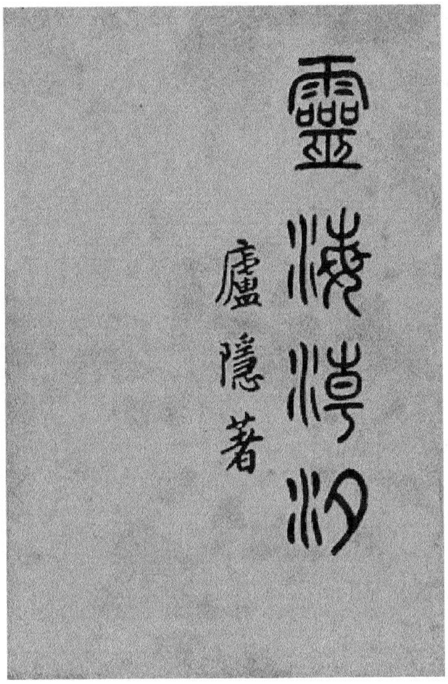

⊙《灵海潮汐》封面

⊙《格列佛游记》封面

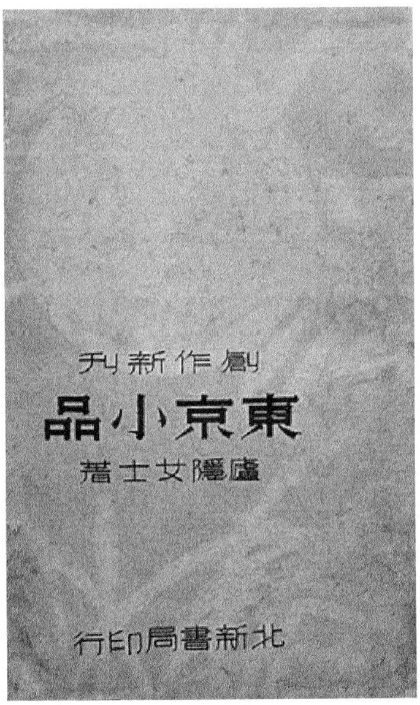

⊙《东京小品》封面

⊙《象牙戒指》封面

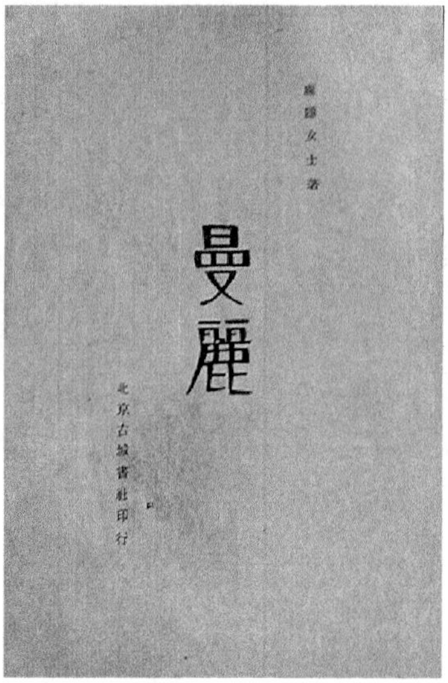

⊙《曼丽》封面

⊙《庐隐自传》封面

易君左(1898—1972) 字家钺,湖南汉寿人。1921年加入文学研究会,入会号20。毕业于日本早稻田大学,曾任上海公学、湖南大学等校教授。参加北伐战争,任军政治部主任,及国民政府军政要职,1949年去台湾。文学著作有:

散文 《西子湖边》(泰东图书局1928年4月出版)、《战后江山》(1948年出版)、《闲话扬州》(中华书局1934年3月初版)。

戏剧 《祖逖》(胜利出版公司1946年5月出版)。

其他著作 《墨索里尼》(新生命书局1933年7月初版)、《史可法》(新生命书局1933年8月初版)、《文天祥》(新生命书局1933年9月初版)、《中华民族英雄故事集》(镇江江南印书馆1933年9月初版)、《锦绣河山集江苏》(亚东图书公司1943年出版)、《家庭问题》(共学社1920年出版)、《中国家庭问题》(泰东图书局1929年2月出版)、《社会学史要》(共学社通俗丛书,商务印书馆1921年8月初版)、《我们的思想家》(正中书局1937年2月初版)、《西洋氏族制度研究》(商务印书馆1920年11月初版)。

⊙《祖逖》封面

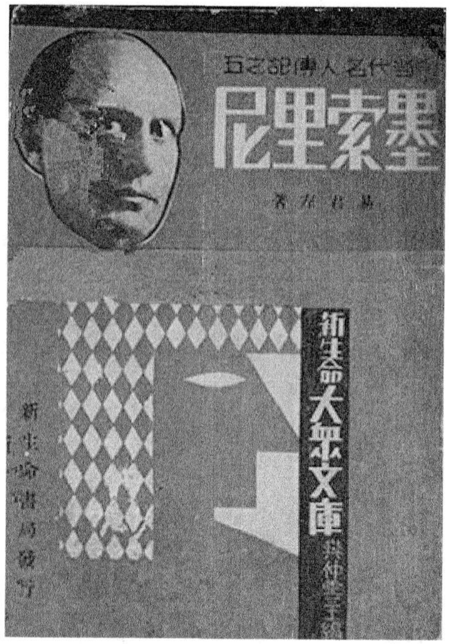

⊙《墨索里尼》封面

⊙《锦锈山河集江苏》封面

⊙《中华民族英雄故事集》封面

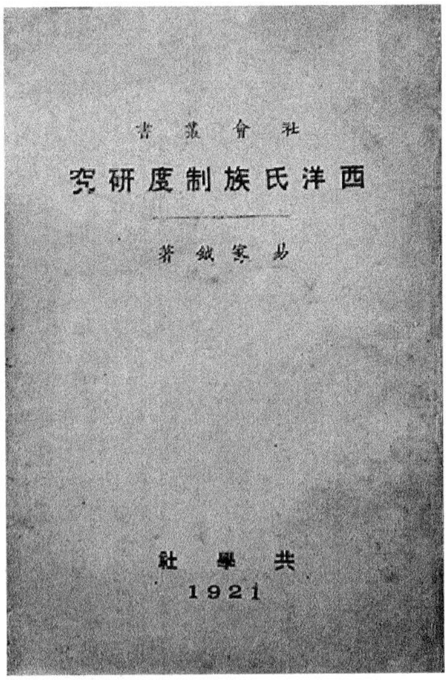

⊙《西洋氏族制度研究》封面

⊙《闲话扬州》封面

陈大悲(1887—1944) 原名陈听彝,笔名蛹公,浙江杭县人。早年从事文明戏演出活动,曾与沈雁冰等组织民众戏剧社,倡导爱美剧,并与汪仲贤创办北京人艺戏剧学校,培养话剧人才。1921年加入文学研究会,入会号21。之后任工商学政界的要职。文学著作有:

小说 《红花瓶》(长篇,四社文库,四社出版部1933年6月初版)、《人之初》(长篇,四社文库,四社出版部1934年4月初版)。

戏剧 《北京学生联合会新剧团剧本》(五幕剧,北京学生联合会1920年10月初版)、《幽兰女士》(五幕剧,现代戏剧丛书,现代书局1928年8月初版)、《张四太太》(四幕剧,现代戏剧丛书,现代书局1929年3月初版)、《香港牡丹》(独幕剧,新生丛书之十五,汉口大楚报社1942年3月初版)。

翻译 《红鸳艳蝶》(说部丛书第三集第九十五编,商务印书馆1920年6月初版)。

其他著作 《表演术》(戏剧小丛书,商务印书馆出版)、《戏剧ABC》(ABC丛书社1931年5月初版)。

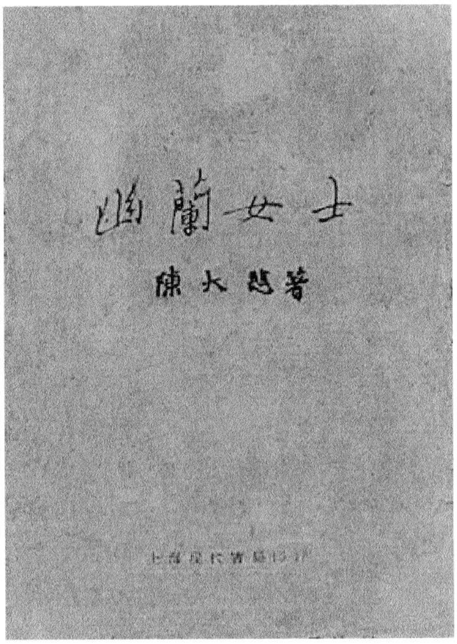

⊙《幽兰女士》封面

⊙《表演术》封面

⊙《未来的明星》封面

⊙《戏剧 ABC》封面

谢六逸(1898—1945) 号光燊，字六逸，笔名宏徒、鲁愚，贵州贵阳人。1921年加入文学研究会，入会号24。毕业于日本早稻田大学。历任商务印书馆编辑，复旦大学、中国公学、暨南大学、大夏大学等校教授。抗战时期在贵阳从事教育与文化工作。文学著作有：

散文 《水沫集》(世界书局1929年4月初版)、《茶话集》(新中国文艺丛书，新中国书局1931年10月初版)、《文坛逸话》(文学研究会丛书，署宏徒，商务印书馆1932年出版)、《摆龙门阵》(博文书店1947年12月出版，是《茶话集》易名重版)。

翻译 《近代日本小品文选》(佐藤春夫等著，大江书铺1929年5月初版)、《伊利亚特的故事》(荷马著，世界少年文学丛刊，开明书店1929年5月出版)、《范某的犯罪》(志贺直哉等著，倾盖丛书，现代书局1929年8月)、《接吻》(加藤武雄等著，大江书铺1929年10月初版)、《罗马故事集》(世界少年文库，世界书局1932年2月初版)、《志贺直哉集》(中华书局1935年出版)。

其他著作 《西洋小说发达史》(文学研究会丛书，商务印书馆1923年出版)、《文艺与性爱》(开明书店1927年9月初版)、《农民文学ABC》(世界书局1928年出版)、《神话学ABC》(世界书局1928年出版)、《日本文学史》(北新书局 1929 年 9 月初版)、《海外传说集》(世界书局 1929 年 4 月出版)、《近代日本小品文选》(大江书铺 1929 年 5 月初版)、《日本之文学》(商务印书馆 1940 年 2 月初版)、《中国小说研究》(开明图书公司 1941 年 12 月出版)。

⊙《海外传说集》封面

⊙《茶话集》封面

⊙《摆龙门阵》封面

⊙《中国小说研究》封面

⊙《文艺与性爱》封面

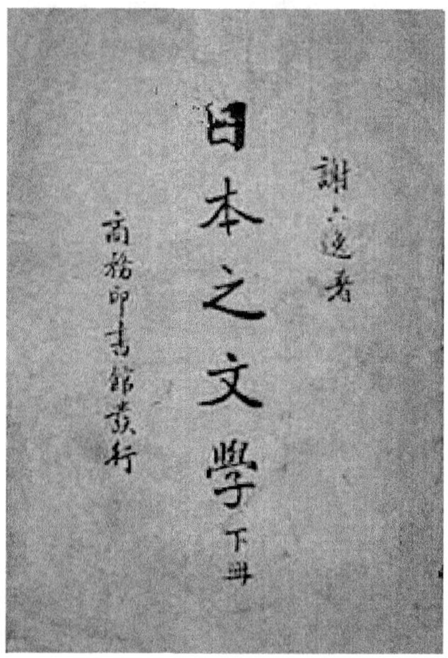

⊙《日本之文学》(下册)封面

耿式之(生卒年份不详)　原名耿承，字式之。上海人，耿济之之弟。以俄语翻译为主。1921年加入文学研究会，入会号25。文学著作有：

翻译　《樱桃园》(柴霍甫著，商务印书馆1921年4月初版)、《伊凡诺夫》(共学社丛书“俄国戏曲集”，柴霍甫著，商务印书馆1921年4月初版)、《万尼亚叔父》(共学社丛书“俄国戏曲集”，柴霍甫著，商务印书馆1921年4月初版)、《小人物的忏悔》(文学研究会丛书，L.安特列夫著，上中下册，商务印书馆1922年7月初版)。

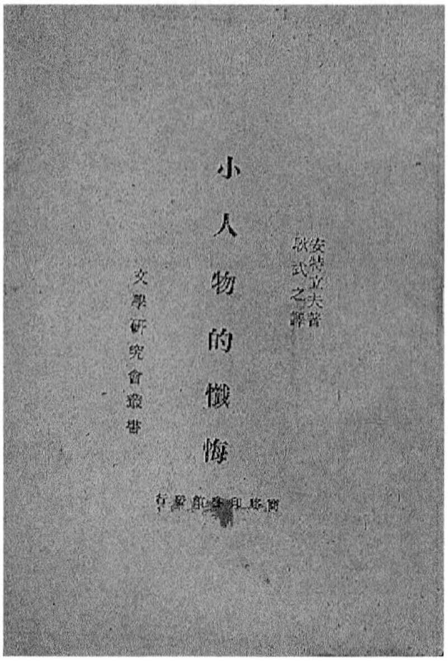

⊙《小人物的忏悔》封面

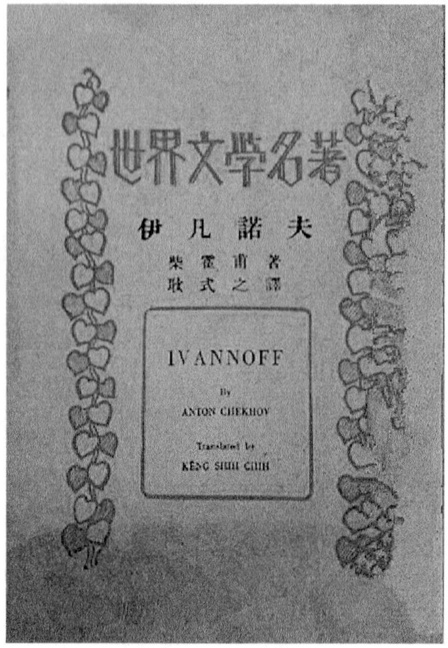

⊙《伊凡诺夫》封面

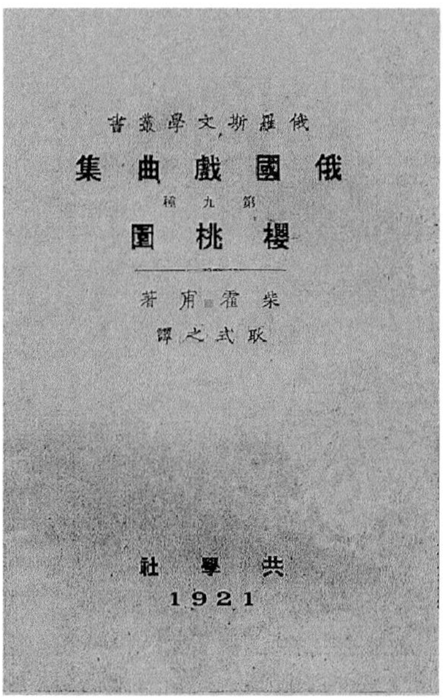

⊙《樱桃园》封面

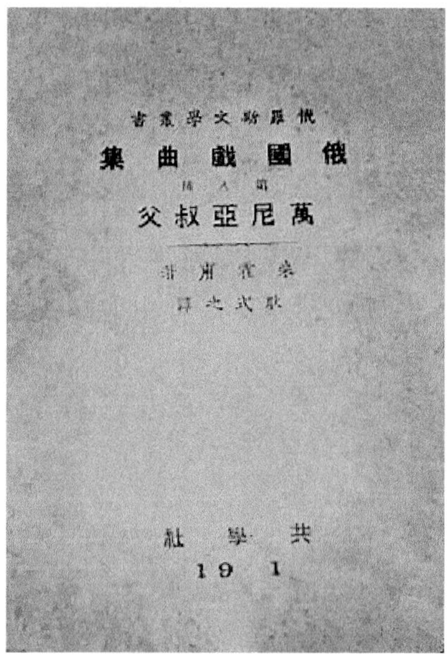

⊙《万尼亚叔父》封面

唐性天　字性天，浙江镇海人，1921年加入文学研究会，入会号27。华中图书公司创办者，曾在赵清阁的主编下，出版《弹花》杂志和“弹花文艺丛书”。文学著作有：

翻译　《意门湖》（文学研究会丛书，斯托尔姆著，商务印书馆1922年1月初版）。

⊙《德国文学史略》封面

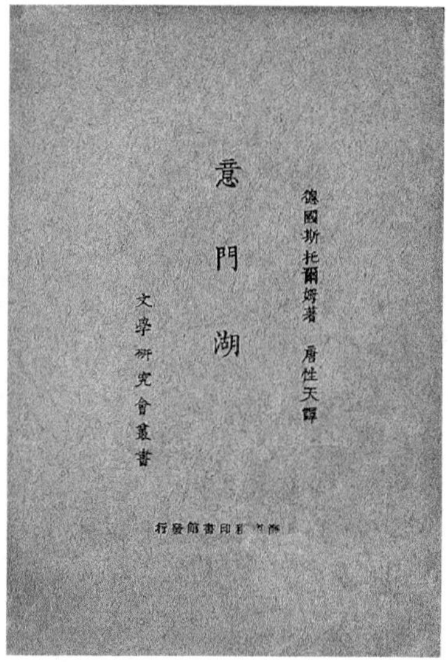

⊙《意门湖》封面

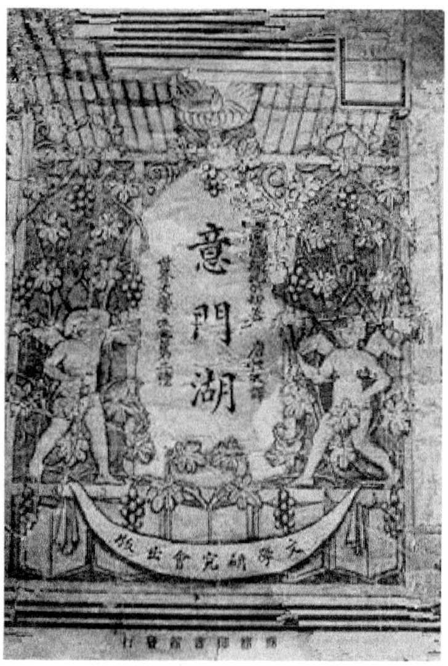

⊙《意门湖》封面

金兆梓(1889—1975) 字子敦，号芑厂，浙江金华人。毕业于京师大学堂。1921年加入文学研究会，入会号28。曾任浙江省立第七中学教员、校长，北京高等师范教员，中华书局编辑，北京外交部翻译。1929年回中华书局工作，历任教科图书部副部长、编辑所副所长、《新中华》杂志社社长。负责编辑中小学、普通师范及南洋中小学的课本。文学著作有：

其他著作 《国文法之研究》(中华书局1936年2月出版)、《诗的研究》(商务印书馆1923年10月初版)、《实用国文修辞法》(中华书局1938年10月出版)、《致中华少年读者书》(中华书局1947年出版)、《芑厂治学类稿》(中华书局1949年4月初版)、《陟冈集》(中华书局1949年5月初版)、《新中华本国史》(中华书局1934年12月出版)、《高小社会课本》(中华书局1937年8月初版)、《法国现代史》(商务印书馆1929年10月初版)、《俄国革命史》(商务印书馆1931年7月初版)。

⊙《俄国革命史》封面

⊙《国文法之研究》封面

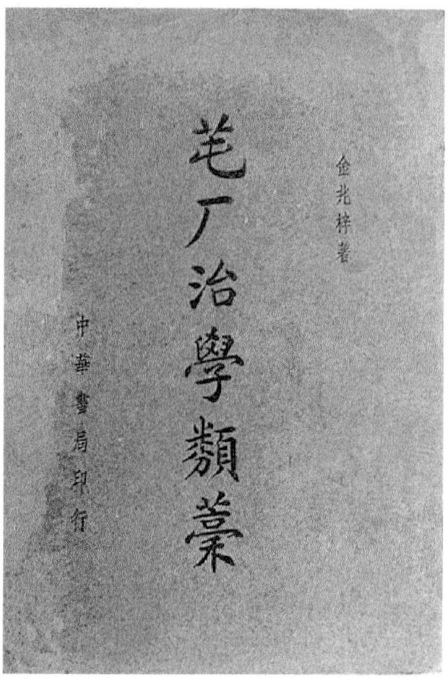

⊙《芚厂治学类稿》封面

⊙《致中华少年读者书》封面

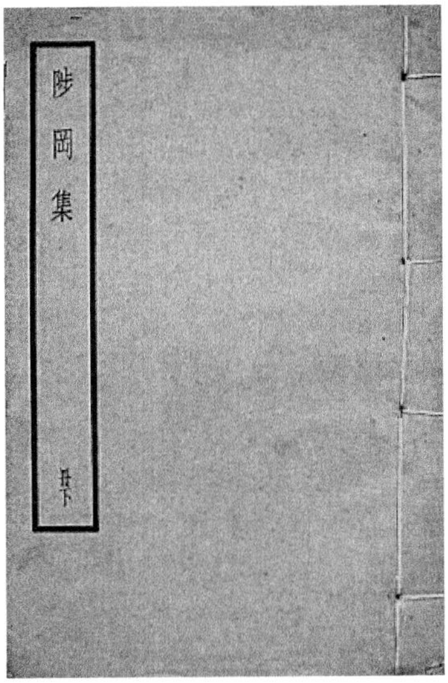

⊙《陟冈集》封面

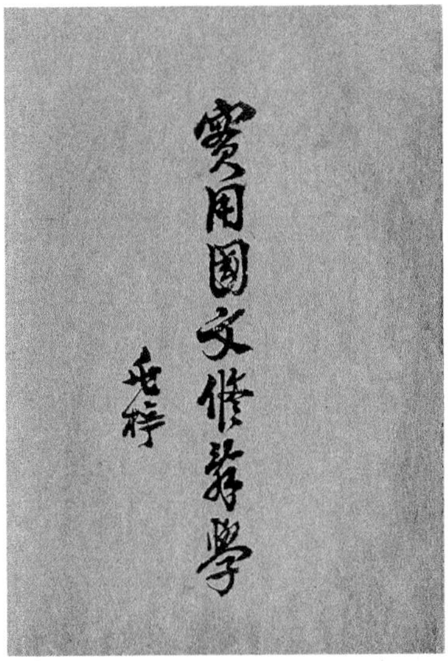

⊙《实用国文修辞学》封面

傅东华(1893—1971) 原名傅则黄，冻蘤，浙江金华人。毕业于上海工业专门学校。1921年加入文学研究会，入会号29。曾在商务印书馆任编辑，并在上海大学、北京师范大学、中国大学、武昌中山大学、复旦大学、暨南大学等校任教授。文学著作有：

散文 《山胡桃集》(创作文库，生活书店1935年2月初版)。

翻译 《青鸟》(梅脱灵通著，文学研究会丛书，商务印书馆1923年10月初版)、《参情梦及其他》(陶孙等著，开明书店1928年9月初版)、《奥德赛》(荷马著，商务印书馆1929年10月初版)、《两个青年的悲剧》(哈代等著，大江书铺1929年10月初版)、《饥饿及其他》(新俄小说选集，赛米诺夫等著，世界新文艺名著译丛，新生命书局1929年初版)、《一个兵士的回家》(加尔兰德著，英国小丛书，北新书局1931年7月出版)、《生火》(杰克·伦敦著，英国小丛书，北新书局1931年9月出版)、《现代名家小说代表作》(哈代等著，大东书局1934年3月初版)、《真妮姑娘》(德莱塞著，中华书局1935年2月初版)、《失恋复恋》(德莱塞著，中华书局1935年3月初版)、《化外人》(文学研究会丛书，商务印书馆1936年3月初版)、《夏伯阳》(富曼诺夫著，署郭定一，三联书店1936年11月初版)、《猩红文》(霍桑著，商务印书馆1937年3月初版)、《失乐园》(密尔顿著,世界文学名著丛书,商务印书馆1937年3月初版)、《土耳其糖》(吉卜斯著,署郭定一,新闻书社1937年12月初版)、《以牙还牙》(吉卜斯著,署郭定一,孤岛闲书,新闻书社1938年1月初版)、《柏林一丐》(吉卜斯著,署郭定一,孤岛闲书,新闻书社1938年1月初版)、《新默示录》(吉卜斯著,署郭定一,孤岛闲书,新闻书社1938年1月初版)、《好差使》(吉卜斯著,署郭定一,孤岛闲书,新闻书社1938年2月初版)、《吉诃德先生传》(塞万提斯著,商务印书馆1939年4月初版)、《飘》(宓西尔著,龙门联合书局1942年10月出版)、《筑堤》(新少年出版社1943年出版)、《业障》(史普林原著,龙门联合书局1946年12月初版)、《虎魄》(威索尔著,龙门联合书局1947年出版)、《慈母泪》(嘉黑色著,龙门联合书局1948年7月初版)、《天下太平》(达尔著,龙门联合书局1949年1月出版)、《难兄难弟》(阿卡北·盖达著,署郭定一,龙门联合书局1949年出版)。

⊙《飘》封面

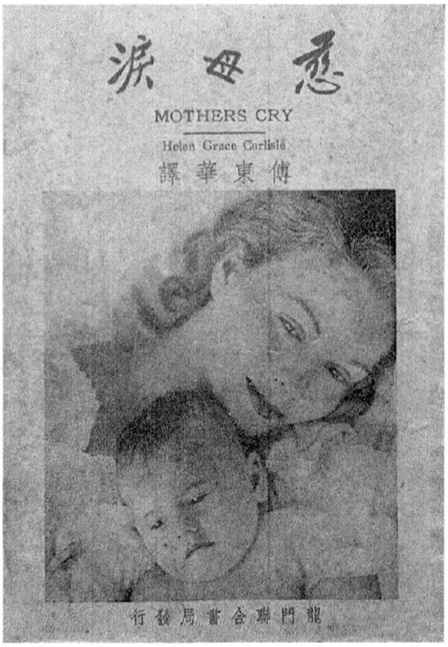

⊙《慈母泪》封面

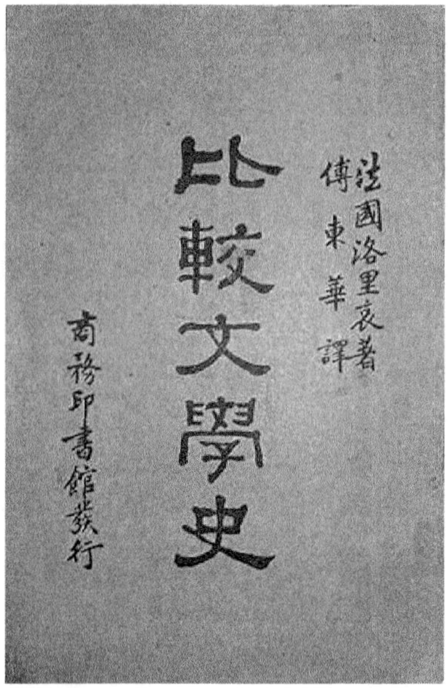

⊙《比较文学史》封面

⊙《参情梦及其他》封面

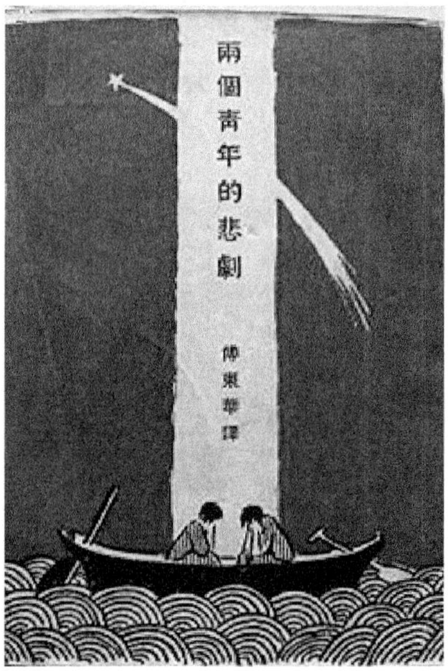

⊙《两个青年的悲剧》封面

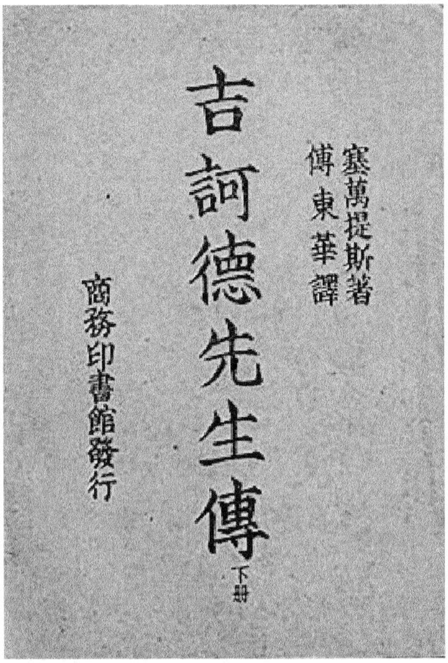

⊙《吉诃德先生传》封面

⊙《饥饿及其他》封面

⊙《业障》封面

⊙《神曲的故事》封面

柯一岑(1894—1977) 原名郭一岑，笔名一岑，江西万载人。毕业于清华学校，留学德国柏林大学和蒂宾根大学学习心理学，获哲学博士学位。1921年加入文学研究会，入会号30。与沈雁冰等组织民众戏剧社，创办《戏剧》月刊。历任中央大学、暨南大学、中山大学、贵阳大学等校教授，以及昆明西南联合大学教育学院院长。文学著作有：

翻译 《罪与愁》(奥斯特洛夫斯基著，共学社丛书，商务印书馆1922年12月初版)、《新闻记者》(戏剧，夫赖塔格著，文艺丛刊乙集，商务印书馆1928年8月初版)。

⊙《苏俄新兴心理学》封面

⊙《新闻记者》封面

⊙《现代心理学概观》封面

⊙《教育心理学》封面

刘廷芳(1891—1947) 字亶生，浙江温州人。1921年加入文学研究会，入会号36。美国哥伦比亚大学、耶鲁大学文学博士。曾任美国耶鲁大学、芝加哥大学、波士顿大学等校讲师。曾任燕京大学神学、心理学教授。因病赴美治疗，病逝美国。文学著作有：

诗歌 《山花》(风满楼丛书第二种，北新书局1930年7月初版)、《山雨》(风满楼丛书第三种，北新书局1930年11月初版)

翻译 《疯人》(风满楼丛书，北新书局1929年12月初版)。

其他著作 《中国教会问题的讨论》(中国基督教青年会全国协会书报部1922年7月初版)

⊙《疯人》封面

⊙《山雨》封面

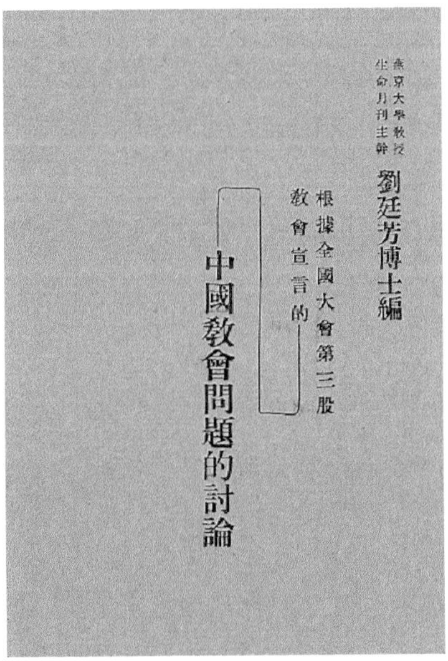

⊙《中国教会问题的讨论》封面

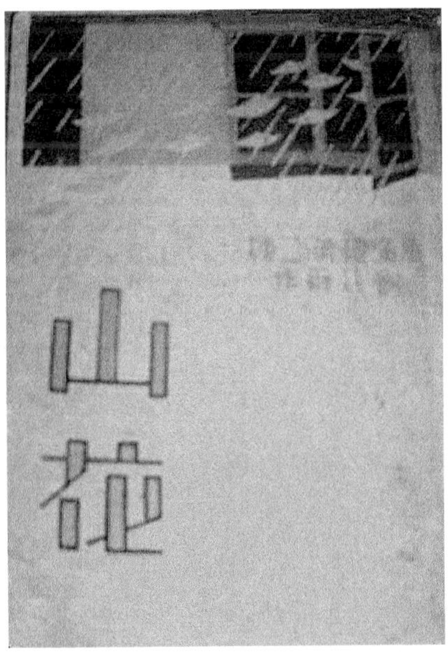

⊙《山花》封面

耿勉之(生卒年份不详) 原名耿勖,字勉之,上海人。耿济之之弟。1921年加入文学研究会,入会号38。文学著作有:

翻译 《柴霍甫短篇小说集》(与耿济之合译,商务印书馆1923年1月初版)

⊙《柴霍甫短篇小说集》封面

沈颖(生卒年份不详) 字士奇，浙江吴兴人。1921年加入文学研究会，入会号39。文学著作有：

翻译 《教育之果》(共学社丛书“俄国戏曲集”，托尔斯泰著，商务印书馆1921年4月初版)、《前夜》(共学社丛书，屠格涅夫著，商务印书馆1921年初版)、《九封书》(原名《浮司德》，自由丛刊，屠格涅夫著，自由社1926年12月初版)。

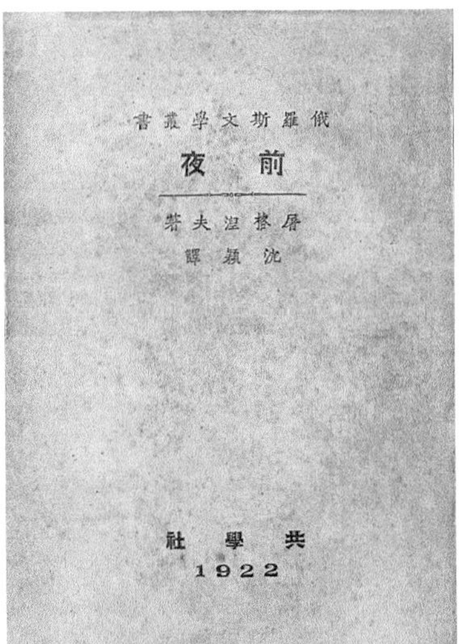

⊙《前夜》封面

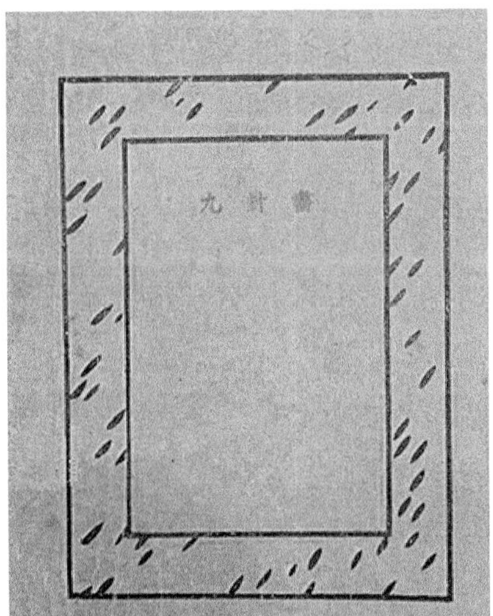

⊙《九封书》封面

沈泽民(1902—1933) 原名德济，浙江桐乡人，沈雁冰(茅盾)之弟。肄业于南京河海工程专科学校。1921 年加入文学研究会，入会号 45。1921 年 4 月，由茅盾介绍参加上海共产主义小组，成为中国共产党正式成立前的第一批党员之一，并开始从事文学翻译和革命活动。曾与蒋光慈等组织春雷社，提倡革命文学，后去苏联中山大学、红色教授学院学习。历任中共鄂豫皖苏区中央分局委员、鄂豫皖苏区省委书记等职。文学著作有：

翻译 《邻人之爱》(安特列夫著，小说月报丛刊，商务印书馆 1925 年 1 月初版)、《瑞典诗人赫滕斯顿》(小说月报丛刊，商务印书馆 1925 年 1 月初版)、《包以尔》(小说月报丛刊，商务印书馆 1925 年 3 月初版)、《坦白》(佛罗贝尔著，小说月报丛刊，商务印书馆 1925 年 4 月初版)、《爱人如己》(安特列夫著，中华平民教育促进会 1935 年 11 月出版)。

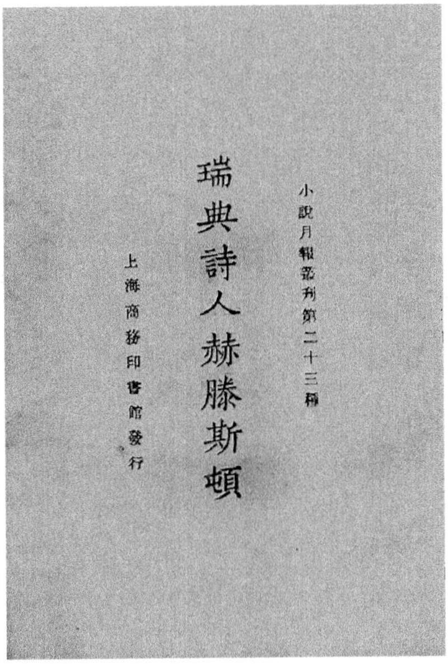

⊙《瑞典诗人赫滕斯顿》封面

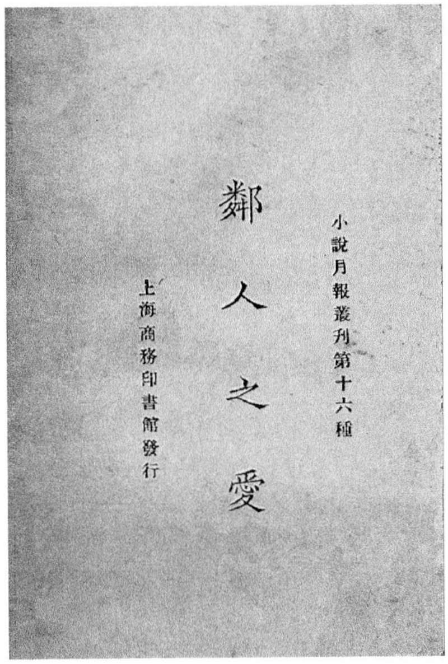

⊙《邻人之爱》封面

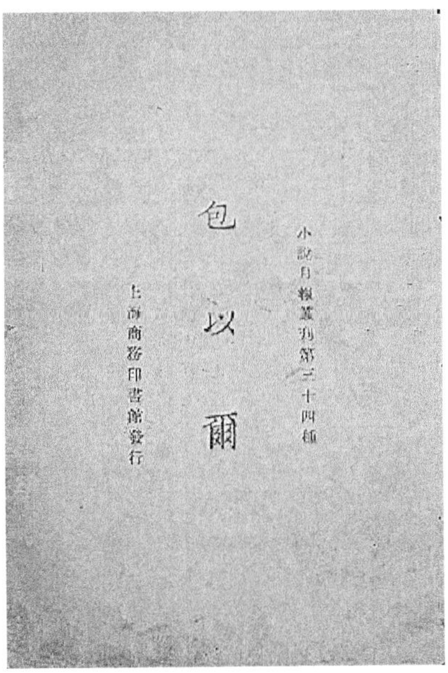

⊙《包以尔》封面

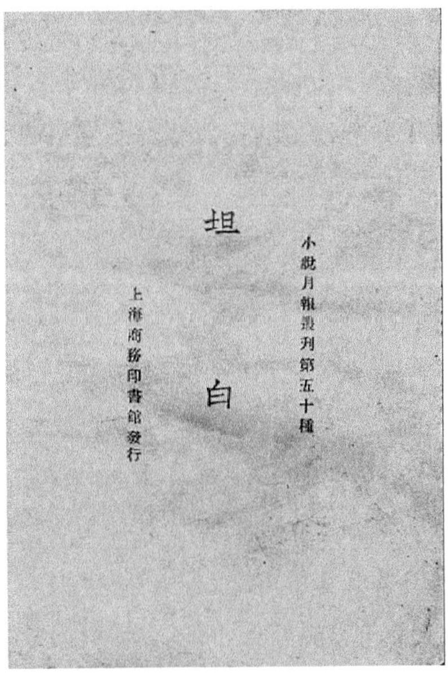

⊙《坦白》封面

胡愈之(1896—1986) 原名学愚,字子如,笔名胡芋之、化鲁、沙平等,浙江上虞人。毕业于杭州英文专门学校,留学法国巴黎大学。1921年加入文学研究会,入会号48。长期在商务印书馆编辑《东方杂志》。20世纪30年代为开明书店主编《月报》,为生活书店创办《世界知识》。抗战时在新加坡主编《南洋商报》,在苏门答腊从事抗日活动。翻译并出版《西行漫记》和《续西行漫记》。文学著作有:

散文 《莫斯科印象记》(新生命书局1931年8月初版)、《南行杂记》(重庆生活书店1940年1月初版)、《郁达夫的流亡和失踪》(香港咫园书屋1946年9月初版)。

小说 《少年航空兵》(长篇,署沙平,香港1948年出版)。

翻译 《东方寓言集》(V. M. 陀罗雪维支著,文学周报社丛书,开明书店1927年11月初版)、《星火》(跋佐夫等著,现代书局1928年6月出版)、《书的故事》(伊林著,桂林新少年出版社1943年出版)、《寓言的寓言》(陀罗雪维支著,世界少年文学丛刊,开明书店1947年7月初版)。

⊙《寓言的寓言》封面

⊙《星火》封面

⊙《郁达夫的流亡和失踪》封面

⊙《抗战与外交》封面

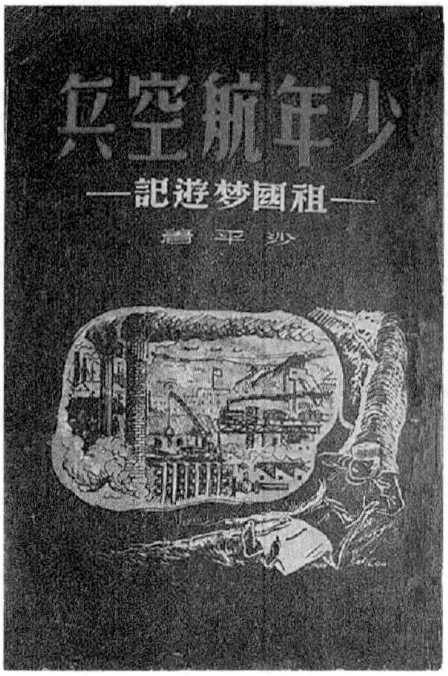

⊙《少年航空兵》封面

⊙《莫斯科印象记》封面

刘延陵(1894—1988) 字苏观，江苏泰兴人。毕业于复旦大学。1921年加入文学研究会，入会号49。任会刊《诗》月刊编辑。曾在江苏如皋师范学校、中国公学、浙江第一师范学校、暨南大学等校任教。20世纪30年代去南洋。文学著作有：

翻译 《围炉琐谈》(柯南道尔著，与巢干卿合译，商务印书馆1917年12月初版)。

其他著作 《柏格森变之哲学》(新知识丛书之二十四，商务印书馆1923年出版)、《社会心理学绪论》(麦铎格著，社会丛书，共学社编辑，商务印书馆1922年出版)、《社会论》(万有文库，商务印书馆1930年4月初版)。

⊙《社会论》封面

⊙《围炉琐谈》封面

⊙《社会心理学绪论》封面

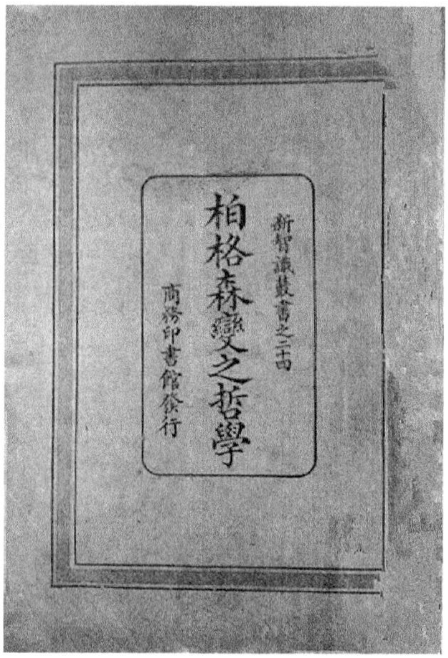

⊙《柏格森变之哲学》封面

滕固(1901—1941) 字若渠,江苏宝山(现上海市)人。1921年加入文学研究会,入会号50。早年留学日本东京帝国大学。1929年赴德国柏林大学留学,获美术史学博士学位,在当时属凤毛麟角。曾任上海美术专门学校、金陵大学、中山大学教授,以及国民政府行政院参事、国民党江苏省党部执行委员等。文学著作有:

诗歌 《死人之叹息》(诗文合集,光华书局1925年5月初版)。

散文 《征途访古述记》(史地小丛书,商务印书馆1936年6月初版)。

小说 《壁画》(短篇,狮吼社1924年10月初版)、《银杏之果》(中篇,群众图书公司1925年3月初版)、《迷宫》(短篇,光华书局1926年8月初版)、《平凡的死》(短篇,金屋书店1928年2月出版)、《睡莲》(中篇,芳草书店1929年初版)、《外遇》(短篇,金屋书店1930年7月初版)。

其他著作 《中国美术小史》(商务印书馆1934年7月初版)、《中国艺术论丛》(商务印书馆1938年7月初版)、《唐宋绘画史》(神州国光社1933年5月初版)、《先史考古学方法论》(商务印书馆1937年1月初版)、《唯美派的文学》(光华书局1937年7月初版)、《圆明园欧式宫殿残迹》(商务印书馆1933年10月初版)。

⊙《死人之叹息》封面

⊙《银杏之果》封面

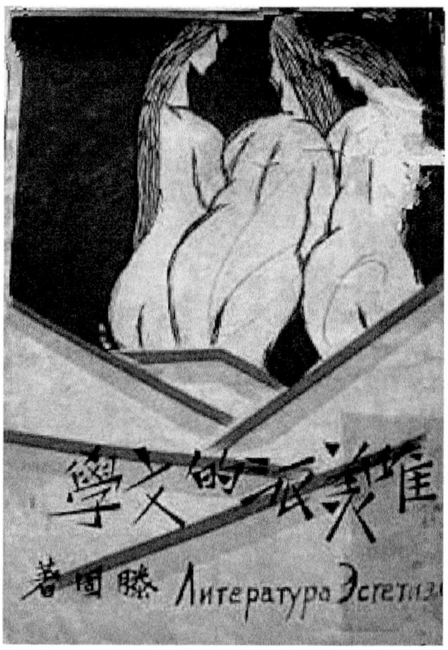

⊙《唯美派的文学》封面

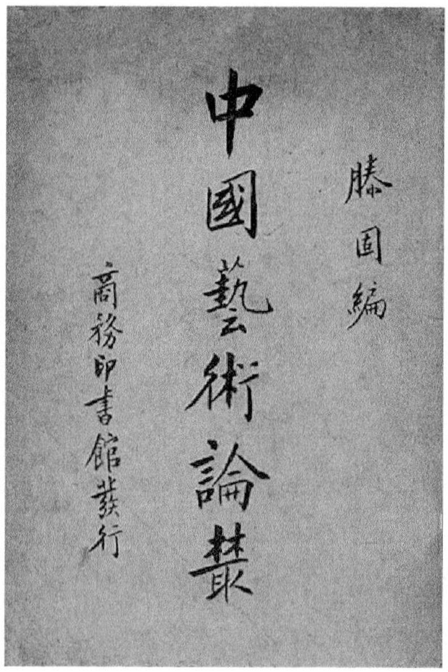

⊙《中国艺术论丛》封面

⊙《先史考古学方法论》封面

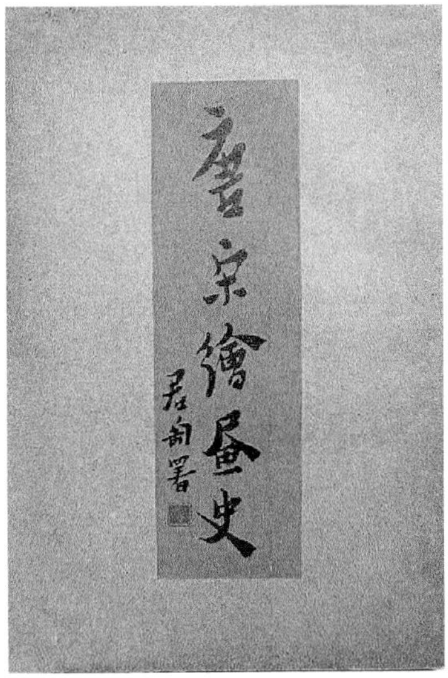

⊙《唐宋绘画史》封面

顾颉刚(1893—1980) 原名诵坤，字铭坚，号颉刚，笔名有余毅、铭坚等，江苏苏州人。毕业于北京大学。1921年加入文学研究会，入会号51。曾任厦门大学、中山大学、燕京大学、北京大学、中央大学、复旦大学等校教授和商务印书馆编辑、文通书局编译所所长。文学著作有：

散文 《顾颉刚通俗论集》(亚东图书馆1947年4月出版)。

其他著作 《古史辨》(朴社1926年6月初版)、《书序辨》(商务印书馆1933年10月出版)、《汉代学术史略》(亚细亚书局1935年8月出版)、《当代中国史学》(胜利出版社1947年1月初版)、《尚书通检》(哈佛燕京学社1936年12月出版)、《高似孙子略》(朴社1928年9月初版)、《孟姜女故事的歌曲甲集》(北京大学歌谣研究会1925年9月初版)、《李冰凿都江堰》(大中国图书局出版)、《秦始皇帝》(胜利出版社1944年出版)。

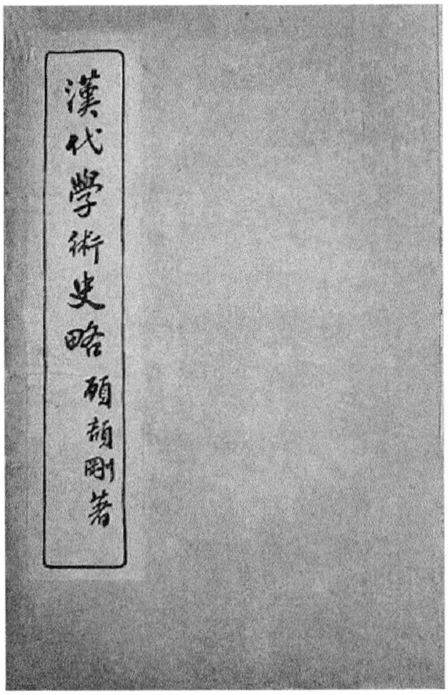

⊙《汉代学术史略》封面

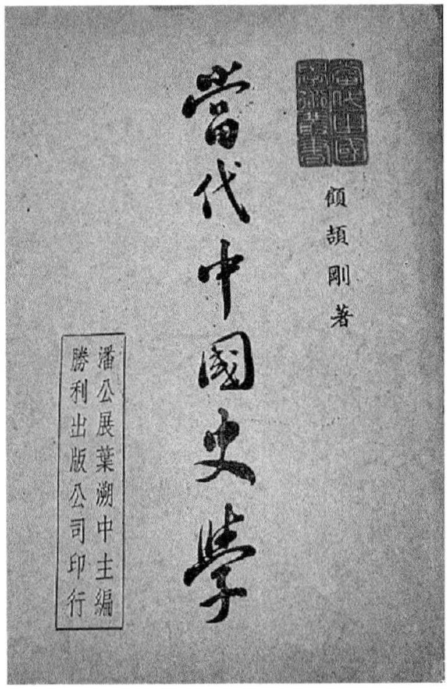

⊙《当代中国史学》封面

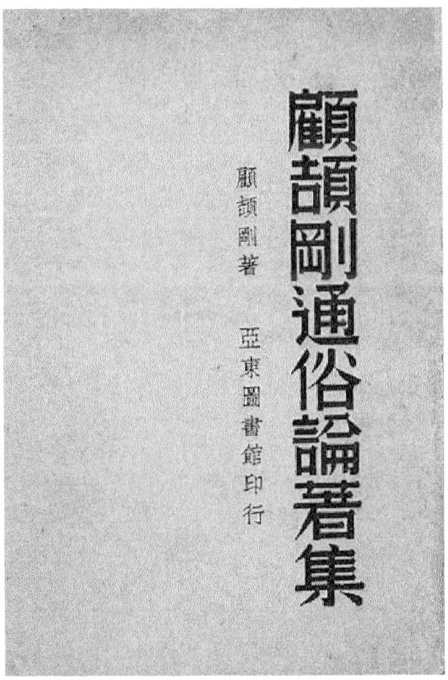

⊙《顾颉刚通俗论著集》封面

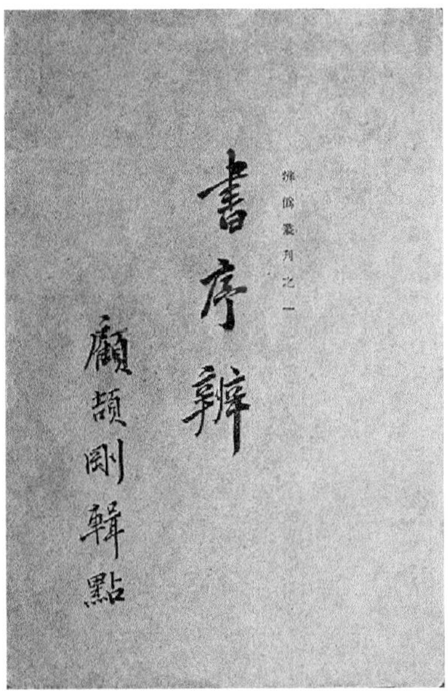

⊙《书序辨》封面

⊙《尚书通检》封面

⊙《秦始皇帝》封面

潘家洵(1896—1989) 字介泉，江苏苏州人。毕业于北京大学，1921年加入文学研究会，入会号52。主要从事外国文学工作。历任北京大学、西南联合大学、贵州大学等校教授。文学著作有：

翻译 《易卜生集(一)》(世界丛书，胡适校，商务印书馆1921年8月初版)、《易卜生集(二)》(世界丛书，胡适校，商务印书馆1923年6月初版)、《华伦夫人之职业》(文学研究会丛书，萧伯纳著，商务印书馆1925年4月初版)、《温德米尔夫人的扇子》(王尔德著，北京朴社1926年6月初版)、《易卜生集》(商务印书馆1931年4月初版)。

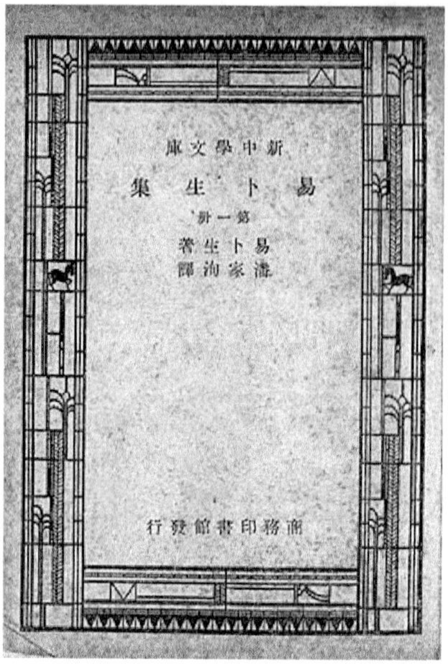

⊙《易卜生集》(新中学文库)封面

⊙《易卜生集》(世界丛书)封面

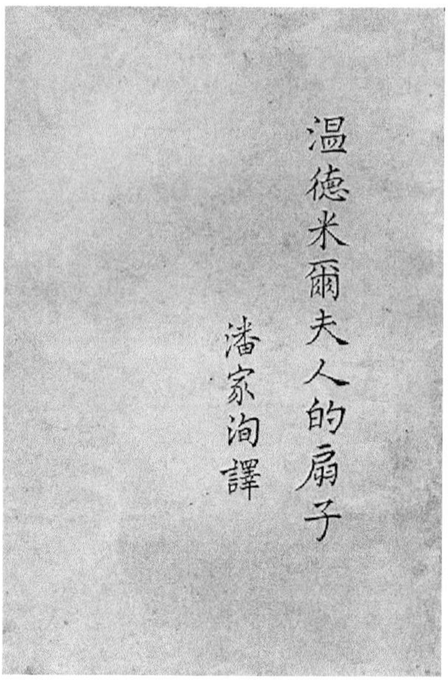

⊙《温德米尔夫人的扇子》封面

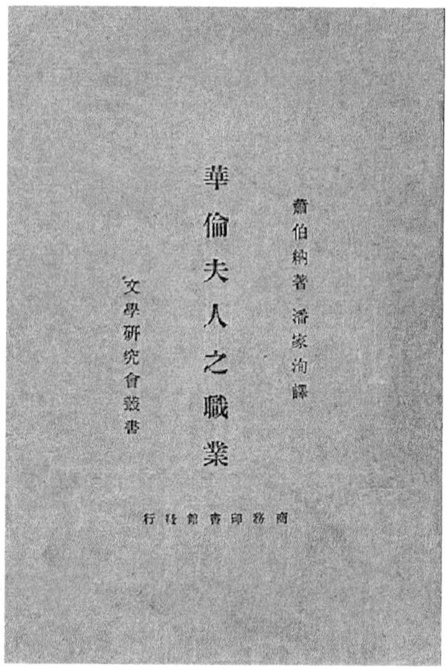

⊙《华伦夫人之职业》封面

俞平伯(1900—1990) 原名俞铭衡,字平伯,浙江德清人。毕业于北京大学。赴日本考察教育,后执教于杭州第一师范学校。1921年加入文学研究会,入会号53。后历任上海大学、燕京大学、北京大学、清华大学教授。1947年加入九三学社。文学著作有:

诗歌 《冬夜》(亚东图书馆1922年3月出版)、《西还》(亚东图书馆1924年4月出版)、《忆》(北京朴社1925年12月初版)。

散文 《杂拌儿》(一名《梅什儿》,开明书店1928年8月初版)、《燕知草》(上下册,开明书店1928年初版)、《杂拌儿之二》(开明书店1933年2月初版)、《古槐梦遇》(世界书局1936年1月初版)、《燕郊集》(良友文学丛书,良友图书印刷公司1936年8月初版)。

其他著作 《剑鞘》(朴社1924年11月出版)、《遥夜闺思引》(自印,1948年8月出版)、《清真词释》(开明书店1948年7月初版)、《红楼梦辨》(亚东图书馆1929年4月出版)、《读诗札记》(北平人文书店1934年8月出版)、《读词偶得》(开明书店1934年出版)、《浮生六记》(俞校,开明书店1932年8月初版)、《陶庵梦忆》(朴社1932年9月出版)。

⊙《西还》封面

⊙《冬夜》封面

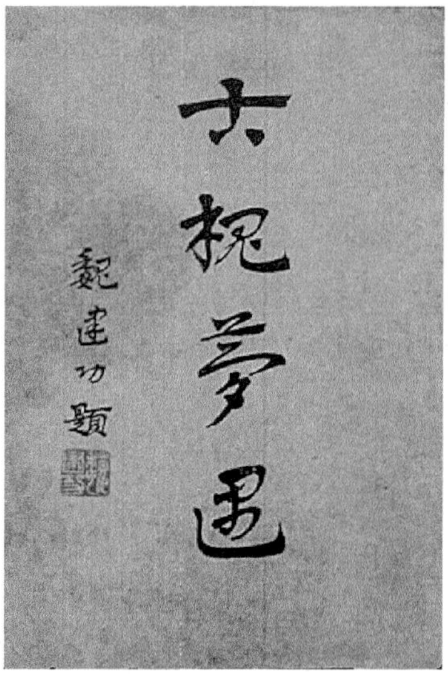

⊙《古槐梦遇》封面

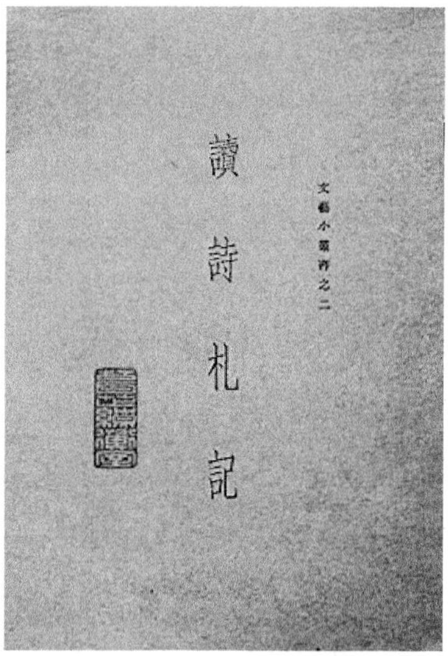

⊙《读诗札记》封面

⊙《读词偶得》封面

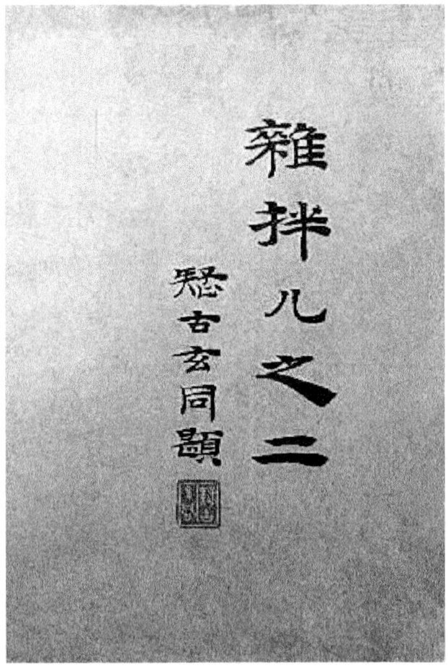

⊙《杂拌儿之二》封面

⊙《燕郊集》封面

⊙《剑鞘》封面

夏丏尊(1886—1946) 原名夏铸，字勉旃，号闷庵、平屋主人，浙江上虞人。1921年加入文学研究会，入会号55。留学日本东京高等工业学校。曾任浙江两级师范学堂、湖南省第一师范学校、浙江春晖中学、上海立达学园教员，以及暨南大学教授、开明书店编译所主任等。文学著作有：

散文 《平屋杂文》(开明文学新刊，开明书店1935年12月初版；三通小丛书，三通书局1940年10月初版)、《平屋随笔》(三通小丛书，三通书局1940年10月初版)。

小说 《十年》(夏丏尊编，短篇，开明书店1936年7月初版)、《十年续集》(夏丏尊编，短篇，开明书店1936年12月初版)。

翻译 《爱的教育》(亚米契斯著，开明书店1926年3月初版；世界少年文学丛刊，开明书店1934年10月出版)、《绵被》(田山花袋著，文学研究会丛书，商务印书馆1927年1月初版)、《国木田独步集》(国木田独步著，文学周报丛书，开明书店1927年8月初版)、《续爱的教育》(孟德格查著，开明书店1930年3月初版)。

其他著作 《文章讲话》(开明书店1933年出版)、《近代的恋爱观》(开明书店1929年4月出版)、《文心》(开明书店1933年6月初版)、《文章作法》(开明书店1926年8月初版)、《阅读与写作》(开明书店1938年4月出版)、《文艺论ABC》(世界书局1928年9月初版)。

⊙《绵被》封面

⊙《续爱的教育》封面

⊙《爱的教育》封面

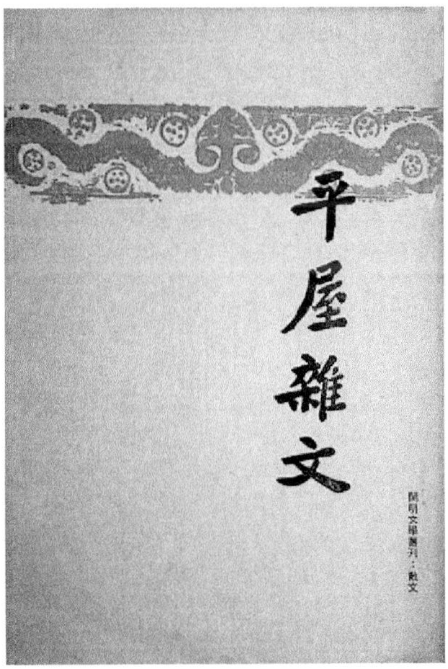

⊙《平屋杂文》封面

⊙《近代的恋爱观》封面

⊙《国木田独步集》封面

徐玉诺(1894—1958) 原名徐言信,笔名红蠖,河南鲁山人。毕业于河南开封第一师范学校。1921年加入文学研究会,入会号56。曾任河南鲁山中学、福州英华学院、吉林毓文中学、厦门集美学校等校教员,以及厦门《思明日报》编辑。文学著作有:

诗歌 《将来之花园》(文学研究会丛书,商务印书馆1922年8月初版)。

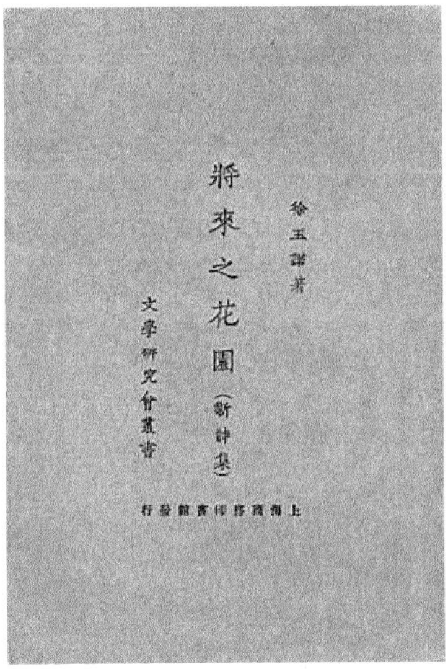

⊙《将来之花园》封面

严既澄(1899—?) 原名严锲,字既澄,笔名严素,室名初日楼,广东四会人。留学日本横滨,后入北京高等工业学校化学科。曾任职商务印书馆编译所。历任上海大学、杭州盐务学校、浙江省立一中、北京大学、北平师范大学、北平大学女子文理学院教员、讲师和教授等职。对儿童文学有较深研究。1921 年加入文学研究会,入会号 57。文学著作有:

诗歌 《初日楼少作》(霜枫小丛书,霜枫社 1924 年 11 月出版)、《初日楼诗》(线装,人文书店 1932 年 11 月出版)

小说 《美丽的夏天》(与兄弟合著,中华书局 1931 年版)、《儿童故事》(商务印书馆出版)

翻译 《水孩子》(儿童世界丛刊,金斯黎著,商务印书馆 1947 年 6 月初版)。

其他著作 《苏轼诗》(学生国学丛书,商务印书馆 1931 年 10 月初版)

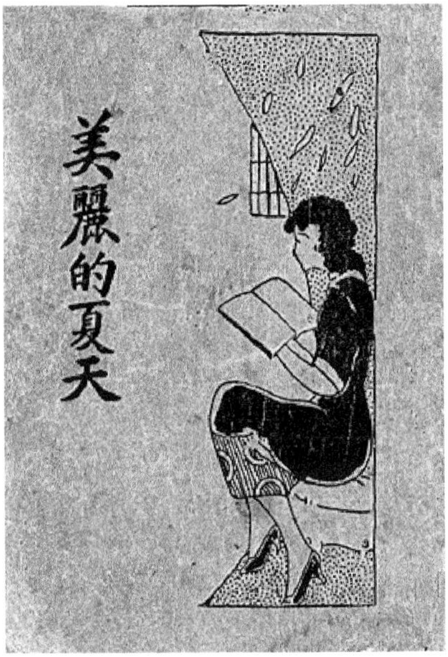

⊙《美丽的夏天》封面

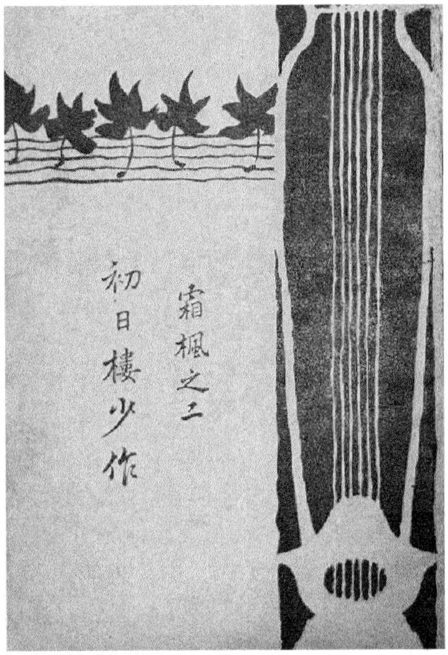

⊙《初日楼少作》封面

⊙《水孩子》封面

⊙《苏轼诗》封面

朱自清(1898—1948) 原名自华，号秋实，后改名自清，字佩弦，原籍浙江绍兴，生于江苏江都。毕业于北京大学。1921年加入文学研究会，入会号59。早年在浙江、江苏等地的中学任教，后任北京大学、北京师范大学、清华大学的教授。抗战期间，任昆明西南联大教授兼国文系主任。文学著作有：

诗歌 《踪迹》(诗文合集，亚东图书馆1924年12月初版)。

散文 《背影》(开明书店1928年10月初版)、《欧游杂记》(开明书店1934年9月初版)、《你我》(文学研究会创作丛书，商务印书馆1936年3月初版)、《伦敦杂记》(开明书店1943年4月初版)、《标准与尺度》(文光书店1948年4月初版)、《论雅俗共赏》(观察丛书，观察社1948年5月初版)。

⊙《欧游杂记》封面

⊙《论雅俗共赏》封面

⊙《踪迹》封面

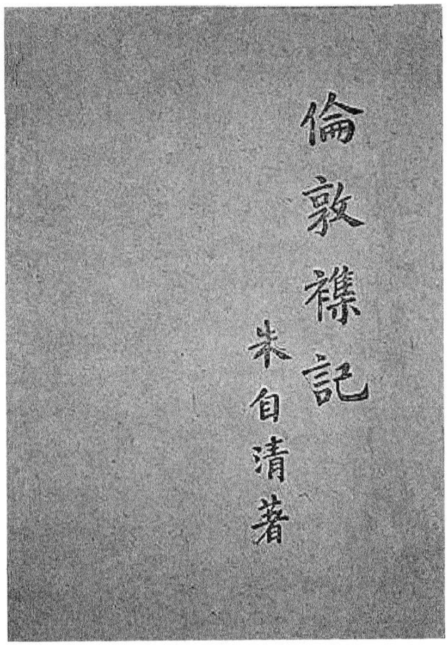

⊙《伦敦杂记》封面

⊙《背影》封面

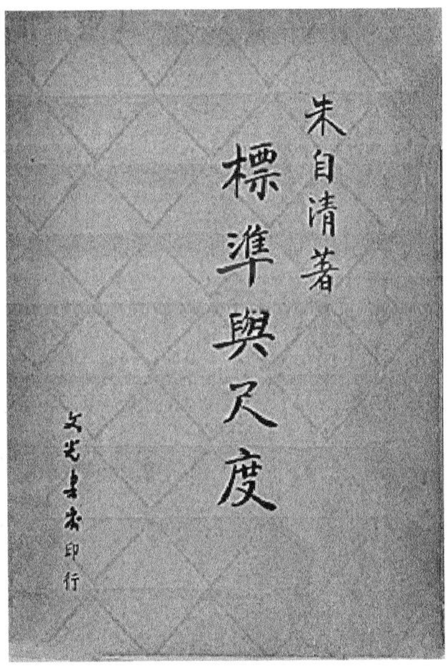

⊙《标准与尺度》封面

刘半农(1891—1934) 原名寿彭，后名复，初字半侬，后改半农，晚号曲庵，江苏江阴人。法国巴黎大学文学博士。1921年加入文学研究会，入会号60。曾任《新青年》杂志编辑。历任北京大学教授、辅仁大学教务长、中法大学服尔德学院中国文学系主任等职。文学著作有：

诗歌 《扬鞭集(上下卷)》(北京北新书局1926年6月出版上卷，1926年10月出版下卷)、《瓦釜集》(署刘复，北新书局1926年4月初版)、《初期白话诗稿》(北平星云堂书店影印，1933年出版)。

散文 《半农杂文(第一册)》(署刘复，北平星云堂书店1934年6月初版)、《半农杂文二集》(良友文库，良友图书印刷公司1935年5月初版)。

翻译 《猫探》(梅丽维勤著，小说汇刊，中华书局1917年4月初版)、《乾隆英使觐见记》(马嘎尔尼著，清外史丛刊，中华书局1917年8月初版)、《帐中说法》(唐格腊司著，小说汇刊，中华书局1918年1月初版)、《茶花女》(小仲马著，北京北新书局1926年7月初版)、《国外民歌译(第一集)》(署刘复，北京北新书局1927年4月初版)、《法国短篇小说集(第一册)》(拉萨尔等著，北京北新书局1927年6月初版)、《欧陆纵横秘史》(署刘半侬，中华书局1915年5月初版)。

⊙《国外民歌译》封面

⊙《茶花女》封面

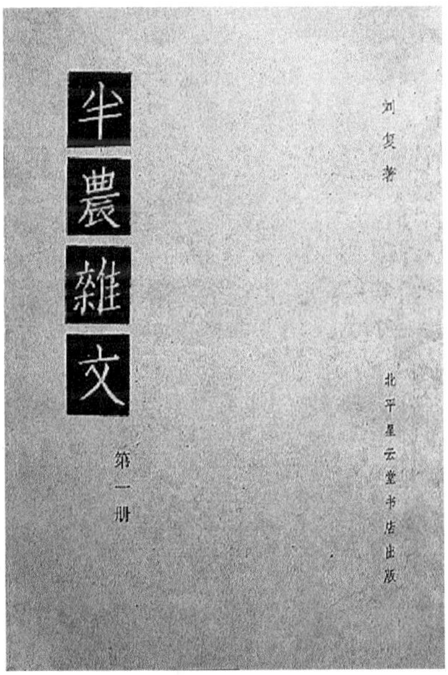

⊙《半农杂文》封面

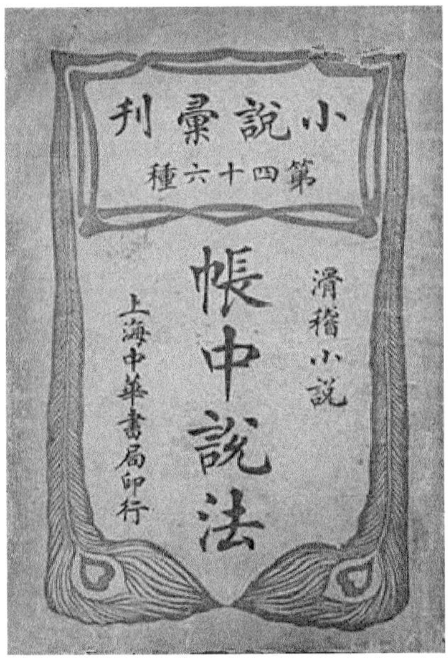

⊙《帐中说法》封面

⊙《扬鞭集》封面

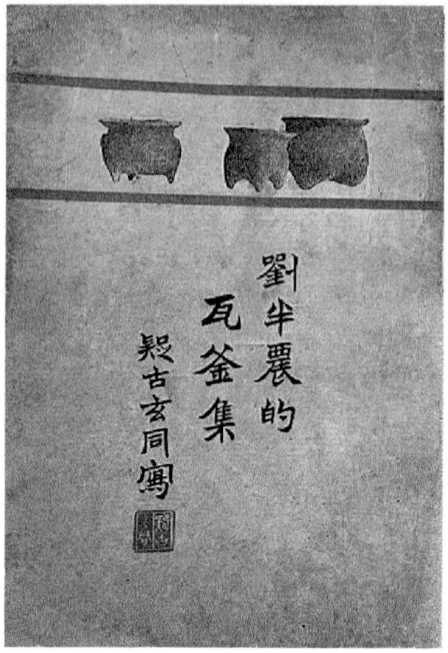

⊙《刘半农的瓦釜集》封面

罗稷南(1898—1971) 原名陈小航、陈强华，号陈晓航，又名陈子英，云南凤庆人。毕业于北京大学哲学系。1921年加入文学研究会，入会号62。曾任云南省立第一中学、哈尔滨市第一中学、吉林省立第一师范国文教员，以及国民革命军第四军101师政治部宣传科科长、第三军28师师部秘书、第十九路军总指挥部秘书、福建人民革命政府闽西善后委员会办公厅主任、读书生活出版社经理。文学著作有：

翻译 《幼年时代》(高尔基著，署陈小航，商务印书馆1931年6月初版)、《怒吼吧中国》(铁捷克著，读书生活出版社1936年11月初版)、《燎原》(高尔基著，生活书店1937年4月初版)、《铁甲列车》(伊凡诺夫著，读书生活出版社1937年6月初版)、《磁力》(高尔基著，生活书店1937年10月初版)、《和列宁相处的日子》(高尔基著，生活书店1938年6月初版)、《安娜·卡列尼娜》(托尔斯泰著，桂林学生出版社1943年出版)、《魔影(上下)》(高尔基著，大时代书局1945年出版)、《没落》(高尔基著，神州国光社1947年2月出版)、《双城记》(狄更斯著，骆驼书店1947年初版)、《旁观者》(高尔基著，生活书店1948年4月初版)、《有产者》(高斯华绥著，骆驼书店1948年10月初版)、《漂亮女人》(派克等著，晨光出版公司1949年3月初版)。

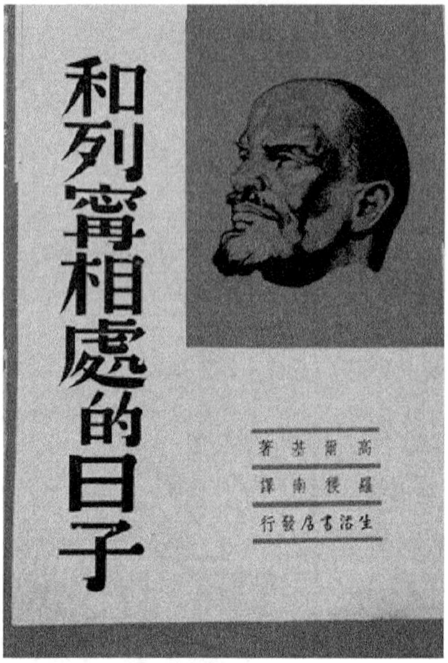

⊙《和列宁相处的日子》封面

⊙《安娜·卡列尼娜》封面

⊙《漂亮女人》封面

⊙《幼年时代》封面

⊙《铁甲列车》封面

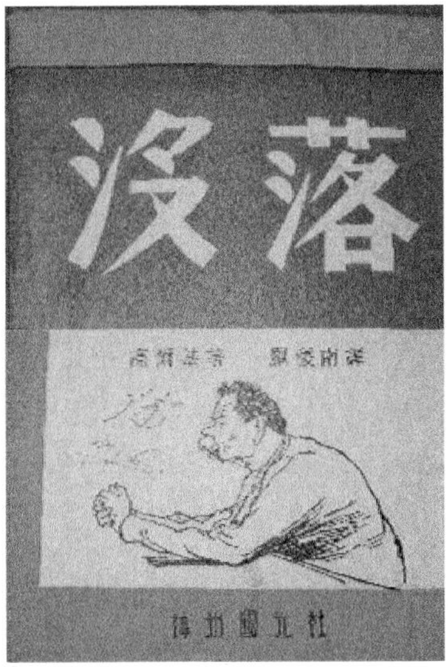

⊙《没落》封面

周予同(1898—1981)　原名周毓懋、周豫桐、周蘧、周怡安,字予同,福建福州人。1921 年加入文学研究会,入会号 64。毕业于北京师范大学,历任商务印书馆编辑,安徽大学、暨南大学、复旦大学等校教授。无文学著作。

其他著作　《本国史》(开明书店 1947 年 7 月初版)、《经古今文学》(商务印书馆 1926 年 2 月初版)、《经学历史》(商务印书馆 1929 年 3 月初版)、《开明本国史教本》(开明书店 1931 年 12 月初版)、《群经概论》(商务印书馆 1947 年 2 月出版)、《中国现代教育史》(良友图书印刷公司 1934 年 10 月初版)、《中国学校制度》(商务印书馆 1934 年 1 月出版)、《朱熹》(商务印书馆 1929 年 10 月出版)。

⊙《中国现代教育史》封面

⊙《开明本国史教本》封面

⊙《经学历史》封面

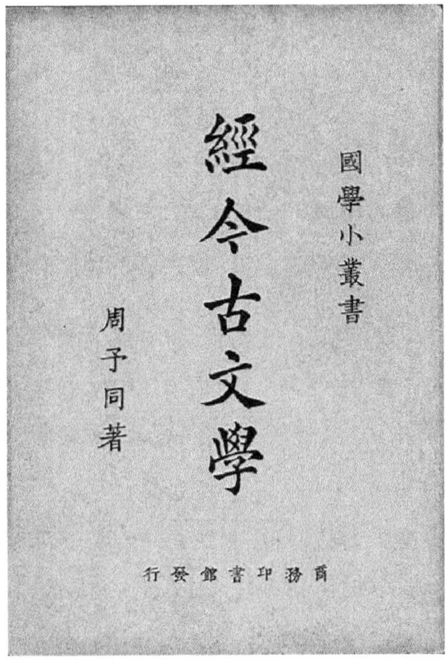

⊙《经今古文学》封面

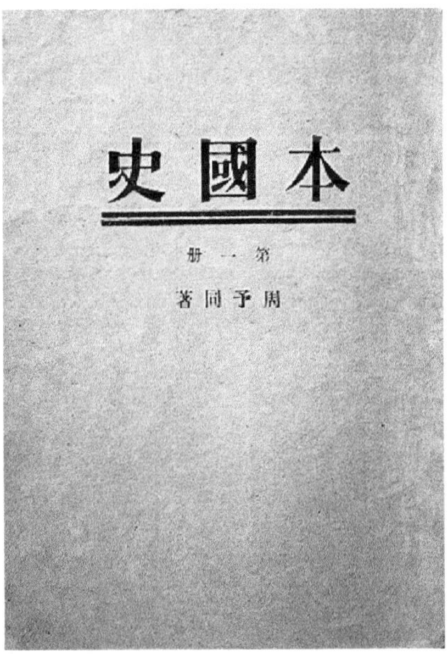

⊙《本国史》封面

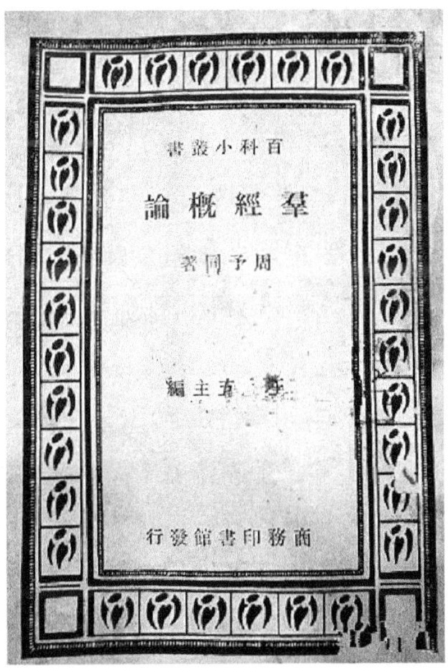

⊙《群经概论》封面

周建人(1888—1984)　初名松寿，后改建人，字乔峰，浙江绍兴人。笔名克士、高山等，鲁迅三弟。1921年加入文学研究会，入会号65。早年从事生物学研究和编译，曾任商务印书馆编辑，并在上海大学、安徽大学、暨南大学任教。抗战胜利后任生活书店、新知书店编辑。文学著作有：

散文　《田野的杂草》(士林书店1949年3月初版)。

翻译　《梭罗古勃》(约翰科尔诺斯等著，合译，小说月报丛刊，商务印书馆1925年3月初版)

其他著作　《动物学》(复兴教科书，商务印书馆1933年7月初版)、《论优生学与种族歧视》(新知书店1948年出版)、《鸟类生活》(新小学文库，商务印书馆1947年11月初版)、《人体的结构》(北新书局出版)、《生物进化论》(大江书铺1929年10月初版)、《生物学浅说》(新青年学习丛书，光华书店出版)、《兽类生活》(商务印书馆1947年11月初版)、《田野的杂草》(士林书店1949年3月初版)、《新哲学手册》(大用图书公司1949年12月初版)、《性教育》(万有文库，商务印书馆1929年10月初版)、《性与人生》(妇女问题研究会丛书，开明书店1927年1月初版)、《性与遗传》(妇女问题研究会丛书，开明书店出版)、《有趣的植物问题》(商务印书馆1947年11月初版)、《种的起源》(生活书店1947年1月初版)。

⊙《生物进化论》封面

⊙《论优生学与种族歧视》封面

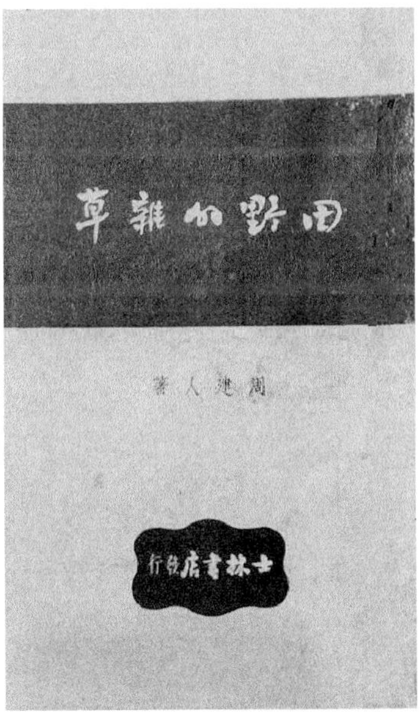

⊙《田野的杂草》封面

⊙《开明植物学教本》封面

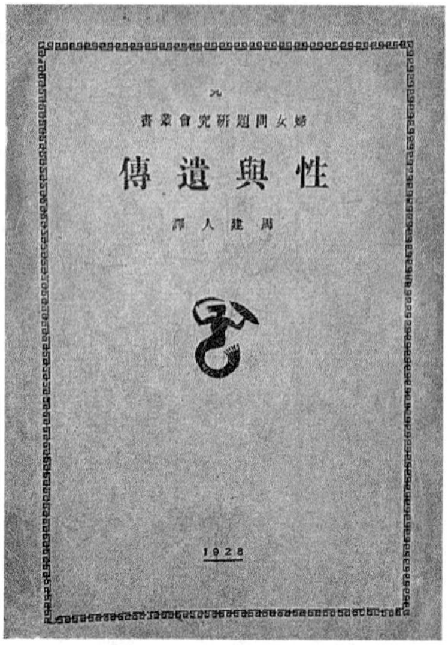

⊙《性与遗传》封面

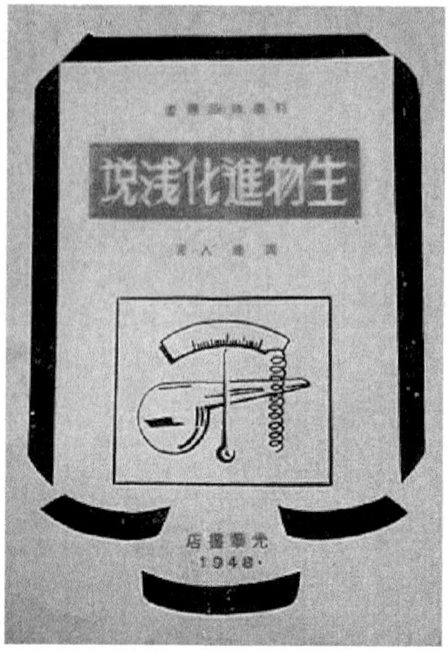

⊙《生物进化浅说》封面

黎锦晖(1891—1967) 字均荃,湖南湘潭人。早年参加北京大学音乐团活动。1921年加入文学研究会,入会号68。主要从事儿童歌舞剧和儿童表演歌曲的创作。1929年创办明月歌舞剧社,长期在电影戏剧界工作。文学著作有:

小说 《留欧外史》(长篇,一集上篇,烂熳丛书,美的书店1928年4月出版)、《十个顽童》(短篇,中华书局1929年5月初版)。

戏剧 《葡萄仙子》(独幕八场歌剧,儿童文学丛书,中华书局1923年12月初版)、《月明之夜》(独幕七场歌舞剧,中华书局1926年3月初版)、《三蝴蝶》(独幕八场歌舞剧,中华书局1926年11月初版)、《麻雀与小孩》(又名《觉悟少年》,独幕六场歌舞剧,中华书局1928年2月初版)、《春天的快乐》(八场少女歌舞剧,中华书局1928年3月初版)、《七姊妹游花园》(七场少女歌舞剧,中华书局1928年6月初版)、《神仙妹妹》(四场儿童歌舞剧,据五幕歌舞剧《神仙姐姐》改编,中华书局1928年10月初版)、《小小画家》(二场滑稽歌舞剧,中华书局1929年10月初版)、《最后的胜利》(五场革命歌舞剧,中华书局1930年12月初版)、《小羊救母》(七场小小歌舞剧,中华书局1931年2月初版)、《小利达之死》(五场小小歌舞剧,中华书局1935年11月初版)。

⊙《三个小宝贝》封面

⊙《神仙妹妹》封面

⊙《我愿意》封面

⊙《春朝曲》封面

⊙《卖花词》封面

⊙《七姊妹游花园》封面

马国英　字国英，江苏人。1922 年加入文学研究会，入会号 69。无文学著作。

其他著作　《国音独习法》（中华书局 1926 年 5 月出版）、《国语会话》（世界书局 1947 年 9 月出版）、《国语普通会话》（中华书局 1929 年 3 月出版）、《新式标点使用法》（中华书局 1940 年 6 月出版）、《学生国语字典》（世界书局 1921 年 12 月初版）、《中学师范注音符号教本》（世界书局 1932 年 11 月出版）、《国语交际会话》（中华书局 1929 年 3 月出版）、《国语文研究法》（中华书局 1931 年 6 月出版）。

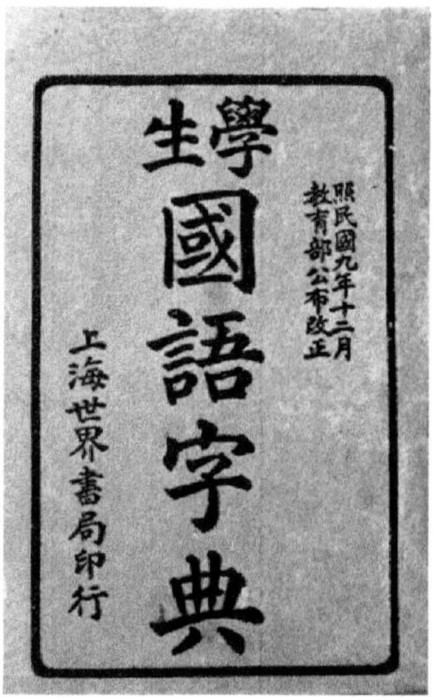

⊙《学生国语字典》封面

⊙《新式标点使用法》封面

⊙《国语普通会话》封面

⊙《国语会话》封面

⊙《国音独习法》封面

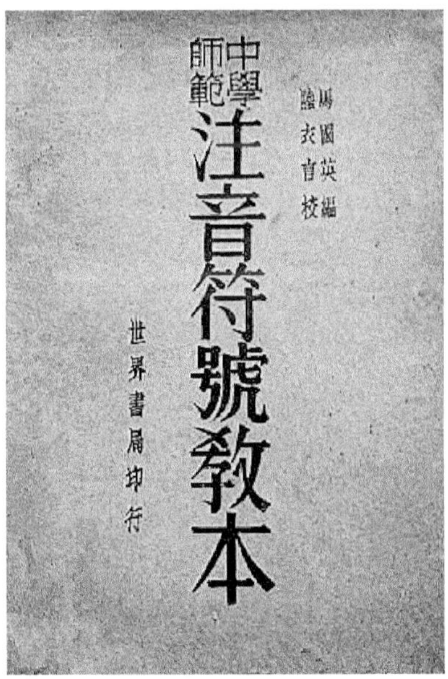

⊙《中学师范注音符号教本》封面

乐嗣炳(1901—1984) 字嗣炳,笔名乐山、乐观,浙江镇海人。1922年加入文学研究会,入会号70。曾任国语专修学校教师兼教务主任,中华书局编辑,《国语月刊》主编,以及私立东方公学、艺术大学、上海大学、暨南大学、复旦大学和中国公学教授等。无文学著作。

其他著作 《国音讲义》(中华书局1924年11月出版)、《国语概论》(中华书局1936年2月初版)、《国语旗语》(中华书局1922年8月初版)、《实用国语会话》(大众书局1934年11月初版)。

⊙《国语概论》封面

⊙《国音讲义》封面

⊙《实用国语会话》封面

⊙《国语旗语》封面

熊佛西(1900—1965) 原名熊福禧，谱名金润，字化侬，笔名戏子，江西丰城人。毕业于燕京大学，留学美国。1922年加入文学研究会，入会号71。与沈雁冰等组织民众戏剧社，编辑《戏剧》月刊。历任北京艺术专门学校教授、燕京大学讲师、四川省立戏剧教育实验学校和上海实验戏剧学校校长。文学著作有：

散文 《山水人物印象记》(桂林当代文艺社1944年5月初版)。

小说 《铁苗》(长篇，文人出版社丛书，桂林文人出版社1942年12月初版)、《铁花》(长篇，怀正文艺丛书，怀正文化社1947年6月初版)。

戏剧 《青春的悲哀》(文学研究会通俗戏剧丛书，商务印书馆1924年1月初版)、《佛西戏剧》(北平古城书社1927年12月初版)、《王三》(平民读物，北京中华平民教育促进总会1929年6月初版)、《芝兰与仲卿》(平民读物，北京中华平民教育促进总会1929年6月初版)、《医生王治康》(又名《救星》，平民读物第二十二号，定县中华平民教育促进会1929年6月初版)、《喇叭》(平民读物，中华平民教育促进会1929年6月初版)、《佛西戏剧第一集》(商务印书馆1930年3月初版)、《佛西戏剧第二集》(商务印书馆1930年3月初版)、《佛西戏剧第三集》(商务印书馆1933年3月初版)、《佛西戏剧第四集》(商务印书馆1933年3月初版)、《锄头健儿》(定县中华平民教育促进会1933年7月初版)、《屠户》(原名《孔大爷》,新中华丛书,文艺汇刊,中华书局1934年12月初版)、《政大爷》(平民读物,定县中华平民教育促进会1935年5月初版)、《赛金花》(实报丛书之二十九,北平实报社1937年3月初版)、《过渡及其演出》(北平正中书局1937年5月初版)、《后防》(长沙中华平民教育促进会1937年11月初版)、《中华民族的子孙》(抗战戏剧集第一种,中华平民教育促进会抗战剧团主编,成都中华平民教育促进会抗战剧团1938年3月初版)、《后防·中华民族的子孙》(生活书店1938年初版;成都中华平民教育促进会1939年1月初版;成都四川省立戏剧教育实验学校编辑委员会1939年1月出版)、《世界公敌》(原名《害群之马》,中央青年剧社剧本创作选第七种,重庆青年出版社1941年6月初版)、《佛西抗战戏剧集》(重庆华中图书公司1942年7月初版)。

其他著作 《佛西论剧》(新月书店1931年9月初版)、《过渡及其演出》(正中书局1937年5月京初版)、《戏剧大众化之实验》(正中书局1937年4月京初版)、《写剧原理》(中华书局1933年11月初版)。

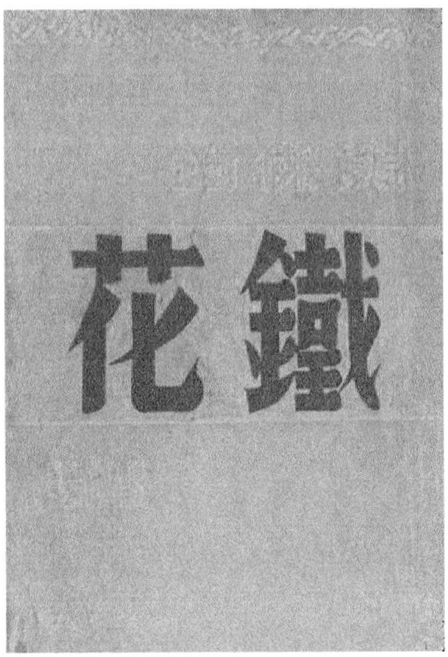

⊙《铁花》封面

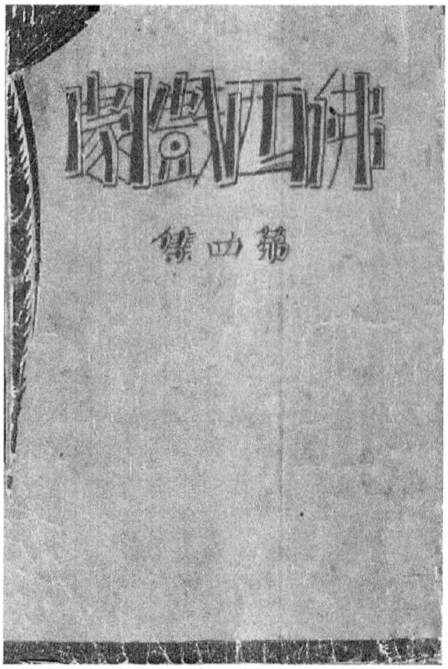

⊙《佛西戏剧》(第四集)封面

⊙《佛西戏剧》封面

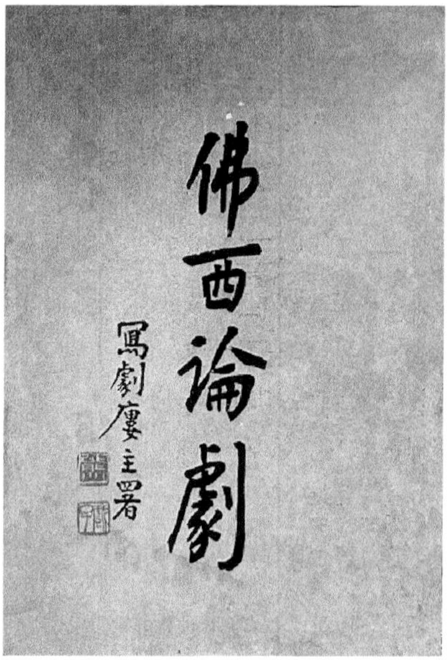

⊙《佛西论剧》封面

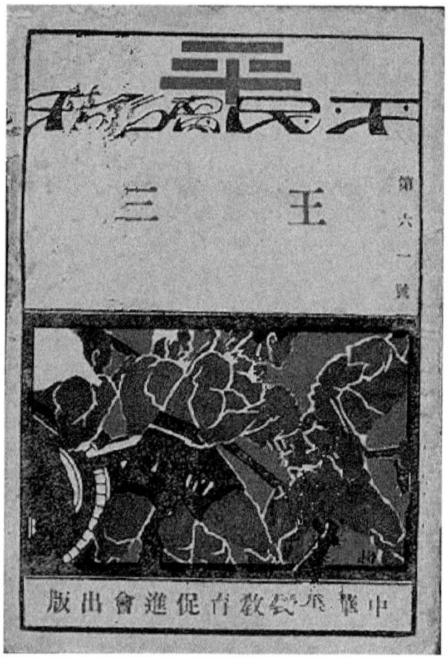

⊙《王三》封面

⊙《赛金花》封面

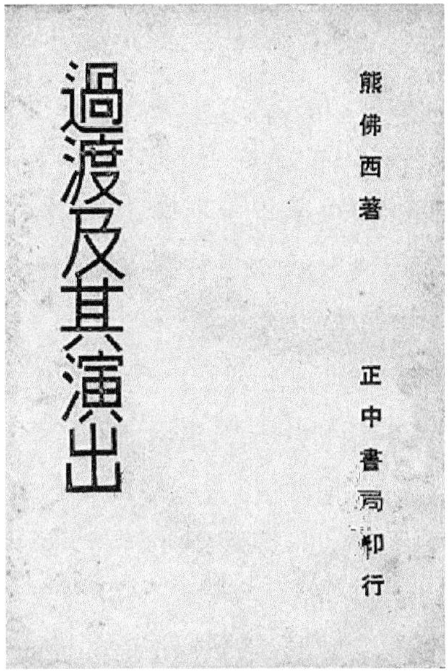

⊙《过渡及其演出》封面

⊙《写剧原理》封面

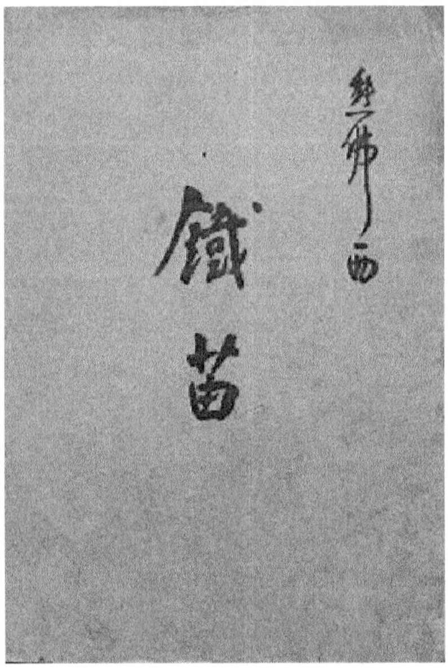

⊙《铁苗》封面

邓演存(生卒年份不详) 原名邓绎,字演存,江西南城人。1922年加入文学研究会,入会号72。文学著作有:

翻译 《黑暗之光》(L.托尔斯泰著,共学社丛书,商务印书馆1921年初版;共学社文学丛书,商务印书馆出版)、《长子》(高尔斯倭绥著,文学研究会丛书,商务印书馆1922年1月初版)。

⊙《长子》封面

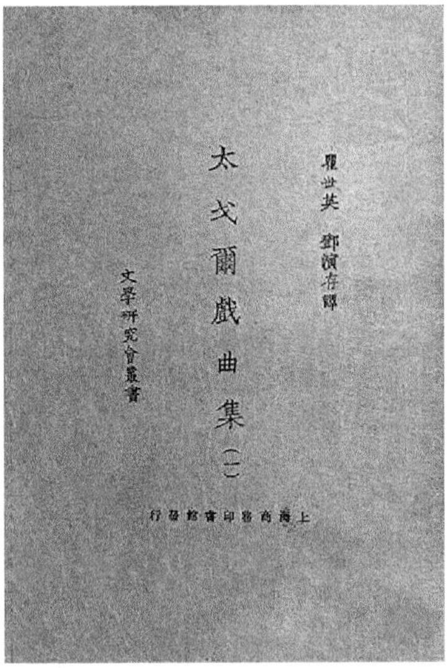

⊙《太戈尔戏曲集》封面

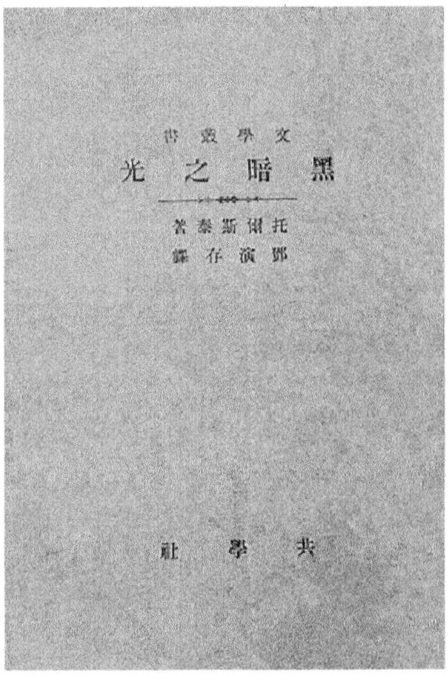

⊙《黑暗之光》封面

谢冰心(1900—1999)　原名谢婉莹，福建闽侯人。毕业于燕京大学，留学美国卫斯理大学。1922年加入文学研究会，入会号74。先后在燕京大学、清华大学、北平女子文理学院任教。抗战时期在昆明、重庆等地从事写作。文学著作有：

诗歌　《繁星》(文学研究会丛书，商务印书馆1923年1月初版)、《春水》(文艺丛书，周作人编，新潮社1923年5月出版；奉天东方书店1939年2月出版)、《冰心诗集》(冰心全集之二，北新书局1923年8月初版)。

散文　《寄小读者》(北新书局1926年5月初版)、《往事》(创作合集，开明书店1930年1月初版)、《南归》(黄皮丛书，北新书局1931年9月初版)、《冰心散文集》(冰心全集之三，北新书局1932年9月初版)、《闲情》(黄皮丛书，北新书局1933年1月初版)、《平绥沿线旅行记》(平绥铁路旅行读物之一，平绥铁路管理局1935年2月初版)、《冰心游记》(北新书局1935年3月初版，是《平绥沿线旅行记》易名重印本)、《冰心散文》(三通小丛书，三通书局1941年1月初版)、《关于女人》(署男士，重庆天地出版社1943年9月初版)。

小说　《超人》(短篇，文学研究会丛书，商务印书馆1923年5月初版)、《姑姑》(短篇，黄皮丛书，北新书局1932年9月初版)、《去国》

（短篇，黄皮丛书，北新书局1933年10月初版）、《冰心小说集》（短篇，北新书局1933年1月初版）、《冬儿姑娘》（短篇，北新书局1935年5月初版）。

翻译 《先知》（凯罗·纪伯伦著，新月书店1931年9月初版）。

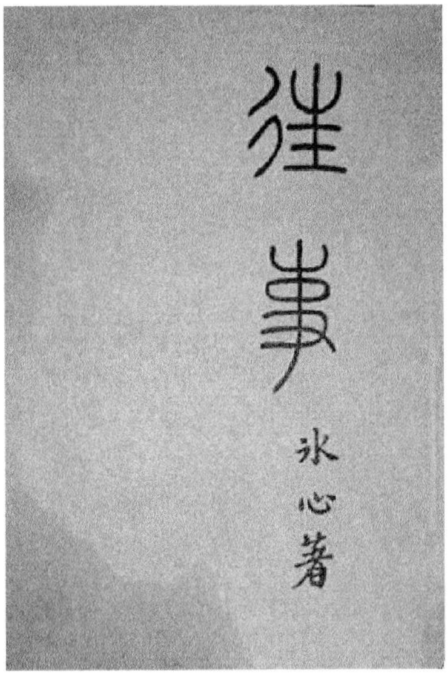

⊙《往事》封面

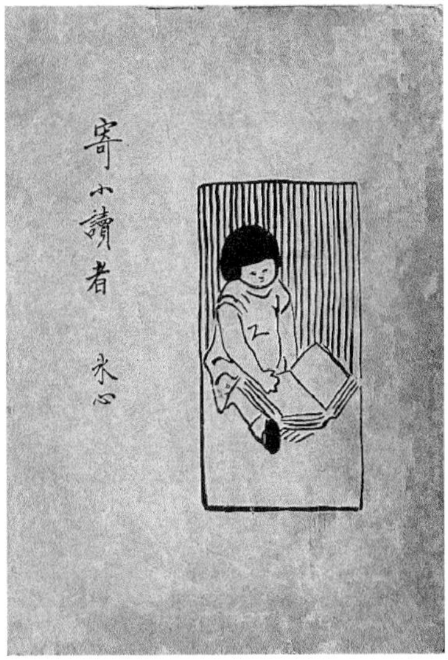

⊙《寄小读者》封面

⊙《冬儿姑娘》封面

⊙《冰心游记》封面

⊙《冰心诗集》封面

⊙《先知》封面

王伯祥(1890—1975) 原名王锺麒,字伯祥,号容叟,江苏苏州人。1923年加入文学研究会,入会号76。曾长期担任上海商务印书馆和开明书店编辑。无文学著作。

其他著作 《中国学术思想演进史》(中国文化服务社1940年4月出版)、《左传读本》(开明书店1940年11月初版)。

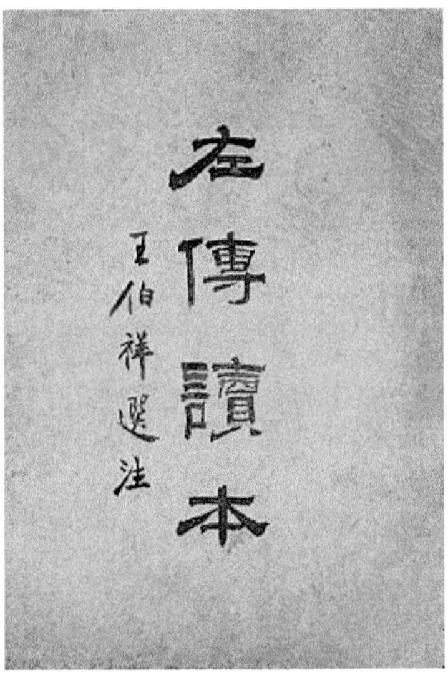

⊙《左传读本》封面

⊙《中国学术思想演进史》封面

陈望道(1891—1977) 原名陈参一，字任重，浙江省义乌人。曾留学日本早稻田大学、中央大学。1920年在上海编辑《新青年》，出版译著《共产党宣言》。1923年加入文学研究会，入会号78。历任复旦大学、安徽大学、广西大学等校教授。20世纪30年代主编《太白》半月刊，发动大众语运动。文学著作有：

散文 《望道文辑》(读者书房1936年6月初版)。

其他著作 《美学概论》(民智书局1927年8月初版)、《社会意识学大纲》(大江书铺1929年12月版)、《因明学》(世界书局1931年10月版)、《修辞学发凡》(大江书铺1933年7月版)、《小品文和漫画》(生活书店1935年4月版)、《伦理学底根本问题》(中华书局1936年12月初版)、《苏俄文学理论》(开明书店1940年3月版)、《中国文法革新论丛》(文聿出版社1943年8月初版)、《作文法讲义》(民智书局1925年9月版)。

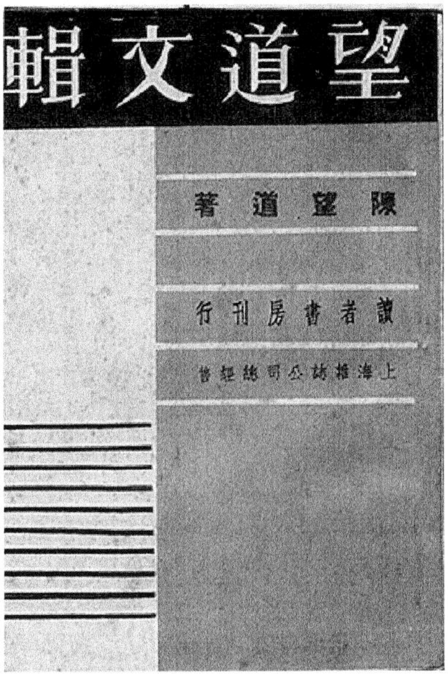

⊙《望道文辑》封面

⊙《苏俄文学理论》封面

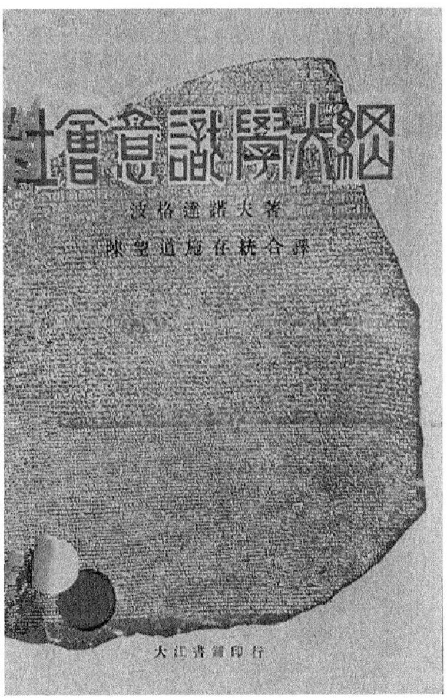

⊙《社会意识学大纲》封面

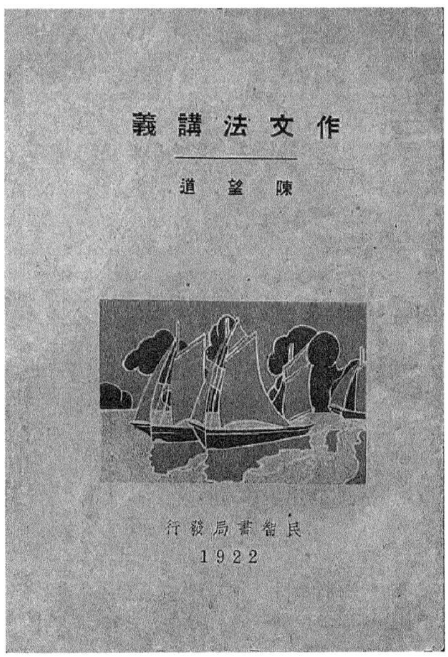

⊙《作文法讲义》封面

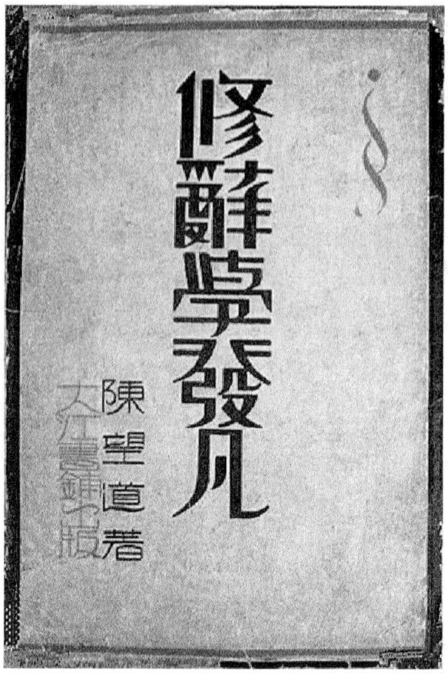

⊙《修辞学发凡》封面

⊙《小品文和漫画》封面

刘大白(1880—1932) 原名金庆棪，后改姓刘，名靖裔，字大白，别号白屋，浙江绍兴人。清朝贡生。1923年加入文学研究会，入会号79。曾任浙江第一师范教员、复旦大学教授以及国民政府教育部常任次长、代理部长等职。文学著作有：

诗歌 《旧梦》(文学研究会丛书，商务印书馆1924年3月初版)、《邮吻》(黎明社丛书，开明书店1926年12月出版)、《再造》(开明书店1929年9月初版)、《丁宁》(开明书店1929年11月初版)、《卖布谣》(开明书店1929年11月初版)、《秋之泪》(开明书店1930年1月初版)、《白屋遗诗》(旧诗，开明书店1935年出版)。

散文 《摹状文》(编辑，世界书局1933年3月初版)、《发抒文》(编辑，世界书局1933年3月初版)、《白屋书信》(大众书局1936年4月版)、《白屋文话》(世界书局1929年版)。

小说 《故事的坛子》(长篇，黎明书局1934年5月初版)。

其他著作 《旧诗新话》(开明书店1928年出版)、《白屋说诗》(大江书铺1929年出版)、《中国文学史》(大江书铺1933年出版)、《文字学概论》(大江书铺1933年出版)。

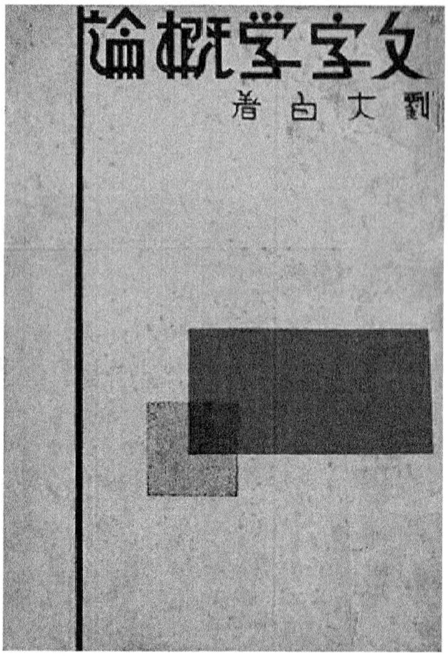

⊙《文字学概论》封面

⊙《白屋说诗》封面

⊙《白屋遗诗》封面

⊙《邮吻》封面

⊙《卖布谣》封面

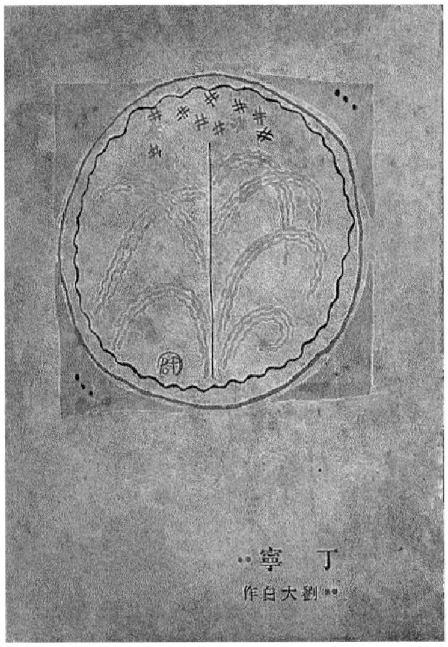

⊙《丁宁》封面

王任叔(1901—1972) 乳名朝伦，谱名运镗，字任叔，号愚庵，笔名巴人等，浙江奉化人。1923年加入文学研究会，入会号80。历任宁波《四明日报》编辑、北伐军总司令部秘书处秘书、上虞春晖中学教员等。抗战时期在南洋开展华人文化统战工作。文学著作有：

诗歌 《情诗》(散文诗，春风学社丛书，宁波春风学社1923年出版)。

散文 《扪虱谈》(署巴人，世界书局1939年7月初版)、《边风录》(署巴人，重庆读书出版社1943年2月初版)、《学习与战斗》(上海杂志公司1946年4月初版)。

小说 《监狱》(短篇，光华书局1927年12月初版)、《破屋》(短篇，生路社文艺丛书，生路社1928年6月初版)、《殉》(短篇，泰东图书局1928年8月初版)、《死线上》(长篇，金屋书店1928年9月初版)、《阿贵流浪记》(中篇，光华书局1928年10月初版)、《在没落中》(短篇，创作丛书，乐华图书公司1930年9月初版)、《某夫人》(武汉日报丛书，汉口武汉日报社1935年1月初版)、《乡长先生》(短篇，良友文库，良友图书印刷公司1936年1月初版)、《捉鬼篇》(短篇，新城丛书，新城书局1936年3月初版)、《证章》(长篇，小型文库，文学出版社1936年7月出版)、《流沙》(短篇，文学研究会创作丛书，商务印书馆1937年6月初版)、《皮包和烟斗》(短篇，光明文艺丛书，光明书局1940年5月初版）、《佳讯》（短篇，文学研究会创作丛书，商务印书馆1940年8月初版）、《一个东家的故事》（中篇，署巴人，中篇小说丛书，广西未明社1942年3月初版）。

戏剧 《前夜》（署巴人，四幕悲剧，中国的悲剧丛书，香港海燕书店1940年7月初版；上海1949年7月新一版，改名《费娜小姐》）、《两代的爱》（五幕剧，署巴人，海燕书店1941年2月初版；1947年5月新版，改名《杨达这个人》）。

翻译 《和平》（小说，格莱赛著，署屈轶，大时代文艺丛书，世界书局1939年7月初版）、《铁》（小说，岩滕雪夫著，署巴人，人民书店1939年8月出版）。

⊙《两代的爱》封面

⊙《学习与战斗》封面

⊙《扪虱谈》封面

⊙《监狱》封面

⊙《边风录》封面

⊙《费娜小姐》封面

赵景深(1902—1985),原名旭初,笔名邹啸,祖籍四川宜宾,生于浙江丽水。毕业于天津棉业专门学校。1923年加入文学研究会,入会号81。曾主编会刊《文学周报》。早年在长沙岳云中学、湖南第一师范学校任教员,后任开明书店、北新书局编辑,以及复旦大学、安徽学院中文系主任等。文学著作有:

诗歌 《乐园》(编译,新教育书社1922年出版)、《荷花》(开明书店1928年6月初版)、《现代诗选》(中学国语补充读本之一,北新书局1934年5月出版)。

散文 《小妹》(黄皮丛书,北新书局1933年3月初版)、《琐忆集》(创作新刊,北新书局1936年1月初版)、《文人剪影》(创作新刊,北新书局1936年9月出版)、《海上集》(创作新刊,北新书局1941年12月初版)、《银字集》(文学新刊,永祥印书馆1946年3月初版)、《文人印象》(创作新刊,北新书局1946年4月初版)、《文坛忆旧》(创作新刊,北新书局1948年4月初版)。

小说 《为了爱》(短篇,又名《栀子花球》,北新书局1928年11月初版)、《失恋的故事》(短篇,新文化书社1934年4月出版)。

戏剧 《天鹅歌剧》(作词,邱文藻作曲,六幕歌剧,文学研究会丛书,商务印书馆1928年10月初版)、《小朋友歌舞曲》(歌剧,费伯胤曲,

⊙《天鹅歌剧》封面

小朋友全书之一，北新书局 1930 年 8 月初版）。

翻译 《无画的画帖》(童话，安徒生著，新文化书社 1923 年 8 月初版)、《悒郁》(柴霍甫著，开明书店 1927 年 6 月初版)、《安徒生童话新集》(亚细亚书局 1928 年 9 月初版)、《罗亭》(屠格涅夫著，商务印书馆 1928 年 9 月初版)、《安徒生童话集》(绿波社丛书，安徒生著，新文化书社 1928 年出版)、《月的话》(世界少年文学丛刊，安徒生著，开明书店 1929 年 6 月初版)、《快乐的结局》(契诃夫著，开明书店 1930 年 3 月初版)、《黑衣僧》(柴霍甫著，开明书店 1930 年 3 月初版)、《香槟酒》(柴霍甫著，开明书店 1930 年 3 月初版)、《女人的王国》(柴霍甫著，柴霍甫短篇杰作集，开明书店 1930 年 3 月初版)、《妖妇》(柴霍甫著，开明书店 1930 年 5 月初版)、《审判》(柴霍甫著，开明书店 1930 年 5 月初版)、《金雨》(格林童话合集一，北新书局 1930 年 5 月初版)、《孩子们》(柴霍甫著，开明书店 1930 年 5 月初版)、《柴霍甫短篇杰作集》(开明书店 1930 年出版)、《老年》(柴霍甫著，开明书店 1930 年出版)、《皇帝的新衣》(世界少年文学丛刊，安徒生著，开明书店 1931 年 3 月出版)、《柳下》(世界少年文学丛刊，安徒生著，开明书店 1931 年 8 月初版)、《白蛇》(格林著，北新书局 1933 年 5 月初版)、《猛鹰》(格林著，北新书局 1937 年出版)、《海兔》(格黎牧著，北新书局 1937 年出版)、《儿童的诗园》(史蒂文生著，儿童文学丛书，北新书局 1943 年 1 月初版)。

⊙《月的话》封面

⊙《银字集》封面

⊙《中国文学小史》封面

⊙《栀子花球》封面

⊙《海上集》封面

⊙《中国小说论集》封面

⊙《罗亭》封面

⊙《俄国三大文豪》封面

李青崖(1886—1969) 原名李运辰，字戊于，湖南湘阴人。复旦大学肄业，留学比利时。1923年加入文学研究会，入会号82。主要从事法国文学的翻译与介绍。曾任湖南省周南女校、高等商业学校、楚怡工业学校教员，以及南京中央大学、复旦大学、大夏大学等校教授。文学著作有：

小说 《上海》(短篇，新月书店1933年2月初版)。

翻译 《莫泊桑短篇小说集(第一册)》(文学研究会丛书，商务印书馆1923年11月初版)、《髭须及其他》(上海朴社1924年11月初版)、《莫泊桑短篇小说集(第二册)》(文学研究会丛书，商务印书馆1924年11月初版)、《莫泊桑短篇小说集(第三册)》(文学研究会丛书，商务印书馆1924年11月初版)、《木马》(雷里·安瑞合著，文学研究会丛书，商务印书馆1925年4月初版)、《波华荔夫人传》(弗罗贝尔著，文学研究会丛书，商务印书馆1927年6月初版)、《波纳尔之罪》(法郎士著，商务印书馆1928年12月初版)、《启示录的四骑士》(伊巴露兹著，欧美名家小说丛刊，北新书局1929年3月初版)、《苡威荻集》(莫泊桑著，北新书局1929年4月初版)、《哼哼小姐》(莫泊桑著，北新书局1929年5月初版)、《羊脂球集》(莫泊桑著，北新书局1929年6月初版)、《霍多父子集》(莫泊桑集之五，北新书局 1929 年 7 月初版）、《艺林外史》（法郎士著，文学研究会丛书，商务印书馆 1930 年 3 月初版）、《珍珠小姐集》（北新书局 1930 年 5 月初版）、《蝇子姑娘集》（北新书局 1931 年出版）、《俘虏》（都德等著，开明书店 1932 年 1 月初版）、《四骑士（上中下）》（伊巴臬兹著，世界文学名著丛书，商务印书馆 1935 年 9 月初版）、《法兰西短篇小说集》（马玑丽德后等著，商务印书馆 1936 年 3 月初版）、《羊脂球》（莫泊桑著，三通书局 1940 年 10 月初版）、《首饰》（莫泊桑著，启明出版社 1941 年出版）、《橄榄田集》（莫泊桑著，长沙商务印书馆 1941 年出版）、《天外集》（莫泊桑著，莫泊桑短篇全集，长沙商务印书馆 1941 年出版）、《饕餮的巴黎》（左拉著，大地书局 1947 年 11 月初版）。

⊙《启示录的四骑士》封面

⊙《羊脂球集》封面

⊙《饕餮的巴黎》封面

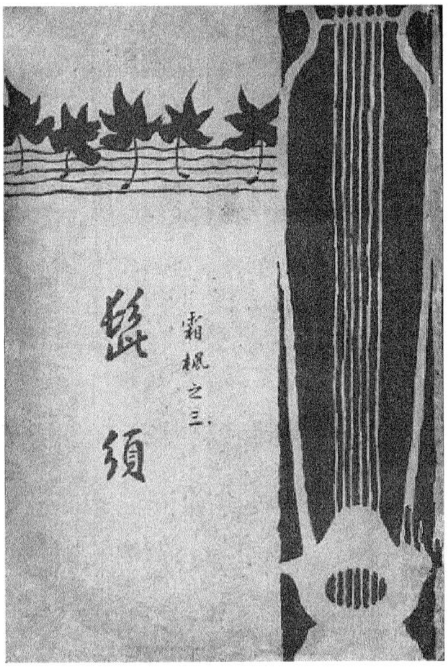

⊙《髭须》封面

⊙《上海》封面

⊙《哼哼小姐》封面

张近芬(? —1939)，字崇南，笔名有近芬、C.F.女士等，上海嘉定人。1923年加入文学研究会，入会号83。毕业于江苏第三女师，曾任该校下属小学的教员。后在上海同德医校学习，成绩优异，赴德国柏林大学专研公共卫生。可惜英年早逝。文学著作有：

诗歌 《浪花》(署C.F.女士，北京新潮社1923年初版)。

翻译 《梦》(须莱纳尔著，署C.F.女士，阳光社文艺小丛书，北京阳光社1923年7月初版)、《纺轮的故事》(孟代著，署C.F.女士，新潮社文艺丛书，北新书局1924年5月初版)。

其他著作 《游德的观察》(汉文正楷印书局出版)。

⊙《游德的观察》封面

⊙《梦》封面

⊙《纺轮的故事》封面

侯曜(1900—1945) 字翼星，笔名一星等，广东番禺人。毕业于南京高等师范学校。1923年加入文学研究会，入会号86。一生主要从事戏剧创作和演出活动。曾任上海长城画片公司编剧主任及导演。文学著作有：

小说 《太平洋上的风云》(长篇，工商日报丛刊，香港工商日报1935年8月初版)。

戏剧 《复活的玫瑰》(文学研究会通俗戏剧丛书第二种，商务印书馆1924年3月初版)、《山河泪》(文学研究会通俗戏剧丛书第四种，商务印书馆1925年5月初版)、《弃妇》(文学研究会通俗戏剧丛书第三种，商务印书馆1925年5月初版)、《睁眼的瞎子》(平民教育小丛刊，南京中华平民教育促进会总会1926年1月初版)、《顽石点头》(文学研究会通俗戏剧丛书第八种，商务印书馆1928年3月初版)、《春的生日》(文学研究会通俗戏剧丛书第九种，商务印书馆1928年10月初版)、《复活的国魂》(天津商报馆1932年出版，成都1936年翻印)、《春闺梦里人》(上海长城画片公司出版)、《海角诗人》(民新影片公司1927年1月出版)。

其他著作 《影戏剧本作法》(泰东图书局1926年出版)。

⊙《海角诗人》封面

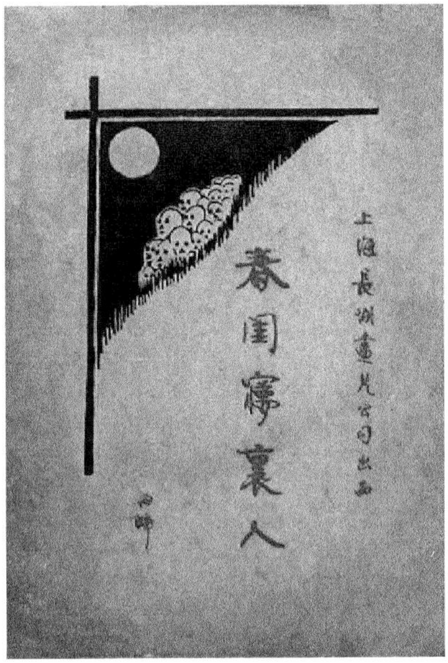

⊙《春闺梦里人》封面

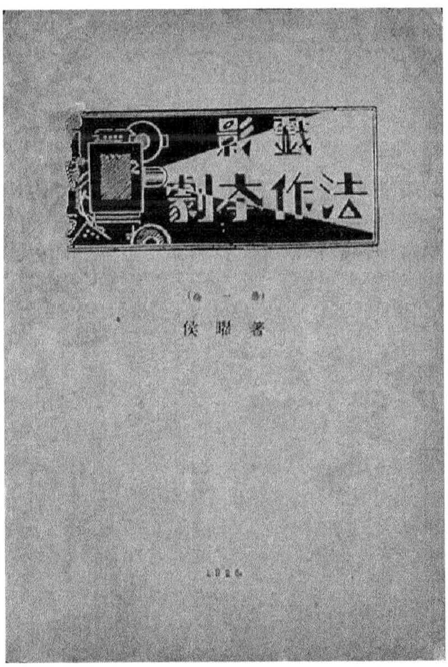

⊙《影戏剧本作法》封面

⊙《太平洋上的风云》封面

顾一樵(1902—2002) 原名顾毓琇,字一樵,号古樵,江苏无锡人。毕业于清华学校,留学美国麻省理工大学,获科学博士学位。1923年加入文学研究会,入会号87。历任浙江大学教授、中央大学工学院院长、清华大学工学院院长,全国电气事业指导委员会名誉顾问、国民政府教育部政务次长、上海市教育局局长等职。文学著作有:

散文 《我的父亲》(新月书店1933年1月初版)。

小说 《芝兰与茉莉》(短篇,文学研究会丛书,商务印书馆1923年12月初版)。

戏剧 《岳飞及其他》(新月书店1932年7月初版)、《岳飞》(南京时代公论社1932年9月初版;商务印书馆1940年4月初版,署顾毓琇)、《白娘娘》(长沙商务印书馆1938年8月初版)、《古城烽火》(国立戏剧学校战时戏剧丛书之一,重庆正中书局1939年3月初版;上海1945年10月沪一版)、《荆轲》(一樵戏剧之一,长沙商务印书馆1940年9月初版)、《苏武》(重庆商务印书馆1944年2月初版;上海1946年1月沪初版)

翻译 《牧羊神》(哈姆生著,世界文学名著丛书,商务印书馆1934年3月初版;万有文库,商务印书馆1939年9月出版)。

其他著作 《蕉舍吟草》(诗词集,世界书局

1946 年 1 月出版)、《唐宋长短句》(不详)、《中国的文艺复兴》(中华书局 1948 年 6 月初版)、《荆轲插曲》(咏葵乐谱刊印社 1940 年 1 月出版)、《快乐颂》(乐风社丛刊,大东书局 1944 年 4 月初版)、《电工原理》(商务印书馆 1937 年 3 月初版)。

⊙《芝兰与茉莉》封面

⊙《我的父亲》封面

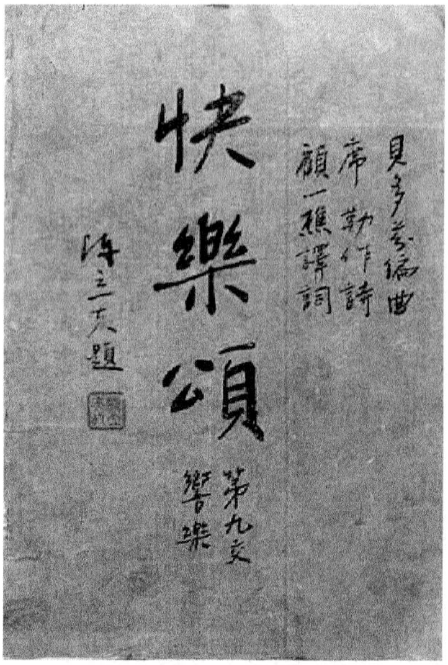

⊙《快乐颂》封面

⊙《荆轲》封面

⊙《白娘娘》封面

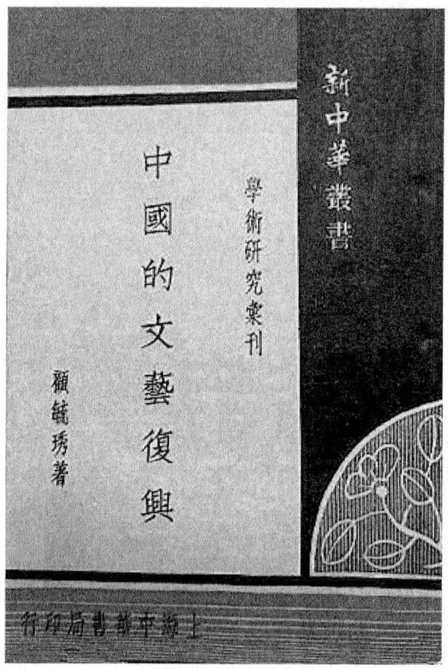

⊙《中国的文艺复兴》封面

汤澄波(1902—?) 字澄波,广东花县人。1923年加入文学研究会,入会号88。毕业于岭南大学,曾任岭南大学讲师、黄埔中央军事政治学校教官、国民党广东省党部宣传部长、中山大学教授、国民政府实业部首席秘书等职。文学著作有:

翻译 《梅脱灵戏曲集》(文学研究会丛书,商务印书馆1933年1月出版)。

其他著作 《资本论概要》(远东图书公司1929年10月初版)、《美国社会史》(远东图书公司1929年11月初版)、《各国革命运动概论》(中央军事政治学校政治部宣传科1927年6月出版)、《英国社会主义史》(商务印书馆1936年11月初版)、《小说的研究》(商务印书馆1925年1月初版)。

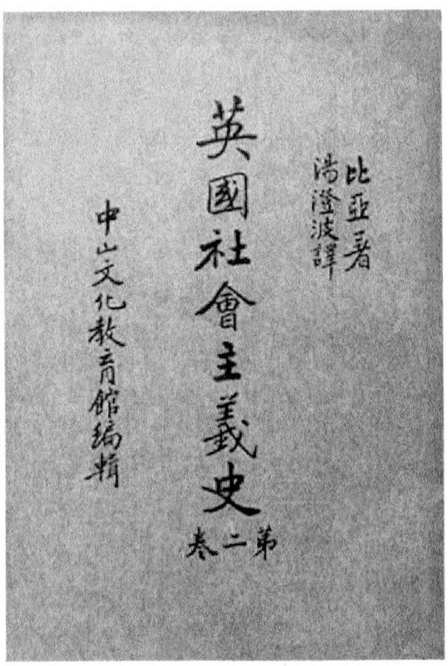

⊙《英国社会主义史》(第一卷)封面

⊙《小说的研究》封面

⊙《美国社会史》封面

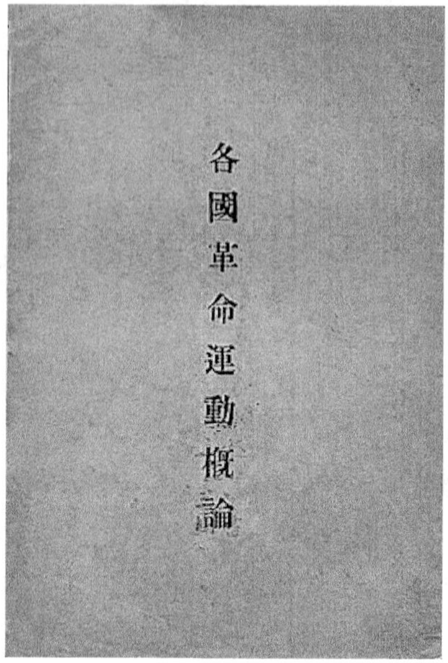

⊙《各国革命运动概论》封面

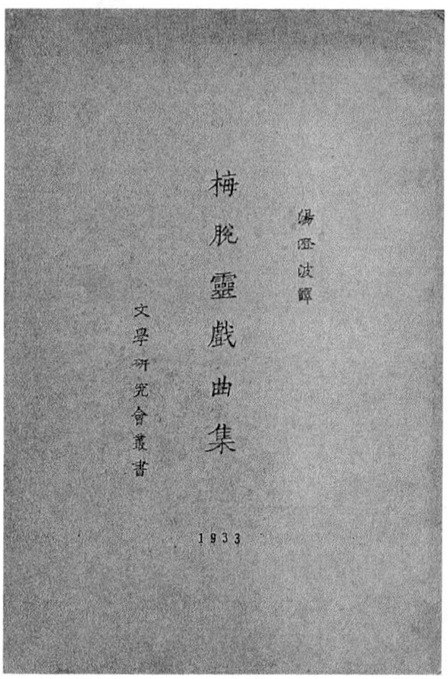

⊙《梅脱灵戏曲集》封面

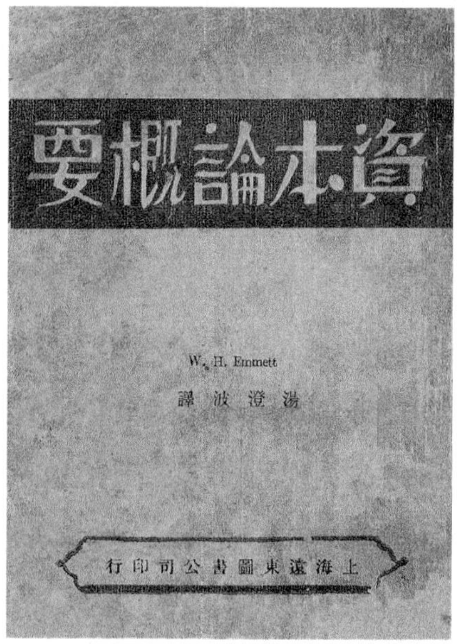

⊙《资本论概要》封面

朱湘(1904—1933) 字子沅，原籍安徽太湖人，生于湖南沅陵，父母早逝。毕业于清华学校，留学美国劳伦斯大学、芝加哥大学。1923年加入文学研究会，入会号90。曾任安徽大学外国文学系主任，后失业，因不满现实而投江自尽。文学著作有：

诗歌 《夏天》(文学研究会丛书，商务印书馆1925年1月初版)、《草莽集》(开明书店1927年8月初版)、《石门集》(文学研究会丛书，商务印书馆1934年6月初版)、《永言集》(新诗库第一集第六种，时代图书公司1936年4月初版)。

散文 《中书集》(创作文库，傅东华主编，生活书店1934年10月初版)、《海外寄霓君》(北新书局1934年12月初版)、《朱湘书信集》(罗念生编，人生与文学社丛书，天津人生与文学社1936年3月初版)。

翻译 《路曼尼亚民歌一斑》(文学研究会丛书，商务印书馆1924年3月初版)、《英国近代短篇小说集》(北新书局1929年出版)、《番石榴集》(诗歌选译，世界文学名著丛书，商务印书馆1936年3月初版)。

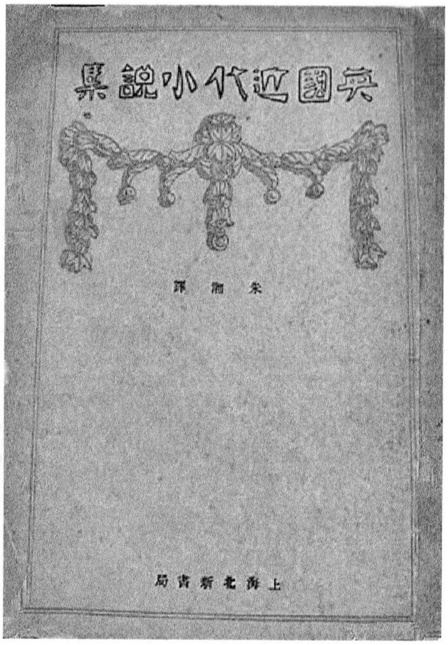

⊙《英国近代小说集》封面

⊙《永言集》封面

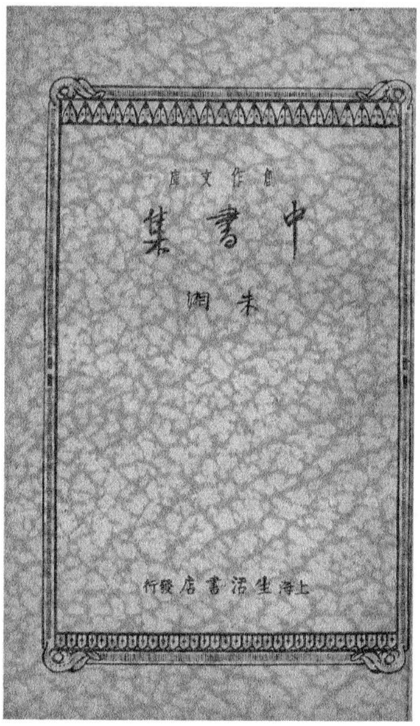

⊙《中书集》封面

⊙《朱湘书信集》封面

余祥森(1897—?) 字训生,福建闽侯人。1923年加入文学研究会,入会号91。毕业于日本上智大学。历任上海学艺大学、法政大学教授,商务印书馆编辑,华通书局总编辑等职。无文学著作。

其他著作 《现代德国文学思潮》(华通书局1929年10月初版)、《德意志文学》(商务印书馆1930年4月初版)、《德意志文学史》(商务印书馆1933年10月初版)。

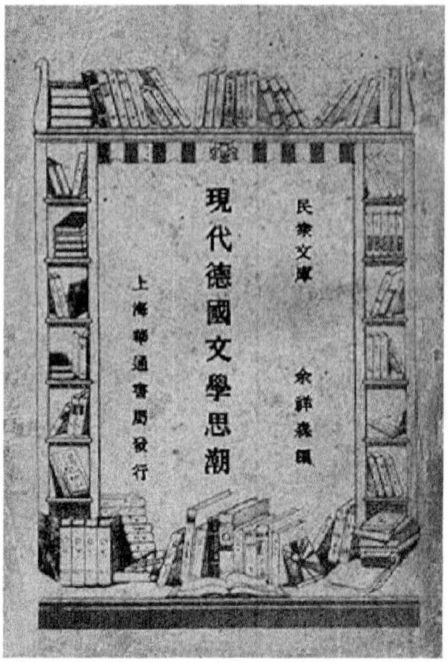

⊙《现代德国文学思潮》封面

⊙《德意志文学》封面(之一)

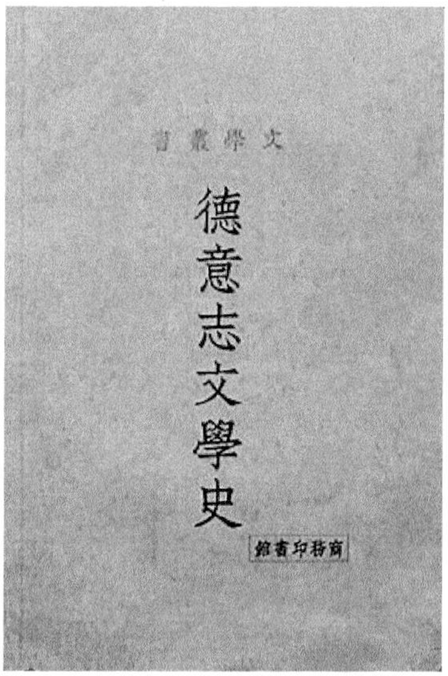

⊙《德意志文学史》封面(之二)

梁宗岱(1903—1983) 字菩根,广东新会人,生于广西百色。曾留学法国巴黎大学。1923年加入文学研究会,入会号92。历任北京大学、清华大学、南开大学教授,复旦大学外文系主任兼教授。文学著作有:

诗歌 《晚祷》(文学研究会丛书,商务印书馆1925年3月初版)、《芦笛风》(不详)。

翻译 《水仙辞》(保罗梵乐希著,新文艺丛书,中华书局1931年2月初版)、《一切的峰顶》(歌德等著,商务印书馆1934年出版)、《蒙田散文选》(生活书店1935年11月出版)、《交错集》(里尔克等著,华胥社丛书,桂林华胥社1943年2月出版)、《罗丹》(利尔克著,建国文艺丛书,重庆正中书局1943年出版)、《歌德与悲多汶》(桂林华胥社1943年2月出版)、《屈原》(桂林华胥社1941年出版)。

其他著作 《诗与真》(商务印书馆1936年2月初版)、《诗与真二集》(商务印书馆1936年10月初版)。

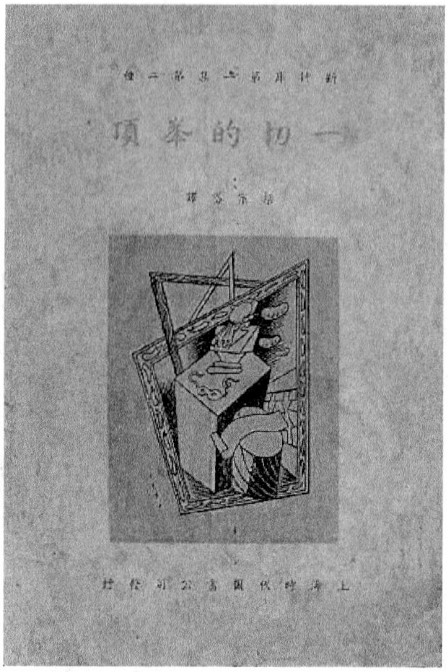

⊙《一切的峰顶》封面

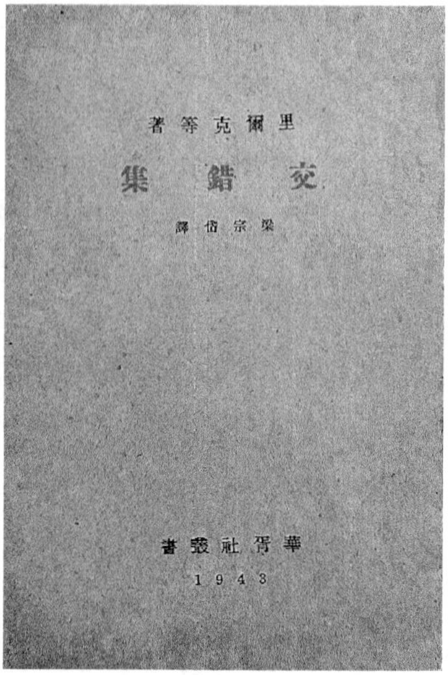

⊙《交错集》封面

⊙《歌德与悲多汶》封面

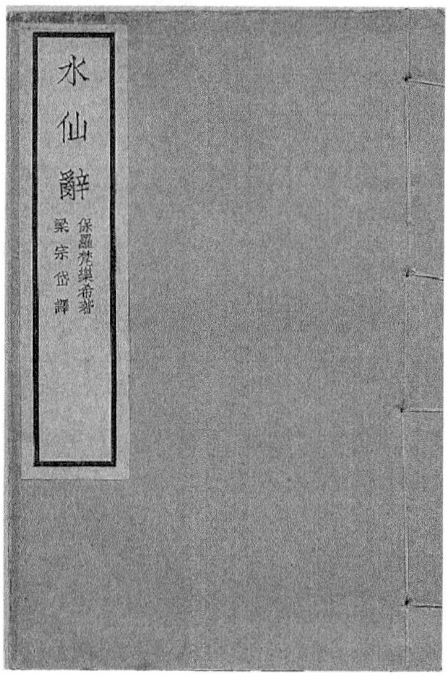

⊙《水仙辞》封面

⊙《罗丹》封面

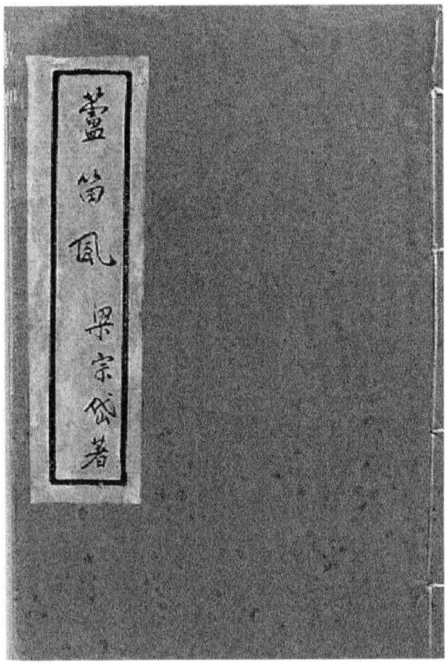

⊙《芦笛风》封面

徐志摩(1897—1931) 原名徐章垿,字槱森,留学英国时改名志摩。曾用笔名南湖、诗哲、海谷、云中鹤、心手、黄狗等,浙江海宁人。1923年加入文学研究会,入会号93。1915年入北京大学,1918年留学美国,先后入克拉克大学、哥伦比亚大学。1920年赴英国,入剑桥大学,开始新诗写作。1922年回国,历任北京大学、上海光华大学、苏州东吴大学、南京中央大学教授和中华书局编辑。参与编辑《现代评论》《晨报副刊》《新月》月刊等刊物,是新月派的著名诗人。文学著作有:

诗歌 《志摩的诗》(中华书局代印,1925年9月自印线装本出版;新月书店1928年8月平装本)、《翡冷翠的一夜》(新月书店1927年9月初版)、《猛虎集》(新月书店1931年8月初版)、《云游》(新月书店1932年7月初版)。

散文 《落叶》(北新书局1926年初版)、《巴黎的鳞爪》(新月书店1927年8月初版)、《自剖》(新月书店1928年1月初版)、《轮盘》(新文艺丛书,中华书局1930年4月初版)、《秋》(一角丛书,良友图书印刷公司1931年11月初版)、《爱眉小札》(良友图书印刷公司1936年3月初版)、《志摩日记》(晨光出版公司1947年3月初版)。

翻译 《涡堤孩》(高斯著,共学社文学丛书,商务印书馆1923年5月初版)、《曼殊斐儿》

(与西滢合译,小说月报丛刊,商务印书馆 1924 年 11 月初版)、《曼殊斐尔小说集》(北新书局 1927 年 4 月初版)、《赣第德》(凡尔太著,欧美名家小说丛刊,北新书局 1927 年 6 月初版)。

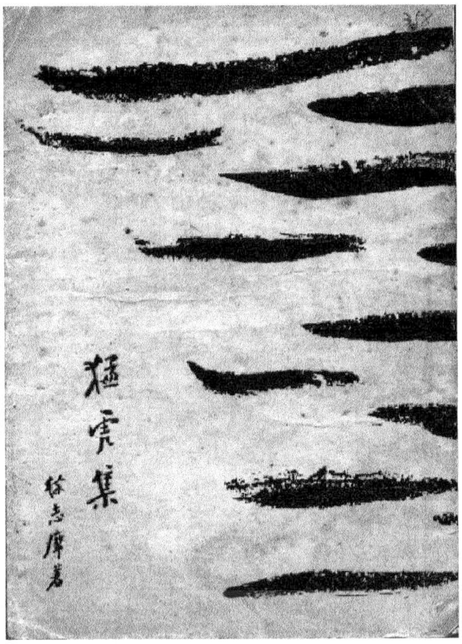

⊙《猛虎集》封面

⊙《翡冷翠的一夜》封面

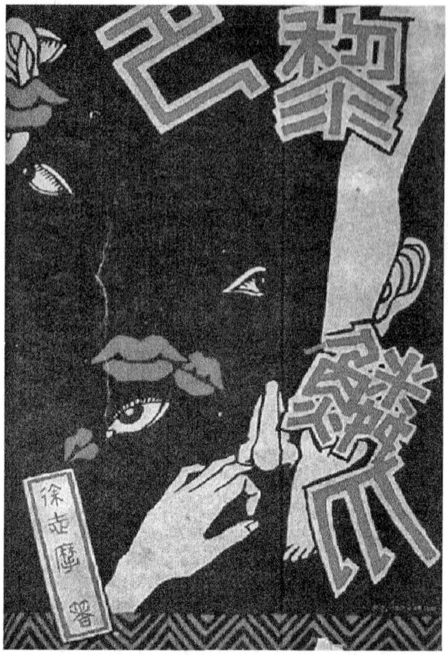

⊙《巴黎的鳞爪》封面

⊙《落叶》封面

⊙《志摩的诗》封面

⊙《自剖》封面

樊仲云(1899—1989) 字得一,浙江嵊县人。1923年加入文学研究会,入会号96。曾任商务印书馆编辑、中国公学和复旦大学教授、新生命书局总编辑,主编过《社会与教育》周刊和《文化建设》月刊。1937年后曾任《救亡日报》总编辑等。之后到香港经商。文学著作有:

翻译 《嘉尔曼》(梅礼美著,文学研究会丛书,商务印书馆1926年11月初版)、《圣雄甘地》(梁溪图书馆1926年4月初版)、《畸零人日记》(屠格涅夫著,文学周报社丛书,开明书店1928年6月初版)、《这便是人生》(新宇宙书店1928年8月初版)、《脱逃》(杜洛斯基著,远东图书公司1929年1月初版)、《烟》(屠格涅夫著,文学研究会丛书,文学出版社1929年11月初版)、《麦克唐纳》(新生命书局1933年8月初版)、《苏俄访问记》(新生命书局1934年1月初版)。

其他著作 《东西方学者之中国革命论》(新生命书局1929年10月出版)、《杜洛斯基之逃脱》(远东图书公司1929年1月初版)、《妇女解放史》(新生命书局1929年初版)、《国际政治之基础知识》(新生命书局1929年6月初版)、《甲乙集》(一德书房1945年出版)、《简明世界史》(商务印书馆1933年6月出版)、《今日之日本》(文化建设月刊社1937年3月初版)、《唯物史观之文学论》(新生命书局1930年2月初版)、《新兴文艺论》(新生命书局 1930 年 11 月初版)、《一九三二之国际政治经济》(新生命书局 1932 年 12 月初版)、《远东之危机》(文化建设月刊社 1936 年 11 月初版)、《最近之国际政治续编》(新生命书局 1930 年 10 月初版)、《最近中国与世界政治》(群力书店 1938 年 5 月初版)。

⊙《烟》封面

⊙《新兴文艺论》封面

⊙《简明世界史》封面

⊙《畸零人日记》封面

⊙《逃脱》封面

⊙《最近之国际政治续编》封面

孙俍工(1894—1962) 原名孙光策,又号孙僚光,湖南邵阳人。1923年加入文学研究会,入会号102。毕业于北京高等师范学校。曾在湖南、福建等地任师范学校教员,后在中国公学、暨南大学、复旦大学和四川教育学院等校任教授。文学著作有:

诗歌 《理想之光》(与王梅痕合著,神州国光社1930年版)。

小说 《海的渴慕者》(民智书局1924年4月初版)、《生命的伤痕》(民智书局1925年出版)。

戏剧 《续一个青年的梦》(六幕剧,现代戏剧选刊,中华书局1934年9月初版)、《血弹》(三幕剧,神州国光社1932年12月初版)、《世界的污点》(神州国光社1932年版)。

其他著作 《中国语法要义》(亚东图书馆1923年版)、《中国文艺辞典》(民智书局1931年版)、《新文艺评论》(民智书局1932年版)、《诗的原理》(荻原朔太郎著,中华书局1933年版)、《中国经学史》(本田成之著,中华书局1935年版)、《中国文学通论》(儿岛献吉郎著,商务印书馆1935年版)、《中华民族文艺史》(第一册,成都诚达印书馆1938年8月初版)。

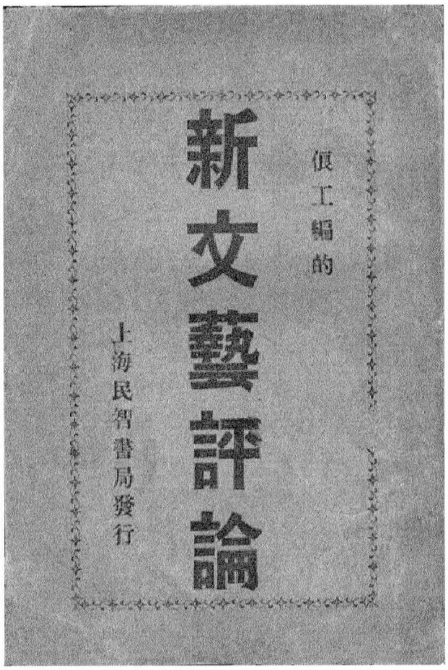

⊙《新文艺评论》封面

⊙《诗的原理》封面

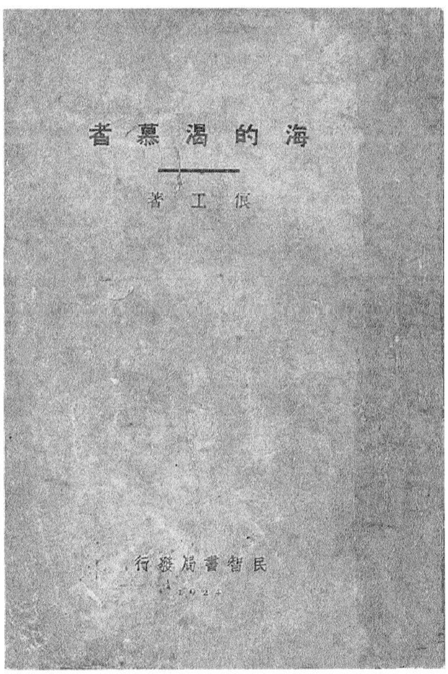

⊙《海的渴慕者》封面

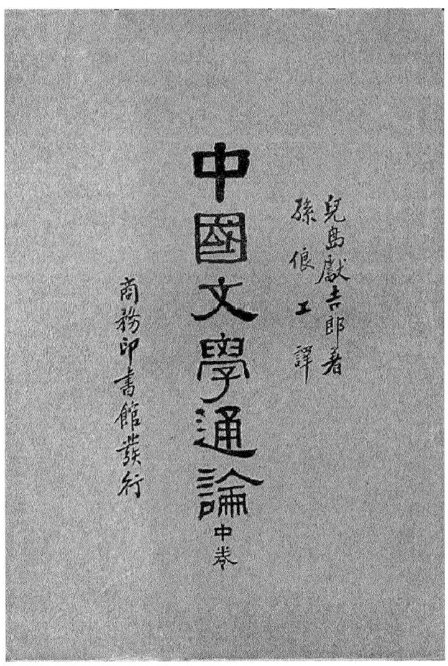

⊙《中国文学通论》(中卷)封面

⊙《中国经学史》封面

⊙《续一个青年底梦》封面

严敦易(1905—1962) 字易之，号沃圃，江苏东台人。1923年加入文学研究会，入会号105。一生注重于中国戏曲和古代小说的研究。长期在上海太平水火保险公司任职。无文学著作。

其他著作 《古今小说附册》(出版时间不详)。

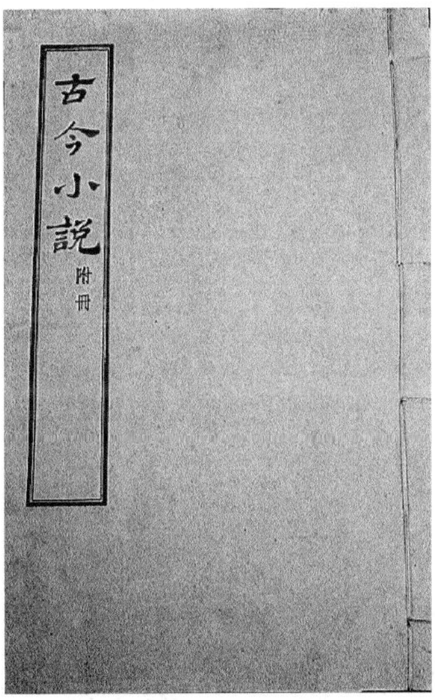

⊙《古今小说附册》封面

徐调孚(1901—1981) 原名徐名骥,字调孚,笔名蒲梢。浙江平湖人。1923年加入文学研究会,入会号106。曾参加会刊《文学旬刊》《小说月报》的编辑工作。长期在商务印书馆、开明书店担任编辑。文学著作有:

翻译 《木偶奇遇记》(科罗狄著,开明书店1928年6月初版)、《聪明的审判官》(儿童文学丛书,基本书局1948年6月出版)、《万里寻母》(儿童文学丛书,基本书局1948年6月出版)、《母亲的故事》(安徒生童话集,开明书店出版)、《牧鹅女》(新中国书局1932年12月初版)、《我的故事和童话》(沪江图书公司1949年1月初版)。

其他著作 《人间词话》(校注,开明书店1948年1月出版)、《元人杂剧序说》(校补,开明书店1941年7月初版)。

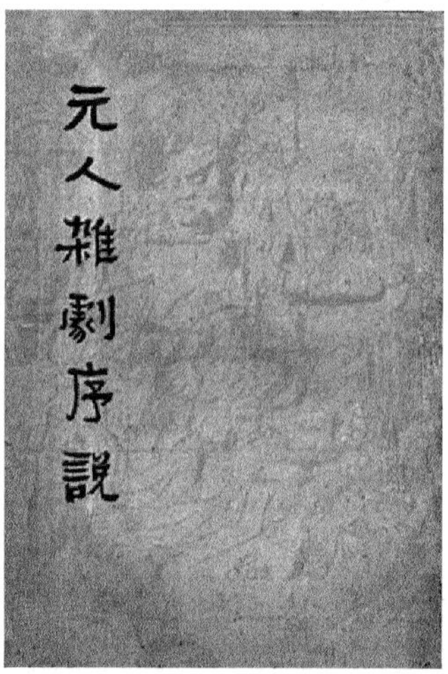

⊙《元人杂剧序说》封面

⊙《人间词话》封面

⊙《牧鹅女》封面

⊙《木偶奇遇记》封面

⊙《母亲的故事》封面

⊙《我的故事和童话》封面

苏兆龙　字跃衢，江苏盐城人。1923 年加入文学研究会，入会号 108。文学著作有：

翻译　《青年励志文选》(竞文书局 1938 年 7 月初版)、《英国现代生活一瞥》(中华书局 1937 年 6 月初版)、《英汉对照短篇小说选》(中华书局 1937 年 3 月初版)。

其他著作　《活用英文翻译法》(世界书局 1948 年 5 月新一版)、《英汉汉英翻译举例》(竞文书局 1936 年 12 月初版)、《英汉求解作文文法辨义四用辞典》(世界书局 1947 年 11 月出版)、《英文书牍进阶》(中华书局 1939 年 8 月出版)、《英文新式标点》(竞文书局 1935 年 6 月初版)、《中文英译指南》(中华书局 1937 年 3 月初版)。

⊙《英文新式标点》封面

⊙《英文书牍进阶》封面

⊙《活用英文翻译法》封面

⊙《英国现代生活一瞥》封面

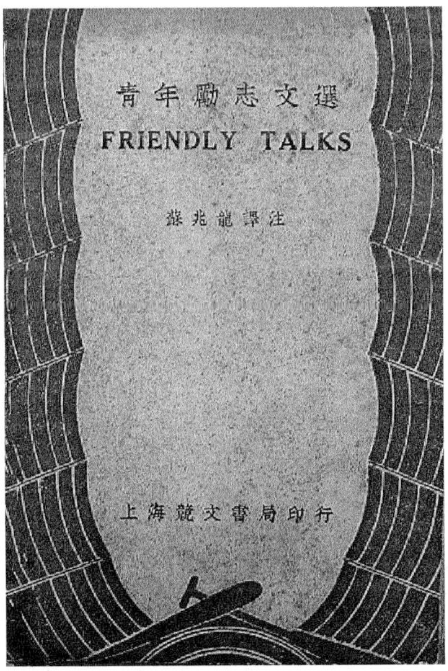

⊙《青年励志文选》封面

⊙《中文英译指南》封面

桂裕　字澄华，江苏吴县人。1923 年加入文学研究会，入会号 110。商务印书馆英文部编辑，参与英语函授部的工作，未知详情。无文学著作。

其他著作　《分级英语故事读本》（竞文书局 1941 年 8 月初版）、《汉文讲解英语全程》（竞文 1948 年 9 月重版）、《莎乐美》（与徐名骥合译，商务印书馆 1934 年 8 月国难后第二版）、《英汉对照世界民间故事集》（商务印书馆 1939 年 5 月再版）、《英语短篇散文选》（商务印书馆 1934 年 9 月四版）、《英语模范短篇小说》（与周越然合编，商务印书馆 1939 年 9 月五版）、《月亮所讲的故事》（商务印书馆 1933 年 8 月国难后第一版）。

⊙《汉文讲解英语全程》封面

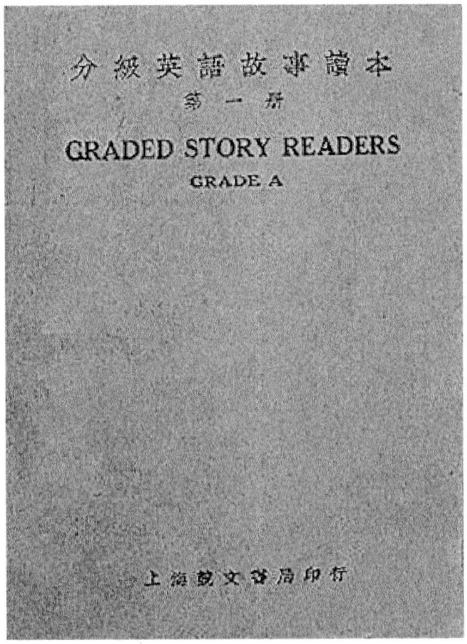

⊙《分级英语故事读本》(第一册)封面

⊙《英语模范短篇小说》封面

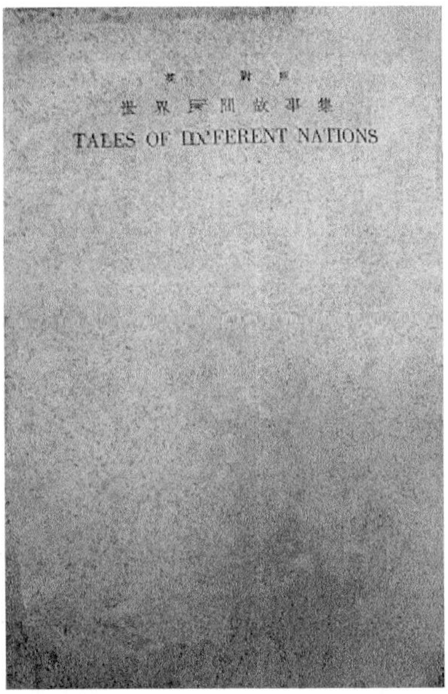

⊙《英汉对照世界民间故事集》封面

曹靖华(1897—1987) 原名曹联亚，河南省卢氏人。早年在苏联莫斯科东方大学学习，留莫斯科中山大学、列宁格勒东方学院任教。1923年加入文学研究会，入会号112。主要从事苏俄文学的翻译和介绍，并在东北大学、西南联合大学任教授。文学著作有：

翻译 《三姊妹》(柴霍甫著，文学研究会丛书，商务印书馆1925年8月初版；文学集丛，重庆文林出版社1942年9月初版；译文丛书，文化生活出版社1946年11月初版)、《白茶》(班珂等著，北京未名社、未名丛刊，北新书局1927年4月初版)、《烟袋》(爱伦堡等著，未名丛刊，未名社1928年12月初版)、《第四十一》(拉甫列涅夫著，未名丛刊，北平未名社1929年6月出版)、《蠢货》(杜介涅夫、柴霍甫著，中兴出版社1929年8月初版)、《铁流》(A.绥拉菲摩维支著，三闲书屋1931年11月出版)、《铁的奔流》(赛拉菲莫维奇著，远东国家出版社1932年出版)、《不走正路的安得伦》(聂维洛夫著，文艺连丛，野草书屋1933年5月出版)、《醉鬼》(亚穆伯著，陈治策改编，北平中华平民教育促进会1935年5月初版)、《苏联作家七人集》(拉甫列涅夫著，良友图书印刷公司1936年11月初版)、《列宁的传说及其他》(少年读物丛刊，文化生活出版社1940年3月初版)、《恐惧》(亚菲诺甘诺夫著，文化生活丛刊，文化生活出版社1940

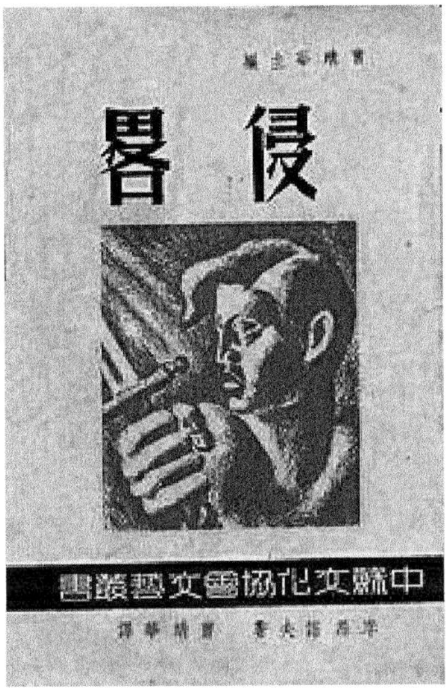

⊙《侵略》封面

年4月初版)、《我是劳动人民的儿子》(卡达耶夫著,生活书店1940年初版)、《油船"德宾特号"》(克雷莫夫著,读书出版社1941年9月初版)、《哑爱》(左祝梨著,桂林三户图书社1942年1月初版)、《剥去的面具》(苏联抗战文艺连丛,文林出版社1942年1月初版)、《鲜红的花》(苏联民间故事选集,重庆文林出版社1942年11月初版)、《光荣》(古舍夫著,桂林文林出版社1942年11月初版)、《梦》(卡达耶夫等著,苏联文学丛书,重庆文林出版社1942年11月初版)、《侵略》(李昂诺夫著,中苏文化协会文艺丛书,重庆东南出版社1944年8月初版)、《望穿秋水》(西蒙诺夫著,苏联文学丛书,临江新地出版社1944年10月初版)、《虹》(瓦希列夫斯卡娅著,新生书店1944年10月初版;大连大众书店1945年出版;苏联文学丛书,北京三联书店1949年12月出版)、《死敌》(邵洛霍夫等著,重庆文光书店1945年2月初版)、《致青年作家及其他》(托尔斯泰等著,重庆上海杂志公司1945年出版)、《孤村情劫》(卡达耶夫著,文艺丛书,辽宁中苏友协1946年1月出版)、《魔戒指——鲜红的花》(重庆生活书店1946年6月初版)、《保卫察里津》(A.托尔斯泰著,中苏文化协会文艺丛书,北门出版社1946年11月出版)、《城与年》(斐定著,中苏文协文艺丛书,骆驼书店1947年9月初版)、《梦》(卡达耶夫等著,中苏文化协会文学丛书,新丰出版社1947年9月出版)、《远方》(文化生活出版社1940年4月出版)、《列宁故事》(东北书店版)。

⊙《第四十一》封面

⊙《铁流》封面

⊙《铁的奔流》封面

⊙《列宁故事》封面

⊙《蠢货》封面

⊙《城与年》封面

⊙《烟袋》封面

⊙《三姊妹》封面

陈醉云(1895—1987) 原名陈逸,字醉云,浙江嵊县人。20世纪20年代曾在上海中华书局编辑语文课本。他是儿童刊物《小朋友》的约稿作家,同时在《民国日报》副刊《觉悟》发表诗歌、散文。1923年加入文学研究会,入会号121。30年代初回嵊县立中学教书。文学著作有:

诗歌 《玫瑰》(春潮书局1928年11月初版)、《月亮的绘画》(我的书·新诗,中华书局1934年3月出版)、《采花女》(中华书局1932年8月出版)、《望月》(中华书局1930年11月初版)、《驯鸽》(中华书局1924年7月初版)。

散文 《卖唱者》(未央书店1930年5月初版)、《小朋友随笔》(小朋友丛书,北新书局1931年6月初版)、《城乡通信》(北新书局1937年6月出版)、《虫儿》(中华书局1935年12月初版)、《打火盒》(中华书局1931年3月出版)、《纺织娘》(中华书局1934年3月初版)、《明太祖》(中华书局1941年1月出版)、《秦始皇》(中华书局1941年1月出版)、《戚继光》(新生命书局1935年8月出版)。

小说 《游子的梦》(短篇,未央书店1930年4月初版)、《春曦中的男女》(中篇,南星书店1936年4月初版)。

其他著作 《太平天国史》(新生命书局出版)、《文艺与恋爱》(世界文艺书社1929年11月初版)。

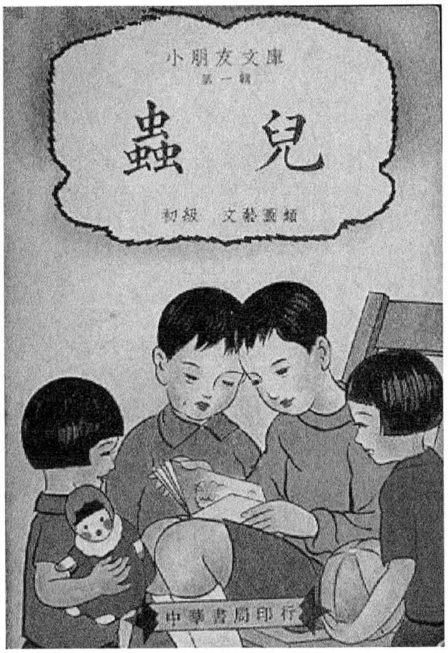

⊙《虫儿》封面

⊙《城乡通信》封面

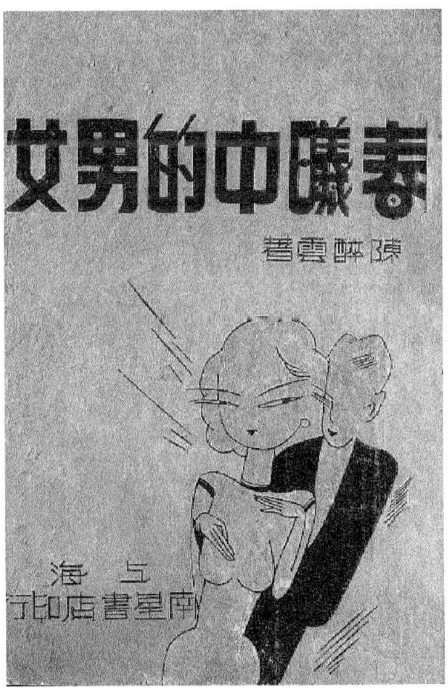

⊙《春曦中的男女》封面

⊙《文艺与恋爱》封面

⊙《望月》封面

⊙《玫瑰》封面

鲁彦(1901—1944) 原名王燮臣,又名王衡、王鲁彦、返我,浙江镇海人。1923年加入文学研究会,入会号122。早年在湖南周南女校任教员,后去南京、上海、厦门、西安等地从事教育和文化工作。抗战期间在桂林创办《文艺杂志》,因贫病而亡。文学著作有:

散文 《驴子和骡子》(创作文库,傅东华主编,生活书店1934年12月初版)、《旅人的心》(文学丛刊,巴金主编,文化生活出版社1937年4月初版)、《随踪琐记》(三通小丛书,三通书局1940年11月初版)。

小说 《柚子》(北京北新书局1926年10月初版)、《爱之冲突》(短篇,署王衡,北新书局1927年6月初版)、《黄金》(短篇,人间书屋1928年5月初版)、《童年的悲哀》(短篇,亚东图书馆1931年6月初版)、《小小的心》(短篇,天马书店1933年6月初版)、《屋顶下》(短篇,现代创作丛书,现代书局1934年3月初版)、《雀鼠集》(短篇,文学丛刊,文化生活出版社1935年12月初版)、《乡下》(中篇,小型文库,文学出版社1936年7月初版)、《河边》(短篇,良友文学丛书,良友图书印刷公司1937年1月初版)、《野火》(长篇,良友文学丛书,良友图书印刷公司1937年5月初版)、《伤兵旅馆》(短篇,大路文艺丛刊,汉口大路书店1938年7月初版)、《我们的喇叭》(短篇,呐喊文丛,重庆烽火社

1942 年 4 月初版)、《愤怒的乡村》(长篇，中兴文丛，中兴出版社 1948 年 10 月初版)。

翻译 《犹太小说集》(腊皮懦维奇著，文学周报社丛书，开明书店 1926 年 12 月初版)、《给海兰的童话》(马明西皮雅克著，狂飙丛书，狂飙社 1927 年 11 月初版)、《显克微支小说集》(显克微支著，北新书局 1928 年 3 月初版)、《世界短篇小说集》(亚东图书馆 1928 年 8 月初版)、《失去影子的人》(嘉米琐著，光华书局 1929 年 1 月初版)、《苦海》(先罗什伐斯基著，亚东图书馆 1929 年 6 月出版)、《在世界的尽头》(土革拉司等著，神州国光社 1930 年 3 月初版)、《忏悔》(米耳卡 · 波嘉奇次著，亚东图书馆 1931 年 6 月初版)、《肖像》(郭果尔著，亚东图书馆 1933 年 4 月出版)、《老仆人》(显克微支著，翻译丛刊，姜凤笙编，桂林文学书店 1943 年 9 月初版)。

⊙《苦海》封面

⊙《野火》封面

⊙《屋顶下》封面

⊙《给海兰的童话》封面

⊙《驴子和骡子》封面

⊙《在世界的尽头》封面

潘垂统(1896—1993) 字垂统，浙江余姚人。1923年加入文学研究会，入会号124。曾任教家乡小学时得到中学英文老师周作人的关怀，习作被推荐给鲁迅，“乡土小说”成了新文学时期的代表作。曾涉足政界，仅两月。后进上海民新影片公司任制造部秘书兼剧务主任。后又相继担任光华大学、暨南大学、青岛大学注册主任。到上海后在中国保险公司任保险业务员，拉客招徕保险业务。后成立“潘安记保险事务所”，并与人发起成立上海经纪人公会任常务委员。新丰保险公司成立后任副总经理。一生虽笔耕不止，但几乎不见著作存世。

不见著作版本。

丰子恺(1898—1975) 原名丰润,又名丰仁、丰仍,号子觊,后改子恺,笔名TK。浙江崇德人。浙江省立第一师范学校毕业,留学日本。曾在上海专科师范、浙江春晖中学、上海立达学园任教。1923年加入文学研究会,入会号125。曾任开明书店编辑。文学著作有:

散文 《缘缘堂随笔》(开明书店1931年1月初版)、《中学生小品》(中学生丛书,中学生书局1932年10月初版)、《子恺小品集》(开华书局1933年9月初版,是《中学生小品》易名重印)、《随笔二十篇》(天马书店1934年8月初版)、《车厢社会》(良友文学丛书,良友图书印刷公司1935年7月初版)、《缘缘堂再笔》(开明书店1937年1月初版)、《漫文漫画》(散文漫画合集,汉口大陆书店1938年7月初版)、《甘美的回味》(开华书局1940年9月出版,是《子恺小品集》异名重版)、《子恺随笔》(三通书局1940年11月初版)、《子恺近作散文集》(普益文艺丛书,成都普益书店1941年10月初版)、《教师日记》(重庆万光书局1944年6月初版)、《率真集》(万叶文艺新辑,万叶书店1946年10月初版)。

译作 《少年美术故事》(短篇小说集,开明书店1937年3月初版)、《自杀俱乐部》(英国史蒂文森著,开明书店1932年4月初版)、《初恋》(俄国屠格涅夫著,开明书店1935年出版)。

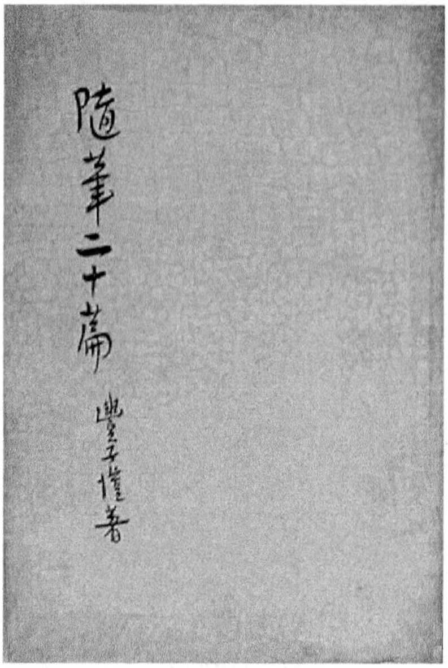

⊙《随笔二十篇》封面

⊙《教师日记》封面

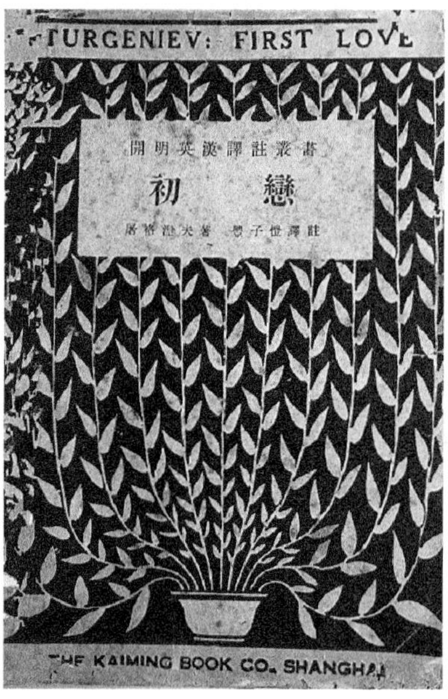

⊙《初恋》封面

⊙《车厢社会》封面

⊙《子恺随笔》封面

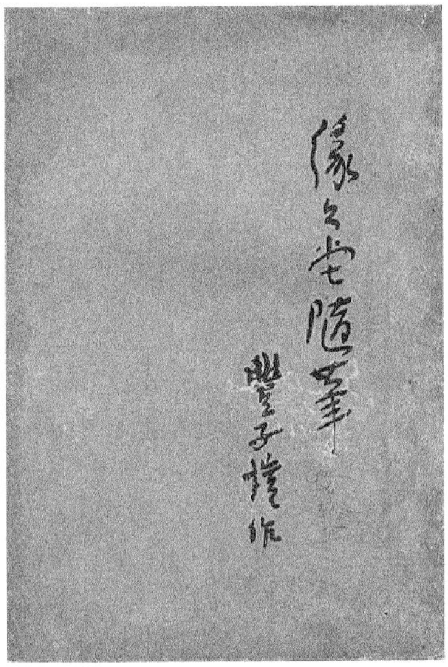

⊙《缘缘堂随笔》封面

章锡琛(1889—1969)　字雪村，浙江绍兴人。1912年进上海商务印书馆任职，1920年接编《妇女杂志》，1923年加入文学研究会，入会号127。1925年自行出版《新女性》，1926年脱离商务印书馆，与章锡珊创办开明书店，曾任开明书店董事兼经理、美的印刷股份有限公司董事兼协理。无文学著作。

其他著作　《文史通义》(商务印书馆1947年1月出版)、《文学概论》(开明书店1930年3月初版)、《新文学概论》(商务印书馆1927年7月出版)、《助字辨略》(开明书店1947年3月出版)。

⊙《文学概论》封面

⊙《文史通义》封面

⊙《助字辨略》封面

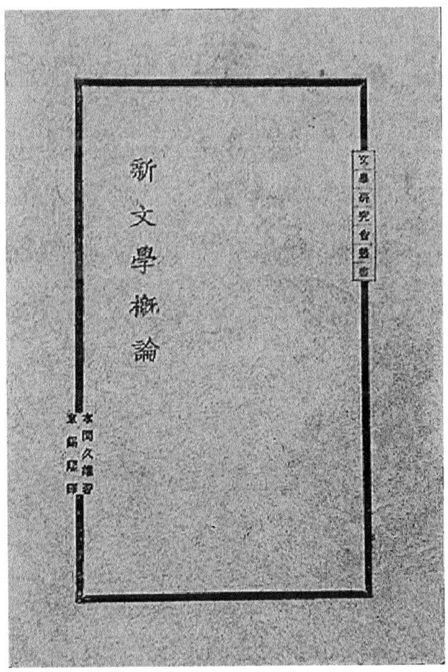

⊙《新文学概论》封面

胡仲持(1900—1968) 字学志，笔名仲持、宜闲等，胡愈之之弟，浙江上虞人。20世纪20年代初考入《新闻报》任记者，后入《商报》任电讯编辑。兼菲律宾《华侨商报》、新加坡《新国民报》特约通讯员。1923年加入文学研究会，入会号128。1928年进《申报》任电讯编辑和国际版主笔。抗战后与梅益等合办《译报》《译报周刊》《集纳》等。翻印出版毛泽东的《论持久战》和《论新阶段》等。又与其兄翻译出版《西行漫记》《续西行漫记》，与郑振铎等编辑出版《鲁迅全集》。文学著作有：

散文 《三十二国风土记》(开明青年丛书，开明书店1946年12月初版)。

翻译 《忧愁夫人》(H.苏台尔曼著，文学研究会丛书，商务印书馆1924年11月初版)、《手与心》(恩盖尔夫人等著，现代书局1929年7月初版)、《藤十郎的恋》(菊池宽著，世界戏剧译丛，现代书局1929年12月初版)、《文人岛游记》(英洛怀著，署宜闲，珠林书店1930年3月出版)、《大地》(赛珍珠著，开明书店1933年9月初版)、《纶缪拉斯》(波卢塔著，生活书店1935年7月出版)、《错投了胎》(文艺书局1937年11月出版)、《苏联小说集》(高尔基等著，署宜闲，珠林书店1938年8月初版)、《愤怒的葡萄》(斯坦贝克著，重庆大时代书局1941年10月初版)、《文人岛》(克洛怀著，桂林科学书店1942

年8月初版)、《森林里的悲喜剧》(萨尔丹著,大时代儿童丛刊,重庆大时代书局1943年6月初版)、《一个人需要多少土地》(托尔斯泰著,英汉对照文艺丛刊,桂林文苑出版社1943年)、《约翰能的耳朵》(斯泰思培克著,英汉对照文艺丛刊,桂林文苑出版社1944年出版)、《我叫阿拉谟》(萨洛扬著,香港咫园书屋1947年3月出版)、《女性和童话》(歌德著,香港智源书局1949年1月初版)、《结婚的爱》(开明书店1924年10月初版)、《南极探险记》(开明书店1934年出版)、《残花》(文艺书局1937年11月出版)。

其他著作 《世界性的风俗谈》(光华书局1926年出版)、《世界文学史话》(书店1931年出版)、《世界文学小史》(生活·读书·新知书店1949年8月沪初版)、《秋夜》(英汉对照文艺丛刊,桂林文苑出版社1943年7月出版)、《人类之家》(开明书店1947年出版)、《关于报纸的基本知识》(生活书店1937年4月初版)。

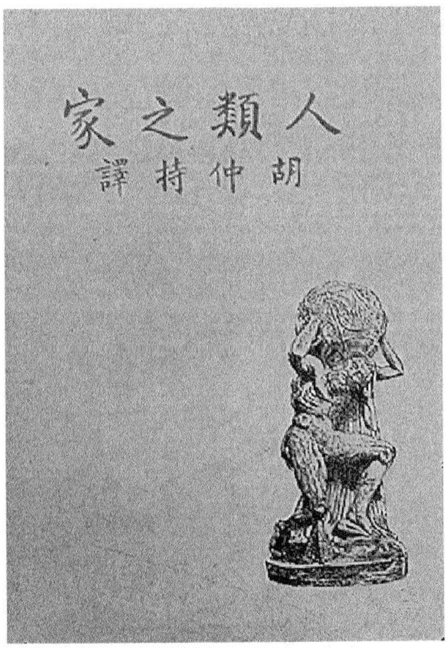

⊙《人类之家》封面

⊙《关于报纸的基本知识》封面

⊙《世界性的风俗谈》封面

⊙《三十二国风土记》封面

⊙《大地》封面

⊙《新地理学大纲》封面

许杰(1901—1993) 原名许世杰、张士杰，字士仁，号子三，浙江天台人。毕业于浙江第六师范。1923年加入文学研究会，入会号129。曾在上海、浙江等地的中学任教，后任吉隆坡华侨日报《益群报》总编辑，以及中山大学、安徽大学、暨南大学教授。文学著作有：

散文 《椰子与榴梿》(现代书局1930年10月出版，晨钟书局1937年改名《南洋漫笔》出版)、《南洋漫笔》(晨钟书局1937年8月出版)。

小说 《飘浮》(短篇，上海出版合作社1926年4月初版)、《惨雾》(短篇，文学研究会丛书，商务印书馆1926年10月初版)、《暮春》(短篇，光华书局1927年5月初版，大光书局1937年5月出版，增《短序》和《附言》)、《子卿先生》(短篇，开明书店1928年9月初版)、《剿匪》(短篇，明日书店1929年6月初版)、《火山口》(短篇，创作丛书，乐华图书公司1930年7月初版)、《别扭集》(开明书店1947年3月初版)、《胜利以后》(短篇，黄河出版社1947年5月初版)、《一个人的铸炼》(短篇，中原书店1949年初版)。

⊙《飘浮》封面

⊙《暮春》封面

⊙《别扭集》封面

⊙《一个人的铸炼》封面

⊙《椰子与榴梿》封面

⊙《胜利以后》封面

王以仁(1902—1926) 字盟鸥，浙江天台人，1923年加入文学研究会，入会号130。曾在上海安徽公学、杭州工业专门学校、奉化中学任教，因失恋投海自杀。文学著作有：

诗歌 《幻灭》(诗文合集，明日书店1929年7月初版)

小说 《孤雁》(短篇小说集，文学研究会丛书，商务印书馆1926年10月初版)、《幻灭》(小说散文诗歌集，上海新文出版社1946年10月出版)。

⊙《幻灭》封面

⊙《孤雁》封面

高君箴(1901—1985) 字蕴华，福建长乐人，生于湖北汉口。商务印书馆董事、编译所所长高梦旦之幼女，郑振铎夫人。1922年毕业于上海神州女校，是该校高材生。1923年经郑振铎介绍，加入文学研究会，入会号131。被会员称之为“才女”。文学著作有：

翻译 《天鹅》(与郑振铎合译，文学研究会丛书，商务印书馆1925年1月初版)

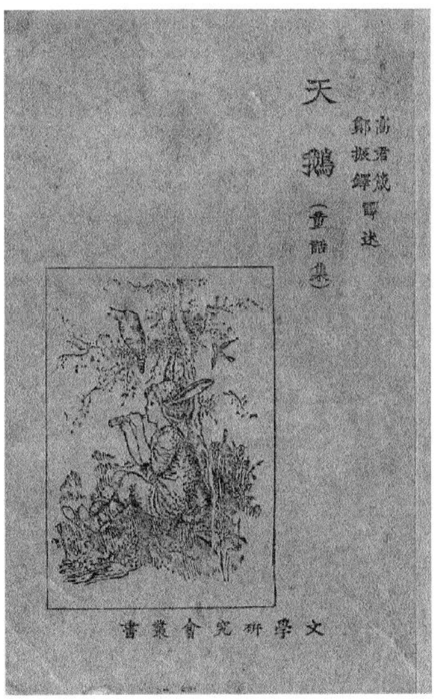

⊙《天鹅》封面

顾仲彝(1903—1965) 原名顾德隆,以字行,祖籍浙江余姚,生于嘉兴。东南大学毕业,1924年加入文学研究会,入会号134。历任商务印书馆编辑,暨南大学和复旦大学教授,以及上海戏剧学校校长。文学著作有:

戏剧 《同胞姐妹》(真美善书店1929年2月初版)、《刘三爷》(学校剧本集第一集,开明书店1931年5月初版)、《天边外》(改译,世界文学名著,新中学文库,商务印书馆1939年2月初版)、《人之初》(又名《金银世界》,新青年书店1939年9月初版;世界书局1946年1月初版)、《生财有道》(戏剧丛书之五,剧场艺术出版社1940年3月初版)、《殉情》(又名《恋爱与阴谋》,光明戏剧丛书之三,光明书局1940年3月初版)、《梁红玉》(开明文学新刊,开明书店1941年5月初版)、《水仙花》(光明戏剧丛书之四,光明书局1943年5月初版)、《三千金》(又名《掌上珠》,剧本丛刊第一集,世界书局1944年1月初版)、《重见光明》(剧本丛刊第二集,世界书局1944年3月初版)、《新妇》(剧本丛刊第三集,仲彝戏剧专集,世界书局1944年5月初版)、《野火花》(剧本丛刊第四集,世界书局1944年12月初版)、《八仙外传》(剧本丛刊第五集,仲彝戏剧专集,世界书局1945年6月初版)、《上海男女》(仲彝戏剧专集,世界书局1946年1月初版)、《黄金迷》(仲彝戏剧专集,世界书局1946

年1月初版)、《嫦娥》(文学新刊,永祥印书馆1946年1月初版)、《衣冠禽兽》(文学新刊,永祥印书馆1946年2月初版)、《大地之爱》(文学新刊,永祥印书馆1946年7月初版)、《还泪记》(文学新刊,永祥印书馆1948年7月初版)。

翻译 《相鼠有皮》(高尔斯华绥著,文学研究会通俗戏剧丛书,商务印书馆1925年8月初版)、《梅萝香》(华尔寇著,署顾德隆,文学周报社丛书,开明书店1927年7月初版)、《乐园之花》(法郎士著,真美善书店1929年9月出版)、《威尼斯商人》(莎士比亚著,新月书店1930年5月初版)、《富于想像的妇人》(哈代著,黎明书局1933年9月初版)、《哈代短篇小说选》(开明书店1930年出版)、《恋爱与阴谋》(席勒著,光明书局1940年出版)。

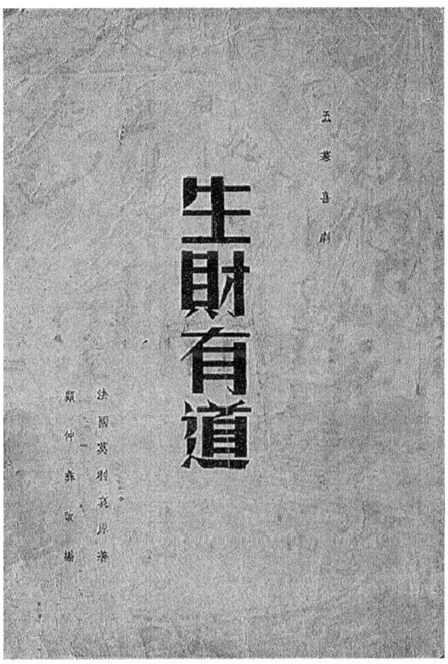

⊙《生财有道》封面

⊙《人之初》封面

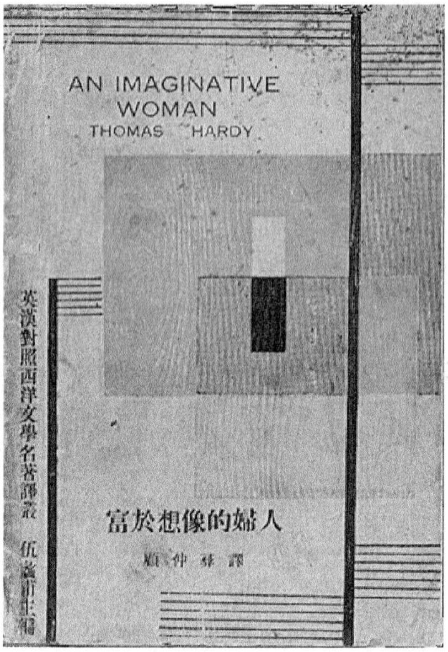

⊙《富于想像的妇人》封面

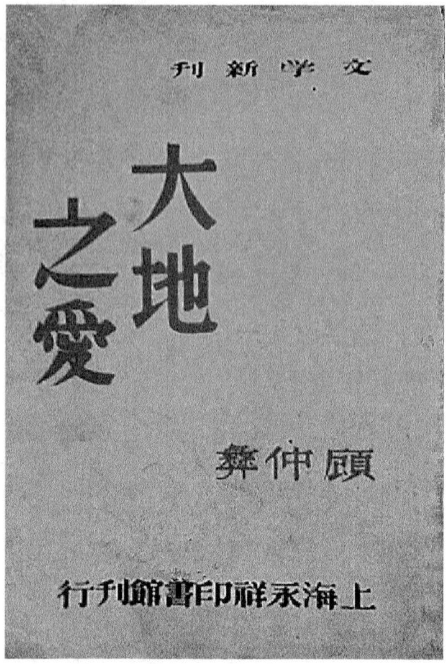

⊙《大地之爱》封面

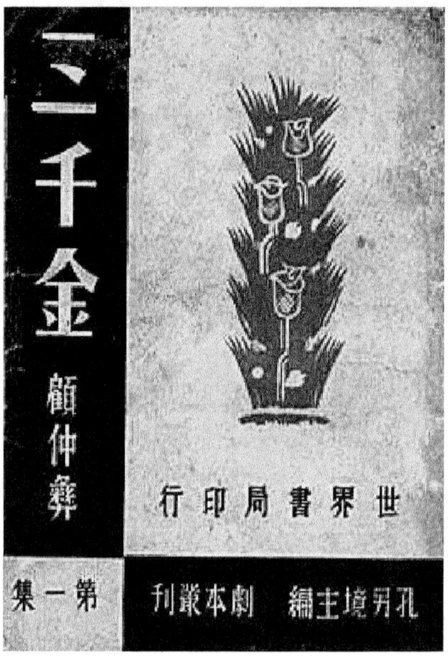

⊙《三千金》封面

⊙《威尼斯商人》封面

隋廷玫(1898—1930)　原名隋焕东，字玉薇，山东诸城人。1924年加入文学研究会，入会号136。15岁加入同盟会。毕业于济南女子师范学校，回诸城县立两级女校教书。1920年考入北京国立女子师范大学，开始发表诗文，并与王统照等过从甚密。1930年因腹膜炎病逝。

无著作版本。

金满成(1900—1971) 笔名金满成、秋羊、许由等,四川峨嵋人。早年到法国勤工俭学,毕业于北京中法大学。1924年加入文学研究会,入会号137。曾任上海《民众日报》和《新民报》、重庆《新蜀报》等报副刊编辑。文学著作有:

散文 《鬼的谈话》(民众日报民间丛书,民众日报民间丛书出版部1928年10月初版)。

小说 《我的女朋友们》(短篇,幻洲丛书,光华书局1927年8月初版)、《爱与血》(现代书局1928年4月初版)、《林娟娟》(短篇,现代书店1928年10月初版)、《花柳病春》(小说戏剧,现代书局1929年2月初版)、《黄绢幼妇》(长篇,远东图书公司1929年3月初版)、《女孩儿们》(短篇,创作丛书,乐华图书公司1929年10月初版)、《友人之妻》(短篇,光华书局1931年3月初版)、《爱欲》(长篇,光华书局1931年10月初版)、《动摇的心》(一名《内在的新解剖》,短篇,千秋九分丛书,千秋出版社1934年5月出版)。

翻译 《友人之妻》(法朗士著,北新书局1927年2月出版)、《红百合》(法朗士著,现代书局1928年7月初版)、《女性的风格》(法国文学名著译丛,纪德著,重庆作家书屋1944年11月初版)。

⊙《红百合》封面

⊙《爱欲》封面

⊙《爱与血》封面

⊙《我的女朋友们》封面

⊙《友人之妻》封面

⊙《花柳病春》封面

欧阳予倩(1889—1962) 原名立袁，号南杰，艺名莲笙、兰客、桃花不疑庵主，湖南浏阳人。早年留学日本，参加春柳社的戏剧演出，一生主要从事戏剧和电影编导工作。1924年加入文学研究会，入会号139。历任广东戏剧研究所所长，上海新华、联华、明星等影片公司编导，广西艺术馆馆长等职。文学著作有：

戏剧 《潘金莲》(附《空与色》，新东方书店1928年10月初版)、《青纱帐里》(抗战小文库，夏衍主编，大时代出版社1937年10月初版)、《欲魔》(原名《黑暗的势力》，现代戏剧丛书之八，现代戏剧出版社1939年8月初版)、《忠王李秀成》(五幕历史剧，文学创作丛刊，桂林文化供应社1941年10月初版，1948年8月新一版)、《近代戏剧选》(一流书店1942年6月初版)、《回家以后》(中国百科丛书第一辑之一，独幕剧，重庆中国出版社1944年9月初版)、《梁红玉》(九场歌剧，汉口上海杂志公司1938年4月初版)、《剧本汇刊》(商务印书馆1925年3月初版)、《同命鸳鸯》(1947年12月出版)。

其他著作 《谭嗣同书简》(文化供应社1928年11月出版)、《自我演戏以来》(神州国光社1933年2月初版)。

⊙《欲魔》封面

⊙《潘金莲》封面

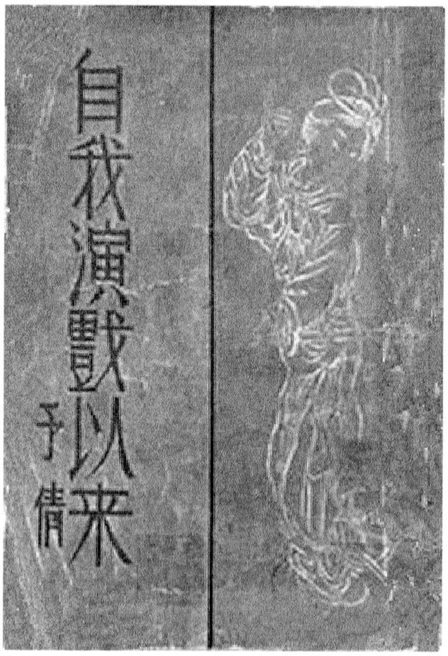

⊙《自我演戏以来》封面

⊙《同命鸳鸯》封面

⊙《青纱帐里》封面

⊙《谭嗣同书简》封面

汪仲贤(1888—1937) 原名汪效曾，又名优游，安徽婺源人。早年曾在江南水师学堂求学，毕业后去演文明戏，后受“五四”新文化运动的影响，与沈雁冰等组织民众戏剧社，倡导爱美剧。1925年加入文学研究会，入会号140。文学著作有：

小说 《歌场冶史》(长篇，社会出版社1935年11月初版)、《朱八嫁》(长篇，震华书局1948年5月初版)、《恼人春色》(长篇，万象书屋出版)、《艺海沧桑》(同仁书屋1947年11月出版)。

其他著作 《上海俗语图说》(许晓霞绘图，社会出版社1935年6月初版)。

⊙《艺海沧桑》封面

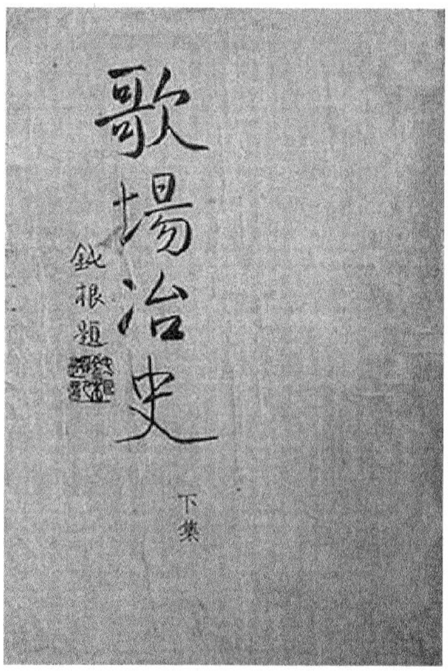

⊙《歌场冶史》(下集)封面

⊙《恼人春色》(下册)封面

⊙《恼人春色》封面

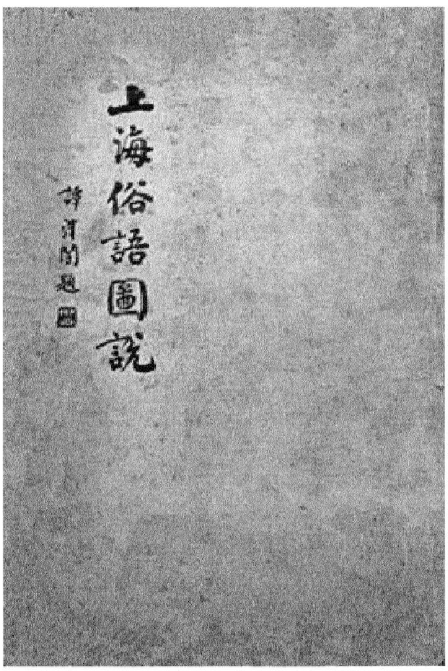

⊙《上海俗语图说》封面

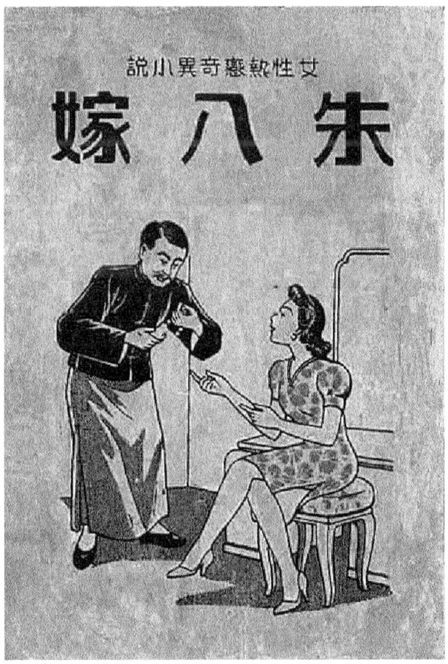

⊙《朱八嫁》封面

苏兆骧(生卒年份不详) 字跃云,江苏盐城人。1925年加入文学研究会,入会号141。无文学著作。

其他著作 《国语读本》(世界书局1923年7月出版)。

⊙《国语读本》封面

徐蔚南(1899—1952) 原名徐毓麟，笔名半梅、泽人，江苏苏州人。1925年加入文学研究会，入会号144。历任上海大夏大学、复旦大学、浙江大学等校教授，世界书局编辑，上海通志馆编纂主任，以及上海《民国日报·觉悟》、《大晚报·上海通》、“ABC丛书”主编等。文学著作有：

散文 《春之花》(世界书局1929年4月初版)、《水面落花》(黎明小丛书，黎明书局1933年6月初版)、《乍浦游简——寄云的信》(开明书店1934年5月初版)、《从上海到重庆》(独立文艺丛书，重庆独立出版社1944年11月初版)、《寄云妹的信》(重庆中国文化事业社1945年1月出版，是《乍浦游简》易名再版)、《龙山梦痕》(与王世颖合著，文学周报社丛书，开明书店1926年11月初版)。

小说 《都市男女》(真美善书店1929年6月初版)、《幽默大观》(长篇，大众书局1934年8月出版)、《穷儿暴富记》(儿童书局1947年7月初版)、《奔波》(北新书局1928年10月初版)。

翻译 《一生》(莫泊桑著，文学研究会丛书，商务印书馆1926年1月初版)、《法国名家小说集》(小仲马等著，开明书店1926年12月初版)、《茂娜凡娜》(梅特林克著，开明书店1928年1月初版)、《小小的温情》(安德生等著，新亚书店1928年12月初版)、《女优泰伊思》(法朗士著，世界书局1929年9月初版)、《她的一生》

(莫泊桑著,世界书局 1931 年 5 月出版)、《孤零少年》(海克督马六著,世界少年文库,世界书局 1933 年 2 月初版)、《老处女》(莫泊桑著,现代文艺丛书,重庆现代出版社 1944 年 2 月初版)、《时代的智慧》(法朗士等著,生生出版社 1944 年 6 月初版)、《新婚之夜》(莫泊桑著,大华文艺丛书,重庆大华书局 1944 年 10 月初版)、《圣诞礼物》(洼亨利等著,重庆百合书屋 1944 年 11 月出版)、《泰绮思》(法朗士著,重庆正风出版社 1945 年 5 月初版)、《基督山恩仇记》(大仲马著,南京独立出版社 1945 年 11 月初版)、《巴朗先生》(又名《老处女》,莫泊桑著,现代出版社 1949 年 4 月沪一版)、《荡》(都德著,重庆大东书局出版)、《屠格涅夫散文诗集》(与王维克合译,青年进步学会丛书,青年进步学会 1923 年 6 月初版)、《莫泊桑小说集》(与雷晋笙合译,新文化书社 1934 年 5 月出版)。

其他著作 《党化教育》(世界书局 1927 年 6 月初版)、《生活艺术化之是非》(世界书局 1927 年 6 月初版)、《民间文学》(世界书局 1927 年出版)、《文学的科学化》(世界书局 1927 年 6 月初版)、《上海在太平天国时代》(上海通志馆 1935 年出版)、《顾绣考》(中华书局 1937 年出版)、《中国美术工艺学》(中华书局 1940 年 2 月初版)、《上海棉布》(上海市博物馆丛书,1936 年出版)、《剪画选胜》(华夏图书出版印铸公司 1949 年 8 月初版)。

⊙《春之花》封面

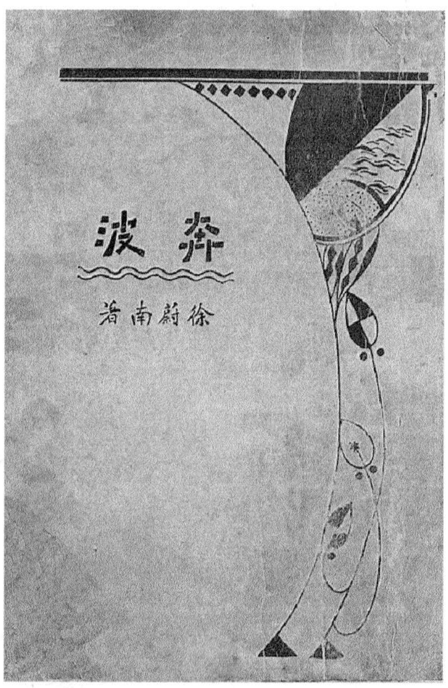

⊙《奔波》封面

⊙《巴朗先生》封面

⊙《穷儿暴富记》封面

⊙《茂娜凡娜》封面

⊙《孤零少年》封面

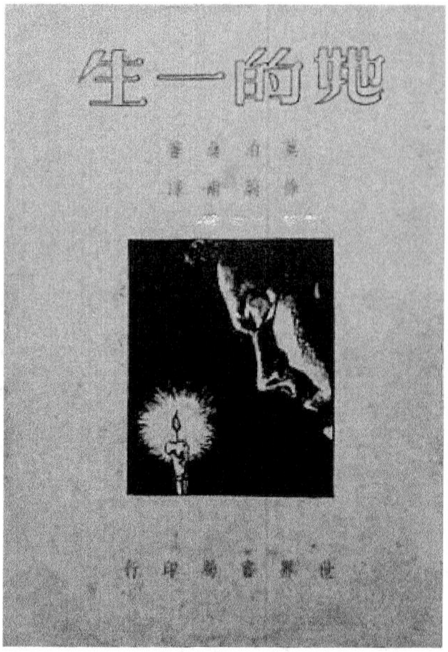

⊙《她的一生》封面

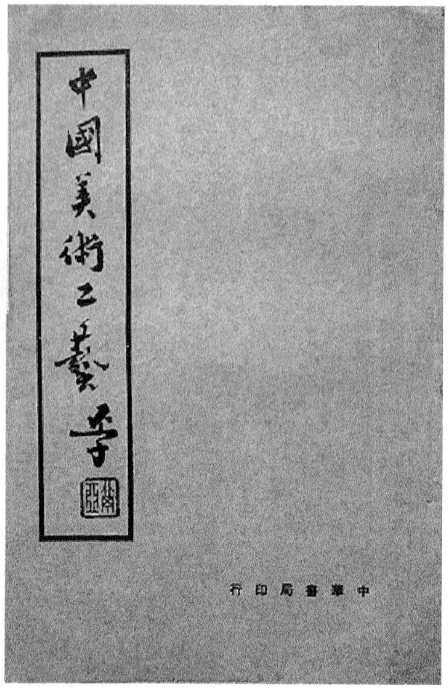

⊙《中国美术工艺学》封面

⊙《剪画选胜》封面

黎烈文(1904—1972) 笔名烈文、李维克等,湖南湘潭人。1925年加入文学研究会,入会号147。原为商务印书馆编辑,后赴日本、法国留学。历任《申报》副刊《自由谈》主编,《中流》半月刊编辑、福建永安改进出版社社长等。1948年到台湾,长期担任"台湾大学"教授。文学著作有:

小说 《崇高的母性》(文学丛刊,巴金主编,文化生活出版社1937年2月初版)、《胜利的曙光》(烽火小丛书,烽火社1940年1月初版)、《舟中》(短篇,泰东图书局1926年5月初版)、《保姆》(短篇,好友出版社1941年4月初版)。

翻译 《河童》(文学研究会丛书,芥川龙之介著,商务印书馆1928年10月初版)、《医学的胜利》(洛曼著,商务印书馆1933年11月初版)、《妒误》(本那特著,商务印书馆1933年12月初版)、《红萝卜须》(赖纳著,生活书店1934年4月初版)、《企鹅岛》(佛朗士著,商务印书馆1935年9月初版)、《法国短篇小说集》(文学研究会丛书,商务印书馆1936年3月出版)、《笔尔和哲安》(文学研究会世界文学名著丛刊,莫泊桑著,商务印书馆1936年3月初版)、《邂逅草》(纪德等著,生活书店1937年5月初版)、《乡下医生》(巴尔扎克著,商务印书馆1937年12月初版)、《冰岛渔夫》(译文丛书,罗逊著,文化生活出版社1942年12月初版)、《两兄弟》(译文丛书,莫泊桑著,文化生活出版社1943年3月初版)、《亚尔维的秘密》(现代文艺丛刊,倍尔纳著,改进出版社1945年8月初版)、《伟大的命运》(现代文艺丛刊,F.克洛勒等著,改进出版社1945年出版)、《伊尔的美神》(梅里美选集,译文丛书,文化生活出版社1948年2月初版)、《爱的哲学》(梭维斯特著,台北公论报社1948年10月出版)、《第三帝国的兵士》(霍尔发斯著,改进出版社1941年出版)、《最高勋章》(梭尔齐瓦等著,改进出版社1945年出版)。

其他著作 《新编五代史平话》(商务印书馆1925出版)、《大唐三藏取经诗话》(宋人评话标点,商务印书馆1925出版)、《大宋宣和遗事》(宋人评话标点,商务版)、《京本通俗小说》(标点,商务印书馆1937年出版)。

⊙《企鹅岛》封面

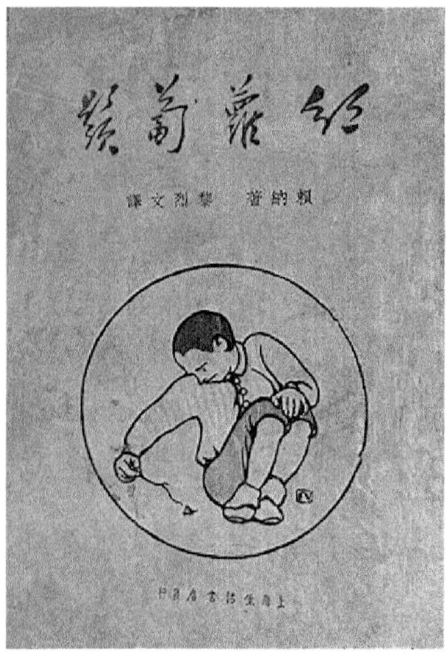

⊙《红萝卜须》封面

⊙《第三帝国的兵士》封面

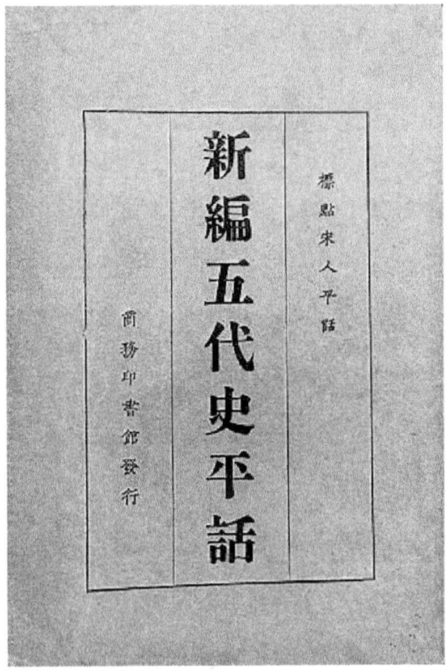

⊙《新编五代史平话》封面

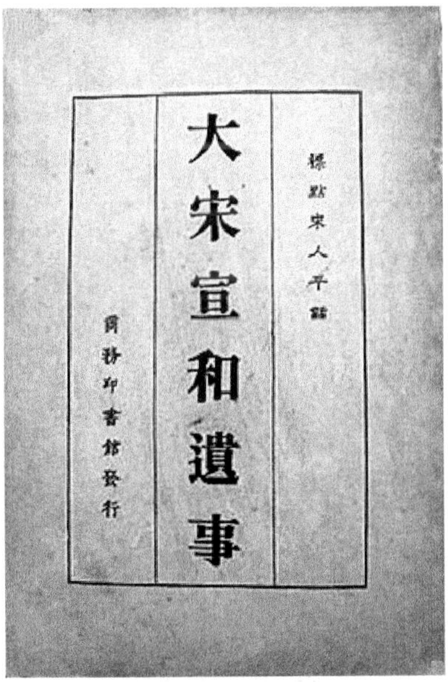

⊙《大宋宣和遗事》封面

⊙《伊尔的美神》封面

陆侃如(1903—1978) 原名侃,又名雪成,字衎庐,笔名小璧。江苏海门人,祖籍江苏太仓。毕业于北京大学,法国巴黎大学文学博士。1925年加入文学研究会,入会号148。一生致力于中国文学史的研究。历任暨南大学、复旦大学、持志大学、安徽大学教授。文学著作有:

翻译 《金钱问题》(小仲马著,大江书铺1933年12月初版)。

其他著作 《乐府古辞考》(商务印书馆1927年出版)、《中国诗史》(与冯沅君合著,大江书铺1933年出版;商务印书馆1939年出版)、《南戏拾趣》(与冯沅君合著,燕京大学1936年出版)、《左传真伪考及其他》(Bernhard Karlgren著,商务印书馆1936年出版)、《左思练都考》(北京大学出版部1948年出版)。

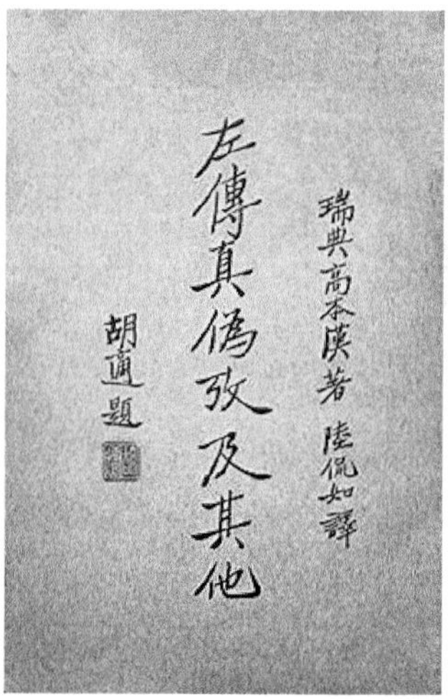

⊙《左传真伪考及其他》封面

⊙《中国诗史》封面

⊙《乐府古辞考》(万有文库)封面

⊙《乐府古辞考》(国学小丛书)封面

⊙《金钱问题》封面

⊙《国立北京大学五十周年纪念论文集》封面

李金发(1900—1976) 原名李淑良，号遇安，广东梅县人。留学法国巴黎大学美术学院。1925年加入文学研究会，入会号149。中国象征派诗歌的开创者。历任商务印书馆编辑、杭州艺术专门学校教授、南京美术学校和广州美术专门学校校长。抗战时期进外交界，在国外生活，定居美国纽约。文学著作有：

诗歌 《微雨》(新潮社文艺丛书之八，北新书局1925年11月初版)、《为幸福而歌》(文学研究会丛书，商务印书馆1926年11月初版)、《食客与凶年》(新潮社文艺丛书，北新书局1927年5月初版)。

散文 《异国情调》(诗文合集，商务印书馆1942年12月初版)。

翻译 《古希腊恋歌》(碧丽蒂著，贝尔鲁易译，李重译，开明书店1928年5月初版)、《核米顿夫人情史》(小说，华通书局1931年11月初版)。

其他著作 《意大利艺术概要》(商务)、《雕刻家米西盎则罗》(商务)、《北京的最后勾留》(现代)、《肉的图圄》(大光)、《岭东情歌》(光华)、《艺术论文集》(远东)、《德国文学ABC》(世界)。

⊙《为幸福而歌》封面

⊙《食客与凶年》封面

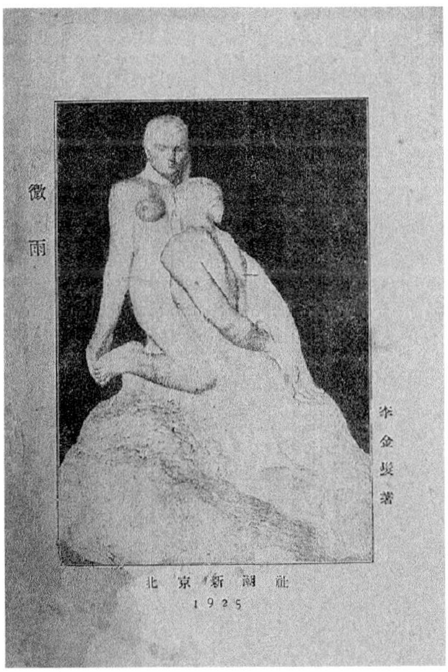

⊙《微雨》封面

⊙《异国情调》封面

⊙《核米顿夫人情史》封面

⊙《古希腊恋歌》封面

游国恩(1899—1978)　字泽承,江西临川人。1925年加入文学研究会,入会号150。毕业于北京大学,历任江西省立四中、临川中学教员,山东大学、华中大学、西南联合大学教授。无文学著作。

其他著作　《屈原》(胜利出版公司1946年3月初版)、《楚辞概论》(述学社1926年7月初版)、《先秦文学》(百科小丛书,商务印书馆1934年1月初版)、《读骚论微初集》(商务印书馆1937年1月初版)。

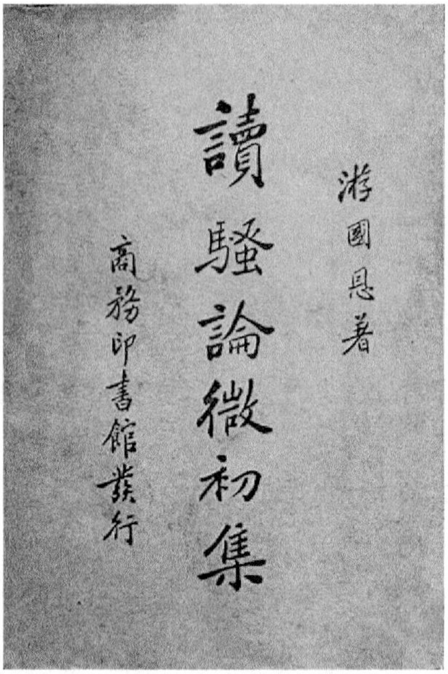

⊙《读骚论微初集》封面

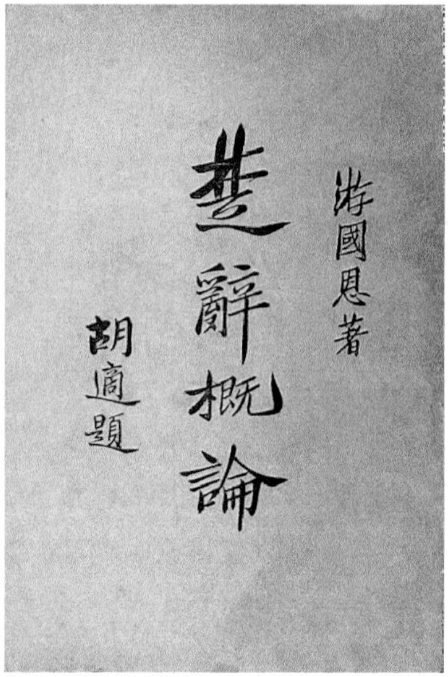

⊙《楚辞概论》封面

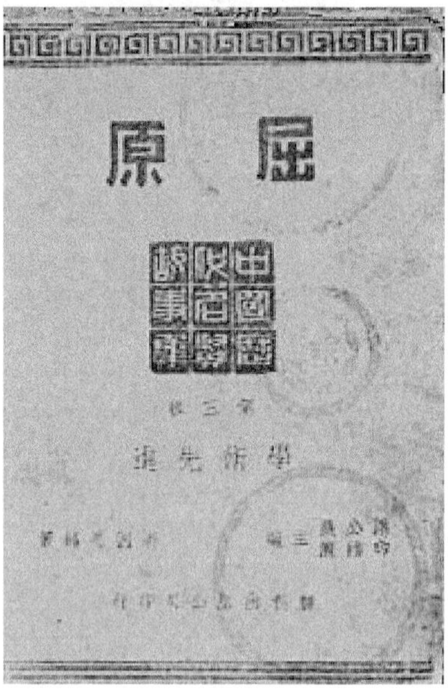

⊙《屈原》封面

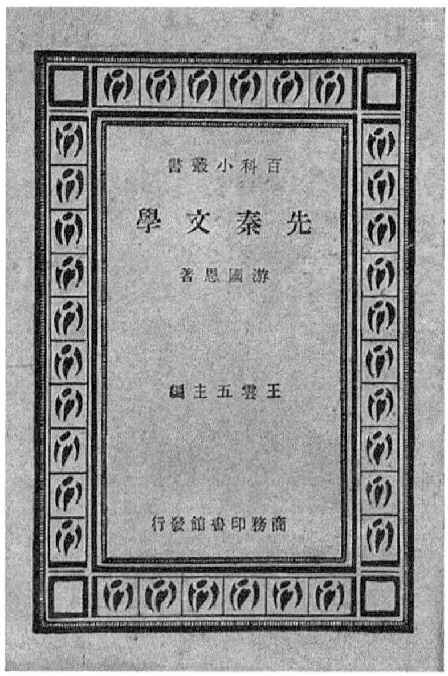

⊙《先秦文学》封面

徐嘉瑞(1895—1977) 号梦麟，白族，云南昆明人。毕业于云南高等师范学校，留学日本。1925年加入文学研究会，入会号153。历任昆明女子中学、昆明市立中学教员，以及暨南大学、复旦大学、云南大学教授等。文学著作有：

戏剧 《台湾》(五幕剧，贵阳文通书局1943年2月初版)。

其他著作 《中古文学概论》(亚东图书馆1924年4月出版)、《近古文学概论》(北新书局1936年3月初版)、《秦妇吟本事》(华中大学、哈佛燕京学社1948年出版)、《辛稼轩评传》(文通书局1946年10月初版)、《金元戏曲方言考》(商务印书馆1948年5月出版)、《大理古代文化史》(国立云南大学1949年7月出版)。

⊙《近古文学概论》封面

⊙《金元戏曲方言考》封面

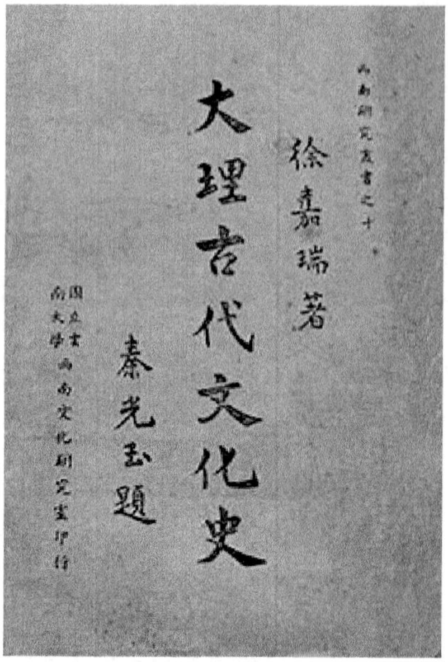

⊙《大理古代文化史》封面

⊙《中古文学概论》封面

⊙《辛稼轩评传》封面

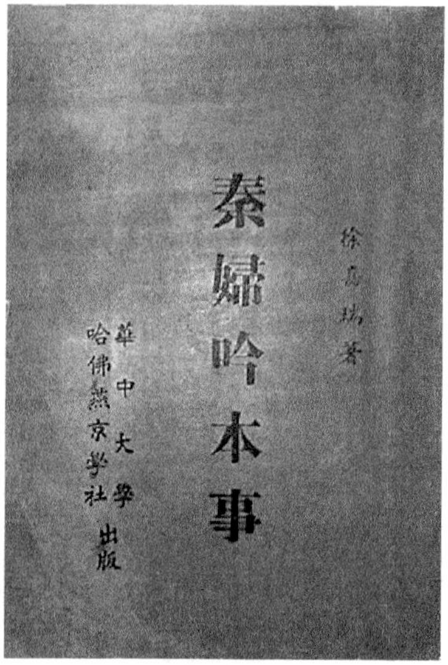

⊙《秦妇吟本事》封面

吴文祺(1901—1991) 本姓朱，字问奇，因出嗣外祖家，故随母姓而改姓吴。浙江海宁人。1925年加入文学研究会，入会号155。曾任商务印书馆编辑、中央军校武汉分校政治教官。“大革命”失败后，历任福建集美学校、上海浦东中学等校教员，燕京大学、北京师范大学、中国大学讲师，上海暨南大学教授兼文学院院长。无文学著作。

其他著作 《新文学概要》(亚细亚书局1936年4月出版)、《近百年来的中国文艺思潮》(学林社1940年11月初版)、《近百年来中国之银行》(学林社1944年出版)。

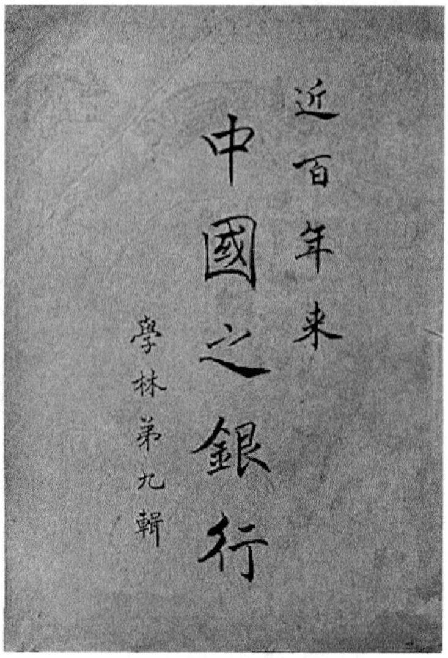

⊙《近百年来中国之银行》封面

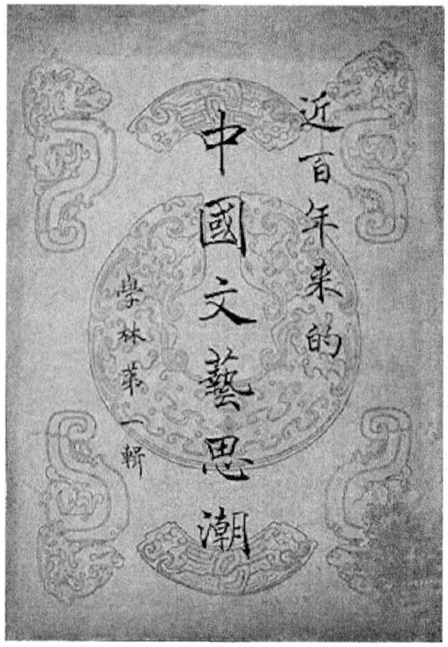

⊙《近百年来的中国文艺思潮》封面

⊙《新文学概要》封面

罗黑芷(1889—1927) 原名罗象陶，笔名罗黑芷、晋思、黑子，江西南昌人。早年留学日本庆应大学，参加同盟会，归国后在上海参加辛亥革命。1925 年加入文学研究会，入会号 156。历任湖南省图书编译局编译，长沙岳云中学和楚怡工业学校教员。文学著作有：

诗歌散文 《牵牛花》(零星社丛书之一，长沙北门书店 1926 年 6 月出版)。

小说 《醉里》(短篇，文学研究会丛书，商务印书馆 1928 年 6 月初版)、《春日》(短篇，文学周报社丛书，开明书店 1928 年 6 月初版)。

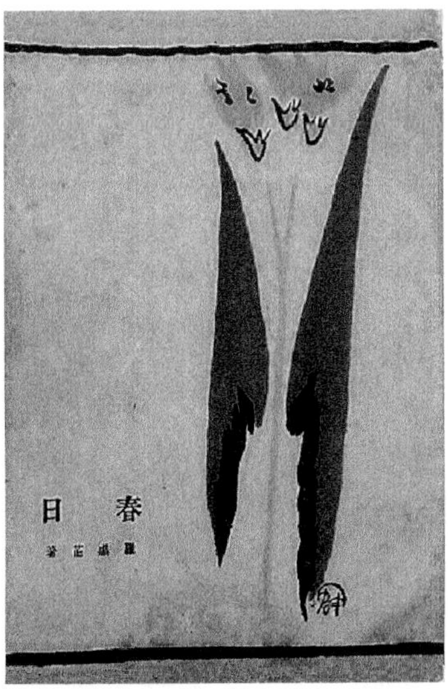

⊙《春日》封面

⊙《醉里》封面

王世颖(1902—?) 原名王新甫，笔名今甫、王夫凡、春大等，福建闽侯人。青年时代致力于资产阶级改良主义的平民学社合作运动。毕业于复旦大学，曾任白马湖春晖中学、上海法政大学、上海商学院、中央政治学校教员或教授。曾任浙江大学秘书长。1924年至1926年从事文学创作，1926年加入文学研究会，入会号160。至今生死不明。文学著作有：

散文 《倥偬》(黎明丛书，开明书店1926年10月初版)、《东西南北》(蓝皮小书，署王夫凡，现代书局1928年7月初版)、《化外的文学》(蓝皮小书，署王夫凡，现代书局1928年9月初版)、《龙山梦痕》(开明书局1929年3月出版)。

翻译 《土耳其寓言》(世界少年文学丛刊，开明书店1929年3月初版)、《往者已矣及其他——卖笑集》(墨索里尼等著，署王夫凡，黎明书局1933年2月初版)。

其他著作 《保险合作经营论》(正中书局1947年2月出版)、《丹麦合作运动》(中国合作学社1929年12月初版)、《合作事业》(黎明书局1935年9月初版)、《农业金融概论》(黎明书局1943年9月初版)。

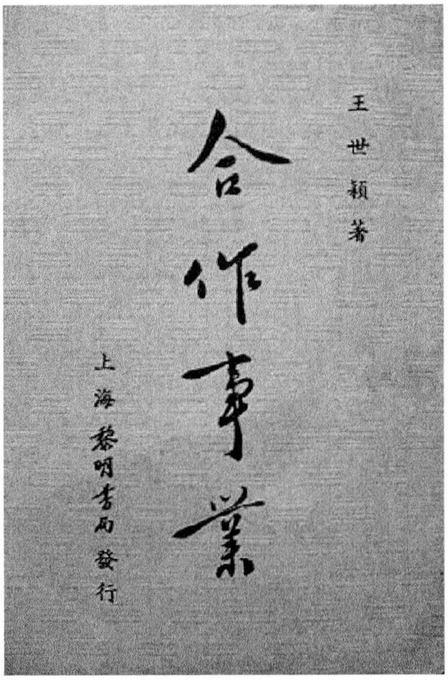

⊙《合作事业》封面

⊙《丹麦合作运动》封面

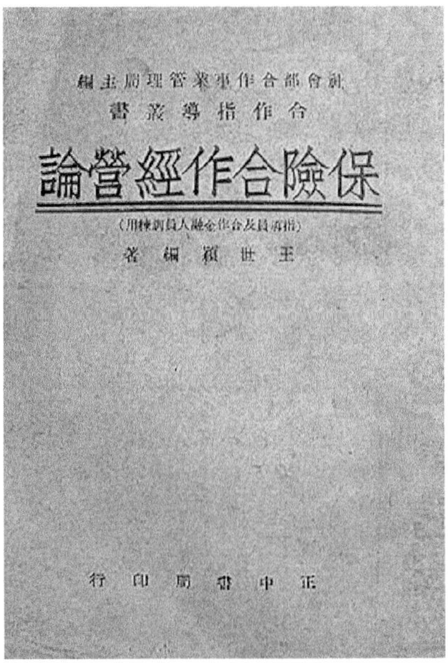

⊙《保险合作经营论》封面

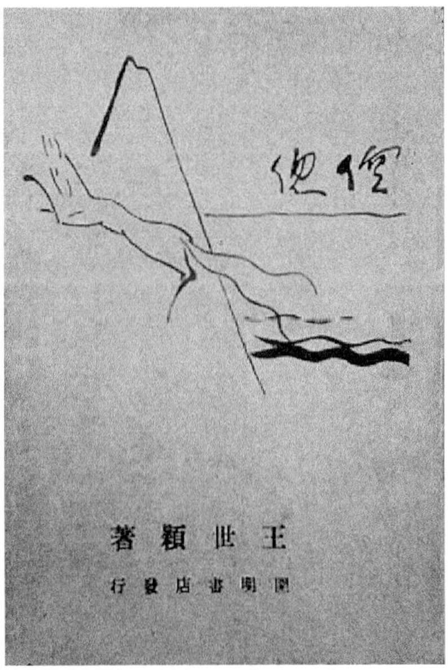

⊙《倥偬》封面

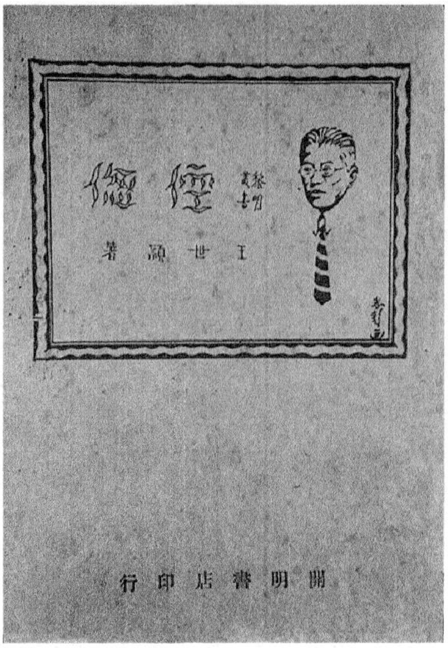

⊙《倥偬》另一种封面

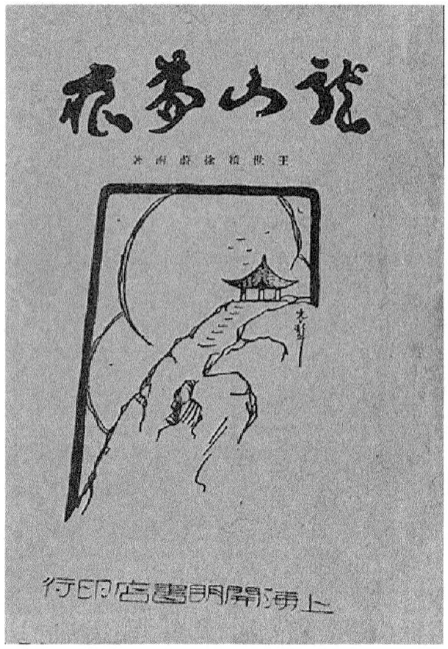

⊙《龙山梦痕》封面

蹇先艾(1906—1994) 字萧然，贵州遵义人。毕业于北京大学，1926年加入文学研究会，入会号162。曾任北京松坡图书馆编纂主任、遵义师范学校校长、贵州大学教授、贵阳师范学院国文系主任等职。文学著作有：

散文 《城下集》(开明文学新刊，开明书店1936年4月初版)、《离散集》(今日文艺丛书，桂林今日文艺社1941年9月初版)、《乡谈集》(贵阳文通书局1942年2月初版)。

小说 《朝雾》(短篇，北新书局1927年8月初版)、《一位英雄》(短篇，创作丛书，北新书局1930年4月初版)、《酒家》(短篇，新中国文艺丛书，新中国书局1934年11月初版；重庆万光书局1945年7月增订初版)、《还乡集》(短篇，新文艺丛书，中华书局1934年12月初版)、《踌躇集》(短篇，良友文库，良友图书印刷公司1916年4月初版)、《乡间的悲剧》(短篇，文学研究会创作丛书，商务印书馆1937年6月初版)、《盐的故事》(短篇，文学丛刊，文化生活出版社1937年6月初版)、《幸福》(短篇，现代文艺丛刊，福建永安改进出版社1941年10月初版)、《古城儿女》(长篇，万叶文艺新辑，万叶书店1946年10月初版)、《四川绅士和湖南女伶》(博文书店1947年12月初版)。

翻译 《发人隐私的心》(爱伦坡著，生活书店1935年8月出版)、《亚西尔之家的衰亡》(爱伦坡著，生活书店1935年8月出版）、《红谷牧歌》（F. B. 哈特著，生活书店1935年12月出版）、《田纳西的伙伴》（F. B. 哈特著，生活书店1935年12月出版）、《四次会晤》（世界文库，亨利·詹姆士著，生活书店1936年3月出版）、《一位忙经纪人的情史》（欧·亨利著，生活书店1936年4月出版）。

⊙《还乡集》封面

⊙《古城儿女》封面

⊙《四川绅士和湖南女伶》封面

⊙《酒家》封面

李健吾(1906—1982) 字仲刚,笔名刘西渭,山西运城人。毕业于清华大学,留学法国。1926年加入文学研究会,入会号163。曾任暨南大学、上海孔德研究所研究员等。文学著作有:

散文 《意大利游简》(开明文学新刊,开明书店1936年4月初版)、《希伯先生》(文学小丛刊,文化生活出版社1939年1月初版)、《切梦刀》(文学丛刊,文化生活出版社1948年11月初版)。

小说 《西山之云》(短篇,创作丛书,北新书局1928年3月初版)、《坛子》(短篇,开明书店1931年4月初版)、《心病》(长篇,开明书店1933年11月初版)、《使命》(短篇,文学丛刊,文化生活出版社1940年3月初版)。

戏剧 《火线之内》(又名《老王和他的同志们》,四景剧,北平青年书店1933年1月初版)、《火线之外》(又名《信号》,三幕剧,北平青年书店1933年1月初版)、《梁允达》(创造文库之十五,傅东华主编,生活书店1934年10月初版)、《以身作则》(文学丛刊,李健吾戏剧集之二,文化生活出版社1936年1月初版)、《母亲的梦》(文学丛刊,李健吾戏剧集之三,文化生活出版社1936年8月初版)、《新学究》(文学丛刊,李健吾戏剧集之四,文化生活出版社1937年4月初版)、《这不过是春天》(文学研究会创作丛书,李健吾戏剧集之一，商务印书馆1937年6月初版）、《刀光集》（1937年出版）、《十三年》（又名《一个未登记的同志》，文学小丛刊第一集，文化生活出版社1939年4月初版）、《撒谎世家》（文季丛书之六，文化生活出版社1939年8月初版）、《一个未登记的同志》（现代戏剧出版社1939年11月初版）、《信号》（重庆文化生活出版社1942年5月出版）、《花信风》（剧本丛刊，孔另境主编，四幕剧，萨都四剧之一，世界书局1944年1月初版）、《喜相逢》（剧本丛刊，孔另境主编，四幕剧，萨都四剧之一，世界书局1944年2月初版）、《风流债》（剧本丛刊，孔另境主编，五幕喜剧，萨都四剧之一，世界书局1944年3月初版）、《黄花》（文季丛书，重庆文化生活出版社1944年4月初版）、《不夜天》（美学戏剧丛书，重庆美学出版社1945年6月初版）、《金小玉》（万叶戏剧新辑，索非主编，四幕剧，萨都四剧之一，万叶书店1946年2月初版）、《秋》（李健吾戏剧集之六，三幕剧，文化生活出版社1946年3月初版）、《青春》（文学丛刊，李健吾戏剧集之八，五幕喜剧，文化生活出版社1948年11月初版）。

翻译 《圣福朗且斯考教堂》（司汤达著，生活书店1935年8月出版）、《费理拜·赖嘉勤》（司汤达著，生活书店1935年8月出版）、《福楼拜短篇小说集》（商务印书馆1936年1月初版）、《贾司陶的女住持》（司汤达著，生活书店1936年1月初版）、《司汤达小说集》（生活书店1936年6月初版）、《圣安东的诱惑》（福楼拜著，生活书店1937年1月初版）、《爱与死的搏斗》（罗曼罗兰著，文化生活出版社1939年9月初版）、《好事近》（博马舍著，怀正文艺丛书，怀正文化社1947年5月初版）、《云彩霞》（司克利驳著，寰星图书杂志社1947年8月初版）、《情感教育》（福楼拜著，文化生活出版社1948年4月初版）、《契诃夫独幕剧集》（文化生活出版社1948年8月初版）、《包法利夫人》（福楼拜著，译文丛书，文化生活出版社1948年9月初版）、《可笑的女才子》（莫里哀著，开明书店1949年6月初版）、《屈打成医》（莫里哀著，开明书店1949年6月初版）、《乔治·党丹》（莫里哀著，开明书店1949年6月初版）、《吝啬鬼》（莫里哀著，开明书店1949年6月初版）、《德·浦叟雅克先生》（莫里哀著，开明书店1949年6月初版）、《堂·璜》（莫里哀著，开明书店1949年6月初版）、《向贵人看齐》（莫里哀著，开明书店1949年6月初版）、《没病找病》（莫里哀著，开明书店1949年6月初版）、《三故事》（福楼拜著，文化生活出版社1949年7月初版）、《莫里哀戏剧集》（开明书店1949年初版）。

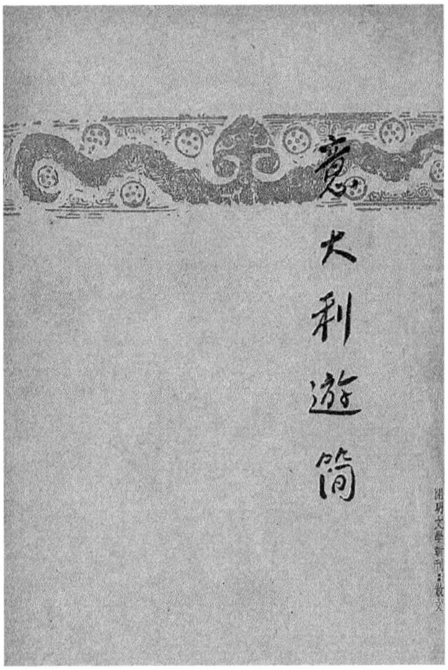

⊙《意大利游简》封面

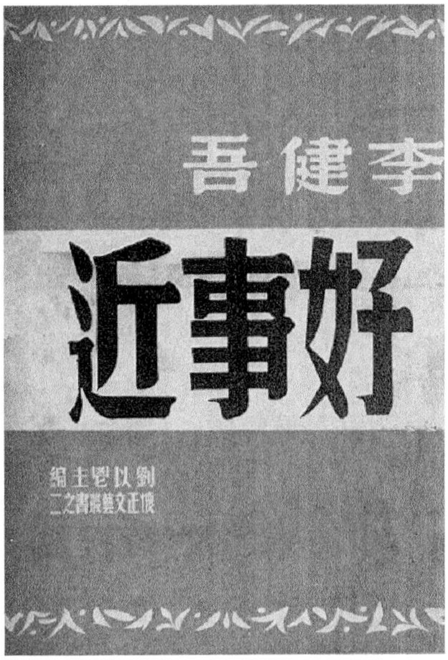

⊙《好事近》封面

⊙《花信风》封面

⊙《文明的果实》封面

⊙《黄花》封面

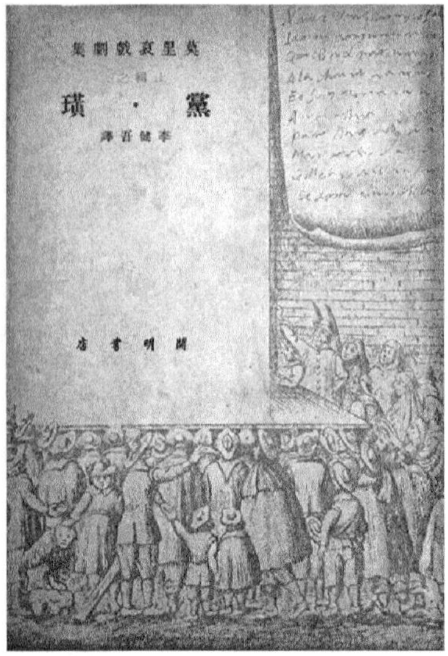

⊙《堂·璜》封面

老舍(1899—1966) 原名舒庆春,字醒痴、舍予,满族,北京人。毕业于北京师范学校。曾任天津南开中学教员,赴英国伦敦大学亚非学院任讲师。1926年加入文学研究会,入会号167。历任齐鲁大学副教授、山东大学教授、中华全国文艺界抗敌协会常务理事兼总务组组长。文学著作有:

诗歌 《怒》(合著,现阶段文艺丛书,香港堡垒书店1941年6月初版)、《剑北篇》(抗战文艺丛书第一种,文艺奖助金管理委员会出版部1942年5月初版)。

小说 《老张的哲学》(长篇,文学研究会丛书,商务印书馆1928年1月初版)、《赵子曰》(长篇,文学研究会丛书,商务印书馆1928年4月初版)、《二马》(长篇,文学研究会丛书,商务印书馆1931年4月初版)、《猫城记》(长篇,现代创作丛刊,现代书局1933年8月初版)、《离婚》(长篇,良友文学丛书,良友图书印刷公司1933年8月初版)、《小坡的生日》(短篇,创作文库,生活书店1934年5月初版)、《赶集》(短篇,良友文学丛书,良友图书印刷公司1934年9月初版)、《樱海集》(短篇,人间书屋1935年8月初版)、《牛天赐传》(长篇,人间书屋1936年3月初版)、《蛤藻集》(短篇,开明文学新——开明书店1936年11月初版)、《骆驼祥子》(现代长篇小说丛书,人间书屋1939年3月初版)、《微神》(小说散文,长春益智书店 1939 年 6 月出版)、《火车集》(短篇,每月文库,上海杂志公司 1939 年 8 月初版)、《老字号》(短篇,东北奉天盛京书店 1940 年 5 月出版)、《新时代的旧悲剧》(中篇,三通书局 1940 年 10 出版)、《文博士》(长篇,香港作者书社 1940 年 11 月初版)、《歪毛儿》(短篇,艺流书店 1941 年 1 月初版)、《开市大吉》(短篇,奉天文艺书局 1941 年 8 月初版)、《黑白李》(短篇,大连满大书局 1943 年 10 月出版)、《贫血集》(短篇,重庆文聿出版社 1944 年 3 月初版)、《火葬》(重庆晨光出版公司 1944 年 5 月初版)、《惶惑》(《四世同堂》第一部,长篇,良友文学丛书,良友复兴图书印刷公司 1946 年 1 月初版)、《东海巴山集》(短篇,新丰出版公司 1946 年 2 月初版)、《偷生》(《四世同堂》第二部,长篇,晨光文学丛书,晨光出版公司 1946 年 11 月初版)、《我这一辈子》(中篇,现代文丛,惠群出版社 1947 年 1 月初版)、《微神集》(短篇,晨光文学丛书,晨光出版公司 1947 年 4 月初版)、《月牙集》(晨光文学丛书,晨光出版公司 1948 年 9 月初版)、《人同此心》(合著,短篇,建业书店 1948 年 6 月初版)。

戏剧 《三四一》(艺文研究会 1938 年 8 月初版)、《残雾》(四幕剧,大时代文艺丛书,重庆商务印书馆 1940 年 4 月初版)、《张自忠》(四幕剧,弹花文艺丛书,赵清阁主编,重庆华中图书公司 1941 年 1 月初版)、《面子问题》(三幕剧,建国文艺丛书,顾一樵主编,重庆正中书局 1941 年 4 月初版)、《大地龙蛇》(三幕剧,文艺丛书,重庆国民图书出版社 1941 年 11 月初版)、《归去来兮》(五幕悲剧,当代文学丛书,重庆作家书屋 1943 年 2 月初版)、《谁先到了重庆》(四幕剧,联友剧丛,潘孑农主编,重庆联友出版社 1943 年 2 月初版)、《老舍戏剧集》(晨光文学丛书,赵家璧主编,晨光出版公司 1948 年 12 月初版)。

⊙《小坡的生日》封面

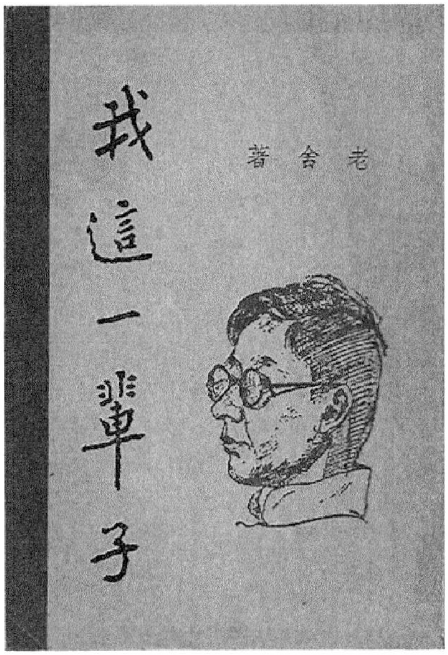

⊙《我这一辈子》封面

⊙《月牙集》封面

⊙《开市大吉》封面

⊙《猫城记》封面

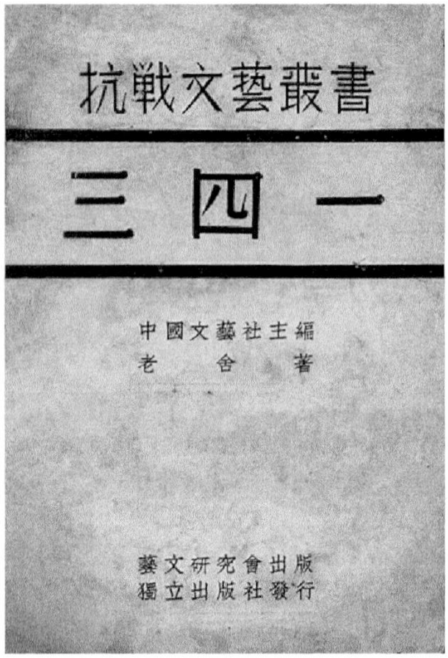

⊙《三四一》封面

⊙《火葬》封面

⊙《东海巴山集》封面

朱应鹏(1895—?) 字北海，浙江杭县人。1926 年加入文学研究会，入会号 168。历任上海中国公学秘书长兼总务长、《申报》编辑、南国艺术剧院教员、国民党上海特别市党部执行委员、国民党上海市党部监察委员等职。20 世纪 30 年代与王平陵等发起民族主义文学运动，鼓吹反动文艺；抗战时期沦为汉奸。无文学著作。

其他著作 《国画 ABC》(世界书局 1928 年 9 月初版)、《抗战与美术》(抗战小丛书，商务印书馆出版 1937 年出版)、《艺术三家言》(良友图书印刷公司 1927 年 11 月初版)。

⊙《国画 ABC》封面

⊙《抗战与美术》封面

⊙《艺术三家言》封面

贺昌群(1903—1973) 字藏云,四川马边人。毕业于东南大学,考入上海商务印书馆编译所,开始编译生涯。1927年加入文学研究会,入会号169。曾任北平图书馆舆图部主任。从20世纪30年代初始,把西北史地、中西交通史和敦煌学作为学术研究方向。1931年到天津河北女子师范大学任教。1942年至1946年在重庆中央大学历史系任教,迁南京后任历史系主任。无文学著作。

其他著作 《魏晋清谈思想初论》(1947年4月上海初版)、《新波斯》(商务印书馆1930年出版)、《英国现代史》(商务印书馆1929年10月初版)、《元曲概论》(商务印书馆1933年出版)、《中国语言学研究》(商务印书馆1934年6月初版)。

⊙《元曲概论》封面

⊙《中国语言学研究》封面

⊙《英国现代史》封面

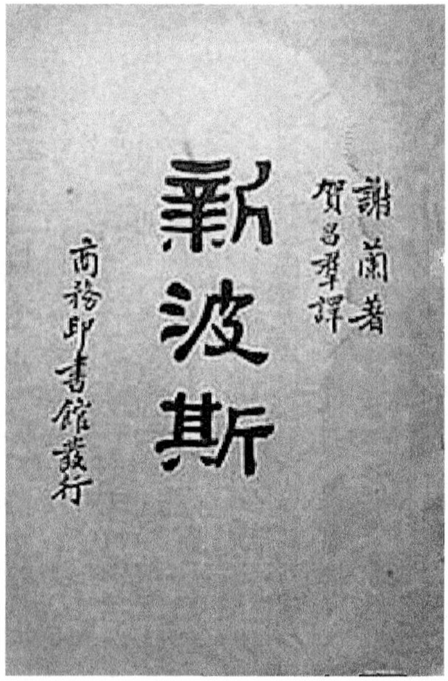

⊙《新波斯》封面

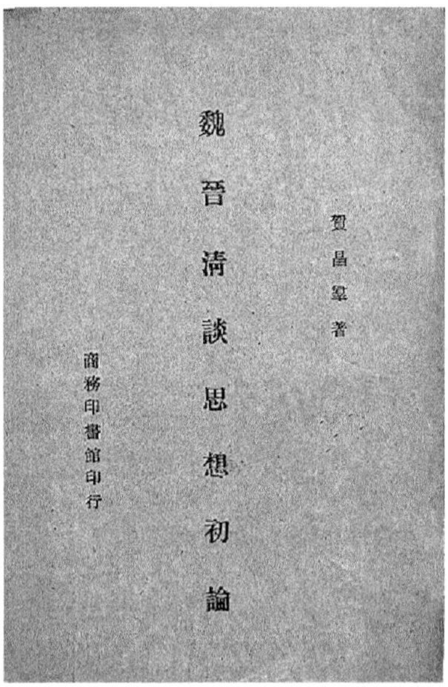

⊙《魏晋清谈思想初论》封面

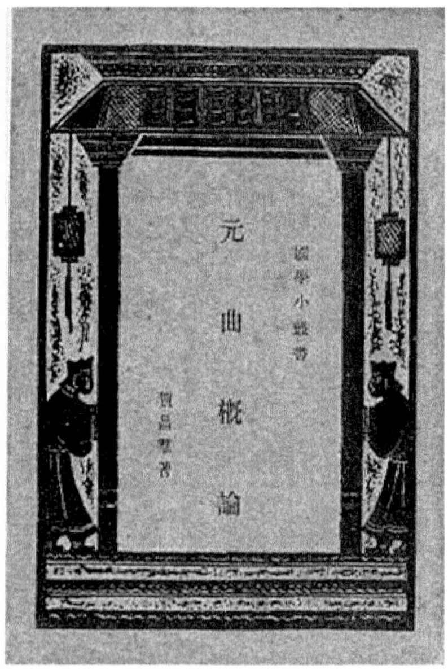

⊙《元曲概论》封面

彭家煌(1900—1933) 原名彭介黄,字蕴松、韫松,湖南湘阴人。早年在天津、上海、宁波等地任中学教员,后进商务印书馆编辑《教育杂志》和《民铎杂志》。从事小说创作,1927年加入文学研究会,入会号170。文学著作有:

小说 《怂恿》(短篇,文学周报社丛书,开明书店1925年8月初版)、《茶杯里的风波》(短篇,现代书局1928年6月初版)、《皮克的情书》(中篇,现代书局1928年7月初版)、《平淡的事》(短篇,新文学丛书,大东书局1929年5月初版)、《在潮神庙》(短篇,一角丛书,良友图书印刷公司1933年10月初版)、《喜讯》(短篇,现代创作丛刊,现代书局1933年12月初版)、《出路》(短篇,新文学丛书,大东书局1934年1月初版)。

⊙《皮克的情书》封面

⊙《皮克的情书》另一种封面

⊙《皮克的情书》另一种封面

⊙《喜讯》封面

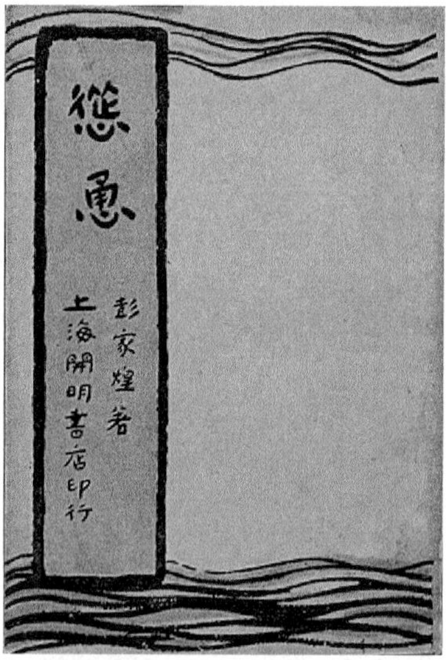

⊙《怂恿》封面

⊙《平淡的事》封面

俞剑华(1895—1979)　原名俞琨、俞德，字剑华，以字行，山东历城人。毕业于北京高等师范学校，擅长国画、书法。1927年加入文学研究会，入会号172。历任上海美术专科学校、暨南大学、新华艺大、东南大学等校教授。无文学著作。

其他著作　《国画研究》(商务印书馆1948年3月出版)、《考古学通论》(商务印书馆1931年5月初版)、《书法指南》(商务印书馆1934年11月初版)、《中国绘画史》(商务印书馆1937年4月出版)、《最新立体图案法》(商务印书馆1937年1月国难后一版)、《最新图案法》(商务印书馆1926年11月初版)。

⊙《最新立体图案法》封面

⊙《中国绘画史》封面

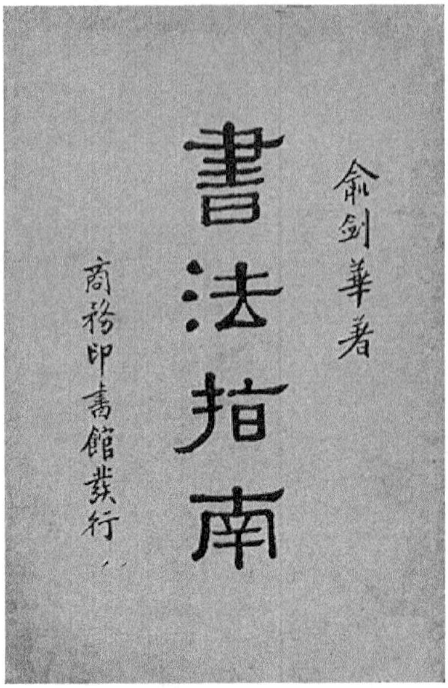

⊙《书法指南》封面

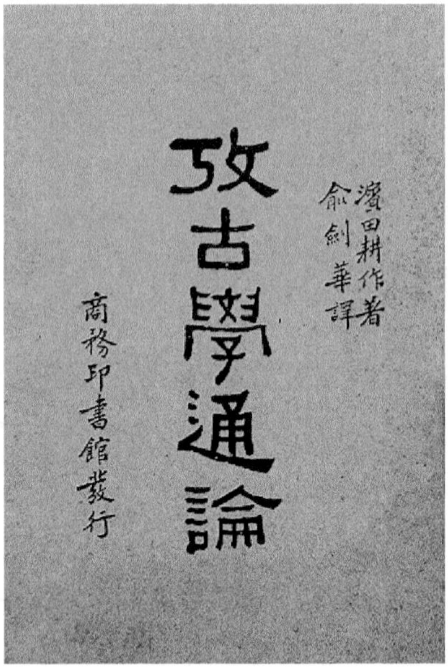

⊙《考古学通论》封面

⊙《国画研究》封面

⊙《最新图案法》封面

王世瑛 （生卒年份不详）1921年加入文学研究会，无入会编号。与程俊英、庐隐、陈定秀是中国第一批女大学生。四人在“五四”运动中为妇女解放独立自由勇敢走上街头参加游行集会，开中国女子参政之先河。由于兴趣相同，学术相讨，生活相共，装束统一，参加各种组织，编辑刊物，时称“四公子”，受到李大钊、黄侃、胡小石等的赏识。1923年庐隐（黄英）以此为题材创作小说《海滨故人》，其中的露莎、云青、玲玉、宗莹分别指庐隐、王世瑛、陈定秀和程俊英。在文学研究会读书会名单“小说组”中有黄英和王世瑛的大名。

如今能见的五四运动女学界资料《北京女子高等师范文艺会刊》第一期和第三期，其中就有“四公子”的作品。所见王世瑛文章数篇，如《文学与应用文之区别》《论中国历代文章必原于学术》《罗素 Rossel 先生演讲〈宝雪维儿 Bcrskouik 之理想〉》。

无其他著作版本。

李之常(1900—1969) 湖北沔阳人,毕业于北京大学地质系,获学士学位,留学美国哥伦比亚大学,学习地质学、古生物学,获硕士学位。还在芝加哥大学、纽约自然博物馆学习。曾三度出访欧洲,进行国际合作对比(西秦岭和阿尔卑斯地区)科学研究。应邀在维也纳、因斯布鲁克和沙尔兹堡大学等讲学。从事古生物学教学研究几十年,为中国地质教育事业做出贡献,培养出许多优秀地质人才。1921年加入文学研究会,无入会编号。

刘廷藩　(生卒年份不详),浙江温州人,1921年加入文学研究会,无入会编号。毕业于武昌文华大学图书科,出国留学,回国后担任国立清华大学教授。其兄刘廷芳。

郭梦良(1898—1925) 原名郭弼藩，字梦良，福建闽侯人。1914年与林瑞英结婚后北上京都，考入北京大学法科哲学部，在闽籍学生北京联合会担任职务，作品发表于《京报》《晨报副刊》等刊，与郑振铎等筹备福州同乡会，负责出版《闽潮》。1921年参加文学研究会，无入会编号。因肺病回福州疗养，病稍愈赴上海任国立政治大学总务长。1923年与庐隐结婚。英年早逝，年仅27岁。无文学著作。

其他著作 《基尔特社会主义发凡》(柯尔·密洛著，与徐六机合译，北京大学社会主义研究会1921年1月初版)、《人生哲学与唯物史观》(柯祖基著，与徐六机、黄卓合译，共学社时代丛书，商务印书馆1927年7月出版)。

⊙《人生哲学与唯物史观》封面

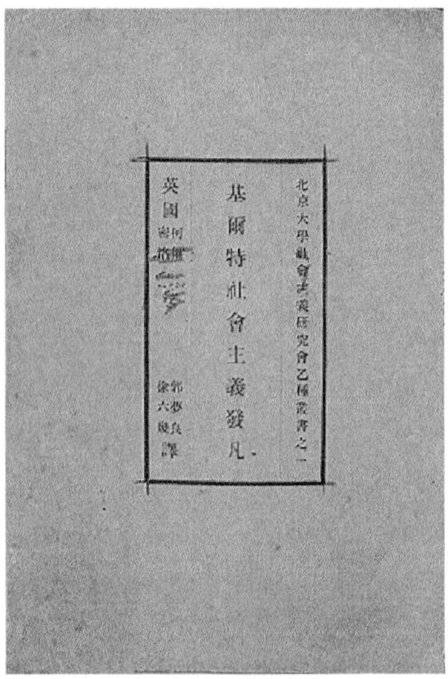

⊙《基尔特社会主义发凡》封面

宋介(1893—?) 字唯民，山东兖州人。毕业于中国大学，留学美国阿桑那大学经济系，获硕士学位。1921年加入文学研究会，无入会编号。1924年回国后历任中国大学教授兼秘书主任，北平大学法学院政治系主任等职。1926年任吴佩孚幕府外交处长。“七七”事变后投降日军，任伪北平维持会委员、北平《晨报》社社长等职。1946年国民党山东省高等法院以汉奸罪将其逮捕并判刑。无文学著作。

其他著作 《市卫生论》(商务印书馆1926年出版)、《市政原理与方法》(商务印书馆1926年4月初版)。

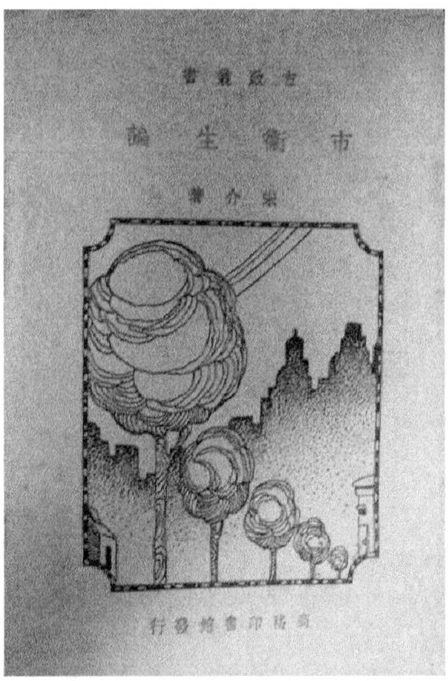

⊙《市卫生论》封面

⊙《市政原理与方法》封面

叶启芳(1889—1975) 广东三水人。1923年加入文学研究会广州分会,无入会编号。毕业于燕京大学。历任协和神学院教员、黄埔军校教官、广州培英中学校长等职,曾任香港《星岛晨报》、湖南《大刚报》、《广西日报》、上海《天风周刊》编辑、社长。文学著作有:

翻译 《国际纵队从军记》(约翰·孙马菲尔德著,生活书店1939年5月初版)。

其他著作 《古代社会斗争史》(神州国光社1939年5月出版)、《中世纪社会斗争史》(神州国光社1947年3月出版)、《近代农民斗争及乌托邦社会主义》(神州国光社1947年3月出版)、《近代社会斗争与社会思想》(神州国光社1947年3月出版)、《现代社会斗争史》(神州国光社1947年3月出版)、《婚姻进化史》(商务印书馆1939年9月简编版)、《基督教之基础》(与汤治合译,神州国光社1943年出版)、《近代家庭问题》(远东图书公司1930年出版)、《社会主义之教育政策》(神州国光社1930年3月初版)、《中国政治经济近况》(自印,1927年5月出版)。

⊙《社会主义之教育政策》封面

⊙《近代家庭问题》封面

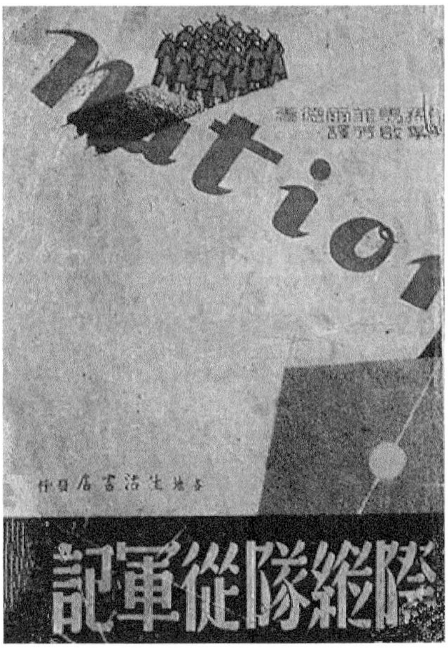

⊙《国际纵队从军记》封面

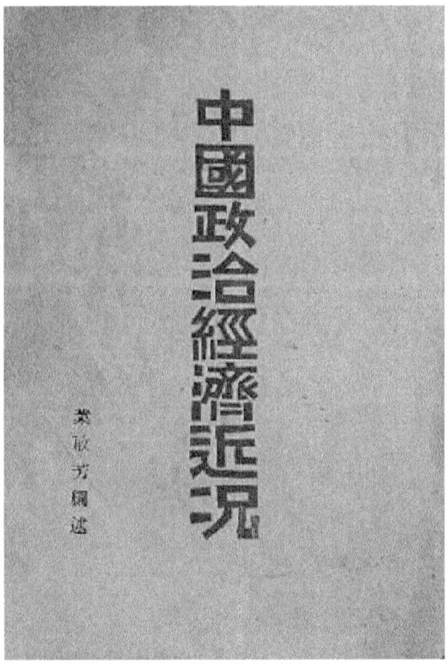

⊙《中国政治经济近况》封面

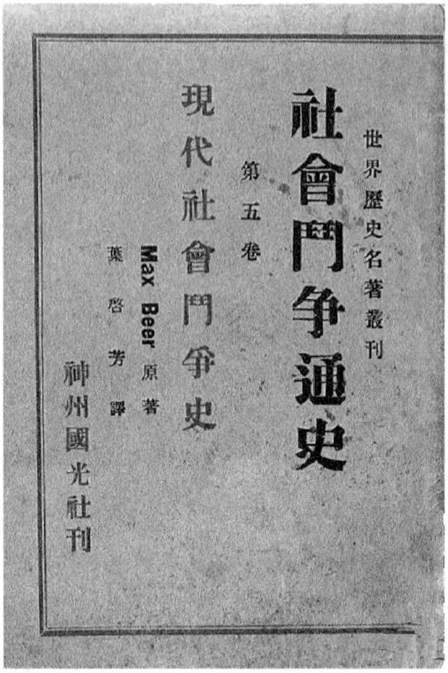

⊙《现代社会斗争史》封面

⊙《近代农民斗争及乌托邦社会主义》封面

甘乃光(1897—1957) 原名甘自明，字乃光，国民党元老甘绍相之子，广西岑溪人。1923年加入文学研究会广州分会，无入会编号。毕业于广东岭南大学和芝加哥大学研究院。曾任黄埔军校秘书兼教官、国民党中央执行委员、国民政府行政院秘书长等职。抗战后任外交部次长和驻澳大利亚大使。1949年去台湾。文学著作有：

诗歌 《春之化石》(诗文合集，民智书局1924年10月出版)。

其他著作 《民权初步》(编辑，国民书局1927年6月出版)、《农民运动初步》(三民书店出版)、《中国国民党几个根本问题》(南强书局出版；国民革命军海军政治部印)、《中国国民党史及概论》(北新书局1927年8月出版)、《中国行政新论》(商务印书馆1947年5月上海出版)、《先秦经济思想史》(商务印书馆1929年10月初版)、《美术摄影大纲》(编译，良友图书印刷公司1930年8月出版)。

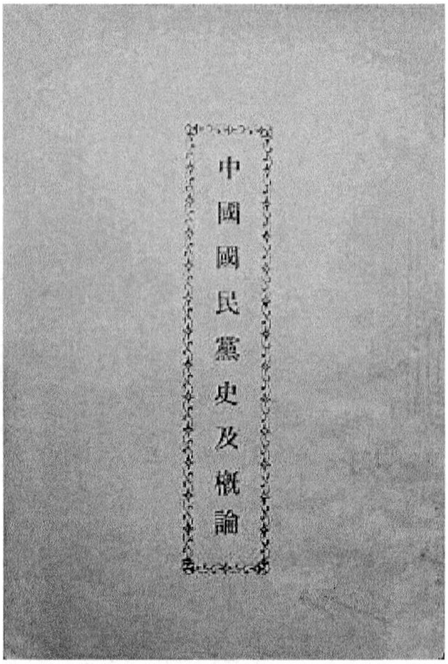

⊙《中国国民党史及概论》封面

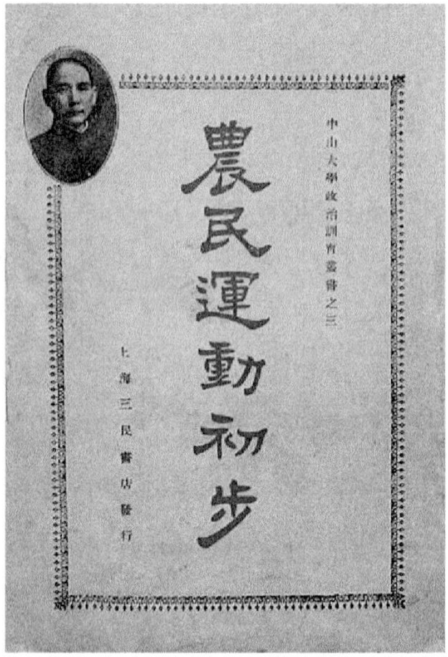

⊙《农民运动初步》封面

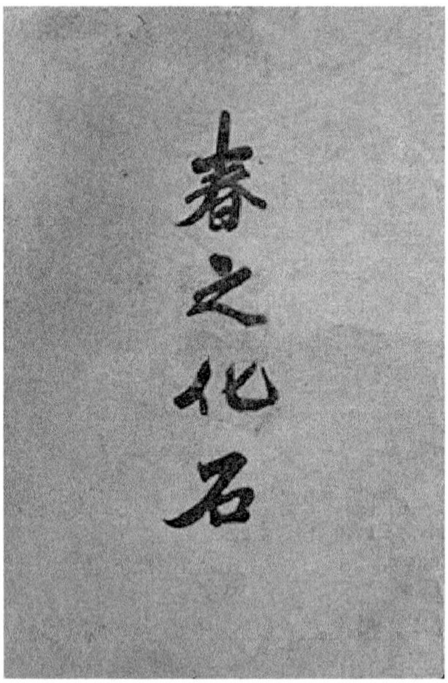

⊙《春之化石》封面

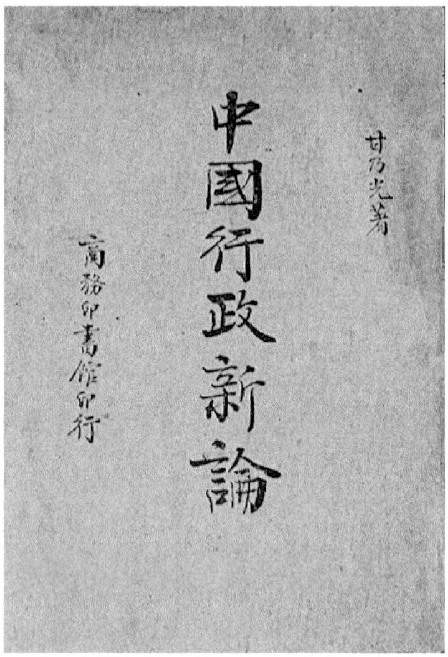

⊙《中国行政新论》封面

⊙《先秦经济思想史》封面

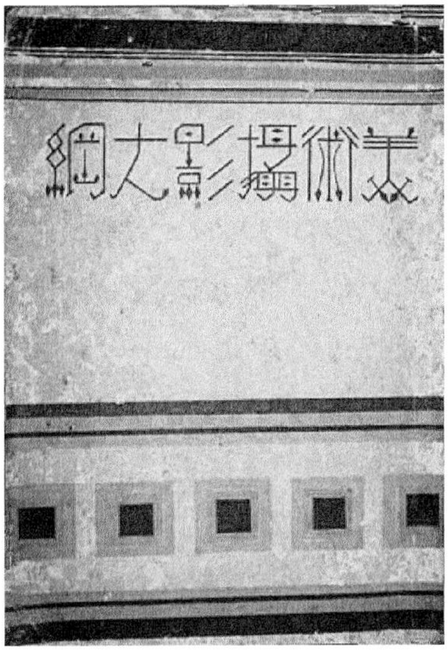

⊙《美术摄影大纲》封面

刘思慕(1904—1985) 原名刘燧元,化名刘希哲,字君木,笔名小默、思慕等,广东新会人。肄业于广州岭南大学。1923年加入文学研究会广州分会,无入会编号。曾任岭南大学附中、广州女子师范学校教员,以及北新书局、远东图书公司编辑。文学著作有:

散文 《欧游漫忆》(创作文库,傅东华主编,署小默,生活书店1935年4月初版)、《樱花和梅雨》(文艺丛书,香港大时代书局1940年5月初版)。

翻译 《歌德自传》(歌德著,署思慕,生活书店1936年12月初版)。

其他著作 《世界经济地理讲话》(生活书店1936年8月初版)、《战后日本问题》(生活·读书·新知上海联合发行所1949年6月出版)、《战后世界政治地理讲话》(南侨编译社1947年4月初版)、《中国边疆问题讲话》(生活书店1937年10月出版)。

⊙《歌德自传》封面

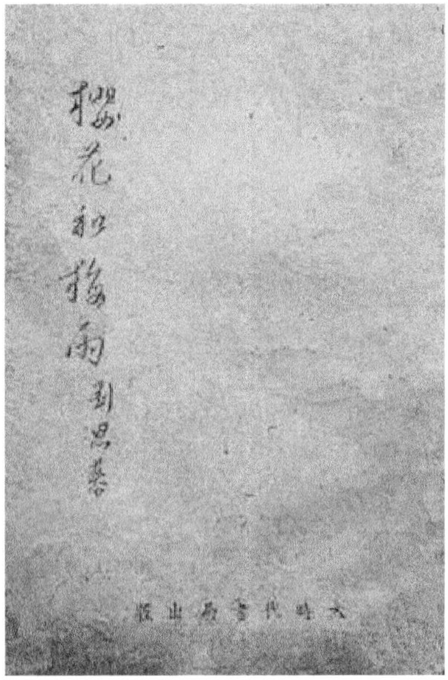

⊙《樱花和梅雨》封面

⊙《欧游漫忆》封面

⊙《中国边疆问题讲话》封面

⊙《战后日本问题》封面

⊙《世界经济地理讲话》封面

陈受颐(1899—1978) 广东番禺人。毕业于岭南大学,1922年与梁宗岱、甘乃光、陈荣捷、叶启芳、刘思慕等共同创办广州文化研究会,1923年加入文学研究会广州分会,无入会编号。1925年留学美国芝加哥大学,获比较文学哲学博士学位。历任岭南大学中文系、北京大学史学系教授兼系主任、"国立中央研究院"院士、美国夏威夷州立大学东西文化研究所教授、加州蒲梦挪学院克拉尔蒙特研究院教授、斯坦福大学和加州大学洛杉矶分校访问教授。曾获美国谷根汉奖金,列入美国名人录。无文学著作版本。

其他著作 《西洋中古史》(与梁茂修合译,中华教育文化基金董事会编译委员会编辑,商务印书馆出版)。

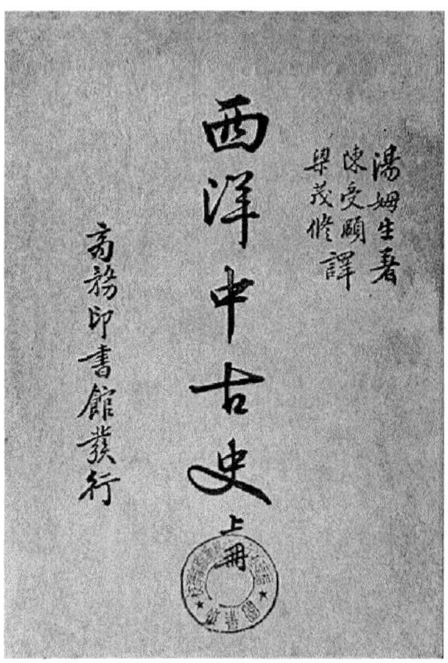

⊙《西洋中古史》封面

陈荣捷(1901—1994)　广东人。毕业于岭南大学。1929年获哈佛大学博士学位,同年回国。1930年任岭南大学教务长。1936年去美国夏威夷,1942年起任新罕布尔什州达特默尔学院中国哲学和文化教授,后任荣誉教授。在美国讲授中国哲学五十余年,不同时期学术活动的重点有所不同。20世纪40年代起,著述主要集中在中国哲学、艺术、宗教的总体性论述。被欧美学术界誉为“把东方哲学文化思想最为完备地介绍到西方的中国大儒”。1923年加入文学研究会广州分会,无入会编号。

无其他著作版本。

张闻天(1900—1976) 原名张应皋，字闻天，曾用名张荫皋、洛甫、张平之、张普等，上海浦东川沙人。肄业于南京河海工程专门学校。曾任中华书局编辑和美国旧金山华文报纸《大同日报》编辑。1921年加入文学研究会，从事文学创作和翻译，无入会编号。1925年加入中国共产党，曾任中央书记处书记等职。文学创作有：

小说 《旅途》(文学研究会丛书，商务印书馆1925年12月初版)。

戏剧 《青春的梦》(三幕剧，少年中国学会小丛书，中华书局1924年12月初版)。

翻译 《狗的跳舞》(文学研究会丛书，安特列夫著，商务印书馆1923年12月初版)、《盲音乐家》(少年中国学会丛书，科路伦科通译著，中华书局1924年5月初版)、《琪珴康陶》(少年中国学会丛书，丹农雪乌著，中华书局1924年10月初版)、《狱中记》(与汪馥泉合译，商务印书馆1932年7月国难后一版)、《近代文学》(与汪馥泉合译，商务印书馆1930年8月出版)。

其他著作 《论青年的修养》(署洛甫，中马出版社1946年2月出版)、《论待人接物》(合著，署凯丰，理想出版社1947年1月香港出版)、《十年来的中国共产党》(合著，署洛甫，解放出版社1938年1月出版)。

⊙《旅途》封面

⊙《狗的跳舞》封面

⊙《青春的梦》封面

⊙《琪珴康陶》封面

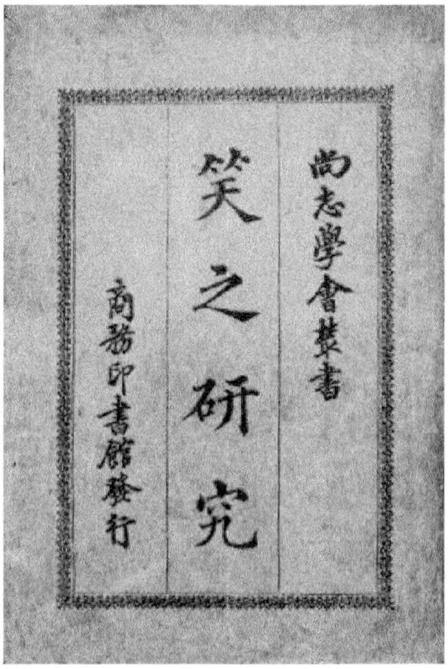

⊙《笑之研究》封面

⊙《柏格森之变易哲学》封面

胡天月(1891—1922) 原名胡钟育，笔名天月、东方、箫声等。江苏常熟人。毕业于苏州中学，曾任常熟女校教员、《新苏州报》总编辑、谢桥乡第一小学校长，以及《常熟新报》文艺编辑等。1921年加入文学研究会，无入会编号。

文学研究会曾于上海《时事新报》1922年6月11日，及《文学旬刊》第四十期上刊出《启事》："本会会员胡天月先生于上月去世。先生生平在文学上贡献颇多，所作诗文，散见各处。现在我们打算设法搜辑，刊行专书，以留纪念。"

无其他著作版本。

胡哲谋(1896—?) 浙江宁波人。1913年考入北大预科,与沈雁冰等同学,后曾与沈雁冰、俞平伯等共同主编《文学周报》。曾在《新青年》第三卷第三号“读者论坛”发表《偏激与中庸》的文章,虽非《新青年》同人,却代表了《新青年》诸君的意见。从北京大学英文系毕业后进商务印书馆任英文编辑,后接任英文部部长,任第三任《英文杂志》主编。1921年加入文学研究会,无入会编号。无文学著作。

其他著作 《哥伦布》(校订,英文世界名人传记,格林女士编纂,商务印书馆1930年9月初版)、《华盛顿》(与叶弥诚合校,Katharine R Green著,英文世界名人传记,商务印书馆1932年12月初版)。

⊙《华盛顿》封面

⊙《哥伦布》封面

陈毅(1901—1972) 原名陈世俊，字仲宏、促弘，号横槊主人，笔名陈毅、曲秋、世俊、横槊等。四川乐至人。1916年就读于成都甲种工业学校。1919年赴法国勤工俭学，1921年因参加留法学生爱国运动，被押送回国。1923年加入文学研究会，无入会编号，用"曲秋"笔名在《晨报副刊·文学旬刊》《小说月报》发表诗歌、小说。1922年加入中国社会主义青年团，1923年到北京中法大学文学院学习并加入中国共产党，从事革命工作，投身武装革命斗争，成为无产阶级军事家。文学著作有：

诗歌 《陈毅诗词选》(出版时间不详)、《陈毅同志诗词选》(出版时间不详)、《民主诗歌》(辽北书店1948年10月出版)。

其他著作 《农村工作讲话》(新知书店1938年2月出版)、《怎样动员农民大众》(新青年丛书，战时增刊本，上海杂志公司1937年11月出版)。

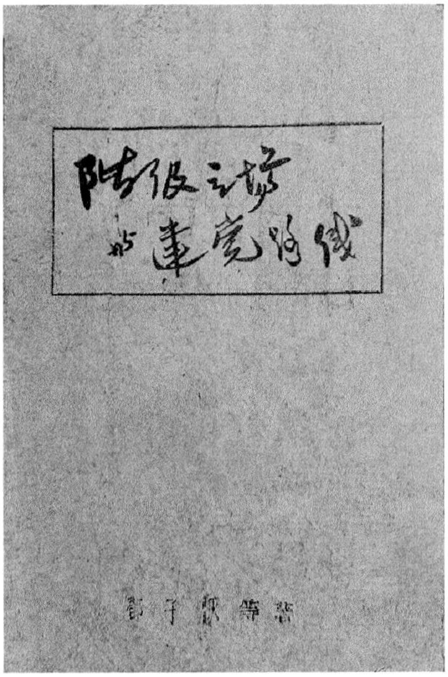

⊙《阶级立场与建党路线》封面

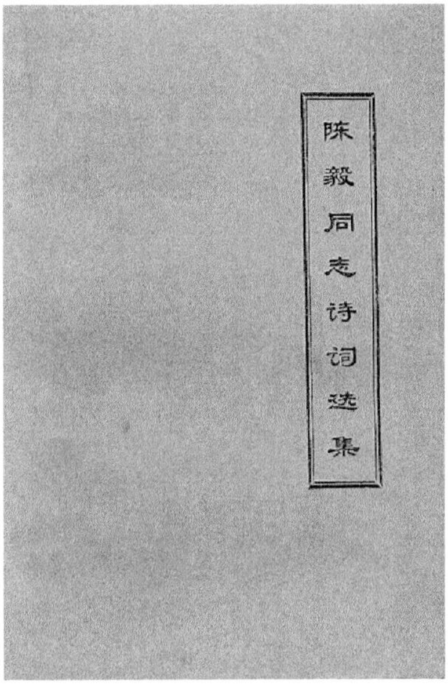

⊙《陈毅同志诗词选》封面

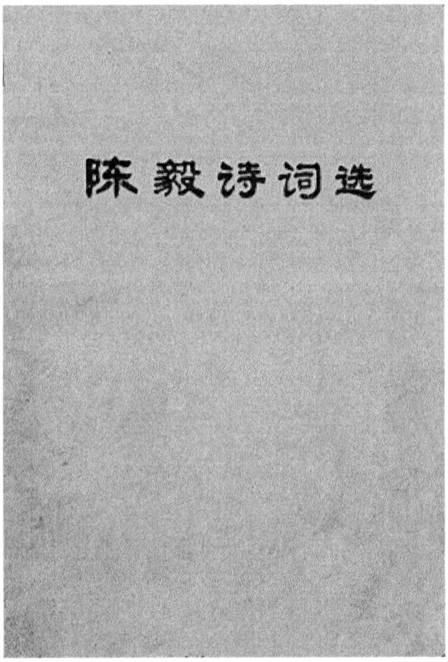

⊙《陈毅诗词选》封面

⊙《民主诗歌》封面

⊙《农村工作讲话》封面

⊙《怎样动员农民大众》封面

徐雉(1899—1947) 浙江慈溪人。文学研究会会员,无入会编号。毕业于苏州东吴大学,到广东参加国民革命军。后在宁波、上海等地担任教员、编辑等。1938年到延安,在边区文艺界抗敌协会主持边区政府工作,主编《边政导报》。文学著作有:

诗歌 《雉的心》(绿波社丛书,天津新中国印书馆1924年8月出版)、《酸果》(光华书局1929年7月出版)。

小说 《毁去的序文》(短篇,绿波社小丛书,新文化书社1925年3月初版)、《不识面的情人》(短篇,新文化书社1929年9月初版)、《卖淫妇》(短篇,现代书局1931年4月初版)、《失恋后》(短篇,光华书局1931年5月初版)。

⊙《毁去的序文》封面

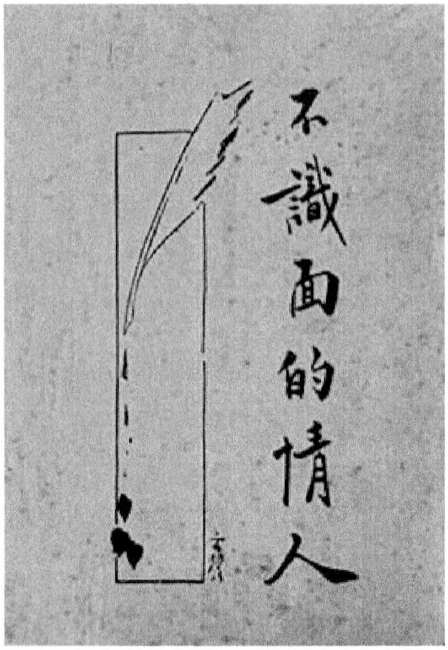

⊙《不识面的情人》封面

⊙《雉的心》封面

⊙《卖淫妇》封面

瞿秋白(1899—1935) 原名瞿懋淼，字秋白，号熊伯、雄魄、铁梅、涤梅、瓠舟、梅影山人等，江苏常州人。毕业于北京俄文专修馆，文学研究会会员，无入会编号。曾以《晨报》记者身份赴苏俄采访。1922年在苏联加入中国共产党，历任中央委员、中央书记等职。20世纪30年代初期，在上海和鲁迅一起领导“左翼”文化运动。后进入江西中央革命根据地，任中华苏维埃共和国人民教育委员。“第五次反围剿”时被捕，英勇就义。文学著作有：

散文 《新俄国游记》(《从中国到俄国的纪程》，原题《俄乡纪程》，文学研究会丛书，商务印书馆1922年9月初版)、《赤都心史》(商务印书馆1924年6月初版)、《鲁迅杂感选集》(选编，署何凝，青光书局1933年7月初版)、《乱弹及其他》(遗著，霞社1938年5月初版)、《街头集》(霞社1940年1月初版)、《海上述林》(遗著，鲁迅编，诸夏怀霜社1936年出版)。

翻译 《不平常的故事》(高尔基著，署史铁儿，合众书店1932年11月出版)、《高尔基创作选集》(署萧参，生活书店1933年10月初版)、《解放了的董吉诃德》(文艺连丛，卢那察尔斯基著，署易嘉，联华书局1934年4月出版)、《坟场》(高尔基著，署史杰，1936年8月初版)、《茨冈》(普希金著，文艺新潮社1938年5月出版)、《海燕》(高尔基著，署陈节，桂林文学出版社

1943 年出版)、《托尔斯泰短篇小说集》(与耿济之合译,共学社 1923 年出版)、《为了人类》(与吕伯勤合译,挣扎社 1948 年 5 月出版)。

其他著作　《大众文艺现实问题》(华中新华书店 1946 年出版)、《论中国文学革命》(海洋书屋 1947 年 7 月初版)、《社会科学概论》(联合出版社 1939 年 2 月初版)、《社会科学十二讲》(平凡书局 1949 年 6 月初版)、《新民主社会科学》(新知识丛书,长江出版社 1949 年 8 月出版)、《新哲学・唯物论》(原野出版社 1949 年出版)。

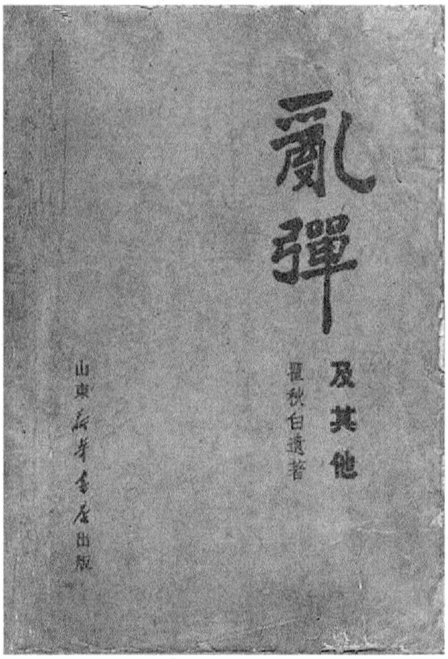

⊙《乱弹及其他》封面

⊙《解放了的董吉诃德》封面

⊙《茨冈》封面

⊙《社会科学十二讲》封面

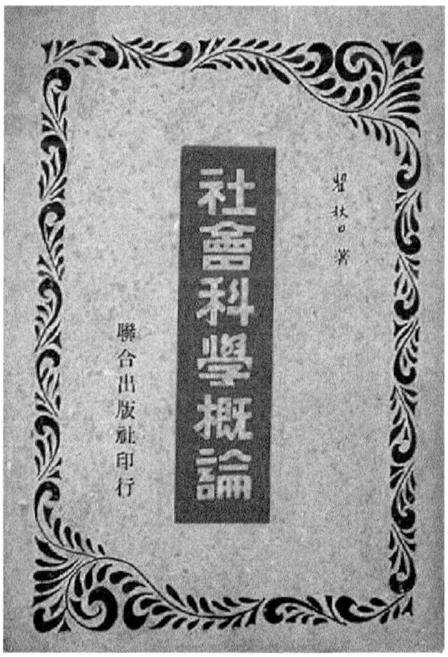

⊙《社会科学概论》封面

⊙《为了人类》封面

冯雪峰(1903—1976) 原名冯福春，曾用名李允生、冯诚之，笔名雪峰、画室等，浙江义乌人。早年参加湖畔诗社，后在北京大学旁听。文学研究会会员，无入会编号。1927年加入中国共产党，参加"左联"筹备与领导工作，后去江西革命根据地，并参加长征。长期从事革命文化、统战工作。文学著作有：

诗歌 《湖畔诗集二·春的歌集》(湖畔诗社1923年12月出版)、《真实之歌》(荒野断抒上卷，重庆作家书屋1943年12月初版)、《灵山歌》(作家书屋1946年9月初版)。

散文 《乡风与市风》(重庆作家书屋1944年11月初版)、《有进无退》(国际文化服务社1945年12月初版)、《跨的日子》(国际文化服务社1946年9月初版)、《雪峰文集》(现代作家文丛，梅林辑，春明书店1948年1月初版)、《百喻经故事》(作家书屋1949年2月初版)、《过来的时代》(新知书店1947年5月出版)、《今寓言》(作家书屋1947年10月初版)、《雪峰寓言三百篇》(作家书屋1949年6月初版)、《上饶集中营》(人民出版社)。

翻译 《我们的一团与他》(石川啄木著，署画室，光华书局1928年5月出版)、《妄想》(森鸥外著，署画室，人间书店1928年6月初版)、《夏天》(高尔基著，上海杂志公司1945年出版)、《流冰》(水沫书店1929年2月初版)。

其他著作 《鲁迅论及其他》(充实社 1941 年 10 月出版)、《论民主革命的文艺运动》(作家书屋 1946 年 6 月初版)、《社会的作家论》(光华书局 1930 年 3 月出版)、《文学评论》(水沫书店 1930 年 3 月出版)、《现代欧洲的艺术》(大江书铺 1930 年 6 月初版)、《新俄罗斯的无产阶级文学》(北新书局 1927 年 5 月出版)、《新俄文艺政策》(光华书局 1928 年 9 月初版)、《艺术与社会生活》(世界名著译丛,生活书店 1937 年 12 月初版)、《艺术之社会的基础》(水沫书店 1930 年 3 月出版)。

⊙《跨的日子》封面

⊙《今寓言》封面

⊙《流冰》封面

⊙《有进无退》封面

⊙《艺术之社会的基础》封面

⊙《灵山歌》封面

刘虎如 （生卒年份不详）文学研究会会员，无入会编号。其经历不详。据《访问赵景深先生》中记载，赵说："1925 年我到上海后，曾跟文学研究会的会员拍过一次照，参加拍照的会员可能是《新文学史料》第三辑的会员录中没有名字的，现在记得的有刘虎如和黎锦晖。"无文学著作。

其他著作 《航海的故事》（开明书店 1934 年 10 月出版）、《荷属南洋史地补充读本》（商务印书馆 1927 年 9 月初版）、《开辟新世界的故事》（新中国书局 1936 年 6 月初版）、《两极探险记》（商务印书馆 1934 年 6 月国难后第一版）、《麦哲伦》（商务印书馆 1933 年 6 月出版）、《人生地理概要》（商务印书馆 1930 年 10 月初版）、《史通》（商务印书馆 1928 年 9 月初版）、《徐霞客游记》（商务印书馆 1930 年 4 月初版）。

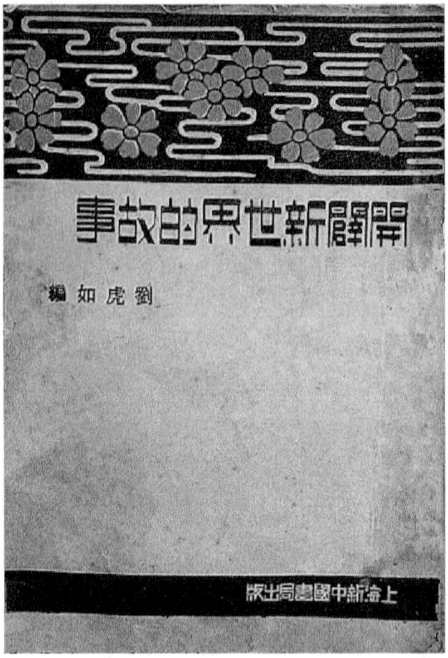

⊙《开辟新世界的故事》封面

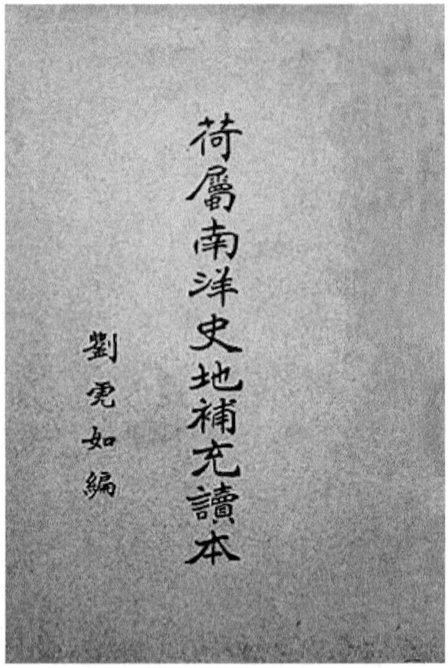

⊙《荷属南洋史地补充读本》封面

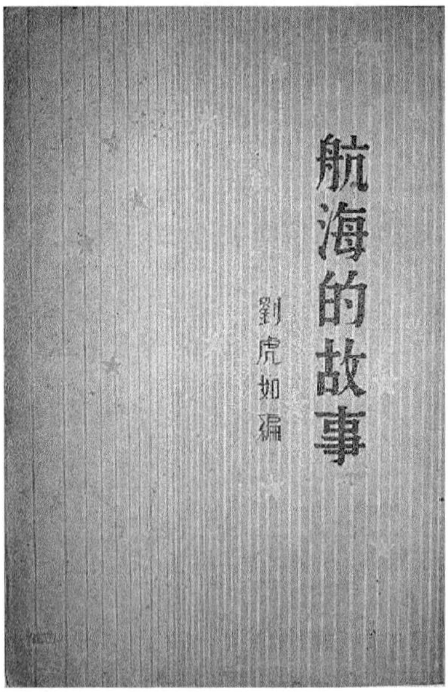

⊙《航海的故事》封面

⊙《史通》封面

⊙《麦哲伦》封面

⊙《两极探险记》封面

补记：

除前述介绍的会员以外，还有不知会员情况者19人（有编号5人，无编号14人）

吴立模，字秋白，江苏吴县人，文学研究会会员，入会号100。

孙仲九，字仲九，浙江绍兴人，文学研究会会员，入会号103。

王守聪，字亚衡，河北天津人，文学研究会会员，入会号104。

诸保厘，字东郊，浙江余县人，文学研究会会员，入会号107。

谢位鼎，字小虞，湖南湘乡人，文学研究会会员，入会号142。

宋锡珠（1921年加入）　李　晋（1921年加入）　江小鹣（1921年加入）
杨伟业（1921年加入）　范用余（1921年加入）　苏宗武（1921年加入）
刘嘉镕（1921年加入）　苏驭群（1921年加入）　司徒宽（1923年加入）
许光迪（1921年加入）　王星汉（1921年加入）　潘启芳（1923年加入）
白　镛（1921年加入）　张毓桂（1921年加入）

上述无编号的14人，确定加入文学研究会的时间，是根据相关资料"推断"出的，虽有相关的文字依据（文学研究会读书会各组名单、参加文学研究会成立会摄影会员），但准确程度仍不敢打包票，有待知情者补正和进一步考证。

自跋

文学研究会编辑的文学丛书，冠名为“文学研究会丛书”的，就是本书所介绍的四种，版本总计 150 种左右，基本都包括在内了。但是如以一种版本的各种版次，比如初版、再版、三版等而言，缺漏仍然不少。虽然在介绍时已尽可能地把见到的各种版次的版本归入，但心中仍然无底，更无法知晓这些缺漏版本的“形象”。从已知的版本情况看，各种版次的版本书影并不全部相同，有的甚至差异很大。无法见到所有想知道的版本，正是版本研究的最大遗憾，而且是无法回避的遗憾！

冠名“文学研究会”的四种丛书，应该说是属于“正统”的，只要提到文学研究会的文学丛书，势必要提及这些丛书。而另外两种由文学研究会参与编辑的文学丛书，即“小说月报丛刊”和“文学周报社丛书”，对于文学研究会而言仍然相当重要。从道理上讲，理应把这两种文学丛书归入本书一起介绍，但限于篇幅，无法和盘托出，只能作选择性地介绍。以后如有机会，当可出版专著。

有关“小说月报丛刊”和“文学周报社丛书”，附录已有介绍，但在此仍有必要作简要概述，补充之前介绍的不足。

《小说月报》和《文学周报》(包括前身《文学旬刊》《文学》)皆由文学研究会主要骨干会员主编。1921 年 1 月

10日，由沈雁冰主编、经全面革新的《小说月报》第十二卷第一号正式出版，附载了由周作人起草的《文学研究会宣言》和郑振铎起草的《文学研究会简章》。5月10日，文学研究会的会刊《文学旬刊》创刊，附上海《时事新报》发行，郑振铎主编，郑在创刊号的《宣言》中再次重申文学研究会的宗旨。7月30日文学研究会会刊《文学旬刊》自第八十一期起改为《文学》周刊，仍附《时事新报》发行，郑振铎在《本刊改革宣言》中说明改成周刊的原因，重申该刊态度与精神不变。1925年5月10日，文学研究会会刊《文学》周刊，自第一七二期起改名为《文学周报》，并脱离《时事新报》独立发行，编者在《今后的本刊》中表示："我们所要打破的是文学界的诸恶魔，是迷古的倒流的旧思想，所要走的是新鲜的活泼的生路。"……以上所述，文学研究会的重要历史节点，都与这两个刊物有着密切的关系，彰显出这两个刊物的重要性。之后由文学研究会编辑，分别由商务印书馆和开明书店出版的冠名"小说月报"和"文学周报社"两套文学丛书，它们的重要性更是不言而喻。

"小说月报丛刊"，从1924年11月起，至1925年4月止，共出版丛刊60种，从第一种落华生等著《换巢鸾凤》，至最后一种，王统照等著《技艺》为止，编号出版，48开本，60种版式统一，虽然单调，除丛刊名、书名和著译者名外，其他"一无所有"，但文学体裁涵盖所有门类，作者皆为当时之翘楚。

"文学周报社丛书"，从1925年5月起，至1930年10月止，共出版丛书28种，从第一种彭家煌著《怂恿》，至最后一种茅盾著《蚀》为止，未编号，32开本，封面图案各异，大多由文学研究会会员所著。

由此可见，这两种丛书未作全面介绍确是一大遗憾。

虽然这是个遗憾，但附录中特意增补的《文学研究会会员及著作版本辑萃》，足可弥补这种缺憾。关于这一附录，想与读者沟通一下：

对于文学研究会及其丛书，一般读者与收藏者大多相当陌生，原因很简单，因为时代久远，因为所见零星，实在无法构建起一种完整的印象。即便是资深收藏者和研究者，也未必所知齐全与完整，原因也很简单，因为涉足者孤寡，基本不见相关著作公诸于世。即便像我这样"吃力不讨好"硬着头皮去作挖掘与介绍，也时感捉襟见肘，生怕犯错。虽从相对意义讲这已经相当不错，但从研究的角度言，还未真正达到深化细腻完整。当我产生这想法时，还只是停留于介绍完所有文学研究会丛书（上述4种及选择介绍的"小说月报丛刊"和"文学周报社丛书"）

的兴奋层面上，还感到相当满足。然而，当满足达到“极限”时，也便有了新的“灵感”，这是一种极其有趣的现象，这种灵感是突然冒出来的，而且是以一种提问的方式：“你知道每个文学研究会会员的著作版本吗？而这正是大家想知道的！”我一时语塞，不知所云。

文学研究会会员有入会编号的和无入会编号的，以及尚不清楚到底是谁的，总共有 172 人。关于这个准确数目，笔者还是很迟才知的，在这之前可以说是一无所知。如果说“所知”，也只是知道那些耳熟能详的名作家，如郑振铎、叶绍钧、沈雁冰，等等，对他们的著作版本，也只是略知几种，经手的则更少。比如叶绍钧有《脚步集》《未厌居习作》《李太太的头发》《隔膜》《稻草人》《火灾》等，还只是为数众多中的几种；而对那些不知名的或名不见经传的作者，简直是一片空白。如蒋百里、朱希祖、汪仲贤、唐性天、郭梦良、范用余，等等。有的甚至连是男是女还弄不明白，比如在当时还都是些叱咤风云的人物隋廷玫、王世瑛等。总之，知者甚少，熟者孤寡。然而当我面对这一片“处女地”时，早已无法压抑内心的兴奋，特别是到目前为止还无人涉足，强大的吸引力更让我陶醉，似乎任何的推托都会成为人格的渺小……就是在这样的情况下，我开始把已经写好的文学研究会的丛书搁置于一旁，从头从零开始搜寻整理撰写，采取的是先易后难、先简后繁、点滴推进的策略，还足足花了将近两个月，至今总算有了一个较为明晰的轮廓，血肉虽不丰满，但足以让自己暗自庆幸。

当然，这种庆幸也并非“十全十美”，遗憾随处可见。就其总体讲，172 位中还有 38 位不知何人，即使在知道的 134 位当中仍有 19 人（有编号五人。无编号 14 人）无法知晓他们的底细，一种可能是这些人未留下任何“痕迹”，另一种可能是我尚未发现他们的蛛丝马迹，也可以说是一种“合理遗憾”。

因此，比较全面地介绍的作者是 115 位，其中有案可查的有编号者 97 位，最为精彩的是编号前 12 位的文学研究会发起人，除极少数信息单薄，其他皆丰满翔实。有案可查无编号者 18 位，虽大多信息不太厚实，但其中有大名鼎鼎的张闻天、瞿秋白、冯雪峰等，足以弥补信息缺失的遗憾。每人的信息以四项作为架构，分别是：小照、简历、书目、书影。绝大多数四项齐全，但也有不少缺一缺二或缺三，但只要有一丁点儿信息都将无条件地保留，其目的是“抛砖引玉”，以期引起知情者或关心者的补正。其中的信息如有差错，更望方家匡正。

其实，这个突然冒出的“灵感”，也并非空穴来风。早在这之前，我已经在着手尝试从作家的角度来探究版本，甚至还完成了一部初稿《郭沫若文学版本史》，之后还写就了一部《五十浦东人的民国版本》，都是以作家为锲入口进行研究著述的。而如今把笔墨涂抹在文学研究会会员的身上，确实也是一种水到渠成，虽肤浅但却是“点睛”之笔，因为如果这部《文学研究会与现代文学丛书》缺失了这一块会员版本辑萃，那才是最大的遗憾。再说，这样做的目的，无非是想把一本允许出版的书“做足”，尽量不让它存有遗憾！

当然，遗憾可能处处皆是，比如依我的个人意愿，希望在介绍文学研究会编辑的丛书同时，能够介绍与他“掰手腕”的另一位“巨人”——创造社的“创造社丛书”，那种“意气风发”“勇往直前”的气概真让人倾倒……不过，意愿往往与出版社不一致，这也是无法回避的一对矛盾。因此，我特别怀念张跃进先生任“远东”社长与总编辑的时期，对我而言，那是一段“黄金时期”，我与他，以及资深编辑黄政一的意愿如此默契，想做的事情几乎全部成为现实，在短短几年中就出版了20多种有关民国版本收藏与介绍的图书，就其一种，与连续的20多种，其分量是不言而喻的。这种情况在当代出版史中可能也是较为少见的。这段美好时期，也便成了我著述史中的“闪光点”。如今，张跃进先生已经离我们而去，这让人感到由衷的痛心：一个胸怀大志，勇于创新，敢于开拓的人，理应长命百岁也！

因此，我的内心充满着感恩之情，除感谢张跃进先生，更要感谢所有关心与帮助过我的人，感谢所有读我的书并与我交流的朋友，应该说这才是我生命的真正意义！

是为自跋。

张泽贤

2016年6月初稿，2017年6月修改于浦东犬圈斋